btb

Aus Freude am Lesen

btb

Im Dunkel der Wälder

Gerade als das Leben von Elise Andrioli glücklicher nicht sein könnte, kommt ihr Verlobter bei einem Bombenattentat ums Leben. Sie selbst erwacht gelähmt und blind aus dem Koma. Ganz auf fremde Hilfe angewiesen und mit lediglich ihrem Gehör als Orientierungshilfe sieht sie sich plötzlich in mysteriöse Ereignisse verwickelt. Fast zu spät erkennt sie, dass die Vorfälle mit ihrer eigenen Vergangenheit in Verbindung stehen ...

Tod im Schnee

Elise Andrioli – blind, stumm und an den Rollstuhl gefesselt - möchte mit ihrer Betreuerin Yvette in den Urlaub fahren, als sie per Fax eine rätselhafte Drohung erhält. Als dann in dem Ferienort in den Alpen mehrere Frauen ums Leben kommen, möchte Elise so schnell wie möglich abreisen, doch ein Schneesturm schließt das Tal von der Außenwelt ab. Es beginnt ein Wettlauf gegen die Zeit ...

Autorin

Brigitte Aubert, 1956 geboren, zählt zu den profiliertesten Krimiautorinnen Frankreichs. Sie schreibt Romane, Drehbücher und ist Produzentin der erfolgreichen »Série noire«, einer Koproduktion von Gallimard und dem französischen Fernsehen TF1. 1996 wurde sie für »Im Dunkel der Wälder« mit dem französischen Krimipreis ausgezeichnet. Brigitte Aubert lebt in Cannes.

Brigitte Aubert bei btb

Marthas Geheimnis. Roman (72341)
Die vier Söhne des Doktor March. Roman (72240)
Karibisches Requiem. Roman (72310)
Sein anderes Gesicht. Roman (72603)
Der Puppendoktor. Roman (72802)
Nachtlokal. Roman (72924)
Schneewittchens Tod. Roman (73100)

Brigitte Aubert

# Im Dunkel der Wälder
# Tod im Schnee

Zwei Romane in einem Band

*Aus dem Französischen von*
*Eliane Hagedorn und Barbara Reit*

btb

Die französische Originalausgabe von »Im Dunkel der Wälder« erschien 1996 unter dem Titel »La Mort des Bois«, die Originalausgabe von »Tod im Schnee» 2000 unter dem Titel »La Mort des Neiges« bei Éditions du Seuil, Paris.

FSC
Mixed Sources
Product group from well-managed forests and other controlled sources

Cert no. GFA-COC-1223
www.fsc.org
© 1996 Forest Stewardship Council

Verlagsgruppe Random House FSC-DEU-0100
Das für dieses Buch verwendete FSC-zertifizierte Papier *Munken Print* liefert Arctic Paper Munkedals AB, Schweden.

Einmalige Sonderausgabe Februar 2007
btb Verlag in der Verlagsgruppe Random House GmbH, München

Umschlaggestaltung: Design Team München
Umschlagmotiv: Plainpicture/Mans
Satz: IBV Satz- und Datentechnik GmbH, Berlin
Druck und Einband: Clausen & Bosse, Leck
SR · Herstellung: AW
Printed in Germany
ISBN 978-3-442-73613-3

www.btb-verlag.de

# Im Dunkel der Wälder

*Der Tod folgt dem Menschen wie sein Schatten,*
*begleitet ihn auf Schritt und Tritt.*

Sprichwort des Baule-Stammes (Elfenbeinküste)

# 1

Es regnet. Ein heftiger, dichter Regen prasselt gegen die Fensterscheiben. Ich höre, wie der Wind an Fenstern und Türen rüttelt. Yvette eilt geschäftig umher, schließt die Fensterläden, legt die Riegel vor. Gleich wird sie mir das Abendessen bringen. Ich werde nichts anrühren, ich habe keinen Hunger. Sie wird darauf bestehen, daß ich etwas esse, wird böse werden. Sie wird mir sagen: »Kommen Sie schon, Elise, bitte, Sie müssen etwas essen, Sie müssen schließlich wieder zu Kräften kommen.« Blödsinn. Die einzigen Kräfte, über die ich verfüge, sind die, die meine inneren Funktionen am Laufen halten. Ich leide an Tetraplegie, einer gleichzeitigen Lähmung aller vier Gliedmaßen. Und, als würde das noch nicht reichen, habe ich das große Los gezogen: »Leider müssen wir unsere Sendung wegen einer Bild- und Tonstörung unterbrechen.« Ich bin stumm, blind und kann mich nicht rühren. Um es auf den Punkt zu bringen: eine lebende Leiche. Yvette kommt, ich höre ihre raschen Schritte.

»Zeit fürs Abendessen!«

Das Abendessen besteht für gewöhnlich aus einem proteinhaltigen Gemüsebrei, den man mir mit einem Teelöffel verabreicht. Er ist zu heiß, ich versuche mich zu wehren. Ich nehme an, daß Yvette verzweifelt das Gesicht verzieht. Ich erinnere mich noch gut an ihr rundes, von blondem Haar umrahmtes Gesicht mit dem milchigen Teint. Sie ist Eisenbahnerwitwe, um die sechzig, kräftig gebaut und gut zu Fuß. Sie arbeitet seit fast dreißig Jahren als Haushälterin bei uns in der Familie. Yvette erinnert sich besser an meine Mutter als ich. Als meine Mutter »in den Himmel kam«, war ich erst fünf Jahre alt. Und als vor sieben Jahren mein Vater starb, zog ich wieder hierher, und Yvette führte mir von da an den Haushalt. Nun pflegt sie mich. Die Krankenschwester hat ihr die notwendigen Handgriffe beigebracht. Arme Yvette, sie muß mich waschen, füttern, saubermachen. Sie hat sich sicherlich schon oft meinen Tod gewünscht. Und ich, wie oft habe ich ihn mir schon gewünscht?

Ich frage mich, ob es wohl dunkel ist. Wir haben Ende Mai. Ich kann mich nicht mehr daran erinnern, ob es zu dieser Jahreszeit gegen sieben oder acht dunkel wird. Und ich kann Yvette nicht fragen. Ich kann niemanden etwas fragen. Meine Körperfunktionen sind gestört.

Es passierte letzten Herbst, als wir Urlaub in Irland machten. Benoît und ich. Es war der 13. Oktober 1994. Ich erinnere mich genau, was er an jenem Tag trug: eine marineblaue Hose, einen Pullover in der gleichen Farbe und blaue Tennisschuhe. Ich selbst trug Jeans und einen weißen Rollkragenpullover. Und dazu weiße, ganz neue Turnschuhe. Jetzt habe ich Pantoffeln an den Füßen und fast immer ein Nachthemd an. Aber die Farbe meines Nachthemds kenne ich nicht ...

Benoît und ich machten damals einen Abstecher nach Nordirland. Giant's Causeway. Belfast. An jenem Morgen in Belfast wollten wir zur Bank, um ein paar Travellerschecks einzulösen. Ich kann mich nicht mehr erinnern, welche Tasche ich an jenem Tag dabeihatte. War es die blaue Ledertasche oder der bunte Rucksack? Solche unwichtigen Kleinigkeiten treiben mich schier zum Wahnsinn. An so vieles, was ich gesehen habe, kann ich mich nicht mehr erinnern! Dabei wäre es gerade jetzt so wichtig für mich.

Nun, wir betraten die Bank, wobei ich die Glastür öffnete. Und in dem Augenblick passierte es. Die Explosion. Keine zehn Meter von uns entfernt stand ein Auto mit einer Sprengladung. Der Fahrer war natürlich sofort tot, vier Passanten starben. Und Benoît. Da war zuerst der Lärm, die enorme Detonation und gleichzeitig das Gefühl, in ein riesiges, loderndes Flammenmeer geworfen zu werden. Benoît packte mich am Arm, riß mich zu Boden. Wir wurden von einer Welle aus berstendem Metall und Glas erfaßt. Ich sah zwar, wie das Auto explodierte, hörte die Schreie, aber ich begriff nicht, nein, ich begriff nicht wirklich, daß es mir, Elise Andrioli, zustieß. Die Leute schrien. Ich sah, wie ein Glassplitter sich in Benoîts Kehle bohrte, wie das Blut – aber begriff ich wirklich, daß es Blut war? – herausschoß. Auch ich schrie. Irgend etwas traf mich am Kopf. Ich schloß die Augen. Seitdem habe ich sie nie wieder geöffnet.

Ich lag fast zwei Monate im Koma. Als ich wieder zu mir kam, befand ich mich in Frankreich, in Paris. Es dauerte eine Weile, bis ich begriff, daß mein Zustand nicht vorübergehend war. Daß ich weder jemals die Augen öffnen noch aufstehen würde. Daß ich weder mit den Krankenschwestern noch den Ärzten reden würde. Durch ihre Gespräche untereinander begriff ich, wie ernst mein Zustand war. Ich konnte es nicht glauben. Und dennoch ...

Man unterzog mich unzähligen Tests, bis man zu dem Schluß kam, daß, obwohl mein Rückenmark nicht irreparabel verletzt zu sein schien, meine Bewegungszentren ernsthaft geschädigt waren. »Motorischer Kortex ... Funktionsstörung des Kleinhirns ... möglicherweise ein katatonischer Zustand ...« Kurz, ein Defekt. Was nun meine Augen anging, kam man zu dem gleichen Ergebnis: Der Sehnerv ist intakt, aber irgend etwas in meinem Gehirn muß angegriffen sein, und die Ärzte wissen nicht, ob ich jemals wieder werde sehen können. Sie sind sich nicht sicher, ob ich höre und verstehe, was man mir sagt, also sprechen sie mit mir, als sei ich geistig behindert. Und so verhalten sich auch alle anderen, bis auf Yvette, die hart-näckig daran glaubt – und das ganz zu Recht –, daß ich alles mitbekomme und mich eines Tages wie ein wieder zum

Leben erweckter Lazarus aus meinem Rollstuhl erheben werde ...

Damit wäre eigentlich schon alles gesagt. Ich bin sechsunddreißig. Ich fuhr Ski, spielte Tennis, ging wandern und schwimmen, ich liebte die Sonne, Ausflüge, Reisen, Liebesromane. Die Liebe ... Und nun bin ich in mir selbst begraben und bete jeden Tag darum, endlich richtig sterben zu können.

Wenn ich mitbekomme, wie Yvette sich um mich bemüht, muß ich oft an einen Film denken, den ich mal im Fernsehen gesehen habe. Er handelte von einer armen Kreatur wie mir, doch der hatte man auch noch Arme und Beine amputiert, es war die Geschichte eines blinden und tauben menschlichen Wracks, das verzweifelt versuchte, mit seiner Krankenschwester zu kommunizieren, um sie dazu zu bringen, es zu töten. Benoît und ich hätten beinahe losgeheult. Gesund und glücklich, ein Glas Wein in der Hand, saßen wir behaglich auf dem Sofa. Bereit, das Unglück anderer zu beweinen.

Yvette schimpft mit mir. Ich versuche zu schlucken. Es ist schwierig. Tag für Tag frage ich mich, warum bestimmte Muskeln funktionieren und andere nicht. Warum hört mein Herz nicht auf, Blut zu pumpen, und warum arbeitet mein Gehirn noch immer? Warum spüre ich jede Berührung und warum bekomme ich Gänsehaut, wenn ich friere? Tag für Tag, seit ich das Bewußtsein wiedererlangt habe, konzentriere ich meine ganze Willenskraft auf ein einziges Ziel: Ich will mich bewegen. Bewegen, bewegen, bewegen. Vor zwei Monaten gelang es mir, mit den Augen zu blinzeln, und letzten Monat schaffte ich es, den Zeigefinger meiner linken Hand zu heben. Ich kann auch den Kopf bewegen, aber das sind unkontrollierte Bewegungen, auf die ich keinen Einfluß habe. Raybaud, mein Arzt, sagt, das sei ein enormer Fortschritt. Und daß er zum Surfen fährt. Raybaud kann man nicht gerade als besonders feinfühlig bezeichnen. Seiner Ansicht nach gehöre ich in eine Spezialklinik. In ein aseptisches Heim, in eine Art Lager für Mehlsäcke, denn als solcher fühle ich mich.

Das Abendessen ist beendet. Yvette räumt ab. Sie schaltet den Fernseher ein und spült das Geschirr. Nachrichten. »*In Bourg-en-Bresse stürzte ein Kran auf ein Wohnhaus.*« Sirenengeheul, Schreie, Kommentare. Es kommt noch besser: ein Irrtum der Polizei. »*Ein junger Araber wurde wegen eines Autodiebstahls versehentlich erschossen. Der Innenminister …*« Was hatten wir bloß vor dieser verdammten Bank verloren? Gibt es tatsächlich so etwas wie Schicksal? »*In der Region Yvelines sucht die Polizei noch immer nach dem kleinen Michaël Massenet …*« Und wenn das mein Schicksal ist, wie soll ich es akzeptieren? Was nützt es dann, sich zu beklagen? »*Ein Hochdruckgebiet über den Azoren …*« Dröhnende Werbung. Ich höre Stimmen, die überschwenglich die Vorzüge von Windeln, Matratzen, Waschmitteln, Autos, Toilettenpapier, Elektrogeräten, Parfum, Käse und Tiefkühlkost anpreisen. Das scheint mir alles so weit, weit weg. Jetzt fängt die Sendung an, die sich Yvette heute ansehen will: eine Diskussion über Drogenmißbrauch und Kriminalität an den Schulen. Ich lausche andächtig.

Ende der Diskussionsrunde. Man ist sich nicht einig geworden, aber alle machen sich gegenseitig überschwenglich Komplimente. Yvette seufzt und schiebt mich in mein Zimmer. Morgen müßte eigentlich die Masseurin kommen. Sie wird an meinen leblosen Gliedmaßen ziehen, sie mit Öl einreiben, sie stundenlang durchkneten und sich dabei fragen, ob ich irgend etwas davon spüre. Und ich werde ihr nicht antworten können.

»Gute Nacht«, sagt Yvette.

Egal, ob man das als gut oder schlecht betrachtet, für mich ist immer Nacht.

Heute morgen hat Yvette mich mit in den Supermarkt genommen, wie übrigens jeden Samstag, seit die Witterung milder geworden ist. Das Geschäft ist ganz in der Nähe, sie geht zu Fuß dorthin und schiebt mich dabei im Rollstuhl. Wunderbare Yvette, die sich nicht beirren läßt und mich wie ein Wesen mit vollem Denkvermögen behandelt. Ich habe Glück, daß ich sitzen kann. So habe ich zumindest das Vergnügen, die Sonne auf meinem Gesicht zu spüren, die Vögel, das Gehupe, das Geschrei der Kinder zu hören, die Auspuffgase und den Geruch frisch geschnittenen Grases einzuatmen, mir eine farbige Welt in Bewegung vorzustellen. Yvette hat mir eine Sonnenbrille aufgesetzt. Sie behauptet, das Sonnenlicht könne meinen Augen schaden. Ich denke, sie tut dies nur, damit die Kinder nicht vor meinem starren Blick erschrecken. Meinen Augen schaden ... Sie sind ja doch zu nichts mehr nutze! Das Schlimmste, so sage ich mir manchmal im Scherz, ist, daß ich mich nicht mehr im Spiegel ansehen kann. Das ist natürlich unsinnig, aber ich frage mich oft, ob ich noch immer hübsch bin. Bin ich gut frisiert? Was das angeht, habe ich allerdings nur wenig Vertrauen in Yvettes Fähigkeiten.

Yvette hat mich in der Nähe eines Baumes abgestellt, das hat sie mir zumindest gesagt. Schön ruhig, nicht weit weg vom Parkwächter für den Fall, daß irgendwelche bösen Buben auf die Idee kämen, mich wegzufahren. Ich sehe schon die Schlagzeilen vor mir: »Hübsche Gelähmte von einer Bande junger Asozialer vergewaltigt.« Yvette ist in den Supermarkt gegangen, um ihre Besorgungen zu erledigen. Ich warte. Die Leute unterhalten sich über das Wetter, die Wahlen, die Arbeitslosigkeit etc. Bevor ich zu einem Mehlsack wurde, leitete ich ein kleines Kino, das Trianon, am Stadtrand, pardon, im neuerschlossenen Stadtgebiet. Drei frisch renovierte Säle. Vom Vater geerbt. Einen Teil des Programms widmete ich der Filmkunst, was dazu führte, daß ich auf ziemlich viele Festivals eingeladen wurde und häufig nach Paris fuhr. Kino, Theater, vorbei. Nein, ich werde jetzt nicht wieder anfangen, mich selbst zu bemitleiden.

Irgend etwas ist mir gerade auf die Hand gefallen. Es ist feucht. Ich höre ein Gurren über meinem Kopf. Verfluchte Taube! Beim Gedanken an diesen Vogeldreck auf meiner Hand ekelt mich. Ich ertrage es nicht länger, keine Macht über meinen Körper zu haben, ich ertrage diese Ohnmacht nicht länger ...

»Warum wischst du das nicht weg?«

Jemand spricht mit mir. Ein Kind. Eine kleine, schüchterne Stimme. Ich sage nichts, wie könnte ich auch.

»Madame! Eine Taube hat dir auf die Hand gemacht.«

Das Kind wundert sich bestimmt, warum ich nichts sage. Es kommt näher, ich höre seinen Atem jetzt ganz deutlich.

»Bist du krank?«

Sehr scharfsinnig, dieses Kind! Ich nehme meinen ganzen Willen zusammen und hebe den Zeigefinger.

»Kannst du nicht sprechen?«

Nein, ich kann nicht. Ich hebe wieder den Zeigefinger. Ich weiß nicht einmal, ob das Kind es bemerkt hat.

»Ich heiße Virginie.«

Ein Mädchen! Mein Gehörsinn ist noch nicht so gut entwickelt wie der eines Blinden. Sie legt ihre Hand auf meine, ich spüre sie, eine kleine, junge Hand. Was macht sie? Ah, sie wischt mir die Hand ab, ich spüre ein Stoff- oder ein Papiertaschentuch.

»Ich mach dir die Hand sauber, Madame. Wohnst du hier?«

Ich hebe den Zeigefinger.

»Wenn du den Zeigefinger hebst, bedeutet das ›ja‹?«

Ich hebe den Zeigefinger.

»Ich wohne auch hier. Ich bin mit meinem Papa hier, wir kaufen ein. Er sagt, ich darf nicht mit Fremden sprechen, aber bei dir ist das doch was anderes, oder? Du bist gelähmt. Hattest du einen Unfall?«

Ich hebe den Zeigefinger. Es ist meine erste Unterhaltung seit Monaten. Ich frage mich, wie alt sie wohl ist.

»Mein Papa arbeitet in einer Bank. Meine Mama ist Bibliothekarin. Und ich gehe in die Schule, ins Charmilles. Ich bin sieben. Du, soll ich dir eine Geschichte erzählen?«

Gedankenverloren hebe ich den Zeigefinger. Sieben Jahre ist sie. Ihre ganze Zukunft liegt noch vor ihr. Wenn man bedenkt, daß ich auch mal sieben Jahre alt war und mir geschworen hatte, große Dinge zu vollbringen ...

»Es war einmal ein kleiner Junge, der hieß Victor. Er war der Sohn von der Frau, der der Tabakladen gehört. Er war sehr böse, und eines Tages hat man ihn dann tot im Wald gefunden, wo er aber gar nicht hindurfte.«

Aber was erzählt sie da?

»Die Polizei ist gekommen, aber sie haben nichts herausgefunden. Nach Victor hat sich die Bestie der Wälder Charles-Eric geschnappt, den Sohn von der Frau auf der Post. Man hat ihn im Gebüsch an der Bahnlinie gefunden, und er war auch voller Blut. Die Polizei ist zwar gekommen, aber der Fall wurde wieder nicht aufgeklärt. Und dann kam Renaud dran. Und gestern hat sich die Bestie Michaël geschnappt, am Flußufer.«

Dieses Mädchen ist verrückt. Wie kann sie sich nur so eine Geschichte ausdenken? Sie stützt sich auf meinen Unterarm und flüstert mir zu:

»Aber ich, ich weiß, wer sie getötet hat.«

Was? Wo hat die Kleine denn den Unsinn her? Wo ist ihr Vater?

»Weil ich ihn gesehen habe, den Mörder. Hörst du mir zu?«

Ich hebe den Zeigefinger. Und wenn es wahr wäre? Nein, das ist lächerlich. Schon wieder ein Kind, das zuviel Fernsehen guckt.

»Und seitdem habe ich die ganze Zeit Angst. Ich bin in der Schule schlechter geworden, und alle glauben, daß das so ist, weil Renaud tot ist. Renaud war mein großer Bruder, verstehst du?«

Ich hebe den Zeigefinger. Dieses Kind hat eine total kranke Phantasie.

»Ich habe die Bestie gesehen, als das mit Renaud passiert ist. Im Häuschen hinten im Garten. Du weißt schon, so ein Häuschen für Kinder aus Stoff, wo Fenster draufgemalt sind, und Renaud war da drin und ...«

»Virginie!« Eine männliche Stimme, warm und tief. »Ich suche dich jetzt schon seit einer Viertelstunde. Ich hab dir doch gesagt, du sollst in der Nähe vom Kiosk bleiben. Sie hat Sie doch hoffentlich nicht gestört, Mademoiselle? Oh, entschuldigen Sie ...«

Die Leute entschuldigen sich immer, wenn sie meinen Zustand bemerken.

»Sag auf Wiedersehen zu der Dame, Virginie.«

»Auf Wiedersehen, Madame. Wir kommen jeden Samstag zum Einkaufen her.«

»Virginie! Das reicht! Entschuldigen Sie ...«

Seine Stimme klingt jung. Eine sehr schöne Stimme. Ich stelle mir einen großen Mann mit kurzem Haar, in Jeans und einem Polohemd von Lacoste vor.

»Ist etwas passiert?«

Ich höre Yvette.

»Nein, nein, Virginie hat nur mit Madame gesprochen und ich hoffe, sie hat sie nicht gestört.«

Von allen Dingen, die mich so stören, ist dieses Mädchen wirklich das kleinste Übel. Ich höre Yvette flüstern. Ich überlege, was sie ihm wohl erzählt. »Ein schrecklicher Unfall, blablabla, behindert, blind geworden, kann nicht mehr sprechen, entsetzlich, blablabla, so jung, ihr Verlobter starb, die Arme, keine Hoffnung, die Ärzte sind pessimistisch, das Leben ist so ungerecht ...«

Virginie flüstert mir zu: »Wenn du Samstag kommst, erzähle ich dir die Geschichte weiter.«

»So, nun komm, wir gehen! Sag auf Wiedersehen.«

Ich stelle mir vor, wie ihr Vater sie an der Hand zieht, es eilig hat wegzukommen.

Yvette stellt mir einen Teil der Plastiktüten, die voller spitzer Sachen sind, auf den Schoß, die anderen hängt sie an die Griffe des Rollstuhls und los geht's. Während sie mich schiebt, redet sie mit mir, wie sie es immer macht, wenn sie mich spazierenfährt. Diese Monologe sind ihr zur Gewohnheit geworden. Sie hat zu Raybaud gesagt, sie sei überzeugt davon, daß ich sie verstehe. Recht hat sie. Raybaud hat gemeint, sie solle sich keine allzu großen Illusionen machen. Und hopp, ab aufs Surfbrett! Mein Fall interessiert ihn nicht wirklich. Viel zu deprimierend. Der einzige, der echtes Interesse an meinem Fall bekundet hat, ist der Neuropsychologe des Krankenhauses, Professor Combré. Er ist Spezialist auf dem Gebiet der Gehirnchirurgie. In drei Monaten will er mich wieder untersuchen. Manchmal träume ich davon, daß er beschließt, eine Operation vorzunehmen, die sozusagen die allerletzte Chance auf Heilung für mich wäre. Aber wie soll ich ihn davon überzeugen? Yvette redet in einem fort.

»Stellen Sie sich vor, Seezunge ist schon wieder teurer geworden. Bald können sich nur noch Milliardäre frischen Fisch leisten. Ich weiß schon, daß Ihnen das völlig egal ist, aber trotzdem.«

Ich weiß nicht, warum, aber Yvette hat immer darauf bestanden, mich zu siezen. Sie hat meine Eltern gesiezt und ich war Mademoiselle Elise. Das klingt ein wenig altertümlich. Sie spricht gerade über Virginie:

»Wirklich ein hübsches kleines Mädchen, ja. Ihr Vater auch, ein sympathischer Mann. Anständige Leute, das sieht man sofort. Die Kleine gepflegt, sauber, höflich. Er sehr elegant, blaßgrünes Polohemd, saubere Jeans, aber dennoch modisch, verstehen Sie? Schade, daß Sie keinen Besuch mehr bekommen. Ich weiß, daß Ihnen daran momentan nicht sonderlich viel liegt, aber trotzdem. Ganz allein dazustehen ... ach, man kann sagen, daß Ihre Freunde Sie fallengelassen haben. Aber ich habe es Ihnen ja schon immer gesagt, so ist das heutzutage, die Leute interessieren sich nur für einen, solange man ihnen nützlich ist.«

Meine Freunde ... Ich hatte nie viele Freunde, ich konnte sie an den Fingern einer Hand abzählen. Und noch dazu leben sie jetzt nicht mehr hier: Frank und Julia wohnen in Paris, Cyrille ist gerade in die Nähe von Grenoble versetzt worden, Isabelle und Luc wohnen in Nizza, nicht weit von meinem Onkel entfernt. Seit ich Benoît kennengelernt hatte, habe ich praktisch niemanden mehr gesehen, und die wenigen Bekannten, mit denen wir ausgingen, leben in Paris. Anfangs haben sie angerufen, die Freunde. Sie waren völlig schockiert. Benoît tot, ich behindert ... Und dann wurden die Anrufe immer seltener. Ich verstehe sie, es muß peinlich für sie sein, sie haben es vorgezogen, mich zu vergessen.

»Habe ich auch den Glasreiniger gekauft?« unterbricht sich plötzlich Yvette.

Sie geht noch einmal Stück für Stück ihre Einkaufsliste durch. Ich höre nicht mehr hin. Ich grüble über das nach, was mir die kleine Virginie erzählt hat. Jetzt, wo ich darüber nachdenke, erinnere ich mich sehr gut an den kleinen Victor, den Sohn der Tabakladenbesitzerin. Jeder hat damals von der entsetzlichen Geschichte gesprochen. Er war in der Nähe des Kanals erwürgt aufgefunden worden. Das muß mindestens fünf Jahre her sein ... Und der andere, der mit dem Doppelnamen, ja, ich erinnere mich, Benoît und ich haben über diesen Fall geredet. Auch er wurde, glaube ich, erwürgt. Die Polizei hatte einen Onkel in Verdacht, doch man konnte ihm nichts nachweisen. Aber solche Dinge geschehen derart häufig ... zuerst sind sie in aller Munde und dann mit der Zeit vergißt man sie wieder. Und dieser kleine Michaël? Das müßte ja erst kürzlich passiert sein. Habe ich diesen Namen nicht gestern abend in den Nachrichten gehört? Heute abend muß ich mir unbedingt die Fernsehnachrichten anhören. Vorausgesetzt, Yvette läßt mich im Wohnzimmer sitzen. Manchmal schiebt sie mich in mein Zimmer. Ich soll mich ausruhen. Von was, frage ich mich. Sie macht mir das Radio oder den CD-Flayer an. Sie nimmt sich irgendeine CD, läßt die Stücke weg, die ihr nicht harmonisch erscheinen und überfüttert mich mit klassischer Musik oder Musettewalzern. Ich habe mir bestimmt schon zweihundertmal *Riquita, jolie fleur de Java* anhören müssen, und oft träume ich davon, Riquita zu erwürgen, sie zu Brei zu schlagen.

Yvette verstaut die Einkäufe. Sie hat mich im Wohnzimmer im Strahl der Sonne gelassen. Langsam wird das Wetter wärmer, sie hat die Fenster weit geöffnet, ich spüre den Wind auf meiner Stirn und rieche den Duft der Blumen draußen. Ich kann die Düfte nicht unterscheiden, aber ich kann sie wahrnehmen, ich atme den Geruch des blühenden Frühlings, gierig sauge ich die Sonne ein.

Es klingelt. Das ist die Masseurin. Eine Folterstunde steht mir bevor.

Das Glück ist mir hold. Während sie meine schlaffen Muskeln bearbeitet, ruft Catherine, so heißt die Krankengymnastin, plötzlich Yvette etwas zu, die in der Küche hantiert:

»Haben Sie schon gehört? Sie haben den kleinen Jungen gefunden, erwürgt.«

»Was?« fragt Yvette und dreht den Wasserhahn zu.

»Man hat den kleinen Michaël Massenet aus La Verrière gefunden. Seine Mutter kommt wegen ihrer Nackenschmerzen zu mir. Sie hat sich letztes Jahr einen Halswirbelbruch zugezogen. Man hat den Kleinen im Wald gefunden. Erwürgt.«

Yvettes Stimme scheint jetzt aus nächster Nähe zu kommen. Ich stelle mir vor, wie sie sich die Hände an ihrer mit pastellfarbenen Frühlingsblumen bedruckten Baumwollschürze abwischt. Sie ist empört: »Was für eine Welt! Wie alt war er?«

»Acht Jahre alt. Ein hübscher kleiner Junge mit blonden Locken. Ich habe es gerade in den Dreiuhrnachrichten gehört. Der Leichnam wurde in der Nähe des Flusses von einem Angler gefunden, als er mittags zu seinem Auto zurückging. Der Tod ist vor wenigstens vierundzwanzig Stunden eingetreten. Können Sie sich vorstellen, was das für ein Schock für den Mann war? Wenn ich Kinder hätte, würde ich sie momentan nicht aus dem Haus lassen. Das muß man sich mal vorstellen, das ist der vierte Mord in fünf Jahren.«

»Der vierte?«

»Aber ja! Anfangs hat man keinen Zusammenhang zwischen den einzelnen Morden gesehen, aber jetzt ...«

»Hat man eine Spur? Gibt es irgendwelche Hinweise?« fällt ihr Yvette ins Wort, die eine begeisterte Krimileserin ist.

Dem Tonfall ihrer Stimme nach zu urteilen, verzieht Catherine die Große verächtlich das Gesicht:

»Wo denken Sie hin! Die tappen im dunkeln. Wie die hier«, fügt sie hinzu und kneift mich in die Wade.

Yvette muß sie wohl mißbilligend angesehen haben, denn Catherine die Große korrigiert sich auf der Stelle:

»Na, jedenfalls macht sie Fortschritte, das ist doch toll!«

Yvette läßt sich nicht ablenken:

»Aber, sagen Sie mal, Michaël Massenet, war das nicht dieser hübsche kleine Junge, der im Kulturzentrum Klavier gespielt hat?«

»Ja, genau der. Sehr höflich, sehr weit für sein Alter ...«

Sie unterhalten sich noch eine Weile über dieses Thema, und ich passe auf, daß mir nichts entgeht. Michaël Massenet, acht Jahre, Schüler der Klasse CE2 am Charmilles, der neuen Schule in der Siedlung. Der Vater ist Fahrlehrer, die Mutter Sekretärin. Guter Schüler, intakte Familie. »Sicher ist der Verbrecher ein Sadist«, meint Yvette abschließend.

Jetzt liege ich in meinem Bett. Yvette hat den Fernseher ausgemacht. Es muß elf Uhr abends sein. Gegen drei Uhr morgens kommt sie, um zu sehen, ob mit mir alles in Ordnung ist: kein Durst, Pipi machen, warm genug ...?

Heilige Yvette. Ich hoffe, daß dir mein Vormund wenigstens ein anständiges Gehalt überweist. Mein Onkel wurde zu meinem Vormund bestimmt. Mein Onkel Fernand, der Bruder meines verstorbenen Vaters. Er leitet eine Baufirma in der Nähe von Nizza und ist das, was man einen ehrenwerten Mann nennt.

Aber das ist jetzt nicht wichtig. Das Gesprächsthema des Tages ist dieser Mordfall. Wir haben die Zwanziguhrnachrichten gehört. Glücklicherweise läßt mich Yvette bei sich, wenn sie ein Thema fesselt, denn so kann sie ihre Überlegungen jemandem mitteilen. Natürlich wurde über den kleinen Massenet gesprochen. Erwürgt. Man stellte eine Verbindung zu anderen, viel länger zurückliegenden Verbrechen her, die im Umkreis von fünfzig Kilometern begangen wurden: Victor Legendre, 1991 in Valençcay erwürgt aufgefunden; Charles-Eric Galliano, 1992 in der Nähe von Noisy erwürgt aufgefunden; Renaud Fansten, 1993 im Garten seiner Eltern in Saint-Quentin erwürgt aufgefunden. Keiner dieser Morde konnte bisher aufgeklärt werden. Darüber hinaus, so betonte der Sprecher, sei jeder dieser Fälle von verschiedenen Abteilungen untersucht worden: In den beiden ersten Fällen war die Gendarmerie zuständig, im dritten die Kriminalpolizei. Kurzum, aufgrund des Mordes an Michaël Massenet wird die ganze Geschichte wieder aufgerollt. Yvette konnte gar nicht aufhören, sich über die Polizei und Triebtäter, bei denen man am besten eine Lobotomie vornehmen sollte, lautstark und ausdauernd zu ereifern. In der Ferne ruft ein Käuzchen. Ich würde mich so gern umdrehen, ich habe es satt, auf dem Rücken zu liegen. Eine Nacht auf dem Rücken, eine Nacht auf der Seite. Jedesmal stützt Yvette mich mit Kopfkissen ab, legt mir Kissen zwischen die Knie und die Knöchel, so wie Raybaud es ihr empfohlen hat, um zu verhindern, daß ich mich wundliege. Es muß ganz schön nervig sein, mich Abend für Abend so hinzubetten. Stop, ich will nicht schon wieder in Selbstmitleid verfallen! Also hat die Kleine die Wahrheit gesagt. Mehrere Kinder sind umgebracht worden, von denen eines, angeblich, ihr Bruder ist. Das ist schrecklich. Ich kann verstehen, daß sie das alles jemandem erzählen muß. Aber ich finde die Gleichgültigkeit, mit der sie von diesen Morden gesprochen hat, ziemlich beunruhigend. Sie muß sehr durcheinander sein ... Ich würde sie gerne wiedersehen ... nun, ich wollte sagen ... sie wiederhören. Charmilles? Ist das nicht der Name der Schule, in die sie geht? Dieser große Glasbau, umrahmt von Bäumen, die erst noch wachsen müssen?

Ich war gerade eingenickt, als mich ein komischer Gedanke wieder aufschrecken läßt. Woher wußte die kleine Virginie überhaupt von Michaël Massenet? Sie hat eindeutig gesagt: »Und seit gestern Michaël, er liegt am Flußufer.« Doch Catherine die Große hat erklärt, daß der Leichnam erst heute gegen Mittag gefunden wurde. Wie hat die Kleine das heute morgen um zehn Uhr schon wissen können?

*Weil sie ihn gesehen hat. Sie hat den Leichnam gesehen.*

*Oder den Mörder.*

Deshalb wußte sie Bescheid. Sie ging dort vielleicht zufällig spazieren und hat alles beobachtet! Sie hat nicht gelogen, als sie sagte, daß sie den Mörder kenne! Und ich weiß noch nicht einmal, wer sie ist. Virginie. Ich versuche mich zu erinnern. Ich habe im Kino so viele Kinder gesehen, aber es gibt sehr viele neue Siedlungen hier, jeden Tag ziehen neue Leute her. Die einzige Virginie, an die ich mich erinnere, war klein und dick, ungefähr zehn Jahre alt und stopfte sich mit Bonbons voll. Diese Virginie aber hat mir erzählt, sie sei sieben, das haut also nicht hin. Und die andere hatte auch eine schrille Stimme, während diese hier leise, ruhig, ... in einer irgendwie gleichgültigen Weise spricht.

Wenn dieses Mädchen den Mörder gesehen hat, muß man etwas unternehmen. Aber was? Ich bin nun wirklich nicht in der Lage, die Polizei zu verständigen. Und selbst wenn es mir durch ein Wunder gelänge, was sollte ich ihnen erzählen? Daß sie nach einem sieben Jahre alten Mädchen namens Virginie suchen sollen, von der ich nicht einmal weiß, ob sie hier oder in den »Wohnanlagen« am Wald lebt?

Auch wenn ich es kaum aushalte, mir bleibt nichts anderes übrig, als bis nächsten Samstag zu warten.

## 2

Heute ist der große Tag. Ich bin sehr früh aufgewacht. Das weiß ich, weil ich lange warten mußte, bis Yvette kam, mich aufrichtete, mich wusch, mir die Bettschüssel unterschob, mich anzog. Glücklicherweise habe ich meine Blase mehr oder weniger unter Kontrolle. Das beruhigt mich und läßt mich hoffen, daß ich eines Tages wieder selbständiger sein werde. Ich wäre zufrieden, wenn ich die Arme bewegen, den Kopf schütteln, lächeln könnte. Schade um den Sex. Schade ums Sprechen. Aber sehen können. Wieder sehen, mit den anderen kommunizieren können. Warum schenkt mir niemand einen Stimmcomputer? Weil ich weder reich noch berühmt oder genial bin; man muß sich mit den Gegebenheiten abfinden.

Das Bett ist mit einer Spezialvorrichtung ausgestattet, die es Yvette ermöglicht, mich in den Rollstuhl hinübergleiten zu lassen. Und schon sitze ich. Wenn wir außer Haus gehen, zieht sie mich an, eine mühsame Prozedur. Ein T-Shirt, das sich am Rücken ständig verwurstelt. Ein Rock und darüber eine Decke. Sie setzt mir die obligate Brille auf und bindet mir einen Schal um den Hals, weil, wie sie mir erzählt, draußen ein kühler Wind wehe. Ich schwitze mich zu Tode. Wir brechen auf. Glücklicherweise ist das Haus ebenerdig. Das sind die kleinen Details, die mich davor bewahrt haben, in einem Pflegeheim untergebracht zu werden. Das und das Geld, das mein Onkel für das Kino bekommen hat. Er hat es an meiner Stelle weitergeführt. Ich erinnere mich an seinen Besuch Ende Januar. Er legte seine Hand auf meine Schulter und sagte mit einer Stimme, die er immer in ernsten Situationen anschlägt: »Hör mal, mein Mädchen, ich habe lange nachgedacht. Du brauchst Geld und du brauchst jemanden, der sich um dich kümmert. Ich habe beschlossen, das Kino zu verkaufen. Ich bin sicher, daß das auch in Louis' Sinn wäre. (Louis ist mein verstorbener Vater, der das Kino gegründet hat.) Ich weiß, wie sehr du daran hängst. Aber ein Kino kann man wieder zurückkaufen. Deine Beine nicht. Du mußt alles daransetzen, wieder gesund zu werden. Und das wird teuer. Ich will, daß du die beste Behandlung bekommst. Das Beste vom besten. Den besten Rollstuhl, all das. Verstehst du? Also, ich hab's verkauft. An Jean Bosquet.« Ich war so wütend. Ausgerechnet Bosquet! Dieser

Scheißkerl, der im Jaguar durch die Gegend fährt und in den Siebzigern mit Pornos ein Vermögen gemacht hat. Er hat die schmuddeligsten und ältesten Kinosäle in der Gegend. Was wird er aus meinem Trianon machen?

Der Rollstuhl holpert über den Bürgersteig und reißt mich aus meinen Erinnerungen. Yvette redet pausenlos, kommentiert alles, was sie sieht: den neuen Regenmantel von Madame Berger, der Lehrerin, die nicht so lange Sachen tragen sollte. So wirkt sie fast wie eine Tonne. Die wirklich ungünstige Frisur der armen, kleinen Sonia, die glaubt, nur weil sie ein Kosmetikdiplom habe, könne sie sich wie ein Starlet aufführen, usw., usw.

Doch was sie dann sagt, erregt meine Aufmerksamkeit.

»Oh! Da ist die bedauernswerte Madame Massenet, die Mutter des armen kleinen Michaël, Sie erinnern sich sicher an den kleinen Michaël, den man letzten Samstag im Wald gefunden hat, ein kleiner blondgelockter Junge, immer höflich ... Wie traurig sie aussieht! Und die dunklen Ringe unter ihren Augen! Wie tapfer von ihr, ihre Einkäufe hier zu erledigen. Ich an ihrer Stelle würde ja in einen anderen Supermarkt gehen. Nun gut, ich lasse Sie hier. Der Wächter ist nicht weit weg, ich werde ihn bitten, ein Auge auf Sie zu haben. Bis gleich.«

Ich höre, wie sie davongeht und vor sich hinmurmelnd nach der Münze für den Einkaufswagen kramt.

Ich warte gespannt. Bei jedem Schritt, der sich in meine Richtung bewegt, spüre ich, wie sich meine Muskeln anspannen. Wird sie kommen? Und mit einem Mal ist sie da.

»Guten Tag, Madame. Geht es dir gut?«

Zeigefinger.

»Willst du, daß ich dir meine Geschichte weitererzähle?«

Zweimal Zeigefinger.

»Die Polizei hat Michaël gefunden. Im Wald. Er war mausetot. Ich wußte, daß sie ihn gesucht haben, aber ich konnte ihnen doch nicht sagen, wo er war, sonst hätten sie mich gefragt, woher ich das weiß, verstehst du?«

Und wie ich das verstehe!

»Ich wußte es, weil wir zusammen Angeln gespielt haben. Da angeln wir nicht wirklich, wir binden ein Band an einen Stock und tun nur so. Seine Mama will nicht, daß er am Fluß spielt, aber wir lügen, wir sagen, daß wir Fahrrad fahren. Und dann hatte ich keine Lust mehr zu angeln, weil er gesagt hat, daß er alle Fische gefangen hat und ich keinen einzigen, und dann habe ich gesagt, daß ich nach Hause gehe. Ich bin weg, aber ich habe einen schönen Pilz gefunden, und als ich wieder aufblickte, habe ich gesehen, daß er der Bestie begegnet ist.«

Ich habe gute Lust, sie kräftig durchzuschütteln. Wem ist er begegnet, verdammt noch mal?

»Und da wußte ich, daß er bald tot sein würde, so wie die anderen, weil die Geschichte immer gleich abläuft. Ich wollte weg, aber ich bin geblieben und habe mich hinter einem Baum versteckt. Ich wollte zusehen.« Ihr helles Stimmchen. Fast gleichgültig spult sie ihre Litanei des Grauens ab.

»Michaël hat der Bestie guten Tag gesagt und dann hat sich sein Gesichtsausdruck auf einmal verändert, er ging einen Schritt zurück, dann noch einen, und dann ist er hingefallen. Damit war er verloren, weißt du, er hat noch versucht, wieder aufzustehen, aber es war schon zu spät. Die Hände haben sich um seinen Hals gelegt und einfach zugedrückt, er ist ganz rot geworden, dann ganz violett, und dann kam seine Zunge aus dem Mund, und er ist auf den Boden zurückgefallen, mit weit aufgerissenen Augen. Ich hab mich nicht vom Fleck gerührt, mir war heiß, weißt du, ich habe geschwitzt, aber ich wußte, ich darf mich nicht von der Stelle rühren, und dann haben die Hände losgelassen und ...«

»Bist du schon wieder da, du kleines Plappermaul? Kannst du die Dame nicht in Ruhe lassen?«

Ihr Vater muß in unmittelbarer Nähe stehen. Ich rieche sein Rasierwasser. Frisch und würzig. Ich spüre die Sonne nicht mehr, er muß direkt vor mir stehen, seine Stimme, die plötzlich ganz nah ist, klingt sehr sanft:

»Hören Sie, es ist nicht so, daß ich nicht will, daß die Kleine mit Ihnen spricht, aber ich weiß nicht, ob es Sie nicht stört ... Oh, guten Tag, Madame ... Virginie ist mir einfach davongelaufen und hierhergekommen ...«

»Das macht doch nichts. Mademoiselle Elise hat Kinder immer gern gehabt. Ich glaube nicht, daß sich das geändert hat. Sie hat sich immer gefreut, wenn sie kamen, um sich die Zeichentrickfilme anzusehen. Wissen Sie, im Kino, dem Trianon ...«

»Ja, das kenne ich. Früher haben wir in Saint-Quentin gewohnt, aber jetzt sind wir nach Boissy gezogen, in den Stadtteil Merisiers.«

Saint-Quentin! Der kleine Renaud, von dem in den Nachrichten die Rede war, wurde in Saint-Quentin getötet!

»Aber da wohnen Sie ja quasi gleich nebenan! Wir sind Nachbarn! Was für ein Zufall! Nun, Mademoiselle Elise war die Besitzerin des Trianon.«

Wie kommt sie dazu, ihm aus meinem Leben zu erzählen? Jetzt hält er mich sicher für eine verklemmte alte Jungfer, die Kinder mit Eis vollstopfte und ihnen den Kopf tätschelte.

Auf meinem Schoß werden Tüten abgestellt. Der Rollstuhl setzt sich in Bewegung. Die Unterhaltung zwischen Yvette und Virginies Vater geht weiter. Sehr gut!

»Sie haben wirklich eine entzückende kleine Tochter!«

»Tja, sie sieht aus wie ein Engel, aber sie hat es faustdick hinter den Ohren, nicht wahr, Virginie?«

»Haben Sie noch mehr Kinder?«

»Ich ... Nun, ich ... ich hatte einen Sohn, aber, oh, da steht mein Auto. Ich muß jetzt los. Hören Sie, ich würde Sie ja gerne mitnehmen, aber mit dem Rollstuhl ...«

»Das ist trotzdem sehr nett von Ihnen. Ach, es tut ganz gut, ein bißchen spazierenzugehen«, erwidert Yvette taktvoll, ohne weiter zu insistieren.

»Auf Wiedersehen, Elise, bis nächsten Samstag!« höre ich Virginies lebhaftes Stimmchen rufen.

»Auf Wiedersehen, Virginie. Ich glaube, Elise wird sich sehr freuen, wenn du kommst und ihr guten Tag sagst ... natürlich nur, wenn Sie nichts dagegen haben, Monsieur ...«

»Aber nein, ganz und gar nicht! Komm, beeil dich, Virginie. Mama wartet sicher schon. Auf Wiedersehen.«

Türenschlagen.

Yvette geht weiter.

»Ich weiß nicht, was er mit der Bemerkung über seinen Sohn gemeint hat, merkwürdig, ganz so als wollte er nicht darüber sprechen, sicher hat es einen Unglücksfall in der Familie gegeben. Jedenfalls mag die Kleine Sie sehr. Es ist schön, wenn man Kinder trifft, die ein Herz haben. Ich erinnere mich zum Beispiel ...«

Yvette setzt zu einem langen Exkurs über all die hinterlistigen und mißratenen Kinder an, denen sie in ihrem Leben schon begegnet ist. Ich höre nicht mehr zu. Ich denke nach. Virginie hatte behauptet, daß ihr Bruder tot sei. Das Verhalten ihres Vaters läßt vermuten, daß das stimmt. Eins zu null für das Kind. Jetzt müßte ich nur noch herausbekommen, ob er Renaud hieß. Doch wenn Virginie tatsächlich Zeugin des Mordes an dem kleinen Michaël war, *dann ist sie in Gefahr.* Der Mörder wird sie sicher aus dem Weg räumen wollen. Es sei denn, er hat sie nicht bemerkt. Wie soll man das wissen? Ich ertrage diese Machtlosigkeit nicht. Ich ersticke, ich ersticke, ich habe das Gefühl, in einer Zwangsjacke zu stecken und einen verrückten Doktor anzuflehen, mich freizulassen. Doch es wird nie jemand kommen und mich befreien. Ich möchte schreien. Die Arme heben können. Einfach nur diese verfluchten Arme heben können.

»O je! Sie schwitzen ja! Warten Sie, ich werde Ihnen den Schal ausziehen.«

Ja, nimm mir den Schal ab, knote eine Schlinge und häng mich am nächsten Baum auf, damit ich wenigstens stehend sterbe, ich hab es so satt! Ich darf mich jetzt nicht auf solche Gedankengänge einlassen. Ich muß auf dem Boden der Realität bleiben. Virginie ist real. Und sie hat Probleme. Große Probleme. Ich muß wissen, wer ihr Vater ist, den Namen dieses Mannes herausbekommen. Ich muß in die Sache eingreifen. Ich muß mich bewegen können!

Catherine die Große kommt jeden Tag und läßt mir ihre kraftvolle Pflege angedeihen. Sie ist groß und blond ... schlank, sportlich, ein richtiger Aerobic-Typ mit Pferdeschwanz und Leggings. Vor dem Unfall habe ich sie manchmal im Kino mit ihrem jeweils gerade aktuellen Freund gesehen. Sie geht nur mit großgewachsenen, kräftigen Kerlen mit kurzgeschorenen Haaren aus. Ich kannte sie nur vom Sehen, hatte nie Bedarf für ihre Dienste und fand sie auch nicht sonderlich sympathisch. Es fällt mir schwer zu akzeptieren, daß ich ihr heute willenlos ausgeliefert bin und daß meine Wiederherstellung von dieser engstirnigen Person abhängt, die ständig die Meldungen des letzten Fernsehmagazins herunterleiert.

Doch in diesem Fall erweist sie sich als nützlich. Als sehr nützlich sogar. Denn sie ist nicht in der Lage, auch nur für fünf Minuten den Mund zu halten. Ich bin von äußerst redseligen Frauen umgeben. Von Schwatzsüchtigen. Welche Wohltat! Wenn man in meiner Situation ist, dankt man Gott, daß er die Klatschbase erschaffen hat. Denn ganz im Gegensatz zu dem, was man glauben könnte, verspüre ich keine Lust, mich in die ehrwürdige Stille zurückzuziehen, um über die Relativität des Kosmos zu meditieren. Ich will leben. Ich bin lebendig!

Also, Catherine die Große ist ein unerschöpflicher Informationsquell. Sie und Yvette sind meine »Reporter vor Ort«. Durch sie werde ich erfahren, wer Virginie ist.

»Haben Sie die Nachrichten gesehen?« erkundigt sich Catherine die Große, während sie an meinem Unterarm zieht.

»Nein, wieso? Wir haben im Garten zu Mittag gegessen, es war so schön draußen.«

»Es muß nicht leicht sein, sie zu füttern«, murmelt Catherine nachdenklich, während sie meinen Trizeps knetet.

Aber ja doch, meine Kleine, man sorgt schon irgendwie für die Bekloppte. Tut mir leid, daß deine ausgeprägte Sensibilität darunter leidet.

Sie fährt fort.

»Sie haben wieder etwas über den kleinen Michaël gebracht. Die gleiche Reportage wie letzte Woche, Bilder vom Wald, von dem Angler, der die Leiche gefunden hat usw., denn jetzt sind sie sich sicher, daß es ein Irrer ist. Er hat schon vier Kinder umgebracht! Vier achtjährige Kinder ermordet! Alle in einem Umkreis von fünfzig Kilometern. Wenn ich daran denke, daß der Kerl frei rumläuft!«

»Und sie haben nichts gefunden? Keine Fußabdrücke, Reifenspuren, Stoffasern?« erkundigt sich Yvette, bereit, die Ermittlungen zu leiten.

»Nichts! Nicht das geringste! Und all die armen Kinder sind erwürgt worden.«

»Und, ähm, vergewaltigt worden?«

»Nein, nicht mal. Sie sind einfach nur erdrosselt worden.«

»Merkwürdig«, murmelt Yvette, die sich im Zimmer zu schaffen macht. (Vermutlich wischt sie Staub.) Im allgemeinen haben Morde an kleinen Kindern ein sexuelles Motiv.«

»Ach ja? Nun, jedenfalls haben sie das im Fernsehen nicht erwähnt. Das schlimmste ist, daß ich wenigstens drei der Mütter kenne. Eine arbeitet in der Post in La Verrière. Der zweiten gehört der Tabakladen im Supermarkt. Und die dritte ist Madame Massenet, die, wie ich Ihnen schon erzählt habe, regelmäßig zu mir kommt.«

»Und die vierte Familie?«

»Die kenne ich nicht. Im Fernsehen sagten sie, daß der Vater in einer Bank arbeitet. Die Familie wollte nicht gefilmt werden.«

Das sind sie, ich bin sicher, das sind sie! Wenn Catherine die Große sie doch nur kennen würde ... Aber was würde das ändern? Sie wird nie kapieren, daß ich kein Mehlsack bin. Doch dazu müßte sie mich ansehen. Wenn ich mir vorstelle, ausgerechnet ihr eine derart komplizierte Botschaft übermitteln zu müssen ...

Doktor Raybaud ist gekommen. Verschiedene Untersuchungen, die länger als gewöhnlich dauern. Kein Wunder, es regnet, und er kann heute nicht auf dem See surfen. Er hat mich von Kopf bis Fuß abgetastet, und ich nutze die Gelegenheit, um mehrmals hintereinander den Zeigefinger zu heben. Er ruft Yvette und erkundigt sich bei ihr, ob ich das häufiger mache. Sie erwidert ihm, daß sie es nicht wisse. Er sagt ihr, daß sie in Zukunft darauf achten solle. Ich zwinkere mit den Augen und versuche, den Kopf zu drehen, aber das hat leider nicht den gewünschten Erfolg. Er hält es für einen Anfall, und sie halten mich fest, bis es mir wieder besser geht. Raybauds Schlußfolgerung: Es scheint, als hätte ich Bruchstücke meiner Motorik wiedererlangt. Er wird darüber mit Professor Combré sprechen. »Aber keine falschen Hoffnungen.« Vielleicht sind es nur reflexartige Bewegungen, unkontrollierte Zuckungen, »Kontraktionen«, wie man sagt.

Es sind jetzt schon acht Monate, daß der Zug meines Lebens durch einen dunklen Tunnel fährt. Wenn nur ... Nein, ich darf mich nicht der Hoffnung hingeben.

»Mademoiselle Elise! Huhu! Ich bin's!«

Sei unbesorgt, Yvette, ich hab mich nicht davongemacht. Ich sitze noch immer hier in meinem Rollstuhl wie ein Paket, das darauf wartet, aufgemacht zu werden.

»Sie werden nie erraten, wen ich getroffen habe! Genau vor der Post. Virginie und ihre Eltern! Wie schade, daß Sie nicht mehr das Kino haben, dann hätte man ihnen Freikarten schenken können. Diese Woche spielen sie *Das Dschungelbuch*.«

Die Elefanten auf Patrouillengang ziehen durch mein Herz.

»Da wir gerade in der Nähe waren, habe ich ihnen gezeigt, wo wir wohnen ... Sie heißt Hélène. Eine sehr hübsche Frau, schlank, dunkles Haar, große blaue Augen. Und sehr helle Haut. Er heißt Paul. Paul und Hélène Fansten.

Das sind sie! Virginie hat die Wahrheit gesagt: Ihr Bruder ist tatsächlich ermordet worden.

»Er sieht sehr elegant aus, ein schönes Gesicht à la Paul Newman, wirklich sehr sympathisch«, fährt Yvette fort. »Sehr männlich. Ein Typ wie ... nun ... egal ...«

Ich weiß genau, was du wolltest sagen: ein Typ wie Benoît. Ist das möglich? Benoît war einzigartig. Und im übrigen hatte er mehr Ähnlichkeit mit Robert Redford, also wirklich ...

»Wir haben uns ein wenig unterhalten, und dann habe ich ihnen vorgeschlagen, doch mal abends bei uns auf einen Aperitif vorbeizuschauen. Immerhin sind wir Nachbarn! Und wissen Sie was? Sie haben zugesagt! Sie kommen Mittwochabend mit der Kleinen.«

Ein dreifaches Hipphipphurra auf Yvette! Sie muß bei den beiden ja ganz schön auf die Tränendrüse gedrückt haben, sonst hätte sie sie sicher nicht dazu bewegen können zu kommen!

»Und was den Sohn betrifft, hatte ich recht.«

Yvette senkt die Stimme, als wären wir in der Kirche:

»Er ist vor zwei Jahren gestorben. Er ist einer von diesen armen Jungen, die erwürgt worden sind, stellen Sie sich das mal vor! Virginies Mutter hat mir gesagt, daß sie nicht gern darüber sprechen möchte, also habe ich nicht weiter nachgefragt, Sie kennen mich ja ... Ein Kind zu verlieren, ist schon eine schlimme Sache, aber zu wissen, daß es ermordet wurde ...«

In der Tat, so etwas stellt man sich nicht allzu gern vor ... Renaud Fansten. 1993 bin ich viel gereist. Ich war Jurymitglied bei mehreren Filmfestivals und dann, ich erinnere mich nicht mehr warum, war das eine Zeit, in der es zwischen Benoît und mir jede Menge Spannungen gab. Sicher ist das der Grund, warum ich diesem Mord damals keine Beachtung geschenkt habe. Hélène und Paul Fansten. Paul. Ein Vorname, der gut zum Klang seiner Stimme paßt. Ein selbstsicherer Mann. Hat er helle oder dunkle Augen? Hat er braune Haare? Ich stelle mir seine Augen braun vor. Und Virginie ist blond, hat lange blonde Haare wie eine kleine Puppe. Werden sie uns wirklich besuchen, der schöne Paul und seine Tochter? Ich habe meine Zweifel, wenn ich daran denke.

Ungeduldig sehnte ich den Mittwoch herbei. Ich hatte das Gefühl, die Zeit würde überhaupt nicht mehr vergehen. Dieser Zustand fieberhafter Anspannung erinnerte mich an meine ersten Rendezvous mit Benoît.

Und heute also ist der große Tag. Ich habe das Gefühl, unter Hochspannung zu stehen. Absolut lächerlich.

Seit dem frühen Morgen macht sich Yvette in der Küche zu schaffen. Wie ich sie kenne, mußte sie unbedingt ein kaltes Büffet vorbereiten, das selbst bei den Windsors im Buckingham Palace Ehre gemacht hätte. Sie hat mich gewaschen, angezogen, frisiert (um Gottes willen!) – wie man es bei einer Schülerin am Tag der Zeugnisvergabe tut. Ich bin sauber und adrett. Ich stecke in einem Sommerkleid aus Baumwolle (Hoffentlich ist es keins von ihr!) und sitze im Wohnzimmer am offenen Fenster. Ich frage mich, wie ich wohl aussehe. Natürlich bin ich noch immer klein, schmal und dunkelhaarig, doch ich muß inzwischen eingefallene Wangen haben, wodurch meine Nase noch länger wirkt, und sicher bin ich schneeweiß. Und dieses dumme Haar, das mir unterm Kinn sprießt? »Absolut nicht zu sehen«, sagte Benoît immer. Das sagst du so, bestimmt hängt es mir inzwischen bis zum Knie. Ein Skelett in einem Kleid mit Vichykaros und einem peinlichen Haar am Kinn, na, da lohnt sich der Besuch wenigstens! Irgendwo bellt ein Hund. Es ist komisch, daß immer irgendwo ein dämlicher Köter bellen muß. Es klingelt.

Yvette eilt zur Tür. Ich schlucke. Ich würde mich so gerne im Spiegel betrachten, um zu wissen, wie ich aussehe. Rasche Schritte, leisere Schritte. Jemand läuft auf mich zu. Ein Stimmchen voller Lebendigkeit ruft: »Guten Tag, Elise.«

Ich hebe den Zeigefinger. Virginie legt ihre Hand auf meine. Ihre Hand ist warm. Eine weitere Person betritt das Zimmer

»Guten Tag.«
Die tiefe Stimme. Das ist er, Paul.
»Guten Tag.«
Eine sanfte, ruhige Stimme. Das muß Hélène sein.
»Setzen Sie sich doch bitte«, sagte Yvette, als sie den quietschenden Servierwagen ins Zimmer schiebt.
Das Ledersofa knarrt. Sie müssen Platz genommen haben. Ich stelle mir vor, wie sie unauffällig die Einrichtung des Zimmers mustern. Die Clubsessel, das große Büffet aus Kirschholz von meiner Großmutter, den Schrank mit der Hi-Fi-Anlage, den Fernseher, den niedrigen Holztisch, die vollen Bücherregale, den Schreibtisch, in dem ich meine Papiere aufbewahre ... Ich höre, wie Virginie mit Trippelschritten das Zimmer erkundet.
»Virginie, faß bitte nichts an!«
»Nein, Mama, ich seh mich nur um. Guck mal, da sind ja ganz viele Kinderbücher.«
Die habe ich von meinem Vater. Ich hatte sie aufgehoben, um sie eines Tages dem Kind, das ich mir mit Benoît wünschte, vorzulesen. Aber uns blieb dafür nicht die Zeit.
»Darf ich eins haben und lesen?«
»Aber natürlich, mein Mäuschen. Komm, setz dich hierhin.«
Yvette setzt sie in den großen Sessel ganz in meiner Nähe.
»Das Haus scheint ja recht groß!« sagt Hélène.
»O ja, das ist es auch. Kommen Sie, ich führe Sie herum.«
Angeregt plaudernd gehen sie aus dem Wohnzimmer. Sofort hüpft Virginie von ihrem Platz und kommt zu mir. Sie flüstert mir ins Ohr:
»In der Schule hat die Lehrerin mit mir geschimpft, weil ich meine Hausaufgaben nicht gemacht habe. Aber ich kann nicht lernen, weil ich Angst habe. Das ist dumm, ich weiß, denn es sterben ja nur Jungen, aber man kann nie wissen. Und wenn die Bestie es sich anders überlegt? Kennst du den Film *Der Sinn des Lebens?* Mein Papa hat sich ein Video davon ausgeliehen. An einer Stelle kommt der Tod zu Leuten, die vergiftete Pastete

gegessen haben, um sie davon zu überzeugen, daß sie bald tot sein werden.«

Sie spricht von einem Film der Monty Pythons! Und ob ich den kenne! Es war einer unserer Lieblingsfilme, ich habe ihn mindestens zehnmal gezeigt. Sie beugt sich noch näher zu mir herüber, ich spüre ihren warmen Atem.

»Ich habe Angst vor dem Tod, vor der Bestie. Seine Fratze ist so unheimlich. Ich würde wahnsinnig gern in Disneyland wohnen, im Schloß von Dornröschen.«

Selbst wenn ich wüßte, was ich darauf sagen sollte, könnte ich es nicht. Yvette und die anderen kommen zurück, ihre Schritte hallen auf dem Parkett wider. Sie sprechen über das Wetter, den Kauf von Häusern und darüber, wie teuer das Leben geworden ist. Nichts Aufregendes. Virginie ist still. Ich nehme an, sie liest wieder in dem Buch, denn ich höre, wie regelmäßig Seiten umgeblättert werden. Da sie mir kurz zuvor noch diese abscheulichen Dinge erzählt hat, empfinde ich es irgendwie als unwirklich, sie mir nun friedlich lesend vorzustellen und die anderen seelenruhig Belanglosigkeiten austauschen zu hören. In der Tat fällt es mir schwer zu glauben, daß das, was sie erzählt hat, tatsächlich wahr ist. Pauls warme Stimme unterbricht mich in meinen Gedanken:

»Stören wir Sie auch nicht?«

Spricht er mit mir?

»Nein, nein, ich bin sicher, sie freut sich. Mademoiselle Elise hat immer gern Leute um sich gehabt«, antwortet Yvette an meiner Stelle.

Paul seufzt, als wenn ihn plötzlich etwas traurig stimmen würde. Was sieht er in mir? Wird er an mich denken, wenn er abends im Bett liegt, und alles in weißes Mondlicht getaucht ist? Ich bin jedenfalls so gut wie sicher, daß ich an ihn denken werde beziehungsweise an die Vorstellung, die ich mir von ihm mache: ein großer Mann mit braunem, sehr kurzgeschnittenem Haar, schlank mit langen Beinen, einem entschlossenen Gesicht und großen, hellen Augen ... Vielleicht liegt es daran, daß mich seine Stimme beruhigt, mir Vertrauen einflößt. Ich fühle mich so allein. Und Hélène scheint auch sympathisch zu sein. Leute, die ich sicher gern kennengelernt hätte, bevor ich ...

Hélène, Paul und Yvette unterhalten sich angeregt über die Politik der neuen Gemeindeverwaltung.

Virginie erhebt sich, um ihr Buch beiseite zu legen. Sie steht auf einmal direkt neben mir, denn ich kann die Wärme ihres kleinen Körpers, der nach einem Badezusatz duftet, spüren.

»Ich glaube, die Bestie mag nicht, was sie tut. Aber sie muß es tun, verstehst du«, flüstert sie mir ins Ohr. »Es überkommt sie, einfach so, und hopp, braucht sie ein Kind. Da war ein Polizist, der hieß Kommissar oder so, der hat mir ein paarmal Fragen gestellt. Ich fand, er sieht wie ein Clown aus, ich nenne ihn Bonzo, er hat einen großen, gelben Schnurrbart und Haare wie Stroh. Er wollte so gern, daß ich ihm sage, was ich weiß, aber ich kann nicht. Ich kann es niemandem erzählen, außer dir, weil das etwas anderes ist.«

Es stimmt, ich bin verschwiegen wie ein Grab. Also, die Polizei hat sich schon für Virginie interessiert. Wahrscheinlich für alle Kinder aus der Gegend, die ja vielleicht etwas beobachtet haben könnten.

»Renaud wußte nichts von der Bestie, er war nicht mißtrauisch, und deshalb konnte sie ihn kriegen. Ich hab ihm gesagt, er soll nicht in dem Häuschen spielen. Denn ich hatte schon bemerkt, daß die Bestie um ihn herumscharwenzelte, ihn angelächelt hat ... Aber er hat nicht auf mich gehört. Hörst du mir zu?«

Ich hebe den Zeigefinger. Ich bin etwas benommen.

»Virginie, was machst du da?«

Die besorgte Stimme von Hélène.

»Ich unterhalte mich mit Elise.«

Betretenes Hüsteln.

»Möchtest du einen Tee? Oder einen Kakao, mein Liebling?« erkundigt sich Yvette.

»Nein, danke, Madame.«
»Virginie, komm bitte mal kurz her.«
Das ist Paul.
Virginie seufzt genervt.
»Nie hat man seine Ruhe!«
Ich lächle, beziehungsweise ich habe zumindest das Gefühl zu lächeln. Ich weiß nicht, was mein Gesicht ausdrückt.
»Ist etwas nicht in Ordnung, Mademoiselle Elise?« erkundigt sich Yvette besorgt.
Nun gut, an meinem Lächeln muß ich wohl noch etwas arbeiten.
»Wir müssen gehen. Wir sind heute abend bei Freunden zum Essen eingeladen«, erklärt Hélène. »Machst du dich fertig, Virginie?«
»Sie müssen uns unbedingt wieder besuchen. Wissen Sie ... (Yvette senkt die Stimme), ich habe den Eindruck, daß es ihr wesentlich besser geht, seit sie die Kleine und Sie beide kennt. Sie ist so allein ... Wir würden uns wirklich freuen, wenn Sie bald wieder einmal vorbeikommen würden.«
»Wir werden es versuchen. Nun ... mein Mann ... er hat sehr viele Verpflichtungen, nicht wahr, Paul? Jedenfalls möchten wir uns ganz herzlich für die Einladung bedanken. Es war sehr nett. Hast du schon auf Wiedersehen gesagt, Virg'?«
»Auf Wiedersehen, Madame.«
Rasche Trippelschritte in meine Richtung.
»Auf Wiedersehen, Elise. Ich mag dein Haus sehr. Und ich finde dich sehr nett.«
Sie drückt mir einen Kuß auf die Wange. Ich schlucke.
»Findest du mich auch nett?«
Ich hebe den Zeigefinger.
Flüstern. Yvette nähert sich mit schweren Schritten.
»Mademoiselle Elise?«
Zeigefinger.
Sie beugt sich zu mir herab und spricht ganz laut und deutlich:

»Verstehen Sie mich? Wenn Sie mich verstehen, dann heben Sie bitte zweimal den Zeigefinger.«

Ich hebe zweimal den Zeigefinger.

»Mein Gott! Also stimmt es! Sie versteht uns! Der Doktor hatte da seine Zweifel! Ich wußte es, ich wußte, sie versteht alles!«

»Das ist wirklich erstaunlich«, murmelt Hélène.

Am liebsten wäre ich aus meinem Rollstuhl gesprungen, um mich mit ihnen zusammen zu freuen.

»Was ist?« will Virginie wissen.

»Mademoiselle Elise hört, sie hört und versteht uns!«

»Aber klar, wie hätte ich mich sonst mit ihr unterhalten können?«

»Hören Sie, Yvette, wir müssen jetzt wirklich los, und im übrigen möchte ich Ihnen sagen, daß ... wir uns sehr für Sie beide freuen.«

Es ist wieder Hélènes Stimme. Paul muß sehr schüchtern sein.

Stimmengewirr auf dem Flur. Kaum hat sich die Haustür geschlossen, ist Yvette schon am Telefon. Als sie auflegt, meint sie triumphierend:

»Der Doktor kommt heute abend noch vorbei.«

Ich finde es nicht schlecht, daß ich dem Kerl den heutigen Abend verderbe.

Raybaud war da. Er hat Yvettes Begeisterung einen Dämpfer versetzt. Die Tatsache, daß ich anscheinend höre und verstehe, bedeutet nicht: a) daß ich geistig zu 100 % wieder so bin wie früher, b) daß ich mich wieder werde bewegen können. Es gab schon Fälle, da konnten Leute dreißig Jahre lang lediglich einen Zeh oder ein Ohr bewegen. Wie immer sehr aufbauend, dieser Raybaud. Kurz, was meine Neuronen betrifft, möchte er ein paar neue Tests durchführen.

Und schwupp, weg ist er! Auf Wiedersehen, Essenseinladung, Freunde, kann unmöglich zu spät kommen, ein richtiger

Wirbelwind, dieser Typ. Ich weiß nicht einmal, wie er aussieht. Ich stelle mir einen durchtrainierten Mann im Surfanzug vor, um dessen Hals ein Stethoskop baumelt.

Yvette hat eine kleine Flasche Champagner aufgemacht, sie läßt mich einen winzigen Schluck trinken und schlürft den Rest, während sie mit meinem Onkel in Südfrankreich telefoniert, um ihm die gute Nachricht mitzuteilen.

Ich verbringe eine unruhige Nacht. Na ja ... das ist so dahingesagt. Ich kann an nichts anderes denken als an das, was Virginie mir erzählt hat. Und an Paul und Hélène. Sie müssen mich abstoßend finden. Ich verstehe nicht, warum Virginie sich weigert, den Täter zu nennen. Denn ich bin überzeugt, daß sie nicht lügt: Sie weiß, wer es ist. Aber sie schützt ihn. Das ist unglaublich!

## 3

Mein Leben hat sich verändert. Ich will nicht von einem Wunder sprechen, aber es ist trotzdem phantastisch. Zuerst hat Professor Combré anklingen lassen, daß meine Lähmung möglicherweise von einem Schock herrührt und nicht auf eine tatsächliche Schädigung der motorischen Zentren zurückzuführen ist, denn die Nervenfasern des Rückenmarks seien nicht durchtrennt. Ohne mir falsche Hoffnungen machen zu wollen glaubt er, daß ich recht gute Chancen habe, eines Tages einen Großteil meiner Bewegungsfähigkeit wiederzuerlangen. Daraufhin hat man die Rehabilitationsmaßnahmen intensiviert. Manchmal habe ich den Eindruck, daß mein ganzer Körper vibriert wie ein Flugzeug, bevor es abhebt.

Außerdem hat Hélène mich ein paarmal besucht, zusammen mit Virginie. Ich habe den Eindruck, daß Hélène sich sehr einsam fühlt. Sie beklagt sich häufig, daß Paul zuviel arbeitet. Er hat einen verantwortungsvollen Posten bei der Bank und unmögliche Arbeitszeiten. Sie langweilt sich. Sie setzt sich im

Wohnzimmer zu mir und spricht mit ihrer sanften Stimme. Sie erzählt mir, wie draußen das Wetter ist, von den Früchten, den Blumen, der Farbe des Himmels, den vorbeiziehenden Wolken. Ich habe das Gefühl, eine Freundin gefunden zu haben. Virginie ist unterdessen bei Yvette in der Küche. Sie scheint meine Gesellschaft zu meiden und erzählt mir nichts mehr. Meine Diagnose lautet, daß wir es hier wohl mit einem schweren Fall von Eifersucht zu tun haben.

Ich weiß nicht, wie ich Hélène klarmachen kann, daß Virginie möglicherweise in Gefahr ist. Andererseits muß ich zugeben, daß all diese Mordgeschichten bei dem schönen Sonnenschein und den warmen Nachmittagen in weite Ferne gerückt sind. Vielleicht ist Virginie nur ein kleines Mädchen mit einer blühenden Phantasie.

Jedenfalls, wenn Hélène da ist, vergeht die Zeit wie im Flug. Heute bin ich allein. Ich stelle mir vor, ich liege am Strand und würde ein Sonnenbad nehmen. Doch es fällt mir schwer, mich darauf zu konzentrieren, denn gestern abend hat sich in Paris ein Bombenattentat ereignet. Mir wäre es lieber gewesen, Yvette hätte den Ton abgestellt, ich mußte die entsetzten Augenzeugenberichte, das Sirenengeheul der Krankenwagen mitanhören, ich dachte an das viele Blut, an das Entsetzen, an die Fassungslosigkeit. Ich dachte an mich. An meine Panik. An Benoît, daran, wie seinem Leben brutal ein Ende gesetzt wurde. Jede Nachricht, die sich um ein solches Thema dreht, versetzt mich wieder in die Vergangenheit, der ich um jeden Preis entfliehen will. Ich fange an, die Leute zu verstehen, die sich weigern, schlechte Nachrichten zu hören.

Es klingelt.

Überraschung! Es ist der berühmt-berüchtigte Kommissar, von dem Virginie mir erzählt hat. Yvette bittet ihn herein. Ich weiß nicht, was er macht, denn ich höre rein gar nichts. Wahrscheinlich beobachtet er mich.

»Mademoiselle Andrioli? Ich bin Kommissar Yssart von der Kriminalpolizei.«

Ah, Bonzo heißt also Yssart. Seine Stimme ist kühl und klingt ein klein wenig gekünstelt. Er spricht ohne erkennbaren Akzent.

»Sie kann Ihnen nicht antworten, das habe ich Ihnen doch schon gesagt«, unterbricht ihn Yvette.

Der Kommissar ignoriert ihren Einwand und fährt fort:

»Ich wußte nicht, daß Sie krank sind. Ich muß mich entschuldigen, daß ich hier einfach so hereinplatze.«

Also, ich muß sagen, für einen Clown drückt er sich doch ganz manierlich aus.

Meine Yvette, die ihm nicht von der Seite weicht, kann sich nicht verkneifen, mir zu sagen, daß der Kommissar wegen der Ermittlungen im Fall des kleinen Michaël Massenet zu uns gekommen ist.

»Ich habe ihm schon gesagt, daß wir den Kleinen nicht kannten.«

Ich höre, wie der Kommissar tief Luft holt:

»Ich bin davon überzeugt, Verehrteste, daß Mademoiselle Andrioli, wenn sie uns hört, und das glaube ich, meine Stimme sicherlich ebensogut versteht wie Ihre! Wenn es Ihnen nichts ausmacht, würde ich sie gern kurz unter vier Augen sprechen.«

»Ganz wie Sie wollen«, erwiderte Yvette und verläßt türenschlagend das Zimmer.

Ich höre, wie er sich räuspert. Ich warte. Dieser Mann ist vielleicht meine einzige Chance, Virginie zu helfen.

»Wie Sie sicher wissen, ermitteln wir gerade im Mordfall Michaël Massenet und haben auch die Nachforschungen in einigen anderen, früher begangenen Morden wieder aufgenommen, die bis heute nicht geklärt werden konnten. Können Sie sich mir auf irgendeine Art verständlich machen?«

Oh, jemand, der mitdenkt! Ich hebe den Zeigefinger.

»Gut. Ich werde Ihnen die Namen der Kinder nennen, und wenn Sie eins von ihnen kennen, heben Sie bitte den Finger.«

Er sagt die Namen der Kinder. Als er Renaud Fansten erwähnt, hebe ich den Zeigefinger.

»Sie kannten den kleinen Fansten?«

Keine Reaktion meinerseits. Er räuspert sich erneut.

»Ah ja. Ein kleines Verständigungsproblem. Wollen Sie damit sagen, daß Sie von dem kleinen Fansten gehört haben?«

Ich hebe den Zeigefinger.

»Im Fernsehen?«

Keine Reaktion meinerseits.

»Hat einer seiner Angehörigen von ihm gesprochen?«

Ich hebe den Zeigefinger.

»Vielleicht seine Mutter?«

Keine Reaktion meinerseits.

»Sein Vater?«

Keine Reaktion meinerseits. Das ist ein bißchen mühselig.

»Die kleine Virginie?«

Zeigefinger.

»Sie kennen die kleine Virginie Fansten?«

Nun sind wir beim eigentlichen Thema angekommen! Du Heuchler! Du weißt ganz genau, daß ich sie kenne, und du interessierst dich mehr für sie als für mich. Glücklicherweise.

»Hören Sie, Mademoiselle Andrioli, ich will nicht unnötig mit langen Vorreden Ihre Zeit verschwenden. Ich frage Sie also ganz ohne Umschweife: Hatten Sie bei Virginie den Eindruck, daß sie etwas über diese Sache weiß?«

Als ich sofort den Zeigefinger heben will, hält mich ein Gedanke zurück. Habe ich das Recht, Virginies Geheimnis zu verraten? Aber wenn doch ihr Leben in Gefahr ist? Ich entscheide mich deshalb dafür, den Zeigefinger zu heben.

»Hat Sie Ihnen gesagt, daß sie den Mörder kennt?«

Ich hebe den Zeigefinger.

»Hat sie Ihnen seinen Namen genannt?«

Kein Zeigefinger.

»Hatten Sie den Eindruck, daß sie irgendwie, sagen wir mal, seelisch gestört ist?«

Schlagartig wird mir klar, worauf er hinauswill. Er glaubt, Virginie sei verrückt! Kein Zeigefinger.

»Verstehen Sie mich richtig. Es ist ein entzückendes kleines Mädchen, das durch den Mord an seinem Halbbruder ein schweres Trauma erlitten hat.«

Ihr Halbbruder? Das wußte ich nicht.

»Als Hélène Siccardi Paul Fansten heiratete, war der kleine Renaud bereits zwei Jahre alt. Paul Fanstens erste Frau starb 1986 an Krebs. Die neue Madame Fansten hat sich immer sehr liebevoll um Renaud gekümmert, wie übrigens auch um Virginie, doch das Kind verhält sich eigenartig, und der Schuldirektor findet, daß Virginie ungewöhnlich in sich gekehrt ist. Mir gegenüber ist sie vollkommen verschlossen, und ich bekomme kein Wort aus ihr heraus. Deshalb habe ich mir erlaubt, Sie aufzusuchen. Mir scheint, daß dieses Kind ein Geheimnis mit sich herumträgt, vielleicht hat sie zu Ihnen mehr Vertrauen. Hat sie Ihnen gegenüber irgend etwas erwähnt, wodurch man möglicherweise Rückschlüsse auf die Identität des Täters ziehen könnte?«

Kein Zeigefinger.

»Hat sie behauptet, eines oder mehrere dieser Verbrechen beobachtet zu haben?«

Und wenn sie sie für verrückt erklären? Will man sie ihren Eltern wegnehmen? Der Fürsorge übergeben? Wenn Virginie nun aufgrund meiner Antworten in ein Heim kommt ... Verdammt, ich weiß nicht, was ich tun soll. Kein Zeigefinger.

»Denken Sie gut nach. Sie sind wahrscheinlich die einzige Person, die in der Lage ist, Virginie und uns zu helfen.«

Na, das ist ja wirklich die Höhe! Wenn sie auf mich zählen, kann sich die Lösung des Falls noch hinziehen! Ich rühre mich nicht.

»Nun gut. Ich danke Ihnen für Ihre Mitarbeit. Wenn Sie gestatten, werde ich mich jetzt verabschieden. Mir scheint, ich muß die kleine Virginie noch einmal befragen. Auf bald, Mademoiselle Andrioli. Ich wünsche Ihnen gute Besserung ...«

Die Tür fällt ins Schloß. Idiot! Ich leide doch nicht an einer Grippe! Gute Besserung! Bessere dich doch erst einmal selbst!

Hätte ich zugeben sollen, daß ich mehr weiß? Warum habe ich es nicht getan? Das war dumm von mir. Und jetzt ist es zu spät.

Es ist drückend heiß. Typisches Juliwetter. Ich sitze in der Laube, im Schatten, auf meinem Gummikissen. Yvette hat mir die Haare zu einem Pferdeschwanz zusammengebunden, ich hasse das, aber sie hat mich nicht nach meiner Meinung gefragt. Ich habe das Gefühl, daß ich entsetzlich dünn geworden bin. Mit meinem zurückgebundenen dunklen Haar, meiner fahlen Haut und meinen erschöpften Gesichtszügen habe ich wohl mehr Ähnlichkeit mit einem Vampir als mit einem Topmodel.

Doch das scheint Paul nicht zu stören. Er hat mich inzwischen schon drei oder viermal besucht, um mir Obst oder einen Kuchen von Hélène vorbeizubringen, oder um Virginie bei Yvette abzusetzen, die ihr einen Kinobesuch versprochen hat ... Und gestern hat er seine Hand auf meine Schulter gelegt und gemurmelt: »Ich weiß, daß das, was ich jetzt sage, vielleicht grausam klingt, aber manchmal sehne ich mich nach Ihrer Einsamkeit, manchmal möchte ich mich, genau wie Sie, der Welt entziehen.« Phantastisch, super, na, dann tauschen wir doch einfach! Leider passierte nichts dergleichen. Ich bin noch immer an meinen Rollstuhl gefesselt, und er kann noch immer stehen. Nachdem er mir noch einmal kräftig auf die Schulter geklopft hatte, ist er gegangen.

Jetzt, wo ich in der Laube sitze und vor Hitze umkomme, muß ich wieder an seine Worte denken. Yvette macht gerade eine Fruchtkaltschale. Wir sind zu einer Grillparty eingeladen, und sie möchte dort nicht mit leeren Händen erscheinen.

Ach ja, stimmt: Ich bin nicht mehr von der Gesellschaft ausgeschlossen, Hélène und Paul haben mich ihren Freunden vorgestellt, junge Paare aus der Siedlung, die sie vom Tennisspielen oder aus dem Schwimmbad kennen; sie haben mich alle quasi adoptiert. Ich bin das neue Maskottchen des Neubauviertels von Boissy-les-Colombes. Ich weiß nicht, warum all diese Leute so nett zu mir sind. Vielleicht fühlen sie sich wie barmherzige Samariter, wenn sie mich in ihrer Mitte dulden. Die Tatsache, daß ich nicht abstoßend wirke, kommt mir dabei sicherlich auch zugute. Ich sabbere nicht, ich hampele nicht unkontrolliert in meinem Rollstuhl herum, ich rolle nicht mit den Augen. Ich bin eher so eine Art Dornröschen, das auf ihrem Thron eingenickt ist. So sehe ich es zumindest. Immerhin nimmt man mich jetzt überallhin mit, und häufig werde ich von den Leuten angesprochen. Sie erzählen mir eigentlich nur Nebensächlichkeiten, durch die sie mir aber einiges über ihre persönlichen Sorgen und Nöte verraten. Ich habe gelernt, sie an ihren Stimmen zu erkennen, sie auseinanderzuhalten; und ich habe mir dadurch von jedem ein »Bild« gemacht.

Zu den engeren Freunden der Fanstens gehören Claude und Jean-Mi Mondini; er ist Ingenieur, sie arbeitet für einen katholischen Wohltätigkeitsverband. Ihrer Stimme nach halte ich sie für eine fröhliche, dynamische, etwas verklemmte junge Frau, die bestimmt auch ihre Jogginghosen bügelt. Jean-Mi bemüht sich, wie der nette Kumpel von nebenan zu klingen. Er hat eine schöne Stimme und singt im Chor. Sie haben drei wohlerzogene Kinder, zwei Jungen und ein Mädchen. Das andere Freundespaar sind Betty und Manu Quinson. Die beiden gehen, wie man so schön sagt, mit der Zeit: Sie kennen alle Hard Rock-Gruppen, benutzen alle Wörter, die gerade in sind, machen Thalasso-Wochen, fahren zum Snowboarden und leben makrobiotisch. Manu ist leitender kaufmännischer Angestellter bei der Air France und Betty hat ein Geschäft in der Nähe von Versailles, in dem sie edlen Trödel verkauft. Manu hat man mir als klein, untersetzt und bärtig beschrieben. Bei Betty stelle ich mir vor, daß sie das Gesicht einer Katze und dichtes, lockiges Haar hat, außerdem weite Kleider trägt. Besonders eng sind die Fanstens mit Sophie und Steph Migoin befreundet. Steph beziehungsweise Stéphane ist Unternehmer, Sophie arbeitet nicht. Wie Hélène erzählt hat, haben sie eines der luxuriösesten Häuser hier in der Gegend. Mich beeindruckt Stéphanes tiefe Stimme, und sein lautstarkes Gelächter erschreckt mich jedesmal. Er wirft immer alles um: Weinflaschen, Gläser, Teller, er ist die Inkarnation eines Trampels, der Typ, zu dem man sagt: »Steph, das ist mein Fuß, den du da gerade zerquetschst!« oder: »Steph, könntest du mit den Kindern irgendwo anders Räuber und Gendarm spielen als hier unter dem Tisch?« Sophie ist da viel unauffälliger, sie hat eine etwas affektiert klingende Stimme, und ich stelle sie mir ein wenig zickig vor, im Chanel-Kostüm, mit kantigem und stets perfekt geschminktem Gesicht. Obwohl ich mich an den Gesprächen nicht beteiligen kann, langweile ich mich nicht. Ich bin damit beschäftigt, jeder Stimme ein Gesicht zuzuordnen. Im Laufe des Abends ändere ich die Augen, die Nasen, die Frisuren – als würde ich Phantombilder anfertigen.

Virginie ist seit zwei Wochen im Ferienlager. Sie kommt heute zurück. Hélène hat mir erzählt, daß Kommissar Yssart vorbeigekommen ist, um Virginie ein paar Fragen zu stellen, aber da saß sie schon in dem Bus, der sie in die Auvergne bringen sollte. Er meinte, er würde es nach ihrer Rückkehr noch einmal versuchen. Man könnte meinen, es gäbe nichts Wichtigeres. Ich weiß nicht mehr, was ich denken soll. All diese Geschichten um die Morde scheinen in weite Ferne gerückt. Trotz der Ereignisse wollen alle nur noch den Sommer genießen und sich amüsieren.

Auch ich werde mich amüsieren. Nach all den Monaten, in denen ein tiefsitzender Pessimismus von mir Besitz ergriffen hatte, habe ich nun das Gefühl, endlich wiederaufzuleben. Ich höre die anderen sprechen, lachen, und es ist ein bißchen so, als ob ich ein Teil von ihnen wäre. Alle sind sehr nett zu der »ausgestopften Puppe« Andrioli. Hélène hat mir erzählt, daß Sophie Migoin sehr eifersüchtig auf mich ist, seit ihr Mann Steph lauthals verkündet hat, daß ich »das hübscheste Mädchen in dieser ganzen beschissenen Stadt« sei. Natürlich war er betrunken, aber es hat mich trotzdem gefreut.

»Sie werden sehen! Wenn Sie wieder gesund sind, werden

sich alle um Sie bemühen!« hat Hélène mir neulich zugeflüstert. Gesund, gesund! Ich bin nicht krank, ich bin »out«, außer Betrieb, und was irgendwelche Fortschritte betrifft, ich sehe keine. Zeigefinger, Zeigefinger und noch mal Zeigefinger. Eine immerwährende Zeigefinger-Zukunft ist nicht gerade mein Traum. Keine negativen Gedanken, konzentrier dich auf heute abend.

Der Schweiß rinnt mir die Schläfen entlang. Yvette ist in der Küche. Ich kann ihn nicht abwischen, das ist sehr unangenehm. Wenn sie doch nur kurz zu mir herauskäme!

Ah! Ich höre Schritte! Endlich! Ich komme allmählich um vor Hitze.

Aber was macht sie? Sie scheint sich regelrecht anzuschleichen.

Das Telefon schrillt.

»Hallo, ja? Ja, so gegen sieben, in Ordnung ...«

Yvette ist am Telefon. Yvette ... Wenn Yvette telefoniert, wer geht dann den Gartenweg entlang?

Hélène? Paul? Wollen sie mich überraschen?

Jemand kitzelt mich mit einem Blatt am Hals.

Ich hasse diese Art von Späßen. Ich spüre ganz in meiner Nähe die Körperwärme einer anderen Person. Ein Schweißgeruch, den ich nicht kenne. Yvette telefoniert noch immer. Inzwischen bin ich total nervös. Ich hasse solche Scherze, vor allem in meiner Situation. Darüber kann ich überhaupt nicht lachen, es macht mir angst.

Etwas berührt meinen Arm. Etwas Dünnes. Spitzes. Wie ein Stöckchen oder ... Eine Nadel?

Was soll der Blödsinn?

Das spitze Ding zeichnet etwas auf meinen Arm. Aber das ist ... ja, das ist ein Buchstabe. Ein H. Es ist ein H. Kurze Pause, dann folgt ein weiterer Buchstabe. Das könnte ein A werden ... Aber das ist kein A, sondern ein U. Hund? Was kommt jetzt? Ein R: HUR ... aber was soll das? Yvette, Yvette! Ich höre jemanden atmen. Einen rasselnden Atem. Ich hasse das! Ich hasse dieses Scheißspiel!!! So, und nun kommt das E, nur zu, sehr lustig!

Aua! Er hat mich gestochen! Der Scheißkerl hat mich gestochen! Ich spüre, wie sich die Nadel in mein Fleisch bohrt! Ich habe Angst. Ich begreife nicht, was da vor sich geht. Ich habe Angst. Wird er weitermachen? Oh, nein! Er fährt mit der Nadel meinen Arm entlang, meine Wange ... Nein, nein! Aua!

Er hat mich in die Schulter gestochen, das tut weh, ich will das nicht, aufhören!!! Du Mistkerl, wenn ich wüßte, wer du bist, würde ich ...

Er fährt mir mit der Nadel über die Brust, o mein Gott, nein! Nicht in die Brustwarze, nein! Bitte! Er hält inne, läßt sich Zeit, ich möchte schreien, er fährt mit der Nadel gemächlich an meinem Kleid entlang, drückt sie auf meinen Bauch, streift leicht über meinen Unterleib, das ist ein Kranker, ich bin das Opfer eines Kranken! Aua!

Er sticht sie in meinen Oberschenkel, das tut weh, oh! Es tut weh, er drückt sie gegen mein Geschlecht, nein, bitte, nein ...

»Wir müssen bald los! Sie erwarten uns um sieben Uhr!«

Yvette! Yvette! Schnell!

Der Schweißgeruch und die warme Aura des fremden Körpers verschwinden. Während Yvette auf mich zukommt, singt sie »Madrid, Madrid«. Ich weine innerlich, Tränen der Wut und der Angst, Yvette ist ganz nah:

»Mein Gott. Sie sind ja völlig durchgeschwitzt! Und außerdem ganz rot!«

Ich spüre ein Taschentuch auf meinem Gesicht, ich werde niemals wissen, ob es nicht auch Tränen waren.

»Heute ist es wirklich unglaublich heiß! Oje! Die Mücken haben Sie ja ganz zerstochen!«

Sie schiebt mich ins Haus. Mein Herz schlägt noch immer zum Zerspringen. Ich spüre, wie die Einstichstellen brennen. Doch es ist nicht der Schmerz, der mein Herz so rasen läßt. Es ist das Gefühl, dem Willen eines Unbekannten, all seinen Einfällen auf Gedeih und Verderb ausgeliefert zu sein.

Ich kann einfach nicht glauben, daß jemand so grausam sein kann, sich mit einer Behinderten solche Scherze zu erlauben.

Yvette brummelt vor sich hin, während sie mir ein anderes Kleid anzieht. Auch ihr ist heiß. Sie reibt mich kurz mit einem nassen Waschlappen ab, tut etwas Salbe auf die »Mückenstiche«, geht sich umziehen, und schon sind wir fertig.

Ich bin vollkommen verängstigt. Ich habe das Gefühl, aus einem Alptraum erwacht zu sein. War da wirklich jemand bei mir, jemand, der »Hure« auf meine Haut geschrieben hat, der mir Angst einjagen wollte?

Yvette schiebt den Rollstuhl aus dem Haus und schließt die Tür ab. Wir machen uns auf den Weg.

»Alles in Ordnung?«

Kein Zeigefinger.

»Nun ja, mir ist auch heiß. Auf dem Fest wird es angenehmer sein.«

Nicht die Hitze macht mir Sorgen. Aber wie soll ich ihr das erklären? Wie mich verständlich machen?

Das Fest ist in vollem Gange. Die Sonne ist untergegangen und es wird allmählich kühler. Hélène hat mir erzählt, daß sie auf zwei großen Tischen im Garten das Büfett aufgebaut haben, und Paul sich um den Grill kümmert.

Ich höre das Gelächter, das Klirren der Gläser, das Kratzen des Bestecks auf den Tellern. Hélène hat mich in eine Ecke geschoben, damit ich meine Ruhe habe. Es sind an die zwanzig Personen da, und alle scheinen sich prächtig zu amüsieren. Mit schriller Stimme erzählt Betty, wie sie das letzte Mal mit Manu auf dem Katamaran bei Windstärke 8 unterwegs war. Claude Mondini berichtet, ich weiß nicht, wem, davon, welchen Zulauf die neuen Katechismus-Abende haben. Wenn ich daran denke, wie sehr ich mich auf diesen Abend gefreut habe! Mein ganzer Enthusiasmus ist verflogen, und ich kann einfach nicht aufhören, mich zu fragen, wer von den Anwesenden es spaßig finden könnte, eine wehrlose Behinderte mit einer Nadel zu traktieren. Kinder schreien und toben wild durch die Gegend. Plötzlich fällt mir ein, daß Virginie ja wieder da sein muß!

Doch der Gedanke daran beruhigt mich keineswegs, im Gegenteil. Mit Virginie kommen auch all die Fragen zurück, auf die ich keine Antwort weiß. Und das kann ich heute abend wirklich nicht gebrauchen.

Genau in diesem Augenblick höre ich ihr gleichgültiges Stimmchen:

»Guten Abend, Elise. Geht es dir gut?«

Ich hebe den Zeigefinger, aber es ist eine Lüge. Mir geht es alles andere als gut.

»Ich bin im Ferienlager auf Ponys geritten! Das war toll! Ich wäre gern den ganzen Sommer über dort geblieben, aber sie wollten das nicht. Dort hat es mir besser gefallen. Ich hatte meine Ruhe.«

Pauls Stimme:

»Virginie! Deine Koteletts werden kalt!«

»Ich komme!«

Sie beugt sich zu mir hinüber und flüstert mir zu: »Paß auf dich auf!« und ist schon verschwunden.

Ich bin allein. Ich habe keinen Hunger. Ich bedauere es, Virginie begegnet zu sein.

Eine Hand legt sich auf meinen Arm, ich zucke innerlich zusammen.

»Alles in Ordnung, Lise?«

Es ist Paul.

Ich hebe nicht den Zeigefinger. Wenn mich noch mal jemand fragt, ob es mir gut geht, muß ich kotzen.

»Sind zu viele Leute hier?«

Kein Zeigefinger. Na, ist das nicht lustiger als »Heiß oder kalt« zu spielen? Das kann Stunden dauern.

»Haben Sie Angst?«

Ins Schwarze getroffen. Ich hebe den Zeigefinger.

»Wollen Sie nach Hause?«

Kein Zeigefinger. Ich will vor allem nicht nach Hause.

»Also, Paul, zeigst du uns nun diese Fotos?« ertönt auf einmal in unmittelbarer Nähe Stephs dröhnende Stimme.

Wegen seiner außerordentlich männlich-markanten Stimme stelle ich mir vor, daß Steph wie ein Rugbyspieler aussieht, eine lange, blonde Mähne, strahlendblaue Augen und fleischige Lippen hat. Paul richtet sich auf, seine Hand berührt meinen Arm und hinterläßt ein Gefühl der Wärme.

»Bis später, Lise.«

Paul hat mich Lise getauft. Er mag meinen Vornamen nicht. Er behauptet, wenn er »Elise« sagt, habe er immer das Gefühl, gleich müsse sich jemand ans Klavier setzen und zu spielen anfangen. Mir gefällt »Lise« nicht. Ich habe dann das Gefühl, hundert Jahre alt zu sein und in einem Umhang zu stecken, wie ihn die kleinen Mädchen vor dem Krieg trugen. Doch nun nennen mich alle Lise.

Warum hat Virginie gesagt, ich soll auf mich aufpassen? Ihre Warnung paßt in dieser Situation wie die Faust aufs Auge. Die Musik ist ohrenbetäubend, irgendeine moderne Gruppe, die ich nicht kenne. Die Leute müssen schreien, damit sie sich verstehen. Ah! Eine andere Platte wird aufgelegt. Ein Bossa-Nova, das ist doch wenigstens cool

»Wissen Sie, Lise, Paul tut immer so, als sei er ein Aufreißer, dabei ist er in Wirklichkeit sehr treu.«

Mir stockt der Atem. Wer hat da gesprochen? Sophie, diese Landplage? Ich konnte die Stimme nicht richtig erkennen. Als ob ... ich und Paul ... oder Paul und ich ... In meinem Zustand? Meiner Ansicht nach sind die einzigen Männer, die sich noch für mich interessieren könnten, die Krankenträger von Lourdes ...

Ich werde langsam müde. Zum Abendessen habe ich Avocadomus und Frischkäse zu essen bekommen, und Yvette hat mir etwas Champagner zu trinken gegeben. Sie ist überglücklich, ihre Kaltschale war ein voller Erfolg. Ich habe das Gefühl, gleich einzunicken. Ich bin es nicht mehr gewohnt auszugehen, und die Medikamente, die Raybaud mir verschrieben hat, machen mich gelegentlich wunderbar schläfrig.

Wie spät mag es sein? Meine Augenlider sind ganz schwer. Alle sind betrunken. Steph schmettert lauthals Lieder mit zweideutigem Inhalt. Die Leute verabschieden sich langsam, ich höre, wie Autotüren zugeschlagen werden. Yvette unterhält sich mit Pauls Mutter, einer alten Dame um die sechzig, die früher bei der Post gearbeitet hat. Sie ist für einige Tage bei ihrem Sohn zu Besuch. Beide diskutieren mit verbissener Hartnäckigkeit über Tarot-Karten und scheinen von dem Radau rundherum nichts zu bemerken. An ihren leicht schrill klingenden Stimmen merkt man, daß sie beide etwas angeheitert sind.

»Auf Wiedersehen, Lise!«

»Bis bald!«

Man verabschiedet sich von mir, klopft mir lässig auf die Schulter. Was denken sie wohl wirklich von mir, von meiner stummen und starren Anwesenheit? Ich gähne herzhaft, zumindest habe ich das Gefühl.

»Maman, Yvette! Helft uns, die Tische ins Haus zu tragen!«

»Wir kommen!«

Die beiden machen sich nützlich, ohne jedoch dabei ihre Unterhaltung zu unterbrechen, und glucksen noch immer wie Schülerinnen vor sich hin. Es muß sehr spät sein. Ich bin wirklich zum Umfallen müde.

Urplötzlich schrecke ich aus dem Schlaf auf. Wo bin ich? Im Dunkeln natürlich, aber wo? Ich höre kein Geräusch. Ich liege ausgestreckt. Aber nicht in meinem Bett. Ich spüre Leder. Ein Sofa? Vielleicht. Ein Gerät brummt. Ein Kühlschrank? Übernachten wir etwa bei den Fanstens? Es ist unerträglich, nicht die Augen aufmachen und sich umsehen zu können. Ruhig, Elise, ruhig, entspann dich, atme tief durch. Ich bin sicher bei Paul und Hélène. Yvette war vermutlich zu müde, um noch nach Hause zu gehen.

Schritte. Ich höre Schritte. Ein leichtfüßiges Tapsen. O nein, das wird jetzt doch nicht schon wieder von vorne anfangen, ich ...

»Elise! Schläfst du?«

Es ist Virginie. Ich bin erleichtert. Automatisch hebe ich den Zeigefinger.

»Du lügst! Wenn du schläfst, wie kannst du mich dann hören?«

Kein Zeigefinger. Ich warte.

»Yvette hat sich den Knöchel verknackst, als sie zur Toilette gegangen ist, also hat Papa gesagt, daß ihr heute nacht besser hier bleibt, weil sie sich sehr weh getan hat. Der Knöchel war ganz dick, Papa hat Eiswürfel in einen Beutel getan und ihr gesagt, sie soll sich hinlegen und die Eiswürfel um den Knöchel tun, und Omi und ich, wir haben dich auf das Sofa im Wohnzimmer gelegt. Du hast wie ein Baby geschlafen. Und dann, als ich wach geworden bin, habe ich mir gedacht, daß du vielleicht ganz allein im Dunkeln wach geworden bist, also bin ich mal lieber gucken gekommen. Das passiert mir oft, daß ich nachts im Dunkeln aufwache, ich weiß, daß man da Angst hat.«

Braves Mädchen. Yvette hat sich also den Knöchel verknackst. Ich hoffe, es ist nichts Schlimmes, sonst ... Ich habe keine Lust auf eine neue Krankenschwester, noch dazu eine Unbekannte. Natürlich mußte das ausgerechnet jetzt passieren ... Virginie senkt die Stimme noch mehr, ihre Worte sind fast nicht zu verstehen, nur ein leises Murmeln an meinem Ohr:

»Weißt du, ich glaube, die Bestie der Wälder wird es bald wieder tun müssen. Die Bestie kann nicht lange untätig sein, verstehst du? Ich glaube, daß sie eifersüchtig ist, weil ich mit dir spreche. Sie will, daß ich mich nur mit ihr abgebe. Aber ich hab dich gern. Ich bete jeden Tag, daß sie dich nicht anrührt. Ich habe ihr sogar einen Zettel mit mehreren Kindernamen hingelegt, damit sie auf andere Gedanken kommt.«

Ich erstarre vor Entsetzen. Nein, ich *bin* entsetzt. Von Kopf bis Fuß. Meine Gedanken rasen mit hundert Stundenkilometern wie wild durch meinen Kopf. Entweder ist dieses Kind komplett verrückt, oder es gibt hier tatsächlich einen gefährlichen Irren, der frei herumläuft. Sie hat ihm eine Nachricht hingelegt! Der Bestie der Wälder! Meine Damen und Herren, nach Robin Hood, der die Reichen bestahl, um die Taschen der Armen zu füllen, präsentieren wir Ihnen nun die Bestie der Wälder, der die Lebenden beseitigt, um das Paradies zu füllen! Das ist kompletter Wahnsinn! Aber Virginie hätte sich Ort und Zeitpunkt des Verbrechens an dem kleinen Michaël nicht ausdenken können und ...

»Ich muß wieder nach oben, sonst könnte es gefährlich werden!«

He! He, warte! Ich höre, wie sie mit kleinen, raschen Schritten die Treppe hinaufhuscht. Gefährlich? Warum »gefährlich«? Ist hier jemand, der uns beobachtet? Haben sie wenigstens daran gedacht, die Haustür abzuschließen? Virginie, laß mich nicht allein, komm zurück! Komm zurück! Es ist unglaublich, wie oft ich schweigend brülle, dabei war ich immer ein sehr ruhiger Mensch.

Ich lausche. Der Kühlschrank brummt. Eine Uhr tickt. Draußen ist es windig. Das Rascheln der Blätter, das Geräusch umherfliegenden Papiers. Und mein eigener Herzschlag. Wenn hier jemand wäre, hätte Virginie mich nicht allein gelassen.

Das einzige, was ich mit Bestimmtheit sagen kann, ist, daß dieses Kind ein ernstes Problem hat. Man könnte fast meinen, daß sie – bis zu einem gewissen Grad – Partei für den Mörder ergriffen hat.

Ich bin ein Idiot. Daß Virginie Datum und Ort des Verbrechens an dem kleinen Michaël kennt, kann ja möglicherweise auch daran liegen, daß sie den Leichnam zufällig entdeckt hat. Das, dann der Mord an ihrem kleinen Bruder ... dadurch ist sie ausgerastet und hat sich den Rest ausgedacht, die Sache mit der Bestie der Wälder und so weiter.

Wer hat sich einen Spaß daraus gemacht, mich mit einer Nadel zu traktieren?

Ich will nicht daran denken. Ich ...

*Da ist jemand.*

*Da beugt sich jemand über mich.*

Jemand, der atmet.

Ich habe Bauchschmerzen. Ich habe das schreckliche Gefühl, daß ich mir gleich in die Hosen machen werde. Jemand berührt mich. Eine Hand, eine Hand berührt mich. Sie fährt über meinen Hals, meine Schultern, mein Dekolleté. Nicht brutal, nein, eher zärtlich. Eine große Hand, eine Männerhand. Sie öffnet die Knöpfe meines Kleides. Träume ich? Was soll das denn? Was, oh ...

Er streichelt mich. Ich fühle, wie seine Hand über meinen Busen gleitet. Ist das der gleiche Kerl, der mich heute nachmittag genüßlich gequält hat? Ich weiß nicht. Der hier ist sanft. Er atmet schwer. Soll ich etwa auf diesem verfluchten Sofa von einem Unbekannten vergewaltigt werden? Ist das etwa Paul?

Pauls Hand? Ich weiß nicht. Gegen meinen Willen verwirren mich diese Zärtlichkeiten. Ich will, daß er aufhört. Es reicht, ich bin schließlich keine Puppe.

Er wird ziemlich zudringlich.

Es ist nicht unangenehm, aber ich will nicht. Ich hebe den Zeigefinger. Eine Hand umschließt meine und drückt sie. Ein Mund preßt sich auf meinen. Sucht meine Brüste. Seine Hand umklammert noch immer meine. Mein Herz klopft zum Zerspringen. Ein Perverser mit einer Nadel und ein stummer Vergewaltiger, das ist etwas viel für einen Tag. Der Mann ist schwer, ich spüre den rauhen Stoff seiner Jeans an meinen nackten Oberschenkeln, wird er ...?

Plötzlich richtet er sich eilig auf. Er keucht. Hastig knöpft er mein Kleid wieder zu und schleicht sich genauso leise davon, wie er gekommen ist.

Ende der Sex-Episode.

Ich bin halb wahnsinnig und mein Körper steht in Flammen.

Danke, Unbekannter, daß du mich daran erinnert hast, daß ich noch immer eine Frau bin, aber es tut weh, wenn man weiß, daß man zur Einsamkeit verdammt ist.

Paul? Könnte das sein?

Wer hätte gedacht, daß das Leben für einen Mehlsack noch so viele Aufregungen bereithält?

Ein Zeichentrickfilm reißt mich aus dem Schlaf auf. Bambi unterhält sich mit Panpan. Die ruhige Stimme Hélènes erklingt plötzlich dicht neben mir:

»Sind sie wach, Elise?«

Zeigefinger.

»Wollen Sie einen Orangensaft?«

Zeigefinger.

Sie geht. Ich höre Virginie vor dem Fernseher laut auflachen, dann die Stimmen von Yvette und Omi, die wahrscheinlich in der Küche sind. Yvette sagt, sicher zu Hélène: »Ist sie wach?«

»Ja. Sie möchte einen Orangensaft ... Nein, bleiben Sie ruhig sitzen, ich werde ihn ihr bringen. Was frühstückt sie normalerweise?«

»Haferflockenbrei.«

Verlegenes Schweigen.

»Ach! Nun, also ... ich hätte Cornflakes. Wir können sie in der Milch zerdrücken. Würde das gehen?«

»Ja, sehr gut. Es tut mir schrecklich leid, daß ich Ihnen so viele Umstände mache ... wenn ich nicht so dumm über diese eine Stufe gestolpert wäre ... ich werde langsam alt ... Glücklicherweise geht es mir schon besser, denn sonst wüßte ich gar nicht, was ich tun sollte, mit Mademoiselle Elise ... Nicht auszudenken, wenn ich ins Krankenhaus gemußt hätte ...«

»Seien Sie ganz unbesorgt, alles wird gut.«

Hélène kommt wieder zu mir. Ich spüre das kalte Glas an meinen Lippen. Ich schlucke. Der Orangensaft ist eisgekühlt, das tut gut.

»Sie fragen sich sicher, was vorgefallen ist! Yvette hat sich gestern abend, als sie aufbrechen wollte, den Knöchel verstaucht. Da Sie schon tief und fest schliefen, haben wir uns gedacht, daß es das einfachste wäre, wenn sie beide über Nacht einfach hierblieben. Ich hoffe, es hat Sie nicht zu sehr durcheinandergebracht ...«

Ganz und gar nicht, in bezug auf starke Emotionen war wirklich alles geboten. Wie sieht das weitere Programm aus?

»Ihr Knöchel ist nicht mehr geschwollen, ich denke, es ist alles in Ordnung. Wir werden sie beide nach Hause fahren, und falls es irgendein Problem geben sollte, ruft Yvette uns an, damit meine Schwiegermutter ihr zur Hand geht.«

Ich kann mich nicht einmal bei ihr bedanken.

»Das sind Cornflakes. Ich hoffe, Sie mögen so etwas.«

Einen Löffel voll aufgeweichter und viel zu süßer Cornflakes. Ich hasse alle Getreideflocken. Warum ist es Yvette niemals in den Sinn gekommen, mir einen Joghurt zu geben, ich liebe Joghurt zum Frühstück. Aber ich schlucke brav die Cornflakes.

Jemand läuft an uns vorbei.

»Virginie, wohin gehst du?«

»In den Garten! Auf Wiedersehen, Elise!«

»Geh aber nicht zu weit weg, hörst du!«

»Nein, nein!«

Türenschlagen. Warum ist Paul nicht da? Als wenn sie meine Frage gehört hätte, meint Hélène:

»Paul ist mit Steph joggen.«

Der gute Paul, er muß in Form bleiben, um sich an gelähmte Frauen heranmachen zu können.

Und wenn er es gar nicht war?

Hélène fällt plötzlich ein, daß ich vielleicht dringend auf die Toilette muß. Die Frauen tuscheln. Schließlich schlägt Yvette vor, eine Plastikschüssel zu benutzen, gesagt, getan. Alle scheinen das vollkommen normal zu finden, und mir macht es nichts mehr aus. Anfangs, im Krankenhaus, fiel es mir nicht leicht, aber man gewöhnt sich dran. Nachdem wir diese Prozedur hinter uns gebracht haben, fährt mir Hélène mit einem Waschlappen über das Gesicht und kämmt mich.

Die Tür geht auf und Stephs tiefe Stimme ertönt:

»Guten Tag, die Damen! Na, wie steht's mit dem Knöchel, geht es wieder? Wenn man es nicht verträgt, sollte man besser nicht soviel trinken.«

Lautes Männerlachen. Entrüstet protestiert Yvette:

»Aber ich hab doch fast gar nichts getrunken, ich habe mir nur den Knöchel verdreht!«

Und so geht es hin und her, eine wahre Flut kleiner Nettigkeiten wird ausgetauscht, während ich den Kartoffelsack auf dem Sofa darstelle. Schließlich wird beschlossen, daß Paul Yvette mit dem Auto nach Hause bringt, damit ihr Knöchel nicht gleich wieder zu sehr strapaziert wird, während Steph mich nach Hause schieben wird. Meidet mich Paul?

Zwei Paar Männerarme heben mich hoch und setzen mich in den Rollstuhl. Ich versuche, die Hände wiederzuerkennen, die mich berühren, aber das ist nicht möglich.

Draußen ist es heiß und schwül, die Luft steht. Während er meinen Rollstuhl schiebt, pfeift Steph *La Mer* vor sich hin. Ich spüre keine Sonnenstrahlen auf meiner Haut, es muß bedeckt sein. Das Gras duftet. Ein Vogel trällert aus voller Kehle.

»Seltsam, daß wir uns nie irgendwo begegnet sind.«

Also, ich finde es seltsam, daß der zartfühlende Paul mit diesem ungehobelten Kerl befreundet ist.

»Wie, glauben Sie, sehe ich aus? Halten Sie mich zum Beispiel ... eher für zart oder kräftig?«

Wie soll ich auf diese blöde Frage antworten? Er bemerkt es und korrigiert sich:

»Nun, sagen wir ... bin ich kräftig?«

Zeigefinger. Ich werde dir doch nicht den Spaß verderben.

»Richtig! Ich bin ein Meter achtzig groß und wiege neunzig Kilo.«

Er wird mir doch jetzt nicht alle seine Maße aufzählen, oder?

»Virginie mag Sie sehr.«

Er springt übergangslos von einem Thema zum anderen.

»Der Tod ihres Bruders hat sie sehr mitgenommen. Nun, eigentlich war er ihr Halbbruder. Und dann die anderen Kindermorde ... Ich begreife nicht, warum Paul sich nicht hat versetzen lassen. Das muß doch schrecklich sein für Hélène. Gut, sie sind umgezogen, aber nur fünfzehn Kilometer von ... Ich finde Sie einfach hinreißend.«

Neuer Sprung!

»Anfangs hatte ich regelrecht Angst, Ihnen zu begegnen. In der Gegenwart von Behinderten fühle ich mich eigentlich unwohl. Und dann, ich weiß nicht ... ich habe mich daran gewöhnt.«

Du zumindest!

»Und zwar dermaßen, daß Sophie mir eine Szene gemacht hat, stellen Sie sich mal vor! Vielleicht, weil Sie bei mir die alte Wunschvorstellung wecken, ein Sioux zu sein, der eine ohnmächtige weiße Frau entführt.«

Ich sehe es vor mir, wie mich dieser King Kong in seiner Jogginghose durch die Sierra Nevada schleppt!

»Ich bin sehr eifersüchtig auf Paul. Ich ertrage es nicht, daß er Sie berührt.«

Ein Verrückter. Noch ein Verrückter. Der Gedanke schießt mit der Geschwindigkeit, in der man eine Pizza im Mikrowellenherd backt, durch den Kopf: die Nadel ... könnte das er gewesen sein? Der Rollstuhl bleibt unvermittelt stehen, ruckartig werde ich aus meinen Überlegungen gerissen. Ich höre ein dumpfes Geräusch hinter mir, so als ob etwas zu Boden fallen würde. Ein Sack? Was treibt er da?

Stille. Fröhlich zwitschernd fliegt ganz in meiner Nähe ein Vogel in die Luft. Steph? Etwas Nasses fällt auf meinen Unterarm. Ich spüre, wie es mich schaudert. Noch ein Tropfen. Ich bekomme Gänsehaut. In der Ferne hört man es donnern, ich hole tief Luft, es ist nur ein Gewitter. Aber Steph? Ist er mal kurz in die Büsche gegangen, um sich zu erleichtern, oder was? Warum sagt er nichts mehr? Immer mehr Tropfen fallen auf mich herab, das scheint eine richtige Sintflut zu werden. Ich fühle mich unwohl. Ich weiß nicht, wo wir sind. Ich nehme an, daß wir das Waldstück Vidal durchquert haben, eine für Spaziergänger konzipierte Grünanlage und der kürzeste Weg zu meinem Haus.

Stephs Schweigen fängt an, mich zu beunruhigen.

Ah, es geht weiter, der Rollstuhl setzt sich wieder in Bewegung. Trotzdem könnte er mir erklären, was los ist. Ich hebe den Zeigefinger, um ihm zu zeigen, daß ich gegen eine Unterhaltung nichts einzuwenden hätte. Vergebliche Liebesmüh. Aber was ist denn in den gefahren? Er schiebt mich im Eiltempo, ich werde durchgerüttelt und schaukle wild hin und her. Der Typ ist wirklich verrückt.

Das gefällt mir nicht, o nein, das gefällt mir ganz und gar nicht. Der Rollstuhl wird immer schneller. Ich spüre, wie mir der Wind um die Ohren pfeift. Jetzt regnet es. Dicke Tropfen klatschen mir ins Gesicht. Ach so! Ich bin vielleicht dumm! Er rennt natürlich deshalb so, um dem Regen zu entkommen! Er will nicht, daß wir klatschnaß werden. Trotzdem könnte er mal ein Wort sagen. Eine scharfe Rechtskurve als wären wir hier bei der Ralley Monte Carlo, ich habe das Gefühl, daß ich gleich nach vorne kippen werde. Nun fahren wir einen Abhang hinunter.

Auf dem Weg zu mir gibt es keinen Abhang.

He! Der Typ ist vollkommen übergeschnappt! Der Rollstuhl ist gegen ein Hindernis geprallt, und ich wäre beinahe vornüber gekippt. Ich hebe in regelmäßigen Abständen den Zeigefinger, aber er rast weiter stur geradeaus. Ich kann inzwischen nachfühlen, wie es dem Kinderwagen in *Panzerkreuzer Potemkin* ergangen sein mag. Sobald ich zu Hause bin, werde ich ... nun, bei der erstbesten Gelegenheit ... also, wenn mich jemand etwas fragen sollte ... oh, verfluchter Mist! Ich werde mich nicht einmal über ihn beklagen können, ich kann mich über rein gar nichts beklagen, verdammt noch mal!

Wir fahren noch immer den Hang hinab. Soweit ich mich erinnere, ist der einzige Abhang im ganzen Park der Weg, der zum Teich führt. Und ich verstehe nicht, warum ...

Oh! Ich falle, jetzt ist es soweit, ich wußte es, ich werde mir weh tun, ich ... *Wasser,* ich bin ins Wasser gefallen, dieser Idiot hat es geschafft, mich in den Teich zu befördern, Wasser, aber, aber ich habe keinen Boden unter den Füßen, ich spüre, wie ich untergehe, aber was macht er denn?! Steph, Steph, ich gehe unter, ich gehe unter, das Wasser schlägt über mir zusammen, ich will atmen, ich will atmen, o nein, nein, nein!

## 4

Bin ich tot? Mir tut der Brustkorb weh, es brennt. Ah! Irgend jemand klopft auf mir herum, mitten aufs Herz, noch einmal, Wasser sprudelt aus meinem Mund, ich höre mich husten, ich möchte mich übergeben, ich ...

»Hören Sie mich? He, hören Sie mich? Mist, ich muß ihren Kopf auf die Seite drehen, sieht so aus, als würde sie sich gleich übergeben ...«

Schon passiert. Ich hole tief Luft, ein mächtiger, zugleich schmerzhafter und doch erleichternder Atemzug durchfährt mich, brennt in meinen Eingeweiden. Wasser läuft mir über das Gesicht, es gießt in Strömen.

»Bleiben Sie ruhig liegen. Gleich geht es besser.«

Es fällt mir nicht schwer zu gehorchen. Hände heben mich auf, jemand setzt mich hin.

»Sie haben Glück, daß ich meine Dose mit den Ködern holen wollte. Bei so einem Wetter ist niemand im Park unterwegs.«

Die Stimme des Mannes klingt etwas bärbeißig. Ich schätze, er ist so um die fünfzig.

»Und Sie haben Glück, daß ich einen Erste-Hilfe-Kursus gemacht habe. Mit dem Wasser, das sie geschluckt haben, hätte man ohne weiteres einen Großbrand löschen können. Machen Sie sich keine Sorgen wegen Ihres Rollstuhls, er ist am Ufer im Wurzelwerk hängengeblieben. Verstehen Sie mich denn wenigstens?«

Mir wird klar, daß ich ihn mit leerem Blick anstarre, ich habe meine Brille verloren. Ich hebe den Zeigefinger.

»Sie können nicht sprechen?«

Zeigefinger.

»Gut, hören Sie ... ich werde Sie jetzt zu meinem Auto tragen, und dann verständigen wir die Polizei, in Ordnung?«

Zeigefinger.

Er hebt mich hoch, ich registriere den Geruch nasser Wolle, spüre, daß er Ölzeug trägt. Vorsichtig bewegt er sich auf dem durchweichten Boden vorwärts. Der Regen peitscht uns unbarmherzig ins Gesicht.

»Da wären wir!«

Er öffnet die Tür mit einer Hand, beinahe rutsche ich dabei auf den Boden, er kriegt mich gerade noch zu fassen und bugsiert mich auf den Sitz. Es muß der Rücksitz sein, denn ich liege ausgestreckt.

»Ich komme gleich zurück.«

Ich möchte ihm zurufen, daß er mich nicht allein lassen soll, mir tut der Schädel entsetzlich weh, mir ist kalt, ich zittere am ganzen Leib, vermutlich die Reaktion auf den Schock. Aber was ist eigentlich passiert? Wo ist Steph? Hoffentlich kommt der gute Mann rasch zurück ... warum hat er eigentlich kein Autotelefon? Wenn ich bedenke, daß ich mein Leben einer Dose mit Ködern verdanke ... Das Prasseln des Regens auf dem Autodach übertönt jedes andere Geräusch, ich bin allein, außerhalb der Zeit, in einer Kugel eingeschlossen, und ich verstehe nicht, was mit mir geschieht, man könnte meinen, ein Unglück kommt selten allein.

Ich sitze, in ein Federbett eingemummelt, mit trockenen Strümpfen an den Füßen in meinem warmen Wohnzimmer. Mein Retter trinkt Kaffee mit Yvette, und ich unterhalte mich mit Kommissar Yssart, genannt Bonzo. Als die Polizei kam, haben sie uns als erstes ins Krankenhaus gebracht. Dort liefen sie zum Glück gleich Raybaud in die Arme. Zum Glück, weil es sonst ewig gedauert hätte, bis sie meine Identität festgestellt hätten. Kurz und gut, der gute Raybaud hat mich untersucht, festgestellt, daß alles in Ordnung ist, daß ich eine Ertrunkene in bester Verfassung bin, und daß man mich nach Hause bringen könne. Ich weiß nicht, wer Yssart verständigt hat, aber er tauchte eine Stunde später bei mir auf.

Mein Retter – er heißt Jean Guillaume und ist Klempner – hat darauf bestanden, mich zu begleiten. Yvette hat sich vor Dank überschlagen, ihm ihr Mißgeschick mit dem Knöchel berichtet und schon saßen die beiden, in ein anregendes Gespräch vertieft, in der Küche. Yssart sitzt wahrscheinlich auf dem Sofa und fixiert mich bestimmt mit kleinen Schweinsäuglein. Ich bin erschöpft, ich möchte allein sein. Schlafen. Ich habe die Nase voll. Seine leise, höfliche Stimme peinigt mich wie ein winziger, aber lästiger Mückenstich.

»Nun, Sie können sich also nicht erklären, durch welchen Zufall Sie in diesen Teich geraten sind? Im übrigen an der einzigen Stelle, an der er ungefähr zwei Meter tief ist.«

Nein, das kann ich nicht, also kein Zeigefinger. Yssart seufzt.

»Es war Stéphane Migoin, der Ihren Rollstuhl schob, nicht wahr?«

Zeigefinger.

»Er ist mit einem stumpfen Gegenstand niedergeschlagen worden, mit dem man ihm leicht den Schädel hätte zertrümmern können. Man fand ihn ohnmächtig und blutüberströmt im Gebüsch. Er behauptet, sich an nichts erinnern zu können.«

Steph! Niedergeschlagen! Aber dann war das ja gar kein Unfall ... Es war ...

»Ein Mordanschlag, so würde ich diesen Überfall werten, dem Sie, Mademoiselle Andrioli, zum Opfer gefallen sind. Sehr ungewöhnlich, ein Mordversuch an einer behinderten Person, die keine Lebensversicherung abgeschlossen hat und die nicht in der Lage ist, irgend etwas über irgend jemanden preiszugeben. Sie verstehen meine Verwirrung.«

Und ich? Was bin ich? Man stiehlt mir meine Arme, meine Beine, mein Sehvermögen, meine Stimme und jetzt versucht man, mich zu töten? Was soll ich denn sagen, ich, die ich nicht einmal schreien kann, die einfach nur wie ein Sandsack einstecken und noch mehr einstecken kann. Ich hasse Sie, Kommissar Yssart, ich hasse Ihre freundliche und zuckersüße Stimme, Ihre übertrieben höfliche Art, Ihre Versessenheit, sich für Hercule Poirot höchstpersönlich zu halten, lassen Sie mich in Ruhe, laßt mich alle in Ruhe!

»Ich nehme an, Sie sind erschöpft und wollen sich etwas ausruhen. Ich muß Ihnen sehr aufdringlich erscheinen. Aber glauben Sie mir, daß ich nur in Ihrem ureigenen Interesse so aufdringlich bin. Mich hat man heute morgen nicht versucht zu töten. Und ich bin es auch nicht, bei der man es vielleicht noch einmal versucht, verstehen Sie mich?«

Zeigefinger. Mistkerl. Ich hab schon genug Schiß, da muß er mir nicht noch zusätzlich Angst einjagen!

»Mademoiselle, ich kann Ihnen sagen, in den meisten Fällen sind die einzelnen Fakten wie Puzzleteile, man muß sie nur richtig zusammenfügen. Wenn sie sich nicht zusammenfügen lassen, hat man entweder ein Teilchen übersehen oder sich in die Irre führen lassen. Es kommt im menschlichen System höchst selten vor, daß etwas ohne Logik geschieht. Doch bei dem, was Ihnen passiert ist, kann ich keine Logik erkennen. Es sei denn, es gäbe einen Zusammenhang zwischen diesem Vorfall und Ihrer Freundschaft zu Virginie, die, wenn ich mich nicht irre, gestern aus dem Ferienlager zurückgekommen ist.«

Schlange. Du hast uns also die ganze Zeit weiter beobachtet.

»Folglich kann ich nicht umhin anzunehmen, daß Virginie Ihnen etwas – möglicherweise unbeabsichtigt – anvertraut hat, etwas, das eine potentielle Gefahr für eine dritte Person darstellt, eine so große Gefahr, daß es sicherer ist, Sie umzubringen, als das Risiko einzugehen, daß diese Information ans Licht kommt. Haben Sie Kenntnis von einer derartigen Information, Mademoiselle?«

Das ergibt keinen Sinn. Wenn ich recht verstehe, nimmt Yssart an, daß der Typ, der mich überfallen hat, derjenige ist, der die Kinder umgebracht hat, und in Panik geraten ist, weil mir Virginie etwas über ihn anvertraut haben könnte. Aber, Gegenfrage, Herr Kommissar, wenn er fürchtet, daß Virginie mir irgend etwas erzählt hat, warum bringt er dann nicht einfach die Kleine um, anstatt mich anzugreifen, mich, wo ich doch überhaupt nichts preisgeben kann?

»Entschuldigen Sie, aber ich hatte Ihnen gerade eine Frage gestellt.«

Ah, ja, stimmt.

»Hat Virginie Ihnen etwas von großer Wichtigkeit über den Mord an dem kleinen Michaël anvertraut?«

Kein Zeigefinger. Ich lüge nicht. Sie hat mir nichts anvertraut, was Rückschlüsse auf den Täter zuließe. Alles, was sie mir gesagt hat, war, daß sie die Morde an Michaël und ihrem Bruder beobachtet hat. Aber bestimmt könnte Yssart, wenn er das wüßte, sie befragen und ihr das Geheimnis entlocken. Dazu müßte er mir aber die richtige Frage stellen. Dieser Mann muß hellsehen können, denn das ist exakt die Frage, die er mir stellt:

»Mademoiselle Andrioli, bei unserem ersten Gespräch, habe ich Sie gefragt, ohne darauf eine Antwort zu erhalten, ob Virginie Ihnen gegenüber zugegeben hat, einen oder mehrere Morde beobachtet zu haben. Wenn Sie gestatten, wiederhole ich meine damalige Frage. Hat Virginie etwas in diese Richtung gesagt?«

Ohne zu zögern, hebe ich diesmal den Zeigefinger.

»Um welche Kinder handelte es sich?«

Er geht die Liste der Opfer durch. Ich hebe den Finger, als ich Renauds und Michaëls Namen höre.

»Gut. Es ist doch merkwürdig, welche Streiche uns die Erinnerung spielt, nicht wahr? Nun, ich bin jedenfalls froh, daß Sie sich wieder erinnern. Leider wird uns das nicht von großem Nutzen sein. Sehen Sie, Virginie hat Sie angelogen. Den Mord an ihrem Bruder kann sie nicht beobachtet haben. Denn als er verübt wurde, war sie mit ihrer Mutter zusammen, half ihr, Marmelade einzukochen. Hélène Fansten ist sich in diesem Punkt absolut sicher: Virginie hat an jenem Morgen das Haus nicht verlassen. Sie hatte die Grippe und es regnete. Auch im Fall des kleinen Michaël hat Virginie Sie belogen: Sie ist zwar mit ihm zusammen Fahrrad gefahren, aber Hélène Fansten hatte ihr strikt untersagt, die Siedlung zu verlassen – Sie verstehen, nachdem das mit Renaud geschehen war, war sie sehr vorsichtig geworden ... Und so kam Virginie zurück und hat im Garten gespielt, sie ist nicht mit Michaël in den Wald gegangen. Verstehen Sie, was ich sage? Sie hat Sie angelogen.«

Das ist nicht möglich. Woher konnte Virginie wissen, wo Michaëls Leichnam lag? Und wie konnte sie wissen, daß er tot war, obwohl man seine Leiche da noch gar nicht gefunden hatte? Die einzig mögliche Erklärung ist die, daß ihre Mutter sie nicht die ganze Zeit im Auge hatte.

»Am Morgen des 28. Mai, nachdem Hélène Fansten Virginie verboten hatte, mit Michaël wegzugehen, hat das Mädchen Klavier geübt, und anschließend haben sie gemeinsam im Garten Unkraut gejätet. Madame Fansten hat sie also nicht eine Minute lang unbeaufsichtigt gelassen.«

Hélène muß sich irren. Eine Viertelstunde hätte genügt ...

»Ich erzähle Ihnen das alles nicht, weil ich mich so gerne mit Ihnen unterhalte, sondern damit Sie sich darüber im klaren sind, in welchem besorgniserregenden Zustand sich Virginie befindet. Ein Zustand, der meiner Ansicht nach einen ganz einfachen Grund hat: Sie hat die Morde nicht beobachtet, aber sie glaubt, sie weiß, wer der Mörder ist.«

Falsch, Yssart! Warum sollte der Mörder mich zu töten versuchen, wenn sie nur »zu wissen glaubt«, wer es ist? Nein, sie weiß tatsächlich, wer der Mörder ist, und er fürchtet, daß sie es mir erzählt hat. Und Virginie kann er nicht töten, weil alle Polizisten in der Gegend ein Auge auf sie haben.

»Auf alle Fälle möchte ich Sie bitten, allem, was Virginie Ihnen erzählt, größte Aufmerksamkeit zu schenken. Wir können diesen Fall nur lösen, wenn alle zusammenarbeiten. Mehrere Kinder sind umgebracht und grauenvoll verstümmelt worden, man hat versucht, Sie zu töten und Ihren Bekannten Stéphane Migoin angegriffen; das ist kein Spiel mehr, hier geht es um Leben und Tod. Kann ich mit Ihrer Hilfe rechnen?«

Zeigefinger. Man kann schließlich einem Typen, der den Moralischen hat, nicht die Unterstützung verwehren. Außerdem bin ich nicht unzufrieden, daß Kommissar Yssart da ist und auf mich achtet, denn ich bin mir voll und ganz darüber im klaren, daß ich die Lage nicht ganz im Griff habe ... Plötzlich wird mir bewußt, was er da gerade gesagt hat: »grauenvoll verstümmelt«. Davon war vorher nie die Rede! Wenn ich nur sprechen, ihm Fragen stellen könnte, ich ertrage dieses Stummsein nicht länger! Ich hebe den Zeigefinger.

»Möchten Sie etwas fragen?«

Zeigefinger.

»Lassen Sie mich raten, also ... im Zusammenhang mit dem, was ich Ihnen gerade gesagt habe?«

Zeigefinger. Methodisches Vorgehen hat wirklich seine Vorzüge, das kann man nicht anders sagen.

»Geht es um die Verstümmelungen?«

Verdammt, der Typ kann wirklich Gedanken lesen. Der ist nicht Polizist, sondern Hellseher, auf dem Jahrmarkt könnte er damit ein Vermögen verdienen. Eilig hebe ich den Zeigefinger.

»Wir haben diese Tatsache in den Medien bisher nicht erwähnt, und Ihnen erzähle ich es auch nur, weil ich weiß, daß Sie nicht darüber sprechen werden!«

Da kannst du sicher sein!

»Die Opfer wurden nicht nur erwürgt«, er senkt die Stimme und beugt sich zu mir herunter, »sie wurden auch verstümmelt und zwar mit einem Messer, das eine sehr dünne, scharfe Klinge hat. Die Verstümmelungen reichen vom Abschneiden der Hände bei Michaël Massenet bis zur Enukleation der Augen im Fall von Charles-Eric Galliano.«

Enukleation! Das Wort dringt langsam bis zu meinem Gehirn vor, bis ich schließlich begreife, was es bedeutet. Man hat ihm die Augen herausgeschnitten. Ein kleines, verkrampftes Gesichtchen mit leeren Augenhöhlen! Dann muß ich an »abgeschnittene Hände« denken, die Vorstellung daran ist auch nicht viel besser! Plötzlich bedauere ich es, daß Yssart mir jedes Detail erzählen will.

»Was Renaud Fansten betrifft, so hat es uns damals sehr gewundert, daß er skalpiert worden war. Diese Tat schien völlig unverständlich.«

Ich versuche etwas aus dem Klang von Yssarts Stimme herauszuinterpretieren, ich klammere mich an meine Schlußfolgerungen; Schlußfolgerungen sind logisch, und Logik gibt Sicherheit, sie verbannt die Enukleation in die dunklen Sphären jener Dinge, die eigentlich nicht passieren. Aber wenn die Opfer verstümmelt waren, hätte die Polizei ja eigentlich schon vom zweiten Mord an wissen müssen, daß es sich um einen Psychopathen handelt.

»Ich weiß, man könnte jetzt einwerfen, warum hat man nicht gleich einen Zusammenhang zu den ersten Morden hergestellt? Doch bei dem ersten Mord wurde das Opfer, Victor Legendre, einfach erwürgt. Heute denke ich, daß der Mörder bei seiner Arbeit gestört wurde. Das zweite Opfer, Charles-Eric Galliano, wurde erwürgt und die Augen waren ... ähm ... verschwunden. Erst nach dem Mord an Renaud Fansten begannen wir, einen Zusammenhang herzustellen. Er wurde ebenfalls erwürgt, nicht sexuell mißbraucht, doch skalpiert. Bei dieser Konstellation – Erwürgen, Verstümmelung, kein sexueller Mißbrauch – ist uns plötzlich ein Licht aufgegangen. Wir wollten diese Informationen nicht bekanntgeben, denn bei einem Verhör könnten sie von entscheidender Bedeutung sein. Der Mord an dem kleinen Massenet, der ebenfalls die drei Charakteristika aufwies, hat uns dann in der Annahme, daß wir es mit einem Psychopathen zu tun haben, bestärkt. Wir wissen zwar noch immer nicht, welche Person wir suchen, doch wir wissen inzwischen, welches Persönlichkeitsprofil der Täter hat: Er leidet unter einer Persönlichkeitsspaltung und kann die Taten mit vollem Bewußtsein begangen haben oder auch nicht. Gut. Ich hoffe, ich habe Sie mit diesen ausführlichen Einzelheiten nicht gelangweilt. Jetzt muß ich mich leider verabschieden. Die Pflicht ruft. Bis bald und vielen Dank für Ihre Hilfe.«

Schritte auf dem Parkett. Die Tür schließt sich. Ich bleibe allein zurück, ganz benommen von dieser Fülle von Informationen. Meine Rolle als bevorzugte Vertrauensperson bestätigt sich offensichtlich. Wann wohl der Psychopath selbst vorbeikommt, um mir sein Herz vor meinen hübschen kleinen Ohren auszuschütten, ehe er mir eines abschneidet, um es mit nach Hause zu nehmen und ihm die ganze Nacht lang seine Geschichten zu erzählen? Ich stelle mir Yvettes Entrüstung vor, wenn sie von diesen Verstümmelungen wüßte.

Aber warum tut ein Mensch so etwas? Dumme Frage, Elise! Der »Schlächter von Milwaukee«, der gerade im Gefängnis von seinen Mitgefangenen umgebracht wurde, hat schließlich auch die Schädel seiner Opfer in seinem Schrank aufbewahrt, nachdem er sie zuvor ausgekocht und liebevoll bemalt hatte! Verstehen Sie, was er davon hatte? Nun, er offensichtlich schon. Er wurde wegen der Morde verurteilt und weil er mit einigen der abgeschnittenen Köpfe Sexualverkehr hatte. Das stelle man sich mal vor, ich meine, den Kerl, wie er es gerade tut ... Man kann es nicht fassen. Und doch ist es wahr.

Gelächter aus der Küche. Kochtopfgeklapper eine Weinflasche wird geöffnet. Ich wette, daß Monsieur Jean Guillaume zum Essen eingeladen wird. Immerhin ist Yvette seit zehn Jahren Witwe, es wäre an der Zeit, daß sie wieder jemanden fände. Aber Yvettes Gefühlsleben ist im Augenblick ehrlich gesagt nicht mein Hauptproblem. Nein, sondern die Tatsache, daß ein Mörder um mich herumschleicht, daß Virginie mich belogen hat, daß sie bestimmt in Gefahr ist, und daß ich nicht weiß, was ich tun soll. Daß ich eigentlich überhaupt nichts tun kann. Außer versuchen, die Sache zu verstehen.

Warum hat Virginie behauptet, die Morde beobachtet zu haben? Ich bin immer mehr davon überzeugt, daß sie die Leichen zufällig gefunden hat, und was den Rest der Geschichte betrifft, teile ich Yssarts Meinung. Sie verdächtigt jemanden, und damit die ganze Geschichte logisch wird, muß sie einfach Teile davon dazuerfinden.

Warum hat irgend jemand (und es handelt sich sicherlich um dieselbe Person) Stéphane niedergeschlagen, um mich anschließend in den Teich zu befördern? Wer wollte mich umbringen und warum?

Wer hat mich in jener Nacht gestreichelt?

Alles muß sich ineinanderfügen, wie Yssart sagt. Man braucht nur die Tatsachen solange hin und her zu wenden, bis sie sich wie die Teile eines Puzzles richtig zusammenfügen.

Ist der Mann, der sich einen Scherz daraus gemacht hat, mir Angst einzujagen, derselbe, der mich in jener Nacht – nennen wir die Dinge ruhig mal beim Namen – befummelt hat und der mich jetzt töten wollte? Logischerweise ja. Und doch glaube ich es nicht. Der, der mich gestreichelt hat, war nicht wut- und haßerfüllt. Es war ihm unangenehm, und er hatte Angst, ja, ich habe seine Angst gespürt, seine Scham. Er gehorchte einem unwiderstehlichen Drang, dessen er sich schämte, doch er war weder grausam noch brutal. Es gibt also zwei Männer: einen Sadisten, der mich mit der Nadel malträtiert und mich vermutlich in den Teich gestoßen hat, und einen Sexbesessenen, der verliebt in mich ist.

Na, da könnte ich mir auch eine schönere Eroberung vorstellen ...

Langsam wird mir bewußt, daß man versucht hat, mich zu töten. Eigentlich müßte ich jetzt *tot* sein. Brrr. Und Stéphane? Hätte man ihm den Mord an mir zur Last gelegt? Ein Glück für ihn, daß er niedergeschlagen wurde. Ja, man kann wirklich von Glück reden, denn ohne Zeugen hätte er sonst einen hervorragenden Täter abgegeben. Stéphane ... Sein Verhalten ist eigenartig. Hätte er sich selbst mit einem Gegenstand auf den Schädel schlagen können? Und eine Ohnmacht vortäuschen? Warum nicht? Die Kopfhaut blutet sehr leicht, und aktive Sportler haben selten Angst vor Schmerzen. Wenn ich davon ausgehe, daß er mich in den Teich gestoßen hat, daß er mich also umbringen wollte, muß ich auch davon ausgehen, daß er sich den Scherz mit der Nadel erlaubt hat. Und der Mann, der für beides verantwortlich ist, ist höchstwahrscheinlich auch der Kindermörder. Stéphane? Ja, Virginie kennt ihn gut und hat ihn sehr gern. Ach, mein Kopf platzt vor Eindrücken, wenn mich Yvette doch nur ins Bett bringen würde, ich habe Halsschmerzen. Und ich habe Angst. Wenn ich wenigstens wüßte, warum man mich umbringen wollte. Es ist schon schlimm genug, sich vorzustellen, daß einem jemand nach dem Leben trachtet, aber wenn man sich noch dazu nicht verteidigen kann, wird es grauenvoll. Ob er es noch einmal versuchen wird?

»Ist alles in Ordnung? Frieren Sie auch nicht? Wer hätte das für möglich gehalten, daß man Stéphane im Park angreifen könnte! Und dann rollt Ihr Rollstuhl auch noch den Abhang hinunter, also wirklich, so ein Pech. Zeigen Sie mal Ihre Hände. Na, das geht ja, sie sind schön warm.«

Ich habe fürchterliche Halsschmerzen, und wenn meine Hände warm sind, dann nur, weil ich mir eine Grippe geholt habe!

»Haben Sie Durst? Hunger?«

Kein Zeigefinger.

»Aber Sie müssen doch etwas essen! Monsieur Guillaume bleibt zum Abendessen, er ist so nett. Stellen Sie sich nur vor, wenn er nicht vorbeigekommen wäre ...«

Ich weiß, dann würden sich jetzt die Kaulquappen an mir gütlich tun.

»Ich habe einen Fleischeintopf mit Ravioli gemacht. Ich denke, die Ravioli können Sie auch essen.«

Das Problem bei meiner Ernährung besteht darin, daß ich Schwierigkeiten habe, die Bewegungen meines Kiefers zu koordinieren, und das ist nun mal zum Kauen unerläßlich. Darum werde ich vorwiegend mit Brei, Püree und flüssigen Nahrungsmitteln ernährt, die man leicht schlucken kann. Aber ich esse gerne Fleisch, schönes rotes Fleisch, Nudeln und Pizza. Und Chorizo. Ein Scheibchen Chorizo, grüne Oliven und ein gut gekühltes Bier ...

Yvette ist schon wieder in der Küche, ich höre sie geschäftig hantieren. Monsieur Guillaume kommt näher.

»Na, geht es Ihnen besser?«

Zeigefinger.

»Das müssen wir feiern. Ich gehe Champagner kaufen.«

»Aber nein, das ist doch nicht nötig!« protestiert Yvette.

»O doch, o doch. Man springt ja schließlich nicht jeden Tag dem Tod von der Schippe.«

Naja, was mich betrifft ist es immerhin nicht das erste Mal. Das erste Mal war in Belfast. Benoît ... Ich spüre, wie mich Schwermut überkommt. Ich will nicht an Benoît denken. Aber der Gedanke daran hält mich gefangen. Eine Flut von Bildern taucht vor mir auf; ich sehe, wie Benoît und ich die Reise vorbereiten, wir liegen in seiner Wohnung im Bett, die Prospekte auf den zerknitterten Laken ausgebreitet ... Irgendwie bin ich froh, daß Benoîts Mutter die Wohnung nicht verkauft hat. So gibt es noch einen Ort auf der Welt, an dem Benoît greifbare Spuren hinterlassen hat. Yvette hat mir gesagt, daß dort noch alles unverändert ist. Seine Mutter hat nur die Fensterläden schließen lassen. Sie ist alt und krank und lebt in einem Altersheim in Bourges; der Tod ihres einzigen Sohnes hat ihr die letzte Lebenslust genommen. Und mir den Sinn des Lebens. Stimmt nicht, Elise, denn er ist tot und du nicht, und du hast auch nicht vor, dich umzubringen.

Die Haustür fällt ins Schloß. Yvette deckt den Tisch, ich höre wie sie schnell und geübt ihre Arbeit erledigt.

»Wirklich ein sehr netter Mann.«

Von wem redet sie denn? Ach ja, von Monsieur Guillaume!

»Und so höflich. Heutzutage sind die Menschen so schlecht erzogen, da ist es eine Wohltat, einen Mann zu treffen, der weiß, was sich gehört. Und er sieht auch nicht schlecht aus. Nicht sehr groß, aber kräftig. Er hat mir seine Bauchmuskeln gezeigt, hart wie Beton.«

Na sag mal Yvette, wie ich sehe, amüsierst du dich ja prächtig. In meiner Küche die Bauchmuskeln eines Fremden abzutasten, ist das etwa kein Angriff auf das Schamgefühl? Offensichtlich sind in diesem August wirklich alle durchgedreht.

»Was wollte denn der Kommissar schon wieder von Ihnen?« fährt sie fort. »Den hat die Natur ja nun wirklich stiefmütterlich behandelt! Und arrogant ist er! Der soll mal lieber den Kindermörder finden, anstatt hier herumzuschnüffeln.«

Ich bin ja ganz deiner Meinung, Yvette, aber ich habe das ungute Gefühl, daß es zwischen dem Kindermörder und mir eine Verbindung gibt.

Das Abendessen verläuft sehr angenehm. Yvette füttert mich zuerst und schiebt dann, als sie essen, meinen Rollstuhl an den Tisch. Monsieur Guillaume erzählt Witze, er ist ein guter Erzähler. Yvette lacht schallend, und mir wird plötzlich bewußt, daß ich sie nur selten habe lachen hören. Er erzählt ihr von seiner Frau. Sie hat ihn vor fünf Jahren wegen seines besten Freundes, einem Dreher bei Renault, verlassen. Yvette spricht von ihrem Mann, der vor zehn Jahren gestorben ist, nachdem er dreißig Jahre lang treu der französischen Eisenbahn gedient hatte. Ein Pole namens Holzinski, dem sie drei Kinder geschenkt hat. Sie berichtet von ihren Söhnen, der eine lebt in Montreal, der andere in Paris und der dritte in der Ardèche. Guillaume hat keine Kinder, seine Frau konnte keine bekommen. Ich höre zu, doch meine Gedanken sind ganz woanders, bei dem, was mir zugestoßen ist und die Routine meines Krankenalltags durcheinandergebracht, das Leichentuch der Langeweile, unter dem ich zu ersticken drohte, zerrissen hat.

Das Telefon klingelt.

»Ah, dieses Telefon! Man hat auch nie seine Ruhe!« brummt Yvette, während sie sich erhebt. »Hallo? Ja ... Es ist für Sie, Elise.«

Für mich? Das ist das erste Mal seit zehn Monaten, daß mich jemand anruft. Yvette schiebt mich zum Telefon und hält mir den Hörer ans Ohr.

»Hallo Elise?«

»Sie können reden, sie hört Sie«, ruft Yvette über meinen Kopf hinweg.

»Elise, hier ist Stéphane.«

Ich weiß nicht warum, aber mein Herz macht einen kleinen Satz. Seine Stimme klingt schüchtern, nicht so aufschneiderisch wie sonst.

»Elise, ich wollte mich für das entschuldigen, was Ihnen geschehen ist. Ich weiß nicht, wie das passiert ist, ich ging durch den Wald und plötzlich bumm ... Ich habe nur noch Sternchen gesehen, wirklich! Und dann nichts mehr, absolute Funkstille. Als man mir erzählt hat, was Ihnen zugestoßen ist ...«

Im Hintergrund hört man Schritte, dann eine weinerliche Frauenstimme:

»Steph, wo bleibst du denn? Das Essen wird kalt!«

Er fährt eilig fort:

»Ich hoffe, daß Sie sich erholt haben. Ich werde Sie morgen besuchen. Also, bis dann.«

Er legt auf. Yvette legt den Hörer wieder auf die Gabel.

»Alles in Ordnung?«

Zeigefinger.

»Der arme Kerl. Er ist so nett. Nur schade, daß seine Frau eine solche Meckerziege ist. Ich spreche gerade von dem Mann, der heute morgen bei Elise war. Stéphane Migoin.«

Ich begreife, daß sie sich an Jean Guillaume wendet und kehre wieder zu meinen alten Gedanken zurück. Möchte ich Stéphane morgen sehen? Und Paul und Hélène? Warum haben sie nicht angerufen? Sie könnten sich ruhig nach meinem Befinden erkundigen. So grübele ich bis zum Dessert weiter, immer wieder gehe ich die Ereignisse der letzten Zeit durch, bis Jean Guillaume die Champagnerflasche entkorkt. Yvette kichert, man hört das Prickeln des Champagners in den Gläsern. Ich bekomme auch eins, mmh, schmeckt der Champagner schön frisch. Es läutet.

Yvette öffnet die Tür.

So eine Überraschung! Es ist die ganze Familie Fansten. Virginie läuft durchs Zimmer und küßt mich auf beide Wangen. Yvette stellt Jean Guillaume vor, Glückwünsche, was darf ich Ihnen zu trinken anbieten, ah, Paul hat auch eine Flasche Champagner mitgebracht. Langsam verstehe auch ich, daß die Sache geplant war. Sie haben mit Yvette ausgemacht, daß sie zum Dessert kommen, und Yvette hat mir nichts gesagt, es sollte eine Überraschung sein. Hélène umarmt mich und fragt, ob alles in Ordnung ist. Paul umarmt mich nicht, aber auch er fragt mich, ob alles in Ordnung ist. Gott sei Dank reicht ihnen Jean Guillaume die Champagnergläser, und alle schweigen und trinken, nachdem sie auf meine Gesundheit angestoßen haben.

Es ist angenehm, wenn man sozusagen aus dem Reich der Toten zurückgekehrt ist, wie einem von allen Seiten plötzlich Interesse entgegengebracht wird.

Die beiden Flaschen sind leer, Yvette bringt den Kaffee. Paul hat sich zu mir gesetzt.

»Ich war vorhin bei Steph. Er hat einen Verband um den Kopf, sieht ganz komisch aus. Der Ärmste fragt sich immer noch, wie das passieren konnte.«

Hélène mischt sich ein.

»Ich verstehe nicht, wie ein Typ, der so kräftig ist wie Steph, sich einfach niederschlagen lassen kann. Ohne etwas zu hören, ohne etwas zu sehen! Ich hätte nie gedacht, daß man so einen Kleiderschrank von Mann angreifen würde.«

Ich auch nicht.

»Und Sie, Monsieur Guillaume, haben Sie nichts Verdächtiges bemerkt?«

»Wie ich schon der Polizei gesagt habe, dem Inspektor Dingsbums, regnete es in Strömen. Ich hatte meine Kapuze ins Gesicht gezogen und lief mit gesenktem Kopf ... Selbst wenn mir jemand begegnet wäre, bei dem feuchten Gras, das jedes Geräusch verschluckt ... Das einzige, was ich gesehen habe, war der umgekippte Rollstuhl und Mademoiselle Andrioli, deren Kopf unter Wasser lag. Man sah nur noch ihre Füße und Luftblasen. Ich bin hingelaufen und habe sie am Knöchel gepackt. Zum Glück ist sie nicht schwer!«

»Sie haben den Täter offenbar nur knapp verfehlt«, bemerkt Paul.

»Er konnte sich hinter den Büschen verstecken, um abzuwarten, bis ich wieder weg war, und dann in aller Ruhe verschwinden.«

»Und wenn wir über etwas anderes sprechen würden?« schlägt Hélène vor. »Elise hat vielleicht überhaupt keine Lust, die ganze Geschichte noch einmal zu hören! Alle haben mich gefragt, wie es Ihnen geht, Elise. Ich habe sie, so gut ich konnte, beruhigt. Claude will Sie morgen besuchen.«

»Wer möchte Obstsalat?« fragte Yvette.

Eine kleine Hand legt sich auf die meine, und in dem allgemeinen Stimmengewirr, das auf Yvettes Bemerkung folgt, flüstert mir ein zartes Stimmchen ins Ohr:

»Ich habe dir ja gesagt, du sollst aufpassen. Die Bestie hat dich bemerkt, und sie ist böse auf dich. Und weißt du, ich glaube, daß bald ein anderes Kind bestraft wird.«

Bestraft?

»Mathieu Golbert. Er ist in der zweiten Klasse und macht immer großes Theater um nichts. Die Bestie findet ihn hübsch. Das ist ein schlechtes Zeichen. Wenn sie mir sagt, daß ich hübsch bin, verstecke ich mich, denn ich weiß, was das heißt. Ich warte, bis es vorbei ist, verstehst du? ... Ich will auch Obstsalat!«

Nein, warte, Virginie, warte. Wie war der Name? Mathieu. Mathieu Golbert. Ja, ich kenne ihn, seine Mutter hat einen Friseursalon, sie waren oft im Kino, ein hübscher, kleiner Junge mit großen blauen Augen. Was soll ich tun? Ich muß Yssart verständigen. Und wenn Virginie nun die Wahrheit sagt ...

Oh, ich weiß nicht mehr, was ich denken soll, dieses Kind ist so eigenartig!

Eine Hand auf meiner Schulter, ich zucke innerlich zusammen. Eine große, feste Hand. Paul. Er sagt nichts. Er drückt nur meine Schulter und streicht mit dem Daumen leicht über meinen Nacken. Es dauert nur wenige Sekunden, dann zieht er die Hand zurück. Ich habe den Eindruck zu erröten. Also war er es in jener Nacht. In jener Nacht. Es kommt mir vor, als würde sie schon Wochen zurückliegen. In den letzten vierundzwanzig Stunden habe ich mehr erlebt als in den zehn Monaten davor.

Alle sind gegangen, und ich liege in meinem Bett. Ich spüre, daß ich gleich einschlafen werde. Bilder jagen durch meinen Kopf. Virginie, Paul, Stéphane, Hélène Yssart, Jean Guillaume ... Alles Menschen, die ich mir nur in Gedanken vorstellen kann, farbige Phantombilder. Sollte ich eines Tages wieder sehen können, werde ich sicherlich erstaunt sein, wie sie in Wirklichkeit aussehen. Mathieu Golbert. Ich muß etwas unternehmen ...

## 5

Es hört nicht auf zu regnen. Ein typischer Sommerregen: kraftvoll, ausgelassen und stürmisch wie ein junger Hund. Normalerweise mag Yvette es nicht, wenn es regnet, doch momentan ist sie sehr beschäftigt. Sie überlegt, was sie für Jean Guillaume kochen soll, den sie für morgen abend wieder eingeladen hat.

Nach dem gestrigen Gewaltausbruch ist wieder Ruhe eingekehrt. Eine heimtückische, beängstigende Ruhe. Ich habe das Gefühl, im Auge eines Zyklons zu sitzen. Als ich aufwachte, galt mein erster Gedanke Mathieu Golbert. Und während Yvette mich wusch und ankleidete, habe ich die ganze Zeit krampfhaft überlegt, was ich tun könnte, doch ohne Ergebnis. Es klingelt an der Haustür. Ich habe das Gefühl, in einer

Boulevardkomödie mitzuspielen: Ununterbrochen treten Personen auf oder verlassen die Bühne. Ich höre, wie Yvette ruft:

»Oh, mein Gott! Wie sehen Sie denn aus! Tut es sehr weh?«

Stéphane: »Nein, nein, es geht ... ist Elise zu Hause?«

Nein, sie ist zum Ballettunterricht gegangen, sage ich im stillen.

»Es ist Monsieur Migoin, Mademoiselle.«

Er kommt schweren Schrittes auf mich zu. Ich trage einen Morgenmantel und die Sonnenbrille. Er bleibt stehen. Ich höre ihn atmen. Yvette ist hinausgegangen. Wir sind allein, nur der Regen ist zu hören.

»Elise ...«

Seine Stimme klingt merkwürdig, ein wenig heiser, kindlich.

»Es tut mir entsetzlich leid. Wenn ich den Kerl nur kommen gehört hätte ... Sie müssen große Angst gehabt haben ...«

Er nimmt meine Hand und drückt sie mit seinen großen Pranken, die ich mir rot und behaart vorstelle. Mein Magen krampft sich zusammen, als ich daran denke, daß es möglicherweise diese Hände sind, die vier Kinder getötet haben.

»Sie müssen denken, ich sei ein bißchen verrückt ...«

Zeigefinger.

»Ich weiß nicht, was in mich gefahren ist. Ich ... seit ich Ihnen begegnet bin, denke ich nur noch an Sie.«

Er kennt mich doch überhaupt nicht, weiß weder, wie meine Stimme klingt, noch, was für Ansichten ich habe. Ist er in eine Puppe verliebt oder was?

»Sie wirken so sanft.«

Ich? Ich bin eine Giftnudel. Gehässig, jähzornig, eine keifende Xanthippe. Benoît pflegte immer zu sagen, ich wäre der schwierigste Mensch der gesamten nördlichen Hemisphäre.

»Ich liebe Ihr Gesicht, Elise, Ihre Lippen, Ihren Hals, Ihre Schultern ... Ich bin unglücklich, ich habe das Gefühl, in einem Alptraum zu leben, ich verstehe nicht, was in mich gefahren ist.«

Er holt tief Luft.

»Ich kann nur hoffen, daß Sie meine Gefühle erwidern ...«

Kein Zeigefinger. Er redet Unsinn, kein Zeigefinger.

»... aber ich möchte, daß Sie wissen, daß ich Ihr Freund bin. Wirklich Ihr Freund. Ich werde es nicht zulassen, daß man Ihnen etwas antut.«

Nur Gerede ... Und gestern ...

»Catherine ist da!« unterbricht Yvette prosaisch.

Stéphane steht hastig auf.

»Bis bald, Elise. Vergessen Sie nicht, was ich Ihnen gesagt habe. Oh, guten Tag, Cathy!«

»Hallo, Steph! Oh ... Sie sehen ganz schön mitgenommen aus ...«

»Nein, halb so wild, es geht schon.«

»Nehmen Sie Sonntag trotzdem am Turnier teil?«

»Bestimmt. Ich muß los, ich bin schon spät dran, auf Wiedersehen.«

Turnier? Ach ja: Er spielt Tennis. Ich wußte nicht, daß Catherine die Große und er sich kennen. Sie stellt meinen Rollstuhl nach hinten und fängt an, meine Knie zu massieren.

»Ich wußte gar nicht, daß Migoin ein Freund von Elise ist«, ruft sie in Richtung Küche.

»Wir haben ihn durch Paul und Hélène Fansten kennengelernt. Wirklich ein netter Kerl.«

»Was ist ihm denn passiert?«

»Wie? Haben Sie etwa nicht davon gehört?«

Getuschel: Catherine wird über die gestrigen Ereignisse in Kenntnis gesetzt. Daraufhin vergißt sie meine Kniescheiben, und ich kann in Ruhe nachdenken.

Wie kommt es zum Beispiel, daß, wenn Virginie nicht da ist, auch nichts passiert? Nein, nein, ich will der Kleinen keine dämonischen Kräfte zuschreiben, aber in welcher Verbindung steht sie mit der »Bestie der Wälder«? Hätte ein Kind die Kraft, ein anderes Kind umzubringen? Stop. Ich denke schon wieder in die falsche Richtung. Ich habe noch von keinem siebenjährigen Kind gehört, das ein »Serienmörder« sein soll. Also, was stimmt nicht mit Virginie? Denn ich spüre ganz deutlich, daß da was nicht stimmt. Irgend etwas ist faul. Sie ist zu steif, zu artig, ihre Stimme zu ruhig. Man könnte jetzt einwenden, kein Wunder bei dem, was die Kleine mitansehen mußte ... oder gar nicht mitangesehen hat, ich weiß überhaupt nichts mehr. Aua, Catherine die Große ist dabei, mir die linke Schulter auszukugeln. Ich muß unbedingt Yvettes Aufmerksamkeit erregen und ihr begreiflich machen, daß ich dringend Yssart sprechen muß. Sobald Catherine gegangen ist, werde ich es versuchen.

Catherine ist gegangen, aber Yvette kümmert sich offensichtlich nicht um mich: Für Monsieur Guillaume bringt sie das Haus auf Hochglanz. Man könnte meinen, der französische Präsident höchstpersönlich statte uns einen Besuch ab. Von Zeit zu Zeit hebe ich den Zeigefinger, wenn ich höre, daß sie in meiner Nähe ist, doch vergeblich: Sie muß mit der Nase förmlich am Staub kleben. Doch was noch schlimmer ist, sie hat mir eine Literatur-Kassette eingelegt, die Hélène mir aus der Stadtbücherei – nein, Entschuldigung, der städtischen Mediathek – mitgebracht hat, und nun höre ich, wie jemand mit begeisterter Stimme Balzac vorträgt. Das mag zwar gut gemeint sein, aber erstens hasse ich es, wenn man mir vorliest, und zweitens kenne ich das Buch auswendig, weil ich es schon mehrmals gelesen habe. Aber was soll's ... ich kann mich ja nicht dauernd beklagen.

Ah! Die erste Seite der Kassette ist zu Ende. Yvette wird kommen und sie umdrehen. Ich höre Schritte, schnell, Zeigefinger, Zeigefinger, Zeigefinger.

»Ja, ja, ich komm ja schon.«

Nein, Yvette, nein, Zeigefinger, Zeigefinger, Zeigefinger.

»Also wirklich, einen Augenblick Geduld, wenn Sie ungeduldig sind, können Sie richtig unausstehlich sein!«

Mist!

Die Worte Balzacs dröhnen mir wieder aus dem Rekorder

entgegen, ich könnte ihn mühelos verstehen, wenn ich in der hintersten Ecke im Garten säße. Und Yvette ist, vor sich hinmurmelnd, auch wieder gegangen. Es bleibt mir nichts anderes übrig, als einen geeigneten Moment abzuwarten.

Ich wache erschreckt auf. Ich muß beim Klang der begeisterten Stimme eingenickt sein. Wo ist Yvette? Ich lausche, versuche herauszufinden, wo sie sich im Haus aufhält. Ah, sie ist draußen. Sie spricht mit jemandem. Ich erkenne Hélènes Stimme, die »auf Wiedersehen« sagt. Yvette kommt herein.

»Sie haben Glück, Hélène hat Ihnen ein paar neue Kassetten vorbeigebracht.«

Super. Ich hoffe, es ist die Gesamtausgabe in dreihundertsiebzig Bänden.

»Wollen Sie weiterhören?«

Kein Zeigefinger.

»Gut, wie Sie möchten. Wollen Sie etwas anderes?«

Zeigefinger.

»Haben Sie Durst?«

Kein Zeigefinger.

»Hunger?«

Kein Zeigefinger.

»Müssen Sie mal?«

Kein Zeigefinger.

»Wollten Sie Hélène sehen?«

Kein Zeigefinger. Ich spüre, daß Yvette ungeduldig wird.

»Jemand anderen?«

Zeigefinger.

»Virginie?«

Kein Zeigefinger.

»Hat es etwas mit dem gestrigen Vorfall zu tun?«

Zeigefinger.

»Also die Polizei?«

Zeigefinger. Wunderbare Yvette. Sobald ich wieder gesund bin, werde ich dein Gehalt erhöhen, werde ich dir alles vererben, werde ich ...

»Wollen Sie, daß ich diesen Wichtigtuer von Kommissar anrufe?«

Zeigefinger.

»Nun gut, wenn ich Ihnen damit eine Freude mache.«

Sie geht zum Telefon. Gut. Alles wird gut. Ich habe die Situation im Griff.

»Der Kommissar ist in Paris und wird vor Montag nicht zurückkommen? Oh, ich habe ganz vergessen, daß ich das Kaninchen auf dem Herd stehen habe!«

Sie hastet in die Küche. Bleibt nur zu hoffen, daß Yssart nicht zu spät kommt beziehungsweise daß Virginie mir keinen Unsinn erzählt hat.

Es klingelt. Ich werde ein Dienstmädchen einstellen, deren einzige Aufgabe es sein wird, die Haustür zu öffnen und zu melden, wer gekommen ist.

Diesmal ist es Claude Mondini. Sie küßt mich beiläufig auf beide Wangen, sie duftet nach Parfum.

»Meine arme Elise! Glücklicherweise ist alles noch mal gutgegangen! Ich habe ja immer gesagt, daß der Wald gefährlich ist. Ich habe den Kindern verboten, dort zu spielen. Ich soll Sie auch von Jean-Mi ganz herzlich grüßen. Hmm, wie das hier duftet! Was kochen Sie denn Schönes, Yvette?«

»Kaninchen in Senfsauce.«

»Es riecht einfach köstlich! Nun, meine arme Elise, geht es Ihnen gut?«

Zeigefinger.

»Ich kann nicht lange bleiben, ich muß noch einiges für den Kanuausflug mit den Kindern aus La Tourbière am Sonntag organisieren. Ich weiß, Elise, daß Sie kein leichtes Leben haben, aber wenn Sie diese armen Kinder sehen könnten ... sie stammen aus Verhältnissen, die alles andere als geordnet sind ... Nun gut, ich muß wieder los ... Yvette, wenn Sie irgend etwas brauchen sollten, rufen Sie uns einfach kurz an, nicht wahr?«

»Ja, und nochmals vielen Dank.«

»Auf Wiedersehen, Elise, bis bald!«

Nachdem sie gegangen ist, hinterläßt ihr Parfum einen Hauch von Frühling im Raum. Ich bin etwas verwirrt: Ist sie drei oder vier Minuten geblieben? Doch ich bin trotzdem erleichtert, denn insgeheim hatte ich befürchtet, daß sie Yvette davon überzeugt, mich am Sonntag mit in die Messe zu nehmen, damit ich trotz der schlimmen Geschehnisse die Religion nicht vergesse.

Sonntagmorgens lagen Benoît und ich normalerweise gemütlich bis elf Uhr im Bett und quatschten ...

Benoît, du fehlst mir.

Fünf Tage Ruhe. Es ist wunderbar. Niemand will mich piesacken, mir weh tun oder mich umbringen. Zwei Stunden Balzac täglich, wunderschönes Wetter, leckere Erdbeeren und Raybaud, der mich lobt. Es scheint so, daß man, seit ich den Zeigefinger bewege, spüren kann, wie meine linke Hand zittert. Oh, mein Gott, wenn es doch nur wahr wäre! Wenn ich sie doch nur wieder bewegen könnte, würde ich lernen, mit links zu schreiben, ich könnte auf Wiedersehen und guten Tag sagen, ich könnte viele Zeichen machen; das V für *victory,* den Daumen nach unten halten, um anzuzeigen, daß ich unzufrieden bin, den Daumen nach oben halten, wenn ich mit etwas einverstanden bin, den Stinkefinger zeigen, das Zeichen, wenn man Pech hatte, die Finger kreuzen, um Unglück abzuwenden, eben alles, was man mit einer Hand machen kann! Ich übe wie verrückt. Ich werde es schaffen, diese blöde Hand zu bewegen und nicht nur das, ich werde Stück für Stück die Kontrolle über meinen Körper zurückgewinnen, das schwöre ich, bis ich schließlich aufstehen und diesen verdammten Kassettenrecorder ausmachen kann!

Gott hat mein Flehen erhört, denn es tritt Stille ein. Ach ja, es ist 13 Uhr, Yvette will die Nachrichten hören. Blablabla Außenpolitik ... Bekämpfung des Terrorismus ... Streik der Bauern ... Der Premierminister ... Kriege hier und Kriege da ...

Hochwasser im Südosten, das Ende der Trockenperiode, eine Spur im Mordfall des kleinen Michaël Massenet, die Polizei sucht einen Zeugen ... Was!?

»Haben Sie das gehört, Elise?« ruft Yvette ganz aufgeregt. Zeigefinger.

»Ich muß sofort Hélène anrufen. Vielleicht weiß sie etwas.«

Ich lausche angestrengt, aber ich kann nichts verstehen. Die Wettervorhersage: Das sonnige Wetter ist nicht von Dauer, der Herbst wird stürmisch und der Winter früh Einzug halten, Schluß mit der schönen Zeit, bald sind die Ferien vorbei. Yvette kommt zurück.

»Sie hat es auch gehört, aber sie weiß nichts. Sie wirkte ziemlich durcheinander. Na, der Kommissar wird ihr mehr dazu sagen, schließlich betrifft es sie ja auch ... Jetzt, wo sie halbtags arbeitet, kann sie auch nicht mehr die ganze Zeit auf Virginie aufpassen.«

Eine Spur ... Ich hasse es, Yssart zu begegnen. Arme Hélène! Sie ist so zurückhaltend, daß man oft vergißt, was sie und ihre Familie schon alles durchgemacht haben. Weder sie noch Paul sprechen jemals von Renaud, und Yvette hat mir erzählt, daß sie seine ganzen Sachen der katholischen Kirche gespendet haben. Anscheinend steht ein Foto von ihm in ihrem Eßzimmer. Ein hübscher kleiner Junge mit braunem Haar und blauen Augen, abstehenden Ohren (behauptet Yvette) und Sommersprossen. Er hat überhaupt keine Ähnlichkeit mit Virginie. Sie ist blond, trägt einen Pagenkopf und hat braune Augen. Yvette sagt, sie sei ein bezauberndes Mädchen, »ein richtiges Püppchen«, doch ich vermute, sie ist in diesem Fall voreingenommen.

Yvette räumt den Tisch ab, wobei sie ununterbrochen über die Morde, den Wetterumschwung, die Steuern, die Grausamkeiten des Lebens und die Gleichgültigkeit Gottes wettert. Als sie aus der Küche zurückkommt, meint sie, das Wetter sei viel zu schön, um im Haus zu bleiben. Sie hat Hélène angerufen und gesagt, sie wolle mit uns, mit Virginie und mir, spazierengehen. Hélène war einverstanden. Yvette hatte sogar den Eindruck, daß es ihr sehr recht sei, mal allein zu sein.

Virginie hüpft neben dem Rollstuhl her. Yvette hat einen Bogen um den Wald gemacht, und nun schlendern wir über den großen freien Platz gleich neben dem Einkaufszentrum. Ich erinnere mich, daß es dort Bänke und ein paar Sandwich-Stände gibt. Ich höre das Geräusch von Rollerskates und Skateboards. Kinder fahren mit Volldampf über den Platz. An einer anderen Stelle hört man das aufdringliche Geräusch eines Balls. Dann aufgeregt juchzende Kinder. Ich erinnere mich, daß sich in der Mitte des Platzes eine große, viereckige, gußeiserne Fontäne befindet, in die die Kleinen alles werfen, was mehr oder weniger gut im Wasser schwimmt.

Die Fontäne sprudelt gerade, ich höre das Rauschen des Wasserstrahls. Wir halten an. Yvette stößt einen Seufzer der Erleichterung aus, ich nehme an, sie hat sich hingesetzt.

»Virginie, bleib bitte in der Nähe!«

»Ja, ja, ich geh zum Brunnen, spielen.«

Einen Moment lang sagt Yvette nichts. Wir sitzen beide ruhig da, ich lausche dem lebhaften Stimmengewirr und Yvette hängt ihren Gedanken nach. Virginies zartes Stimmchen reißt mich aus meiner Versunkenheit.

»Dürfen wir uns etwas Süßes kaufen?«

»Von Schokolade bekommt man schlechte Zähne.«

»Das ist keine Schokolade, das sind Kaubonbons.«

»Das ist das gleiche. Und wie heißt du, mein Kleiner? Hat es dir die Sprache verschlagen?«

»Mama kauft mir immer etwas. Er heißt Mathieu.«

Das darf nicht wahr sein!

»Na gut, da hast du fünf Francs, aber verlier das Geld nicht. Und wo ist deine Mama, Mathieu?« erkundigt sich Yvette.

»Sie ist da vorne, in dem Salon.«

»Seine Mama hat einen Friseursalon. Er ist mit seinem großen Bruder hier«, erklärt Virginie.

»Ach so. Na, dann geht mal, kommt aber sofort zurück und sprecht mit niemandem!«

Das ist er, das ist Mathieu Golbert. Was hat Virginie mit ihm zu schaffen? Oh, mein Gott! Führt sie etwa ... dem Mörder die Kinder zu? Nein, ich darf so etwas nicht denken. Hat Yvette ein Auge auf die beiden? Ist es normal, daß sie so lange brauchen? Ich höre das Rascheln von Papier und schließe daraus, daß Yvette in ihrer Zeitschrift liest. Du solltest jetzt wirklich nicht lesen, Yvette!

»Mir ist wirklich schleierhaft, warum ein so gutaussehender junger Mann wie Prinz Albert noch immer nicht verheiratet ist ...«

Yvette! Laß Prinz Albert! Gib auf die Kinder acht!

»Es ist doch nicht zu fassen, Sport, nichts als Sport! Egal, welche Zeitschrift man aufschlägt, seitenweise Sportberichte ...«

Yvette, liebste Yvette, hör auf, in dieser Zeitschrift zu blättern, und sieh bitte mal nach, was die Kinder treiben!

»Ich hab fünf gehabt!«

Virginie! Gott sei Dank!

»Paß bloß auf, wenn du dauernd Süßigkeiten ißt, bekommst du später schlechte Zähne.«

»Der Zahnarzt ist sehr nett.«

»Das ist kein Grund. Ein Besuch beim Zahnarzt kostet viel Geld. Und wo ist dein kleiner Freund?«

»Er ist zu seinem Bruder zurück. Er mußte nach Hause.«

»Ach so. Na, willst du dich zu mir setzen? Ich gebe dir die Seite mit den Comics, wenn du möchtest.«

»Au ja.«

Ich kann es nicht ändern, ich habe plötzlich ein ungutes Gefühl. Daß wir Mathieu getroffen haben, scheint mir ein merkwürdiger Zufall zu sein. Und seine plötzliche Abwesenheit beunruhigt mich ebenso.

»Ist der Platz noch frei?« erkundigt sich höflich die Stimme einer Dame mit nordfranzösischem Akzent.

»Aber natürlich. Setzen Sie sich, Rutsch ein bißchen, Virg'.«

Virginie sitzt nun ganz nah an meinem Rollstuhl. Yvette und die Dame kommen ins Gespräch.

»Elise, hörst du mich?« flüstert Virginie plötzlich.

Zeigefinger.

»Ich habe Angst um Mathieu.«

Ich auch.

»Ich glaube, er wird bald tot sein.«

O nein, nein! Wenn ich dieses Kind doch nur packen, es schütteln und ihm sein Geheimnis entlocken könnte ...

»Ich habe sie gesehen, die Bestie. In der Nähe des Parkplatzes.«

Mich überkommt ein seltsames Gefühl, mir wird ganz schwer ums Herz. Und mein blödes Gesicht, das keine Miene verziehen, und mein blöder Mund, der nicht schreien kann! Ich muß merkwürdig ausgesehen haben, denn Yvette unterbricht ihre Unterhaltung:

»Ist etwas nicht in Ordnung?«

Zeigefinger. Ja, so ist es.

»Wollen Sie nach Hause zurück?«

Kein Zeigefinger.

»Wollen Sie noch etwas spazierengefahren werden?«

Ja, das ist eine gute Idee. Gehen wir spazieren, vielleicht taucht Mathieu ja wieder auf. Ich hebe den Zeigefinger.

»Nun gut«, seufzt Yvette resigniert. »Gehen wir. Auf Wiedersehen«, meint sie zu der Dame aus Nordfrankreich, die mich sicher anstarrt.

Wir setzen uns in Bewegung. Virginie trällert vor sich hin. Erst nach einer Weile wird mir bewußt, was sie da singt. *Es war einmal ein kleines Schiff.* Sie ist gerade bei der Stelle, wo die Gischt das Boot verschlingt. Ein böses Omen.

Eine Weile gehen wir so dahin; an der lieblosen, ruppigen Art, mit der Yvette den Rollstuhl schiebt, merke ich, daß sie schlechtgelaunt ist. Ein paar Kinder kommen angelaufen und sprechen mit Virginie. Wir müssen ganz in der Nähe des

Springbrunnens sein, denn das Rauschen des Wassers ist deutlich zu hören. Ich glaube, ich habe bloß eine blühende Phantasie. Plötzlich ruft Yvette:

»Virginie! Komm mal her!«

»Was ist?«

»Wer ist der Junge, mit dem du gerade gesprochen hast? Der große mit der roten Mütze?«

»Welchen meinst du denn?«

»He, Sie, junger Mann!« ruft Yvette. »Ja, Sie meine ich! Sie mit der roten Mütze!«

Sie beugt sich zu mir herab und sagt mir ins Ohr:

»Man kann nie wissen, ob er nicht einer dieser Dealer ist ...«

Unter anderen Umständen hätte ich sicher gelacht.

»Ja?«

»Was wollten Sie von Virginie?«

»Ich wollte nur wissen, ob sie Mathieu gesehen hat, meinen kleinen Bruder ...«

Ich spüre, wie das Unglück über uns hereinbricht.

»Aber ich dachte, er sei bei Ihnen!« wundert sich Yvette.

»Nein, er wollte mit Virg' Süßigkeiten kaufen gehen, und das dauerte und dauerte. Ich weiß nicht, wo sich der Blödmann rumtreibt, aber ...«

»Hören Sie, ich will Sie ja nicht unnötig aufregen, aber er hat Virginie gesagt, daß er zu Ihnen zurückgeht.«

»Hat er das gesagt, Virg'?«

»Ja, er wollte keinen Ärger kriegen.«

»Mist ... wenn ich den zu fassen kriege ...«

»Da vorne ist ein Polizist«, meint Yvette nervös, »den können wir ja mal fragen.«

»Nicht nötig, der hat doch sicher Besseres zu tun!«

»Was ist los?« fragt eine Stimme mit unüberhörbarem Pariser Akzent. Das muß der Polizist sein.

Ein entsetzter Aufschrei. Direkt hinter uns. Mir platzt fast das Trommelfell.

»Was ist passiert?« schreit Yvette außer sich.

Mein Herz rast. Ein zweiter Aufschrei. Es ist eine Frau. Der durchdringende Ton einer Trillerpfeife, hastige Schritte.

»Virginie, bleib hier!«

Die Leute laufen zusammen, erstaunte Rufe werden laut.

»Nein, du bleibst jetzt hier und gibst mir deine Hand!« wettert Yvette.

Um uns herum herrscht ein Stimmengewirr; ich habe das Gefühl, in einen Orkan aus Stimmen geraten, in einem Ozean aus Geräuschen gekentert zu sein. Pfiffe einer Trillerpfeife, Sirenengeheul eines Krankenwagens, Polizeisirenen, mein Herz pulsiert in meinen Schläfen.

»Gehen Sie weiter, machen Sie doch bitte Platz ...«

»Was ist passiert?«

»Ich weiß auch nicht mehr als Sie. Treten Sie zur Seite.«

Man murmelt sich Entsetzliches zu:

»Sie haben anscheinend einen Toten gefunden.«

»Drüben auf dem Parkplatz.«

»Eine Frau hat ihn entdeckt.«

»Es ist ein Kind.«

»Entschuldigen Sie, Monsieur, können Sie mir sagen, was passiert ist«, erkundigt sich Yvette aufgeregt.

»Man hat die Leiche eines Kindes auf dem Parkplatz gefunden.«

»O mein Gott! Wissen Sie ... weiß man, wer es ist?«

»Nein, ich glaub nicht.«

Ein gellender Schrei ertönt. Alle verstummen. Die Stimme eines entsetzten Jugendlichen:

»Mathieu! Nein! Mathieu! Nein, verfluchter Mist!«

Ich höre ein leises Schniefen. Virginie weint.

»Ach, wein nicht, mein Liebling! O mein Gott, es ist so schrecklich! Oh, Elise, haben Sie das gehört?«

Zeigefinger. Ich habe es so gut verstanden, daß ich das Gefühl habe, mich gleich übergeben zu müssen. Das kann doch nicht wahr sein, das ist bestimmt ein Traum, eine Halluzination. Mathieu kann nicht tot sein.

»Die Polizei nimmt Mathieus Bruder mit«, meint Yvette zu mir. »Der arme Junge, der arme Junge ...«

Eine aufgebrachte Männerstimme brüllt:

»Los, gehen Sie weiter, hier gibt es nichts zu sehen! Machen Sie Platz!«

Dem Geräuschpegel und den vielen Menschen nach zu schließen könnte man meinen, man sei auf einem Volksfest. Ich stelle mir einen kleinen, leblosen Körper vor, der auf einer Bahre liegt, einen kleinen, massakrierten Körper ... Virginie weint noch immer leise vor sich hin.

»Wir müssen sagen, was wir wissen«, beschließt Yvette.

Wir setzen uns in Bewegung. Unterwegs rempeln wir Leute an, Yvette entschuldigt sich fortlaufend, Virginie schluchzt. Yvette bahnt sich mit dem Rollstuhl unnachgiebig ihren Weg durch die Menge. Sie zieht die weinende Virginie hinter sich her und läßt sich auch durch Beschimpfungen und spöttische Bemerkungen nicht aufhalten.

»Hallo, Sie, Herr Polizist!«

»Ja? Ich bin beschäftigt.«

»Die Kleine hat kurz vorher noch mit ihm gespielt.«

»Wen meinen Sie?«

»Nun ja, das ... ähm, das Opfer.«

»Woher wissen Sie, wer das Opfer ist?«

»Das habe ich doch schon gesagt, wir kannten ihn. Er heißt Mathieu. Sein großer Bruder sitzt da vorne im Polizeiwagen.«

»Kommen Sie mit. Herrschaften, machen Sie Platz, lassen Sie die Dame passieren. Nein, Monsieur, nein, das geht sehr wohl, treten Sie sofort zurück ...«

Wir kommen durch.

»Diese Dame sagt, daß die Kleine und das Opfer kurz zuvor noch zusammen gespielt haben.«

Eine junge, männliche Stimme:

»Ah so? Warten Sie, kommen Sie hier entlang. Also, meine Kleine, wie heißt du denn?«

»Vir ... gi ... nie.«

»Und warum weinst du?«
Sie stammelt:
»Mama ...«
»Ich glaube, das ist der Schock«, schaltet sich Yvette ein.
»Du hast also noch vor kurzem mit Mathieu gespielt?«
»Sie sind zusammen Bonbons kaufen gegangen, und sie ist allein zurückgekommen. Und weder sein Bruder noch wir hatten ihn seitdem gesehen«, antwortet Yvette an Virginies Stelle.
»Ihr habt also Bonbons gekauft?«
»Ja ...«, schluchzt Virginie.
»Und Mathieu, wo ist er danach hingegangen? Hat er mit jemandem gesprochen?«
»Ich weiß nicht. Er hat gesagt, daß er zu seinem großen Bruder geht.«
»Du hast nicht gesehen, ob er mit jemandem gesprochen hat? Ich meine, mit einem Erwachsenen?«
»Nein.«
Kleine, elende Lügnerin. Du hast den Mörder gesehen, du hast mir gesagt, daß du ihn gesehen hast, aber du sagst nichts. Warum, warum?!
»Gut, hör mal ... Wenn dir noch etwas einfällt, sagst du es deiner Oma.«
»Das ist nicht meine Oma, das ist Elises Dienstmädchen.«
»Ich bin Mademoiselle Andriolis Gesellschafterin«, korrigiert Yvette gekränkt.
»Mademoiselle Andrioli, das sind wohl Sie?« fragt mich der Inspektor.
»Sie kann Ihnen nicht antworten, sie hatte einen sehr schweren Unfall.«
»Aha. Entschuldigen Sie. Gut. Ich muß Ihre Personalien aufnehmen.«
»Yvette Holzinski, Chemin des Carmes 2 in Boissy. Mademoiselle Elise Andrioli, gleiche Adresse. Die Kleine heißt Virginie Fansten, Avenue Charles-de-Gaulle 14, Stadtteil Les Merisiers.«

»O. k. Hier haben Sie meine Karte. Ich bin Inspektor Gassin. Florent Gassin. Sie müssen vorbeikommen, damit wir Ihre Aussage zu Protokoll nehmen können.«

»Wir kennen bereits Kommissar Yssart.«

»Ach? Der ist in Paris. Entschuldigen Sie, ich muß gehen. Also, hast du verstanden, Virginie? Wenn dir noch etwas einfällt, rufst du mich an. Es ist sehr wichtig ...«

Virginie zieht wortlos die Nase hoch. Inspektor Gassin verabschiedet sich. Yvette macht sich wieder mit mir auf den Weg, wobei sie mir zuflüstert: »Sie haben den Leichnam auf einer Bahre abtransportiert. Er steckte in einem Plastiksack, genau wie man das im Fernsehen immer sieht. Es war schrecklich. Hoffentlich hat Virginie das nicht mitbekommen.«

Auf dem Rückweg sind wir alle traurig gestimmt. Keiner sagt ein Wort. Ich bin traurig, schrecklich traurig und wie benommen. Wenn ich mir vorstelle, daß man Mathieu vielleicht hätte retten können, wenn Virginie nur rechtzeitig etwas gesagt hätte ... Wie sie geweint hat! Das arme Kind ist völlig fassungslos. Vorhin war ich unheimlich wütend auf sie. Jetzt weiß ich nicht, was ich denken soll. Ich mache mir Sorgen um sie. Mathieu ist ermordet worden. Wie sie es mir gesagt hat. Und wenn sie ganz einfach die Gabe hat, Dinge vorherzusehen?

Es ist kalt im Wohnzimmer. Am Abend hat es sich stark abgekühlt. Yvette hat Virginie nach Hause gebracht und anschließend angefangen zu bügeln. Dabei unterhält sie mich.

»Die armen Fanstens, das war vielleicht ein Schock für sie! Sie denken vermutlich, daß Renauds Mörder ganz in ihrer Nähe ist. Und Virginie konnte gar nicht mehr aufhören zu weinen! Es war schrecklich. Mir wäre es lieber gewesen, wenn Paul zu Hause gewesen wäre, aber er war noch bei einem Kunden oder was weiß ich. Auf dem Heimweg habe ich Stéphane Migoin getroffen. Den Verband hat man ihm schon wieder abgenommen. Ich soll Sie von ihm grüßen. Er hatte es eilig, er mußte auf eine Baustelle.«

Stimmt, er ist ja im Baugewerbe beschäftigt. Wenn ich mich recht erinnere, hat er Paul über die Bank kennengelernt. Ja, so war es, er ist Kunde bei der Bank, für die Paul arbeitet, und als stellvertretender Filialleiter kümmert er sich persönlich um Stéphanes Bankgeschäfte. Sie haben festgestellt, daß sie beide begeisterte Jogger sind und träumen davon, einmal beim New-York-Marathon mitzulaufen. Sie trainieren wie die Verrückten. Laufen, das hat mir nie sonderlich viel Spaß gemacht, vor allem nicht auf Asphalt. Ah! Die Nachrichten ... Immer das gleiche ... Ah, da kommt es:

*»Grausamer Mord im Großraum Paris. Mathieu Golbert, ein neun Jahre alter Junge, wurde heute nachmittag auf dem Parkplatz eines Einkaufszentrums ermordet aufgefunden. Dieses abscheuliche Verbrechen wurde vermutlich von dem gleichen Täter begangen, der in dieser Gegend vor zwei Monaten den kleinen achtjährigen Michaël Massenet umgebracht hat. Seit heute herrschen Angst und Schrecken in Boissy-les-Colombes. Unser Sonderberichterstatter Michel Falcon befindet sich vor Ort. Nun, Michel ...«*

*»Guten Abend. Hier spricht Michel Falcon. In Boissy-les-Colombes, wo in weniger als zwei Monaten zwei Kinder ermordet wurden, ist man zutiefst betroffen. Heute scheint sich nun der Verdacht erhärtet zu haben, daß es eine Verbindung zwischen diesem Verbrechen und anderen ungelösten Mordfällen gibt, die bis zu fünf Jahren zurückliegen. Eine Hypothese, die nicht gerade dazu führt, die friedlichen Bürger dieser Gemeinde zu beruhigen. Heute abend herrscht in Boissy-les-Colombes panische Angst, und schon werden die ersten Stimmen laut, eine Bürgerwehr einzurichten. Kommissar Yssart, der die Untersuchung leitet, möchte noch keine Stellungnahme abgeben, aber – das hat er uns bestätigt – es gibt eine heiße Spur.«*

Nun werden die anderen Morde kurz zusammengefaßt, sicher zeigen sie auch Fotos der Kinder. Interview mit einem Rentner, einer Hausfrau und einem Kraftfahrzeugmechaniker. Schreie, Tränen, eine Tür, die zugeschlagen wird, ein Mann, der ruft: »Lassen Sie uns gefälligst in Ruhe.« Das ist die Familie von Mathieu, *»die, scheinbar unter dem Schock der Ereignisse, nicht in der Verfassung war, mit unserem Kamerateam zu sprechen.«*

Das Telefon läutet. Yvette steht mürrisch auf. Der Sprecher berichtet nun über eine Segelregatta entlang der Mittelmeerküste.

»Hallo? Ach, Sie sind es, Jean. Guten Abend ... Ja, es ist schrecklich, nicht wahr? Wir sind ganz bestürzt. Nein, Sie stören nicht. Das ist freundlich, danke ... Morgen, ja, jederzeit. Das Schlimme ist, wir waren da, im Einkaufszentrum ... Ja, Virginie hat mit dem Jungen noch gespielt, kurz bevor er verschwunden ist, stellen Sie sich das mal vor! ... Wie Sie selbst sagen ...«

Es ist schwierig, gleichzeitig Yvettes Unterhaltung mit Jean Guillaume und die Nachrichten zu verfolgen. Es läutet wieder, diesmal aber an der Haustür. Es geht zu wie in einem Taubenschlag. Yvette entschuldigt sich, hängt ein und läuft zur Tür.

»Ist Mademoiselle Andrioli zu Hause?«

Yssart! Na, der muß ja aus Paris geradezu hierher geflogen sein.

»Hier entlang. Wir essen gerade.«

»Tut mir leid, daß ich störe. Guten Appetit. Guten Abend, Mademoiselle.«

Zeigefinger.

»Als ich erfuhr, was geschehen war, bin ich sofort hergefahren. Wenn Sie gestatten, würde ich gerne mit Mademoiselle Andrioli allein sprechen.«

Und hopp, schon rollt er mich rasant in den Flur – ich rieche das Bohnerwachs, das Yvette heute morgen aufgetragen hat.

»Merkwürdiger Zufall, nicht wahr, daß Sie und die kleine Virginie mit schöner Regelmäßigkeit am Tatort auftauchen? Wissen Sie, daß mir diese Reihe von Zufällen außerordentlich mißfällt? Im Fall von Mathieu Golbert hat der Mörder dem Kind den Brustkorb aufgeschnitten und das Herz entfernt. Natürlich erst, nachdem er tot war.«

Natürlich. Ich glaube, ich muß mich übergeben!

»Der Leichnam lag zwischen zwei Autos. Es war ausgesprochen leichtsinnig vom Mörder, seine Tat am hellichten Tag auf einem vielbefahrenen Parkplatz zu begehen. Doch andererseits, wenn man zwischen den Fahrzeugen kniet, ist man für die Überwachungskameras unsichtbar, das habe ich überprüft ... Ich kann mir nur schwer vorstellen, daß der Mörder mit dem Herz seines Opfers in der Tasche geflüchtet ist. Wissen Sie, was ich eher glaube? Daß er mit dem Auto gekommen und anschließend wieder weggefahren ist. Das Problem bei diesen Parkplätzen mit Münzautomaten ist, daß der Angestellte im allgemeinen nicht auf die Fahrzeuge achtet, aber man kann nie wissen. Sie sehen, ich spiele bei Ihnen mit offenen Karten. Weiß Virginie irgend etwas?«

Dieser Kerl macht mich ganz fertig. Er spricht wahnsinnig schnell und knallt mir fünfzig verschiedene Informationen gleichzeitig vor die Füße. Ob Virginie irgend etwas weiß? Darüber weiß ich nicht Bescheid. Ich hebe den Zeigefinger aufs Geratewohl.

»Hat sie Mathieu mit jemandem weggehen sehen?«

Halber Zeigefinger. Das heißt, ich hebe den Zeigefinger, winkle ihn aber ab.

»Hat sie jemanden gesehen, den sie kennt?«

Zeigefinger.

»Wen? Wissen Sie das?«

Kein Zeigefinger. Er seufzt.

»Jeder Mörder hat ein Motiv. Vorsicht, das heißt nicht, daß das Motiv für uns immer einsichtig ist. Nein, ein Motiv ist stets sehr persönlich. Ein Mörder kann zum Beispiel beschließen, daß er Ohren sammeln will. Oder jeden umzubringen, der größer ist als 1,82 und gelbe Mokassins trägt. Oder nehmen wir zum Beispiel diesen englischen Mörder, der seine Geliebten im Schlaf erwürgte und die Leichen im Haus behielt, um mit ihnen gemeinsam fernzusehen. Sie verstehen, was ich meine? Wenn man versucht, einen Verrückten zu schnappen, indem man sich ein »vernünftiges« Motiv überlegt, ist man rasch auf dem Holzweg. Doch wenn man glaubt, der Täter gehe planlos vor, töte aus Spaß am Töten, liegt man auch falsch. Wenn er irrational vorgehen würde, wären seine Opfer ganz unterschiedlich. Doch das kommt selten vor. In 99 % der Fälle sucht sich ein Psychopath immer wieder ähnliche Opfer aus. Er verfolgt hartnäckig ein Ziel und findet nur dann Befriedigung, wenn er bestimmte Leute auf bestimmte Art und Weise umbringt. Aber ich langweile Sie mit meinem Vortrag. Ich war auf dem Weg zu den Fanstens und bin rein zufällig hier vorbeigekommen. Es ist immer ein Vergnügen, sich mit Ihnen zu unterhalten. Nun, ich muß jetzt gehen, meine Liebe. Und überanstrengen Sie sich nicht. In Ihrem Leben scheint es zur Zeit ja ganz schön turbulent zuzugehen.«

Gemeiner Kerl! Er fährt mich zurück ins Wohnzimmer, und bevor ihm Yvette überhaupt auf Wiedersehen sagen kann, ist er auch schon verschwunden. Dieser Typ ist unmöglich. Ein Mörder läuft frei herum, und unterdessen hält mir ein Kommissar mit einem Clownsgesicht Vorträge über das Seelenleben von Mördern. Vor sich hin schimpfend deckt Yvette den Tisch ab.

Ich muß wieder an Mathieu denken. Der arme kleine Junge. Ich bekomme eine Gänsehaut. Als ich im Krankenhaus war und begriffen hatte, daß Benoît tot war, wollte ich wie eine Wölfin losheulen. Und es vergingen viele Tage, an denen ich nicht glauben konnte, daß er niemals wieder mit mir sprechen, niemals wieder bei mir sein und mich niemals wieder zum Lachen bringen würde. Heute abend hatte Mathieus Mutter sicher das Bedürfnis, wie eine Wölfin zu heulen. Und Hélène, die ruhige und freundliche Hélène, wie groß wird ihre Angst um Virginie sein? Obwohl Virginie ein Mädchen ist. Denn, wenn ich so darüber nachdenke, sind alle Opfer männlich. Der Mörder fühlt sich möglicherweise von kleinen Jungen angezogen. »Immer wieder ähnliche Opfer«, hat Bonzo, der Clown gesagt. Ich möchte das alles aus meinen Gedanken verbannen. Aber ich kann nicht, ich kann nicht einfach sagen: »Hör auf, darüber nachzudenken«. Wenn ich doch bloß nicht Mathieus Stimme gehört hätte, wenn es doch nur ein mir unbekannter Name wäre, den ich aus dem Fernsehen hätte. Ich hatte mich so darüber gefreut, die Fanstens kennenzulernen, und jetzt dieser ganze Schlamassel ...

## 6

Heute morgen findet die Beerdigung von Mathieu Golbert statt. Natürlich gehen alle hin: die Mondinis, die Quinsons, die Migoins. Yvette ist vor einer halben Stunde mit Paul losgefahren, Hélène weigert sich hinzugehen. Ich höre, wie sie nervös in einer Zeitschrift blättert, als säße sie im Wartezimmer eines Arztes. Als Yvette hörte, daß sie zu Hause bleiben wollte, schlug sie vor, sie solle mir doch Gesellschaft leisten, während sie auf der Beerdigung sei. »Dann sitzt sie wenigstens nicht allein zu Hause und bläst Trübsal«, meinte sie. Virginie spielt draußen mit ihren Puppen. Eine von ihnen kriegt gerade eine ordentliche Tracht Prügel: »So, so, du böses Mädchen, das kommt davon.« Klatsch, klatsch, ich weiß nicht, was sie ausgefressen hat, aber Virginie ist nicht zu bremsen.

Anscheinend ist das Wetter sehr schön, ein wolkenloser, blauer Himmel und kein Lüftchen. Ich stelle mir vor, wie sich der Leichenzug aus Trauermienen in der sengenden Sonne entlang den ausgetrockneten Feldern voranbewegt. Wenn ich daran denke, daß Benoît auf diesem Friedhof begraben liegt ... Es ist noch ein sehr neuer Friedhof; soweit ich mich erinnere, wurde er 1976 in einem ruhigen Ort im Grünen angelegt. Ich habe nicht einmal hingehen und Benoîts Grab besuchen können. Yvette hat mir erzählt, daß auch Renaud dort begraben liegt.

Ich verstehe, daß es über Hélènes Kräfte geht, an der Beerdigung eines kleinen Jungen teilzunehmen, der neben dem Sohn ihres Mannes beigesetzt wird. Ob der Mörder auch zur Beerdigung kommt? In Filmen sieht man das sehr oft.

Hélène ist recht schweigsam. Von Zeit zu Zeit eine Bemerkung über das Wetter, über die Uhrzeit; gerade hat sie ein Streichholz angezündet, und ich rieche, wie sich der Zigarettenrauch im Zimmer ausbreitet. Das Rascheln der fahrig umgeblätterten Seiten. Ihr Atem geht schnell. Zu schnell.

»Das Schlimmste ist, zu wissen, daß er in dieser kleinen Kiste liegt. Dein Kind in einer kleinen Kiste. Wie ... wie ein Paket. Nicht viel größer als ... als zum Beispiel eine Weinkiste. Das ist doch wirklich komisch, oder?«

Es geht ihr nicht gut. Ich glaube an meinem Speichel zu ersticken. Ihre Stimme zittert. Hoffentlich fängt sie nicht an zu weinen! Ich weiß nie, wie ich mich verhalten soll, wenn Leute weinen.

»Paul wollte zur Beerdigung gehen. Ich weiß nicht, warum, wir kennen diese Leute ja kaum, aber er wollte unbedingt hingehen, aus Solidarität. Ein großes Wort. Davon bekommen sie ihren Sohn auch nicht zurück. Ich war dagegen, aber wenn er sich einmal etwas in den Kopf gesetzt hat ... Ich wollte nicht allein bleiben, nicht an einem solchen Tag. Entschuldigen Sie, Elise, ich langweile Sie sicher mit meinem Geschwätz.«

Aber nein, überhaupt nicht, Hélène, aber wie soll ich Ihnen das klarmachen? Wie soll ich Ihnen sagen, daß ich Ihren Kummer verstehe? Dieser verfluchte Körper, versagt mir den Dienst ... Mist, jetzt kommt Virginie.

»Kann ich etwas Wasser haben, Mama? Was hast du denn, Mama?«

»Nichts, mein Liebling. Hol dir Wasser aus der Küche.«

»Bist du traurig wegen Mathieu?«

»Ja, ein bißchen.«

»Es ist nicht schlimm, Mathieu ist bestimmt froh, daß er in den Himmel kommt.«

»Ja, sicher. Hol dir schnell etwas zu trinken.«

Eilige Trippelschritte.

»Es ärgert mich, daß ich mich so aufführe. Es ist lächerlich. Gott sei Dank sieht mich Paul nicht. Er findet meine Krisen unerträglich.«

Der gute Paul scheint ja wirklich ein Musterbeispiel an Geduld zu sein! Jetzt verstehe ich besser, warum Hélène immer so abwesend und traurig wirkt. Virginie saust wie ein Wirbelsturm vorbei und rennt lärmend in den Garten hinaus. Der Tod ihres kleinen Freundes scheint sie absolut nicht zu berühren. Wenn ich daran denke, wie sehr sie neulich geweint hat, kommt mir das merkwürdig vor. Sie hat offenbar alles verdrängt und will nicht mehr daran denken.

Wie spät mag es sein? Hélène tut wieder so, als ob sie lesen würde. In dieser morbiden Atmosphäre sind meine Nerven zum Zerreißen gespannt.

»Ich hätte Renaud an jenem Tag nicht erlauben dürfen, draußen zu spielen. Es mußte zwangsläufig passieren. Zwangsläufig.«

Gleich bekommt sie einen hysterischen Anfall, das spüre ich. Was soll ich dann tun? Ich versuche es mit dem gehobenen Zeigefinger.

»Nein, ich weiß, daß es meine Schuld ist, ich weiß es, Elise. Sie werden mich nicht vom Gegenteil überzeugen.«

Zeigefinger.

»Ich wußte, daß es geschehen würde, ich wußte es, ich habe es gefühlt, und ich habe nichts dagegen unternommen. Virginie hat ihn gefunden. Sie hat mich gerufen, er lag auf dem Bauch, und überall war Blut! Ich habe Virginie in die Arme genommen und bin zum Haus zurückgelaufen, um den Notarzt zu rufen. Ich wollte nicht, daß sie ihn so sieht; also habe ich ein Badetuch über den Körper geworfen, es färbte sich auf der Stelle rot ... Ich hasse Rot! Eine Farbe, die ich nie trage.«

Ihre Stimme wird bedrohlich schrill. Es läutet am Gartentor. Uff!

»Guten Tag, meine kleinen Virginie, wie geht's?«

»Alles in Ordnung, Hélène? Waren wir nicht zu lange weg? Paul wartet im Wagen auf Sie, er hat es eilig. Hélène?«

»Ich komme. Ich suche nur ein Taschentuch, ich habe einen fürchterlichen Schnupfen.«

»Einen Schnupfen? Das muß wohl ein Heuschnupfen sein, es ist doch so warm.«

»Bestimmt. Gut, ich gehe. Auf Wiedersehen, Elise, auf Wiedersehen, Yvette. Komm, Virginie!«

»Auf Wiedersehen.«

»Auf Wiedersehen, meine Kleine.«

Die Tür fällt ins Schloß.

»Oh, es war furchtbar«, ruft Yvette, während sie anfängt, den Tisch zu decken. »Man hat die Mutter zurückhalten müssen, sie wollte dem Sarg nachspringen. Paul war leichenblaß. Claude Mondini ist in Tränen ausgebrochen, und ihr Mann war kurz davor. Die Quinsons mußten natürlich mal wieder auffallen. Betty trug einen völlig lächerlichen Schleierhut und Manuel einen weißen Anzug. Wir sind hier schließlich nicht in China, wo man in Weiß zur Beerdigung kommt! Kommissar Yssart war nicht da. Dafür aber ein junger Inspektor, Florent Gassin, ein sehr netter Junge, er scheint recht gewissenhaft, sieht ein bißchen aus wie Patrick Bruel, wissen Sie, was ich meine?«

Schon wieder ein schöner Mann in meiner Umgebung! Aufhören, aufhören! Stop!! Ich weiß ja gar nicht mehr, wohin mit ihnen!

»Stéphane und seine Frau waren auch da. Was für ein eingebildetes Weibsbild! Seine eine Gesichtshälfte war noch ganz blau und geschwollen. Wo habe ich nur die Butter hingestellt? Ah, das ist sie ja! Und dann diese drückende Hitze, alle waren schweißgebadet. Der Priester – er war noch sehr jung, mit einem starken Akzent, er scheint aus Südfrankreich zu kommen oder ich weiß nicht, woher, auf alle Fälle völlig unverständlich – erging sich in nicht enden wollenden Trostworten, ich hätte alles dafür gegeben, anderswo zu sein. Sobald die Trauerfeier vorbei war, hat Paul mir ein Zeichen gemacht, und wir sind gegangen.«

Ich kann mir gut vorstellen, wie grauenvoll diese Beerdigung war. Ob Paul an dem Grab seines Sohnes vorbeigegangen ist? Yvette läßt in der Küche Wasser laufen. Aus der Ferne dringt ihre Stimme zu mir herüber:

»Jean wollte nicht mitkommen. Er findet das morbide ...«

Jean? Ach ja, Jean Guillaume. Sie reden sich also schon mit Vornamen an ... Morbide, kein Wunder ... bei einer Beerdigung ... Das ideale wäre eine Beerdigung ohne Leiche, aber das kommt eher selten vor.

»So, fertig.«

Sie schiebt meinen Rollstuhl an den Tisch. Dieser Geruch ... ist das nicht ... Mais? Richtig! Meine Wahrnehmung wird immer besser. Ich kaue, so gut ich kann. Eine Hand auf meinem Handgelenk, bleibe ich ruhig sitzen.

»Ich hoffe, daß die Polizei dieses Ungeheuer bald zu fassen bekommt. Es ist wirklich entsetzlich. Ach, ich bekomme keinen Bissen mehr herunter.«

Aber ich! Es mag ja unglaublich sein, aber ich habe Hunger! Leider höre ich schon, wie Yvette den Tisch abräumt. Vielleicht ein kleines Dessert? Nein, kein Dessert. Ich höre, wie sie sich Kaffee einschenkt. Der Kaffeeduft steigt mir in die Nase. Ah, ein guter, starker Kaffee, in dem der Löffel steckenbleibt ... Aber natürlich ist mir das verboten. Da hocke ich zusammengesunken und mit knurrendem Magen in meinem Rollstuhl. Den Rest des Tages, den ich in Gesellschaft einer aufgewühlten Yvette verbringe, herrscht eine gedrückte Stimmung. Wie ein Film spulen sich die Ereignisse immer wieder vor meinem inneren Auge ab:

1) Ich lerne Virginie kennen, die mir etwas über einen Kindermörder erzählt.

2) Ihre Erzählung wird durch das Auftauchen der Leiche des kleinen Michaël Massenet bestätigt.

3) Ich lerne ihre Eltern, Paul und Hélène Fansten, und deren Freunde kennen: Stéphane und Sophie Migoin, Manuel und Betty Quinson, Jean-Mi und Claude Mondini.

4) Man versucht mich umzubringen!

5) Virginie sagt mir Mathieus Tod vorher.

6) Mathieu wird ermordet.

Schlußfolgerung?

Virginie ist der Dreh- und Angelpunkt der ganzen Geschichte. Aber welche Rolle kommt mir dabei zu? Wie kann ich mit meiner Behinderung überhaupt eine Rolle in dieser schaurigen Geschichte spielen?

Es scheint, als ob Regen aufzieht. Der Himmel ist wie ich: unentschlossen, mürrisch, aufgewühlt.

Es ist Nachmittag. Ich sitze im Wohnzimmer und höre eine Kinderkassette. Nicht, daß ich in ein infantiles Stadium zurückverfallen wäre, aber Virginie ist da und hat ihre Kassetten mitgebracht.

»In *Jurassic Park* benutzen sie, wie hier auch, eine Ziege als Köder«, erklärt sie plötzlich.

Und in Boissy-les-Colombes muß ich als Ziege herhalten, hätte ich ihr am liebsten geantwortet.

»Es ist nicht die Schuld der Wölfe, daß sie Schafe töten. Sie müssen ja schließlich was essen.«

Genau. Du bist auf dem richtigen Weg. Sprich nur weiter.

»Und manchmal ist es bei den Menschen genauso. Sie machen manche Dinge auch, weil sie müssen. Auch wenn es böse ist.«

Virginie, mein Liebling, du hast soeben das Problem der Willensfreiheit angesprochen, und ich kann dir bei der Lösung nicht weiter helfen; zum einen, weil ich stumm bin, zum anderen, weil ich selbst auch keine Antwort weiß.

»Aber ja, sie hört.«

Was? Ich verstehe nicht, was sie damit meint. ›Ja, sie hört‹? Wer hört? Ich? Mit wem spricht sie? Mit Yvette? Aber Yvette hat doch die Gelegenheit genutzt, um schnell in die Apotheke zu gehen. Sie hat sogar die Fenster geschlossen und die Tür abgesperrt.

»Nein, wenn ich dir doch sage, daß sie hört! Sie kann nur nicht sprechen!«

Was spielt sie denn da für ein Spiel? Die Kassette ist doch zu Ende. Virginie legt anscheinend eine andere Kassette ein, denn ich höre, wie sie sich am Apparat zu schaffen macht. Ah, *Peter und der Wolf* von Tschaikowski. Die Musik erfüllt den Raum, und ich lausche angestrengt, um den tieferen Sinn des Stückes zu verstehen.

»Sie ist sehr nett. Du darfst ihr nichts tun!«

Virginie? Virginie, mein Liebling, was erzählst du da? Ich hebe den Zeigefinger.

»Keine Angst, Elise, ich habe es ihm erklärt.«

Was erklärt? Wem? Ich werde langsam nervös. Und wenn sie nun nicht spielt? Und wenn sie tatsächlich mit jemandem spricht?

»Er findet dich sehr hübsch.«

O nein! Ich versuche mit aller Kraft zu lauschen, um einen Atemzug, die geringste Bewegung wahrzunehmen, aber diese höllische Musik übertönt alles.

»Er besucht mich oft. Er hat Angst, verstehst du ...?«

Aber wer, wer in Gottes Namen?

»Hör auf, ich habe dir gesagt, du sollst sie nicht anfassen!«

Sie spielt nicht. Dieses Kind spielt nicht. Sie spricht mit irgend jemandem. Mit jemandem, der in meinem Wohnzimmer ist und mich ansieht. Mit jemandem, der schweigt. Der mich hübsch findet. Der mich anfassen will. Stop! Ich spüre, wie eiskalter Schweiß über meinen Rücken rinnt. Ist »er« es? Ist es der Mörder? Ich bin so angespannt, daß ich das Gefühl habe, jeden Augenblick zu zerspringen. So sag doch was, verdammter Dreckskerl!

»Mama will nicht, daß ich mich mit ihm unterhalte. Sie sagt, das ist schlecht.«

Wie? Hélène kennt ihn auch? Ein Knarren an meiner rechten Seite ... Was war das? Was war das? Nähert sich mir jemand?

»Aber ich weiß, daß er Angst hat, ganz alleine da unten im Dunkeln. Also erlaube ich ihm zu kommen.«

War da nicht ein Seufzer? Habe ich nicht direkt neben mir ein Seufzen gehört? Virginie, hör auf damit, ich flehe dich an. Bring diesen Typen nach draußen, raus! Ich hebe den Zeigefinger mehrmals hintereinander.

»Du glaubst mir also auch nicht? Niemand glaubt mir, aber es stimmt, Renaud ist da, er besucht mich.«

Renaud? Ich verstehe nicht. Renaud? Glaubt sie etwa ... mein Gott, glaubt sie etwa, ihr Bruder wäre da?

»Er fürchtet sich in seinem Sarg, also besucht er mich, wenn ich allein bin. Und mit dir ist es, als wäre ich allein, weil du nichts siehst.«

Sie glaubt, ihr toter Bruder würde sie besuchen. Dies Kind ist völlig gestört, Yssart hat recht. Arme Kleine, ich würde sie gern in die Arme schließen und ... und vor allem bin ich unglaublich erleichtert. Gut, es ist gemein, sich erleichtert zu fühlen, weil Virginie krank ist, aber, ehrlich gesagt, ist mir das lieber als die Anwesenheit eines Mörders in meinem Wohnzimmer. Plötzlich fühle ich mich schlapp: Das ist die Reaktion auf die Anspannung.

»Er sagt, wenn er gewußt hätte, wie das ist, hätte er sich nicht totmachen lassen.«

Diese kleine, ruhige Stimme. Ich frage mich, wie sie ihren Bruder sieht. Wie die Zombies in den Filmen? Ein unangenehmes Bild, das ich besser nicht heraufbeschworen hätte, denn ich habe genügend Horrorfilme gesehen, so daß auch ich es mir gut vorstellen kann: Halb verwest steht er neben meinem Rollstuhl, und sein Lächeln ist so breit und starr, als habe man ihm die Mundwinkel an den Ohren festgenäht ...

»Virginie! Mach die Musik leiser! Da wird man ja ganz taub. Es hat etwas länger gedauert, aber es war sehr voll.«

Ah! Wenn ich springen könnte, würde ich jetzt an der Decke kleben. Yvette! Wie immer, mein rettender Engel! Ich höre ihre Schritte auf dem Parkett.

»Ich habe dir doch verboten, die Tür zu öffnen!«

Warum sagt sie das? Es hat doch niemand die Tür geöffnet.

»Virginie, leg das Buch weg und antworte mir«, fährt Yvette fort. »Warum hast du die Tür aufgemacht?«

»Ich hatte Bilou im Garten vergessen.«

Bilou ist ihre Puppe. Aber ich kann mich beim besten Willen nicht erinnern, sie hinausgehen gehört zu haben. Sie hat mich nur allein gelassen, um Pipi zu machen. Ist sie bei dieser Gelegenheit in den Garten gegangen? Hat sie jemanden hereingelassen? Nein, Geister kommen nicht durch die Tür. Außer, es wäre kein Geist gewesen. Was für ein Unsinn! Ich verliere langsam den Verstand. Außer, sie hätte einem Wesen aus Fleisch und Blut die Tür geöffnet ... He, he, he! Gefahr im Verzug! Elise Andrioli steht vor einem Nervenzusammenbruch! Hallo, hallo, Doktor Raybaud, Ihre Patientin muß sofort in ein ruhiges Sanatorium, vor allen Dingen weit entfernt von Boissy-les-Colombes!

»So, komm deinen Kuchen essen! Elise, Ihnen mache ich einen Kräutertee.«

Virginie erhebt sich und folgt Yvette brav in die Küche. Doch ehe sie geht, flüstert sie mir zu:

»Ich mußte ihm aufmachen. Er kann noch nicht durch Wände gehen, das ist sehr schwer, weißt du ...«

Natürlich, er kann noch nicht durch Wände gehen ... Sie trippelt davon. Und ich sitze da, habe das Gefühl, daß ein Wirbelsturm durch mein Gehirn braust und versuche, mir einen Reim auf die ganze Sache zu machen.

Der Kräutertee ist zu heiß, widerwärtig, Lindenblüten oder so was Ähnliches, ich mag keinen Kräutertee, ich will einen gut eingeschenkten Calvados, der einem im Magen brennt. Doch ich schlucke brav meinen Kräutertee. Virginie malt irgend etwas aus, ich höre, wie der Stift über das Papier kratzt.

»Was malst du da, Liebling? Eine Vogelscheuche?«

Yvette scheint um Verständnis bemüht, doch ihre Stimme klingt verwundert.

»Nein, das ist ein kleiner Junge!«

»Dein kleiner Junge ist aber eigenartig. Ganz steif, mit ausgebreiteten Armen und grün ...«

»So ist er eben!«

»Nun ärger dich doch nicht! Ich sage das deinetwegen, mir ist es schließlich egal ... Noch etwas Kräutertee?«

Kein Zeigefinger.

»Dann eben nicht. Virginie, hilfst du mir beim Abspülen?«

»Ja gut.«

Zu gerne würde ich die Zeichnung sehen: ein kleiner, grüner Junge, der ganz steif ist? Ich habe die unangenehme Befürchtung, daß Virginie in eine andere Welt abgetaucht ist. Na ja, nach dem Tod ihres Bruders und den neuesten Ereignissen ... Und Yssart unternimmt nichts!

Es klingelt an der Tür.

Es ist der junge Inspektor, Florent Gassin. Er riecht nach Leder, Tabak und Rasierwasser. Ich stelle ihn mir in einer Fliegerjacke und ausgewaschenen Jeans vor.

»Ich hoffe, ich störe Sie nicht. Inspektor Yssart hat mich gebeten vorbeizuschauen. Er hat noch einige Fragen zu dem genauen Hergang des Angriffs, der auf Sie verübt wurde.«

Zeigefinger. Er fühlt sich wahrscheinlich unwohl und tritt von einem Fuß auf den anderen. Das Parkett knarrt.

»Wußte irgend jemand, daß Sie durch den Wald kommen würden?«

Kein Zeigefinger. Warum fragt er mich das? Hat er Stéphane schon dieselben Fragen gestellt?

»Ist das der Weg, den Sie normalerweise gehen?«

Du willst sagen, der Weg, den diejenigen gehen, die meinen Rollstuhl schieben, mein Hübscher? Ja, im allgemeinen. Also, Zeigefinger.

»Haben Sie das Bewußtsein verloren?«

Zeigefinger.

»War Jean Guillaume schon da, als Sie wieder zu sich kamen?«

Zeigefinger. Mein Gott, ist das langweilig!

»Hat es zum Zeitpunkt des Unfalls schon geregnet?«

Zeigefinger. Was hat denn der Regen damit zu tun?

»Gut, ich danke Ihnen.«

Das Notizbuch wird zugeklappt. Yvette kommt herein:

»Möchten Sie etwas trinken?«

»Ähm ... nein danke, ich bin in Eile. Übrigens, stimmt das Gerücht, daß Stéphane Migoin und seine Frau sich scheiden lassen?«

»Ah, das weiß ich nicht! Ich höre mir solche Klatschgeschichten nicht an!« gibt Yvette würdevoll zurück. »Sind Sie fertig?«

»Ja, ich gehe. Anscheinend ist seine Frau unglaublich eifersüchtig. Das erzählt man sich zumindest. Auf Wiedersehen, meine Damen.«

Wenn ich recht verstehe, verdächtigt man diese alte Ziege von Sophie, aus Eifersucht ihren Mann k. o. geschlagen und mich ins Wasser gestürzt zu haben ... Warum nicht? Wir sind an einem Punkt angelangt, an dem alle Theorien ihre Berechtigung haben.

»Wirklich ein hübscher Kerl, dieser Inspektor«, sagt Yvette, während sie irgend etwas aufräumt. »Und nicht so ein ungehobelter Klotz wie sein Chef ... Aber ich habe nicht genau verstanden, worauf er mit seinen Fragen hinauswill. Aber nun ... Virginie, meine Kleine, es wird Zeit, nach Hause zu gehen. Mach dich fertig, dein Papa wird gleich kommen.«

Es läutet. Papa ist da.

»Guten Tag, Yvette, guten Tag, Lise. Es hat sich ganz schön abgekühlt, was? Bist du fertig, Virg'?«

»Kommen Sie herein, Paul. Entschuldigen Sie, aber ich habe etwas auf dem Herd stehen ...«

Yvette geht.

»Papa, willst du sehen, was ich gemalt habe?«

»Ja, aber schnell. Geht es Ihnen gut, Lise?«

Zeigefinger. Seine Stimme klingt abgespannt.

Virginie trippelt über das Parkett.

»Guck mal.«

Das Geräusch einer schallenden Ohrfeige. Was ist passiert?

»Mach so etwas nie wieder, hörst du, Virginie? Nie wieder!«

Seine Stimme klingt leise und dumpf. Er muß vor Wut kochen. Ratsch, das Papier wird zerrissen. Virginie schnieft.

»Komm, wir gehen. Auf Wiedersehen, Lise, auf Wiedersehen, Yvette.«

Er verströmt die Wärme eines Tiefkühlschranks. Ich bin baff. Paul, der immer so überlegen ist ... Sicher, wenn Virginie ihm Renauds Porträt als Zombie unter die Nase gehalten hat ... Aber es ist schließlich nicht ihre Schuld, wenn sie ein Trauma hat, das arme Kind. Man könnte meinen, niemand in der Familie würde es bemerken. Bald wird man sie noch schlagen, weil sie Alpträume hat. Ich auf alle Fälle durchlebe einen Alptraum. Als hätte ich nicht schon genug Probleme, als wäre ich nicht schon unglücklich genug ... Nein, bitte kein Selbstmitleid. Und ich kann nicht einmal beschließen, mich zu betrinken, um alles zu vergessen.

Die kriminalistischen Untersuchungen bringen nichts Neues. Das Wetter ist unfreundlich. Ich auch. Es ist kühl und es nieselt. Yvette hat begonnen, die Sommersachen wegzuräumen und die Wintersachen zu sortieren. Gerade war Catherine die Große zu ihrem täglichen Massagetratsch da. Sie hat bestätigt, daß sich die Migoins trennen wollen. Das hat ihr Stéphane beim Tennis anvertraut. Auch bei Paul und Hélène soll nicht gerade alles zum Besten stehen. Liegt das am Wechsel der Jahreszeit? Als mich Hélène gestern besuchte, hatte ich das Gefühl, sie weinte. Die einzigen, bei denen alles in Ordnung scheint, sind Jean Guillaume und meine Yvette. Gestern abend waren sie im Kino, darum war auch Hélène bei mir. Sie haben sich den letzten Clint Eastwood angesehen. Für mich war das Kino immer so wichtig. Zum Teufel. Zum Teufel mit dem Leben, zum Teufel mit dem Tod, zum Teufel mit der ganzen Welt.

## 7

Sonntägliche Spazierfahrt im Auto. Paul macht mit uns eine kleine Spritztour durch das Essonne, »dort ist es im Spätsommer so schön«. Mich hat man mit dem Sicherheitsgurt auf dem Beifahrersitz festgeschnallt. Hélène und Virginie sitzen hinten. Und Yvette hat die Gelegenheit genutzt, um eine entfernte Cousine zu besuchen, natürlich in Begleitung von Jean Guillaume. Das Fenster ist einen Spaltbreit geöffnet, es riecht nach Landluft und feuchtem Gras. Keiner sagt ein Wort. Von Zeit zu Zeit bemerkt Paul: »Hast du die Kirche gesehen? Wie wunderschön«; Variante: »Hast du den alten Bauernhof gesehen? Ein Wahnsinnskasten!« Und Hélène antwortet: »Ja, sehr schön.« Virginie ist in ihr Fünf-Freunde-Buch versunken und hört und sieht nichts.

»Ist Ihnen kalt, Lise?« erkundigt sich Paul zuvorkommend.

Kein Zeigefinger. Ich komme um vor Hitze, Yvette hat mich angezogen, als ginge es zu einer Polarexpedition.

»Glaubst du, sie friert?« fragte Paul Hélène.

»Wenn Sie frieren würde, hätte sie dir geantwortet, oder?«

Ein Ehekrach zeichnete sich am Horizont ab. In einer Linkskurve gleite ich zur Seite.

»Du könntest etwas aufpassen! Du fährst wie ein Verrückter!« ruft Hélène.

Bingo!

»Oh, hör auf, als würde dir das nie passieren! Hast du gesehen, wie der die Kurve geschnitten hat?«

»Natürlich, um eine Ausrede bist du ja nie verlegen!«

Hallo, hallo, ich bin völlig auf die Seite gerutscht.

»Wie du einem manchmal auf die Nerven gehen kannst!«

»Du drehst mir das Wort im Mund um! Aber das mußte ja kommen. Du hattest schon schlechte Laune, als wir losgefahren sind.«

»Was?! Du hattest schlechte Laune! Den ganzen Nachmittag über hast du noch keinen Ton gesagt!«

»Was soll ich denn sagen? Soll ich mich über die alten Steinhaufen begeistern, an denen wir vorbeifahren? Entschuldigung, aber es gibt doch wohl aufregendere Arten, seine Zeit zu verbringen, als durch den Regen zu fahren wie die Rentner.«

»Genau, du mußt ja immer alles schlechtmachen!«

Vollbremsung, ich sacke vornüber. Eine Tür fällt ins Schloß.

»Idiot«, schimpft Hélène hinten.

»Wohin geht Papa?«

»Pipi machen.«

»Ich muß auch mal.«

Noch eine Tür fällt ins Schloß.

Ich bin ganz an die Beifahrertür gerutscht, doch das fällt niemandem auf. Schade, denn wenn wir noch lange so weiter fahren, muß ich mich übergeben. Pauls Tür öffnet sich.

»Na, hat der Herr sich beruhigt?«

»Hör jetzt bitte auf, okay? Das ist wirklich nicht der richtige Augenblick, okay?«

»Und warum nicht?«

»Du hast Glück, daß du eine Frau bist, manchmal könnte ich dich ...«

»Früher warst du nicht so anspruchsvoll, oder? Als du mich gebraucht hast.«

»Verfluchte ...«

Klatsch. Offenbar hat Paul wirklich im Augenblick eine sehr lose Hand.

»Wie kannst du es wagen?! Hast du den Verstand verloren, oder was?«

Türenschlagen, Geschrei.

»Mama, Papa, hört auf! Hört auf!«

Ich würde gern den Kopf heben. Ich wäre gern weit weg. Solche Situationen sind mir zuwider. Knall, knall, knall; alle steigen wieder in den Wagen. Eisiges Schweigen. Paul schaltet das Radio ein. Beethovens Musik dröhnt durch den Wagen. Nervöses Anlassen. Wir fahren los. Ich hänge da, wie ein nasser Sack an einem Nagel. Wirklich ein toller Ausflug! Was hat sie vorhin gemeint, als sie ihm vorgeworfen hat: ›Als du mich gebraucht hast‹? Aber eigentlich geht es mich ja nichts an, und im Grunde weiß ich nichts über diese Leute. Ich frage mich sowieso, warum sie sich derart für mich interessieren. Schließlich bin ich keine sonderlich unterhaltsame Gesellschaft. Man könnte fast sagen, wie es in den Wald hineinruft, so schallt es heraus. Na ja ... Virginie scheint sich wieder in ihr Buch vertieft zu haben. Wenn sich jetzt die Eltern zu allem Überfluß auch noch streiten, ist das nicht gerade einfach für sie. Ich verstehe, warum sie sich vorstellt, daß ihr Bruder noch immer ›lebt‹. Puuh!

Beethoven wird kurz von den Nachrichten unterbrochen. Bla, bla, bla. *Die Polizei bittet um Ihre Mithilfe: Im Zuge der Ermittlungen im Mordfall Michaël Massenet in Boissy-les-Colombes sucht die Polizei nach Zeugen, die am Samstag, den 28. Mai, gegen 13 Uhr auf der D 91 in der Ortschaft La Furetière einen weißen oder cremefarbenen Kombi gesehen haben. Sarajewo: Die serbische Artillerie eröffnet erneut ...*«

Anderer Sender: Rockmusik.

»Ein Kombi, ist das so wie unser Auto?«

»Ja.«

»Und unser Auto ist auch weiß«, fährt Virginie fort.

»Vielen Dank, darauf wären wir nie gekommen«, brummt Paul.

»Es gibt viele Autos wie das unsere«, erklärt Hélène. »Monsieur Guillaume fährt auch einen weißen Kombi.«

Mein kleines Gehirn arbeitet auf vollen Touren. Yssart hatte mir gesagt, daß es eine falsche Fährte sei. Anscheinend ist dem nicht so. Ein weißer oder cremefarbener Kombi. Wie der ihre oder der von Jean Guillaume. Das eröffnet ganz neue Perspektiven in den Ermittlungen. Schließlich war Guillaume der erste, der dazukam, als man mich zu ertränken versuchte. Wer könnte besser als erster an Ort und Stelle gewesen sein als der, der mich ins Wasser gestoßen hat? Nein, Blödsinn: Der arme Jean hat nichts mit einem Mörder gemein. Außerdem, warum hätte er mich retten sollen, wenn er es gewesen wäre? Um in mein Privatleben einzudringen und Virginie aus der Nähe beobachten zu können ... Nein, nein, nein, das reicht, ich spinne.

Paul fährt noch immer genauso hektisch, und ich werde hin- und hergeworfen wie in einem Autoscooter. Ich spüre, daß mein Magen zu revoltieren beginnt. Endlich halten wir an.

»Nun sieh sich einer all diese Idioten an, die ins Grüne gefahren sind«, brummt Paul und zündet sich eine Zigarette an.

»Warum halten wir?«

»Weil Papa uns in einen Stau gefahren hat ... An diesem Rauch erstickt man noch ...«

»Mach doch das Fenster auf.«

Eine reizende Atmosphäre. Diesen Ausflug werde ich so bald nicht vergessen ... Eine gute Weile quälen wir uns im Schrittempo voran, ohne daß ein Wort fällt. Plötzlich ruft Hélène aus:

»Oh, sieh mal, das ist Steph! Da, in dem weißen CX ... da!«

»Das ist kein CX, das ist ein BMW.«

»Das ist er. Ich werde doch wohl Steph erkennen!«

»Das weiß ich auch. Aber, tut mir leid, ich sehe keinen CX.«

»Natürlich, er ist ja auch gerade rechts abgebogen. Bestimmt eine Abkürzung. Er kennt sich hier aus. Er ist nicht so blöd und steht stundenlang in irgendeinem dämlichen Stau.«

Paul stellt das Radio lauter, die Rockmusik dröhnt in meinen Ohren. Schließlich löst sich der Stau auf, und wir fahren weiter. Ich stelle mir die Hunderte von Familien vor, die Stoßstange an Stoßstange in ihren Autos hocken und sich bei voll aufgedrehten Radios und dem Hupkonzert anbrüllen. Brrr.

»Endstation! Alles aussteigen!« Yvette hilft Paul, mich aus dem Auto in den Rollstuhl zu heben.

»Na, war der kleine Ausflug schön?« erkundigt sich Yvette.

»Sehr schön, sehr schön. Entschuldigen Sie uns, aber ich habe noch viel zu tun. Bis morgen!« ruft Paul und fährt an.

»Na, was ist dem denn für eine Laus über die Leber gelaufen?« wundert sich Yvette, als sie mich ins Haus schiebt.

Eine Laus? Eine ganze Läusekompanie, meinst du, und ich habe das Gefühl, die Sache ist noch nicht ausgestanden. Hélène schien sehr aufgebracht!

Regen, Regen und nochmals Regen. Eigentlich lausche ich gern dem Regen, dann bin ich beschäftigt. Aber um mich herum haben alle schlechte Laune, angefangen bei Yvette, die sich über ihr Rheuma beklagt.

Kaffeeduft. Yvette setzt sich neben mich und schlägt die Zeitung auf. Es regnet stärker.

»Nun hören Sie sich das an! ›Neue Erkenntnisse im Fall des Sadisten von Boissy-les-Colombes. Ein anonymer Anrufer machte gestern die Beamten des Polizeireviers Saint-Quentin auf die Forsthütte an der Wegkreuzung G7 und C9 im Wald von Vilmorin aufmerksam. In dieser Hütte, die zum Abstellen der Forstgeräte dient, wurden blutbefleckte Herrenkleidungsstücke gefunden. Die Ergebnisse der heute nacht vorgenommenen Laboruntersuchung stehen noch aus.‹ Stellen Sie sich das doch mal vor, Lise. Warum sollte der Mörder seine Sachen in der Hütte verstecken, statt sie zu verbrennen oder in den Fluß zu werfen. Das hat doch weder Hand noch Fuß.«

Ganz deiner Meinung, Yvette. Aber dennoch wird es einen Grund geben. Warten wir das Ergebnis der Laboruntersuchung ab.

Das Telefon läutet. Yvette erhebt sich schwerfällig.

»Hallo? Ah, guten Tag, Stéphane. Ja, sie ist da. Ja, ich gebe sie Ihnen. Es ist Stéphane, er will Ihnen etwas sagen.«

»Hallo, Elise?«

Da ich natürlich nicht antworte, spricht er weiter.

»Ich wollte Ihnen sagen ... Glauben Sie nicht, was man Ihnen über mich erzählen wird. Hören Sie, ich kann Ihnen das jetzt nicht erklären, aber ich habe Feinde, ich muß verschwinden. Ich umarme Sie. Ich ... ich liebe Sie, Elise. Adieu.«

Er legt auf.

»Hat er aufgelegt?« erkundigt sich Yvette, die sich tapfer zurückgehalten und nicht mitgehört hat.

Zeigefinger.

»Ist alles in Ordnung?«

Zeigefinger. Nein, nichts ist in Ordnung, was hat er damit gemeint? Ich verstehe kein Wort. Und die Vorstellung, daß dieser Irre in mich verliebt ist, tröstet mich auch nicht.

Ich habe schlecht geschlafen. Der Wind frischt auf, ein starker, heftiger Wind, begleitet von einem Höllenlärm. Ich habe die Nacht damit verbracht, Probleme zu wälzen, die Ergebnisse der bisherigen Untersuchungen zu überdenken, doch das einzige Ergebnis scheint eine handfeste Migräne zu sein.

Wie sagt man »Ich habe Kopfschmerzen«, wenn man nur den Zeigefinger heben kann? Gar nicht. Also kein Aspirin. Also dumpfe Schmerzen über den Augenbrauen, das Klatschen des Regens an die Scheiben, das Heulen des Windes, eine Stimmung wie in einem unheimlichen Film. Die Haustür.

»Was für ein gräßliches Wetter! Ich bin völlig durchnäßt! Ich mache uns einen schönen heißen Kräutertee.«

Igitt.

»Einen leckeren Eisenkrauttee ... Das wird Sie wieder munter machen.«

Pfui Teufel. Einen Calvados, einen Calvados!

»Ich habe die Zeitung gekauft, um zu sehen, ob es etwas Neues gibt. Im Fernsehen bringen sie ja nie Einzelheiten.«

Ah gut, ich bin ganz Ohr.

»So, ich habe Wasser aufgesetzt. Also ... wo ist denn nur meine Brille?«

Ich bin sicher, du hast sie wie immer um den Hals hängen.

»Mein Gott, bin ich dumm! Ich habe sie ja um den Hals.«

Bingo!

Sie wendet die Seiten um und liest:

»Die Überschwemmungen ... die bosnischen Serben ... Das Fußballspiel Frankreich — Bulgarien ... Die Regionalwahlen ... Die Restaurierung der Kathedrale ... ah, da ist es ja: ›Wurde Michaël Massenet in der Forsthütte ermordet? Diese Frage stellt sich durchaus. Die eilig durchgeführten Laboranalysen haben ergeben, daß das Blut auf den Herrenkleidungsstücken — siehe unsere gestrige Ausgabe – von dem kleinen Michaël stammt. Was die Kleidungsstücke angeht (ein grauer Wollpullover, Jeans, ein Paar schwarze Handschuhe), so gehören sie einem Mann von etwa 1,85; Konfektionsgröße 52, mit sehr großen Händen. Alles, was ich sagen kann, erklärte Kommissar Yssart, ist, daß die Ermittlungen erheblich fortgeschritten sind.‹ Also mit diesen Indizien«, fährt Yvette fort, »müßten sie ihn ja finden können. Noch dazu gibt es sicherlich Haare auf dem Pullover. Heutzutage verfügen ja die Labors über so präzise Apparate, daß sie anhand eines Haares so manches feststellen können, die Größe des Mannes, die Hautfarbe usw. Oh, hoffentlich schnappen sie ihn endlich! 1,85 m, wie groß ist das denn? Ungefähr so groß wie Stéphane. Ja. Viel größer als Jean und auch gut einen halben Kopf größer als Paul. Ich lese Ihnen den Rest vor: ›Werden diese neuen Hinweise endlich Licht in die bestialischen Morde von Boissy-les-Colombes bringen, die bisher ungeklärt blieben? 11. Juni 1991: Victor Legendre. 13. August 1992: Charles-Eric Galliano. 15. April 1993: Renaud Fansten. 28. Mai 1995: Michaël Massenet. Und am 22. Juli dieses Jahres wurde Mathieu Golbert auf grausame Weise umgebracht. Eine unheimliche Bilanz, unter die die Untersuchungsbeamten bald einen Schlußstrich zu ziehen hoffen.‹ Nun, in der Zeitung von morgen werden sicher nähere Einzelheiten stehen. Ich rufe mal Hélène an, vielleicht hat sich ja die Polizei bei ihr gemeldet.«

Sie hantierte mit dem Telefon. Die arme Hélène! Diese neuen Morde und all die Aufregung müssen sie ständig an Renauds Tod erinnern. Wie ein immer wiederkehrender Alptraum. Und für die anderen betroffenen Eltern muß es ebenso sein. Das Schlimmste ist, daß ja irgend jemand die Morde begangen haben muß. Hinter dem Etikett »Sadist« verbirgt sich jemand, der spricht, ißt, lacht und arbeitet, als wäre nichts gewesen. Ein Mensch, der fähig ist, ein Kind zu erwürgen und ihm die Augen oder das Herz herauszuschneiden. Warum hat Yssart mir das eigentlich erzählt? Ich hätte gern auf dieses Detail verzichtet.

»Inspektor Gassin war bei ihnen. Er hat sie gebeten, sich morgen auf der Polizeiinspektion die Sachen anzusehen, es könnte ja sein, daß sie ihnen bekannt sind. Die Eltern aller Opfer sind bei der Untersuchungsrichterin Blanchard vorgeladen. Und er hat sie um die Namen eventueller Freunde gebeten, auf die die Beschreibung in der Zeitung zutrifft. Sie haben Stéphane nennen müssen. Hélène wirkt erschöpft, sie hat mir gesagt, sie wünsche nichts sehnlicher, als daß endlich alles vorbei wäre. Na, das kann man ja verstehen.«

Fünf Morde in fünf Jahren. Victor, Charles-Eric, Renaud, Michaël, Mathieu. Vier der fünf kleinen Jungen wurden grauenvoll verstümmelt. Lange Abstände zwischen den Morden. Von 1993 bis 1995 nichts, und dann plötzlich ... Was ist in den letzten sechs Monaten geschehen? Die Tötungsmaschine hat sich plötzlich wieder in Marsch gesetzt. Warum? Hängt es damit zusammen, daß ich Virginie kennengelernt habe? Virginie ist sicher der Schlüssel zu der Sache, aber ich weiß nicht, in welches Schloß er gehört. Und diese Herrenkleidungsstücke in der Forsthütte ... Der Mörder muß doch damit gerechnet haben, daß man sie findet. Und wer hat die Polizei angerufen? Dieser eigenartige anonyme Anruf ... Wer mag dahinterstekken? Jemand, der die Sachen zufällig entdeckt hat und nicht in ein Verbrechen verwickelt werden will? Es macht mich wahnsinnig, keine Fragen stellen zu können. Ich warte ungeduldig auf morgen abend, um zu erfahren, was die Richterin wollte.

Dieser Tag scheint nie zu Ende gehen zu wollen! Ich langweile mich tödlich. Es regnet nicht einmal mehr. Jean Guillaume hat Yvette zwei Forellen mitgebracht, die er selbst gefangen hat, und jetzt spielen die beiden Karten. Ich höre sie lachen. Yvette hat mir gesagt, daß Jean ihrem Cousin Léon ähnlich sieht. Ich erinnere mich gut an Léon. Ein muskulöser Lastwagenfahrer, ein Typ wie zur Jahrhundertwende. Bis er bei einem Unfall ums Leben kam, tauchte sein Gesicht auf allen Familienfotos auf. Ich habe immer vermutet, daß Yvette ein Faible für ihren Cousin Léon hatte, der dauernd Unsinn im Kopf hatte. Ich weiß, daß Jean Guillaume klein ist, das hat Yvette mir erzählt. Ich stelle mir also Léons Kopf auf dem gedrungenen Körper eines Gewichthebers vor. Angespannt lausche ich auf das Telefon, denn ich hoffe, daß Hélène anruft.

Yvette:

»Wie spät ist es?«

Jean Guillaume:

»Vier Uhr ...«

»Wenn sie nicht rechtzeitig zurück sind, muß ich Virginie von der Schule abholen.«

»Ich möchte nicht an ihrer Stelle sein. Das ist mein Stich. Ich frage mich, warum die Richterin sie alle vorgeladen hat ... Hat Ihnen der Kommissar nichts gesagt?«

»Der ist hier nicht aufgetaucht. Achtung, ich steche!«

»Einer wird bald Ärger bekommen, und das ist Migoin. Er hat die richtige Größe, er ist kräftig und hat Riesenpranken. Und er war da, als Elise ins Wasser gestoßen wurde. Mit dem möchte ich im Augenblick nicht tauschen.«

»Stéphane? Soll das ein Witz sein? Aber warum Stéphane? Außerdem kannte er die anderen Kinder gar nicht ...«

»Die Leute vom Bau kommen viel rum. Man hat mir erzählt, daß er zum Beispiel das Haus der Familie Golbert renoviert hat. Denn zur Zeit kocht die Gerüchteküche ganz schön, da darf man sich nichts vormachen. Da ist ja das As, Sie sind unglaublich!«

»Sie haben aber im Radio gesagt, daß sie einen weißen oder cremefarbenen Kombi suchen, und Stéphane hat einen dunkelblauen BMW.«

»Ja, ich weiß, aber man kann sich auch ein anderes Auto beschaffen.«

Rückblende: »Oh, sieh nur, Stéphane, da in dem weißen CX!« – »Das ist kein CX, das ist ein BMW.« Stéphane ... der mir am Telefon erzählt, daß er Feinde hat, und daß man sicherlich »merkwürdige Dinge« über ihn erzählen wird. Stéphane, der mir von Anfang an nicht ganz »geheuer« war. ›Vertrauen Sie auf Ihre Intuitionen‹, sagen die Psychiater. Ich vertraue, ich vertraue, ich mißtraue.

Yvette holt Virginie ab. Jean setzt sich neben meinen Rollstuhl aufs Sofa. Er seufzt.

»So ein verdammter Mist ... Und Sie, meine arme Elise, alles in Ordnung?«

Zeigefinger.

»Übrigens habe ich gestern, als ich bei Romero vorbeikam, an Sie gedacht.«

Romero ist das Sanitätshaus, in dem auch Geräte für Behinderte verkauft werden.

»Ich habe einen elektrischen Rollstuhl gesehen, der reduziert ist. Jetzt, wo Sie Ihren Zeigefinger bewegen können, könnten Sie ihn vielleicht selbst bedienen, man müßte nur die entsprechenden Knöpfe einbauen. Soll ich mal mit Yvette darüber reden, damit sie Ihren Onkel anruft?«

Ein elektrischer Rollstuhl? Aber ich würde ja überall anstoßen! Außer, ich würde lernen, mich im Haus damit zu bewegen ... Mein Gott, das wäre, das wäre ja ... eine Revolution!

Zeigefinger.

»Sie haben recht. Sie können nicht wie eine Stoffpuppe rumsitzen und darauf warten, gesund zu werden ... Ich bin sicher, daß man so manches austüfteln könnte, um Ihnen das Leben zu erleichtern.«

Wundervoller Guillaume mit dem Kopf von Léon! Und ich habe dich für einen Augenblick verdächtigt, der Mörder zu sein! Nur zu, mein Junge. Bastele, tüftele, hol mich aus diesem dunklen Tunnel, in dem ich festsitze!

Virginie sieht fern. Ich höre Gekreische, Geschrei, der Schlachtlärm eines intergalaktischen Kampfes. »*Sie dürfen uns nicht entkommen – Kapitän, wir können die Fusionsgeschwindigkeit der Neutroglyceronen nicht erhöhen, sonst gibt es eine Explosion!*«

Peng, Krach, Bumm! Jean hilft Yvette, die Fische auszunehmen. Wie spät mag es sein?

Es läutet. Endlich!

»Da kommen sie! Ah, guten Tag, Hélène, guten Tag, Paul! Kommen Sie herein, Virginie sieht sich gerade *Intergalactis* an. Wie war es? Möchten Sie etwas trinken?«

»Ich nehme gerne ein Bier, wenn Sie eins haben. Ich komme um vor Durst«, antwortet Paul.

»Es hat sehr lange gedauert ..., aber die Richterin ist, glaube ich, gut ... Für mich nur ein Glas Wasser, bitte«, sagt Hélène.

»Setzen Sie sich, ich komme gleich. Jean kümmert sich um die Forellen, er hat uns zwei Prachtexemplare mitgebracht.«

»Guten Abend, Elise.«

»Hallo, Lise.«

Zeigefinger.

Sie setzen sich. Paul seufzt und läßt seine Finger knacken.

»So, ich hoffe, das Bier ist kalt genug. Nun?«

Ich lausche gespannt. Paul scheint erst mal zu trinken, denn man hört ihn schlucken, dann antwortet er:

»Nun, die Richterin hat, ähmm ... sie hat eine Exhumierung ... hm ... der Leichen angeordnet. Da man damals keine Verbindung zwischen den Morden hergestellt hat, ist sie der Auffassung, daß unter diesem Aspekt erneut eine Autopsie vorgenommen werden muß. Begeistert sind wir davon natürlich alle nicht. Aber was sollen wir tun?«

»Eine Exhumierung? Oh ..., ja, natürlich ...«

»Sie glauben, daß Michaël in der Nähe des Flusses ermordet wurde«, unterbricht Hélène, »und daß sich der Mörder in der Forsthütte umgezogen hat. Um diese Jahreszeit wird sie nicht benutzt.«

»Aber woher sollte irgend jemand das wissen?« fragt Yvette schlagfertig.

»Weil ihn jemand gesehen hat – jemand, der aus Angst schweigt«, gibt Paul zurück, während er sein Bier austrinkt.

Virginie? Nein, die Polizisten hätten den Unterschied zwischen einer Kinderstimme und der Stimme eines Erwachsenen bemerkt ... Gibt es also noch jemanden, der Bescheid weiß?

»Es könnte auch ein Landstreicher gewesen sein, der in der Hütte Unterschlupf suchte und dabei die Sachen entdeckt hat«, ruft Jean Guillaume aus der Küche, wo das Fett in der Pfanne brutzelt.

»Ein Landstreicher hätte nicht die Polizei angerufen«, stellt Hélène mit müder Stimme fest.

Kurz, wir drehen uns mit unseren Ermittlungen im Kreis. Wenn nur dieser blöde Yssart vorbekommen würde, vorher habe ich ihn öfter gesehen, als mir lieb war ...

Exhumierung ... da läuft es einem kalt über den Rücken. Kleine, bleiche Hände, ein mit feuchter Erde bedeckter Sarg, ein halbverwester Körper, Stoffetzen, Haarsträhnen auf den ausgezehrten Gesichtern, unter der Haut schimmern die Knochen durch ... Stop, Elise, nicht weiterdenken. Jetzt wird nicht mehr gedacht.

»All das ist fürchterlich. Ich hoffe, daß man ihn bald fassen wird«, seufzt Yvette.

»Bedauerlich, daß man ihn nicht schon früher gefaßt hat«, brummt Paul. »Gehen wir, ich bin mit der Arbeit in Verzug.«

»Ja, natürlich, ich will Sie nicht aufhalten ... Wann findet es statt? Ich meine ...?«

»Die Exhumierung? Übermorgen früh«, antwortet Hélène. »Kommst du, Virginie, wir gehen ...«

»Jetzt schon? Aber die Sendung ist noch nicht zu Ende ...«

»Beeil dich und fang nicht zu quengeln an!«

»Auf Wiedersehen, Elise, auf Wiedersehen, Yvette, auf Wiedersehen, Onkel Jean.«

Weiß der Himmel, warum sie ihn ›Onkel Jean‹ nennt. Alle verabschieden sich. Der Mehlsack bleibt nachdenklich in seinem Rollstuhl zurück. Bei dieser Geschichte stimmt nichts. Nichts paßt zusammen. Als würde jemand die Spuren verwischen. Jemand, der das Gesamtbild des Puzzles kennt und die einzelnen Teile zerschneidet, damit wir sie nicht zusammenfügen können.

»Der arme Paul! Ich möchte nicht in seiner Haut stecken. Zu wissen, daß das eigene Kind wieder ausgegraben wird ...«, ruft Jean aus der Küche.

»Hören Sie auf, davon bekommt man ja Gänsehaut. Können Sie sich das vorstellen, Elise?«

Zeigefinger.

»Manche Menschen haben's wirklich nicht leicht auf dieser Welt, das kann man nicht anders sagen«, fährt Yvette fort.

Das kann ich nur unterstreichen.

»Sein Gesicht ist vom Schmerz gezeichnet«, bemerkt Guillaume. »Manchmal wirkt er plötzlich zehn Jahre älter.«

Ich kann nicht umhin, mir vorzustellen, was ich empfinden würde, wenn man mir plötzlich mitteilen würde, daß man Benoît ausgräbt. Benoît, den man ohne mich begraben hat ... Benoît, der mir immer lächelnd unter dem wolkenverhangenen irischen Himmel in Erinnerung bleiben wird und der heute ein fleischloser Körper sein muß, an dem sich die Würmer gütlich tun. Das Leben ist wirklich zu ungerecht. An manchen Tagen möchte man die Welt packen und mit beiden Händen wie ein Glas zerbrechen, bis einem das Blut von den Händen tropft.

»Ißt Elise auch Forelle?«

»Ich werde sie mit Kartoffeln zerdrücken ...«

Ja, Schweinefutter. Ich habe das Gefühl, ich bin heute abend gräßlich schlechtgelaunt.

Ich habe ihn! Den neuen elektrischen Rollstuhl. Ich throne darin wie eine Kaiserin. Yvette hat gestern morgen meinen Onkel angerufen, und nachmittags wurde er schon geliefert. Jean hat sich gleich an die Arbeit gemacht, und seit heute morgen ist er mein! Ein Rollstuhl, der von selbst fährt. Und den ich, o Wunder, bedienen kann, ohne auf irgend jemanden angewiesen zu sein. Ich brauche nur mit dem Zeigefinger auf einen Knopf zu drücken. Jean hat kreuzförmig vier kleine Knöpfe angebracht, vorwärts – rückwärts, rechts – links. Im Augenblick kann ich vorwärts und rückwärts bedienen, rechts und links jedoch fällt mir noch etwas schwer. Raybaud, den man konsultiert hat, ist der Auffassung, daß dieser neue Rollstuhl gut für die Beweglichkeit meiner Hand ist, und hat mir wärmstens empfohlen, meine Fertigkeiten darin weiter zu üben. Als täte ich das für ihn! Jedenfalls bewege ich die Knöpfe, fahre im Wohnzimmer vor und zurück, und ich muß sagen, es ist wirklich genial, sich nach Lust und Laune fortbewegen zu können, wenn man monatelang von anderen abhängig war – und wenn es auch nur drei Meter sind.

Während ich mich mit meinem neuen Spielzeug amüsiere, ist die Polizei dabei, die Leichen der Kinder zu exhumieren. In Anwesenheit eines Familienmitglieds. Ich nehme an, Paul ist hingegangen. Und die anderen Väter. Eine Gruppe Männer mit trockenen Augen und zusammengeschnürter Kehle steht im eisigen Wind, den Blick auf die Totengräber geheftet, die die Grube ausheben. Ah, nein. Yvette hat gesagt, daß das Wetter schön ist. Sie hat die Fenster geöffnet, und es riecht nach Herbst und feuchter Erde. Anscheinend tragen die Männer, die die Särge öffnen, einen Mundschutz wie die Ärzte; nicht so sehr wegen des Geruchs, sondern mehr wegen der giftigen Gase. Die Leichen fermentieren in den Särgen. Manchmal kommt es sogar vor, daß einer explodiert. Aber warum lasse ich mich nur immer zu solchen Gedanken hinreißen! Vor, zurück, zurück, vor, ich will mir diesen Friedhof nicht vorstellen, ich will nicht an die verwesten Körper der Kinder denken, vor, zurück.

»Sie werden mit Ihrem Rollstuhl noch eine Spurrille im Parkett hinterlassen!«

O ja, meine gute Yvette, zurück, vor, eine Rille, einen Graben, ein Grab, aufhören!

Das Telefon.

»Hallo? Ah, guten Tag, Catherine. Wie bitte? Nein, nein, das macht nichts, dann kommen Sie eben morgen, ja, ich verstehe ... Wenn Sie zum Zahnarzt müssen ... Was? Was sagen Sie da? ... Aber das ist doch nicht möglich! ... Wie haben Sie das erfahren? Ah ... Und was sagt er? ... Was? Aber das ist doch völlig unsinnig! ... Aber warum? ... Aber das ist doch kein Grund ... Ja, ich verstehe, danke, bis morgen ..., Elise, es ist furchtbar, Stéphanes Frau ... sie hat Selbstmord verübt! Catherine war im Krankenhaus, als sie sie eingeliefert haben ...«

Was? Aber was soll das denn nun wieder?

»Sie hat ein Röhrchen Schlaftabletten geschluckt, und die Putzfrau hat sie morgens gefunden ... Sie ist tot, Elise!«

Tot? Stéphanes Frau? Umgebracht? Aber was zum Teufel ...

»Catherine denkt, daß sie es getan hat, weil er sie verlassen wollte ... Also sich deshalb umzubringen ... Und niemand weiß, wo er ist, man hat ihn nicht erreichen können ... Stellen Sie sich das nur vor, seine Frau ist tot, und er weiß es nicht einmal! Sie haben versucht, ihn über sein Autotelefon zu erreichen, aber er meldet sich nicht. Oh, la la, im Augenblick ist es wirklich furchtbar, ich weiß nicht, was los ist, aber es nimmt anscheinend kein Ende!«

Das stimmt. Sophie tot! Und ich habe immer gedacht, mit Schlaftabletten schafft man es nie. Und wo steckt Stéphane? Ich habe das Gefühl, daß er Ärger bekommen wird, großen Ärger. Was hatte sein Anruf neulich zu bedeuten: »Ich habe Feinde«, und all das ... Als hätte er vorausgeahnt, was kommt. Stéphane, der in dem gesuchten weißen Kombi herumfährt ... dessen Frau zur rechten Zeit stirbt ... und der behauptet, verliebt in mich zu sein. Jemand, der sich in einen Mehlsack verliebt, ist unweigerlich etwas verrückt.

Telefon. Aha, jetzt geht es wieder los, jetzt wird wieder rundgerufen!

»Hallo? Ah, guten Tag, Hélène ... Ja, ich weiß, Catherine hat es mir erzählt, das ist grauenvoll ... wie ... Aber ich verstehe nicht, warum ... Ah, ja, natürlich ... Und wie geht es Ihnen? ... Ja sicher, das kann ich mir vorstellen. ... Wenn Sie sich zu einsam fühlen, kommen Sie doch vorbei ... Kommen Sie zum Kaffee ... Ja gut, bis gleich. Das war Hélène. Inspektor Gassin war bei ihr. Er hat gefragt, ob sie weiß, wo Stéphane ist. Sie suchen ihn. Sie hat gesagt, sie hätte keine Ahnung, vermutlich auf irgendeiner Baustelle. Sie schien wirklich deprimiert, sie kannte die arme Sophie ja gut, und daß sie das ausgerechnet heute morgen erfahren mußte ... Paul ist bei der Exhumierung, Virginie in der Schule; sie ist ganz allein, ich habe sie eingeladen, zum Kaffee zu kommen. Sie war einverstanden, heute arbeitet sie nämlich nicht. Das ist wirklich alles furchtbar!«

Es läutet.

»Also so was ... Wer ist das denn nun schon wieder?«

Die Haustür.

»Ah, Inspektor, kommen Sie herein. Er ist nicht hier!«

»Wie ich sehe, sprechen sich die Neuigkeiten schnell herum. Entschuldigen Sie ... Guten Tag, Madame.«

Damit meint er bestimmt mich. Zeigefinger.

»Sie wissen also schon, daß Madame Migoin tot ist?«

»Ja, wir haben es soeben von Catherine Rimiez, Elises Krankengymnastin, erfahren.«

»Wir versuchen, Monsieur Migoin zu erreichen. Sie wissen nicht zufällig, wo er ist?«

»Monsieur Migoin informiert uns gewöhnlich nicht über seinen Terminkalender, er ist nur ein entfernter Bekannter ...«

»Ich weiß, aber ich muß es überall versuchen.«

»Warum bemühen Sie sich so, er wird doch sowieso früher oder später nach Hause kommen?«

»Es tut mir leid, daß ich Sie umsonst belästigt habe ... auf Wiedersehen, meine Damen.«

Haustür. Ja, warum bemühen sie sich so? Um einen Witwer aufzuspüren, behelligt man keinen Inspektor ... Da schickt man einen einfachen Polizisten ... Offenbar hatte ich recht: für Stéphane wird es brenzlig ...

»Ich frage mich, warum die Polizei so in Aufruhr ist«, kommentiert Yvette. »Na, ich werde mal Kaffee kochen.«

Vor, zurück, wenn ich diesen verdammten Zeigefinger nur einen Millimeter mehr zur Seite bewegen könnte, wenn ich nur ... Ich spüre, wie der Finger vibriert, wie er zittert, ich werde es bald schaffen!

»Wissen Sie, was mir gerade eingefallen ist, Elise? Ich denke, daß sie die Tabletten heute nacht genommen hat, sonst hätte die Putzfrau sie noch rechtzeitig gefunden. Sie muß sie geschluckt haben, während er schlief. Das ist doch grauenvoll, wenn man sich vorstellt, daß er in aller Seelenruhe geschlafen hat, während seine Frau neben ihm im Sterben lag!«

Und als er aufgestanden ist, hat er nichts bemerkt? Er hat sich gedacht, daß sie einfach ausschlafen will, und sich auf Zehenspitzen davongeschlichen? Warum nicht? Aber warum ist sie aus dem Bett gefallen? Ein letztes Aufflammen der Lebensgeister? Das werden wir erfahren, wenn sie ihn erwischen, denn ich habe den Eindruck, daß sich der gute Stéphane aus dem Staub gemacht hat. Es ist wirklich komisch ..., wenn man in diesem Zusammenhang ein solches Wort gebrauchen kann, aber ich hätte Sophie nie für den Typ Frau gehalten, der Selbstmord begeht. Bei ihrem Charakter ... Das zeigt mal wieder, wie man sich in den Menschen täuschen kann.

Hélène ist da. Wir trinken Kaffee. Nein, sie trinken Kaffee. Ich bekomme eine Tasse Verdauungstee. Ich rieche den Kaffeeduft. Ich würde so gerne einen guten starken Kaffee mit viel Zucker trinken, doch ich schlucke brav meinen viel zu heißen und faden Kräutertee und verfluche Yvette.

Hélènes Stimme klingt eigenartig, das deutet darauf hin, daß sie keinen guten Tag hat. Sie scheint erschöpft. Manchmal frage ich mich, ob sie nicht am Ende tatsächlich in eine Depression verfallen wird. Ich finde, sie wirkt immer niedergeschlagener.

»Sie haben Stéphane noch nicht gefunden, dabei haben sie alle seine Baustellen abgesucht. Kein Mensch hat ihn gesehen. Finden Sie das normal? Und Sophie bringt sich um ... Steph und sie liebten sich schon lange nicht mehr. Sie hätten doch in aller Ruhe die Scheidung einreichen können. Ich kenne sie seit fünf Jahren. Sie hat mir damals sehr geholfen als ..., nun als Renaud ... Wenn ich daran denke, was sie gerade mit Renaud machen ... Das macht Paul total fertig ...«

Schluchzen. Tröstende Worte von Yvette. Manchmal ist es gut, wenn man nichts sieht.

»Und noch dazu steckt Virginie in einer Krise. Das kann ich im Augenblick wirklich nicht gebrauchen. Natürlich ist es nicht ihre Schuld, aber ich weiß nicht mehr, was ich mit ihr machen soll, sie ist so verschlossen ... Nach außen hat man den Eindruck, daß sie gehorcht, aber in Wirklichkeit macht sie, was sie will. In der Schule läßt sie immer mehr nach, aber sie will nicht darüber reden. Manchmal habe ich den Eindruck, daß sie abwesend ist, daß sie uns nicht hört; sie sagt zwar ja, sie lächelt, aber sie scheint vollkommen leer. Ich war mit ihr beim Schulpsychologen, er meint, das sei normal, sie habe einen großen emotionalen Schock erlitten, denn die Morde an Michaël und Mathieu hätten den Verlust ihres Bruders wieder in ihr aufleben lassen ... Er sagt, sie brauche Zeit. Ich kann nicht mehr einfach dasitzen und warten, ich kann nicht mehr weiter warten, immer soll man warten, immer heißt es, die Zeit heile alle Wunden, aber die Wahrheit ist, daß das nicht stimmt. Es wird nicht besser, es kann sogar schlimmer werden!«

»Das dürfen Sie nicht sagen, Hélène. Sie durchleben eine sehr schmerzliche Phase, aber Sie werden sehen ... Eines Tages ist all das nur noch Vergangenheit. Sie werden wieder voller Zuversicht in die Zukunft blicken ...«

Für meine Begriffe übertreibst du ein wenig, meine liebe Yvette ..., aber du meinst es ja nur gut. Und was soll man ihr auch sagen? Ja, Ihre Tochter ist verrückt. Ihr Mann scheint Sie nicht mehr ertragen zu können, Ihre beste Freundin hat sich gerade umgebracht, und deren Mann hat vielleicht Ihren Stiefsohn getötet, aber sonst ist doch alles in schönster Ordnung ...

»Ja, Sie haben vielleicht recht ... Wir werden sehen«, gibt Hélène teilnahmslos zurück. »Und Sie, Elise, geht es Ihnen gut?«

Zeigefinger.

»Elise hat einen neuen Rollstuhl.«

»Ah, ja! Das ist mir gar nicht aufgefallen. Entschuldigen Sie, aber im Augenblick ...«

Das glaube ich dir gern, daß dich mein Rollstuhl im Augenblick nicht die Bohne interessiert.

»Es ist ein elektrischer. Man kann ihn schieben, aber sie kann sich auch alleine fortbewegen.«

»Aber das ist ja wunderbar! Zeigen Sie doch mal!«

Ich habe noch nie jemanden das Wort ›wunderbar‹ so hoffnungslos aussprechen hören. Aber gut, ich gehorche: vor, zurück ...

»Oh, Elise! Das ist phantastisch! Endlich können Sie sich selbst vorwärts bewegen!«

Ja, zwischen zwei Wänden hin- und herfahren

»Jean Guillaume hat ihn bei Romero im Schaufenster gesehen und hatte die Idee, ihn für Elise umzubauen.«

»Sagen Sie mal, Yvette, dieser Monsieur Guillaume scheint Sie ja ziemlich zu interessieren«, versucht Hélène mit nicht eben fröhlicher Stimme zu scherzen.

»Ich muß zugeben, daß er mir sehr sympathisch ist, außerdem ist es doch immer sehr nützlich, einen Mann im Haus zu haben. Möchten Sie noch etwas Kaffee?«

»Nein danke, ich bin schon nervös genug. Hat Paul nicht angerufen?«

»Paul? Nein ...«

»Ich dachte nur, weil er gesagt hat, er würde mich zu Hause anrufen, und er hätte vielleicht hier angerufen, während ich unterwegs war ...«

»Er hat sicher sehr viel Arbeit ...«

»Ja, im Augenblick ist er völlig überlastet. Ich habe ihn angerufen, um ihm zu sagen, daß Sophie ... Er war in einer Besprechung, aber die Polizei war schon dagewesen, dieser junge Inspektor Gassin, und Paul wollte mich zurückrufen ... Das Wetter ist wirklich wunderbar heute.«

»Sollen wir nicht einen kleinen Spaziergang machen?«

»Warum nicht? Hinterher hole ich dann Virginie ab.«

»Ich suche nur rasch ein Plaid für Elise.«

Genau, damit ich umkomme vor Hitze. Hélène steht neben mir, und ich rieche ihr Parfum.

»Stéphane hat seine Frau nicht umgebracht«, flüstert sie mir hastig zu.

Na, um so besser, aber ehrlich gesagt bin ich nicht davon ausgegangen ...

»Sie wissen die Wahrheit, nicht wahr?«

Welche Wahrheit? Was redet sie da?

»Gehen wir?« unterbricht Yvette und legt mir ein zentnerschweres Plaid auf die Knie.

Die Wahrheit ... die wüßte ich nur allzu gern ... Draußen ist es warm, und ein angenehmer Duft erfüllt die Luft. Hélène denkt bestimmt an Renaud, den man gerade in einem Dunst von Formalin seziert, und an Sophie, die im Leichenschauhaus liegt. ›Stéphane hat seine Frau nicht getötet ...‹ Soll das heißen, daß sie umgebracht wurde? Daß es sich vielleicht um einen kaschierten Mord handelt? Aber nein, was bilde ich mir da wieder ein! Komm, genieß den Spaziergang, liebe Elise, und vergiß alles andere!

Die Wahrheit ... woher sollte ich sie wissen? Und Hélène, kennt sie die Wahrheit? Glaubt Hélène, daß Virginie etwas weiß? Daß Virginie mir etwas anvertraut hat? Elise, hör auf damit, du wirst noch verrückt. Gut, gut, schon gut!

Sie haben Stéphane noch immer nicht gefunden. Jetzt ist er schon seit drei Tagen verschwunden. Sophies Beerdigung findet morgen statt. Natürlich will Paul hingehen und Hélène nicht. Inspektor Gassin zufolge soll Sophie sich wegen ihres Mannes umgebracht haben. Weil er sie verlassen hat. Weil er definitiv verschwunden ist. Er hat alles Geld von seinen Konten abgehoben, seine Geschäfte geregelt und einfach ein neues Leben angefangen. In gewisser Weise ein vorweggenommener Abschied. Ich frage mich, ob er sich auf die Radiodurchsagen der Polizei hin melden wird. Meiner Meinung nach hat er nicht die geringste Lust zu erfahren, was mit seiner Frau geschehen ist. Außerdem haben sie keinerlei Beweise gegen ihn. Es ist schließlich nicht seine Schuld, daß sie Selbstmord begangen hat. Aber ich könnte mir vorstellen, daß sie ihm etliche Fragen stellen wollen und daß der Tod seiner Frau nur ein Vorwand ist. Eine andere Hypothese: Was würden Sie tun, wenn Sie erfahren, daß Ihr Mann ein Mörder ist? Wenn Sie ihn durch die Beschreibung gewisser Kleidungsstücke wiedererkennen? Wäre das Grund genug, sich umzubringen?

Es läutet. Yvette eilt zur Tür.

»Oh, guten Tag ...«

Sie klingt enttäuscht.

»Guten Tag, Madame Holzinski. Ich nehme an, Mademoiselle Andrioli ist zu Hause?«

»Wo soll sie denn sonst sein? Sie ist im Wohnzimmer. Sie kennen den Weg ja.«

»Ja, danke.«

Yssart! Ich höre seine ruhigen Schritte auf dem Parkett. Ich frage mich, wie er gekleidet ist. Im tadellosen Anzug mit Weste? Er duftet nach Rasierwasser.

»Guten Tag, Mademoiselle.«

Zeigefinger.

»Da ich gerade in der Nähe war, erlaube ich mir, Ihnen einen Besuch abzustatten. Keine Angst, ich möchte Ihnen keine Fragen stellen. Nein, sehen Sie, ich bin nur gekommen, um Sie über den neuesten Stand der Dinge zu informieren. Denn ich bin überzeugt davon, daß Sie großes Interesse an dieser traurigen Angelegenheit haben. Die Laboruntersuchung hat eindeutig bewiesen, daß auf dem Kragen des Pullovers, den man in der Forsthütte gefunden hat, Haare waren. Blonde Haare, Stéphane Migoins Haare. Wir haben sie mit denen aus seiner Haarbürste verglichen. Das wollte ich Ihnen mitteilen.«

Also stimmt es doch!?

»Außerdem sieht es so aus, als wäre Madame Migoins Tod nicht unbedingt auf Selbstmord zurückzuführen. Meiner Auffassung nach kann man sie sehr wohl gezwungen haben, die Tabletten zu schlucken. Ihr Kiefer weist ein Hämatom auf, das würde für meine These sprechen, aber sie kann es sich natürlich auch bei dem Sturz aus dem Bett zugezogen haben. Ich habe gehört, daß sich Monsieur Migoin für Sie interessierte.«

Pause. Ich warte. Er beobachtet mich sicher. Dann fährt er fort:

»Man hat mir auch gesagt, daß er am Steuer eines weißen CX gesehen wurde.«

Paul und Hélène! Sie haben also gegen ihn ausgesagt!

»Man hat mir so viele Dinge zugetragen, daß ich einen Haftbefehl gegen Stéphane Migoin beantragt habe. Falls Sie also die geringste Ahnung haben, wo er sich aufhalten könnte, wäre ich Ihnen sehr verbunden, wenn Sie es mir mitteilen würden. Dadurch würden wir alle Zeit sparen.«

Schon wieder! Dieser Typ hält mich offenbar für die Vertrauensperson der ganzen Stadt! Wenn ich wüßte, wo sich Stéphane aufhält, würde ich es auf der Stelle sagen. Ich meine, ich würde mich verständlich machen.

»Wissen Sie diesbezüglich etwas?«

Kein Zeigefinger.

»Glauben Sie, daß die kleine Virginie Monsieur Migoin so verbunden sein könnte, daß sie nicht sagt, was sie über ihn weiß?«

Virginie? Stéphane verbunden? Sie hätte beobachtet, wie er

ihren Bruder umbringt und nichts gesagt? Nein, unmöglich! Außer ... außer ... mein Gott, ja, aber ja! Außer, wenn Stéphane Hélènes Liebhaber gewesen wäre. In diesem Fall hätte Virginie nicht gewagt, etwas zu sagen. Aber Hélène liebt Paul. Warum zum Teufel sollte sie mit Stéphane schlafen? Und Stéphane liebt mich! Huuhu, ich habe den roten Faden verloren.

»Ist Ihnen klar, daß man Stéphane Migoin den Mord an dem kleinen Massenet zur Last legen wird?«

Zeigefinger.

»Glauben Sie, daß er das Verbrechen begangen hat?«

Aber was bildet sich der Kerl ein? Bin ich das Orakel von Delphi? Seit wann interessiert es die Bullen, was Gelähmte denken?

Und was denke ich überhaupt? Ich kann mich nicht entschließen, den Zeigefinger zu heben. Mir wird bewußt, daß ich nicht glauben kann, daß Stéphane diese Kinder getötet hat. *Vorstellen* kann ich es mir, aber *glauben* kann ich es nicht.

»Danke. Mir war sehr an Ihrer Meinung zu dieser Sache gelegen. Sehen Sie, Mademoiselle Andrioli, auch wenn Sie das verwundern mag, mir ist Ihr Urteil sehr wichtig.«

Also, das haut mich doch um! Ich habe mich überhaupt nicht geäußert, aber mein Urteil ist ihm wichtig! Ich glaube, ich träume! Dieser Bulle ist genauso verrückt wie alle anderen. Vielleicht bin ich ja in einem Irrenhaus gelandet und niemand hat es mir gesagt.

»Ich darf mich verabschieden, alles Gute.«

Wie charmant! Danke, und beste Grüße an die Familie. Der nächste bitte! Das Irrenhaus ist täglich geöffnet. Ich höre, wie sich sein ruhiger Schritt entfernt. Er trägt sicher handgefertigte Lederschuhe.

»Ist er weg?« erkundigt sich Yvette aufgebracht.

Zeigefinger.

»Eingebildeter Pinsel!« bemerkt sie noch, ehe sie wieder in ihre Küche zurückkehrt.

Vor, zurück, ich überlege. So viel habe ich in meinem ganzen

Leben noch nicht nachgedacht. Früher war alles so einfach. Ich beklagte mich wie alle anderen auch, aber wenn ich bedenke, wie einfach damals alles im Vergleich zu heute war ... Vor, zurück ... und wenn ich gegen die Wand rase? ›Gelähmte rast mit 250 Stundenkilometern gegen ihre Wohnzimmerwand und zerschmettert sich beim Aufprall den Schädel!!‹ Vor, zurück, Achtung, meine Damen und Herren, Sie sehen das große Rodeo von Boissy-les-Colombes und als Stargast die unvergleichliche Elise Andrioli. Bitte begrüßen Sie sie mit einem kräftigen Applaus! Gott sei Dank kann niemand meine Gedanken erraten, ich würde mich schämen. Mein armer Vater hat sich immer gefragt, warum ich selbst im schlimmsten Fall noch über alles lachen konnte. Offenbar ist das eine besondere Gabe. Die zweite Möglichkeit wäre, daß ich mit vollständiger Blödheit geschlagen bin. Aber mal ernsthaft: Wo könnte Stéphane stecken? Warum ist er geflohen? Warum hat er beschlossen zu verschwinden, seine Konten aufzulösen und so weiter? Und vor allem, ist er dumm genug, seinen Pullover, der mit Michaëls Blut getränkt ist, in der Forsthütte liegenzulassen? Er ist vielleicht nicht gerade Einstein, aber trotzdem ...

## 8

Schon wieder eine Beerdigung. Doch diesmal bin ich dabei. Da das Wetter schön ist, hat Yvette beschlossen, mich im Rollstuhl hinzufahren. Wir gehen in aller Ruhe zu Fuß. Paul und Hélène sind mit dem Wagen gefahren und haben angeboten, uns mitzunehmen, aber Yvette wollte lieber laufen. Sie sagt, bald kommt der Winter, und wir müßten das schöne Wetter nutzen. Also nutzen wir es.

Wenn die Straße geradeaus verläuft und frei ist, läßt mich Yvette auf den Knopf drücken und selbst fahren. Brumm, brumm ... Das schlimmste ist, daß ich begeistert bin. Das Geräusch der Räder auf dem Asphalt, das raschelnde Laub, die

Sonnenstrahlen auf meinem Arm, und einfach langsam so vor sich hinzufahren, das ist wirklich angenehm. Ich könnte darüber fast den Anlaß dieser kleinen Spazierfahrt vergessen.

Als wir uns dem Friedhof nähern, bemerkt Yvette knapp: »Wir sind da«, und übernimmt wieder das Kommando. Ende des kleinen bukolischen Intermezzos.

»Der Friedhof ist brechend voll«, flüstert mir Yvette zu.

Die ganze Stadt hat sich eingefunden, die Gerüchteküche brodelt. Da Sophie keine Familie mehr hatte, kümmert sich der Bürgermeister um alles. Der gute Ferber – den ich nicht gewählt habe –, läuft von rechts nach links, schüttelt Hände, überprüft den Blumenschmuck ... Er muß sich schließlich einiges einfallen lassen, um das Ansehen seiner Stadt wiederherzustellen ...

Anscheinend ist auch Inspektor Gassin in Begleitung von zwei Polizisten anwesend. Sie hoffen sicher, daß sich der Witwer zur Beisetzung einfinden wird. Paul hat uns anvertraut, daß das Haus von Stéphanes Eltern, eine alte Bauersfamilie aus dem Départment Eure, unter ständiger Überwachung steht.

»Guten Tag, wie geht's?« flüstert uns Hélène zu. »Paul ist da drüben bei Ferber. Weder Michaëls noch Mathieus Eltern sind gekommen. Sie kannten Sophie gut, aber nach allem, was man jetzt über Stéphane erzählt ...«

Die Trauerfeier beginnt. Der Wind frischt auf, ein kühler scharfer Herbstwind. Ich spüre, wie er meinen Nacken und meine Wangen streift. Ausnahmsweise bin ich Yvette einmal dankbar, daß sie mich wie einen Säugling eingepackt hat. Die Stimme des Priesters dringt nur undeutlich zu mir herüber. Er leiert ohne sonderliche Überzeugung irgend etwas herunter. Glücklicherweise hält der Wind die Anwesenden wach.

Ich höre das dumpfe Geräusch, als die Erde auf den Sarg fällt. Das Knirschen der Schuhe, Bewegungen, Hüsteln, kurz ein schweigsames Defilé; dann kommt Bewegung in die Menge; so, es ist vorbei: Sophie Migoin ruht endgültig in Frieden.

Ferbers laute, joviale Stimme:

»Ah, unsere liebe Elise! Wie geht's denn? Gut sehen Sie aus!«

Nein, also wirklich Ferber, Entschuldigung, aber wenn du glaubst, daß ich dich deshalb wählen werde ...

»Mademoiselle Andrioli hat große Fortschritte gemacht.«

Ach, Raybaud, scheint ja sehr stolz auf seinen gelehrigen Zögling zu sein.

Sie unterhalten sich, ohne sich weiter um mich zu kümmern. Um so besser. Ich lausche dem Gemurmel, dem aufgeregten Stimmengewirr der Lebenden. Im Zusammenhang mit tausend verschiedenen Hypothesen fällt immer wieder Stéphanes Name. Es gibt Gerüchte von einer Geliebten, Bankrott, den Morden, Drogen ... wenn das so weitergeht, ist er bald Anführer der Mafia oder ein libyscher Terrorist. Jemand klopft mir auf die Schulter.

»Mademoiselle Andrioli, ich bin es, Florent Gassin. Noch immer keine Neuigkeiten von unserem Freund?«

Kein Zeigefinger. Das scheint zu einer fixen Idee zu werden.

»Nun gut. Entschuldigen Sie mich bitte.«

Die Trauergemeinde löst sich langsam auf, der kalte, schneidende Wind lädt nicht zu längeren Diskussionen ein. Yvette nimmt die Griffe des Rollstuhls.

»Die arme Sophie ... Wenn ich bedenke, daß ich sie am Montag noch beim Metzger getroffen habe ... Sie kaufte zwei Schnitzel. Und jetzt ... Paul und Hélène sind beim Bürgermeister zum Mittagessen eingeladen. Ich habe ihnen gesagt, daß wir nach Hause gehen. Der Wind ist wirklich kalt ... Also los!«

Wir machen uns auf den Weg. Stéphane ist nicht gekommen. Er ist nicht zerzaust und schweißgebadet aufgetaucht, um »Sophie!« zu schreien und das Rätsel aufzuklären.

Paul und Hélène essen mit Ferber. Das Leben geht weiter. Natürlich nur für die, die noch leben.

Auf dem Rückweg ist Yvette recht schweigsam. Um so besser, dann kann ich in aller Ruhe die letzten Neuigkeiten verdauen. Gehen wir also noch einmal alles durch.

Ein Mann tötet mehrere Kinder. Man vermutet, daß er einen weißen Kombi fährt. In der Forsthütte entdeckt man einen Pullover, der mit dem Blut eines der kleinen Opfer getränkt ist. Auf dem Kragen dieses Pullovers findet man Haare von Stéphane Migoin. Und eben dieser Stéphane Migoin wurde am Steuer eines weißen Kombi gesehen. Und er verschwand in derselben Nacht, in der sich seine Frau umbrachte, nicht ohne zuvor seine Konten geplündert und seine laufenden Geschäfte geregelt zu haben. Ich beantrage lebenslänglich!

Die Verteidigung hat das Wort:

Euer Ehren, ich bitte sie dennoch, folgende Punkte in Betracht zu ziehen:

a) Die Polizei wurde durch einen anonymen Anruf über die blutigen Kleidungsstücken in der Forsthütte informiert. Und wenn sie jemand dort hingelegt hat? Und wenn jemand absichtlich Stéphane Migoins Haare auf dem Kragen deponiert hat?

b) Die kleine Virginie Fansten behauptet, einen oder mehrere Morde beobachtet zu haben. Aber sie hat nie Stéphane Migoin beschuldigt, dem sie ansonsten keine besondere Sympathie entgegenzubringen scheint.

c) Ist Stéphane Migoin dumm genug zu fliehen, nachdem alle Indizien gegen ihn sprechen?

Ich plädiere auf Freispruch mangels Beweisen.

Ihre Meinung, meine Damen und Herren Geschworenen? Schuldig oder unschuldig? Das Urteil?

Ich bin so sehr mit meinem imaginären Prozeß beschäftigt, daß ich nicht einmal bemerkt habe, daß wir schon zu Hause sind. Mir ist klar, daß die Verteidigung nur dann eine Chance hat, wenn sie Virginie zum Sprechen bringt. Keine Zeit für Winkelzüge mehr, ich muß Yssart informieren.

Frage: Wenn Stéphane der Mörder ist und Virginie es weiß, hätte er sie am Leben gelassen? Gute Frage, ich bin stolz auf mich. Aber wie soll ich all das dem Kommissar erklären? In der Bienensprache, in dem ich mit meinem verfluchten Rollstuhl Achter auf dem Parkett fahre? Wenn nur Benoît noch da wäre ... Wenn nur ... Ich fühlte mich plötzlich deprimiert und habe einen Kloß im Hals, meine Lippen beginnen zu zittern. Ich weine. Das hat es seit dem Unfall nicht mehr gegeben. Man könnte meinen, daß es mir langsam besser geht, daß sich meine Muskeln entkrampfen. Ich weine. Verdammt noch mal, ich spüre, wie die Tränen über meine Wangen rinnen und meinen Mund benetzen. Ich bekomme kaum mehr Luft, es erdrückt mich, ich ersticke. Ich vergieße Krokodilstränen über diesen ganzen Schlamassel, und zugleich bin ich glücklich, weil ich wieder weinen kann. Es gibt Augenblicke, in denen man sich wirklich mit wenig zufriedengibt.

»Elise? Mein Gott, was ist denn los?«

Die Tränen werden mit einem sauberen Taschentuch abgewischt.

»Ist es wegen dieser Beerdigungen? Atmen Sie tief durch, das hilft. Sie werden sehen, Sie werden es schaffen, ich bin ganz sicher, weinen Sie nicht mehr ...«

Yvette flüstert mir beruhigend ins Ohr, ich höre nicht hin; ich bin weit weg, ich bin zurückgekehrt zu jenen Jahren mit Benoît, die unwiderruflich vorüber sind, und ich spüre, wie meine Tränen unermüdlich fließen, wie ein Fluß, der in das Meer der Erinnerungen mündet.

Ich bin allein. Ich fahre vor und zurück, jetzt bin ich wieder ganz ruhig. Nach all den vergossenen Tränen bin ich völlig leer.

In unserer kleinen Stadt brodelt es vor Gerüchten. Die lange Kette tragischer Ereignisse hat uns zu trauriger Berühmtheit verholfen; man spricht im Fernsehen und in der Boulevardpresse über uns. Doch es wird immer nur die Kripo erwähnt, ganz so, als hätten die örtlichen Gendarme und Polizisten überhaupt nichts geleistet.

Der junge Inspektor Gassin zum Beispiel muß stocksauer sein. Er hat nie verwunden, daß man Yssart geschickt hat. Zu

Hélène hat er gesagt, daß er nicht begreift, wie diese Großstadttypen die komplexe Verzweigung der Angelegenheit verstehen wollen. Was Yssart angeht ... *no comment.*

Die letzten Neuigkeiten habe ich mit einer gewissen Gleichgültigkeit aufgenommen.

Stéphanes Foto wurde auf allen Fernsehkanälen in den Nachrichten gezeigt. Im ganzen Land hat man die Fahndung nach ihm eingeleitet. Doch bis jetzt ist Steph ihnen nicht ins Netz gegangen.

Die Exhumierung der Leichen hat bewiesen, daß sie allesamt Opfer desselben Mörders waren. Man hat nichts gefunden, was Stéphane be- oder entlasten könnte.

Der Vater von Mathieu Golbert hat einen Journalisten verprügelt, der unbedingt ein Interview wollte, und dabei seinen Fotoapparat zertrampelt.

Vor allem aber geben die Ergebnisse der Autopsie von Sophie Migoins Leiche zu der Annahme Anlaß, daß sie die Schlaftabletten nicht freiwillig genommen hat. Irgend jemand soll ihr den Mund aufgehalten und sie gezwungen haben, sie zu schlucken. Das weiß ich von Hélène, und sie weiß es wiederum von dem reizenden Inspektor Gassin

Es ist kalt und regnerisch. Guillaume ist mit Yvette zu einem Supermarkt gefahren. Das Geräusch der Regentropfen erinnert an das gedämpfte Geräusch von Tennisbällen beim Aufschlag. Das Telefon. Wie immer hat Yvette, ehe sie weggeht, den Anrufbeantworter eingeschaltet. Ich verhalte mich ganz ruhig, um besser mithören zu können.

»Guten Tag, wir können Ihren Anruf im Augenblick leider nicht persönlich entgegennehmen, hinterlassen Sie uns bitte eine Nachricht nach dem Signalton ...«

»Elise? Hören Sie, ich habe nicht viel Zeit.«

*Stéphane!*

»Sie sind in Gefahr, Elise, in großer Gefahr. Sie müssen die Stadt verlassen, ich habe keine Zeit, Ihnen alles zu erklären, aber glauben Sie mir, es sind grauenvolle Machenschaften im

Gang, wenn Sie wüßten, ich muß gehen, ich muß auflegen, ich liebe Sie, Adieu ... Ich ... nein, nein, laß mich, nein!«

Ein heftiger Schlag gegen die Wand der Telefonzelle, dann nichts mehr. Keuchender Atem. Der nervtötende Tüt-tüt-tüt-Ton der unterbrochenen Verbindung.

Herr im Himmel! Träume ich? Der erstickte Schrei, die Stimme ... Hat das zu bedeuten, daß Stéphane soeben ... Draußen höre ich ein Knarren, ich schrecke auf, meine Nerven sind zum Zerreißen angespannt. ›In Gefahr ... Verlassen Sie die Stadt ...‹ Und die unterbrochene Verbindung ... Ich fahre nervös mit meinem Rollstuhl im Zimmer auf und ab und wiederhole ständig Stéphanes Worte. Der Regen trommelt auf das Dach. Was hat dieser Anruf zu bedeuten? Es ist furchtbar, wenn man mit niemandem sprechen kann. Mein Gott! Aber der Anruf ist auf dem Anrufbeantworter aufgezeichnet, und das ist der Beweis. Ja, ein Beweis zu Stéphanes Gunsten! Außer, es handelt sich um ein geschicktes Manöver ... Wo bleibt nur Yvette? Sie muß doch zurückkommen, den verfluchten Anrufbeantworter abhören und die Polizei informieren! Ich warte ungeduldig, ich sitze auf der Lauer! Die Minuten tröpfeln langsam und nervenaufreibend dahin wie Wasser aus einem Wasserhahn.

Ah! Schritte auf dem Asphalt. Ich will gerade zur Haustür fahren, als mir plötzlich auffällt, daß sie sich nicht öffnet. Ich höre, wie die Klinke heruntergedrückt wird, doch nichts geschieht. Wenn Yvette ihren Schlüssel verloren hat, sitzen wir ja fein in der Patsche. Schritte an der Außenmauer zum Eßzimmer. Sie halten inne. Warum ruft Yvette mir nichts zu? Sie müßte etwas rufen, mir etwas erklären. Ich bin doch nicht tot! *Außer, es ist nicht Yvette ... außer, es ist jemand, der weiß, daß Stéphane mich angerufen hat ...*

Wieder Schritte. Schritte im Regen. Sie bewegen sich ums Haus herum. Irgend jemand beobachtet mich vielleicht durch die Fenster. Ja, bestimmt hat jemand sein Gesicht an die Scheibe gepreßt. Ich fühle mich nackt, fahre mit meinem Rollstuhl rückwärts bis zum Buffet, als könnte ich mich damit vor den Augen schützen, die mich beobachten, ohne daß ich sie sehe, vor jenem Blick, den ich mir kalt und ausdruckslos vorstelle, der nur Interesse an dem Opfer ausdrückt ...

Stéphane, ruf wieder an! Sag mir, daß es nur ein dummes Spiel war, ein alberner Alptraum! Ruf wieder an!

Schritte auf dem Kies. Die Vorstellung dieser Augen, die ich nicht sehe und die mich beobachten, ist mir unerträglich. Ich habe Angst. Ein Gefühl von Furcht steigt eiskalt und stechend in mir auf. Ist diese verfluchte Haustür wenigstens richtig abgeschlossen?

Jemand rüttelt an der Türklinke, ich höre das Geräusch ganz deutlich. Ich kann kaum mehr schlucken. Ein Kratzen am Fenster, ich stelle mir vor, wie die Finger über die Scheibe gleiten, lange, ungeduldige, gekrümmte Finger ...

Dann herrscht Stille. Ist »er« gegangen?

Ah! Der Schlag kommt völlig unerwartet. Splitterndes Glas genau vor mir auf dem Parkett. »Er« schiebt seine Hand durch das Loch, um den Fensterriegel zu öffnen. Ich bin erstarrt, meine Kehle schmerzt so sehr, daß ich schreien möchte. Wer hat das Fenster zerschlagen? Wer versucht hier einzudringen? Verschwinde, verschwinde, wer auch immer du sein magst, laß mich in Frieden! Erbarmen!

*Jemand ist im Wohnzimmer.* Das Glas knirscht unter seinen eiligen Schritten. Ich bediene den Knopf an meinem Rollstuhl, um zurückzuweichen. Ein leises Lachen. Virginie? Jemand geht an mir vorüber. Wenn ich nur die Hand ausstrecken könnte, wenn ich nur sehen könnte ... Ich presse mich in meinen Sitz und warte auf den Schlag, auf den Nadelstich oder Schlimmeres ...

Ein metallenes Geräusch.

Plötzlich erklingt eine Stimme im Zimmer, und ich brauche zwei Sekunden, um zu begreifen, daß es der Anrufbeantworter ist.

Wieder Schritte, die sich mir nähern. Nein, ich will nicht ...

Dieses Schweigen ist das allerschlimmste ... Und wenn mir gleich jemand ein Messer in den Magen, in die Augen oder in den Mund stößt ... er kann tun, was er will, ich ...

Hupen. Ganz in der Nähe. Drei vertraute Töne. Jean Guillaume! Eilige Schritte zum Fenster, jemand läuft über den Kies. Hinter dem Haus schlägt eine Tür zu. Ich bin derartig erleichtert, daß ich glaube, ohnmächtig zu werden.

»Was ist das denn? Haben Sie gesehen, Jean? Das Wohnzimmerfenster ist zerbrochen ...«

»Na so was! Warten Sie mal ... Kein Wunder, sehen Sie sich das an! Hier, mit dem Stein ... Die arme Elise hat Glück gehabt, daß sie ihn nicht mitten ins Gesicht bekommen hat!«

»Das waren bestimmt wieder diese Lausebengel, die sich am Bahnhof herumtreiben!«

»Ich wechsle Ihnen die Scheibe heute nachmittag aus, bei diesem Regen weicht sonst noch das ganze Parkett auf.«

»Alles in Ordnung, Elise? Sie müssen Angst gehabt haben ...«

Kann man wohl sagen, daß ich Schiß hatte. Ich fühle mich so frisch wie ein zusammengefallenes Soufflé! Yvette packt die Einkäufe aus und schimpft dabei über die ungezogenen Bengel. Ich versuche normal zu atmen, nicht zu ersticken. Jean Guillaume macht sich am Fenster zu schaffen. Und plötzlich verstehe ich, was der mysteriöse Besucher hier zu suchen hatte: Er hat Stéphanes Nachricht gelöscht. Wenn er genug Zeit hatte ... Stéphane anzugreifen und dann hierherzulaufen, bedeutet das, daß Stéphane mich ganz aus der Nähe angerufen hat. Oder daß sie zu zweit waren. Was hat Stéphane gesagt? »Grauenvolle Machenschaften.« Sieht ganz so aus. Aber warum versucht man, mich in die Sache hineinzuziehen?

Auf alle Fälle bin ich wieder einmal der einzige Zeuge.

Seit zwei Tagen verfolge ich aufmerksam die Nachrichten und rechne damit, jeden Augenblick zu hören, daß man Stéphane Migoins Leichnam gefunden hat, doch nichts dergleichen geschieht. Der Regen läßt nicht nach, alle sind angespannt, nervös und aufgeregt. In zu kurzer Zeit haben sich allzu viele Dinge zugetragen, und jeder wartet ungeduldig und ängstlich auf die Auflösung des Falls. Virginie kommt fast nicht mehr, ihre Eltern haben sie zu einem Nachhilfekurs angemeldet, damit sie ihre Versäumnisse aufholt. Manchmal habe ich das Gefühl, daß Hélènes Stimme undeutlich klingt, wenn sie mit Yvette redet. Ich frage mich, ob sie trinkt. Anscheinend hat Paul wahnsinnig viel Arbeit, er kommt spät nach Hause und ist ständig schlechtgelaunt. Selbst Jean Guillaume und Yvette haben sich wegen des Rezepts für Coq au Vin gestritten, und er ist, ohne seinen Kaffee zu trinken, brummend gegangen. Das scheint lächerlich, doch es bringt gut die allgemeine Stimmungslage zum Ausdruck: Gereiztheit und Warten, ohne zu wissen, auf was. Warum finden sie Stéphane nicht? Wollte er sich einen Streich mit mir erlauben? Na ja, einen Streich ... das ist so eine Redensart. Wer zu so etwas in der Lage ist, gehört gleich in die Zwangsjacke.

So vergeht die Zeit, alle sind angespannt.

Catherine die Große findet, daß es mir viel besser geht. Sie spürt eine gewisse Spannung in den Muskeln, ein Zittern, das Raybaud dazu veranlaßt, eine erneute Untersuchung anzuordnen.

Krankenhaus. Es riecht nach Formalin, Äther und Medikamenten. Man schiebt mich über die kalten Gänge, in denen die Geräusche widerhallen. Dann werde ich auf einen Tisch gehoben, mit Nadeln gespickt, und man befestigt Elektroden an der Brust und an den Schläfen. Ich werde abgehört, hingesetzt, meine Gelenke werden mit einem Gummihammer abgeklopft, untermalt von einem skeptischen ›hm, hm‹. Es dauert den ganzen Tag. Zum Schluß kommt der Scanner. Alle Ergebnisse werden auf dem Schreibtisch von Professor Combré landen, der sich im Augenblick zu einem Kongreß in den USA aufhält. Man zieht mich an, setzt mich in meinen kostbaren Rollstuhl, und dann geht es zurück nach Hause.

»Nun?« fragt Jean Guillaume, der uns abholt.

»Nach Ansicht des diensthabenden Arztes ist unbestreitbar eine Besserung zu verzeichnen. Um darüber zu entscheiden, ob man die Operation wagen soll, muß man jedoch die Meinung des Professors abwarten.«

Jean Guillaume senkt die Stimme, damit ich nichts höre, aber ich höre es doch.

»Und wenn die Operation gelingt, in welchem Zustand wäre sie dann?«

Auch Yvette spricht jetzt gedämpft.

»Sie wissen es nicht genau. Sie denken, daß sie das Augenlicht und vielleicht auch die Beweglichkeit der oberen Gliedmaßen zurückerlangen könnte.«

Ich spüre eine Mischung aus furchtbarer Verzweiflung und ungeheurer Hoffnung in mir aufsteigen. Verzweiflung, weil ich für immer in den Rollstuhl verbannt bleibe, und die Hoffnung, wieder sehen und mich ein wenig bewegen zu können.

Nun heißt es warten ...

## 9

So, da haben wir den Salat! Yvette ist auf dem feuchten Gehsteig ausgerutscht und hat sich den Knöchel verstaucht, denselben, den sie sich schon im Sommer verknackst hat.

Ich sah mich schon in ein Mehlsacklager abgeschoben, doch Hélène und Paul haben sich freundlicherweise angeboten, mich aufzunehmen, bis Yvette wieder gesundheitlich hergestellt ist. »Es wird etwa vierzehn Tage dauern«, meinte der Arzt.

Yvette ist bei ihrer Cousine. Und mich hat man in einem Zimmer bei den Fanstens einquartiert. Yvette hat Hélène alle Anweisungen zu meiner Pflege schriftlich gegeben. Theoretisch müßte ich überleben.

Jetzt, da ich mich wieder in diesem Haus befinde, fällt mir

die Nacht der Grillparty ein, als mich ein Unbekannter auf der Couch befummelt hat. Hoffen wir, daß es nicht Paul war, sonst bin ich jetzt wirklich in der Höhle des Löwen.

Es ist Nacht. Ich liege im Bett. Ein schmales Bett. Die Decke lastet mir bleischwer auf den Füßen. Ich bin überzeugt davon, daß es Renauds Zimmer ist. Es riecht nach Staub und abgestandener Luft. Ich stelle mir Spielzeuge auf einem Regal vor, die mich mit ihrem starren, leeren Blick überwachen. Ich muß schlafen. Die erste Nacht in einem fremden Haus ist immer schwierig. Komm, mein Mädchen, entspann dich. Vierzehn Tage gehen schnell vorbei. Gerade Zeit genug für ein, zwei Kindermorde, einige Selbstmorde und warum nicht auch für eine Vergewaltigung?

Ist Vollmond? Liege ich in ein sanftes Licht getaucht in einem Kinderbett? Wie in einem Horrorfilm?

Ich muß mich entspannen, muß an die Operation denken. Ich muß all meine Kräfte zusammennehmen, um dieser Leere zu entkommen. Mich ganz darauf konzentrieren. Und schlafen. Wie sagen die Perser? »Die Nacht ist hoffnungsschwanger, wer weiß, was sie am Morgen gebären wird?« Amen.

Das Leben nimmt seinen geregelten Lauf. Es ist eigenartig, in dieser Familie zu leben. Hélène steht morgens um 7.15 Uhr auf, weckt Paul, machte Frühstück, weckt Virginie. Paul schimpft die ganze Zeit über, daß er zu spät kommen wird, und läuft hektisch hin und her. Virginie trödelt und wird ausgeschimpft. Um 8.10 Uhr verlassen Virginie und Paul das Haus. Um 8.15 Uhr kommt Hélène zu mir. Waschen, die Bettschüssel bringen, anziehen. Meistens schiebt sie mich dann ins Wohnzimmer und schaltet den Fernseher ein, während sie sich um die Hausarbeit kümmert. Mit halbem Ohr verfolge ich die Morgensendungen. Um 11 Uhr Kaffeepause. Es ist wundervoll, hier bekomme ich auch Kaffee! Als ich zum ersten Mal wieder den köstlichen Geschmack auf meinen Lippen spüre, hätte ich die arme Hélène umarmen können!

Während der Kaffeepause erzählt sie, informiert mich über den neuesten Klatsch und den Fortgang der Ermittlungen, sie sorgt sich um Virginie oder beklagt sich über Paul. Da sie nicht befürchten muß, daß ich ihr widersprechen werde, hat sie Vertrauen. Da kommen ja nette Sachen ans Licht! Ich habe den Eindruck, hinter der schönen Fassade eine andere Welt zu entdecken. Eine Unterwasserreise durch das Gehirn einer normalen Hausfrau. Ein wahrer Vulkan, diese Frau. Empfand ich gegenüber Benoît auch so viel unterdrückten Zorn, unausgesprochene Ängste, überschäumenden Groll? Ich erinnere mich nicht mehr.

Um 13.30 machen wir uns auf den Weg zur Bibliothek. Sie schiebt meinen Rollstuhl in eine Ecke des Lesesaals. Ich höre, wie die Leute die Seiten umblättern, das Knarren des Parketts, das Kichern der Jugendlichen. Um 17.45 gehen wir nach Hause, auf dem Weg holen wir Virginie vom Nachhilfekurs ab. Dann kommt Catherine die Große, die Zarin der Gebrechlichen: Massage, Dehnung, Einölen, das ganze Programm gegen Wundliegen. Paul kommt zwischen 19 Uhr und 19.30 Uhr. Um 20 Uhr wird gegessen. Virginie geht um 21 Uhr ins Bett. Alles bestens organisiert, da gibt es nichts zu sagen.

Und ich liege in meinem kleinen Bett im Zimmer des Toten. Virginie war so freundlich, mir zu bestätigen, daß es sich um das Zimmer ihres Bruders handelt. Und es mir zu beschreiben. An der Wand über dem Bett hängt ein Poster der Ninja Turtles und an der gegenüberliegenden, über einem kleinen Schreibtisch, eins von Magic Johnson. Auf dem Schreibtisch stehen Kinderbücher, Hefte, ein Beutel Murmeln und mehrere Schachteln mit angefangenen Modellbauten.

Im Bettkasten liegt sein Spielzeug. Virginie rührt es nicht an. Spielzeug für kleine Jungs, sagt sie mit verächtlichem Unterton. Nur den Nintendo hat sie sich genommen. Und damit spielt sie stundenlang in ihrem Zimmer, stellt sich imaginären Angreifern, die sie einen nach dem anderen niedermacht.

Virginie hat mir auch erzählt, daß es an einer Wand Striche

gibt, mit denen die Größe ihres Bruders festgehalten wurde. Bleistiftstriche, die bei 1,30 Meter aufhören und sich nicht weiter nach oben bewegen werden.

Ich schlafe nicht gern in diesem Zimmer. Nicht, daß ich Angst vor Gespenstern hätte, aber es ist ein eigenartiges Gefühl, in dem Bett eines toten kleinen Jungen zu liegen, umgeben von seinen vertrauten Gegenständen . . Glücklicherweise habe ich im Augenblick einen festen Schlaf. Hier würde ich nachts nicht gerne aufwachen.

Es ist unglaublich, wie schnell die Leute meine Anwesenheit vergessen. Sie sprechen in meiner Gegenwart, als wäre ich nicht da. Das ist wie beim Film. Man sagt, daß die Leute sehr schnell die Kamera vergessen, die für eine Reportage vor ihnen aufgebaut ist. In meinem Fall ist es allerdings eher so, als hätte man ein Tonbandgerät statt einer Kamera aufgestellt. Ich höre und schweige. Heute morgen zieht ein großes Gewitter in »Dolby Stereo« auf.

Hélène:

»Ich habe deine Vorwürfe satt.«

Paul:

»Und ich, glaubst du, ich habe es nicht satt? Glaubst du, mir macht das Spaß. Es war mein Sohn, ist dir das eigentlich bewußt?«

»Und Virginie? Sie ist schließlich auch noch da, aber Virginie ist dir völlig gleichgültig; sie lebt, sie braucht dich!«

»Das ist nicht das Problem, das Problem ist, daß du dich gehenläßt, nimm dich zusammen, verdammt noch mal!« brüllt Paul.

»Für dich ist das leicht, du bist ja nie zu Hause, dir ist alles scheißegal, es würde dir nicht einmal auffallen, wenn wir nicht mehr da wären!«

Zerbrochenes Geschirr.

Paul:

»Ach, Scheiße! Gib mir den Besen!«

»Hol ihn dir doch selbst!«

»Papa, wir kommen zu spät.«

»Virginie, geh ins Wohnzimmer und pack deine Schultasche!«

»Aber die ist schon fertig, Papa ...«

»Gut, wir gehen.«

»Paul! Wir müssen reden!«

»Nicht jetzt.«

»Wann denn? Sag mir, wann?«

»Entschuldige, Hélène, ich bin spät dran! Virg'! Dein Pullover!«

»Siehst du nicht, daß ich am Ende bin? Paul! Paul!«

Die Tür fällt ins Schloß.

Ich mache mich ganz klein in meinem Bett. Wütendes Hantieren in der Küche, etwas fällt herunter. Ein Glas? Die Schranktüren knallen, der Besen schlägt gegen die Möbelstücke. Dann herrscht Schweigen. Ich nehme an, sie weint. Ich höre unzusammenhängende Wort. »Mein kleiner Junge ... Warum haben sie ihn mir genommen? ... verstehen nichts ...« Langes Schweigen. Schritte im Gang, die sich meinem Zimmer nähern.

»Guten Morgen, Elise, gut geschlafen?«

Ihre Stimme ist klar und schneidend. Ohne eine Antwort abzuwarten, schiebt sie mir die Bettschüssel unter. Dann setzt sich mich in den Rollstuhl und fährt mich schweigend ins Badezimmer. Sie wäscht mir Gesicht, Hals und Oberkörper und zieht mir ein T-Shirt an.

»So, dann wollen wir mal frühstücken.«

Die Küche. Etwas knirscht unter meinen Rädern. Es riecht nach Kaffee und Verbranntem. Sie führt eine Tasse an meine Lippen, aber so ruckartig, daß der kochendheiße Kaffee mir über das Kinn rinnt.

»Oh, entschuldigen Sie, ich bin heute morgen ein wenig nervös ...«

Ich weiß, ich weiß, aber kochender Kaffee, das tut weh. Mein Kinn wird heftig abgerieben, das ist noch schmerzvoller als die Verbrennung. Ich hoffe, sie stößt mir gleich nicht noch den Löffel ins Auge.

Nein. Ich kaue gewissenhaft den widerwärtigen Brei aus vitaminreichen Getreideflocken. Ein Schluck Kaffee, diesmal ohne etwas zu verschütten.

»Ich habe mich mit Paul gestritten ...«

Das ist das mindeste, was man dazu sagen kann ... Wieder ein Löffel gekochte Getreideflocken. Wenn ich an all die armen Kinder denke, die man zwingt, jeden Morgen so etwas zu essen ...

»Paul glaubt, daß Stéphane seine Frau getötet hat. Und ich bin sicher, daß er es nicht getan hat. Stéphane wäre zu so etwas nicht fähig. Er liebte Sophie nicht, aber er hat sie nicht getötet. Ich weiß, wer es getan hat.«

Ah, eine neue Enthüllung. Ich bin ganz Ohr.

»Ihr Liebhaber war es. Sophie hat Stéphane seit einiger Zeit betrogen. Als ich eines Tages zu ihr kam, habe ich sie am Telefon gehört. Sie sagte: ›Er kommt erst morgen nach Haus. Wir treffen uns am üblichen Ort ...‹ Als sie mich sah, war sie bestürzt und sprach mit völlig verändertem Tonfall weiter: ›Gut, ich rufe Sie wieder an‹; dann hat sie aufgelegt. Ich habe niemandem etwas davon erzählt, es geht mich schließlich nichts an, nicht wahr? Aber trotzdem bin ich sicher, daß dieser Typ, mit dem sie telefoniert hat, sie getötet hat, und nicht Stéphane. Sie haben sich wahrscheinlich gestritten, oder aber er war verheiratet, und sie hat gedroht, seiner Frau alles zu erzählen. Sophie war boshaft, immer mußte sie Unfrieden stiften.«

Sie unterbricht sich und kratzt im Spülbecken herum. Ich überdenke inzwischen die neuen Informationen. Sophie betrügt Stéphane. Warum nicht? Der Liebhaber bringt Sophie um. Auch das ist durchaus möglich, wieso nicht? Inzwischen wundert mich in dieser Stadt gar nichts mehr. Wenn man mir erzählen würde, daß der Metzger Kinderfleisch verkauft und der Polizeipräsident Anführer einer Mädchenhändler-Bande ist, würde ich es auch fast glauben. Also, Sophies Liebhaber rechnet mit ihr ab ... so was kommt vor. Hélène räumt das Geschirr weg, ich höre das Geklapper des Bestecks.

»Ich habe mich oft gefragt, mit wem sie damals am Telefon gesprochen haben könnte, aber ich habe es nie herausgefunden. Sie hat sich nicht verraten. Wenn wir uns zu mehreren getroffen haben, habe ich sie genau beobachtet, die Art, wie sie mit den Männern sprach, aber nichts. Vielleicht ist es jemand von auswärts.«

Ich habe eine bessere Idee: Und wenn nun Sophies Liebhaber der Kindermörder wäre? Und wenn Sophie ihm auf die Schliche gekommen wäre? Das wäre doch ein guter Grund, sie aus dem Weg zu räumen und dem armen Stéphane die Schuld in die Schuhe zu schieben? Ja, aber warum hat er dann auch Stéphane getötet, wenn er, wie ich annehme, wirklich tot ist? Oh, ich spüre es, ich bin ganz nah dran! Ich bin sicher, daß man neben Stéphanes Leiche ein Geständnis finden wird, Selbstmord! Dann wäre die Sache abgeschlossen, und der Mörder hätte seine Ruhe. Die einzigen Hindernisse, die bleiben, wären Virginie und ... und ich. Warum zum Teufel hat er Virginie verschont? Wie kann er sicher sein, daß sie ihn nicht verraten wird? Ich komme zu meiner Anfangsthese zurück: Weil Virginie ihn kennt und liebt. Und er liebt sie auch! Genau, er liebt sie, und darum tut er ihr nichts an! Wenn ich diesen Gedankengang weiter verfolge, nun dann ... dann komme ich zu der Schlußfolgerung, daß die Person, die Virginie nach ihrer Mutter am meisten liebt ...

Paul?

Paul als Sophies Liebhaber? Paul als Kindermörder? Paul ist Stéphanes Freund und weiß über all seine Fahrten Bescheid ... Paul ist so launisch ... Paul hat einen weißen Kombi ...

Wäre das möglich?

»Inzwischen frage ich mich, ob ich es nicht der Polizei sagen, ich meine, ob ich ihnen nicht von dem Telefongespräch erzählen sollte«, fährt Hélène fort. »Meinen Sie, ich sollte es tun?«

Zeigefinger. Ja, das solltest du, und zwar schleunigst.

»Einmal habe ich Paul erzählt, daß ich glaube, daß Sophie einen Liebhaber hat. Er ist wütend geworden und hat mich beschuldigt, aller Welt nachzuspionieren, er hat mir vorgeworfen, mich in eine zänkische Xanthippe zu verwandeln. Eine Xanthippe. Ja, ich glaube, er hat recht. Ich habe das Gefühl, ständig mit unterdrückter Wut zu kämpfen. Mit Unzufriedenheit. Mit Haß. Ich weiß nicht mehr, was ich tun soll. Raybaud hat mir ein Beruhigungsmittel verschrieben. Anfangs hat das ganz gut geholfen. Aber jetzt muß ich die Dosis immer mehr erhöhen, sonst kann ich nicht mehr schlafen. Und wenn ich schlafe, bin ich morgens völlig benommen. Und Virginie ... Virginie ist eine solche Last. Manchmal würde ich gern mit einem Schlag mein Leben ändern, hopp, wie durch einen Zauber weit weg und ganz woanders sein, ganz allein.«

Genau das ist mir geschehen. Ich bin weit weg, ganz woanders und allein, so allein, wie du es dir nicht einmal vorstellen kannst, Hélène. Und ich schwöre dir, daß diese Lage nicht beneidenswert ist. Ich würde am liebsten mit deinem Leben tauschen – obwohl du ein Kind verloren hast und dein Mann dich betrügt –, als so zu sein, wie ich bin: meines Körpers und meiner Sinne beraubt.

»So, ich werde mich etwas um den Haushalt kümmern, ich habe einen riesigen Berg Bügelwäsche.«

Ein tiefer Seufzer, dann schiebt sie mich ins Wohnzimmer. Das Geräusch des Staubsaugers. Im Fernsehen läuft eine wissenschaftliche Sendung über das Meer. Gewissenhaft lausche ich – der Sprecher erzählt von der Migration der Quallen – und ich denke dabei an Paul, an Steph, an die ermordeten Kinder ... an die Verstümmelungen, die ihre Körper erlitten haben. Welchen Sinn können diese grauenvollen Verletzungen haben? Abgeschnittene Hände, ausgerissene Haare, Augen und Herzen, wozu? Damit ihre Augen nicht mehr sehen, ihre Hände nicht mehr greifen, die schlagenden Herzen und die weichen Haare den Mörder nicht mehr locken können?

Hélène hat den Staubsauger ausgeschaltet, man hört jetzt

die Stimme des Sprechers deutlicher: »*... dieser Bericht. Die Polizei hat die Leiche von Stéphane Migoin gefunden. Er wurde als wichtiger Zeuge im Zusammenhang mit den Mordfällen von Boissy-les-Colombes gesucht. Stéphane Migoin soll seinem Leben auf dem Rastplatz von Hêtrai an der Autobahn A 12 selbst ein Ende gesetzt haben. Auf dem Beifahrersitz hat man einen Abschiedsbrief gefunden, der das Motiv für diese Verzweiflungstat erhellen könnte. Zahlreiche Indizien belasten den Toten.*«

»Was hat er gesagt? Stéphane?«

Hélène kommt angelaufen und stellt den Ton lauter, doch es ist zu spät, die Werbung hat bereits begonnen.

»Habe ich richtig gehört? Stéphane ist tot?«

Zeigefinger.

»Hat er sich umgebracht?«

Zeigefinger. Wie ich es vorhergesagt habe. Ein Abschiedsbrief neben der Leiche. Armer Stéphane. Er sprach von ›grauenvollen Machenschaften‹. Er hatte recht ...

»Das würde bedeuten ... daß er sie umgebracht hat! ... Oh ... Ich muß Paul anrufen ...«

Genau. Aber meiner Meinung nach ist er schon auf dem laufenden. Denn meine Theorie scheint sich zu bestätigen. Und wenn sie richtig ist, dann ist dein Mann der Mörder von Stéphane und Renaud! Aber wie könnte ein Mann sein eigenes Kind töten? Na ja, wenn man an das Ehepaar denkt, das gerade in England verhaftet worden ist, weil es unter Verdacht steht, die eigene Tochter getötet zu haben, aber trotzdem ... Paul ... Aber irgend jemand muß es ja getan haben. Keiner scheint der Schuldige zu sein, dennoch muß es einen geben ...

»Hallo, ich möchte Monsieur Fansten sprechen ... seine Frau, ja ... Hallo Paul, hast du es schon gehört? Sie haben Stéphane gefunden, er ist tot, er hat Selbstmord begangen ... Was? Ja, im Fernsehen, gerade eben ... Er hat einen Brief hinterlassen ... Er hat sich eine Kugel in den Kopf geschossen, aber ja, ich bin ganz sicher, im Fernsehen, das sage ich doch, gut ja, ja, ich beruhige mich, gut ja, ich verstehe, ja, bis gleich ... Paul?«

Ich vermute, er hat aufgelegt.

»Paul versucht, Erkundigungen einzuziehen. Er war gerade in einer Besprechung, er ruft gleich zurück.«

Ein praktisches Alibi, so eine Besprechung. Damit kann man unliebsame Gespräche abkürzen. Plötzlich wird mir bewußt, daß ich ganz bewußt die Möglichkeit ins Auge fasse, daß der Mann meiner besten Freundin ein Monster ist. Und doch kann ich mich diesem Gedanke nicht verwehren. Vielleicht liegt es daran, daß ich in meiner Einsamkeit gefangen bin. Die Tatsache, daß ich meine Gedanken über eine Welt, die ich nicht mehr sehe, wieder und wieder durchdenke, macht mich vielleicht gefühllos. Hélène läuft aufgeregt hinter mir auf und ab und murmelt unverständliche Worte. Nach dem Tod des kleinen Massenet und des kleinen Golbert, nach Sophies Selbstmord ist nun also Stéphane an der Reihe. Vier gewaltsame Tode in weniger als sechs Monaten! Ich bin überzeugt davon, daß Stéphane getötet wurde, während er mich anrief. Der Mörder ist in die Telefonzelle gekommen und hat ihn niedergeschlagen. Dann hat er den Körper zum Auto geschleppt, ihm eine Kugel in den Kopf gejagt und das ganze als Selbstmord getarnt. Und der Brief? Die Experten werden feststellen, ob er wirklich von Stéphane geschrieben wurde. In diesem Fall müßte ich mich ihrem Urteil beugen.

Das Telefon.

»Hallo! Ja! Und? ... Wer? ... Entschuldige, ich verstehe dich so schlecht, ein Rauschen in der Leitung ... Das ist fürchterlich ... Ich weiß, aber trotzdem ... Sich vorzustellen, daß Stéphane ... O Paul, wenn man bedenkt ... ja gut, bis später.«

Sie legt langsam auf.

»Das war Paul. Er hat mit Guiomard, dem Chef der Gendarmerie, gesprochen. Er kennt ihn gut, er hat sein Konto bei der Bank ... Sie haben Stéphane heute morgen gegen 8 Uhr auf dem Rastplatz 4 gefunden. Er hat sich mit seinem Karabiner eine Kugel in den Kopf geschossen. Und er hat einen Brief hinterlassen, in dem er um Verzeihung für das bittet, was er den Kindern angetan hat ... das ist doch Wahnsinn!«

Ihre Stimme beginnt gefährlich zu zittern. Ich höre, wie sie aus dem Zimmer stürzt, wahrscheinlich, um zu weinen. Stéphane mit einer Kugel im Kopf ... mit seinem eigenen Karabiner. Hatte er ihn mitgenommen? Wenn nicht, wer sollte besser Zugang zu seiner Wohnung gehabt haben als Sophies Liebhaber. Alle Spuren laufen an diesem Punkt zusammen. Entweder ist Stéphane tatsächlich schuldig und hat sich selbst gerichtet, oder es ist ein Komplott des Mörders, um den Verdacht von sich abzulenken. Und damit wären wir wieder bei seinem besten Freund Paul ... die Zukunft wird es zeigen.

In den 13-Uhr-Nachrichten wird das Thema ausführlich behandelt. Ein Rückblick auf Stéphanes Leben, der Selbstmord seiner Frau, die Morde, der Pullover, der in der Forsthütte gefunden wurde, die Fahndung nach ihm, die seit zwei Wochen lief, ein Interview mit Guiomard ... Plötzlich stößt Hélène einen Schrei aus:

»Entschuldigung ... aber ich ertrage den Anblick dieses Körpers auf der Bahre nicht ... und zu wissen, daß Stéphane unter dem Laken liegt ... Das Auto ist voller Blut ... sie dürften so etwas nicht zeigen ...«

Als sie die Stimme von Inspektor Gassin erkennt, schweigt sie: *»... kann Ihnen leider nichts sagen – Handelt es sich bei dem Abschiedsbrief um ein Geständnis? – Tut mir leid, aber ich kann Ihre Frage nicht beantworten. – Ist die Untersuchung abgeschlossen? – Man könnte sagen, daß es stichhaltige Indizien gegen Migoin gab, die man heute vielleicht als bestätigt bewerten kann, aber wir müssen die letzten Untersuchungsergebnisse abwarten ... Entschuldigen Sie mich, ich muß gehen ...«*

Na gut, das war zu erwarten! Der Coup ist gelungen! Bravo, Bestie der Wälder! Aber wie willst du jetzt deine mörderischen Instinkte befriedigen? Denn wenn Stéphane Migoin der Kindermörder gewesen sein soll, kann er nicht weitermorden, da er tot ist ... Stimmt, daran habe ich noch gar nicht gedacht. Soll das bedeuten, daß der Mörder seine Karriere beenden will? Daß er sich zur Ruhe setzt, nachdem er einem anderen die Schuld in die Schuhe geschoben hat? Leider können solche Verrückten im allgemeinen nicht einfach aufhören.

»Oh, es ist schon spät, ich habe die Zeit über dieser grausamen Geschichte ganz vergessen, wir müssen gehen.«

Hélène räumt das Geschirr ab, schaltet den Fernseher aus, und schon sind wir unterwegs, ich mit meinen Gedanken, die mir wild durch den Kopf schießen, sie mit ihren Ängsten und ihrem Kummer.

In der Bibliothek drehen sich alle Gespräche um Stéphane. Die meisten sind davon überzeugt, daß er der Mörder ist, und der Fall wird lebhaft diskutiert:

»Dabei war er immer so freundlich ...«

»Das hätte man nicht für möglich gehalten ... Wenn man bedenkt, daß er sich um den Fußballverein gekümmert hat ...«

»Er war immer zu Scherzen aufgelegt ...«

»Sich vorzustellen, daß er fünf Menschen umgebracht hat!«

»Ein Triebtäter ... Seine Frau hat sich mal darüber beklagt, daß er merkwürdige Dinge von ihr verlangt ...«

»Ich fand ihn immer irgendwie eigenartig ...«

»Löwe, Aszendent Fisch, ein Mensch mit zwei Naturen, der zur Zerrissenheit neigt ...«

Wegen Hélène versuchen sie zu flüstern, doch sie sind so aufgebracht, daß sie ihre Stimmen nicht zu mäßigen vermögen. Das ist zu aufregend, ein Mörder unter ihnen, in ihrer Stadt, und nicht irgend jemand, sondern ein bekannter Unternehmer. Hélènes Kollegin fragt sie, ob sie lieber nach Hause gehen möchte, erbietet sich, an diesem Nachmittag ihre Arbeit zu übernehmen, doch Hélène lehnt ab. Sie sagt nur, sie würde sich lieber unerledigten Arbeiten im Archiv widmen und ihrer Kollegin – Marianne – die Ausleihe überlassen.

Ich bleibe da und höre zu. Ich denke an meine arme Yvette, die vollständig aufgewühlt sein muß. Und an Virginie, wenn sie es erfahren wird.

Hélène hat schnell Fleischbuletten und Püree gemacht. Virginie, die offenbar nichts ahnt, spielt in ihrem Zimmer. Paul sieht sich die Regionalnachrichten an. Als er nach Hause kam, ist Hélène ihm entgegengelaufen. Ich nehme an, er hat sie in die Arme geschlossen, denn für eine Weile herrschte Stille. Dann hat er gesagt: ›Ich mache mir einen Drink, ich bin völlig fertig.‹ Ich habe gehört, wie er sich Whisky einschenkte, dann das Klirren der Eiswürfel, und anschließend wie sich jemand auf die Couch fallen läßt.

»Na, Lise, haben Sie gesehen? Wenn das keine Überraschung ist ... Wirklich unglaublich.«

Es gibt Augenblicke, in denen ich fast froh bin, nicht reagieren zu können. Unerschütterlich zu bleiben. Im Fernsehen wiederholen sie den Bericht vom Mittag. Hélène hantiert in der Küche.

»Virginie! Essen!«

»Hast du es ihr gesagt?« fragt Paul leise.

»Nein, ich hatte nicht die Kraft.«

»Wir müssen es ihr sagen.«

»Aber, Paul, wenn sie erfährt, was man Stéphane zur Last legt ...«

»Man darf die Wahrheit nicht vor den Kindern verbergen.«

»Worüber redet ihr, sag, Papa?«

Virginie kommt angelaufen.

»Hör zu, mein Liebling, über Stéphane.«

»Ist er zurückgekommen?«

»Nein, nicht wirklich. Er ... er hatte einen Unfall«, antwortet Paul mit sanfter Stimme, mit jener Stimme, die er hat, wenn er mit seiner Tochter spricht und die mich anfangs so sehr betört hat.

»Ist er im Krankenhaus?«

»Er ist tot, mein Liebling. Er ist jetzt im Himmel.«

»Ist er bei Renaud? Der hat's gut!«

Betretenes Schweigen. Wann werden sie sich endlich der Tatsache stellen, daß dieses Kind psychologische Hilfe braucht?

»Was hatte er für einen Unfall?«

»Einen Autounfall.«

»In der Schule sagen sie, daß er die anderen getötet hat ...«

»Was?« ruft Hélène aus.

»Ja, aber ich weiß, daß das nicht stimmt, also ist es mir egal. Was gibt es heute zu essen?«

»Püree und Fleischbuletten«, antwortet Hélène wie abgespult.

»Super!«

Alle kauen wir ohne Appetit auf unseren Frikadellen herum, außer Virginie, die sich mit Heißhunger darüber hermacht.

Nach dem Essen kommt sie zu mir, um mir gute Nacht zu sagen und flüstert:

»Heute abend werde ich Renaud rufen, um zu hören, ob er Stéphane gesehen hat. Vielleicht muß man ihm helfen hinaufzukommen ... Gute Nacht!«

Sollte ich mich eines Tages wieder bewegen können, werde ich mir dieses Gör schnappen und es so lange quälen, bis es die Wahrheit gesteht.

Wie spät ist es? Ich bin vor Schreck aufgewacht. Ich habe nicht das Gefühl, daß es schon Morgen ist. Alles ist noch so ruhig. Wovon bin ich aufgewacht? Ich lausche aufmerksam.

»Elise!«

Ein großer Schreck, dann erkenne ich Virginies Stimme.

»Elise, wenn du wach bist, heb den Finger!«

Zeigefinger.

»Renaud sagt, daß die Bestie der Wälder Stéphane getötet hat. Um ihn dafür zu bestrafen, daß er sich in ihre Angelegenheiten eingemischt hat. Hörst du?«

Zeigefinger.

»Renaud ist bei mir. Er findet dich sehr hübsch. Er sagt, wenn du tot wärest, wärest du eine hübsche Leiche.«

Sogleich stelle ich mir Virginie vor, wie sie sich über mich beugt, und hinter ihr das eiskalte Gespenst ihres Bruders; sie ganz bleich in ihrem weißen Nachthemd, mit einem langen Messer in der Hand, bereit, es mir ins Herz zu stoßen und dabei zu wiederholen »eine hübsche Leiche« ... Dieses Kind treibt mich noch zum Wahnsinn, ich bekomme Gänsehaut.

»Renaud hat Hunger. Er will etwas von Mamas Schokoladenkuchen. Ich gehe mit ihm zum Kühlschrank.«

Ja, genau, nimm ihn mit und verschwinde!

»Sie werden sagen, daß Stéphane sie tot gemacht hat, aber das ist nicht wahr. Renaud weiß es auch und du auch, nur wir wissen es, nur wir drei. Weißt du, das kommt daher, daß Renaud tot ist, und ich lebendig und du, du schwebst zwischen beidem ... Gut, wir gehen. Ich wollte es dir nur sagen ... Du darfst keine Angst vor dem Tod haben, Renaud sagt, daß es überhaupt nicht weh tut ...«

Danke, das ist ja super! Trippelnde Schritte, die immer leiser werden, je weiter sie weg sind. Ich zwinge mich, gleichmäßig zu atmen. Das arme Kind ist verrückt. Vergessen wir dieses nächtliche Zwischenspiel. Ich muß wieder einschlafen.

»Virginie, bist du das?«

Hélènes Stimme.

»Ich habe nur Pipi gemacht, Mama.«

»Geh schnell wieder schlafen.«

»Gute Nacht.«

»Gute Nacht, mein Liebling. Es war Virginie«, fährt sie mit leiser Stimme fort.

»Ich mag es nicht, wenn sie nachts rumläuft«, gibt Paul zurück.

Beide flüstern, doch in der völligen Stille der Nacht höre ich ihre Stimmen ganz deutlich.

»Hélène ...«

»Ja?«

»Hélène, wir müssen miteinander reden.«

»Es ist spät ...«

»Hélène, ist dir klar, daß Stéphane tot ist?«

»Was ist denn jetzt mit dir los?«

»Verdammte Scheiße, machst du das absichtlich, oder was?«

»Red nicht so laut, du weckst Elise auf.«

»Das ist mir egal, ich habe es satt, daß sie bei uns rumsitzt, ich bin sicher, daß sie uns nachspioniert.«

»Diesen Sommer scheinst du es aber nicht satt zu haben ...«

»Du spinnst!«

»Warum? Stimmt es etwa nicht, daß sie dir gefällt? Meinst du, ich hätte dein Theater nicht bemerkt? Wie du ihr den Nakken gestreichelt hast und all das?«

Er war es also! Jetzt bin ich sicher, daß er der Mann auf der Couch war, alter Lustmolch!

»Hélène, um Himmels willen, können wir jetzt ernsthaft miteinander reden?«

»Wir reden doch, oder?«

»Na gut, auch egal. Vergiß es.«

Sie haben offenbar die Tür geschlossen, ich höre nichts mehr. Worüber wollte der lüsterne Paul reden? Auf alle Fälle hat er mich nicht mehr sonderlich ins Herz geschlossen. Keine freundlichen Worte und kein leichter Druck auf die Schulter mehr. Ich fühle mich wie eine alte Tante, die zu Besuch ist, und die man so schnell wie möglich loswerden möchte.

Bleibt mir nur noch, Schäfchen zu zählen.

## 10

»Guten Morgen, Elise, gut geschlafen?«

Ich schrecke aus dem Schlaf. Vermutlich bin ich beim dreitausendzweihundertfünfundfünfzigsten Schaf eingeschlafen, auf alle Fälle bin ich vollständig benommen.

»Das Wetter ist wundervoll, ein schöner Herbsttag«, fährt Hélène fort, während sie die Fensterläden öffnet.

Ich weiß nicht, warum sie ihre Zeit damit verliert, sie zu öffnen und zu schließen, denn für mich ändert das ohnehin nichts.

Es läutet.

»Ah, die Haustür! Moment, ich komme gleich wieder.«

Hoffentlich schnell, denn ich muß dringend Pipi machen. Eine Männerstimme. Ich lausche. Florent Gassin. Sieh mal einer an!

»Es tut mir leid, daß ich Sie so früh störe, aber ich möchte Ihnen und Ihrem Mann einige Fragen stellen.«

»Paul ist schon weg, er bringt Virginie zur Schule, ehe er zur Bank fährt.«

»Na, das macht nichts. Hören Sie, es ist nicht für die Öffentlichkeit, ich wollte nur wissen, ob Sie etwas von dem Gerücht gehört haben, daß Sophie Migoin eine Affäre gehabt haben soll ...«

»Möchten Sie eine Tasse Kaffee?«

»Ähm ... nein danke.«

»Setzen Sie sich doch bitte. Entschuldigen Sie mich einen Moment, ich komme gleich zurück.«

»Ähm ... ja.«

Sie platzt in mein Zimmer herein.

»Hier, die Bettschüssel. Inspektor Gassin ist da. Ich weiß nicht, was ich tun soll, er will wissen, ob Sophie ... Glauben Sie, daß ich es ihm sagen soll?«

Zeigefinger. Sie zieht die Schüssel weg.

»Bis gleich.«

Dann geht sie zurück ins Wohnzimmer.

»So, jetzt habe ich Zeit.«

»Also, es geht um Sophie Migoin ...« setzte Gassin erneut an, die Sache scheint ihm peinlich.

»Ja, ich habe davon gehört ...«

»Also stimmt es?«

»Ich denke, ja. Ich habe gehört, wie sie mit einem Mann telefonierte, um sich mit ihm zu verabreden ...«

»Wissen Sie, wer es war?«

»Nein. Und selbst wenn ich es wüßte, würde ich es Ihnen nicht sagen. Sophie ist tot, Stéphane auch, es macht keinen Sinn, jetzt schmutzige Wäsche zu waschen.«

»Aber glauben Sie nicht, man sollte eindeutig feststellen, ob Stéphane Migoin wirklich all diese Morde begangen hat?«

»Ich weiß nicht, was das mit Sophie zu tun hat.«

»Die Untersuchungsrichterin ist nicht ganz davon überzeugt, daß Stéphane Selbstmord begangen hat. Sie möchte sicher sein, daß es sich nicht um ein Komplott handelt, um ihm die Schuld für die Morde in die Schuhe zu schieben.«

Nicht dumm, die Frau Richterin. Wie gut, daß es sie gibt!

»Aber der Brief, den Stéphane hinterlassen hat?«

»Ja, der Brief, in meinen Augen ein unwiderlegbares Beweisstück. Das glauben auch die Experten von der Kripo. Er wurde auf einer Schreibmaschine geschrieben, und zwar auf eben der, die Stéphane Migoin für seine Geschäftskorrespondenz benutzte. Er wurde also verfaßt, ehe er verschwand, das Format ist dasselbe wie bei all seinen Briefen, und er hat ihn auch selbst unterschrieben.«

Auf der Maschine geschrieben? Das ändert alles! Als würde ein Typ wie Stéphane sein Geständnis auf der Maschine schreiben! Das machen nur die Intellektuellen. Stéphane sehe ich eher seinen Füllhalter zücken und ordentlich auf ein Blatt Karopapier schreiben ...

»Warum erzählen Sie mir das alles?«

»Ich bin der Auffassung, daß es Sie angeht. Es war immerhin Ihr Stiefsohn ... ich meine, entschuldigen Sie, aber ...«

»Renaud ist tot, Inspektor, und nichts auf der Welt kann ihn wieder lebendig machen. Ich habe die Nase voll von all diesen Geschichten, alles, was ich will, ist meine Ruhe!«

»Aber zur Ruhe kann man nur durch Wissen gelangen, Madame, die Wahrheit wird Sie beruhigen ...«

»Woher wollen Sie das wissen? Das Wissen ist oft schmerzlicher als Unwissenheit, vor allem, wenn die Wahrheit unerträglich ist. Und was Sie mir da sagen, ist unerträglich.«

»Sie können sich an die These der Richterin halten, aber ich glaube nicht, daß sie sich bestätigen wird.«

»Sind Sie fertig? Ich bin sehr beschäftigt.«

Gassins verwirrte Stimme ... Er ist jung, es tut ihm leid, und er verhaspelt sich:

»Gut, ich verabschiede mich, ich wollte Sie nicht stören ...«

»Auf Wiedersehen, Inspektor.«

»Auf Wiedersehen, Madame, ich ...«

Die Tür fällt ins Schloß. Geräuschvolles Durcheinander.

»Idiot! Alles Idioten! Laßt mich doch endlich in Ruhe, verflucht noch mal! Scheiße, Scheiße, Scheiße! Die sollen sich doch alle zum Teufel scheren!«

Sie schreit und tritt gegen die Möbel. Und ich kann ihr nicht helfen, ich liege wie eine gestrandete Seerobbe auf meinem Bett. Ich höre sie noch ein wenig toben, dann herrscht Ruhe. Sie muß erschöpft sein. Zorn und Kummer erschöpfen. Für mich war es sehr schwer, nicht schreien, toben, weinen, mir die Augen auskratzen, die Haare raufen oder Fußtritte verteilen zu können, als ich meine Lage begriff. Es war hart, mich nicht bis zur Erschöpfung verausgaben zu können, sondern statt dessen in Trauer zu verfallen, es war hart, allein zu sein, ganz auf mein Gehirn reduziert, das unaufhörlich Gedanken, Bilder und Worte aneinanderreiht, und das nicht aufhört zu leben.

Es ist wieder ruhig geworden. In der Stille höre ich ein anhaltendes Wimmern, ein schmerzliches, angespanntes Wimmern, und ich stelle mir Hélène vor, wie sie dasitzt, den Kopf auf die Arme gelegt und dieses nicht abreißende, schmerzvolle Stöhnen ausstößt, das an ein verletztes Tier oder an ein hilfloses Kind erinnert. Es ist sehr ergreifend, den geheimen Schmerz eines Menschen mitzuerleben. Ich schlucke. Das Wimmern hört nicht auf, es wird lauter und schriller und geht übergangslos in ein rauhes Schluchzen über, dann verstummt sie.

Schritte. Eine Tür. Der Wasserhahn wird aufgedreht. Sie spritzt sich wahrscheinlich Wasser ins Gesicht. Der Wasserhahn wird wieder zugedreht. Schritte, die auf mich zukommen.

»Er ist weg. Er ist überzeugt davon, daß Stéphane der Schuldige ist. Nur die Richterin hat Zweifel. Ist das alles ein Durcheinander. Ich weiß noch, wie wir vor sieben Jahren beschlossen haben hierherzuziehen. Die Ruhe, das Landleben, die Lebensqualität ... Was für ein Unsinn.«

Sie scheint einen Augenblick zu überlegen, dann fährt sie fort:

»Wissen Sie, ich habe mir oft die Frage gestellt, was mein Sohn tun wird, wenn er groß ist. Ich weiß auch nicht, warum, aber ich habe ihn immer mit wehendem Haar am Ruder eines Segelschiffs gesehen ...«

»Mein Sohn«, sie muß wirklich an ihm gehangen haben, als wäre es ihr eigenes Kind gewesen ...

»Und doch hatte ich in meinem tiefsten Inneren eine böse Vorahnung, eine fürchterliche Vorahnung des kommenden Unglücks. Vielleicht, weil er ein Junge war. Jungen sterben häufiger als Mädchen, sie sind anfälliger. Eigentlich hatte ich immer Angst um ihn, ganz so, als schwebe eine schlimme Bedrohung über ihm, eine Gefahr, die im Schatten lauert. Und ich hatte recht. Man hat ihn mir genommen.«

Sie holt Luft. Ihr Atem geht ganz ruhig.

»Irgendwann steht man plötzlich vor den Trümmern seines Lebens. Doch was kann man dafür? Niemand ist Herr über sein Schicksal, nicht wahr? Hätten Sie jemals gedacht, daß Ihnen so etwas zustoßen könnte? Diese Stadt bringt Unglück, genau das ist es. Wir müssen weg von hier. Paul sagt, das sei unmöglich. Er hat Angst, anderswo keinen so interessanten Posten zu finden. Er verkauft lieber seine Seele, als etwas weniger zu verdienen. Er weiß nicht, was er tut. Ich glaube, im Grunde verabscheue ich ihn. Ja, ich glaube, ich verabscheue ihn schon seit einer geraumen Weile. Das kommt oft vor, nicht wahr?

Man glaubt jemanden zu lieben und dann fällt einem auf, daß man ihn eigentlich verabscheut. Wie spät ist es? Mein Gott, die Zeit vergeht so schnell, wenn man keine Hoffnung mehr hat. So, jetzt ziehe ich Sie erst mal an.«

Während sie sich ungeschickt abmüht, summt sie nervös und schrille eine Melodie vor sich hin, die ich nicht kenne. Mein unbeweglicher Körper muß schwer sein. Ich versuche, mich leicht zu machen. Dies Gesumme, das Fröhlichkeit vortäuschen soll, ist erbärmlich, die arme Hélène steht wirklich kurz vor einem Nervenzusammenbruch. So, ich bin angezogen. Auf ins Eßzimmer.

Gedrückte Stimmung beim Mittagessen, es gibt einen Rest Püree und tiefgefrorene Fischstäbchen. Ich habe keinen großen Hunger. Hélène sagt kein Wort, sie summt noch immer diese nervtötende Melodie, während sie mir den Löffel in den Mund schiebt. Ihre Bewegungen zeugen von innerer Zerrissenheit und Angespanntheit, ich habe den Eindruck, daß es ihr wirklich sehr schlecht geht. Um die lästige Aufgabe zu erleichtern, kaue ich möglichst schnell. Kein Käse, kein Dessert, nur Kaffee. Stark, schwarz und wohlschmeckend, aber viel zu heiß. Ich verbrenne mich, ohne daß ich protestieren könnte. Und hopp, los geht's.

Ich hoffe, daß Yvette bald wieder gesund ist, damit ich nach Hause kann. Vor allem, seit ich gehört habe, daß Paul mich für eine Spionin hält. Der Rollstuhl bleibt abrupt stehen. Was ist denn nun wieder?

»Hélène! Ich wollte Sie gerade anrufen!«

Ah, Miss Perfekt *alias* Claude Mondini, die mit gedämpfter Stimme eilig hinzufügt:

»Heute morgen war ein Inspektor bei mir, um mich über Sophies Privatleben auszufragen ... Natürlich habe ich ihm gesagt, ich wüßte nichts. Jeder hat schließlich ein Recht, sein Leben zu leben, stimmt's? Und wenn ich daran denke, was sie

Stéphane vorwerfen! Ich habe die ganze Nacht kein Auge zugetan, Jean-Mi mußte mich geradezu bedrängen, eine Schlaftablette zu nehmen. Das ist wirklich furchtbar, furchtbar!«

Dann lauter:

»Sie kümmern sich jetzt um Elise?«

»Yvette hat sich den Knöchel verstaucht ...«

»Ach ja, das habe ich bei allem, was hier vor sich geht, ganz vergessen. Übrigens, am Sonntag ist die Schnitzeljagd der Jugendlichen von Saint-Jean, Sie müssen unbedingt kommen, das wird super, wenn Sie wollen, kann ich ein wenig mit Elise spazierengehen und sie dann hinterher in die Bibliothek bringen.«

»Warum nicht? Haben Sie Lust auf einen kleinen Spaziergang, Lise?«

Mit dieser Quasseltante? Nein danke! Kein Zeigefinger.

»Sie schläft vielleicht. Hören Sie, ich vertraue sie Ihnen an. Bis gleich und danke, ich muß mich beeilen, ich bin spät dran«, entschließt sich Hélène.

Hiiilfe!

»Elise? Elise huuhu, ich bin es, Claude, hören Sie mich?«

Resignierter Zeigefinger.

»Wir werden einen schönen Spaziergang machen. Wo es endlich mal nicht regnet. Außerdem brauche ich Bewegung, ich bin so nervös ... Hélène sieht recht mitgenommen aus, um zehn Jahre gealtert. Jean-Mi hat gestern abend Paul getroffen, er macht sich große Sorgen um sie, er hat Angst, daß sie in eine Depression verfällt ... Wenn man bedenkt, daß Stéphane ihr bester Freund war, und daß er ... den armen kleinen Renaud ... und all die anderen ... Und ich habe ihn am Steuer des weißen Kombi gesehen, und nicht eine Sekunde daran gedacht, daß ... Die Polizei sagt, es sei der Wagen gewesen, mit dem sein Vorarbeiter zu den Baustellen fuhr. Jeder fand es ja normal, daß er ihn auch benutzt. Die Baustellen sind so schmutzig, er kann ja schließlich seinen BMW nicht jeden Tag waschen ... Der Inspektor hat mir gesagt, daß sie den Kombi genauestens untersuchen. Vor allem den Kofferraum ... Jean-Mi will nicht, daß ich darüber rede, er sagt, ich sei zu sensibel, aber es nutzt nichts, die Augen zu verschließen. Und die arme Sophie ... ihretwegen habe ich gelogen.«

Dann flüstert sie dramatisch:

»Ihnen kann ich es ja sagen, ich weiß schon lange, daß sie jemanden hatte.«

Ich hatte also recht! Ich hatte schon wieder recht! Zum Teufel, übertragt mir doch die Ermittlungen!

»Ich habe sie eines Tages in ihrem Wagen gesehen, im Wald bei Futaie. Ich war dort, um die Piste für das BMX-Rennen am Palmsonntag abzustecken. Es war drei oder vier Uhr nachmittags. Zuerst habe ich nur den Wagen gesehen, der hinter einem kleinen Wäldchen geparkt war und gleich an ein Liebespaar gedacht. Natürlich habe ich mich diskret verhalten, und dann habe ich Sophies Peugeot 205 erkannt. Zunächst habe ich mir nichts Böses gedacht, aber ich hatte ein eigenartiges Gefühl, eine Art Schauder, verstehen Sie ... Da die Sonne auf die Scheiben schien, konnte ich nicht sehen, was im Inneren vor sich ging. Normalerweise hätte ich hingehen und sie begrüßen müssen, aber irgend etwas hat mich zurückgehalten, sicherlich meine Intuition, es ist wirklich unglaublich, wie intuitiv ich handle. In diesem Augenblick hat sich die Beifahrertür geöffnet, er ist ausgestiegen, hat mit den Händen sein Haar in Ordnung gebracht und sich an einem Baum erleichtert. Ich fand das unglaublich ordinär, aber auf alle Fälle hab ich mich gefragt, was er da mit Sophie im Auto tat. Ohne Schlechtes über seinen Nächsten sagen zu wollen, ist es doch manchmal so, daß man nicht umhin kann, gewisse Schlußfolgerungen zu ziehen, nicht wahr? Ich habe natürlich keinen Muckser von mir gegeben. Er ist wieder eingestiegen, und sie sind ganz dicht an mir vorbeigefahren, ohne mich zu sehen. Ich hockte in den Brennesseln, ich sage Ihnen nicht, ich habe mich vielleicht verbrannt, aber auf alle Fälle konnte ich sie aus nächster Nähe sehen: Sophie mit einem glückseligen Lächeln und er mit dem befriedigten Gesicht einer Bestie ... Das hätte ich nie von ihm gedacht.«

Aber von wem, verdammt noch mal?

»Ich habe Jean-Mi nichts davon erzählt, ich wollte ihn nicht belasten, aber wir haben uns mit voller Absicht immer weniger gesehen. Ich muß ja schließlich nicht zur Komplizin ihres Verhaltens werde. Wenn ich daran denke, Sophie und Manu, das ist doch wirklich grotesk ...«

Manu? Hat sie Manu gesagt? Aber was hat denn der jetzt in dieser Geschichte verloren? Wir brauchen nicht Manu, sondern Paul, du mußt dich irren!

»Und die arme Betty, die glaubt, mit Weizenkleie ihre geistige Leere füllen zu können, sie hätte besser daran getan, auf ihren Mann zu achten. Ich fand schon immer, daß er einen stechenden Blick hat, wie Rasputin, und mit diesem schwarzen Bart ... brrrr ... Aber ich schwatze und schwatze, ich langweile Sie sicher!«

Aber nein, absolut nicht, ausnahmsweise faszinierst du mich mal, los, *go on*.

Aber nein, sie redet von Bäumen, von fallendem Laub, vom kommenden Winter, von Zwiebelschalen, die auf die bevorstehende Kälte hinweisen, vom Krieg in Jugoslawien, von der Hungersnot in Afrika, von der Schwierigkeit, Kleidung und Medikamente zu sammeln, von der Kälte der Menschen, von ihrer mangelnden Sensibilität, und ich denke immer wieder ›Manu und Sophie, Manu und Sophie‹, wie bei einem Mantra, das mir die Erkenntnis bringen soll.

Nach solchen Tagen sehne ich mich nach Ruhe und nach meinem Zuhause, vor allem seit ich weiß, daß Paul mich als Spionin bezeichnet. Die Zeit der nächtlichen Annäherungsversuche ist vorbei! Hat der gute Paul vielleicht andere, dringlichere Sorgen? Glücklicherweise hat Yvette gestern angerufen, sie ist wieder vollkommen hergestellt und wird mich übermorgen natürlich zusammen mit Jean Guillaume im Auto abholen. In diesem Haus verschlechtert sich die Stimmung zusehends, Paul und Hélène streiten nur noch. Sie stopft sich mit Beruhigungspillen voll, und er schreit sie an. Er hält ihr ständig vor, daß sie ärztliche Hilfe braucht. Mich hat man inzwischen im Eßzimmer abgestellt. Virginie sieht fern und scheint von all dem nichts zu bemerken.

»Virg' mach bitte den Fernseher leiser«, brüllt Paul.

Sie stellt den Ton lauter. Ich spüre, daß es gleich zum großen Krach kommen wird.

»Hörst du nicht? Stell den verfluchten Fernseher leiser!«

Keine Reaktion. Der Pinguin zetert weiter gegen Batman.

»Himmel noch mal! Hältst du mich zum Narren?«

»Aua, laß mich los! Mama, Mama!«

Klatsch, klatsch, zwei kräftige Ohrfeigen. Virginie heult los wie eine Sirene. Hélène stürzt aufgebracht ins Zimmer.

»Laß sie los, du Miststück! Ich verbiete dir, sie anzurühren, du hast keinerlei Rechte ihr gegenüber.«

»Paß auf, was du sagst, Hélène!«

Die Stimmung wird immer angespannter. Er hat Virginie offenbar losgelassen, denn ich höre sie in ihrer Ecke schniefen.

»Ich sage, was ich will, du machst mir keine Angst!«

»Bitte hör auf damit!«

Ich »sehe« sie vor mir, wie sie einander gegenüberstehen, auf den Hinterbeinen aufgerichtet, mit aufgeblähten Nüstern, zusammengekniffenen Lippen, bleich, wie alle Paare, die im Tanz des Zorns gefangen sind. Und dann unterbricht Paul den Kampf.

»Ah, du gehst mir auf die Nerven, ich verschwinde!«

»Paul, wohin gehst du?«

»Das kann dir doch egal sein! Kümmer dich um deine Tochter.«

Die Tür schlägt zu.

»Mama!«

»Ja, mein Liebling, ich bin ja da ...«

»Was gibt es heute zum Abendessen?«

»In der Küche steht Pizza.«

»Kann ich beim Essen *Batman* anschauen?«

»Wenn du willst, aber mach nichts schmutzig.«

Ende des Kriegsszenariums. Virginie setzt sich mit ihrer Pizza vor den Fernseher, letztes Schniefen. Ich spüre, daß jemand hinter mir steht. Es ist Hélène. Sie schiebt meinen Rollstuhl in die Küche.

»Möchten Sie ein Bier?«

Zeigefinger. Oh, ja, oh, ja, ein frisches, kühles Bier ...

Ich höre, wie sie den Kronkorken öffnet und das Bier in ein Glas schenkt. Das Wasser läuft mir im Mund zusammen, das könnte glatt ein Werbespot sein. Ah, endlich! Das Bier rinnt eiskalt durch meine Kehle, ah, auf diesen Schluck gut gekühltes Bier warte ich seit einem Jahr ... Sie gibt mir noch etwas Bier, dann höre ich, wie sie selbst trinkt.

»Paul hat ganz recht, ich schlucke zuviel Tabletten. Aber ich kann einfach nicht schlafen, und ich halte es nicht mehr aus, mich nachts im Bett hin- und herzuwälzen und immer wieder über all das nachzudenken. Ich glaube, meine Ehe ist in einer Krise. Sie müssen uns für ganz schön verrückt halten.«

Kein Zeigefinger.

»Wissen Sie, ich werde Ihnen etwas sagen, was ich bisher keiner Menschenseele anvertraut habe.« Sie senkt die Stimme. »Paul ist nicht Virginies Vater.«

Beinahe hätte ich mich an meinem Bier verschluckt.

»Als ich ihn kennenlernte, war Virginie gerade geboren. Er hat mich geheiratet, sie als sein Kind anerkannt und mir versprochen, sich um sie zu kümmern, wie um seine eigene Tochter. Er hat Wort gehalten ... Virginie weiß nicht, daß er nicht ihr Vater ist, ich habe es ihr nicht gesagt. Den anderen wird sie sowieso nie kennenlernen. Möchten Sie noch etwas Bier?«

Zeigefinger. Wir trinken.

»All das liegt lange zurück ... ist Vergangenheit. Ich war jung. Ich war dumm. Wissen Sie, ich hatte keine einfache Kindheit. Oh, nicht was Sie denken, ich komme aus gutem Haus, aber mein Vater war nicht gerade sanft, wenn Sie verstehen.

was ich meine. Und meine Mutter ... sie sagte nichts, sie hatte Angst. Sie trank, um zu vergessen. Sie hat sich dreißig Jahre lang prügeln lassen. Als mein Vater starb, war es eine wahre Erlösung für sie. Aber sie hat ihn nicht lange überlebt. Sechs Monate später ist sie selbst an Krebs gestorben. Ein richtiges Melodram.« Ihre Stimme hat einen sarkastischen und bitteren Klang. »Ich sehe immer noch meinen Vater, meinen würdevollen Vater vor mir – er war Arzt –, und meine Mutter und mich, blaß und unter unseren gutgeschnittenen Kleidern von blauen Flecken übersät ... Warum erzähle ich Ihnen das? Ah, ja, ich wollte ihnen sagen, wann ich Tony getroffen habe ... wenn ich das alles geahnt hätte ... Ah, ich habe Kopfschmerzen, aber das kenne ich schon: Sobald ich von meinen Eltern oder von Tony rede, bekomme ich Kopfschmerzen. O mein Gott, aber es ist schon spät, ich muß Virginie ins Bett bringen. Noch etwas Bier?«

Zeigefinger. Die schäumende Flüssigkeit rinnt durch meine Kehle. Paul ist also nicht Virginies Vater. Und was ändert das? Nichts. Und dieser Tony? ... Was mag er nur getan haben, daß sie so von ihm spricht? Vielleicht hat er sie auch geschlagen. Und wo ist er jetzt? Im Gefängnis? Nein, also nun erfinde ich schon wieder Räuberpistolen.

Sind sie sicher, daß Virginie nichts ahnt? Kinder wissen oft mehr, als man sich vorstellt. Auf alle Fälle war mein Aufenthalt in diesem Haus nicht unnütz. Was ich hier Neues erfahren habe, liefert mir mindestens eine Woche lang Stoff zum Grübeln. Angewidert stelle ich mir diese gutbürgerliche Familie mit dem sadistischen Vater vor ... Nach zehn Minuten kommt Hélène zurück:

»So, fertig. Im Fernsehen gibt es eine Reportage über Kolumbien, interessiert Sie das?«

Zeigefinger. Warum nicht? Das bringt mich auf andere Gedanken. Also auf zur grünen Hölle, den Drogenkartellen, den Gipfeln der Anden. Aber eigentlich wäre mir eine ausführliche Reportage über Virginies leiblichen Vater lieber ...

»Guten Tag! Oh, aber Sie sehen ja blendend aus! Guten Tag, Hélène! Ging alles gut? Ist es Ihnen nicht zuviel geworden?«

Yvette! Meine Yvette! Ich könnte ihr um den Hals fallen!

»Nein, kein Problem. Und wie geht es Ihrem Knöchel?« fragt Hélène.

»Alles in bester Ordnung. Also wirklich so etwas Dummes ...«

»Und Monsieur Guillaume?«

»Er wartet im Wagen. Sie wissen ja, wie die Männer sind, immer in Eile ...«

»Ah ... na, dann wollen wir ihn nicht warten lassen. Elises Sachen sind gepackt.«

»Sie sehen müde aus, Hélène. Sind Sie sicher, daß es Ihnen nicht zuviel Arbeit war?«

»Nein, nein, es ist nur so, daß ich im Augenblick sehr schlecht schlafe ... Ich begleite Sie zum Auto.«

Ich werde nach draußen geschoben, natürlich bin ich froh, wieder nach Hause zu kommen, aber irgendwo tut es mir leid, dieses Häuschen zu verlassen, gerade jetzt, wo Hélène im Begriff ist, mir aufregende Geständnisse zu machen.

Man hebt mich in den Kombi, der Rollstuhl wird hinten verstaut.

»Guten Tag, Elise!«

Jean Guillaumes joviale Stimme. Er drückt meine rechte Hand.

»Immer noch genauso hübsch!«

Lachen, freundliches Geplänkel, auf Wiedersehen, bis bald, wir telefonieren. Der Wagen fährt an. Yvette beginnt sogleich, mir den Aufenthalt bei ihrer Cousine bis ins kleinste Detail zu schildern: der Tenor ihrer ganzen Erzählung – keine besonderen Vorkommnisse.

Es ist kühl geworden, wir müssen heizen. Yvette entlüftet die Heizkörper, überprüft den Ölbrenner, ergeht sich in Schimpftiraden gegen das Wetter und den verfrühten Kälteeinbruch.

Sie tauscht mein Baumwoll-Sweat-Shirt gegen einen Pullover. Ich höre zerstreut den Wetterbericht, als der Sprecher plötzlich ankündigt: *»Morgen ist der 13. Oktober. Sonnenaufgang um ...«* Der 13. Oktober! Ein Jahr! Schon ein Jahr! Morgen ist es ein Jahr her, daß Benoît und ich durch diese Glastür in Belfast gehen wollten ... Ein Jahr, daß ich mich in eine lebende Tote verwandelt habe. Wie ist das nur möglich? Wie kann die Zeit so schnell vergehen? Ich habe das Gefühl, gerade erst aus dem Koma erwacht zu sein. Aber nein, da waren all diese Kindermorde, all die neuen Bekanntschaften, der Sommer ist wie im Flug vergangen ... Mein Gehirn hat die ganze Zeit über wie eine gut geölte Maschine funktioniert. Jetzt muß ich mich bewegen! Ich muß mich bewegen, ich will mich bewegen. Wenn ich diesen verfluchten Zeigefinger rühren kann, ist auch noch ganz anderes möglich. Ein Jahr! Das reicht! Ab morgen denke ich nicht mehr, ich handele!

Offenbar hilft es. Catherine die Große kann es nicht fassen.

»Wissen Sie was, Yvette? Ich habe den Eindruck, daß sich ihre Muskeln von Zeit zu Zeit zusammenziehen ... Nein, ganz bestimmt, als würde sie sich anspannen. Kommen Sie doch mal her.«

Wenn du wüßtest, wie ich sie anspanne. Wenn du wüßtest, welche Energie ich aufbringe, um diese verfluchten Muskeln anzuspannen, ich habe das Gefühl, meine Adern platzen bald.

»Hier, fassen Sie mal an, da und da. Das muß ich unbedingt Raybaud sagen, also ich bin der Ansicht, daß das eine enorme Verbesserung ist.«

Die Anstrengung hat mich erschöpft. Ich bin schweißgebadet. Natürlich denkt Catherine die Große nicht daran, mich abzutrocknen. Sie tönt: »Sie haben Blut im Kofferraum von Stéphanes Wagen entdeckt ...«

»Nein ...«

»Doch, sie haben es heute morgen im Radio durchgegeben. Blutgruppe AB – wie der kleine Massenet.«

»Das hieße, er hätte Michaël in der Forsthütte getötet und dann zum Fluß gebracht?« erkundigt sich Yvette aufgeregt.

»Ich habe keine Ahnung, mehr haben sie nicht gesagt. Sie suchen weiter. Sie haben auch Blut der Gruppe Null gefunden – das ist die Blutgruppe des kleinen Mathieu Golbert –, aber offenbar hat Stéphane auch Blutgruppe Null, also scheint es mir recht schwierig …«

Überlegen wir mal. Wenn ich recht habe, und Stéphane unschuldig ist, bedeutet das, daß der Mörder seinen Wagen benutzt hat. Das bedeutet wiederum, daß er ihn gut genug kannte, um ihn sich auszuleihen, aber unter welchem Vorwand? Ich stoße immer wieder auf das Problem mit Sophies Liebhaber. Paul oder Manu? Oder warum nicht gleich das halbe Dorf?

»So, Elise, nun strengen Sie sich noch einmal an, anspannen, anspannen …«

Nun bin ich schon wieder in meine Gedanken versunken und vergesse darüber, meine Kräfte zu mobilisieren. »Anspannen, anspannen«, sie hat gut reden, ich habe das Gefühl, gespannt wie ein Flitzebogen zu sein.

Endlich ist die Tortur vorbei. Ich komme langsam wieder zu Atem. Schweigen. Yvette hat die Heizung angestellt. Ich höre, wie das Wasser in den Rohren gluckert. Wenn laut meiner Theorie Sophies Liebhaber der Mörder ist, warum sollte es nicht Manu gewesen sein? Aber warum sollte Virginie Manu decken? Bei Paul wäre das verständlich, sie glaubt, er sei ihr Vater, aber Manu? Ich ertappe mich dabei, wie ich mir eine perverse Beziehung zwischen Manu und Virginie vorstelle. Das ist idiotisch. Vorstellen kann man sich vieles. Trotzdem bleibt festzuhalten, daß es in dieser Stadt jemanden gibt, der hinter der Maske des Biedermannes fähig ist, kleine Kinder zu töten und zu verstümmeln. Das ist verrückter als alles, was ich mir vorstellen kann. Wie sagte Benoît immer? »Alles ist möglich, alles kann passieren, man braucht nur die Zeitung aufzuschlagen.«

Ich habe in meinem Leben viele Krimis gelesen, und ich bilde mir ein, eine gute Amateurdetektivin zu sein. Eines der letzten Bücher, das ich gelesen habe, ehe ich mich für den Wettbewerb der Miss Mehlsack entschied, handelte von den Ermittlungen des FBI gegen einen Massenmörder. Darin wurde dargelegt, daß es im allgemeinen zwei Arten von pathologischen Mördern gibt: Sie unterliegen zwar alle einem unwiderstehlichen Drang, aber die einen wissen genau, was sie tun, und es ist ihnen ein Vergnügen, die Polizei und ihre Mitbürger in die Irre zu führen, während die anderen ihre Taten vergessen, sobald sie sie begangen haben und guten Gewissens ihre Unschuld beschwören. Ein anderer Teil ihres Ichs hat die Morde begangen, ein Teil, der sich ihrem Bewußtsein entzieht. Doch wenn ich davon ausgehe, daß Stéphane auf Grund eines wohldurchdachten Plans von dem wahren Mörder getötet wurde, muß ich annehmen, daß dieser Mörder sehr genau weiß, was er tut. Es handelt sich also nicht nur um einen Kranken, sondern vielmehr um einen Perversen, dem es Freude macht zu beobachten, wie alle im dunkeln tappen. Um einen Perversen, der meine Ängste genießt. Und warum sollte er nicht auch Virginie unter Kontrolle haben?

Ich schäme mich meiner Gedanken.

Aber ...

Es läutet.

»Guten Tag, Herr Kommissar, bitte kommen Sie, wir sind gerade erst zurückgekommen.«

In Yvettes Stimme schwingt Unwillen mit. Den armen Yssart hat sie wirklich nicht gerade ins Herz geschlossen. Ich hingegen bin entzückt von seinem Besuch.

»Guten Tag.«

Zeigefinger.

»Ich bin in der Küche«, bemerkt Yvette im Hinausgehen.

»Ich muß um Entschuldigung bitten, daß ich schon wieder unangemeldet komme, aber die Umstände ...«

Weiter!

»Sie haben sicherlich die letzten Entwicklungen der Angelegenheit verfolgt.«

Zeigefinger.

»Sie wissen also, daß man in Stéphane Migoins Wagen Blutspuren gefunden hat.«

Zeigefinger.

»Die Laboruntersuchungen haben ergeben, daß die älteren Blutspuren von Michaël Massenet und die neueren von Mathieu Golbert stammen. Darüber hinaus hat der Parkplatzwächter des Einkaufszentrums versichert, er habe etwa zu der Zeit, als der Mord an Mathieu Golbert geschah, einen großen weißen Kombi vom Parkplatz fahren sehen. Alle sind davon überzeugt, daß Migoin der Mörder war. Die andere, einzig mögliche Erklärung wäre, daß jemand ohne sein Wissen seinen Wagen benutzt hat beziehungsweise den Firmenwagen, mit dem er auf die Baustellen fuhr. Aber nur jemand, der ihn gut kannte, hätte ihn sich ausleihen können. Der Baustellenleiter hat ein wasserdichtes Alibi und die Arbeiter ebenfalls. Ich fragen Sie also: Hatte Sophie Migoin einen Liebhaber?«

Zeigefinger.

»Wissen Sie, wer es war?«

Abgewinkelter Zeigefinger.

»Gut, ich werde Ihnen einige Namen aufzählen. Heben Sie bitte bei dem, der Ihnen in Frage zu kommen scheint, den Zeigefinger. Jérôme Leclerc. Jean-Michel Mondini. Luc Bourdard. Christian Marane. Manuel Quinson.

Zeigefinger.

»Aha! Offenbar sind Sie immer bestens informiert. Meine Besuche bei Ihnen sind wirklich keine Zeitverschwendung. Sie sind sozusagen die Miss Marple von Boissy-les-Colombes. Das Problem ist, daß Manuel Quinson zum Zeitpunkt des Mordes an dem kleinen Golbert auf Geschäftsreise war. Er befand sich auf einem Fortbildungsseminar in Paris. Dort hat er den ganzen Tag mit fünfundzwanzig anderen leitenden Angestellten im Hauptsitz seiner Firma verbracht. Ich habe viel Mühe darauf verwandt, die Alibis der Menschen, mit denen die Fanstens, Virginie und Sie selbst regelmäßig zu tun haben, zu überprüfen. Denn ich bin sicher, daß sich der Schuldige in diesem kleinen Kreis befindet. Die einzigen, die tatsächlich die Möglichkeit gehabt hätten, den Mord zu begehen, sind Jean-Michel Mondini, Paul Fansten und Jean Guillaume. Das sind, wenn ich so sagen darf, meine Favoriten. Nicht zu vergessen natürlich den verstorbenen Stéphane Migoin. Sie scheinen verblüfft, das ist verständlich, denn die Vorstellung, daß eine Ihnen nahestehende Person ein gefährlicher Geisteskranker ist, ist nicht besonders angenehm. Die Ermittlungen werden demnächst abgeschlossen, und wir werden gezwungen sein, von Stéphane Migoins Schuld auszugehen, alle Beweise deuten darauf hin. Doch mich befriedigt diese Lösung nicht. Das wollte ich Ihnen nur sagen. Und ich glaube ernsthaft, daß wir einen gefährlichen Mörder weiterhin frei herumlaufen lassen. Ich wäre sehr dafür«, fährt er mit seiner ruhigen Stimme fort, »daß Sie den Winter anderswo verbringen. Zum Beispiel bei Ihrem Onkel. Aber die Entscheidung liegt natürlich bei Ihnen. So, diese kleine Unterhaltung war mir ein Vergnügen. Ich darf mich jetzt verabschieden.«

Eigenartige Auffassung von einer Unterhaltung, aber nun, ich will ja nicht kleinlich sein.

»Auf Wiedersehen, bis bald. Auf Wiedersehen, Madame«, ruft er in Richtung Küche, ohne eine Antwort zu bekommen.

Die Tür wird geschlossen. Ich bleibe zurück und gehe immer wieder die drei Namen durch. Jean-Mi, Paul, Jean Guillaume. Einer von ihnen. Und er läuft frei herum. Paul! Alles spricht gegen Paul.

Wenn ich nur nicht an diesen Rollstuhl gefesselt wäre, wenn ich noch ich selbst wäre, ich würde in ihrer Vergangenheit herumstöbern, denn ich bin sicher, daß dort die Lösung liegt. Man wird nicht zufällig zum geisteskranken Mörder. Jean-Michel Mondini, das ist lächerlich ... Aber schließlich hat mir seine Frau erzählt, daß Sophie ein Verhältnis mit Manuel hatte. Und wenn sie gelogen hat? Wenn Sophie mit Jean-Mi geschlafen hat?

»Vergessen Sie Ihre Übungen nicht!« ruft mir Yvette zu und reißt mich aus meinen Überlegungen.

Catherine die Große hat mir eine ganze Reihe von Übungen aufgegeben, die ich dreimal täglich eine halbe Stunde lang absolvieren soll. Mich auf jeden Teil meines Körpers konzentrieren und versuchen, ihn zu fühlen. Mir meine Zehen vorstellen, meine Waden, meine Schenkel und so weiter, in jedem Körperteil das Blut, die Muskeln, die Haut spüren und Impulse aussenden: »Beweg dich!« Also los.

## 11

Jean Guillaume und Yvette trinken nach dem Essen ihren Kaffee und sehen sich eine Unterhaltungssendung im Ersten Programm an. Von Zeit zu Zeit höre ich Jean Guillaume über die Possen eines Imitators lachen. Er hat ein angenehmes Lachen. Nicht das Lachen eines Geistesgestörten. Halten Yvette und er Händchen? Umarmen sie sich? Ist sie seine Geliebte? Sie können vor meiner Nase machen, was sie wollen, ich kann sie ja nicht sehen. Yvette und Jean Guillaume, die sich inmitten der schmutzigen Teller auf dem Tisch wälzen und von Zeit zu Zeit einen Blick auf den Mehlsack im Rollstuhl werfen ... Nein, nicht meine Yvette. Ich bin sicher, daß sie mich erst in mein Zimmer gebracht hätte. Ich höre zerstreut auf die Scherze; der Imitator hat jetzt seinen Platz einer Sängerin überlassen, sie singt auf englisch, und ihre Stimme ist schrill und in etwa so angenehm wie Kreide, die über eine Schiefertafel kratzt.

»Noch ein Gläschen?« fragt Guillaume.

»Nein, nicht für mich, danke«, protestiert Yvette, die nur wenig trinkt.

»Und Sie, Elise, ein kleiner Schluck zur Kräftigung?«

Zeigefinger. So ein Angebot lehne ich doch nicht ab. Ich spüre das Glas an meinen Lippen, der Wein rinnt in meinen Mund, über meine Zunge, meinen Gaumen, dickflüssig, rot und unglaublich köstlich – nach der langen Abstinenz ebenso berauschend wie eine Dosis LSD. Stürmisches Klingeln. Guillaume fährt zusammen, der Wein rinnt allzu schnell in meine Kehle, ich schlucke, ringe nach Luft. Mist, ich habe mich verschluckt, ich ersticke, ahhh, ich versuche, wieder Luft zu bekommen, uff! Es geht wieder, einmal kräftig husten, einmal tief Luft holen.

Es läutet wieder. Um mich herum Totenstille. Was haben sie denn, warum macht denn keiner die Tür auf? Ich huste noch immer, spucke ein wenig Wein aus. Was ist? Es klingelt! Verflixt, setzt euch gefälligst in Bewegung, dieser schrille Ton ist ja nervtötend!

»Elise ...«

Yvette spricht so sanft, als wolle sie mir schonend beibringen, daß jemand gestorben ist.

»Ihre Hand ...«

Was ist mit meiner Hand?

Meine Hand. *Meine Hand befindet sich in Höhe meines Gesichts.* Ich habe die Hand gehoben. Ich habe sie gehoben. Ganz einfach so. Schon wieder die Klingel.

»Ich komme schon!« ruft Yvette und läuft zur Tür.

Ich habe die Hand bewegt.

»Versuchen Sie es noch einmal«, ermutigt mich Guillaume mit seiner angenehmen Stimme.

Ich zögere. Und wenn es nur ein Reflex war? Ein Muskelkrampf? Los, Elise, heb sie noch einmal!

Ich spüre ein Zittern in meinem Handgelenk. Ich denke ganz fest an ein Flugzeug, das von der Piste abhebt, und hopp, es klappt; sie hebt sich ganz brav, eine wunderbare linke Hand, die bestens funktioniert, die mindestens zehn Zentimeter in die Höhe geht, ehe sie innehält.

»Versuchen Sie, die Finger zu bewegen«, murmelt Guillaume.

Die Finger? Ich schlucke. Vage nehme ich Stimmen an der Tür wahr. Ich konzentriere mich ganz auf meine Hand, auf die Sehnen, die Nerven, die hübschen kleinen Fingerchen ... Und plötzlich gebe ich ihnen den Befehl: »Krümmen!« Nichts.

»Versuchen Sie es noch einmal!«

Ich entspanne mich. Ruhig durchatmen. Anlauf nehmen. Nichts. Nur ein leichter Schmerz im Mittelfinger. Na gut, ich kann mich nicht beklagen. Meine Hand hat sich bewegt, und das ist phantastisch. Die Sache mit den Fingern wird auch noch werden.

»Ich bin sicher, Sie schaffen es bald«, flüstert Guillaume mir zu.

Plötzlich wird mir bewußt, daß Yvette mit jemandem diskutiert, der sehr laut spricht.

»Ich muß sie finden, verstehen Sie?«

Ich erkenne Pauls Stimme, die vor Angst und Wut bebt.

»Aber ich weiß nicht, wo sie ist«, wendet Yvette ein.

»Was ist denn los?« fragt Guillaume und erhebt sich.

»Paul und Hélène haben sich gestritten, und Hélène hat türenknallend das Haus verlassen«, erklärt Yvette.

»Sie kommt bestimmt zurück, machen Sie sich keine Sorgen, das kommt in den besten Familien vor«, beruhigt ihn Guillaume.

»Sie ist völlig am Ende, ich muß sie finden, es geht ihr im Augenblick wirklich nicht gut, ich habe Angst, daß ...«

Er bricht mitten im Satz ab.

»So schlimm?« fragt Guillaume.

»Sie ist sehr depressiv, und ich mache mir großen Sorgen«, erklärt Paul.

Plötzlich kommt mir ein furchtbarer Verdacht: Will er sie auch aus dem Weg schaffen? ›Meine Frau war depressiv ... Sie hat sich von der Brücke gestürzt ...‹ Ich hebe die Hand.

»Was ist, Elise? Wollen Sie uns etwas sagen?« fragt Guillaume.

»Elise kann die Hand bewegen«, erklärt Yvette stolz.

»Super«, bemerkt Paul, dem das offenbar völlig gleichgültig ist.

Plötzlich kommt ihm eine Idee.

»Lise, wissen Sie, wo Hélène ist?«

Er schüttelt mich fast. Es ist genial, die Hand bewegen zu können, denn durch eine winzige Bewegung des Handgelenks von rechts nach links kann man ein Nein andeuten.

»Ah, Mist ... Hören Sie, wenn Sie sich bei Ihnen meldet, sagen Sie ihr, daß es mir leid tut, und daß ich zu Hause auf sie warte. Und falls sie vorbeikommt, behalten Sie sie hier und rufen mich an. Ich gehe nach Hause, Virginie ist allein.«

»Na so was!« rufen Yvette und Jean Guillaume gleichzeitig aus.

»Elise, das ist wundervoll«, fährt Yvette fort.

»Die arme Hélène«, meint Guillaume.

»Ich hoffe, sie macht keine Dummheiten. Ich habe schon seit einiger Zeit bemerkt, daß sie den Boden unter den Füßen verliert. Sie sieht furchtbar aus. Diese dunklen Ringe unter den Augen.«

»Man muß sagen, daß er ihr das Leben nicht eben leicht macht. Ich weiß, daß man sich unter Männern solidarisch verhalten sollte, aber ...«

»Nun, bei uns ist jedenfalls alles in Ordnung. Elise, mein Liebes, ich freue mich so! Ich bin sicher, daß Professor Combré Sie jetzt operieren wird.«

Dein Wort in Gottes Ohr, Yvette. Wenn ich könnte, würde ich die Daumen drücken. Aber die Vorstellung, daß Hélène ganz allein durch die verlassenen Straßen irrt, dämpft meine Freude. Ich wäre ruhiger, wenn sich jemand auf die Suche nach ihr machen würde. Als habe er mich gehört, erbietet sich Guillaume:

»Ich werde mal lieber eine kleine Tour mit dem Kombi machen und sehen, ob ich Hélène nicht finde. Man weiß nie ... Ich bin gleich zurück.«

»Das ist eine gute Idee, Sie haben recht, ich warte auf Sie.«

Er geht. Yvette dreht den Fernseher lauter, wie immer, wenn sie sich Sorgen macht und nicht darüber reden will. Schweigend hören wir dem Entertainer zu, der dumme Witze reißt. Ich weiß, daß die Sendung um 22.30 Uhr zu Ende ist. Es ist also früher. Ich unterhalte mich damit, meine Hand zu heben und zu senken, nur so, ganz allein für mich. Man gewöhnt sich schnell an Wunder. So schnell, daß ich fast vergessen hätte, daß diese verdammte Hand mir vor weniger als einer Viertelstunde noch den Dienst versagte. Auf, nieder. Auf, nieder. Ich spüre den Schmerz im ganzen Arm, aber selbst das ist angenehm. Schmerz zu empfinden, weil man sich bewegt. Ohne Unterlaß befehle ich meinen Fingern: »Krümmt euch, krümmt euch, ihr verdammten Biester.« Vielleicht mögen sie es nicht, wenn ich sie beschimpfe, also versuche ich es auf die sanfte Tour: »Nun, meine Lieblinge, macht Mama doch die Freude ...« Das ist den undankbaren Dingern natürlich völlig egal. Sie haben all die Jahre vergessen, in denen ich sie gewaschen, die Nägel rot lackiert, sie ins laue Meer getaucht und im warmen Sand vergraben habe ... Die Wäsche, das Geschirr, das eisige Wasser, der Schnee, der Matsch, der Schmutz, danke, das reicht, ich verstehe, sie streiken! Ich schwebe in einem Zustand dümmlicher Glückseligkeit, dabei müßte ich Angst um Hélène haben, aber ich habe eher Lust, still für mich zu lachen.

Die Tür.

»Nichts. Ich habe sie nicht gefunden. Es regnet in Strömen, ein Wetter, bei dem man keinen Hund vor die Tür jagt.«

»Das sieht man, Sie sind ganz durchnäßt. Ich werde Ihnen einen Kräutertee machen.«

Aus dem Fernseher dröhnt Werbung. Irgend jemand stellt den Ton leiser. Das Telefon. Yvette hebt ab.

»Hallo? Ah, ja, gut, in Ordnung. Gute Nacht.«

Sie legt auf.

»Das war Paul. Hélène ist gerade nach Hause gekommen«, verkündet sie. »Ich bin beruhigt.«

Ich auch.

»Na, dann ist ja alles in Ordnung«, schließt Guillaume. »Der Kräutertee ist ausgezeichnet.«

Heute morgen beim Aufwachen habe ich als erstes an meine Hand gedacht. Und wenn sie sich nun nicht mehr bewegt? Ich habe es sofort mit klopfendem Herzen versucht. Und das Wunder hat sich wiederholt. Der Schmerz im Mittelfinger ist inzwischen deutlich spürbar, ich habe das Gefühl, daß ich ihn bald krümmen kann. Ich bin dabei, mich an den Wundertaten meiner neuen Hand zu erfreuen, als Yvette hereinkommt.

»Raybaud wird später nach Ihnen sehen. Ich habe ihn gerade noch erwischt, ehe er ins Krankenhaus ging.«

Sie räuspert sich.

»Heute nacht ist ein Unfall passiert.«

Ich spüre, wie sich mein Magen zusammenkrampft.

»Joris, der Sohn von Chabrol.«

Joris Chabrol. Ich erinnere mich sofort an ihn. Ein Junge von zwölf Jahren, recht klein für sein Alter. Ein Krimifan. Er kam oft allein oder mit seinem Vater ins Kino. Die Mutter ist vor einigen Jahren mit einem Vertreter durchgebrannt.

»Er ist auf die Bahngleise gefallen und vom Zug überfahren worden«, fährt Yvette fort.

Wie entsetzlich! Ich frage mich, wie das geschehen konnte. Yvette setzt schon zu einer Erklärung an:

»Er war gestern abend im Kino ... Sie wissen ja, daß sein Vater Krankenpfleger ist, er hat dreimal in der Woche Nachtdienst. Der Junge hat sich einen Film mit Sylvester Stallone angesehen, und auf dem Heimweg ist er, niemand weiß, warum, zum Rangierbahnhof gegangen und an den Gleisen entlanggelaufen. Hat er das Gleichgewicht verloren? Auf alle Fälle tauchte Joris plötzlich vor dem 22-Uhr-Zug auf, der in vollem Tempo einfuhr. Der Zugführer hatte nicht einmal Zeit zu bremsen; das arme Kind war auf der Stelle tot. Sie haben es gerade im Radio durchgegeben. Auf dieser Stadt lastet wirklich ein Fluch! Ich leere das nur schnell aus, ich bin gleich zurück.«

Sie verläßt das Zimmer, ich liege wie versteinert in meinem Bett.

Die Bestie hat also wieder zugeschlagen, da bin ich mir ganz sicher. Ein Zufall kann das nicht mehr sein. Schon wieder ein Kind, und rein zufällig wird es derart durch den Zug verstümmelt, daß man nie erfahren wird, was wirklich passiert ist. Ein Kind, das für sein Alter recht klein war, so daß der Mörder es für jünger halten konnte, das heißt, es gehörte zu seiner bevorzugten Gruppe. Rein zufällig war Paul gestern abend unterwegs. Und Guillaume ebenfalls. Wie schnell sie beide bereit waren, nach Hélène zu suchen! Woher soll ich wissen, wann Paul nach Hause gekommen ist? Mal überlegen, er muß gegen 21.30 Uhr hier geläutet haben. Und Guillaume ist um 22.30 Uhr zurückgekommen, die Unterhaltungssendung war gerade zu Ende. Sie hätten also beide um 22 Uhr am Bahnhof sein können. Nachts braucht man mit dem Wagen nicht mal fünf Minuten. Aber niemand konnte ahnen, daß Joris dort vorbeigehen würde ... Außer, der Mörder wäre langsam am Kino vorbeigefahren, hätte unter den herauskommenden Zuschauern sein Opfer entdeckt, wäre ihm gefolgt und hätte einen geeigneten Augenblick abgepaßt.

Guillaume war durchnäßt, als er nach Hause kam. Warum, wenn er nicht aus dem Wagen gestiegen ist? Und Paul, war Paul ebenfalls naß? Ich spüre, daß ich ganz nahe an der Lösung bin, ich bin sicherlich auf der richtigen Spur.

Yvette kommt zurück, und während sie mich anzieht, grübele ich ununterbrochen weiter.

Später schaut Raybaud vorbei, und ich führe ihm meine fliegende Hand vor. Er drückt auf meine Finger, tastet die Handfläche ab, reißt mir fast den Daumen aus.

»Sehr gut, sehr gut, ich bin sehr zufrieden mit Ihnen ...«

Danke, Chef!

»Ich werde mit Combré sprechen. Meiner Ansicht nach ist das ein gutes Zeichen. Ich will natürlich nicht zuviel versprechen, aber wenn die Beweglichkeit ganz spontan zurückgekommen ist ... Jetzt müssen wir mit ihren Fingern arbeiten, ich bin sicher, die wird sie auch bald bewegen können. Ich glaube, ich verschreibe ihr am besten eine Elektrotherapie ...«

Er konzentriert sich ganz auf das Schreiben des Rezepts. Yvette drückt meine Schulter. Ich hebe und senke die Hand wie ein braver, vor Freude winselnder Hund, der seinem Herrschen immer wieder den Ball apportiert. Und Raybaud? Wäre er in der Lage, Kinder zu töten? Sein Skalpell in ihr Fleisch zu bohren? Grauenvolle Bilder von verstümmelten Körpern tauchen vor meinem inneren Auge auf; ich zwinge mich, in Gedanken einen großen schwarzen Vorhang vor diese unerträglichen Bilder zu ziehen und mich ganz auf meine Finger zu konzentrieren. So, jetzt sind die häßlichen Bilder verschwunden.

»Gut, halten Sie mich auf dem laufenden, bis bald«, verabschiedet sich Raybaud.

»Ich bin so glücklich«, meint Yvette und küßt mich auf die Wange.

Und ich denke: Schnell, die Regionalnachrichten!

Die Zeit will nicht vergehen. Ich warte darauf, daß Yssart, Hélène oder sonst irgend jemand vorbeikommt. Endlich, die Nachrichten! *»Grauenvoller Unfall ... Körper konnte nur anhand eines Armbands, in das der Name des Opfers eingraviert war, identifiziert werden ... Der Vater ist am Boden zerstört ... Was hatte Joris zu dieser späten Stunde im strömenden Regen in diesem verrufenen Viertel zu suchen? ... Zugführer steht unter Schock ... Der Bahnverkehr war für zwei Stunden unterbrochen ... Und jetzt der Wetterbericht: Endlich wieder Sonnenschein!«*

Beim Essen herrscht bedrücktes Schweigen. Kalbsleber mit grünen Bohnen. Für mich püriert. Welch ein Genuß! Jetzt versteh ich die Kinder besser, die sich sträuben, ihre Fertigkostgläschen zu essen.

Joris Chabrol. Das sechste Opfer des besessenen Mörders. Kommen denn da keinem Zweifel? Oder bin ich jetzt total verrückt geworden?

»Ein wenig Sonne wird uns guttun«, brummt Yvette, während sie den Tisch abräumt.

War Paul vor 22 Uhr zu Hause? Das könnte nur Virginie sagen, aber niemand wird sie fragen. Und ich kann es nicht. Warum habe ich eigentlich nicht Karriere bei der Polizei gemacht? Hauptkommissarin Elise Andrioli. Ein absolutes As. Was hätte Benoît dazu gesagt? Ich brauche nur an Benoît zu denken, und schon fange ich an zu weinen. Tränen rollen über meine Wangen.

»Aber was ist denn los? Meine arme Elise! Es ist furchtbar, ich weiß«, versichert mir Yvette und tupft mir die Augen mit einem Papiertaschentuch trocken.

Ich komme mir lächerlich vor, aber es tut gut, die Schleusen zu öffnen. Ich heule wie ein Schloßhund wegen Benoît, wegen mir, wegen der ganzen Katastrophe; dabei hebe und senke ich unaufhörlich die Hand. Ich fühle mich, als wäre ich vier Jahre alt und würde winke winke machen.

Schließlich höre ich auf zu weinen und schniefe. Yvette hält mir wieder und wieder das Taschentuch hin, damit ich mich schneuzen kann, ich verbrauche mindestens drei dieser Taschentücher. Und unterdessen läuft der Mörder noch immer frei herum.

Es läutet. Yvette läuft zur Tür. Ich versuche, mich zusammenzureißen. Hélène und Virginie kommen ins Zimmer.

»Hallo, Lise, ich habe eine Zwei im Diktat geschrieben.«

Handheben.

»Oh, super! Hast du gesehen, Mama, sie kann die Hand bewegen! Mach es noch mal!«

Dieser Aufforderung komme ich mit Vergnügen nach. Hélène tritt näher:

»Ach, das ist wunderbar! Ich freue mich für Sie, Lise. Dann geht es wenigstens einem gut.«

Peng!

»Was wollen Sie trinken? Einen Saft? Bier?« fragt Yvette, um vom Thema abzulenken.

»O ja, Bier!« ruft Virginie aufgeregt.

»Ganz sicher nicht!« meint Hélène. »Einen Fruchtsaft für Virginie und für mich ein Bier.«

Yvette geht, von der plappernden Virginie gefolgt, in die Küche. Hélène wendet sich an mich.

»Haben Sie schon gehört? Von dem Unfall, den der kleine Joris hatte?«

Handheben.

»Auf dieser Stadt lastet ein Fluch. Das ist kein Scherz, Lise, das geht doch nicht mit rechten Dingen zu. Eine Katastrophe nach der anderen ... Da läuft es mir kalt den Rücken herunter. Wissen Sie, ich habe so etwas schon einmal erlebt, und ich dachte ... Ich dachte, ich müßte es nie wieder erleben. Aber ich glaube, der Fluch folgt mir. Außer ...«

Sie beugt sich zu mir vor, und ich spüre, wie sie zittert, ihr Mund ganz dicht an meinem Ohr, ihre feuchte Haut ...

»... außer wenn Tony ...«

Schon wieder dieser mysteriöse Tony! Natürlich muß Yvette gerade jetzt zurückkommen, und Hélène wendet sich sofort ab.

»So, ein schönes, kühles Bier und ein leckerer Grapefruitsaft für Virginie und Elise.«

Ich lechze nach Hélènes Bier, und doch muß ich wohl oder übel den Grapefruitsaft schlucken. Glücklicherweise mag ich ihn. Nicht wie der Traubensaft »Rotbäckchen für Elise«, den ich morgens und abends trinken mußte, bis es mir schließlich gelang, ihn auszuspucken.

Virginie klettert auf meinen Schoß.

»Was machst du da, komm, hör auf!« protestiert Hélène. Ich hebe die Hand zweimal, um verständlich zu machen, daß es mich nicht stört.

»Stört es Sie nicht?«

Handheben.

»Bald kannst du den ganzen Arm bewegen und das Bein und alles!« sagt Virginie. »Dann gehen wir spazieren, wir beide.

Und Renaud«, fügt sie flüsternd hinzu. »Und Joris auch. Alle denken, daß der Zug ihn überfahren hat, aber ich weiß es besser. Die Bestie hat ihn unter die Räder gestoßen. Plumps!«

Woher will sie das wissen? Sie war zu Hause. Aber wenn Paul der Mörder ist, und sie ihn hat weggehen sehen, könne sie es sich denken ... Ja, diese Hypothese wird immer plausibler.

»Ach, bin ich dumm! Jetzt habe ich doch die Fernsehzeitung beim Bäcker liegenlassen!« ruft Yvette. »Hélène, könnten Sie noch fünf Minuten hierbleiben?«

»Aber natürlich.«

»Warte, ich komme mit!« schreit Virginie und hüpft von meinem Schoß.

Sobald die beiden das Zimmer verlassen haben, tritt Hélène zu mir. Sie riecht nach Bier, und ich habe plötzlich den Eindruck, das dies heute nicht die erste Flasche ist.

»Niemand weiß etwas von Tony, dem leiblichen Vater von Virginie ... Wir waren nicht verheiratet, und er hat die Kleine nicht anerkannt. Sie haben Tony eingesperrt. Er war gefährlich. Einmal hat er mir den Arm gebrochen. Können Sie sich das vorstellen? Nur weil ich ihm widersprochen habe. Darum ertrage ich es nicht, wenn Paul brüllt und grob wird. Das kenne ich nur allzu gut. Ich habe erlebt, wie meine Mutter geschlagen wurde, wie mein Vater sie mit Fußtritten in den Unterleib gestoßen hat, und mich auch. Wegen einer Dummheit, einer albernen Kleinigkeit band er mich am Schreibtischbein fest, und beim geringsten Geräusch ... Manchmal hatte ich solche Schmerzen, daß ich kaum laufen konnte, doch keiner hat es bemerkt, weder in der Schule noch beim Klavierunterricht ... Mein Vater war krank, man hätte ihn einsperren müssen; und Tony war auch gemeingefährlich. Später hat mir der Psychiater erklärt, daß es normal sei, daß Frauen, die eine gestörte Kindheit hatten, einen Mann heiraten, der ihrem Vater ähnlich ist, einen der gewalttätig und Alkoholiker ist. Und dann, als ich glaubte, das alles hinter mir gelassen zu haben und die Sache mit Renaud passierte, ging alles wieder von vorne los. Der

Fluch verfolgt mich. Elise, ich kann nicht mehr, und Paul verändert sich zusehends. Er ist gemein, er trinkt, ich habe Angst vor ihm ...«

Dazu hast du vielleicht auch allen Grund ... Und dieser Tony, warum haben sie ihn denn eingesperrt? Einen Arm gebrochen, brrr ... Scheint ja nicht gerade ein sanfter Typ zu sein. Das Leben der armen Hélène ist ein wahres Melodram. Darüber könnte ich glatt mein eigenes Unglück vergessen.

»Wenn er Virginie anrührt, hole ich die Polizei. Ich habe es ihm neulich gesagt: Es kommt nicht in Frage, daß ich so etwas noch einmal durchmache. Das könnte ich nicht ertragen.«

›Erzähl mir von Tony‹, würde ich ihr am liebsten zurufen.

»Manchmal kommen mir gewisse Ideen, ich kann mich niemandem anvertrauen, aber ich frage mich ... ich sage mir, daß Tony vielleicht ... Aber das ist unmöglich, er ist in Marseille. Er wird nie im Leben rauskommen, sie haben ihn zu den gemeingefährlichen Kranken gesteckt, verstehen Sie? Aber wenn ... aber wenn er doch rauskäme? Wenn er zurückgekommen wäre, um sich seine Tochter zu holen? Er hat mir gesagt, er würde mich umbringen, wenn er mich fände, er würde alle töten, die sich ihm in den Weg stellen.«

Das wird ja immer besser. Zuerst hatten wir nur einen Kindermörder, jetzt haben wir auch noch einen geisteskranken Ex-Ehemann.

»Darum haben sie ihn ja auch eingesperrt. Wegen des Mordes. Und jetzt ...«

»So, da sind wir wieder! Hat es nicht zu lange gedauert?« Nicht lange genug, Yvette! Hélène hat sich schon erhoben.

»Überhaupt nicht. Wir haben ein wenig geplaudert. So, wir müssen jetzt gehen, wir wollten nur kurz guten Tag sagen. Kommst du, Virginie? Vielen Dank für die Erfrischungen, Yvette. Bis morgen.«

»Bis morgen, noch einen schönen Abend.«

»Das hoffe ich«, meint Hélène sarkastisch beim Hinausgehen.

»Alles in Ordnung?« erkundigt sich Yvette.

Handheben. Mein Gehirn arbeitet auf vollen Touren, meine gute Yvette. Stell dir vor, eine neue Person namens Tony hat die Bühne betreten, und er scheint mir nicht von schlechten Eltern. Denn wen würde Virginie mehr schützen als Paul? Ihren leiblichen Vater! Und schon wird uns ein Kindermörder auf dem Silbertablett präsentiert! Doch während ich meine brillanten Theorien durchgehe, wird die Beerdigung von Joris vorbereitet. Das Leben ist eben kein Roman!

Aufgrund meiner persönlichen Erfahrung würde ich sogar sagen, daß das Leben manchmal wirklich beschissen ist.

Wäre ich lieber tot? O nein, das muß ich eingestehen. Selbst wenn das Leben häßlich, traurig, grausam und ungerecht ist, bin ich lieber lebendig.

Ende des philosophischen Exkurses. Kommen wir wieder zur Sache. Hélène hat von einem Mord gesprochen. Virginies leiblicher Vater soll wegen eines Mordes, den er begangen hat, eingesperrt worden sein! Wenn er nun ausgebrochen wäre und Virginie ihn erkannt hätte ... Das würde erklären, warum sie ihn schützt ... Warum zum Teufel hat Yssart diese Möglichkeit nicht in Betracht gezogen? Weiß er überhaupt von Tonys Existenz? Einen Augenblick, mein Mädchen: Wie hätte Virginie einen Vater erkennen können, den sie seit ihrer frühesten Kindheit nicht mehr gesehen hat? Und wie hätte er sie wiederfinden können? Ich nehme nicht an, daß Hélène ihm ihre neue Adresse hinterlassen hat ...

Gehen wir mal davon aus, daß er sie sich besorgt hat ... Nein, besser noch, daß er aus dem Krankenhaus geflohen und zufällig hierhergekommen ist. Er läßt sich in der Gegend nieder und verspürt den unwiderstehlichen Drang, Kinder zu töten. Eines Tages beobachtet Virginie ihn und ... Nein, das geht nicht, sie kann ihn ja nicht wiedererkennen. Außer, er hätte sie erkannt ... Ja, vielleicht hat er sich im Krankenhaus Informationen über seine Tochter beschafft, ein Foto oder irgend etwas. Er erkennt sie also, sagt ihr, wer er ist, und Virginie kann ihn nicht mehr verraten, so! Dann schreibe ich das Wort »Ende« unter die Geschichte und suche mir einen Verleger.

Mir fällt es leichter, solche Theorien auszuarbeiten, da für mich die Menschen lediglich Stimmen sind, imaginäre Gesichter; ich kenne weder ihr Lächeln noch ihren Blick, nicht die Beschaffenheit ihrer Haut, ihre Haltung ...

Könnte ich meine Hand wieder richtig gebrauchen, könnte ich Fragen stellen ... in schriftlicher Form. Wenn ich bedenke, wie sehr ich es gehaßt habe, Postkarten zu schreiben. Jetzt würde ich Tausende schreiben, ohne mich zu beklagen, auch wenn ich die Briefmarken ablecken und aufkleben müßte.

Yvette räumt die Küche auf, dann höre ich sie im Schrank kramen.

»Also kommt die Sonne nun endlich? Ich habe solche Kreuzschmerzen, mein Rheuma, bei all diesem Regen ... Catherine ist spät dran ...«

Ach, du liebes bißchen, die habe ich ja total vergessen! Ah, es klingelt.

»Entschuldigen Sie, ich habe mich verspätet.«

»Ja, ich habe gerade zu Elise gesagt ...«

»Ich habe Hélène Fansten getroffen, und wir haben ein wenig geplaudert, Sie wissen ja, wie das ist«, erklärt sie, während sie mich auf den Massagetisch hebt. »Na, es geht uns also viel besser, was? Wir können schon die Hand bewegen? Gut so!«

An dem Tag, an dem ich sie wirklich bewegen kann, werde ich sie dir als erstes mitten ins Gesicht klatschen, meine Liebe! sage ich mir mit der für mich so typischen Eleganz.

»Madame Fansten sah wirklich nicht gut aus«, brüllt Catherine mit dröhnender Stimme, was darauf schließen läßt, daß Yvette sich in einem anderen Zimmer befindet. »Ich frage mich sogar, ob sie nicht etwas zu viel getrunken hatte ...«

»Hélène?« entrüstet sich Yvette.

»Ja, sie hatte eine richtige Bierfahne.«

»Ach«, erklärt Yvette, »sie hat vor einer halben Stunde hier ein Bier getrunken.«

»Aber sie wirkte trotzdem eigenartig. Oder sie steht unter Drogen. Wissen Sie, heutzutage ist ja alles möglich ... Auf alle Fälle hat sie mir komische Sachen erzählt. Über ihren Mann. Daß er sehr nervös sei, und daß sie manchmal regelrecht Angst habe, daß er lieber zum Arzt gehen sollte ... Ich habe bei mir gedacht, daß eher sie diejenige ist, die ärztliche Hilfe braucht. Paul Fansten ist wirklich ein netter Kerl, immer freundlich ... Dabei hat er es nicht gerade leicht im Leben ... Übrigens, haben Sie die Sache mit dem kleinen Joris gehört? Wie entsetzlich!«

Sie dreht mich mit einem Ruck um und macht sich über meinen Rücken her. Ich muß zugeben, daß mir das guttut, manchmal habe ich den Eindruck, daß mein ganzer Körper völlig verkrampft ist. Ich spüre, wie sich ihre kräftigen Finger in mein weiches Fleisch graben, ohne daß sie auch nur eine Sekunde aufhören würde, mit ihrer schrillen Stimme weiterzuplappern.

»Nein, denken Sie doch mal, wie er ausgesehen haben muß, von einem Zug zermalmt! Und der Vater mußte ihn identifizieren! Nein, im Moment ist wirklich alles furchtbar. Bei Carbonnel gibt es Entlassungen, unter uns lebt ein geistesgestörter Mörder, das Wetter spielt verrückt, alles geht daneben ... Wie die Sache mit dem armen Stéphane ... Stéphane war so ein netter Kerl. Viel zu nett. Er hätte lieber auf seine Frau achtgeben sollen. Ich sage ja nicht gerne Schlechtes über andere, aber wenn ich bedenke ... Sie hat gut daran getan, sich umzubringen!«

»Catherine! So etwas darf man doch nicht sagen!« entrüstet sich Yvette.

»Na, also ich weiß, was ich weiß. Auf alle Fälle ist es unmöglich, daß er es war, nein, nicht Stéphane Migoin, das ist garantiert ein Komplott.«

Aha, die großen Geister treffen sich! Wenn Catherine die Große derselben Ansicht ist wie ich, sollte ich vielleicht schleunigst meine Theorie noch mal überdenken.

»Ich bin mir ganz sicher, daß es einer von Sophies Liebhabern war!«

»Sie sollten nicht auf diesen Klatsch hören«, protestiert Yvette.

»Aber das ist kein Klatsch! Ich habe sie mit eigenen Augen zusammen mit Manuel Quinson in einer Crêperie in Saint

Quentin gesehen.«

Schon wieder Manu! Laß Manu aus dem Spiel, er bringt alles durcheinander! Alles wäre so einfach, wenn Paul ihr Liebhaber gewesen wäre!

Jetzt kümmert sich Catherine um meine Finger: ziehen, dehnen, dann muß ich meine neuen Fähigkeiten unter Beweis stellen.

»O verdamm mich!« ruft sie jovial aus. »Ich hätte nie gedacht, daß sie das schaffen würde. Jetzt werden wir an den Fingern arbeiten, los ...«

Ich habe das Gefühl, ein Feuerstrahl durchzuckt meine Muskeln, ich spüre ihn bis in die Handgelenke.

»So, krümmen! Eins-zwei, eins-zwei!«

Der Strahl läuft unter meiner Haut entlang, und meine ganze Hand ist ein einziger Schmerz, ein köstlicher Schmerz, ein lebendiger Schmerz! Lebendig!

Wir sind fertig. Catherine die Große packt ihre Sachen, hebt mich in den Rollstuhl und wischt mir das Gesicht ab.

»Sie hat geschwitzt, das heißt, daß sich etwas bewegt«, meint sie zu Yvette. »Also, ich gehe. Bis morgen.«

Ich bleibe allein zurück. Ich unterhalte mich, indem ich in meinem Rollstuhl herumfahre, den ich jetzt viel besser bedienen kann. Ich hebe die Hand und schlage mit aller Kraft auf die Bedienungsknöpfe, das ist super! Der Rollstuhl macht einen Satz nach vorne, nach hinten.

Ich höre Yvette hinter mir seufzen, ohne daß sie etwas zu sagen wagt; ich fühle mich, als wäre ich vier Jahre alt. Um mich herum nur Katastrophen, ganze Familien zerbrechen, und ich mache Fortschritte, tauche wieder an der Oberfläche des Lebens auf ... Natürlich habe ich andere Empfindungen als die Mitmenschen in meiner Umgebung, aber was kann ich dafür? Soll ich mir etwa Hoffnung und Freude verbieten?

## 12

Sie haben den kleinen Joris beerdigt. Noch einen. Noch ein kleiner Sarg. Allein schon bei dem Gedanken wird mir übel. Und niemand ahnt etwas!

Draußen tobt ein furchtbarer Sturm. Man könnte meinen, ein Riese mache sich einen Spaß daraus, die Bäume zu schütteln. Trübsinniges Wetter, man hört das Rauschen der feuchten Blätter. Yvette ist einkaufen gegangen und hat mir eine Literatur-Kassette in den Recorder eingelegt. *Bestie Mensch* von Zola. Ich liebe Zola, aber der Titel ist unter den gegebenen Umständen nicht gerade geschmackvoll. Guillaume hat mir die Kassette neulich abends geschenkt. Ich habe mich wirklich gefreut. Aber ich konnte nicht umhin, mich zu fragen, ob vielleicht er der Mörder ist und die Absicht hatte, mich zu verspotten. Was ist denn nun wieder los? Das Band ist stehengeblieben, mitten im Satz. Ach, das geht mir wirklich auf die Nerven! Ich kann nichts unternehmen und muß warten, bis Yvette zurückkommt. Hm, da kommt ja jemand. Nein, doch nicht. Was ist nun wieder mit dem Kassettenrecorder los? Es knackt mehrmals. So ein blöder Apparat. Ah, es geht weiter

»Es war kein Vergnügen, keine Freude, es war notwendig, unumgänglich, ich mußte sie töten, ich mußte sie an mich drücken, bis sie sich nicht mehr bewegten, bis sie ihren Frieden hatten ...«

Komisch, an diese Passage erinnere ich mich gar nicht ...

»... Ausschau halten, um seine Opfer auszuwählen ... sich die weiche Haut vorstellen, so weich, sie ans Herz drücken, ihren Schrei hören, exakt den Moment abwarten, in dem das Leben aus ihrem kleinen Körper weicht, indem sie wie eine Stoffpuppe sind, leblos. Wie ist das nur möglich, wie kann man sterben? Wie kann man in einem Augenblick warm und weich sein und im nächsten kalt und starr? Stirbt man wirklich ...?«

Was hat das zu bedeuten?

»... Wie kann man das wissen? Nur, indem man sich in einem ruhigen Vorort unter den braven Bürgern niederläßt, über den Regen und das schöne Wetter plaudert, seinen Clubbeitrag bezahlt, seinen Rasen mäht und sich im Spiegel zulächelt, ein blutbeflecktes Lächeln, und dabei betastet man seine Schätze, meine kostbaren Schätze, die ich meinen kleinen Engeln abgenommen habe ... Meinen kleinen Spendern ...«

Mein Gott, das ist eine andere Kassette! Und die Stimme ist auch nicht dieselbe. Diese klingt rauh, metallisch, verfälscht, ja, eine elektronisch verfremdete Stimme und was sie erzählt ... Das ist doch ganz unmöglich, und doch ...

»... Man könnte meinen, daß es Haß oder Sadismus war, aber ich habe sie geliebt. Ich wollte sie liebhaben, sie festhalten, sie an mich drücken, sie küssen, doch sie wollen nicht, sie wehren sich, sie versuchen zu entkommen, sie begreifen nicht, daß ich ihnen nur helfen will, Frieden zu finden ...«

Nein! Ich will das nicht hören! Aber wer hat dieses Band in den Recorder gelegt?

»... aber niemand versteht es. Man muß sich verstecken, den Rollstuhl der armen Elise Andrioli schieben und dabei denken, wie köstlich es wäre, ihr mit einem Skalpell den Bauch aufzuschlitzen, mit den Händen in die Wunde zu fahren und zu wissen, daß sie nicht schreien oder sich wehren kann, und ihr, ganz sanft, das Herz herausreißen ... zusehen, wie ihr Mund sich mit Blut füllt, wie sie langsam stirbt, und dabei, o welche Ironie, mit ihren blinden Augen auf das Gesicht ihres Mörders starrt ... Ich hasse dich, Elise. Die anderen habe ich nicht gehaßt, nein, ich habe sie geliebt, wirklich geliebt, aber dich, dich hasse ich ...«

*Schaltet dieses Band ab!*

Wer hat die Kassette eingelegt? Wer hat sie gegen die Zola-

Kassette ausgewechselt? Plötzlich kommt mir ein grauenvoller Gedanke: *Er ist da, er ist da, hier neben mir* und hört sich mit einem Grinsen reden, ich bin sicher, er hält das Skalpell in seiner Hand, hört sich die Kassette mit an und beobachtet mich dabei.

»... Ja, genau das müßte man mit ihr machen, sie töten, sich dieser unnützen Kreatur entledigen, ihr die schlimmsten Leiden auferlegen, sie bestrafen ...«

Aber wofür? Was habe ich denn getan? Die Stimme schweigt. Ich höre nichts mehr, nur noch Atemzüge. Kommen sie vom Band, oder sind sie dicht neben mir im Zimmer? Ich weiß es nicht, ich weiß nichts mehr, ich habe furchtbare Angst ... da, es fängt wieder an ... wieder diese elektronische Stimme und ...

»Hallo – Guten Tag.«

*O nein, nicht noch einmal, ich will das nicht noch einmal hören!* »Was machst du hier? – Ich pflücke Brombeeren für meine Mama. – Wenn du willst, helfe ich dir. Weißt du, du bist sehr hübsch ... – Ich muß nach Hause ... – Warte noch ein wenig ... Bleib bei mir ... – Nein, ich muß gehen, ich bin schon zu spät ... –– Komm! Ich habe eine Überraschung für dich. – Nein! – Komm, habe ich gesagt, komm zu mir! – Nein! Ahhh! Ahhh!«

Der Schrei hallt wider. Ich halte das nicht aus, ich halte das nicht mehr aus, aufhören, aufhören! Es bricht ab. Dieses Schwein hat sich aufgenommen! Er hat die Morde aufgenommen und hört sie sich abends zu Hause vom Band an, um zum Orgasmus zu kommen! Man muß ihn töten, das ist ein Monster ... und *er ist hier* ...

Eine Hand auf meinem Arm. *Warm. Lebendig.* Ich träume nicht. Ich schreie innerlich so laut, daß ich den Eindruck habe, mein Kehlkopf müsse zerspringen. Eine Hand an meiner Gurgel, die zudrückt, und noch etwas, etwas Kaltes, das Skalpell, mein Gott, das Skalpell. Es bohrt sich in mein Fleisch, das tut weh, bitte, so helft mir doch, er drückt noch fester zu, es brennt, bitte, so helft mir doch, irgend jemand, bitte, bitte! Nein, du Schwein, du Schwein! Er wird mich lebendig in Stücke schneiden. Ich bringe dich um, du Schwein! Ich schlag zu, ich schlag dir mitten ins Gesicht, du Schwein ...

»Mademoiselle Andrioli? Sind Sie da?»

*Yssart!* Schnell! Schnell!

»Ich habe mir erlaubt, hereinzukommen, die Tür war offen, und ich bekam keine Antwort auf mein ...!«

Halt die Klappe und beeil dich! Schnell!

»Ah, da sind Sie ... Ich wollte Sie sprechen ... Aber was ist denn passiert?«

Yssart! Er ist hier! Der Irre ist hier! Er hat sich in irgendeiner Ecke versteckt, Vorsicht, er ist bewaffnet! Verflucht, warum kann ich nicht sprechen!

»Ich rufe einen Krankenwagen. Alles ist gut.«

Nein, nichts ist gut, er wird erst dich, und dann mich töten. Mich bei lebendigem Leib zerstückeln, und ich kann nicht einmal schreien. Ja, das wird er tun, genau wie er es mit den Kindern gemacht hat ... Ich spüre, wie Tränen der Wut und der Angst über meine Wangen laufen.

»Weinen Sie nicht, jetzt wird alles gut. Der Krankenwagen kommt gleich. Wissen Sie, wer es war?«

Kein Zeigefinger. Wie soll ich ihm sagen, daß der Mörder bestimmt hier ist ... außer, er hätte sich hinter der Tür versteckt und wäre hinausgelaufen, während sich Yssart um mich kümmerte ... Wenn ich nur ...

Ich spüre, wie etwas Warmes über meinen Arm rinnt.

»Bleiben Sie ganz ruhig. Bewegen Sie nur den Finger. Waren Sie allein?«

Zeigefinger.

Die Kassette. Er muß sich die Kassette anhören. Trotz der Schmerzen hebe ich die Hand und versuche, auf den Apparat zu deuten.

»Vorsichtig. Was wollen sie mir sagen. Der Schrank?«

Ich senke den Arm.

»Nein, also nicht der Schrank. Die Wand? Die Vase? Das Bild? Die Stereoanlage?«

Zeigefinger.

»Etwas in der Anlage?«

Zeigefinger.

Er geht hin, und ich höre, wie er sich an dem Apparat zu schaffen macht.

»Da ist nichts, neben dem Apparat liegt nur eine Kassette, *Bestie Mensch.*«

Das Schwein hat die Kassette an sich genommen, ehe Yssart hereingekommen ist! Die Sirene eines Krankenwagens ist zu hören, ich fühle mich schlapp, mir ist kalt. Yssart legt den Arm um meine Schultern. Er riecht nach Rasierwasser:

»Da kommt der Krankenwagen. Alles wird gut, machen Sie sich keine Sorgen ...«

Warum sollte ich auch? Das fragt man sich wirklich.

Das Geräusch von Schritten, Stimmen, man legt mich auf eine Bahre und hebt mich hoch. Mir ist ein wenig schwindelig und so kalt. Ob ich viel Blut verloren habe? Türen knallen, man spricht mit mir, gibt mir eine Spritze. Yssarts ruhige Stimme: »Machen Sie sich keine Sorgen ...«

Als ich aufwache, liege ich in einem Bett. Alles ist ruhig, nur zu meiner Linken ein Summen. Blumenduft. Eine Sekunde lang kommt mir der grauenvolle Gedanke, daß ich in einem Sarg liege und in der Leichenhalle aufgebahrt bin, dann reiße ich mich zusammen. Ich bin sicher im Krankenhaus. Mein rechter Arm scheint so schwer, er ruht neben meinem Körper auf der Decke, der linke liegt angewinkelt auf meiner Brust. Hoffentlich kann ich ihn noch bewegen ... Ich versuche, ihn zu heben, es geht, aber es tut saumäßig weh, alles spannt. Die Tür öffnet sich.

»Vorsichtig! Sie sind gerade genäht worden!«

Die Stimme einer Frau, vermutlich um die Vierzig. Sicher eine Krankenschwester.

»Am rechten Arm haben Sie eine zehn Zentimeter lange Wunde, am linken Unterarm einige Schnitte, die Sie sich zugezogen haben müssen, als Sie zum Schlag ausholten.«

Schlag? Ich soll jemanden geschlagen haben?

»Wegen des Oberschenkels machen Sie sich keine Sorgen, die Wunde ist nicht sehr tief. Das gibt keine Narbe.«

Wie hätte ich denn schlagen können? Jemand betritt das Zimmer.

»Sie haben uns einen gehörigen Schrecken eingejagt!«

Inspektor Gassin. Er steht neben mir, ich nehme den Geruch von Leder wahr.

»Nun, was ist geschehen?«

Glaubt er, daß ich ihm etwas vorsingen werde, oder was? Er fährt fort:

»Ihre Yvette ist ohnmächtig geworden, als sie von der Sache gehört hat. Sie kam vom Einkaufen und hat gerade noch den Krankenwagen davonfahren sehen ... Aber jetzt geht es ihr besser. Sie wartet draußen. Und Ihre Freunde, die Fanstens, auch. Wir gehen der Sache bereits nach. Die Jungs vom Labor haben Ihr Wohnzimmer genau untersucht, morgen bekommen wir die Ergebnisse. Hat der Typ irgend etwas gesagt?«

Nicht wirklich. Wie soll ich das erklären?

Ich hebe die Hand.

»Hat er gesagt, was er wollte?«

Handheben.

»Wollte er, ich meine ... hat er versucht, Sie zu mißbrauchen?«

Kein Handheben. Ich verstehe plötzlich, daß es für ihn ein einfacher Angriff war, der nichts mit den Kindermorden zu tun hat. Vielleicht hat auch Yssart keinen Zusammenhang gesehen. Man wird die Sache als Angriff auf eine alleinstehende Frau werten und das war's. Ich könnte ihnen sowieso nicht die Kassette vorspielen, auf der er aufgenommen hat, wie er ... Allein bei dem Gedanken zieht sich mein Magen zusammen. Was? Was redet er da?

»... müssen Sie sich ausruhen ... Ich komme morgen wieder.«

Und Yssart? Wo ist Yssart? Mit ihm will ich sprechen, er ist der einzige, der mich versteht!

Natürlich hört Gassin meine stumme Bitte nicht.

»Elise, mein Kleines!«

Yvette! Ich weiß, daß sie weint.

»Oh, mein Gott, ich habe solche Angst ausgestanden! Ich habe geglaubt, Sie wären tot!«

Ich auch, Yvette.

»Es ist meine Schuld, dabei war ich ganz sicher, die Tür abgesperrt zu haben, ich werde langsam alt«, stotterte sie schniefend.

Er wäre trotzdem hereingekommen. Meine arme Yvette! Ich möchte sie in die Arme schließen und trösten.

»Gott sei Dank haben Sie den Arm bewegen können. Wäre er acht Tage früher gekommen, hätte er Sie getötet. Auf dem Boden hat man ein sonderbares Messer gefunden, Sie müssen ihm mitten ins Gesicht geschlagen haben, deshalb hat er es fallen lassen ...«

Ein Schlag, davon hat auch schon die Krankenschwester gesprochen. Ja, ich erinnere mich, wie mich der Zorn überwältigt hat, und an dieses Gefühl zuzuschlagen, zuzuschlagen ...

»Die Polizei hofft, daß er auch verletzt ist. Sie haben Blutproben genommen und überall ihr Puder ausgestreut, wegen der Fingerabdrücke, wie in *Les Cinq Dernières Minutes*. Paul und Hélène sind auch da, aber die Krankenschwester will sie nicht zu Ihnen lassen. Sie sagt, Sie brauchen Ruhe, durch den Schock ist Ihr Blutdruck abgesackt, Sie waren leichenblaß. Oh, ich bin so froh, daß Ihnen nichts Ernstes passiert ist ...«

Sie beugt sich spontan zu mir herab und küßt mich auf beide Wangen, zwei große, schmatzende Küsse. Weine ich? Es wäre möglich, ich spüre etwas Feuchtes auf meinen Wangen.

»Ich komme morgen wieder. Ruhen Sie sich aus«, meint Yvette, ehe sie das Zimmer verläßt.

Ich schnuppere. Die Blumen sind sicher von ihr. Oder von den Fanstens? Oder von Guillaume? Guillaume ... Er hat mir die Zola-Kassette gebracht ... Sie war vielleicht manipuliert ... Nein, falsch, Yssart hat sie gesehen. Das beweist gar nichts, er hat sie ja nicht gehört ... Verflucht, jetzt geht das schon wieder los! Schon wieder turnt das Eichhörnchen durch meinen Kopf. Ich habe Schmerzen im Arm. Sie haben das Messer am Boden gefunden, um so besser, ich hoffe, ich habe dem Schwein die Nase eingeschlagen, ich hoffe, ich habe ihm wehgetan, so wie er mir! Oh, wenn ich könnte, ich würde ihn ... In jedem Fall ist der Schrecken offenbar ein sehr wirksames therapeutisches Mittel. Wenn ich nach jedem Mordanschlag ein weiteres Gliedmaß bewegen kann, werde ich darum bitten, daß man mich nachts in den verrufensten Vierteln spazierenfährt.

Er hat diese Aufnahme für mich vorbereitet. Ich sollte sie hören. Er wollte, daß ich Angst habe. Diese Grausamkeit und die Vorstellung, daß er die Morde aufgenommen hat ... Wie kann ein Mensch so etwas tun? Sicher, die Nazis haben ihre Hinrichtungen in den Konzentrationslagern auch gefilmt ... Vielleicht ist man, wenn man eine gewisse Grenze überschritten hat, zu allem fähig ... Er muß seine Stimme mit einem jener Apparate verfremdet haben, die man in Versandhauskatalogen findet. Früher habe ich einmal eine Werbung gesehen, in der ein Typ in so einen kleinen Apparat sprach und lachte: »Verblüffen Sie Ihre Freunde mit dem Stimm-Modulator, selbst Ihre eigene Mutter wird Sie nicht wiedererkennen.« Damals habe ich mir gesagt, daß diese Erfindung der Traum eines jeden Erpressers sein muß.

Ich bin müde. Sie haben mir sicher ein Beruhigungsmittel gegeben. Gleich werde ich einschlafen. Ich bin in Sicherheit. Keine Gefahr mehr. Ich bin im Krankenhaus.

»Elise! Wachen Sie auf! Wachen Sie auf!«

Huummm, was ist denn los?

»Hören Sie mir gut zu.«

Mit einem Schlag bin ich völlig wach. Es ist Yssart. Er beugt sich über mich und faßt mich bei den Schultern.

»Ich habe nicht viel Zeit. Die Laboruntersuchung hat nichts ergeben. Die Fingerabdrücke stammen von Yvette, Guillaume und den Fanstens. Keine Fingerabdrücke auf dem Messer, nebenbei bemerkt, ein sehr scharfes Messer, Marke Laguiole. Nur Ihr eigenes Blut. Der Angreifer trug sicherlich Handschuhe.«

Wie Sie. Ich spüre das Leder Ihrer Handschuhe durch mein dünnes Krankenhausnachthemd.

»Wir stecken in einer Sackgasse. Niemand will wahrhaben, daß zwischen dem Angriff auf Sie und den Morden eine Verbindung besteht. Sie wollen bei der Theorie bleiben, daß Stéphane Migoin der Mörder ist. Der wahre Mörder läuft also noch frei herum und kann tun und lassen, was er will. Ich kann die Verfolgung der Angelegenheit in der Öffentlichkeit nicht mehr rechtfertigen. Man würde mich daran hindern. Also hören Sie mir gut zu: Ich werde einen anderen Weg finden, die Sache weiterzuverfolgen, aber machen Sie sich keine Sorgen, ich gebe auf Sie acht, das verspreche ich.«

Aber was erzählt er da? Geht er in den Untergrund oder was?

»Wir beide wissen, daß er sich ganz in Ihrer Nähe befindet. Und in Virginies Nähe. Er ist ganz nah, ich weiß es, ich fühle es, ich folge seiner Spur, ich bin ihm dicht auf den Fersen, darum wird er jetzt auch wild, er hat Angst. Ich kenne den Geruch der Angst.«

Schon wieder einer, der durchdreht ... Nicht Sie, Yssart. Logisches Denken zeichnet den Menschen aus!

»Wissen Sie, warum man jedes Rätsel lösen kann? Weil es kein Schloß ohne Schlüssel gibt und keinen Schlüssel ohne Schloß. Um hinter ein Rätsel zu kommen, muß man die Lösung kennen, sie ist der wichtigste Bestandteil des Rätsels. Wenn man das weiß, braucht man keine Angst mehr zu haben.«

Ich verstehe kein Wort von dem, was er da erzählt.

»Kennen Sie die Legende von Isis und Osiris?«

Isis und Osiris? Ägypten und die Pharaonen? Gleich nach dem Aufwachen?

Er erhebt sich:

»Bis bald, Elise.«

Ein Luftzug, dann nichts mehr. Er hat sich in nichts aufgelöst. Hat er sich vielleicht in eine Fledermaus verwandelt, die durch den fahlen Himmel schwebt? Wie spät mag es sein? Alles ist so ruhig.

Die Tür öffnet sich. Schritte. Ich halte den Atem an. Jemand beugt sich über mich und zieht meine Bettdecke zurecht, ich hebe die Hand.

»Ah, Sie sind wach? Sie müssen schlafen, es ist erst drei Uhr. Keine Angst, ich komme jede Stunde vorbei.«

Lautlos verläßt die Krankenschwester das Zimmer.

Drei Uhr morgens. Yssart um drei Uhr morgens in meinem Zimmer! War das eine Halluzination? Er nennt mich Elise und erzählt mir eigenartige Dinge. Nimmt er Drogen? Oder läßt mein fataler Charme alle Männer, denen ich begegne, ausrasten? Isis und Osiris ... Soweit ich mich erinnere wurde Osiris getötet und seine Leiche zerstückelt, und Isis versuchte, ihn wieder zusammenzusetzen, sie sammelte all die verstreuten Stücke ein, um ihn wieder zum Leben zu erwecken. Ich sehe keinen Zusammenhang zu den Morden hier in Boissy-les-Colombes im 20. Jahrhundert ... Bei Zeus! Die Körperteile! Die Augen, die Haare, die Hände, das Herz ... Aber wer soll »rekonstruiert« werden? Renaud? Sollte Paul nach dem Mord an seinem Sohn wahnsinnig geworden sein und versuchen, ihn wieder zusammenzusetzen? Nein, die Mordserie hat schon früher begonnen! Nein, verzettle dich bloß nicht!

Und was habe ich mit der Sache zu tun? Warum werde ich angegriffen? Welche Beziehung besteht zwischen mir und den Kindern? Gibt es vielleicht zwei Mörder? Zwei Verrückte in derselben Stadt?

Schlafen, die Frau hat gut reden! Sie ist schließlich nicht mitten in der Nacht von einem irren Kommissar besucht worden, nachdem sie nachmittags fast umgebracht worden wäre ... Sie hätte mir lieber eine Spritze geben sollen, eine gute kleine Spritze, die einen auf die große Weide schickt ... wo es keine Angst oder sonstwas gibt ... Wenn ich als kleines Kind nicht schlafen konnte, stellte ich mir einen Gummiball vor, der einen Gang entlang oder eine Treppe herunterhüpfte, und ich folgte ihm mit den Augen und folgte ihm ... folgte ihm ...

Ich habe Kopfschmerzen. Ich liege in meinem Bett, die Krankenschwester hat mich gerade gewaschen, mir die Schüssel untergeschoben und meinen Verband gewechselt. Sie hat mir erzählt, daß es draußen grau und sehr kalt ist. Die Wunden scheinen gut zu verheilen. Dieser elende Mistkerl hat mir den ganzen rechten Arm aufgeschnitten und den rechten Oberschenkel, lange, ein Zentimeter tiefe Schnitte. Der linke Unterarm, den ich ihm ins Gesicht geschleudert habe, wurde beim Ausholen vom Messer gestreift, die Wunden sind nur oberflächlich. Eigentlich habe ich keine Schmerzen, sie haben mir bestimmt ein Schmerzmittel verabreicht.

Warum zum Teufel ist Yssart mitten in der Nacht in mein Zimmer gekommen? Das erinnert mich an Stéphanes Anruf, um mir mitzuteilen, er müsse fliehen. Die Krankenschwester fragt mich, ob sie den Fernseher einschalten soll, ich hebe die Hand. Ablenkung ist immer gut. Sie wechselt von einem Kanal zum anderen, bis sie im dritten Programm eine wissenschaftliche Sendung für Jugendliche gefunden hat. Da kann ich wenigstens noch was lernen. Ich höre eine halbe Stunde aufmerksam zu, dann öffnet sich die Tür.

»Elise? Wie geht es Ihnen?«

Yvette. Ich hebe die Hand. Hinter ihr eine weitere Stimme: »Guten Tag, Elise.«

Hélène.

»Geht es dir jetzt gut?«

Virginie.

»Leise, Virginie, Lise ist sehr müde.«

Paul. Sie sind alle drei da. Die drei Chaoten. Warum denke ich das? Ich weiß nicht, einfach so, ganz spontan.

»Sie haben uns einen schönen Schrecken eingejagt!« sagt Hélène.

»Tut es noch sehr weh?« erkundigt sich Virginie.

»Ein ruhiges Zimmer«, stellt Paul fest, und ich stelle mir vor, wie er von einem Bein aufs andere tritt, wie es Männer in Krankenhäusern oft tun.

Ich hebe ganz zufällig die Hand, um zu zeigen, daß alles in Ordnung ist.

»Ich habe Inspektor Gassin gesagt, daß ich ganz sicher war, die Tür abgeschlossen zu haben, doch dann habe ich mich erinnert: Ich wurde von einem herabfallenden Ast abgelenkt, Sie wissen ja, wie mir dieser Wind zusetzt«, sagt Yvette, die Schuldgefühle hat.

»Der Kommissar ist tot«, verkündet Virginie.

»Virginie!« ruft Paul sichtlich verärgert.

*Yssart tot?*

»Er hat gestern abend gegen neun Uhr in seiner Pariser Wohnung einen Herzinfarkt erlitten«, erklärt Hélène in dem betretenen Schweigen. »Inspektor Gassin hat es uns heute morgen erzählt. Na ja, wir haben ihn eigentlich nicht so oft gesehen, vielleicht zwei-, dreimal ...«

Eine eisige Kälte überkommt mich. Wenn Kommissar Yssart gestern abend um neun Uhr zu Hause gestorben ist, *wer* hat dann um drei Uhr nachts hier mit mir gesprochen? Habe ich das nächtliche Treffen nur geträumt?

»Man muß sagen, daß er nicht sonderlich gesund aussah ...«, fügt Paul hinzu, »er sah so aus, als würde er gern mal ein Gläschen trinken ...«

Yssart? Aber er roch nie nach Alkohol ... Was sind das eigentlich für Menschen, die da reden? Sind sie real? Bin ich real? Ich spüre, wie meine Hand krampfhaft die Bettdecke sucht. Die Bettdecke ist real. Meine Hand. Sie schließt sich, sie klammert sich an der Bettdecke fest. Phantastisch.

»Seht mal! Elise kann die Hand schließen«, verkündet Virginie triumphierend.

»Wir müssen Raybaud Bescheid sagen! Schwester!«

Yvette läuft aufgeregt hinaus.

»Das mit dem Kommissar tut mir leid, aber Gassin zufolge wäre der alte Herr sowieso nicht mehr lange im Dienst geblieben. In einigen Monaten sollte er in Rente gehen. Ehrlich gesagt hatte ich den Eindruck, daß Gassin ihn ein wenig kritisierte, er fand ihn zu ›weich‹, wenn Sie verstehen, was ich meine.«

Yssart? Er soll sechzig Jahre alt gewesen sein? Mit der Stimme?

»Ich habe der Schwester gesagt, sie soll Raybaud verständigen. Bei all diesen Geschichten weiß man gar nicht mehr, woran man ist«, bemerkt Yvette bedrückt. »Und jetzt auch noch der Kommissar ... Auf dieser Stadt lastet anscheinend wirklich ein Fluch!«

»Nun, nun, es kommen auch wieder bessere Zeiten, zwangsläufig. Irgendwann geht es wieder aufwärts«, meint Paul tröstend. »Außerdem, der Kommissar, in seinem Alter, das ist etwas anderes ... Das ist doch nicht so ungewöhnlich, er war sicher überarbeitet.«

»Das stimmt, und seinem gelblichen Schnurrbart nach zu urteilen hat er geraucht wie ein Schlot«, pflichtet Yvette bei.

Aber er roch nie nach Tabak. Das ist ganz unmöglich. Sie sprechen nicht von Yssart.

Ich hebe die Hand.

»Ja, Elise? Sie wollen uns etwas sagen?« erkundigt sich Paul.

Ich balle und öffne die Faust und versuche, seitlich mit dem Arm auszuholen. Ich will einen Stift! Papier und einen Stift! Mein Arm schnellt steif zur Seite und schlägt gegen irgendeinen Gegenstand, der polternd zu Boden fällt.

»Lise, Vorsicht!«

Splitterndes Glas. Flüstern: »Sie ist nervös ... besser nicht vom Kommissar sprechen ... die Krankenschwester rufen ...«

Ja, ja, ruft die Schwester! Verdammt noch mal, ich will doch nur verstehen, was hier vor sich geht!

Die Schwester kommt, sammelt die Scherben ein und gibt mir eine Spritze.

»Sie müssen vorsichtig sein, Sie dürfen sich nicht so aufregen.«

Ich verstehe die unterschwellige Drohung sehr gut: »Sonst bekommen Sie eine höhere Dosis Beruhigungsmittel.«

»Kommen Sie, Sie sollten jetzt gehen, sie braucht Ruhe.«

Sie verlassen schweigend das Zimmer. Mein Arm schmerzt. Ich presse die linke Hand noch ein- oder zweimal zusammen und stelle mir vor, daß ich dem Mistkerl, der an mir herumgesäbelt hat wie ein Metzger, die Kehle zudrücke. Das tut gut. Wenn diese verflixte Hand endlich einen Stift halten kann, werde ich mit den anderen kommunizieren können. Ich fühle mich matt. Sicher die Spritze ... matt, so matt ...

Ich wache auf, schlafe wieder ein, werde von Alpträumen geplagt, bin schweißgebadet und bekomme wieder ein Beruhigungsmittel verabreicht. Mindestens zwei Tage lang schlage ich mich in meinem Wattekokon, durch den die Außenwelt nur gedämpft zu mir vordringt, allein mit meinen Ängsten herum. Undeutlich nehme ich eine Stimme wahr:

»Für Sie ist ein Päckchen abgegeben worden.«

Ein Päckchen? Kann ich nicht öffnen, zu müde, wie spät ist es? Ist es Tag oder Nacht? Ich friere, ich schwitze. Ich will aufwachen, meine Beine bewegen, mich am Fuß kratzen. Ich will laufen! Ich bin völlig erschöpft. Muß schlafen. Tief und traumlos schlafen. Schlafen.

Heute bin ich viel klarer. Ich bin darauf bedacht, ruhig zu wirken, bewege die Hand nur, wenn man mich etwas fragt, und das scheint Früchte zu tragen. Ich muß viel trinken, man setzt mich, von Kissen gestützt und von einem Gurt gehalten, im Bett hin. Übungen gegen das Wundliegen, das kenne ich ja schon. Ich lasse alles mit mir geschehen, öffne und schließe die Hand, hebe den Arm, wenn man mich dazu auffordert. Man lobt mich für mein Können und läßt mich in Ruhe. Und schon verfalle ich wieder in meine düsteren Gedanken.

Yssart tot. Das ist doch nicht möglich! Er kann nicht tot sein und mit mir sprechen! Oder Virginie hat die Wahrheit gesagt und die Toten laufen herum und beobachten uns. All die toten Kinder mit ihren leeren Augen um mich herum ... Und Benoît mit durchgeschnittener Kehle ..., der sich zusammen mit ihnen über mich lustig macht ... Und Yssart, ein hochgewachsener Toter mit langen Pianistenfingern und sanfter Stimme. Unmöglich. Einen Stift. Wenn ich nur einen Stift hätte ...

»Soll ich es öffnen?«

Diese blöde Krankenschwester hat mich vielleicht erschreckt. Ich war ganz in meine Gedanken vertieft. Aber was will sie denn?

»Ich meine das Päckchen, soll ich es öffnen?«

Ach, das habe ich also gar nicht geträumt? Ein Päckchen für mich? Vielleicht hat mein Onkel Süßigkeiten geschickt? Ich hebe die Hand, um ihr zu zeigen, daß sie es öffnen soll.

»Einen Augenblick ... Warum die nur immer soviel Klebeband benutzen ...«

Das Papier knistert.

»So. Aber ... was ist denn das? Ah, eine Herrenbrille mit einem großen Horngestell, ein Paar schwarze Lederhandschuhe, und das ... das ist ein falscher gelber Schnurrbart und das, hm, eine weiße Perücke mit einem leicht gelblichen Stich. Sehr eigenartig, aber ich nehme an, Sie wissen, was das zu bedeuten hat ...«

Nein, meine Kleine, ich habe keine Ahnung. Normalerweise empfange ich keine Päckchen, die Scherz- und Kostümartikel enthalten. Hat sich irgendein Clown in der Adresse geirrt? Ein Clown. Gelber Schnurrbart. Schwarze Handschuhe. Yssart!

Mein Gott, *es war ein falscher Yssart!* Vier Monate lang ist ein falscher Yssart durch die Stadt gelaufen, ohne daß es jemandem aufgefallen wäre! Darum ist er in jener Nacht gekommen, um mir zu sagen, daß er nicht weitermachen könne. Weil der echte Kommissar Yssart gestorben war! Also konnte er mich auch nicht weiter besuchen. Aber ... wer ist der falsche Yssart? Und vor allem, woher war er so gut informiert? Und warum wollte er mit mir sprechen?

»Ich muß gehen, bis später.«

Genau, auf Wiedersehen. Plötzlich kommt mir ein unangenehmer Gedanke. Yssart ist in genau dem Augenblick gekommen, als der Typ mit seinem Messer an mir herumschnitt. Ich habe Yssart nicht hereinkommen hören. Und wenn ... *er es nun gewesen wäre, wenn er sich all die Wochen einen Spaß gemacht und mit mir Katz und Maus gespielt hätte?* Und wie soll ich es den anderen sagen? Wie soll ich mich verständlich machen?

Aber wenn Yssart der Mörder ist, warum ist er dann nachts gekommen, um mit mir zu reden? Und warum hat er die Gelegenheit nicht genützt, um mich zu töten?

Schluß mit all diesen Fragen! Ich will Antworten! Ich spüre, wie Tränen der Ohnmacht und der Frustration in mir aufsteigen. Wütend knülle ich das Bettuch in der Hand zusammen.

»Na, Elise? Wie es scheint, machen wir ja jeden Tag Fortschritte?«

Raybaud.

»Das ist sehr gut. Das hätte ich nicht für möglich gehalten ...«

Er unterbricht sich und hüstelt.

»Ich habe für nächste Woche einen Termin beim Neurochirurgen ausgemacht. Man darf natürlich nicht zu optimistisch sein, denn eine Stagnation im Genesungsverlauf kann jederzeit eintreten, aber das wäre doch auch schon etwas, nicht wahr?«

Aber natürlich! Ich bin sicher, an meiner Stelle wärst du total begeistert.

»Also, ruhen Sie sich inzwischen schön aus, ich komme morgen wieder vorbei.«

Weg ist er.

»Guten Tag.«

Gassin!

»Ich werde Sie nicht lange stören. Ich nehme an, Sie haben von der Sache mit Kommissar Yssart gehört ...«

Ich hebe die Hand. Apropos Kommissar, wenn du wüßtest, mein Junge!

»Erinnern Sie sich an das Messer, das wir gefunden haben, das Laguiole? Es hat einen gelben Schildpattgriff und eine etwa zehn Zentimeter lange Klinge, ein zierliches Modell, fällt Ihnen dazu etwas ein?«

Ich überlege. Nein. Doch, es erinnert mich vage an etwas, aber an was? Mein Onkel besitzt ein Laguiole mit einem dunklen Griff. Aber dies ... also keine Hand.

»Schade. Es hätte uns weiterhelfen können, den Besitzer zu finden ... Wir nehmen an, der Kerl hat im Garten gelauert, und als er Madame Holzinski hat weggehen sehen, die Gelegenheit genutzt. Er war vermutlich überrascht, als Sie zugeschlagen haben, und hat lieber das Weite gesucht. Aber es gibt einen Punkt, den ich nicht verstehe. Wer hat den Krankenwagen angerufen? Die Sanitäter sagen, bei ihrer Ankunft sei ein Mann bei Ihnen gewesen. Hier die Beschreibung: etwa 1,85 groß, sehr schlank, schwarzes Haar, dunkle Augen.«

Yssart! Der echte Yssart! Ohne seine Verkleidung!

»Der Mann hat ihnen gesagt, er wolle auf die Polizei warten. Aber dann war er spurlos verschwunden. Wissen Sie, wer das war?«

O ja, ich weiß es. Was soll ich tun? Ich hebe die Hand und drehe den Arm zur Seite.

»Ähm, warten Sie, wollen Sie mir etwas zeigen?«

Ich hebe die Hand.

»Gut, aber was? Befindet es sich hier im Zimmer?«

Handheben. Ich drehe wieder den Arm.

»Äh ... in dem Karton da?«

Handheben. Ich frohlocke. Ich höre, wie er durchs Zimmer geht und den Karton öffnet.

»Verflucht! Was ist denn das? Das sieht ja aus wie ... Verdammt noch mal, das ist doch nicht möglich ...«

O doch mein Junge, es ist möglich. Ich höre, wie er mit irgend etwas herumhantiert, dann ein Piepsen, anscheinend hat er ein Handy dabei.

»Hallo, hier Gassin. Ja, gib mir Mendoza. Es ist dringend ... Wie, auf dem Klo? Gut, ich warte.«

Wir warten schweigend, er trommelt nervös auf dem Bettpfosten herum.

»Mendoza ...? Hör mal, das ist mir völlig egal, ich hab' hier vielleicht was Komisches entdeckt ...! Ich bin im Krankenhaus bei der Andrioli ... Ja genau. Du erinnerst dich, daß man uns gesagt hat, ein Mann habe den Krankenwagen gerufen, ein Unbekannter. Gut, in ihrem Zimmer steht ein Päckchen, zugestellt durch ... warte mal ... ›Express Kurierdienst, Place Thiers 25, Saint-Amboise‹, und in dem Päckchen befinden sich eine Perücke, ein falscher Schnurrbart und eine Hornbrille. Und weißt du, was? Es ist dieselbe Brille wie die vom Chef! Und derselbe Bart ... Aber nein, das ist kein Witz ... Schick sofort jemanden zu diesem Express Kurierdienst, verstanden ...? Nein, sie hätte es nicht sehen können, sie ist blind ... Aber niemand kannte Yssart, Kommissare sind schließlich keine Stars. Er brauchte ihm ja nur in etwa ähnlich zu sehen ... Okay, bis gleich!«

Nach einer Weile wendet er sich an mich:

»Entschuldigen Sie, ich habe nur im Büro Bescheid gegeben. Hat Ihnen eine Krankenschwester das gebracht?«

Handheben.

»Das ist doch wirklich unglaublich! Und eine so alberne Geschichte muß ausgerechnet mir passieren! Damit werde ich zum Gespött der ganzen Abteilung, nein, also stellen Sie sich das doch mal vor! Das gibt's doch gar nicht!«

Er beruhigt sich, räuspert sich wütend.

»Gut, ich muß gehen. Das Paket nehme ich mit. Ich werde einen Polizisten als Wache vor Ihrem Zimmer postieren, man weiß ja nie.«

Ah, endlich versteht er, daß das nicht einfach ein Überfall war.

»Ich halte Sie auf dem laufenden.«

Er verläßt das Zimmer, und ich höre ihn auf dem Gang einige knappe Sätze mit der Schwester wechseln.

Könnte der Mann, der sich für Yssart ausgegeben hat, die Kinder getötet haben? Seine Stimme und seine Intonation waren mir sympathisch. Hätte ich es nicht spüren müssen ...? O nein, ich werde nicht schon wieder alles gegeneinander abwägen. Ich bin sicher, die Ermittlungen werden jetzt zügig vorangehen.

Groß, dunkelhaarig. In etwa, wie ich ihn mir vorgestellt habe. Vielleicht sind die Gesichter, die ich den Menschen dem Klang ihrer Stimme nach zuordne, doch nicht so falsch.

Seit dem Vormittag war niemand mehr da. Ruhe. Endlich habe ich meine Ruhe. Ich träume vor mich hin. Ich stelle mir vor, ich wäre in der Karibik, läge an einem feinen Sandstrand und spürte die warmen Sonnenstrahlen auf meiner gebräunten Haut. Ich höre das träge Plätschern der Wellen. Draußen auf dem Meer schaukelt ein weißes Segelschiff, es duftet nach gegrillten Langusten ... Mhmm, jetzt wäre ein kühler Drink recht. Und schon halte ich einen eisgekühlten Drink in der linken Hand, einen guten Krimi in der rechten, ahh, ist das angenehm ... Glühende Hitze, eine kleine Siesta, weit weg von der grauen Vorstadt mit ihren menschlichen Ameisen, die aufgeregt hin- und herhasten, sich mit grauenvollen Fragen und düsteren Antworten quälen ... Ich will in der Karibik bleiben!

Das Problem ist nur, daß Träume Schäume sind! Die Sonne wärmt mich nicht, ich höre nicht das Plätschern der Wellen, sondern nur das Surren des Monitors auf dem Nachtkästchen, und der Drink besteht aus drei Tabletten und einem Schluck lauwarmem Wasser alle zwei Stunden.

Unmöglich, ich kann nicht in der Karibik bleiben, denn ich kann nicht aufhören zu grübeln: Hat Jean Guillaume mir eine manipulierte Kassette gebracht? In diesem Fall wäre er der Mörder. Was ich nicht verstehe, ist, warum er mich angegriffen hat. Kommissar Yssart war ein falscher Kommissar. Warum hat sich der echte nie bei mir blicken lassen? Weil ich für seine Ermittlungen völlig uninteressant war. Nur der falsche Yssart hat einen Zusammenhang zwischen mir, Virginie und den Morden gesehen. Das bringt mich auf eine andere Frage: Warum hat er sich als Kommissar ausgegeben? Wer mag dieser Typ sein? Entweder ist er der Mörder oder ... wer? Ein Journalist auf der Suche nach einer Sensationsstory? Ein von der Familie eines der Opfer engagierter Privatdetektiv? Auf jeden Fall können nicht Jean Guillaume *und* Yssart der Mörder sein. Wenn sich nur jemand diese verdammte Kassette angehört hätte ... Aber wie sollte Inspektor Gassin auf die Idee kommen, daß mit ihr etwas nicht stimmt? Auf alle Fälle verläßt sich der Mörder darauf, daß ich nicht mit meiner Umwelt kommunizieren kann. Und wenn ich plötzlich die Sprache wiederfinden würde? Wenn ich schreiben könnte? Er müßte mich umbringen, denn all die kleinen Einzelheiten, die ich aussagen könnte, würden zu seiner Entlarvung führen. Also höchste Konzentration und ständiges Training der Hand.

## 13

Die Krankenschwester kämmt mich. Es ziept ein bißchen. Sie sieht nach, ob ich sauber aussehe und meine Jacke ordentlich zugeknöpft ist. Ein nettes Mädchen. Sie heißt Yasmina, das hat sie mir erzählt, als sie meinen Verband wechselte. Ich weiß, daß ihr Vater aus Algerien stammt und ihre Mutter aus dem

Pas-de-Calais. Daß sie ihr Abitur wegen familiärer Schwierigkeiten – ihre Mutter war Alkoholikerin – nicht bestanden hat. So beschloß sie, Krankenschwester zu werden, weil sie sich um andere Menschen kümmern, ihnen helfen wollte, aber hier wird sie schlecht bezahlt, die Gewerkschaft müßte mehr tun. Sie hat dunkle, lange Locken, ihr Freund heißt Ludovic und ist ebenfalls Krankenpfleger. Ich weiß nicht, warum die Leute, sobald sie mit mir allein sind, mir ihr Leben erzählen. Wahrscheinlich haben sie das Gefühl, sie vertrauten sich – wie damals, als sie klein waren – ihrer Puppe an ...

»So, Sie sind wirklich bildhübsch«, sagt sie, während sie mich in meinen Rollstuhl setzt. »Es ist zehn Uhr, sie werden bald kommen. Ich hoffe, daß wir Sie hier so bald nicht wiedersehen!«

Das hoffe ich auch. Dabei war dieser kurze Aufenthalt gar nicht mal so unangenehm ... Trotz all der Fragen, die mich quälen, habe ich mich ausgeruht, und die Tatsache, daß vor meiner Tür ein Polizist postiert war, hat mich doch sehr beruhigt. Apropos, sie stopfen mich hier ohne Unterlaß mit Beruhigungsmitteln voll, eine widerliche Angewohnheit, ich schlafe fast die ganze Zeit!

Schritte auf dem Gang, die Tür öffnet sich.

»Sie sehen aber gut aus!« ruft Yvette und umarmt mich. »Paul wartet unten. Auf Wiedersehen, Schwester, und vielen Dank!«

»Gern geschehen. Auf Wiedersehen, Elise!«

Ich hebe freundlich die Hand und winkle dreimal hintereinander die Finger an, was »Ciao« bedeuten könnte.

Yvette schiebt den Rollstuhl zum Aufzug und erzählt mir die letzten Neuigkeiten. Ich komme mir vor wie ein Rennfahrer, der sich nach einem kurzen Boxenstop wieder ins Rennen stürzt.

»Sie ahnen ja nicht, was alles passiert ist! Zunächst hat Inspektor Gassin herausgefunden, daß Kommissar Yssart gar kein richtiger Kommissar war, stellen Sie sich das mal vor! Wir hatten es mit einem Hochstapler zu tun! Jean hat alle Schlösser ausgewechselt, und ich habe am Badezimmerfenster einen Riegel anbringen lassen. Heutzutage ist man nirgendwo mehr sicher: ein falscher Kommissar! Man vermutet sogar, daß er Sie überfallen und die armen Kinder umgebracht hat! Inspektor Gassin hat mir gesagt, er habe eine heiße Spur, denn es sieht so aus, als habe er einen Fingerabdruck auf der Kassette hinterlassen ... Sie wissen schon, die Literaturkassette, die Jean Ihnen geschenkt hat.«

Der Aufzug hält mit einem kleinen Ruck, und Yvette schiebt mich in die Halle; wir befinden uns nun in einem Meer von Menschen, es riecht nach Krankenhaus, die verschiedenen Telefonapparate klingeln unaufhörlich.

Ein Fingerabdruck. Der falsche Yssart soll einen Fingerabdruck auf der Kassette hinterlassen haben ... War er so durcheinander? Oder handelt es sich um einen falschen Abdruck, den irgend jemand absichtlich hinterlassen hat, um ihn zu belasten? Möglich ist alles. Auf alle Fälle scheint mit der Kassette alles in Ordnung zu sein, sonst hätte es Gassin bemerkt.

»Guten Tag, Lise! Sie sehen ja blendend aus!«

Paul. Ich hebe die Hand. Man hievt mich in den Kombi, die Tür schlägt zu. Der Wagen fährt an.

Nach Hause.

Als ich in das Haus komme, ist mir nicht ganz wohl. Es scheint mir nicht mehr sicher und irgendwie besudelt zu sein. Ihm haftet der Geruch von Gefahr und Bosheit an. Yvette schiebt mich ins Wohnzimmer und geht ihrer Arbeit nach. Paul setzt sich neben mich auf die Couch.

»So, ich hoffe, nun wird alles gut.«

Er senkt die Stimme und beugt sich zu mir herüber:

»Wir wissen nicht, was wir tun sollen. Sollen wir der Polizei von Virginies leiblichem Vater erzählen? Hélène hat Ihnen doch gesagt, daß ich nicht der Vater bin, nicht wahr?«

Ich hebe die Hand. Plötzlich wünsche ich mir, er würde gehen, ich weiß nicht warum, aber mit seiner honigsüßen Stimme widert er mich ein wenig an.

»Dieser Typ ist ein richtiges Schwein, und vor allem, und das wissen Sie vielleicht nicht, hat mir Hélène gestanden ...«

»Möchten Sie etwas trinken, Paul?«

»Nein danke, das ist nett, Yvette, aber ich muß gehen, ich habe einen Termin. Bis später, Elise. Auf Wiedersehen.«

Es ist unglaublich, wie ungeniert sich die Leute mir gegenüber verhalten. Ungebeten knallen sie mir irgendeine Information hin, und ebenso plötzlich unterbrechen sie dann ihren Redeschwall, gerade so, als würden sie Selbstgespräche führen. Es gibt auch Leute, die ihrem Schoßhündchen gegenüber solche Monologe halten. Was könnte Hélène in bezug auf Virginies Vater Paul gestanden haben? In Anbetracht seines Charakters wahrscheinlich nichts Gutes ...

Kaum sitze ich eine Stunde im Wohnzimmer und versuche, ein kleines Nickerchen zu halten, läutet es an der Tür. Nun geht es also wieder los: Der Zirkus Andrioli ist Tag und Nacht für groß und klein geöffnet!

»Sie ist im Wohnzimmer!«

»Danke, ich möchte sie unter vier Augen sprechen.«

Entschlossene Schritte.

»Guten Tag. Ich muß mit Ihnen reden, es ist wichtig.«

Gassin. Na, der hat ja in den letzten beiden Tagen an Autorität gewonnen! Ich höre, wie er die Tür zum Flur schließt.

»Erinnern Sie sich an das Päckchen, das Sie im Krankenhaus bekommen haben?«

Um mich daran nicht zu erinnern, müßte ich wohl gehirnamputiert sein, lieber Inspektor. Ich hebe die Hand.

»Gut. Mein Kollege, Inspektor Mendoza, hat bei dem Express-Kurierdienst Erkundigungen eingezogen. Der Absender war ein großer, schlanker, dunkelhaariger Mann. Also derselbe, der den Krankenwagen gerufen hat. Er hat natürlich einen falschen Namen und eine falsche Adresse angegeben: den Namen und die Adresse von Stéphane Migoin.«

Oha, das verstehe ich nicht. Was hat denn der arme Stéphane damit zu tun?

»Klar ist also, daß es sich um jemanden handelt, der bestens über die Ereignisse hier informiert ist, und damit ist auch klar, daß es sich bei dem, was Ihnen zugestoßen ist, nicht um einen einfachen Überfall handelte ... Glücklicherweise war er ein wenig unvorsichtig: Er hat einen Fingerabdruck auf der Kassette hinterlassen, die neben Ihrer Stereoanlage lag, *Bestie Mensch.* Wir haben Nachforschungen in der Zentralkartei angestellt und sind fündig geworden! Wissen Sie, wer der Mann ist, der sich als Kommissar Yssart ausgegeben hat? Der Mann, der das Päckchen aufgegeben hat? Der Mann, der Sie höchstwahrscheinlich angegriffen hat, ehe er dann selbst den Krankenwagen rief?«

Er läßt mich ein oder zwei Sekunden schmoren, ehe er fortfährt:

»Antoine Mercier, genannt Tony, achtunddreißig Jahre alt, 1988 wegen Mordes verhaftet, für unzurechnungsfähig erklärt und in das psychiatrische Krankenhaus Saint-Charles in Marseille, Départment Bouches-du-Rhône, eingewiesen worden.«

Tony! Yssart war Tony! Also das ... Der Mann, der Hélène den Arm gebrochen hat, als Polizist verkleidet! Tony, der wegen Mordes verurteilt wurde!

»Warten Sie, das ist noch nicht alles«, fährt Gassin aufgeregt fort. »Raten Sie mal, wer Tony Mercier ist! Tony Mercier ist Virginies leiblicher Vater, das haben wir soeben erfahren. Er war von 1986 bis zu seiner Verhaftung mit Madame Fansten liiert. Und wissen Sie, warum er verhaftet wurde?«

Er beugt sich zu mir vor und ich rieche Menthol:

» *Wegen Mordes an einem achtjährigen Kind!* Er wurde in einem anonymen Brief beschuldigt. Meine Marseiller Kollegen haben eine Hausdurchsuchung bei ihm vorgenommen und einen ähnlichen Strick gefunden wie der, mit dem das Kind gefesselt worden war, sowie Wollfasern vom Pullover des Opfers.«

Ich spüre, wie mir flau wird. Gassin spricht hastig weiter:

»Tony Mercier war allgemein als sehr labil bekannt und hatte ein ellenlanges Vorstrafenregister: Autodiebstahl, Einbruch usw. Er war oft in Schlägereien verwickelt. Er stammt aus beklagenswerten familiären Verhältnissen. Den Eltern, die Alkoholiker waren, wurde das Sorgerecht entzogen, er wurde der Fürsorge übergeben, riß wiederholte Male aus, und den Rest erspare ich Ihnen lieber. Zumeist arbeitslos, hat er auf eigene Initiative hin mehrere erfolglose Entziehungskuren unternommen. Es war allgemein bekannt, daß er Hélène schlug und ihr einmal auch den Arm gebrochen hat. Kurz, selbst wenn er unschuldig gewesen wäre, war sein Schicksal besiegelt. Sein Anwalt hat auf nicht schuldig plädiert und darauf hingewiesen, daß irgend jemand anders das belastende Beweismaterial in Merciers Wohnung hätte bringen können, um ihm die Schuld zuzuschieben. Die Sachverständigen haben ihn für unzurechnungsfähig erklärt. Er wurde inhaftiert. Aber das ist noch nicht alles: Seit 1991 hatte Tony Mercier Freigang, und vor zwei Jahren ist er aus dem psychiatrischen Krankenhaus geflohen!«

Gassin ist so aufgeregt, daß er die letzten Worte heftig hervorgestoßen hat. Ich verstehe den Ärmsten ja: Es ist hart zu erfahren, daß ein mordverdächtiger Verrückter sich als sein Chef ausgibt, unbehelligt in der Stadt seine eigenen Ermittlungen durchführt, vor allem, wenn es sich um den Vater des Mädchens handelt, das einiges über die Morde zu wissen schien, die in der Umgebung eben dieser Stadt verübt wurden ...

Natürlich, ein Typ, der seiner eigenen Frau den Arm bricht, kann mich ebensogut mit Nadeln piesacken oder mich mit einem Messer traktieren ... Offensichtlich steht der Fall kurz vor der Aufklärung. Alles scheint auf Tony-Yssart als Schuldigen hinzudeuten. Das würde auch Virginies Schweigen erklären. Er hat ihr wahrscheinlich gesagt, daß er ihr Vater ist. Dann hat er Migoin getötet, um ihm die Schuld in die Schuhe zu schieben! Aber warum hat Hélène ihn nicht erkannt? Vermutlich weil nicht er, sondern der richtige Yssart bei ihr war! Und ich habe mir die Ausführungen dieses Hochstaplers angehört, der sich köstlich amüsiert und sich gefragt hat, wann er mich umbringen wird ... Da bin ich ja gerade noch mal davongekommen ...

Gassin ergreift meine beiden Hände:

»Meine Theorie ist, daß Tony Mercier der Kindermörder ist. Er hat sich in der Gegend herumgetrieben, um seine Tochter und diejenige, die er noch immer als seine Frau ansieht, aufzuspüren. Alle Zeugenaussagen belegen, daß er ausnehmend besitzergreifend ist und wiederholt seine Frau bedroht hat. Als er sich hier niedergelassen hatte, konnte er dem Drang zu töten nicht widerstehen. Er hat sich als Kommissar Yssart ausgegeben, um die Ereignisse aus nächster Nähe verfolgen zu können. Er ist ein gefährlicher Geisteskranker, und ich befürchte das Schlimmste für Ihre und Hélène Fanstens Sicherheit. Ich möchte nicht, daß Sie hierbleiben. Fahren Sie zu Ihrem Onkel! Ich habe schon mit Hélènes Mann gesprochen. Er wird alles Notwendige für seine Frau in die Wege leiten. Wie Sie sicher verstehen, habe ich im Augenblick noch keine Beweise. Ich habe ihn ja nicht einmal vernehmen können, aber ich bin mir ganz sicher, daß Sie in Gefahr sind.«

Er erhebt sich. Zu meinem Onkel? Warum eigentlich nicht? Dort bin ich weit weg von all diesen Geschichten. Ich muß nicht die Verhaftung des unglückseligen Tony miterleben, weder Virginies Weinen noch Hélènes wütende Schreie, und erspare mir alle bissigen Kommentare.

»Sind Sie einverstanden?«

Ich hebe die Hand.

»Gut, dann werde ich die Sache mit Madame Holzinski besprechen. Auf Wiedersehen.«

Er geht in die Küche und redet leise mit Yvette. Er hat sich noch immer nicht beruhigt. Die Sache mit dem falschen Kommissar hat ihn anscheinend zutiefst getroffen. Man muß allerdings zugeben, daß ... Yvette schließt hinter ihm die Tür und schiebt den Riegel vor. Dann höre ich ihre Schritte hinter meinem Rücken. Ich bin sicher, sie sieht nach, ob das Badezimmerfenster auch richtig zu ist. Was macht sie jetzt? Ah, sie telefoniert. Ich wette zehn zu eins, sie ruft meinen Onkel an. Gewonnen. Blablabla, wir kommen morgen. Sie wählt noch einmal. Bestimmt die Nummer der Fanstens.

»Hallo, guten Abend, hier ist Yvette, entschuldigen Sie die Störung ... Ja, gerade eben ... Das ist entsetzlich, wer hätte das ahnen können ...? Wie furchtbar für Sie, meine Ärmste! Und Virginie? Ich hoffe, sie weiß nichts ... Ja, das ist besser ... Zu ihrer Schwiegermutter ...? Sie haben recht. Ich kann es nicht glauben ... Nein, das wußte ich nicht ... Ich verstehe, ja. Über solche Sachen spricht man nicht gern ... Und Paul ...? Ja, er ist ein zuverlässiger Mensch, Sie haben Glück ... Aja, das ist gut ... Wie bitte? Gut, ich rufe Sie morgen noch einmal an.«

Aufgelegt.

»Ich habe gerade mit Hélène gesprochen. Das ist ja eine furchtbare Sache ... Virginies Vater, stellen Sie sich das nur vor! Ein Geisteskranker, der aus dem Irrenhaus ausgebrochen ist! Das ist nicht zu fassen! Man fragt sich doch wirklich, in was für eine Welt wir leben! Sie wollen Virginie zu ihrer Großmutter schicken. Hélène will nicht wegfahren, sie will bei Paul bleiben, nun. Sie wissen ja, wie nervös sie ist. Naja, jetzt verstehe ich sie besser, wenn der Vater des eigenen Kindes ein Mörder ist, da kann man schon mal die Nerven verlieren ...«

Das glaube ich auch. Es ist gut, daß sie Virginie wegschikken. Ich bin wirklich betroffen. Statt froh darüber zu sein, daß der Fall so gut wie aufgeklärt ist, denn Tony Merciers Verhaftung steht sicher unmittelbar bevor, bin ich ziemlich deprimiert. Eine häßliche Geschichte.

Wie spät ist es? Ich kann nicht schlafen. Wenn ich mich bewegen könnte, würde ich mich im Bett hin- und herwälzen. So begnüge ich mich damit, nervös die Hand zu öffnen und zu schließen. Yvette hat mich gegen 22 Uhr zu Bett gebracht. Doch ich habe den Eindruck, daß es mindestens 2 Uhr morgens ist. Ich kann kein Auge zutun.

Als Tony Mercier hierhergezogen ist, mußte er sich zunächst irgendeine Identität zulegen. Er ist schließlich nicht als Kommissar Yssart verkleidet angereist. Er hat sich vermutlich erst hier niedergelassen, schließlich angefangen zu morden und dann später beschlossen, sich als Yssart auszugeben.

Aber warum hat er Migoin getötet? Warum nicht Paul? Ich habe den Eindruck, wenn ich ein Geistesgestörter wäre, der unter krankhafter Eifersucht leidet, würde ich es so einfädeln, daß man den Mann meiner Ex-Frau des Mordes beschuldigt und nicht einen anständigen Kerl wie Stéphane ...

Außer: 1. Stéphane würde mich verdächtigen, oder 2. Stéphane wäre der Liebhaber meiner Ex-Frau gewesen – das heißt Hélènes Liebhaber ...

Das eröffnet ganz neue Perspektiven. Man könnte sich sogar eine Kombination beider Hypothesen vorstellen.

Wenn ich bedenke, daß ich sogar so weit gegangen bin, den Ehemann meiner besten Freundin und den Verlobten meiner hingebungsvollen Pflegerin zu verdächtigen! Paul Fansten und Jean Guillaume.

Und Sophie? Was hat Sophies Leiche mit alldem zu tun? Also doch ein richtiger Selbstmord? Einfach wegen des Ehebruchs? Ein Streit mit Manu? Oder hat Tony auch Sophie getötet, um den gegen Stéphane bestehenden Verdacht zu erhärten? Kann ein entlaufener Irrer so skrupellos sein? Antwort: Ja! Sonst wäre er ja nicht darauf gekommen, sich als Kommissar auszugeben.

Andererseits hätte er, wie Gassin ganz richtig bemerkt hat, selbst wenn er unschuldig gewesen wäre, bei seiner Vorgeschichte nicht die geringste Chance gehabt.

Und wenn er nun den Mord in Marseille nicht begangen hat? Warum sollte er dann hierherkommen? Warum sollte er sich als Kommissar ausgeben? Nein, er muß es zwangsläufig gewesen sein, es gibt keine andere logische Erklärung: Ich darf nicht anfangen, völlig unwahrscheinliche Hypothesen aufzustellen.

Aber trotzdem: Warum hat man ihn nicht von Anfang an

verdächtigt? Wenn man weiß, daß die Stiefmutter eines der Opfer mit einem Mörder zusammengelebt hat ... Nein, bin ich dumm: Sie wußten es ja nicht. Hélène hat niemandem etwas von Tony erzählt, außerdem konnte sie ja nicht ahnen, daß er aus dem Krankenhaus geflohen war, sie glaubte ihn hinter Schloß und Riegel, also gab es keinen Grund, all den Schmutz wieder aufzuwühlen.

»Das Wetter ist wunderbar!« ruft Yvette und öffnet die Fensterläden. Ich kann mich nicht daran erinnern, eingeschlafen zu sein und habe das Gefühl, die ganze Nacht über gegrübelt zu haben.

Das Ankleide- und Frühstücksritual. Yvette ist heute nicht besonders gesprächig, macht nichts, ich bin sowieso schlechtgelaunt. Sie fährt mich ans Wohnzimmerfenster, damit ich hinter der Scheibe die Sonne genießen kann. Yvette ist sicher dabei, die Koffer für den Aufenthalt bei meinem Onkel zu pakken. Ob sie Yssart wohl bald schnappen? Nachdem er sechs Monate unbehelligt gelebt hat, wird er sich jetzt vielleicht auch nicht so leicht in die Enge treiben lassen. Vor allem, da Gassin erst einmal seine Vorgesetzten und den Richter von seiner außergewöhnlichen Theorie überzeugen muß ...

Telefon.

Nachdem sie aufgelegt hat, erzählt mir Yvette, daß Hélène und Virginie heute mittag vorbeikommen, um sich von mir zu verabschieden.

Wenn mich Yvette nicht an jenem Maitag in den Schatten eines Baumes auf dem Parkplatz vor dem Supermarkt gestellt hätte, hätte ich Virginie nie kennengelernt, und ich wüßte nicht mehr von der ganzen Geschichte als das, was man im Fernsehen hört. Statt dessen bin ich in den Strudel der Ereignisse, Gefühle und Ängste geraten ... Wenn ... wenn ... Man kann die Zeit nicht zurückdrehen.

Yvette brummt vor sich hin. Aus Angst, etwas zu vergessen, kontrolliert sie die Koffer nun schon zum hundertsten Mal.

Es läutet. Begrüßungen. Zwei kleine Ärmchen schlingen sich um meinen Hals.

»Ich fahre zu Großmama!«

»Man sagt guten Tag, Virginie!«

»Guten Tag, ich fahre zu Großmama!«

Ich hebe die Hand und balle sie zur Faust. Virginie schiebt ihren Finger hinein.

»Super! Sieh mal, Mama, sie kann ihn schon festhalten!«

Wenn ich ihren Finger festhalten kann, warum nicht auch einen Stift? Virginie riecht nach Apfelshampoo, ich stelle mir vor, daß ihr blondes Haar ordentlich frisiert ist und seidig glänzt.

»Wenn Sie wollen, können wir Sie auf dem Weg zu Virginies Großmutter am Flughafen absetzen, das ist kein großer Umweg«, schlägt Hélène vor.

»Oh, wir wollen Ihnen keine Umstände machen«, protestiert Yvette.

»Das war Pauls Idee ... Wir könnten Sie gegen fünf Uhr abholen.«

»Wirklich, ich weiß nicht ...«

»Sie wollen doch wohl nicht extra ein Taxi nehmen. Das muß ja nicht sein.«

»Wirklich sehr nett von Ihnen. Virginie, möchtest du etwas Apfelkuchen?«

»Jaaa!«

»Ja bitte«, korrigiert Hélène sie müde.

Yvette geht, gefolgt von Hélène, in die Küche, wo ich die beiden flüstern höre. Geheimnisse?

»Jetzt, wo der Kommissar tot ist, werden sie die Bestie der Wälder nie fangen«, raunt mir Virginie zu. »Aber sie wird nicht bei meiner Großmama sein, ich freue mich, daß ich zu ihr fahre. Renaud auch. Er hat Großmama immer gern gehabt. Weißt du, daß es zwei Kommissare gab? Einen echten und einen falschen? Der junge Polizist hat es Mama erzählt. Er ist sehr nett. Er hat mir einen Erdbeerkaugummi geschenkt. Dann wollte er wissen, ob ich den falschen Kommissar kenne. Das war eine dumme Frage. Natürlich kenne ich ihn, er war ja der Kommissar. Er hat mich so viele Sachen über alle Leute gefragt, über meine Eltern, über dich, über Jean Guillaume, Yvette, Stéphane, Sophie und alle Kinder. Ich hatte die Nase voll von ihm. Ich hab' überhaupt nicht verstanden, was er von mir wollte. Als würde ich es ihm sagen! Renaud stand die ganze Zeit hinter ihm und schnitt über seine Schulter hinweg Grimassen, da mußte ich lachen.«

Ich stelle mir den halbverwesten Renaud vor, wie er Grimassen schneidet. Sehr lustig.

»Zum Schluß habe ich dann gesagt, ich bin müde. Er ist böse geworden und hat gemeint, wenn ich etwas verberge, kann ich ins Gefängnis kommen, aber ich verberge nichts, ich habe ja nichts gestohlen. Und die Bestie der Wälder wird sich jetzt ruhig verhalten, da bin ich ganz sicher.«

»So, hier ist ein schönes, großes Stück Kuchen!«

Virginie läuft zu Yvette, die ihr Gedeck auf den Tisch stellt. Warum sollte sich die Bestie der Wälder (was für ein idiotischer Name!) jetzt in Sicherheit wiegen? Weil Tony Mercier demaskiert wurde und sein kleines Spielchen nicht fortsetzen kann. Ja, alles paßt zusammen.

»Nein danke, ich möchte keinen Kuchen«, sagte Hélène. Sie scheint nervös. Plötzlich legt sie mir die Hand auf den Arm und flüstert:

»Wenn ich daran denke, daß dieser Mistkerl die ganze Zeit hier war, ganz in der Nähe! Wenn ich daran denke, daß er uns drei beobachtet, Virginie nachspioniert hat . . Das muß für ihn ein Hochgenuß gewesen sein. Ich hoffe, sie werden ihn bald fassen!«

Ihre Stimme klingt so haßerfüllt, daß ich erschaudere. Yvette schwatzt noch ein Weilchen mit den beiden, dann gehen sie. Also bis heute abend, tschüs.

»Die arme Hélène ist wirklich leichenblaß!«

Das Wort ist nicht besonders glücklich gewählt, aber gut ...

»Ich weiß, daß es unsinnig ist, aber bisweilen frage ich mich ...«

Yvette zögert und fährt dann fort:

»Ich mag mich ja täuschen, aber manchmal habe ich den Eindruck, daß sie dem Bier ein wenig zu sehr zuspricht. Und diese große, schwarze Sonnenbrille ... Der Sommer ist doch schon vorbei. Solche dunklen Brillen setzt man auf, um sein schlechtes Aussehen zu verbergen ... Ich hatte eine Cousine, die den Alkohol schlecht vertrug, sie fiel immer auf der Treppe hin oder in der Dusche, und setzte dann eine solche Brille auf, damit man ihr blaues Auge nicht bemerkte ...«

Der Alkohol oder Pauls lose Hand? Ich habe schon gehört, wie er sie geohrfeigt hat. Und ist es nicht so, daß Kinder, die geschlagen wurden, dasselbe Verhältnis zu ihrem Ehepartner aufbauen? Und ihr erster Mann Tony ist nicht nur ein Mörder, sondern auch ein gewalttätiger Alkoholiker, oder? Ein wahrer Roman von Zola!

O nein, nicht an Zola denken, nicht an seine *Bestie Mensch* oder irgendein Buch in der Art.

Das Warten wird mir unendlich lang. Es ist zugleich langweilig und anstrengend, nervenaufreibend. Vor, zurück, rechts, links, ich male mit meinem Rollstuhl Arabesken auf das Parkett und halte nur von Zeit zu Zeit inne, um den Arm zu heben und die Faust zu ballen. Ich muß aussehen wie eine Befreiungskämpferin im Rollstuhl. »Boissy-les-Colombes: Die hilflose Behinderte war eine gefährliche Terroristin!« Vor, zurück, auf zur *Mazurka der Gelähmten.*

Ich habe das Warten satt. Ich wünsche mir, daß die Zeit schneller vergeht. Daß Gassin läutet und sagt: »So, wir haben ihn.«

Es läutet.

»So! Wir haben ihn!«

Na, so was! Gassin!

»Ich habe einen Haftbefehl gegen Tony Mercier. Überall sind Straßensperren errichtet worden, alle Flughäfen und

Bahnhöfe werden kontrolliert. Er kann uns nicht mehr entkommen!«

Das ist besser als nichts.

»Wissen Sie, ich habe Yssart, dem richtigen, meine ich, oft gesagt, er solle sich mehr um das Mädchen kümmern, um die kleine Virginie Fansten. Aber er wollte nicht auf mich hören. Er hielt das für Unsinn. Nun, heute bin ich sicher, daß er Unrecht hatte; sie hatte etwas mit der Geschichte zu tun, das habe ich immer gespürt, der Beweis ist, daß Mercier Virginies Vater ist. Mein Gott, wenn ich bedenke, daß wir diese Spur nach dem Tod des kleinen Renaud nicht weiter verfolgt haben! Wenn Hélène Fansten uns nur damals von Mercier erzählt hätte! Sie sagt, sie wollte einen Schlußstrich unter ihre Vergangenheit ziehen, sie habe gewußt, daß er inhaftiert war und habe geglaubt, auf ihr laste ein böser Fluch ... Also wirklich, können Sie sich das vorstellen?«

Ich habe begriffen, daß die Dinge nie so einfach sind, wie man denkt. Er seufzt.

»Erholen Sie sich gut bei Ihrem Onkel. Wenn Sie zurückkommen, ist alles vorbei.«

Ganz schön optimistisch, der junge Mann. Ich frage mich, warum er gekommen ist, um mir das zu erzählen. Und wenn es ein falscher Gassin ist? Schließlich könnte das Spielchen unendlich lange so weitergehen. Und wenn ich eine falsche Elise wäre, und die richtige gerade über die Wiesen hüpft und Gänseblümchen pflückt ...

Es hupt zweimal. Ah, das müssen Hélène und Paul sein.

»Wir kommen!« ruft Yvette aus dem Fenster. »Wo ist nur meine Brille? Und Ihr Wollschal? Ich bin sicher, daß ich ihn dort hingelegt habe.«

Yvette wirbelt um mich herum, läuft hinaus, eilt in die Küche und schiebt mich schließlich nach draußen.

»Entschuldigen Sie, ich bin etwas spät dran«, sagt Hélène, während sie mich auf den Vordersitz hebt. »Wir legen den Rollstuhl in den Kofferraum.«

»Ist Paul nicht da?«

»Er erwartet uns in der Bank.«

»Und Virginie?«

»Sie ist in der Schule, wir holen sie auf dem Weg ab«, erklärt Hélène. Yvette nimmt auf dem Rücksitz Platz, ich höre, wie sie tief seufzt und schwerfällig in die Polster sinkt. Hélène setzt sich ans Steuer, beugt sich zu mir herüber und befestigt meinen Sicherheitsgurt.

Sie fährt an. Der Kies knirscht unter den Rädern. Tiefes Schweigen. Hélène schaltet das Radio ein. Ein ohrenbetäubender Rap, ich verabscheue Rap, ich verstehe nie die Worte, außerdem bekomme ich Lust, mit dem Kodie n wackeln wie ein Dromedar.

Wir halten. Hélène steigt aus. Ach ja, die Bank. Yvette ist recht schweigsam, ob sie eingeschlafen ist? Die hintere Tür öffnet sich:

»Guten Tag, Lise.« Pauls Stimme übertönt die Musik. Seine Tür schlägt zu, dann die Fahrertür.

»Also, los geht's!« sagt Hélène und fährt an.

Die Fahrt dauert lang. Wo ist denn bloß diese merkwürdige Schule? Es ist sicherlich die neue, die an der D56 liegt. Keiner spricht ein Wort.

»Verdammt!« brüllt Hélène plötzlich.

Was ist los?

»Neiiin!«

Mein Herz klopft zum Zerspringen, scharfes Bremsen, der Wagen bricht aus, ich werde nach vorn geschleudert, etwas schlägt gegen meinen Kopf, und mir wird schwarz vor Augen.

Kopfschmerzen. Habe das Gefühl, mein Kopf hat sich ums Doppelte vergrößert. Fürchterlicher Durst. Mein Mund ist völlig ausgetrocknet. Wo bin ich? Anscheinend sitze ich. In meinem Rollstuhl, denn unter meinem Finger spürte ich einen Knopf. Ich höre das Tropfen eines Wasserhahns. Der Unfall. Es scheint nicht sehr schlimm gewesen zu sein, denn ich bin nicht im Krankenhaus, soviel ist sicher, sonst läge ich in einem Bett und es röche nach Desinfektionsmittel. Wo sind die anderen? Ich lausche. Nichts. Meine Kopfschmerzen werden von Sekunde zu Sekunde schlimmer, ich muß eine riesige Beule am Hinterkopf haben, dort, wo ich ein Pulsieren spüre. Wenn mir doch jemand zu trinken geben würde. Oder mit mir sprechen, mir erklären würde, was geschehen ist ...

Es riecht nach Holz. Als befände ich mich in einem Holzhaus. In einem Landhäuschen? Aber was zum Teufel hätte ich in einem Landhäuschen verloren? Mein Onkel wohnt in einer modernen Villa. Außerdem würde ich bei ihm Lärm hören.

Gehen wir noch einmal alles durch: Wir waren auf dem Weg, um Virginie abzuholen. Dann hatten wir einen Unfall. Vielleicht haben uns Leute gefunden und mitgenommen. Sehr schweigsame Leute, Stumme zum Beispiel. Oder ich bin die einzige Überlebende. Mist. Das kann nicht sein.

Ich drücke auf den Knopf, der Rollstuhl bewegt sich langsam vorwärts. Das Geräusch kenne ich, ich fahre über Holzboden. Bums, eine Wand. Ich fahre drei Sekunden rückwärts, bums, eine andere Wand. Ein kleiner Raum. Wo man sich nur drei Sekunden lang mit dem Rollstuhl fortbewegen kann, ohne auf eine Wand zu stoßen. Offenbar gibt es hier keine Möbel. Stehe ich in einem Flur?

»Machen Sie sich keine Sorgen, es ist alles in Ordnung!«

Aah! Ein eisiger Schrecken durchzuckt mich, bis ich Yvettes Stimme erkenne.

»Hélène kommt gleich.«

Und Paul? Warum spricht sie nicht von Paul? Warum erklärt sie mir nichts?

Ich spüre etwas an meinen Lippen. Ein Glas. Wasser. Danke, meine gute Yvette. Ich trinke lange. Das Wasser schmeckt eklig, aber es tut mir dennoch gut. Ich bin so müde. Ich möchte, daß Yvette mir erklärt ... Und diese Kopfschmerzen, mein Kopf wird immer größer ... und größer ...

Warum sehe ich nichts? Ich möchte die Augen öffnen. Meine Lider zittern. Die Augen sind offen, aber es ist dunkel. Durst, ich habe noch immer furchtbaren Durst. Habe den Eindruck, dick geschwollene Lippen zu haben. Yvette hat mir etwas zu trinken gegeben. Yvette. Der Unfall. Ich sehe nichts, weil ich blind bin. Für einen kurzen Augenblick hatte ich das vergessen, ich fühlte mich ein Jahr zurückversetzt, als ich noch unversehrt war. Ich hebe den Arm. Es scheint niemand dazusein. Ich sitze noch immer in meinem Rollstuhl. Mein Nacken schmerzt, er ist ganz steif. Ich bin wahrscheinlich eingeschlafen. Wie gerne ich mich hinlegen würde. Ich habe Wasser getrunken und bin eingeschlafen. Und die anderen? Ich hebe noch einmal den Arm. Sie können doch nicht alle verschwunden sein!

»Alles ist gut.«

Schon wieder Yvette, aber ich habe sie gar nicht kommen hören. Will sie mich zu Tode erschrecken, oder was? Dabei hat sie doch sonst einen so lauten Gang!

»Ich werde uns einen schönen Kuchen backen.«

Aber ich will deinen blöden Kuchen nicht! Wo sind Paul und Hélène? Ich will wissen, was geschehen ist!

»Ich habe Ihrem Onkel Bescheid gegeben.«

Sehr gut, aber was hast du ihm gesagt? Und diese verfluchten Kopfschmerzen, je mehr ich mich aufrege, desto schlimmer werden sie, als hätte ich einen Kessel im Gehirn, den ein verrückter Heizer unbarmherzig vollschaufelt. Ein Unmensch, hopp, noch eine Schaufel voll Kohle, und hopp, der Schädel dampft und brodelt; wenn ich nur die Arme bewegen könnte, ich würde mir Yvette schnappen und sie schütteln, bis sie mir sagt, wo wir sind.

»Paul hat angerufen.«

Paul? Ist er denn nicht bei uns? Oder meint sie, daß er jemanden angerufen hat? Um Hilfe zu holen? Yvette! Ich hebe den Arm und balle mehrmals die Faust. Siehst du mein Signal nicht?!

»Paul hat angerufen.«

Ich weiß, ich bin ja nicht taub. Yvette, um Himmels willen, so streng dich doch etwas an. Mein Gott, sie ist vielleicht verletzt, liegt halbtot zu meinen Füßen am Boden? ... Nein, ihre Stimme klingt unverändert, sie stöhnt nicht, es ist ihre ganz normale Stimme.

Normal, nicht einmal gereizt. Und wenn ... nein, unmöglich, doch ... *wenn Yvette verrückt geworden wäre?* Diese merkwürdige Art, ganz ruhig kurze Sätze zu sagen ... Sie hat vielleicht einen schlimmen Schock erlitten. Eine grauenvolle Vorstellung: Hélène und Paul sind tot oder liegen im Sterben. Yvette hat mich in eine Hütte an der Straße gebracht, aber sie ist durchgedreht. Sie glaubt, wir wären zu Hause, geht ihrer Arbeit nach, und wir werden hier verrecken, ich in meinem Rollstuhl und sie, während sie so tut, als würde sie kochen ...

Aber sie geht ihrer Arbeit nicht nach, sie bewegt sich nicht. Wenn sie sich bewegen würde, würde ich ihre Schritte auf dem Holzboden hören.

Frage: Wo ist Yvette?

Ich fahre vorwärts: Wand. Ich fahre rückwärts: Wand. Rechts eine Wand, links eine Wand. Ich fahre seitwärts: wieder Wände.

Yvette? Ich habe sie nicht berührt, habe nicht gehört, daß sie sich bewegt hätte. Ich höre mein Herz, das zum Zerspringen klopft. Beweg dich, Yvette, bitte beweg dich

»Paul hat angerufen.«

Ein eisiger Schauer rieselt mir über den Rücken. Sie ist verrückt, soviel ist sicher. Aber wo ist sie? Die Stimme kommt von rechts. Ich nähere mich der Stimme.

»Paul hat quiiiiiiick.«

Stille. Was soll dies Gekreische? Ich kenne Yvette jetzt seit dreißig Jahren, aber sie hat noch nie quiiiick gemacht. Herr des Himmels ... das Schweigen, die kurzen Sätze, langsam begreife ich ...

*Es ist nicht Yvette, es ist ein Tonband.*

Das bedeutet, daß ich bei ihm bin, bei der Bestie.

Er hat mich gekidnappt.

Er hat einen Unfall provoziert und mich gekidnappt. Und das heißt, daß Paul, Hélène und Yvette tot sind, sonst hätten sie schon die Polizei angerufen.

Ich fange an zu spinnen. Nein, ich spinne nicht ... doch, ich spinne, wo sind sie denn alle, und warum wiederholt Yvette immer dieselben Worte wie eine verkratzte Schallplatte?

Mein Onkel wird sich Sorgen machen, wenn wir nicht kommen. Er wird überall herumtelefonieren, und man wird anfangen, uns zu suchen. Dann wird Hilfe kommen. Es ist nur eine Frage der Zeit. Wie in *Blaubart.*

Warum das Tonband? Warum will er mir vormachen, Yvette sei da? Damit ich ruhig bleibe? Und das Glas Wasser? Danach bin ich eingeschlafen, er hat irgend etwas in das Wasser getan, soviel ist sicher, aber warum? Warum hat er mich nicht gleich getötet? Wenn ich es mir recht überlege, habe ich gar keine Lust, die Antwort auf diese Fragen zu erfahren.

»Elise?«

Hélène! Ich habe mich so erschreckt, daß ich mit dem Arm gegen die Wand geschlagen habe, das tut gemein weh. Hélène!

Die richtige?

»Elise! Sie sind da! Oh, mein Gott, wenn Sie wüßten!«

Es ist die richtige, sie stürzt auf mich zu und umarmt mich.

»Paul ... er ...«

Sie weint so heftig, daß man es für ein Lachen halten könnte. Ich glaube, ich brauche keine weiteren Einzelheiten.

»Er ist tot.«

Ich versuche, die Hand zu heben.

»Er hat sich das Genick gebrochen«, fährt sie atemlos fort.

Und Yvette! Meine Yvette? Mein Herz rast wie wild.

»Yvette liegt im Koma! Als ich wieder zu mir kam, war alles voller Blut, und Tony zog Sie auf die Straße, er zerrte Sie mit sich, er hatte auch den Rollstuhl genommen, und er brachte Sie weg, ich wußte nicht, was ich tun sollte ...«

Sie unterbricht sich, um wieder zu Atem zu kommen, sie soll weiterreden. Yvette im Koma ...

»Ich habe gleich gemerkt, daß Paul tot ist ... Ich habe ein Auto angehalten und die Insassen gebeten, Hilfe zu holen. Dann bin ich Ihnen nachgelaufen und habe Sie hier, in der Forsthütte, gefunden.«

In der Forsthütte? Aber die liegt doch nicht auf dem Weg zur Schule. Na, auch egal! Die Forsthütte, wo der kleine Michaël getötet wurde?

»Eben hat er die Hütte verlassen, ist in einen weißen Renault 18 gestiegen und weggefahren. Ich habe die Gelegenheit genutzt, um hereinzukommen. Wir müssen sofort von hier verschwinden!«

Tony Mercier war hier? Er hat mich entführt? Plötzlich überkommt mich ein Unwohlsein, ich werde doch wohl jetzt nicht ohnmächtig werden! Ich möchte Hélène sagen, daß es ein großes Risiko war hierherzukommen, möchte ihr danken, aber ich kann nicht. Ich kann nur die Faust ballen. Ich verstehe nicht, wie sie sich von Paul hat losreißen und an mich denken können. Paul tot ... Und Yvette ...

Draußen höre ich ein Motorengeräusch

Hélène. Wo ist Hélène? Sie ist sicher nachsehen gegangen ...

Der Motor wird abgestellt.

Schritte.

Jemand betritt das Zimmer.

Kommt leise auf mich zu.

Mein Mund ist so trocken, daß mir die Zunge am Gaumen klebt.

Eine Hand legt sich auf meinen Arm:

»Keine Angst, ich bin da!«

Meine Nackenhaare sträuben sich, denn diese Stimme kenne ich: Es ist die von Yssart, dem falschen Yssart; es ist die Stimme von Tony Mercier, die Stimme des Mörders.

»Keine Bewegung!«

Hélènes Stimme, kräftig und doch leicht zitternd.

»Laß sie, Tony. Zurück!«

»Hélène ...«

»Zurück, habe ich gesagt!«

Er gehorcht, das höre ich am Knarren des Holzbodens. Hélène muß bewaffnet sein.

»Warum hast du das getan, Tony? Warum bist du zurückgekommen?«

»Das weißt du genau. Ich mußte Virginie sehen.«

»Du bist vollkommen verrückt! Ich werde Ihnen eine Geschichte erzählen, Elise. Es war einmal ein junger Mann, der einen kleinen Sohn hatte. Im Alter von acht Jahren wurde dieser Junge von zwei völlig ausgeflippten Jugendlichen ermordet. Der Vater ist nicht darüber hinweggekommen und durchgedreht, hat seine Frau verlassen. Er konnte keine kleinen Jungen mehr sehen, die seinem ähnelten, ohne nicht den unwiderstehlichen Drang zu verspüren, sie zerstören zu wollen. Seine zweite Frau hat bemerkt, was los war, und wollte gehen. Er hat ihr den Arm gebrochen. Und dann hat er die Tat wirklich begangen. Er wurde verurteilt. Sie ist nach Paris geflohen, um ein neues Leben anzufangen. Aber ihm gelang die Flucht aus dem psychiatrischen Krankenhaus, und er folgte ihr, um seine Mission zu erfüllen: töten, immer wieder, immer wieder.«

»Eine schöne Geschichte. Leider entspricht sie nicht der Wahrheit ... Und, Elise, was sagst du dazu?« fragt Tony-Yssart mit müder Stimme.

»Elise? Was Sie nicht wissen, Elise, Sie sehen mir sehr ähnlich: Sie haben dieselbe Größe, dieselbe Figur, dieselbe Haarfarbe, sind derselbe Frauentyp. Er hat sich auf sie gestürzt, weil Sie mich in gewisser Weise verkörpern und weil Sie eine enge Bindung zu Virginie haben, und Virginie Bescheid weiß!«

»Du lügst! Sie weiß nichts!«

»Aber doch, natürlich, sie weiß alles. Was glaubst du denn?« Hélène lacht bitter. »Schließlich ist sie meine Tochter ...«

»Hélène, leg die Waffe weg ...«

»Nie! Ich werde dich verschwinden lassen, Tony, dich beseitigen wie ein gefährliches Tier, denn genau das bist du ja. Ich werde dich töten.«

Nein! Nein, Hélène, tu das nicht! Dazu haben wir kein Recht! Ich hebe den Arm und öffne und schließe frenetisch die Hand.

»Zu spät, Elise, es gibt keine andere Lösung.«

Doch. Wir müssen die Polizei holen. Selbst wenn Mercier verrückt ist, hat er ein Recht auf einen ordentlichen Prozeß. Ich spüre an ihrer Stimme, daß Hélène bereit ist abzudrücken. Was soll ich tun?

Ich höre, wie der Hahn gespannt wird. Ich möchte »nein« schreien.

»Wenn du abdrückst, wirst du Virginie nie wiedersehen«, ruft Tony.

»Was erzählst du da?«

»Hast du geglaubt, ich würde unvorbereitet hierherkommen? Virginie ist an einem Ort, wo sie nicht entkommen kann. Wenn du mich tötest, wird sie an Hunger, Kälte und Durst sterben. Denn niemand außer mir weiß, wo sie ist. Da sie geknebelt ist, kann sie nicht schreien.«

»Du lügst!« brüllt Hélène.

»Ich habe sie von der Schule abgeholt. Ich habe ihr gesagt, daß ich mit Paul arbeite, und sie hat mir geglaubt. Sie ist mitgegangen. Wenn du mich umbringst, wird sie sterben.«

»Du Schwein! Du wagst es, dein eigenes Kind zu knebeln und zu fesseln!«

»Drück doch ab!« meint Mercier provozierend.

»Wo ist sie?« schreit Hélène.

»An einem kalten Ort, wo sie Angst hat und ganz allein ist. Reicht dir das?«

»Schwein!«

»Wirf die Waffe weg!«

»Niemals!«

Gib nicht nach, Hélène, oder er wird uns beide töten. Und wenn ich mit meinem Rollstuhl auf ihn zufahren würde? Er würde vielleicht stürzen. Ich muß mich konzentrieren, um ihn genau zu lokalisieren.

»Ich werde dich trotzdem töten. Ich glaube, daß du bluffst«, entscheidet Hélène.

»Ruf doch in der Schule an, du wirst ja sehen.«

»Hier gibt es kein Telefon.«

»Da.«

Er wirft ihr etwas zu, vermutlich ein Handy, denn ich höre, wie sie eine Nummer wählt.

»Hallo, hier ist Hélène Fansten, ich werde etwas später kommen, um Virginie abzuholen ... Was? Sie haben sie gehen lassen? Aber Sie sind ja total verrückt!«

Ein dumpfes Geräusch, vermutlich hat sie das Telefon zu Boden geworfen.

»Okay, du Schwein, wo ist sie?«

»Wirf die Waffe weg.«

»Ganz bestimmt nicht. Weißt du, was ich machen werde?

Ich werde auf deine Beine zielen, dir ein Bein nach dem anderen zerschießen, dann die Arme ...«

»Und dann reißt du mir die Augen aus?«

»Hör mir gut zu: Wenn du mir nicht sagst, wo Virginie ist, schieße ich auf Elise, hörst du?«

Was? Also nein, aber ...

Ich höre Tony seufzen, dann sagt er müde:

»Bei Benoît Delmare.«

Mein Herz wird bleischwer. *Benoît? Mein Benoît?* Ich werde langsam wahnsinnig. *Was hat Benoît mit der Sache zu tun?*

Jemand ergreift meinen Rollstuhl.

»Danke Tony, und adieu ...«

Ein ohrenbetäubender Knall. Ein Geräusch nach Sprengstoff und Pulver. Das dumpfe Geräusch eines Körpers, der zu Boden sinkt, ein schmerzerfülltes Stöhnen. Sie hat geschossen! Sie hat trotzdem geschossen!

Ich werde energisch zur Tür geschoben, eisiger Regen

schlägt mir ins Gesicht, im Eiltempo geht es über einen holprigen Weg. Sie hat geschossen. Ist er tot? Und Benoît? Woher hatte Tony-Yssart die Schlüssel von Benoîts Wohnung?

Eine Autotür wird geöffnet. Aua, sie schmeißt mich auf den Boden. Klapp-klapp, der Rollstuhl, sie wirft ihn neben mich, er erdrückt mich halb. Sie fährt an wie eine Irre, offenbar hat sie Tonys Wagen genommen, und Yvette, mein Gott, hat denn irgend jemand einen Krankenwagen gerufen? Mercier, der auf dem Holzboden der Forsthütte verblutet, Yvette am Straßenrand und Paul blutüberströmt im Wagen, das ist zuviel für mich, ich fühle mich, als hätte man mir Adrenalin gespritzt, mir ist ganz schwindelig.

Und Benoît ...

Vollbremsung. Die Tür wird aufgerissen, der Rollstuhl, klapp-klapp. Sie schnappt mich und wirft mich in den Rollstuhl, unglaublich, wieviel Kraft sie hat, ich liege völlig schief in meinem Stuhl, rutsche weg, doch sie bemerkt es nicht einmal. Sie schiebt mich heftig voran und murmelt ohne Unterlaß: »Du Schwein, alles Schweine, Diebe!« Ich klammere mich mit meiner gesunden Hand fest, wir erreichen einen Gang: Der Aufzug, heftiges, ungeduldiges Hämmern gegen die Kabinenwand. Ich mache mich ganz klein. Falls Virginie etwas zugestoßen ist, gibt es ein Drama ... Aber kann es noch schlimmer werden, als es jetzt schon ist?

Das Geräusch des sich bewegenden Aufzugs. Ein Gang. Ich erkenne den Geruch des Gangs, der zu Benoîts Wohnung führt. Das hätte ich nie gedacht, daß man den Geruch eines Gangs wiedererkennt. Wie oft bin ich lachend über diesen Gang gelaufen? Ein dicker Kloß in meinem Hals, ich kann kaum mehr atmen. Stoß. Geräusche, die von einem Schlüsselbund kommen. Sie hat die Schlüssel zu Benoîts Wohnung. Aber wo, um Himmels willen, hat sie die her? Die Tür öffnet sich mit dumpfem Quietschen. Es ist kalt. Die Luft riecht muffig.

»Virginie? Bist du da, mein Liebling?«

Keine Antwort. Sie läßt mich mitten im Wohnraum stehen und läuft durch alle Zimmer. Die Wohnung ist nicht groß: ein Schlafzimmer, ein Wohnraum, eine Küche, ein Badezimmer. Ein Schlafzimmer mit einem großen Bett. Ich habe solche Magenschmerzen, daß ich mich übergeben möchte. Es riecht muffig, aber auch nach etwas anderem. Es stinkt. Ein Geruch der Verwesung. Nach verwestem Fleisch.

»Sie ist nicht da, er hat gelogen!«

Was stinkt hier so? Das grauenvolle Bild von Benoîts verwestem Körper auf dem Bett taucht vor meinen Augen auf. Nein, Benoît wurde beerdigt, das hat Yvette mir gesagt. Und wenn ... nein, dieser Gedanke ist zu grauenvoll, ich will das nicht denken, aber trotzdem ... die Kinder ... die entnommenen Organe ... wenn der Mörder sie hier versteckt hätte ... in dieser leerstehenden Wohnung?

»Er hat gelogen!« brüllt Hélène und schleudert irgend etwas an die Wand.

Zersplitterndes Glas. Ist es das Foto, das Benoît in der Badeanstalt zeigt, wie er lachend aus dem Wasser steigt?

»Ich muß wieder zurück.«

Nein, du mußt die Polizei anrufen! Peng! Träume ich, oder ist die Tür ins Schloß gefallen? Das Geräusch von Absätzen auf dem Gang. Ich fahre vorwärts und stoße gegen etwas Hartes. Ich hebe den Arm, taste eine glatte Fläche ab: das Büffet? Hélène, du kannst mich doch nicht einfach hier stehenlassen, verdammt noch mal!

Totenstille. Sie ist weg. Ich bin allein in Benoîts Wohnung. Mit seinem Geist. Mit dem Geist unserer Liebe. Allein mit dem Geruch nach verwestem Fleisch. Sie wird zu der Forsthütte zurückkehren und diesem armen Irren den Garaus machen, und ich muß hier warten, im Dunkeln, im Staub, mit diesem verwesten, stinkenden Zeug. Dazu hast du kein Recht, Hélène, du hast kein Recht, das zu tun!

Ich kenne die Wohnung in- und auswendig. Warum sollte es mir nicht gelingen, die Tür zu öffnen? Wenn ich mich seitlich drehe und die Klinke herunterdrücken kann ... Zuerst muß ich mich orientieren. Ich fahre vorwärts und stoße an den Couchtisch, rückwärts fahre ich gegen das Büffet. Gut, ich muß mich also nach rechts drehen. Da, jetzt fühle ich mit der Hand das Holz der Tür. Ungeschickt strecke ich den Arm aus, fahre blind über die glatte Fläche, ah, die Klinke, ich habe sie, umklammere sie fest mit der Hand. Nichts. Ich versuche es noch einmal. Nichts. Das Miststück hat abgeschlossen! Was soll ich jetzt machen? Ich will nicht hierbleiben. Es ist, als hätte man mich in Benoîts eisiges Grab gestoßen.

Ich muß hier raus. Den Rollstuhl so drehen, daß ich die Tür vor mir habe. Ich drücke auf den Knopf und fahre gegen die Tür, immer wieder, immer wieder gegen diese verfluchte Tür bis das ganze Haus zusammenläuft. Los, kommt alle raus! Bumm! Ich werde die Tür einschlagen.

Sie öffnet sich.

Mein Magen krampft sich zusammen.

Leise schließt sie sich wieder.

Hélène? Ein dumpfes Geräusch, als würde sich jemand hinsetzen. Bewegt sich zu meiner Linken etwas? Ich atme zu laut, so kann ich nichts hören.

Man will mich zum Wahnsinn treiben. Ich wende, fahre im Zimmer herum, wer versteckt sich in der Dunkelheit? Rumms, das war der Tisch. Ich fahre rückwärts, und dann spüre ich es. Beine. Beine in einer Hose. Auf dem Sofa sitzt jemand. Ich schreie innerlich, fahre noch weiter rückwärts. Noch ein Paar Beine, ohne Hose, Beine in Nylonstrümpfen. Das darf nicht wahr sein. Das kann nicht wahr sein. Ich fahre weiter am Sofa entlang zurück und spüre wieder Beine. Dünnere. Kürzere.

Sie sitzen alle drei auf dem Sofa. Und ich weiß sofort, wer es ist, o ja, ich weiß, es sind Paul, Yvette und Virginie. Ich stelle mir vor, wie sie dasitzen, ihre leeren Augen auf mich gerichtet, tote, offene Augen, die ins Nichts starren. Aber wie ist es möglich, daß Hélène sie nicht gesehen hat?

Atemgeräusche. Irgend jemand atmet. Ich nähere mich den

Sitzenden. Es kostet mich übermenschliche Kraft, aber ich hebe den Arm und fasse sie an. Ich berühre sie. Taste über die leblosen Körper. Der erste regt sich nicht. Er ist kalt. Ein klebriges Hemd. Ich streiche über ein Krokodil auf der linken Seite. Paul. Es ist Paul, und er ist tot. Der zweite Körper bewegt sich auch nicht, ist aber noch warm. Ich spüre eine Wolljacke, Yvette. Ohnmächtig. Der dritte Körper ist auch warm. Ich strecke die Hand aus und berühre die Brust. Schallendes Gelächter:

»Bravo, Elise!«

Mir wird schwarz vor Augen.

## 14

»Elise, du mußt mich losbinden! Schnell!«

Wer spricht da zu mir? Wo bin ich? Ich will nicht aufwachen, will nicht dieses dünne, hohe Stimmchen hören. Ich will nicht hier sein!

»Elise, bind mich los, sonst sind wir gleich alle beide tot. Renaud sagt, daß es eilt!«

Na und? Ich dachte, es sei toll, tot zu sein! Hast du es dir anders überlegt? Bin ich jetzt total verrückt geworden? Das ist wohl nicht der geeignete Zeitpunkt, um mit einem Kind abzurechnen! Vor allem deshalb nicht, weil die arme Kleine neben Pauls Leichnam sitzt und gefesselt ist – wahrscheinlich von ihrem eigenen Vater. Aber warum in Benoîts Wohnung? Diese Frage quält mich wie ein bohrender Schmerz. Keine Zeit, darüber nachzudenken. Ziel Nummer 1: Wir müssen hier raus. Wenn ich es schaffe, Virginie loszubinden, kann sie die Tür öffnen und mich befreien, aber wir müssen schnell machen.

»Ich bin so müde ...«

Also, ich nicht.

»Wie willst du mich denn frei bekommen?«

Wenn ich das nur wüßte ... Ich nähere mich ihren Beinen, taste sie ab, bis ich die Nylonschnur an ihren Knöcheln spüre. Ich bin nicht geschickt genug, den Knoten zu lösen, er muß ganz klein und ganz eng zusammengezogen sein, und außerdem kann ich meine Finger nicht so bewegen, wie ich es möchte. Ich fahre rückwärts mit meinem Rollstuhl und versuche, nicht gegen den großen Ledersessel zu stoßen, in den Benoît sich so gerne zum Lesen setzte. Wenn ich mich nicht irre, befindet sich die Küche zu meiner Linken und die Tür ungefähr einen halben Meter seitlich vom Sofa. Ich fahre ein Stück vorwärts.

»Elise! Wohin willst du? Ich bin hier!«

Ich hebe beschwichtigend den Arm. Da. Ich müßte mich genau vor der Tür befinden, ich fahre ganz langsam, so ist es gut, noch ein Stück, ich stoße irgendwo an, dem Geräusch nach ist es der Herd. Ich mache mit dem Rollstuhl eine Drehung und fahre an der Geschirrspülmaschine entlang, stop. Ich befinde mich jetzt neben der Arbeitsfläche. Ich hebe den Arm und taste die Fläche ab. Komme ich mit der Hand bis an die Wand? Ja. Eigentlich müßte dort eine Stange sein, an der Benoîts Messer hängen. Da ist sie. Ich spüre einen runden Griff, umschließe ihn mit der Hand und hebe den Arm. Ich hab' es! Das Fleischermesser. Benoîts großes Fleischermesser. Ich packe das Fleischermesser und fahre zurück ins Wohnzimmer. Ich bin schweißgebadet.

»Ich glaub', ich schlaf gleich wieder ein.«

Kommt überhaupt nicht in Frage! Obwohl ich mich am liebsten sehr rasch fortbewegen würde, fahre ich ganz vorsichtig, denn ich will nicht riskieren, Virginie ein dreißig Zentimeter langes Messer in die Beine zu rammen. Der Couchtisch, Pauls Hosenbeine, so, da wären wir. Ich ziehe an ihrem Rock.

»Was hast du vor? Willst du mich in Scheiben schneiden?«

Das Schlimme ist, ich habe den Eindruck, daß sie sich diese Frage ernsthaft stellt. Ich umklammere den Griff und presse den Arm fest gegen die Seite des Rollstuhls, die Messerklinge steht nach oben. Ich hoffe, daß Virginie jetzt versteht, was ich vorhabe. Ich weiß, daß die scharfe Klinge des Messers zur richtigen Seite zeigt, denn der Griff ist geschwungen, da kann man sich nicht irren. Er ist ergonomisch geformt, das stand damals auf der Verpackung. Virginie gähnt ausgiebig:

»Du willst die Schnur durchschneiden?«

Ich hebe die Hand und drücke sie an das Rad des Rollstuhls.

»Aber du kannst doch nichts sehen, du wirst mir in die Beine schneiden!«

Deshalb sollst *du* ja auch deine Beine in die richtige Position zum Messer bringen, Virginie, los, mach schon, denk nach!

Waren da nicht Schritte auf dem Gang? Nein, falscher Alarm. Virginie hat wohl nachgedacht, denn plötzlich spüre ich ihre Schuhsohlen an meinem Arm.

»Ich werde es machen, beweg dich nicht!«

Ich denke nicht daran. Sie rutscht auf dem Sofa soweit herab, bis sich das Messer zwischen ihren Knöcheln befindet. Dann beginnt sie, die Beine vor und zurück zu bewegen. Ich konzentriere mich darauf, das Messer festzuhalten. Es ist ein angenehmes Gefühl, ein Messer zu haben, ich hätte nie gedacht, daß es so beruhigend sein könnte, ein ordentliches Fleischmesser in der Hand zu halten. Die Nylonschnur löst sich.

»Klasse! Und jetzt die Hände.«

Sie steht auf, kniet sich mit dem Rücken zu mir hin und beginnt erneut, sich vor und zurück zu bewegen, wobei sie ununterbrochen gähnt. So, gleich haben wir's geschafft, die Schnur gibt nach. So weit, so gut. Jetzt mußt du uns die Tür aufmachen, Virginie. Mach die Tür auf ...

Ich fahre rückwärts bis zur Tür, um ihr klarzumachen, was ich will. Ich höre ihre Schritte.

»Papa ... Yvette ... Elise, Papa und Yvette sind hier. Sie bewegen sich nicht, ich kann nichts sehen, weil es hier ganz dunkel ist, ich werde die Rolläden hochziehen ...«

Nein, auf gar keinen Fall!

»Ich krieg' sie nicht hoch, sie sind blockiert. Papa ... Papa, sag doch was! Hör auf, mich anzustarren, sag was!«

Ich spüre, wie ich eine Gänsehaut bekomme, ich bete, daß sie nicht auf seinen Schoß klettert, aber ich weiß, daß sie es tun wird, und dann wird sie schreien und dann ... Jemand hat auf den Fahrstuhlkopf gedrückt, ich höre, wie sich der Aufzug in Bewegung setzt. Virginie, ich bitte dich, meine Kleine, rasch!

»Wir müssen einen Arzt holen, Papa ist schwer verletzt und Yvette auch!«

Sie ist jetzt ganz dicht neben mir, ich spüre, wie ihre kleinen geschickten Finger nach dem Riegel suchen, sie schiebt ihn zurück, gut, aber was macht sie jetzt? Virginie! Ich spüre sie nicht mehr. Virginie, wo bist du? Das ist jetzt wirklich nicht der richtige Augenblick, ein Versteckspiel anzufangen! Nichts, nur ein paar undeutliche Geräusche. Ich atme tief durch und zähle ganz langsam bis zwanzig. Ich höre, daß sie sich rechts von mir bewegt. Ein neues Spiel? Das Schlimmste, wenn man nicht sprechen kann, ist, daß man die Leute nicht anbrüllen, sie nicht anschnauzen, ihnen keine Befehle erteilen, sie nicht beschimpfen kann ... Was würde ich darum geben, wenn ich jetzt jemanden beschimpfen könnte. Ein Luftzug zu meiner Rechten, ah, endlich, die Tür öffnete sich und ...

»Was machen Sie denn hier?« fragt Jean Guillaume und schiebt mich ins Zimmer zurück.

»Sie hat uns erwartet«, erwidert Hélène und schließt die Tür wieder.

Ihre Hand legt sich auf die Rückenlehne des Rollstuhls, und sie zieht mich langsam zurück. Ich verstehe nicht. Warum hat Hélène Guillaume mitgebracht? Und Virginie? Warum spricht Hélène nicht mit ihr?

»Yvette!« ruft Guillaume plötzlich völlig entsetzt. »Yvette!«

»Sie hört Sie nicht«, erklärte Hélène.

»Sie muß hier raus. Und Paul, mein Gott!«

»Keiner rührt sich von der Stelle«, befiehlt Tony-Yssart mit Grabesstimme.

Ich verstehe überhaupt nichts mehr. Ich glaube, ich werde verrückt. Woher kommt er jetzt? Woher kommen die anderen alle? Was haben sie in Benoîts Wohnung zu suchen? Und Yvette? Wollen sie sie etwa auf dem Sofa krepieren lassen? Mein armer Kopf ist kurz davor zu explodieren.

»Setzen Sie sich.«

Ich höre, wie sich jemand bewegt, sich schwer auf das Sofa fallen läßt, das muß Guillaume sein. Hélène muß sich in einen der Sessel gesetzt haben. Und Virginie? Wieso bemerken sie sie nicht? Sie ist doch schließlich nicht durchsichtig!

Ich habe noch immer das Messer, halte es gegen das Rad des Rollstuhls gedrückt. Stehe ich neben Yssart? Er schwadroniert lauthals:

»Hélène, du hättest dich vorher vergewissern sollen, ob deine Waffe auch mit echten Kugeln geladen ist. Wußtest du nicht, daß Benoît sie durch Platzpatronen ersetzt hat?«

Schon wieder fällt Benoîts Name! Ja, Benoîts Beretta, ich erinnere mich, die hatte er in seinem Nachttisch, wir haben uns deswegen gestritten. Ich mag keine Waffen. Um mich zu beruhigen, erzählte er mir, daß sie nur mit Platzpatronen geladen sei. Darauf erwiderte ich ihm, daß ich nun noch weniger verstünde, warum er eine Waffe im Hause habe ... Aber warum hat sie Benoîts Beretta?

»Du sagst ja gar nichts!« fährt Tony in seiner Rolle als »Zeremonienmeister« fort.

Ich stelle mir die Situation vor: Er steht vor uns, elegant, eine Waffe auf uns gerichtet; Guillaume kauert in einer Ecke; Hélène ist vollkommen außer sich; Pauls steifer Leichnam; die ohnmächtige Yvette; ich im Rollstuhl. Ein wahnsinniges Bild.

*Die Beretta in dem Nachttisch, auf dem der Radiowecker stand ...*

»Lassen Sie uns gehen. Yvette braucht dringend Hilfe«, fleht Guillaume.

*... und ein Glasschälchen, in das Benoît abends seine Uhr neben ...*

»Ich habe schon einen Krankenwagen gerufen«, meint Tony. »Fällt Ihnen nicht auf, daß es hier sehr eigenartig riecht?«

*... das Laguiole-Messer mit dem gelben Schildpattgriff legte!*

»Sie sind widerlich«, murmelt Guillaume. »Sehen Sie denn nicht, daß Paul ...

»Ich spreche nicht von Paul. Ich spreche von den Reliquien, die sich in dem Kasten dort befinden.«

»In dem Kasten?«

Guillaumes Stimme klingt gedämpft.

»Ja, in dem Kasten aus Ebenholz, dort auf dem Sideboard.«

Ich erinnere mich, es ist ein länglicher, mit Satin ausgeschlagener Kasten, in dem ein japanischer Säbel liegt. Reliquien? Was meint er damit? Ich habe Angst vor der Wahrheit.

»Hélène, möchtest du ihn nicht aufmachen?«

»Du Idiot.«

»Hélène war noch nie um eine Antwort verlegen. In diesem Kasten, lieber Monsieur Guillaume, befinden sich liebe Erinnerungsstücke an die Morde: die Hände des kleinen Michaël Massenet, das Herz von Mathieu Golbert, der Penis von Joris Cabrol ...«

»Joris!«

»Ja, und es war nicht der Zug, der ihn kastriert hat ... Ich fahre fort: der Skalp samt Haaren von Renaud Fansten und die dunklen Augen von Charles-Eric Galliano, Augen, auf deren Netzhaut sich vielleicht das fratzenhafte Gesicht des Mörders eingeprägt hat.«

Guillaume überkommt offensichtlich Übelkeit, ich höre, wie er murmelt:

»Seien Sie endlich still!«

»Schweigen nützt nichts«, erwidert Tony, »wenn die Dinge existieren, existieren sie eben, selbst wenn Gott uns wirklich nichts erspart. Ist Ihnen noch nie aufgefallen, daß die meisten Mörder sich ähnlich verhalten wie die Menschen, die sich mit Schwarzer Magie beschäftigen? Sie heben häufig etwas von ihren Opfern auf, ein Stück Fleisch, ein Stück Haut, etwas Blut.«

*Hat Benoîts Messer etwa dazu gedient, die Augen des Kleinen herauszuschneiden?*

»Das ist nicht wahr, Sie lügen«, protestiert Guillaume schwach. Ich spüre, daß er völlig verwirrt ist.

»O doch, es ist wahr. Öffnen Sie den Kasten und sehen Sie selbst.«

»Sie sind verrückt!«

»Sicher. Machen Sie schon.«

Schweigen. Dann ein Klicken. Schließlich ein erstickter Aufschrei:

»Mein Gott! Es ist grauenhaft! Hélène, es ist wahr, die Sachen sind da ... Sie Ungeheuer! Wie konnten Sie das tun? Ich würde Sie am liebsten eigenhändig umbringen!«

»Wir glauben alle ein wenig an Zauberei, oder? Zum Beispiel daran, daß wir, indem wir jemanden zerstören, zu einem neuen Menschen werden könnten, oder daran, daß wir, wenn wir die einzelnen Teile eines Menschen zusammentragen, ein geliebtes Wesen zu neuem Leben erwecken können – wie die Göttin Isis ...«

Schon wieder Isis!

»Das ist doch Schwachsinn!« unterbricht ihn Hélène.

»Ach ja? Aber das heißt nicht, daß eine Sache nicht passiert, nur weil sie schwachsinnig ist, oder? Das Ritual zur Auferstehung eines geliebten Wesens wird detailliert im *Satanischen Handbuch* von Lewis F. Gordon beschrieben, ein Werk, das in jeder guten Bibliothek zu finden ist. Ehrlich gesagt hat es, außer ein paar Geistesgestörten, kaum jemand ernst genommen.«

Worauf will er hinaus? Will er sich rechtfertigen?

*Das Messer, auf das Benoît so stolz war, bohrt sich in das Fleisch eines kleinen Gesichts mit blauverfärbten Lippen ...*

»Die Schwarze Magie hat den Vorteil, daß sie häufig von den wahren Motiven der Person, die sich ihrer bedient, ablenkt. So verbirgt sich zum Beispiel hinter dem Wunsch der Frau, die ihren Geliebten verhexen will, um seine Liebe zu erringen, ein zerstörerischer Trieb, ein Streben nach Einswerdung und Kastration. Dieses Ritual ist ganz auf dieses Ziel ausgerichtet.

Und da es von rein egoistischen Motiven gelenkt ist, wird das Leid des anderen, dessen man sich als Werkzeug bedient, völlig außer acht gelassen. Das ist typisch für einen Massenmörder, der im Mitmenschen ebenfalls nur ein Objekt sieht.«

Erspar uns deinen Vortrag. Wie kann er hier so ruhig dozieren? Idiotische Frage: Wieso benimmt sich ein Verrückter verrückt? Ich höre weder Guillaume noch Hélène, keiner sagt einen Ton, sie müssen alle mit offenem Mund dasitzen.

»Wer kann schon sagen, wo für einen Massenmörder die Grenze verläuft – zwischen einem einfachen Blutrausch und dem magischen Wunsch, ein verlorenes Universum wiederherzustellen?«

Sprich ruhig weiter, dann kann ich dich besser orten, du stehst dicht neben mir, wenn ich den Arm hebe, dann könnte ich dir das Messer in den Oberschenkel rammen, und dann ... ja, dann gerät er aus dem Gleichgewicht, es ist unsere einzige Chance, auch auf die Gefahr hin, daß er abdrückt ...

»Ich vertrete die Theorie, daß ein Massenmörder auch immer, ohne es zu wissen, ein Hexenmeister ist, aber das steht hier nicht zur Debatte.«

Ich werde bis drei zählen, und dann werde ich es tun ...

Eins, zwei, drei.

Die Klinge bohrt sich in sein Fleisch, als sei es Butter, etwas Warmes spritzt mir ins Gesicht, er stürzt mit einem überraschten Schmerzensschrei zu Boden, ein Schuß löst sich. Lärmendes Durcheinander.

»Keiner rührt sich von der Stelle, ganz ruhig!« ruft Hélène.

Daraus schließe ich, daß sie sich die Waffe geschnappt hat. Gott sei Dank!

»Elise, warum haben Sie das getan?« murmelt Tony dicht neben mir.

Ich stelle mir vor, daß er sich mit schmerzverzerrtem Gesicht den Oberschenkel hält.

Wieso ich das getan habe? Um nicht in diesem Wohnzimmer zu krepieren, wo es nach Tod und Wahnsinn stinkt, darum!

»Jean, fesseln Sie ihm die Hände mit der Krawatte auf den Rücken«, befiehlt Hélène mit ruhiger Stimme.

Guillaume tut, was sie sagt. Ich sitze noch immer mit dem Messer in der Hand da.

»Elise, lassen Sie das Messer los, sonst verletzen Sie womöglich noch jemanden«, sagt Hélène und greift danach.

Ich will es nicht loslassen, ich umklammere den Griff, es ist beruhigend, das Messer in der Hand zu spüren.

»Also wirklich, Elise, das ist doch lächerlich.«

»Lassen Sie es nicht los«, sagt Tony mit schmerzerstickter Stimme.

Soviel steht fest, der Typ ist mehr als verrückt.

Ich zögere. Er flüstert mir zu:

»Elise, erinnern Sie sich daran, was ich Ihnen über Rätsel gesagt habe?«

Aber was will er bloß von mir?

»Virginie wußte nicht, daß ich ihr Vater bin.«

Was ändert das?

*Das ändert alles.* Virginie hatte nicht den geringsten Grund, jemanden zu schützen, den sie nicht kannte ... Ich höre noch ihr zartes Stimmchen: »Papa ist schwer verletzt.« Also lügt Tony nicht, dann ... wie konnte ich nur so dumm sein!

Ich hebe ruckartig den Arm, um mich zu schützen, aber es ist zu spät: der Pistolenkolben saust mit aller Wucht auf meinen Schädel nieder, während Hélène mit liebenswürdiger Stimme meint:

»Das hat aber ganz schön lange gedauert, bis Sie es begriffen haben!«

Vom Schlag benommen, lasse ich das Messer los. Ich höre, wie Guillaume nach Luft ringt, als würde er gleich ersticken.

»Stehen Sie nicht einfach so herum, Jean. Setzen Sie sich neben Yvette und strecken Sie die Hände vor ... so ist es gut. Ich warne Sie, keine falsche Bewegung, schließlich möchte ich Yvettes schöne Stirn nicht mit einem dritten Auge zieren. Also, haben wir alle beisammen? So, jetzt fehlt nur noch die Kirsche auf unserem Kuchen. Virginie, wo bist du, mein Liebling? Virginie?«

Ich bekomme eine Gänsehaut, als ich diese fröhliche Hausfrauenstimme höre, und mit einem Schlag wird mir klar, wie schrecklich Wahnsinn sein kann.

»Hélène, ich begreife nicht ... Was soll das heißen?« fragt Guillaume fassungslos.

»Das heißt, du sollst die Klappe halten und dich nicht von der Stelle rühren, klar?«

»Hélène! Aber das kann nicht wahr sein! Sagen Sie mir, daß das nicht wahr ist!«

»Sie hat sie alle umgebracht!« ruft Tony, der neben dem Rollstuhl am Boden liegt.

»Ist das wahr?« fragt Guillaume ungläubig.

»Sie stellen vielleicht dumme Fragen, mein lieber Guillaume. Wer soll es denn sonst gewesen sein? Ihre geliebte Yvette vielleicht?«

»Und Paul? Was ist mit Paul?«

»Paul war sehr unhöflich zu mir. Ihm hat der Inhalt des Kastens überhaupt nicht gefallen. Er hat den Wert meiner Sammlung nicht verstanden. Er hat mich angeschrien und ganz fürchterliche Dinge über mich gesagt ... Ich mag es nicht, wenn man mich anschreit.«

»Und Stéphane? Warum Stéphane?« fragt Tony. »Er hat dir doch gar nichts getan!«

»Stéphane? Er wurde lästig. Er wollte mich ganz für sich allein haben. Armer Stéphane. Als ob ich einem einzigen gehören könnte ... Das muß man sich mal vorstellen, Elise, Männer sind so arrogant und dumm! Außerdem bekam er es mit der Angst zu tun. Als er hörte, daß die Polizei nach einem weißen Kombi suchte, kriegte er Schiß, der arme Dummkopf. Er wußte, daß ich mir den Wagen häufig ausleihe. Er hat angefangen, sich Fragen zu stellen. Was er nicht wußte, war, daß ich diejenige gewesen bin, die die Polizei auf seine Spur gebracht hat. Ich war es, die anonym die Polizei verständigt hat, nachdem ich auf einigen alten Kleidungsstücken Blutspuren hinterlassen und die Sachen in der Forsthütte deponiert hatte, der Ort, wo ich mich um den kleinen Michaël gekümmert hatte. Ich mußte einen Schuldigen finden, der Polizei einen Schuldigen liefern, so wie man einem Hund einen Knochen hinwirft, also ... bye, bye, Stéphane.«

»Und Sophie? Ist Sophie ...?« stammelt Guillaume bestürzt.

»Aber ja, mein lieber Guillaume, das war auch ich. Machen Sie den Mund wieder zu, Sie sehen so schon dumm genug aus! Sophie wußte zuviel. Sie wußte von Benoît.«

Was wußte sie? Ich versteh' überhaupt nichts mehr. Hélène fährt fort: »Sophie hatte eine große Klappe. Sie war eine richtige Klatschbase. Ich konnte doch nicht zulassen, daß sie herumlief und mich und meine Person durch den Schmutz zog.«

*Person.* Sie bezeichnet sich als Person. Gibt es denn eine echte Hélène?

»Da war doch ein Selbstmord die einfachste Lösung, oder?« erzählt Hélène, von sich begeistert.

»Ich verstehe nicht«, stammelt Guillaume. »Ich glaube, ich verstehe das nicht ... Hélène, das kann unmöglich wahr sein ... Die Kinder, Stéphane, Sophie, Paul, das sind neun Menschen!«

»Halt die Klappe, verdammter Mistkerl!«

Er stößt einen kurzen Schrei aus, ich nehme an, daß sie ihm mit der Pistole einen Schlag versetzt hat. Ich kann mir gut vorstellen, wie sie ihm ganz beiläufig die Zähne ausschlägt.

Ein Streichholz wird angezündet. Kerzengeruch. Was macht sie jetzt? Warum habe ich bloß das Messer hergegeben?! Blut tropft mir in die Augen, der Schlag mit dem Pistolenkolben muß mich am Kopf verletzt haben. Ich kann mir das Gesicht nicht abwischen, ich spüre, wie das Blut über meine Lippen läuft, nehme seinen typischen Geruch wahr, das widert mich an, alles widert mich an, ich fühle mich weit von der Realität entfernt, nur noch in Angst und Grauen verstrickt.

»Sie hatten nicht das Recht, mir Max wegzunehmen.«

Max. Aber wer ist Max?

»Ich habe ihn so sehr geliebt.« Hélènes Stimme klingt jetzt rachsüchtig. »Er war mein ein und alles. Mit ihm sollte alles wieder gut werden, wollte ich die Schläge vergessen, die Angst, Leid durch Liebe ersetzen.«

»Und du glaubst, wenn du Kinder erwürgst, könntest du damit Leid durch Liebe ersetzen?« fragte Tony spöttisch.

»Wie kannst du nur so vulgär sein! Ich frage mich, wie ich mich zu jemandem wie dir hingezogen fühlen konnte, zu einem armen, schizophrenen Alkoholiker, zu einem Stück Dreck. Was weißt du schon von Liebe? Deine Mutter hat sich nie um dich gekümmert, dein Vater ist ein halber Penner ... Liebe, was ist das für dich, Tony? Ein Krankenhausbett? Das künstliche Lächeln einer gestreßten Krankenschwester? Ein Teller Suppe, wenn es draußen kalt ist? Du klammerst dich hartnäckig an das Leben in dem Glauben, daß eines Tages alles wieder gut wird, aber leben heißt leiden. Leben bedeutet Schmerz, immerzu, immerzu. Du sagst, ich habe sie getötet, ich sage, ich habe ihnen Leid erspart, ihnen Frieden gegeben, den süßen Frieden des Todes. Ich verlange auch gar nicht, daß du mich verstehst. Es ist mir egal, ob man mich versteht oder nicht. Ich bin frei. Ich unterliege nicht euren dummen Moralvorstellungen. Wenn es eine Moral gäbe, wäre Max noch da ... Mit ihm wäre alles anders geworden. Ich hätte die Gewalt vergessen können, den bitteren Geschmack der Gewalt, die Angst, doch so ist es nicht gekommen, das Rad des Schicksals hat sich in eine andere Richtung gedreht ...«

»Aber wer ist Max?« wundert sich Guillaume.

»Ein Engel. Max war ein Engel. Ein Engel der Erlösung. Er ist gestorben, um das Leid der Welt zu sühnen.«

»Eine Art Jesus?« fragt Guillaume, der, so vermute ich, sich bemüht, sie zum Reden zu bringen.

»Wenn Sie es so sehen wollen ...«, meint Hélène ironisch. »Genug von Max gesprochen, das Thema ist beendet. Jetzt ...«

Sie beendet den Satz nicht, so als überlege sie.

»Und jetzt?« wiederholt Guillaume mit dumpfer Stimme.

»Jetzt muß ich gehen. Es tut mir leid, meine lieben Freunde, aber ich kann euch leider nicht mitnehmen.«

Eine wahnsinnige Hoffnung keimt in mir auf: Sie geht? Geht sie wirklich?

»Aber ich kann euch auch nicht allein zurücklassen ... Aber seid unbesorgt, das Feuer der Freundschaft wird stets zwischen uns brennen.«

Das Feuer der Freundschaft? Das Streichholz ... die Kerze ... oh, verflucht ...

»Ich werde den Kasten mitnehmen, dessen Inhalt unser guter Tony so grandios analysiert hat, und dann werde ich gehen. Freut mich, eure Bekanntschaft gemacht zu haben. Elise, ich hoffe, daß Sie schrecklich leiden werden, ich habe Sie immer gehaßt. Und gestatten Sie mir diese Bemerkung: Ihre Frisur ist wirklich grauenhaft.«

Das ist doch grotesk. Das einzige, was ihr einfällt, bevor sie uns alle bei lebendigem Leib verbrennen läßt, ist, daß meine Frisur häßlich ist! Das ist doch wirklich zum Weinen!

»Ich weiß wirklich nicht, was er an Ihnen gefunden hat.«

Er? Wer ist »er«? Sie meint doch nicht etwa ...

»Der liebe, gute Benoît ... Er wollte Ihnen alles nach dem Urlaub beichten, aber leider, leider hatte er dazu nicht mehr die Gelegenheit, und so haben Sie die letzten Minuten mit ihm verbracht ...«

Mir was beichten? Ich will es nicht hören. Benoît wird doch nicht ...

»Ein paar Monate, nachdem ich die Seele des kleinen Charles-Eric befreit hatte, habe ich das erste Mal mit ihm geschlafen. Er wollte, daß ich Paul verlasse und wir zusammen weggehen. Aber ich konnte nicht, Renaud wurde acht, er hatte das gleiche Lächeln wie Max, und sein Haar war so weich, so glänzend ... Sie verstehen, ich mußte es tun ... also konnte ich Benoîts Bitten, mit ihm wegzugehen, nicht nachgeben.«

Ein Sturm tobt in mir. Ein doppelter Sturm. Sie hat Renaud getötet, sie hat den Sohn ihres Mannes getötet. Und Benoît und sie ... Benoît hat mich betrogen, Benoît hat mich angelogen, Benoît, mein Benoît mit dieser ...

»Hören Sie nicht auf Sie! Benoît hat Sie geliebt, aber Hélène ließ einfach nicht locker, sie klebte an ihm wie Pech«, ruft Tony.

»Sei still!«

Das Geräusch von Schlägen.

»Ich bin froh, daß Sie zusammen mit Tony sterben werden. Ich weiß nicht, wen von euch beiden ich mehr hasse: Tony, den Oberlehrer, oder die ach so reizende Elise ...«

»Hélène! Ist dir klar, daß du all diese Kinder getötet hast? Für nichts und wieder nichts! Daß sie tot sind, endgültig tot, daß von ihnen nichts mehr übrig ist außer ein paar Fetzen Fleisch, mit denen du nichts anfangen kannst«, sagt Tony langsam und deutlich. »Stücke von menschlichen Kadavern, die verwesen werden!«

»Tony, Liebling, ich mache mir Sorgen um dich, große Sorgen, du bist immer so rational ... Du verstehst nichts, rein gar nichts ... (Ihre Stimme überschlägt sich.) Du hast es nie begriffen, sie sind nicht tot, hörst du, sie haben ihren Frieden gefunden, sie sind bei mir, in mir, für immer, und nicht auf dieser schlechten, verkommenen Welt, sie gehören mir!«

»Sie sind tot, Hélène, einfach tot, und sie gehören niemandem mehr ...«

Sie holt tief Luft, und ihre Stimme wird gefährlich sanft.

»Mein armer Tony, ich mache mir wirklich Sorgen ...«

Sie kommt näher, man hört einen heftigen Schlag, irgend etwas zerbricht und Tony schreit kurz auf, dann noch einmal.

»Tony, Liebling, ich glaube, ich habe dir die Nase gebrochen ... Du kriegst aber noch Luft, oder? Egal, bald kannst du sowieso nicht mehr atmen.«

Sie lacht, es ist ein ganz hohes Lachen, das entsetzlichste Lachen, das ich jemals gehört habe.

»Und Sie, Elise, wollen Sie gar nichts sagen? Nichts zu diesem historischen Augenblick beisteuern?«

*Benoît hat mich betrogen.*

*Ich werde bei lebendigem Leib verbrannt.*

»Wissen Sie, angeblich ist es so ..., daß man erstickt. Denken Sie an Jeanne d'Arc. Eine Nationalheldin. Und es heißt, daß ihr Freund, Gilles de Rais, zum Tod verurteilt wurde, weil er an die fünfzig Kinder gefoltert und ermordet haben soll. Eine amüsante Parallele, finden Sie nicht?«

Ja, zum Totlachen. Elise d'Arc und Hélène de Rais. Ein Monumentalfilm an Originalschauplätzen gedreht. Aber das ist einfach nicht wahr! Ich werde nicht auf diese Art und Weise sterben!

»Virginie! Komm aus deinem Versteck, mein Liebling, Mama muß jetzt gehen.«

Wo ist sie? Sie darf ihr Versteck nicht verlassen. Hélène wird sie irgendwo festbinden und sie mit uns zusammen dem Flammenmeer überlassen, ich spüre am Klang ihrer Stimme, daß sie sich in einer anderen Dimension befindet, in einer Dimension, in der kein Platz mehr ist für menschliche Gefühle. Bleib, wo du bist, Virginie, ich flehe dich an!

»Virginie! Mama wird sehr ärgerlich werden, und du weißt, was für schlimme Dinge passieren, wenn Mama böse wird.«

Ich spüre, wie mir Tränen über die Wangen laufen. Und ich höre noch jemanden, jemanden, der leise weint. Ich denke, es ist Jean Guillaume. Yvette ist nicht wach geworden. Sie wird sterben, ohne etwas zu spüren.

»Na, dann eben nicht, Virginie, Mama geht jetzt. Ach, ich habe meine Kassette vergessen. Haben meine Aufnahmen Sie gut unterhalten, Elise? Es hat viel Spaß gemacht, sie zusammenzutragen, wissen Sie, mit einem dieser kleinen Diktiergeräte ... die sich von allein einschalten, sobald jemand spricht.«

Anscheinend bedient sie das Gerät, dann hört man eine Stimme, die sagt: »Es ist schon spät, wir müssen los. Gute Nacht, Yvette, gute Nacht, Elise, gute Nacht, Jean.«

Pauls Stimme. Es ist eigenartig, einen Toten sprechen zu hören. Vor allem, wenn er für uns eine eher belanglose Nachricht hat. Das Band wird vorgespult, jetzt hört man Yvette:

»Schön, daß sie gekommen sind. Rufen Sie an, Hélène.«

»Von wegen!« meint Hélène höhnisch. »Nun, mit dem Feuer werdet ihr alle Sorgen, die das Leben so mit sich bringt, mit einem Schlag los. Elise wird keinen Rollstuhl mehr brauchen, Tony muß nicht mehr in die Irrenanstalt, Jean können seine Cholesterinwerte egal sein ... Also dann, auf Wiedersehen ... Na, Jean, nun weinen Sie mal nicht! Seien Sie tapfer! Ich muß jetzt gehen, ich habe noch eine Aufgabe zu erfüllen ...«

Ein knisterndes Geräusch. Ein unverkennbares Knistern und der Geruch einer Kerze.

»Virginie! Du hast genau zehn Sekunden, um herzukommen!«

»Sie hat den Volant am Sofa in Brand gesetzt«, informiert mich Tony mit seiner wegen des gebrochenen Nasenbeins verzerrt klingenden Stimme.

»Ich hab' gesagt, du sollst das Maul halten, du mieses Schwein!«

Ich spüre, wie ihr Bein mich streift, als sie ihm ins Gesicht tritt. Tonys Kopf prallt gegen die Wand. Er sagt nichts, kann aber ein leises Stöhnen nicht unterdrücken. Das Knistern der Flammen wird immer lauter, ich spüre sie, sie sind real, ich spüre ihre Hitze, wir werden alle sterben, ICH WILL NICHT! Mein Arm schnellt mit geballter Faust vor und trifft auf etwas Weiches, ihren Magen, sie krümmt sich, ich betätige den Knopf, und der Rollstuhl macht einen Satz, fährt frontal gegen ihre Beine, sie taumelt, ich höre, wie sie mit einem spitzen Aufschrei umfällt, das Geräusch des umstürzenden Tisches, ich fahre weiter vorwärts, die Räder holpern über ihre Knöchel und plötzlich stößt sie einen furchtbaren Schrei aus.

»Mein Gott, ihre Haare ...«, murmelt Guillaume.

Hélène brüllt. Ein Luftzug, Brandgeruch. Sie läuft um mich herum.

*Ihre Haare haben Feuer gefangen.*

»Zurück!« brüllt Tony.

Ich fahre rückwärts, der Rollstuhl kracht gegen die Wand.

Ein dumpfer Knall. Hélène stößt einen Schrei aus, der an ein wildgewordenes Tier erinnert.

»Ihr Kleid«, sagt Tony, als würde er ein Spiel der Fußballweltmeisterschaft kommentieren. »Ihr Kleid hat Feuer gefangen. Sie hat sich in eine lodernde Fackel verwandelt.«

Ich muß unwillkürlich an religiös motivierte Selbstverbrennungen denken ... aber das hier spielt sich unmittelbar neben mir ab, eine Frau, ein Wesen aus Fleisch und Blut brüllt, und wir spüren die Hitze des Feuers und riechen es, riechen das verbrannte Fleisch ... Man muß etwas tun. Ich fahre zur Tür und wie verrückt immer wieder dagegen, irgend jemand in diesem verdammten Haus muß uns doch hören! Ich kann diese Schreie nicht länger ertragen!

»Wenn nicht augenblicklich Ruhe bei Ihnen herrscht, rufe ich die Polizei!« hört man jemanden von unten aufgebracht rufen.

Na los, beeil dich! Ruf schon an! Die Hitze breitet sich im Zimmer aus, die Flammen streifen mich, berühren mich, verbrennen mich. Hélène läuft schreiend durch das Zimmer, stößt gegen Möbel, ich spüre sie, ich spüre sie an meinem Arm, es brennt höllisch, ich spüre, wie ihr Fleisch aufquillt, sich Blasen bilden ..., und ich spüre ihre Verzweiflung. So hilf ihr doch jemand!

Ich spüre etwas an meinem Bein.

»Elise, das Messer, ich habe es, nehmen Sie es, schnell!« keucht Tony.

Er hat sich halb aufgerichtet und läßt es in meinen Schoß fallen. Meine Hand umklammert den Griff.

»Wir können sie nicht sich selbst überlassen. Halten Sie das Messer senkrecht, ich werde die Krawatte durchtrennen.«

Ja, er hat recht, vielleicht kann er sie ins Badezimmer dirigieren und die Dusche anstellen ... Zum zweitenmal innerhalb einer halben Stunde konzentriere ich mich darauf, das Messer festzuhalten, während er versucht, die Krawatte möglichst schnell durchzuschneiden, aber es dauert, und diese Schreie, o mein Gott, *diese SCHREIE!*

Die Krawatte reißt, Tony steht auf, wobei er sich auf die Rükkenlehne meines Rollstuhls stützt, er ruft mit erstickter Stimme: »Hélène«, und ich ahne, daß er versucht, sie zu packen.

»Hélène! Ich kann nicht, das brennt zu stark! Ich muß mein Jackett ausziehen!«

Beeil dich! Hélène hört nicht auf zu schreien, ihre Schreie ändern sich, werden unerträglich schrill, man glaubt nicht, daß diese gellenden Töne von einem menschlichen Wesen stammen, ich habe das Gefühl, daß mir gleich das Trommelfell platzt, ich beiße die Zähne so fest zusammen, wie es nur geht und umklammere mit aller Macht den Griff des Messers, wieviel Zeit ist inzwischen vergangen? Zwei Sekunden? Drei Sekunden? Drei Jahrhunderte? Diese entsetzlichen Schreie lösen bei mir Krämpfe aus, die Flammen kommen näher, ich möchte aufstehen und brüllen, gleich werde auch ich brennen, meine Haare Feuer fangen, ich hebe verzweifelt immer wieder den Arm, um auf mich aufmerksam zu machen, helft mir, so helft mir doch, Hélène läuft im Kreise, sie verbrennt mich, sie verbrennt mich, sie fällt auf mich, ich brenne auch! Ich brenne!

Etwas ist auf meinem Kopf, man stülpt mir etwas über den Kopf, nimmt Hélènes glühendheißen Körper von mir, schlägt mit etwas aus Stoff auf mir herum, Tonys Jackett, er erstickt die Flammen auf meinem Körper, ich bin gerettet, ich bin gerettet ...

Das Schreien hat aufgehört. Hélène schreit nicht mehr. Rührt sich nicht mehr.

»Sie ist hineingefallen«, sagt Tony mit kaum hörbarer Stimme. »Dem Himmel sei Dank, sie ist einfach hineingefallen.«

Hineingefallen? Sie ist doch *auf* mich gefallen ...

»Und?« erkundigt sich Guillaume.

»Sie ist tot«, antwortet Tony. »Die Klinge hat ihr Herz durchbohrt.«

Die Klinge? Oh, nein ... Das Messer, das ich mit senkrecht stehender Klinge fest umklammert hielt. Ich habe Hélène getötet. Ich, Elise Andrioli, habe jemanden umgebracht. Dieses Messer, das ich in meiner Hand hielt, hat sich in die Brust eines menschlichen Wesens gebohrt. Die Klinge ist blutüberströmt, meine Hand ist blutüberströmt ... Das wollte ich nicht ...

Man hört das lodernde Geräusch der Flammen in der Stille, die plötzlich in diesem Wohnzimmer herrscht.

»Wir müssen machen, daß wir hier herauskommen!« ruft Guillaume.

Tony legt mir etwas in den Schoß und öffnet die Tür zum Gang, genüßlich sauge ich den Zementgeruch, die kühle Luft ein. Tony schiebt mich aus der Wohnung, Jean Guillaume folgt uns, ich spüre Yvettes Beine an meiner Wange, Guillaume läuft zum Fahrstuhl. Die Tür öffnet sich wie von Zauberhand. Hinter uns lodert das Feuer. Plötzlich durchfährt mich ein eisiger Schreck: Virginie! Ist Virginie noch in der Wohnung? Ich hebe hektisch die Hand.

»Sie ist hier, ich halte sie im Arm, sie schläft«, antwortet Tony.

Sie schläft? Wie konnte sie bei den Ereignissen, die sich in der Wohnung abgespielt haben, schlafen?

»Ich habe ihr Hexobarbital gespritzt. Sie wird erst in ein paar Stunden aufwachen. Ich wollte nicht, daß sie etwas mitbekommt. Unglaublich wirksam, dieses Hexobarbital. Sie haben es mir sechs Jahre lang verabreicht. Ich war die Ruhe selbst! Eigentlich hätte sie überhaupt nicht wach werden sollen, aber ich habe es falsch dosiert. Ich war gerade dabei, die Wohnung nach Benoîts Jagdgewehr zu durchsuchen ...«

Ach, damit hat Hélène mich am Kopf verletzt ...

»... dabei entdeckte ich den Kasten samt Inhalt. Auf einmal wurde sie wach, aber ich konnte nicht einschreiten, denn ich wollte nicht, daß Sie meine Anwesenheit bemerken. Damit

Hélène ein Geständnis ablegte, mußte sie überrumpelt werden. Ich wartete, bis Virginie sich dank Ihrer Hilfe befreien konnte, dann habe ich mich, während sie versuchte, die Tür zu öffnen, angeschlichen und ihr eine zweite Spritze gegeben.«

Jetzt wird mir einiges klar. Und ich dachte, sie spielt Verstekken ... Da habe ich mich ganz schön dumm angestellt.

Aber wo war sie? Wie hat er es geschafft, daß niemand sie gesehen hat? Der Typ hat anscheinend wirklich einen sechsten Sinn, denn er antwortet mir, als habe er meine unausgesprochene Frage gehört:

»Als sie das Bewußtsein verlor, habe ich sie hinter dem großen Ledersessel, der an der Wand stand, versteckt. Sie standen mit Ihrem Rollstuhl davor, waren sozusagen der Sichtschutz.«

Alles ganz einfach, da muß man keine großen Worte machen. Und was gibt es Normaleres als eine Wohnung in Flammen, in der zwei Leichen verkohlen?

Ich habe noch nicht einmal bemerkt, daß der Aufzug schon fährt. Guillaume flüstert immer wieder mit gepreßt klingender Stimme Yvettes Namen. Die Fahrstuhltür öffnet sich. Wir sind draußen. Es regnet, ein kalter Nieselregen. Schön kalt. Ich spüre auf einmal die Schmerzen an den Stellen, wo ich mich verbrannt habe. Ich höre Sirenengeheul. Ich sehe uns, wie wir vor dem Haus stehen: Tony mit seiner Tochter im Arm, Guillaume, der Yvette trägt und mich, mit Brandblasen übersät. Und mit dieser Sache, von der ich nicht weiß, was es ist, die Tony auf meinem Schoß deponiert hat.

»Ich verständige die Polizei«, sagt Tony mit dieser merkwürdig dumpf klingenden Stimme. »An der Ecke ist eine Telefonzelle.«

»Die Flammen schlagen aus dem Fenster«, sagt Jean Guillaume, nachdem Tony gegangen ist.

Völlig unzusammenhängend fragt er mich:

»Glauben Sie, sie wird durchkommen?«

Ich vermute, daß er von Yvette spricht. Wie soll ich das wissen, ich kann ja nicht einmal ihre Verletzungen sehen?

»Wenn sie das überlebt, heirate ich sie.«

Es ist schön, wenn man Zukunftspläne schmieden kann. Ich dagegen habe das Gefühl, eine gebrechliche alte Frau im Rollstuhl zu sein, die man im Stich gelassen hat. Das einzige, was mir geblieben war, war die Erinnerung an Benoît, und jetzt ... habe ich nicht einmal mehr das: Benoît hat mich betrogen, dieser große Teil meines Lebens war eine Lüge. Benoît ist tot, ich bin allein, ich bin um Haaresbreite dem Tod entkommen, meine beste Freundin war eine Kindermörderin, Yvette wird vielleicht sterben ... und wir stehen vor einem Haus und hören mit an, wie gerade Benoîts Wohnung abbrennt ... Das ist völlig verrückt. Der Krankenwagen ist gleich da, Tony hatte nicht gelogen, er hat ihn tatsächlich gerufen.

»Die Polizei ist schon unterwegs«, berichtet Tony, als er zurückkommt. »Es hatte sie schon jemand alarmiert.«

Sicher der Nachbar aus der unteren Wohnung. Schweigend warten wir, bis der Krankenwagen mit ohrenbetäubendem Lärm eintrifft. Oben in der Wohnung verbrennt gerade Hélènes Leiche ... Hätte ich mir jemals träumen lassen, daß Benoîts Wohnung eines Tages als Scheiterhaufen für die Fanstens dienen würde? Er hat Hélène 1993 kennengelernt. Im nachhinein verstehe ich, warum wir uns damals dauernd gestritten haben. Wollte sie Benoît benutzen? Ihn beschuldigen, so wie sie Stéphane beschuldigt hat? Hat sie, weil Benoît tot war, Stéphane zum Sündenbock auserkoren? Benoît. Man hätte meinen Benoît des Mordes beschuldigt! Meinen Benoît, diesen Schuft, diesen Lügner, diesen Ehebrecher. Diesen Dreckskerl!

Der Krankenwagen kommt vor uns zum Stehen. Stimmengewirr. Alle reden durcheinander. Leute rennen aus dem Gebäude, es herrscht das totale Chaos.

»Wir haben lange suchen müssen, die Adresse war nicht korrekt notiert worden.«

»Was ist hier los? Warum steht da ein Krankenwagen?«

»Mein Gott, es brennt! Jacques, es brennt!«

»Wo sind die Verletzten?«

»Verflucht, da oben brennt es! Ruf die Feuerwehr an!«

»Herrschaften, treten Sie bitte zurück ...«

»Sind noch Leute in der Wohnung?«

In der Ferne hört man wieder Sirenengeheul.

»Ja, zwei Leichen.«

»Um Gottes willen!«

»Bestimmt haben die das Ganze angerichtet.«

Ich erkenne die bissige Stimme von Monsier Chalier, einem Postbeamten im Ruhestand, der im zweiten Stock wohnt. Aber ich glaube nicht, daß er mich wiedererkennt, o nein.

»Ist die Kleine verletzt?«

»Nein, sie hat Hexobarbital gespritzt bekommen.«

»Okay, kein Problem, wir werden sie mitnehmen. Eine Trage! Und Ihre Nase?«

»Es geht ...«

Fahrzeuge bremsen mit quietschenden Reifen, Türenschlagen, laute Stimmen.

»Aber wen haben wir denn da! Mercier, hiermit verhafte ich Sie! Legen Sie sofort das Kind auf den Boden oder ich puste ihnen das Gehirn weg!«

Gassin! Außer sich vor Wut!

»Sie irren sich, Inspektor, er war es nicht«, sagt Guillaume. »Sanitäter, Achtung, ganz vorsichtig, sie ist bewußtlos.«

»Wir wissen schon, was zu tun ist, Monsieur!«

»Er war es nicht? Sie wollen mich wohl auf den Arm nehmen!« tobt Gassin.

»Wirklich, seien Sie bitte ganz vorsichtig, es ist meine Frau ... Nein, Inspektor, es war Hélène Fansten, sie hat uns alles gestanden.«

»Hélène Fansten? Hélène Fansten soll die Mörderin gewesen sein? Und warum nicht gleich Aschenputtel? Hast du das gehört, Mendoza? Vielleicht hätten Sie die Güte, etwas deutlicher zu werden!«

»Wo sind Sie verletzt?«

»Sie kann Ihnen nicht antworten, sie ist stumm.«

»Sie ist blutüberströmt und mit Brandblasen übersät. Verständige die Zentrale, sag ihnen, wir bringen Brandopfer mit. Was ist das für ein Kasten da in ihrem Schoß?«

Der *Kasten?* Der Mistkerl hat die Frechheit besessen, mir den *Kasten* zu geben?

»Das ist für Inspektor Gassin. Da, Inspektor«, sagt Tony, als würde er ihm Bonbons anbieten, »öffnen Sie den Kasten.«

»Wenn das wieder einer Ihrer dummen Scherze sein sollte, Mercier, ich schwöre Ihnen, dann ... Um Gottes willen! Sie mieser ... Sie haben genau gewußt, was da drin ist!«

Wenigstens werde ich nie den Inhalt dieses Kastens sehen. Aber gibt es etwas Schlimmeres, als ihn sich vorzustellen? Die kleinen verkrümmten Fingerchen, die glasigen Augen ...

»Ich dachte, das würde Sie interessieren«, meint Tony unbekümmert.

»Wo haben Sie das her?« will Gassin wissen, dessen Stimme auf einmal ganz tief klingt.

»Pardon, Inspektor, aber wir müssen sie in die Notaufnahme bringen ...«

»Was machen wir wegen der Wohnung, Chef? Da oben liegen zwei Leichen ...«

»Haben Sie sich mal seine Nase angesehen? Sie ist gebrochen, Inspektor.«

»Antwortet mir jetzt gefälligst jemand?!« brüllt Gassin.

»In fünf Minuten werde ich Ihnen alles erklären, aber sagen Sie, Sie haben nicht zufällig etwas zu trinken?« erkundigt sich Tony seelenruhig.

## 15

Wieder im Krankenhaus. Ich weiß nicht, wie spät es ist. Man hat mich untersucht, meine Wunden versorgt und mir ein leichtes Beruhigungsmittel verabreicht. Gassin hat das Messer sichergestellt. Ich konnte es kaum aus der Hand geben. Jetzt geht es mir besser. Anscheinend ist mein Haar teilweise verbrannt. Das muß ja hinreißend aussehen. Eine in Verbände gewickelte Mumie mit einem Haarbüschel oben auf dem Kopf.

Yvette wird noch behandelt. Schädelbruch. Sie wollen eine Computertomographie machen. Wir können nur beten. Guillaume läuft nervös vor dem Operationssaal auf und ab. Virginie schläft noch immer, sie haben sie in einem Einzelzimmer untergebracht, und wir sitzen hier im Warteraum: Gassin, ich, der diensthabende Polizist und Tony. Man hat ihn mit ungefähr zehn Stichen am Oberschenkel nähen müssen und sich um seine gebrochene Nase gekümmert. Er muß einen riesengroßen Verband mitten im Gesicht haben. Dieses Gesicht, das ich nie gesehen habe. Wenn er sich bewegt, höre ich das Klirren der Handschellen. Ihm werden eine ganze Reihe von Dingen zur Last gelegt, nette Lappalien wie zum Beispiel »Aneignung einer falschen Identität«, »Urkundenfälschung und Verwendung gefälschter Dokumente«, »Beleidigung eines Polizeibeamten im Dienst«, »Zurückhalten von Beweismaterial«, ganz zu schweigen davon, daß seine vor sieben Jahren veranlaßte Zwangseinweisung in die Psychiatrie noch immer nicht aufgehoben ist ...

»Wie sind Sie dahintergekommen?« will Gassin von ihm wissen und zündet sich eine Zigarette an.

»Aber ich bin eigentlich nicht dahintergekommen«, meint Tony. »Ich habe erst gegen Ende angefangen, das Ganze zu verstehen. Weil, sehen Sie, ich wußte nicht, ob ich nun den Mord begangen hatte, für den ich verurteilt worden war. Ich wußte nicht, ob ich dieses Kind getötet hatte oder nicht.«

»Wieso das?«

»Ich werde Ihnen erklären, wie es dazu kam. Zum fraglichen Zeitpunkt, 1988, trank ich soviel, daß ich, als die Polizei mich verhaftete, mir ehrlich die Frage stellte: Habe ich das Verbrechen begangen? Hélène behauptete, ja, die Polizei behauptete, ja, die psychiatrischen Gutachter behaupteten, ja, und ich? Ich konnte mich an nichts erinnern. Aber ich hatte Angst daß ich vielleicht völlig außer Kontrolle geraten war und es getan hatte. Ich hatte schon so viele Dinge gemacht, ohne mich daran zu erinnern. Schlägereien. Total verrückte Geschichten. Ich war die Hälfte meiner Jugend in psychiatrischer Behandlung. Ich war sozusagen Stammgast. Und dann, als ich eingesperrt war und meine Entziehungskur hinter mir hatte, fing ich an nachzudenken. Etwas Unbegreifliches war geschehen, und ob ich nun dieses Kind erwürgt hatte oder nicht, es war zu spät, ich konnte die Zeit nicht mehr zurückdrehen. Ich wollte mein Leben nicht in einer Anstalt verbringen. Ich wollte Hélène wiedersehen, ich wollte meine Tochter wiedersehen, ich hatte Angst um meine Tochter. Ich hatte im Laufe der Therapie gelernt, daß Menschen, die in ihrer Kindheit Opfer von Gewaltanwendung waren, häufig dazu neigen, diese Erfahrung andere Menschen büßen zu lassen. Ich habe mein eigenes Leben, und welche Rolle Gewalt darin spielte, überdacht. Auch Hélène hatte eine traumatische Kindheit. Ich wußte, daß sie manchmal zerstörerische Neigungen hatte. Virginie weinte oft grundlos und beruhigte sich erst, wenn ich sie in den Arm nahm ...«

Der Polizeibeamte hüstelt. Tony hält inne und fährt dann fort:

»Mehrere Male entdeckte ich blaue Flecken auf ihrem Körper, Hélène sagte, sie sei hingefallen. Als ich eines Tages nach Hause kam, trank Hélène einen Whisky und das Baby brüllte. Sie war völlig apathisch. Ich ging zu Virginie und entdeckte, daß eine der Sicherheitsnadeln, mit denen die Windel zusammengehalten wurde, aufgegangen war und die Kleine piekste. Hélène drehte sich zu mir und sah mich teilnahmslos an. »Etwas tut ihr weh«, das war alles, was sie sagte. Ich habe die Nadel mit zitternden Händen entfernt, das Baby beruhigt und mich wütend zu Hélène umgedreht. Sie warf mir vor, aus einer Mücke einen Elefanten zu machen, und meinte, ich sei ein hysterischer Säufer. Ich war fassungslos. Sie ließ die Kleine leiden und warf mir vor, mir, verantwortungslos zu sein! Da packte mich die Wut. Ich habe sie geschüttelt, sie fing an mich zu beschimpfen, sie erging sich in langen Tiraden, sie war außer sich. Wir haben uns geprügelt. An jenem Abend brach ich ihr den Arm. Später meinte sie zu mir, sie wisse nicht, was in sie gefahren sei, wahrscheinlich ein Anfall von Wahnsinn, und daß sie, seit dem Tod von Max, gelegentlich solche Ausfälle habe. Ab dann kam es nie wieder vor, nie wieder.«

»Max?«

Wer ist Max?

»Ihr Sohn. Den sie mit siebzehn Jahren bekam.«

»Welcher Sohn? Von einem Sohn war bisher nie die Rede!«

»Natürlich, er ist ja auch tot.«

»Schön langsam, ich kann Ihnen nicht mehr folgen«, protestierte Gassin.

»Gut, fangen wir noch mal von vorne an. Als ich Hélène 1986 kennenlernte, machte ich gerade eine Entziehungskur, und sie hatte drei Selbstmordversuche hinter sich. Wir waren in der gleichen Therapiegruppe, und dort erfuhr ich, daß sie mit siebzehn ein Kind bekommen hatte, daß der Vater unbekannt, und der Junge vor zwei Jahren gestorben war. Er muß damals acht Jahre alt gewesen sein. Soweit ich verstanden hatte, war es ein Unfall gewesen. Allem Anschein nach litt sie sehr darunter. Ihrer Meinung nach hätte dieses Kind alles wiedergutmachen, alles Böse, das sie in ihrer Kindheit erlebt hatte, auslöschen können. Und nun war er tot.«

»Das ist doch unglaublich! Diese Information wurde in keiner der Akten festgehalten!« entrüstet sich Gassin.

»Haben Sie sie vielleicht nicht nach ihrem Familienstammbuch gefragt?«

»Sehr witzig! Stellen Sie sich vor, wir haben den Familienstand jeder Person, die in die Mordfälle verwickelt war, überprüft.«

»Also, dann sehe ich nur eine Möglichkeit: Die Geburt des Kindes ist nicht gemeldet worden.«

»Aber wie sollte das ...«

»Vielleicht hat sie das Kind ganz allein auf die Welt gebracht und es bei sich behalten, ganz allein für sich. Das wäre typisch für sie.«

»Und die Schule und was es sonst noch gibt?«

Da kommt mir plötzlich eine Erklärung in den Sinn: Wenn Hélène mit siebzehn Jahren aus den verschiedensten Gründen nicht wollte, daß jemand von ihrem Kind erfuhr, dann hätte doch nur ihre Mutter es als ihres ausgeben müssen ... Aber ja! Offensichtlich kommt keiner meiner genialen männlichen Begleiter auf diese Idee. Gassin nimmt sein Handy und wählt eine Nummer:

»Ja, hallo, ich bin's. Hol dir doch mal die Akte Siccardi aus dem Archiv ... Ja, genau. Die durchforstest du dann nach Hinweisen auf Max Siccardi. Wenn du nicht fündig wirst, ruf in Marseille an, es ist dringend ... Ja, ruf mich an, sobald du etwas hast.«

Wütend beendet er das Gespräch.

»Wo waren wir stehengeblieben?»

»Bei meiner Begegnung mit Hélène. Wir fanden uns auf Anhieb sympathisch, denn wir fühlten uns etwas verloren, kamen beide aus einem schwierigen Elternhaus, uns verband sehr viel, und als sich dann Virginie ankündigte, wollte sie das Kind nicht behalten, doch ich habe sie dazu überredet, ich dachte, ein Kind könnte sie über den Verlust hinwegtrösten ... Wenn ich es nur hätte vorhersehen können, mein Gott, wenn ich es nur geahnt hätte ...«

Gassin hüstelt nervös.

»Fahren Sie fort.«

»Also, Virginie wurde geboren und alles lief ganz gut, bis Hélène Paul traf. Damals arbeitete er in Marseille.«

»Was, er auch?«

»Ich schwöre Ihnen, dafür kann ich nichts. Pauls Frau war an Krebs gestorben, und er zog allein seinen zweijährigen Sohn groß, Renaud. Hélène und er lernten sich in der Bank kennen, er arbeitete dort am Schalter.

Paul, sehr jung, sehr temperamentvoll, verliebte sich in diese junge, verzweifelte, selbstmordgefährdete Frau ... Er hoffte, daß sie ihm helfen würde, seinen Sohn aufzuziehen.

... Wenn er gewußt hätte ...«

»Und was passierte dann?«

»Na, was glauben Sie? Hélène fühlte sich sofort zu ihm hingezogen. Ein zuverlässiger, normaler Mann, der Geborgenheit ausstrahlt. Sie ließ es sich nicht nehmen, mir von ihrer Affäre zu erzählen. Aber sie konnte sich nicht zwischen uns entscheiden. Also, alles lief weiter wie bisher, abgesehen davon, daß ich trank wie ein Loch, denn ich ertrug es nicht, daß Hélène mit Paul schlief, und manchmal machte sie mir auch angst. Aber ich war verrückt nach ihr. Sie war wie eine Droge für mich: Sie erinnerte mich ständig an die Vergangenheit, an die Schmerzen der Vergangenheit.«

Er spricht schnell und abgehackt, als hätte er mehr Bilder in seinem Kopf als Worte dafür, um sein Leid zu erzählen.

»Sie teilte mit mir das Geheimnis der Schläge, der blauen Flecken, das Gefühl, ein Objekt zu sein, dem alles widerfahren kann, egal, wann: wenn du schläfst, wenn du ißt, jederzeit kannst du geschlagen werden, der Gürtel auf dich herniedersausen, dich peitschen, dir die Haut aufreißen, jederzeit kann sich die Schranktür hinter deiner Angst, deinen bepinkelten Beinen, deinem Hunger schließen ... Haben Sie schon mal tagelang nichts zu essen bekommen?«

»Tut mir leid, nein«, sagt Gassin. »Und was passierte dann?«

»Als die Polizei mich verdächtigte, hat sie sich von mir getrennt, ich bat sie, mir zu helfen, ich habe ihr gesagt, daß ich sie liebe, daß es vor ihr in meinem Leben noch nie jemanden gegeben habe, aber sie meinte, es sei vorbei, sie liebe mich nicht mehr ...«

Er holt tief Luft:

»Sie willigte ein, Paul zu heiraten, der Virginie als seine Tochter anerkannt hatte, und sie gingen weg. Paul war in eine andere Filiale versetzt worden. An all das mußte ich in meiner

Gummizelle denken. Es ist dumm, aber ich dachte, daß Hélène Virginie weh tun könnte, aber ich war nicht in der Lage, mir vorzustellen, daß sie dieses Kind aus unserem Viertel hätte töten können. Kurz und gut, ich beschloß, auszubrechen und Virginie wiederzufinden. Ich nutzte meine Freigänge, um nach ihnen zu suchen, und ich fand sie, indem ich ganz einfach Telefonbücher durchblätterte. Ich mußte mich durch die Telefonbücher aller Départements wühlen, aber ich habe sie gefunden. Ich bin hierhergekommen, habe mir bei Stéphane Migoin Arbeit auf einer seiner Baustellen besorgt und festgestellt, daß er Hélène gut kannte. Es war merkwürdig, in ihrer Nähe zu wohnen ... Manchmal sah ich Virginie im Park, mit Paul Fansten. Sie nannte ihn Papa ... Ich wollte mich nicht einmischen, lediglich ein Auge auf sie haben. So kam ich dadurch in gewisser Weise auch zu einer Familie. Doch ich glaube, daß ich völlig hilflos war. Und schrecklich eifersüchtig.«

Ich sehe seine hochgewachsene, traurige Gestalt vor mir, wie er Virginie beobachtet, wie sie mit dem Mann lacht, den sie für ihren Vater hält. Ein Mann auf der Flucht, der nicht weiß, wohin und sich von den Brosamen des Glücks anderer nährt ...

»Und dann habe ich erfahren, daß Renaud, Pauls Sohn, ermordet worden war! Stellen Sie sich meine Bestürzung vor! Und das war noch nicht alles: Noch mehr Kinder aus dieser Gegend waren erwürgt worden und *alle seit ich Freigang bekam!* Ich hatte das Gefühl, erneut einen wohlbekannten Alptraum zu durchleben. Aber diese Morde, da war ich mir sicher, die hatte ich nicht begangen! Es sei denn, ich war wirklich und wahrhaftig verrückt. Diese Morde mußte ich klären, ich mußte die Wahrheit herausfinden, um endlich diese ganzen offenen Fragen beantworten zu können.«

Ein Wagen wird leise klirrend vorbeigeschoben, gestreßte Stimmen, das Geräusch der Fahrstuhltüren. Tony fährt fort:

»Ich habe sehr schnell herausgefunden, daß Hélène eine Affäre mit Benoît Delmare, dem Lebensgefährten der Besitzerin des Trianon, hatte.«

Diese nüchternen, klaren Worte treffen mich wie ein heimtückischer Schlag.

»Inspektor Gassin«, sagt eine weibliche Stimme. »Sie werden verlangt.«

»Ich bin gleich wieder zurück«, entschuldigt sich Gassin und steht auf.

Stimmengewirr am Ende des Korridors. Der Wachposten, der die ganze Zeit steht, räuspert sich.

»Sie haben mich übrigens oft im Trianon gesehen, Elise«, flüstert Tony mir zu. »Ich liebe es, ins Kino zu gehen, und außerdem, irgendwie mußte ich ja die Zeit totschlagen. Sie sind mir aufgefallen, weil ich Sie sehr anziehend fand.«

Ob man's glaubt oder nicht, ich werde doch tatsächlich rot. Man steht eine entsetzliche Geschichte durch, und ich werde rot, weil mir ein aus dem Irrenhaus Entflohener sagt, daß ich sein Typ bin. Ich *war* sein Typ, das ist der feine Unterschied.

»Ich weiß nicht, warum sie ein Auge auf Benoît geworfen hatte. Sie hat ihn bei einer Veranstaltung des Lions Club getroffen.«

An jenem Abend? Benoît wollte unbedingt, daß ich mitgehe; er mußte hin, aber ich hatte keine Lust, ich wollte mir lieber einen Film im Fernsehen ansehen. Und deshalb sind sie sich begegnet!

»Kommen wir zu unseren Ermittlungen zurück, lieber Kollege«, witzelt Gassin, als er sich wieder zu uns setzt. »Sie sprachen gerade von Paul und Hélène.«

»Ja, ich hatte beschlossen herauszubekommen, wie sie lebten, wollte sie sozusagen ausspionieren. Ich war wie besessen davon. Hélène war da, direkt vor meiner Nase, ich wußte, daß sie mit Paul lebte, daß sie mein Kind großzogen, in ihrem hübschen kleinen Häuschen ... und ich, ich war wegen Mordes verurteilt worden. Ich fing an, Paul zu hassen ... Im Grunde genommen wußte ich rein gar nichts über ihn. Er war stets freundlich, zuvorkommend, aalglatt ... Ihn konnte ich mir gut als Kindermörder vorstellen. Und nicht nur hier in der Gegend ... ich war in Marseille vielleicht das Opfer eines abgekarteten Spiels gewesen, das der wahre Mörder inszeniert hatte! Wer konnte mir besser die Schuld zuschieben als jemand, der sich problemlos Zutritt zu meiner Wohnung verschaffen konnte? Jemand, der mich haßte. Wenn man bedenkt, daß ich keine Sekunde lang dachte, Hélène zu verdächtigen! Ich konnte diese Verbrechen nicht mit einer Frau in Zusammenhang bringen.«

»Frauen morden selten, aber wenn sie morden, dann töten sie häufig Kinder«, erläutert Gassin professionell. »Und Virginie, was geschah mit Virginie?«

»Sie schien gut zu essen zu bekommen, wurde ordentlich behandelt, aber sie wirkte immer merkwürdig abwesend. Ein höfliches, ordentlich gekämmtes, immer lächelndes Püppchen. ... Mir kam die Idee, daß, falls Paul etwas mit der Sache zu tun haben sollte, sie möglicherweise etwas über diese Morde wußte. Und dann wurde der kleine Michaël ermordet. Ich kannte ihn vom Sehen. Ich wußte, daß Virginie und er Freunde waren. Und außerdem wußte ich, daß Virginie Elise kennengelernt hatte, der sie womöglich Interessantes anvertrauen würde. Ich mußte einen Weg finden, ihr Fragen stellen zu können, damit ich meine eigene Untersuchung durchführen konnte.«

»Und da beschlossen Sie, sich als Yssart auszugeben?«

»Ja. Das war am praktischsten, und außerdem wußte ich ja, daß Elise die Täuschung nicht bemerken würde.«

Ach ja, die arme Puppe in ihrem Rollstuhl.

»Ich habe mich also als Yssart ausgegeben, weil ich Beweise gegen Paul sammeln wollte. Ich war beinahe sicher, daß er es war – bis ein neuer Verdächtiger auftauchte: Jean Guillaume. Ich hatte Erkundigungen eingezogen und herausgefunden, daß er eine Familie in La Ciotat hatte und dort jedes Jahr, zusammen mit seiner Frau, Urlaub machte. 1988 war er zum Zeitpunkt des Mordes in Marseille ... Dieser Zufall machte mich stutzig. Ich hatte einen weiteren Verdächtigen.«

»Und dann?«

»Ich hielt Elise über meine Nachforschungen immer auf dem laufenden ...«

Vielen Dank auch.

»Ich sagte mir, daß ich mich möglicherweise zu sehr auf Paul konzentriert hatte und beschloß, systematisch jeden unter die Lupe zu nehmen. Und Stéphane, das muß ich gestehen, war als Verdächtiger sozusagen prädestiniert. Doch etwas störte mich: Warum hatte er Elise in den Teich gestoßen? Aus welchem Grund sollte der gute Paul, Stéphane, Guillaume oder sonst irgendein Verdächtiger, Ihnen etwas antun wollen? Wer könnte es auf Sie abgesehen haben? Oder hatte man es eigentlich auf Stéphane abgesehen, und Sie waren nur indirekt das Opfer eines Überfalls, der ihm gegolten hatte? Ich tappte völlig im dunkeln. Ich hatte sogar überlegt, daß Guillaume das Ganze inszeniert hatte, um sich als Retter hervortun zu können ... Und dann gab es natürlich auch noch die gar nicht so abwegige Hypothese, daß es womöglich Hélène war. Hélène, die eifersüchtig war auf Sie und Benoît. Hélène, die Sie bestimmt gehaßt hat ... Aber daß Hélène Sie haßte und Ihnen sogar nach dem Leben trachtete bedeutete noch nicht, daß sie die Kinder umgebracht hatte. Sprechen wir es ruhig offen aus, ich wollte diese Möglichkeit nicht wahrhaben, die mir immer wieder durch den Kopf schoß, und die ich als abwegig und dumm abtat.«

»Ich will Sie ja nicht drängen, aber könnten Sie das Ganze etwas schneller erzählen? Nur in groben Zügen?« schlug Gassin in einem nicht sehr freundlichen Ton vor.

»Entschuldigen Sie, ich verliere mich in Einzelheiten. Es ist schon verrückt, wie sehr man sich für sein eigenes Leben interessieren kann ...«

»Wann kam Ihnen der Gedanke, daß Hélène die Täterin war?«

»Als Elise mit dem Messer attackiert wurde. Ich kam zufällig vorbei, sie war blutüberströmt und hatte panische Angst. Das

Messer lag am Boden, ein Laguiole-Messer mit gelbem Schildpattgriff. Im ersten Augenblick dachte ich nur daran, einen Krankenwagen zu rufen. Sobald die Sanitäter da waren, paßte ich einen günstigen Moment ab und verschwand unauffällig. Es nieselte und ich ging im Regen spazieren, bis ich auf einmal am Teich stand. Das Messer ließ mir keine Ruhe. Die Form der Klinge, ihre Größe, all das stimmte mit den Ergebnissen der einzelnen Autopsien überein. Das bedeutete, daß die Person, die Elise angegriffen hatte, identisch sein mußte mit dem Kindermörder. In beiden Fällen handelte es sich um ein- und dieselbe Person. Und somit konnte es nur Hélène gewesen sein.«

Gassin seufzt. Er scheint sich zu sagen, daß er auf die gleichen Schlußfolgerungen hätte kommen können.

»Es war, als hätte man mir plötzlich einen Eimer mit eiskaltem Wasser ins Gesicht geschüttet«, fährt Tony fort, »als wäre ich nach einem zwanzigjährigen Vollrausch mit einem Schlag nüchtern geworden. Mir fiel Max wieder ein, sein Foto, das Hélène stets bei sich trug, Max, nach dessen Tod sie fast verrückt geworden wäre. Mir fiel ihr leerer Blick wieder ein, mit dem sie Virginie und mich manchmal betrachtet hatte, ihren ›Nachtblick‹, wie ich es nannte, weil ihre Augen alles nur schwarz zu sehen schienen. All das fiel mir wieder ein, und damals kam mir zum erstenmal in den Sinn, daß tatsächlich sie die Mörderin gewesen sein könnte.

Ein entsetzlicher Verdacht, denn wenn er sich bewahrheiten sollte, würde das bedeuten, daß sie mich wissentlich in Marseille beschuldigt hatte, und daß sie möglicherweise nicht nur eine Mörderin, sondern auch ein perverses und machthungriges Wesen war. Um endgültig Gewißheit zu erlangen, brauchte ich Beweise.«

»Ich verstehe Sie nicht«, wundert sich Gassin. »Mit an Sicherheit grenzender Wahrscheinlichkeit ist ihre Ex-Frau eine Mörderin und Sie alarmieren nicht die Polizei? Sie halten sich im Hintergrund und warten darauf, daß sie noch mehr Kinder umbringt?«

»Und was hätte ich Ihrer Meinung nach tun sollen? Wenn ich zur Polizei gegangen wäre, hätte man mich doch auf der Stelle wieder in die psychiatrische Klinik eingewiesen und versucht, mir die Morde anzuhängen. Ein gefährlicher Krimineller entflieht, und man schnappt ihn zufällig dort, wo in der letzten Zeit mehrere Kindermorde begangen wurden! Sie glauben doch nicht im Ernst, daß meine Aussage auf offene Ohren gestoßen wäre, oder? Daß man mir auch nur ein Wort geglaubt hätte, wenn ich es gewagt hätte, die ehrenwerte Madame Fansten zu beschuldigen? Und außerdem wollte ich ja nicht, daß sie es war. In meinem tiefsten Innern klammerte ich mich an die Hoffnung, daß sie unschuldig sei ... Immerhin ist sie die Mutter meiner Tochter, verstehen Sie?«

»Fahren Sie fort«, seufzt Gassin.

»Die Vorstellung, daß sie die Täterin sein könnte, machte mich wahnsinnig, aber gleichzeitig spürte ich, daß sie es tatsächlich war.«

»Hatten Sie keine Angst, daß sie Virginie etwas antun würde?«

»Nein, nicht in dieser Hinsicht. Die Opfer waren alle männlichen Geschlechts gewesen. Wer auch immer der Mörder war, er war offensichtlich auf kleine, ungefähr acht Jahre alte Jungen fixiert. Ich sagte mir, wenn es Hélène sein sollte, tötete sie vielleicht Kinder, die Max ähnelten. Aber Max hatte braunes Haar und dunkle Augen, Charles-Eric und Renaud waren braunhaarig, Michaël aber blond und Mathieu hatte kastanienfarbenes Haar und so weiter, und sie hatten auch alle unterschiedliche Augenfarben. Mir gelang es nicht, hinter die Logik, die dahintersteckte, zu kommen. Ich war blind.«

»Welche Logik?«

»Renauds braune Haare, Charles-Erics dunkle Augen, Michaëls Hände, Mathieus Herz, Joris' Genitalien ...«

»Ein neuer kleiner Junge ...«, murmelte Gassin.

»Genau. Das Bild eines kleinen Jungen, das einer kranken Phantasie entsprungen ist.«

Fein säuberlich aufbewahrt in einem Kasten ... die kleinen zusammengekrümmten Hände, das kleine Herz, die auf Samt gebetteten Augen, die so groß wirken, weil sie nicht mehr in ihren Höhlen stecken. Und die seidigen braunen Haarsträhnen ... Danke, lieber Gott, daß du dafür gesorgt hast, daß mir dieser Anblick erspart blieb!

»Und dann?« fragte Gassin ungeduldig.

»Dann? Nach und nach ergaben die Einzelheiten des Puzzles ein Gesamtbild. Ich war verzweifelt, wünschte mir, weit weg zu sein, aber ich fühlte mich verpflichtet, hierzubleiben und dabei zu helfen, dieser Frau das Handwerk zu legen, die ich so sehr geliebt hatte und die offensichtlich verrückt war ...«

»Und welche Rolle spielte Migoin dabei?« erkundigte sich Gassin leicht gereizt.

»Stéphane Migoin vermutete, daß Hélène Paul betrog. Er war mißtrauisch geworden. Er glaubte, daß sie sich deshalb so häufig seinen Kombi lieh. Um die Wahrheit zu sagen, sie schlief auch mit Stéphane. Mit Männern zu schlafen war ihre Methode, sie zu beherrschen. Wenn ich es mir recht überlege, ist sie mit allen Kerlen aus unserem Viertel ins Bett gegangen. Doch ich glaube, sie war frigide. Wissen Sie, ihr Vater hat sie jahrelang mißbraucht. Im übrigen bin ich davon überzeugt, daß er der Vater von Max ist.«

Wie bitte? Gassin scheinen diese Neuigkeiten genauso zu verblüffen wie mich, denn er sagt kein einziges Wort. Ich höre ihn aber schlucken. Aber natürlich, so muß es gewesen sein! Ihr Vater hat sie geschwängert, und um einen Skandal zu vermeiden hat die Familie dafür gesorgt, daß jeder annahm, Madame Siccardi sei die Mutter ... Ich bin sicher, daß meine Theorie stimmt.

»Wo war ich stehengeblieben?« fährt Tony fort. »Ah ja, Stéphane. Sie hat uns gestanden, daß sie alles so arrangiert hat, daß die Schuld auf Stéphane fiel. Sicher hat sie Stéphane im Park bewußtlos geschlagen und Sie in den Teich befördert, Elise. Sie hat Sie gehaßt, wegen Benoît, weil Benoît Sie ihr vorgezogen hat. Er hatte sich von ihr getrennt. Ich weiß das, weil er es mir gesagt hat.«

Er hat es ihm *gesagt?*

»Ja, ich kannte Delmare. Eines Tages waren wir zu Renovierungsarbeiten in dem Haus, in dem er wohnte. Die Gänge und Fahrstuhltüren sollten gestrichen werden. Benoît sah uns und fragte mich, ob ich nicht auch seine Wohnung streichen könne, gegen Bezahlung versteht sich. Ich willigte ein. Ich sah Ihr Foto auf seinem Nachttisch und habe ihn auf Sie angesprochen, wir fanden uns sympathisch, er bot mir ein Bier an und hat mir sein Leben erzählt – ein Gespräch unter Männern. Er konnte ja mit niemandem über diese Dinge reden ... stellen Sie sich vor, man hätte erfahren, daß er eine Affäre mit Hélène Fansten hatte!«

Das war die Woche, in der Benoît bei mir übernachtete, weil es in seiner Wohnung nach Farbe roch, ja, ich erinnere mich, er hat von dem Maler gesprochen, sagte, daß er »ein netter Kerl, gar nicht dumm« sei. Habe ich diesen Maler jemals zu Gesicht bekommen? Nein, ich glaube nicht.

Also, Benoît hatte mit Hélène Schluß gemacht. Es ist schon merkwürdig, wenn man quasi zur gleichen Zeit erfährt, daß dein Freund dich betrogen und daß er mit deiner Nebenbuhlerin Schluß gemacht hat. Doch was nützt uns das jetzt noch ... Welch bittere Ironie des Schicksals: In dem Augenblick, wo er sich für mich entschieden hat, stirbt er.

»Versuchen Sie sich vorzustellen, was Hélène empfunden haben muß, als sie Sie durch Paul kennenlernte und wiedererkannte. Ihren Haß und Ihren Triumph! Sie, ihre Nebenbuhlerin, waren ihr schutzlos ausgeliefert! Welchen Spaß muß es ihr gemacht haben, Sie hinters Licht zu führen.«

Spaß gemacht? So würde ich das nicht bezeichnen. Hat es ihr Spaß gemacht, mir weh zu tun, mir Angst einzujagen, hat es ihr Vergnügen bereitet, die Kinder zu töten? Ich glaube nicht. Ich glaube, daß es ihr sehr schlecht ging. Ich muß an ihre Klagen, ihre unberechenbaren Stimmungswechsel, ihre Ängste denken ... War ihr klar, was sie tat? Selbst dessen bin ich mir nicht sicher. Ich bin mir allerdings sicher, daß es Momente gab, in denen sie überzeugt war, eine ganz normale Hausfrau zu sein, die vom Pech verfolgt wurde. Sie schien mir nicht zu triumphieren, nein, sondern eher furchtbar unglücklich zu sein. Sogar kurz vor ihrem Tod, als sie uns alle umbringen wollte, war aus ihrer Stimme diese innere Zerrissenheit zu hören ... Was sagt Tony da?

»Ich glaube nicht, daß sie wirklich wußte, was sie tat. Ihr Trieb war stärker als sie. Wenn sie ein Kind sah, das sie an Max erinnerte, mußte sie es zerstören, es so heftig an sich drücken, daß ...«

»Haben Sie einen oder mehrere Morde beobachtet?« erkundigt sich Gassin mit dumpfer Stimme.

»Wenn dem so gewesen wäre, hätte ich doch keinen Zweifel an ihrer Schuld haben müssen, oder?« entgegnet ihm Tony.

Ich höre, wie Gassin ziemlich heftig ein paar Seiten umblättert.

»Sie hat Ihnen gestanden, Stéphane Migoin umgebracht zu haben ...«

»So ist es. Ich weiß nicht, ob das zu ihrem Plan gehörte, aber sie hat es sich zunütze gemacht, daß Stéphane geflohen war ...«

Dieser letzte Anruf von Stéphane ... Er glaubte an eine Verschwörung. Wenn er doch nur mit der Polizei gesprochen hätte!

»Was Sophie Migoin angeht ... ich habe ihr Geheimnis gelüftet«, erklärte Gassin zufrieden. »Sie traf sich regelmäßig mit Manuel Quinson.«

Und das ist das Geheimnis?

»Aber nicht, weshalb Sie denken, nein«, fuhr er fort. »Er versorgte sie mit Koks!«

Manu, ein Dealer? Sophie mit vollgekokstem Näschen? Warum nicht? Ich wundere mich über gar nichts mehr, ich habe meinen Vorrat an Verwunderung aufgebraucht, ich glaube, wenn mir jetzt jemand sagen würde, es gäbe gleich eine

Atomexplosion, ich würde nicht mal mit der Wimper zukken ...

»Ach, deshalb war sie immer so überdreht«, murmelte Tony

»Und Paul Fansten? Welche Rolle spielt er bei der ganzen Sache?«

»Die Rolle des Ehemannes«, antwortete ihm Tony. »Sie wissen schon, was ich meine: Er gab ihr Sicherheit, Ansehen, ein sorgenfreies Leben.«

»Hätte er ihr Komplize sein können?«

»Würden Sie eine Frau decken, von der Sie annehmen, sie habe ihren eigenen Sohn umgebracht?«

Gassin brummt irgend etwas Unverständliches vor sich hin.

Paul wußte mehr, als du denkst, Kommissar Yssart, selbst wenn er nicht wußte, daß er es wußte! Ich erinnere mich an die Gesprächsfetzen, die ich aufgeschnappt hatte. Mir fallen Pauls Wutanfälle, sein Verhalten ihr gegenüber ein. Er konnte Hélènes Gegenwart nicht mehr ertragen, weil er in seinem tiefsten Innern von den entsetzlichen Geschehnissen wußte ... aber er belog sich selbst. Wie Sie, mein lieber Tony.

Ein Stuhl knarrt, die Handschellen klirren leise, das Jackett des Wachpostens riecht nach feuchter Wolle.

»Hatten Sie nie Angst, daß Hélène Sie bemerken und erkennen könnte?«

»Wissen Sie, als sie mich das letzte Mal sah, wog ich zehn Kilo mehr, mein Körper war aufgedunsen, ich trug einen Bart und hatte lange, braune Haare. Ich habe mir eine Brille mit getönten Gläsern gekauft, mir die Haare ganz kurz schneiden und schwarz färben lassen, und ich habe aufgepaßt, daß ich ihr nicht über den Weg lief.«

»Ein gefährliches Spiel.«

»Auch nicht gefährlicher, als sich als Yssart verkleidet in der Stadt aufzuhalten. Wenn man Monat für Monat eingesperrt ist, ohne die Hoffnung, eines Tages wieder freizukommen und gezwungen wird, Medikamente zu schlucken, die einen zerstören, ganz zu schweigen von der Zwangsjacke, der Elektroschockbehandlung und Hunderten von Therapiestunden, die man wegen eines Verbrechens absitzt, das jemand anderes begangen hat, wird der Begriff Gefahr zu etwas sehr Relativem.«

Hüsteln. Man könnte meinen, wir wären in einem Sanatorium für Lungenkranke.

»Ich verstehe noch immer nicht, warum sie Elise zum Flughafen bringen wollte.«

»Meine Tarnung war aufgeflogen. Man hielt mich für den Täter, das war gut, aber ich war ihr auf der Spur, und das war schlecht. Sie mußte verschwinden. Ich glaube, sie hatte beschlossen, sich aller Belastungszeugen zu entledigen – vor allem mußte sie Paul loswerden – und anschließend woanders ein neues Leben anzufangen, wie sie es ja schon einmal gemacht hatte. Meiner Ansicht nach handelte sie nicht mehr nach einem für sie logischen Plan, sondern wurde nur von einem übermächtigen Wunsch nach Zerstörung gelenkt.«

Das Knistern eines Streichholzes.

»Haben Sie den Unfall beobachtet?«

»Unglücklicherweise nicht. Am Nachmittag bin ich bei Elise vorbeigefahren. Das Haus war verschlossen. Ich fuhr zu den Fanstens, auch hier sah das Haus verwaist aus, und das Auto war nicht da. Also bin ich planlos durch die Straßen gefahren, in der Hoffnung, ihnen irgendwo zu begegnen. Und bei der Kurve hinter Véligny entdeckte ich das Auto. Es war die Böschung hinuntergerollt und gegen einen Baum geprallt. Es war leer.«

»Leer?« ruft Gassin ungläubig.

»Leer. Auf dem Rücksitz entdeckte ich Blut, und im Gras Radspuren: Ich dachte sofort an Elises Rollstuhl. Ich folgte den Spuren und kam zu der Forsthütte. Durch das Fenster sah ich Elise. Sie schien panische Angst zu haben und fuhr mit dem Rollstuhl kreuz und quer durch die Hütte. Hélène stand in der Türöffnung und beobachtete sie mit einem Lächeln ..., daß es mir kalt den Rücken hinunterlief. Dann ging sie auf Elise zu und gab ihr ein Glas Wasser zu trinken. Elise trank und schlief ein. Ich sah, daß ihr Brustkorb sich hob und senkte, ich wußte also, daß sie nicht tot war. Ich wußte nicht, was ich tun sollte. Hineingehen? Aber was hätte das genützt?«

»Sie hätten möglicherweise Mademoiselle Andricli das Leben retten können«, kritisiert Gassin ihn scharf.

»Ja, aber damit hätte ich Hélène nicht aufgehalten. Sie mußte ihre Taten gestehen, vor Zeugen, denn mir hätte doch niemand geglaubt. Plötzlich fiel mir Virginie ein. Es war 16.45 Uhr. Ich sagte mir, wenn Hélène sich die Mühe gemacht hatte, Ihnen, Elise, ein Schlafmittel zu verabreichen, dann hatte sie wohl nicht vor, Sie auf der Stelle umzubringen.«

Diese Einschätzung der Lage hätte böse ausgehen können, nicht wahr, Tony?

»Ich raste zur Schule und fing Virginie ab. Ich erzählte ihr, ich wäre ein Arbeitskollege von Paul und ihre Eltern hätten mich angerufen, weil sie mit dem Wagen eine Panne gehabt hatten. Doch sie wollten noch heute zur Großmutter fahren, und deshalb sollte ich sie jetzt abholen. Die Lehrerin wußte über die Reise zur Großmutter Bescheid und vertraute mir, weil ich so gut informiert war. Virginie stieg in mein Auto. Ich wollte nicht, daß sie etwas von den kommenden Ereignissen mitbekam. Ich habe immer eine Spritze und etwas Hexobarbital bei mir. Als ich aus der Klinik floh, habe ich mehrere Schachteln mit Ampullen mitgehen lassen, für den Fall, daß es mir mal wieder schlecht gehen sollte ... Kurz und gut, ich verabreichte Virginie überraschend eine Spritze, fesselte sie und versteckte sie im Kofferraum. Ich fuhr zur Forsthütte zurück, wo ich Hélène und Elise vorfand. Ich weiß nicht, was Hélène ausgeheckt hatte, vielleicht hatte sie sich ein paar nette Spielchen für Elise überlegt.«

»Aber wo waren Paul und Yvette?«

»Ich nehme an, schon in Benoîts Wohnung.«

»Das ist alles völlig verworren.«

Ich muß schlucken: Hélène hat mich in der Forsthütte betäubt, um mit meinem Rollstuhl Paul und Yvette in Benoîts

Wohnung schaffen zu können. Nein, man hätte sie gesehen ... Allerdings, die Kurve hinter Véligny ist keine dreihundert Meter von Benoîts Wohnung entfernt ... Ja! Man muß nur den Waldweg entlanggehen, der am Golfplatz vorbeiführt. Aber trotzdem erscheint es mir unmöglich, diese Strecke zweimal hintereinander zurückzulegen, ohne einem Spaziergänger zu begegnen.

Mir kommt eine Idee! Eine etwas an den Haaren herbeigezogene Idee, aber sie würde erklären, warum niemand den Unfall beobachtet hat. Es hat gar keinen Unfall gegeben!

Als sie uns abholte, war sie allein. Sie war allein, weil Paul bereits tot war! Seine Leiche lag schon in Benoîts Wohnung! Daß wir vor der Bank gehalten haben? Ein Trick. Alles, was ich gehört habe, war das Schlagen der Türen und Pauls Stimme. Seine Stimme, die sie irgendwann mal mit dem Diktiergerät aufgezeichnet hatte.

Ja, ich bin sicher, so ist es gewesen. Unter irgendeinem Vorwand hat sie Paul zu Benoît gelockt und ihn getötet. Dann hat sie uns, Yvette und mich, abgeholt! Mist, Yvette! Yvette hätte ja gesehen, daß Paul gar nicht einsteigt ... Ach, ich bin vielleicht blöd: Sie hat Yvette, kurz bevor wir abfuhren, niedergeschlagen. Das Geräusch, das ich gehört habe, als Yvette sich setzte, und dann der Seufzer, das war Hélène, die auf sie einschlug. Daher das Blut auf dem Rücksitz. Sie tat so, als würde Paul einsteigen, simulierte den Unfall und betäubte mich. Und damit war die Sache geritzt. Nachdem sie mich in die Hütte gebracht hat, schafft sie Yvette mit meinem Rollstuhl in Benoîts Wohnung, kommt zurück, um mich ein bißchen zu quälen, und dann taucht glücklicherweise Tony Mercier auf. Da sagt sie sich: »Was soll's, so kann ich zwei Fliegen mit einer Klappe schlagen, ich werde auch Tony verschwinden lassen«, und schießt ihn nieder. Dann bringt sie mich zu Benoît, um sich auf die Suche nach Jean Guillaume zu machen. Warum?

»Sie ist außer Lebensgefahr«, höre ich in diesem Augenblick Guillaume mit zitternder Stimme rufen.

Yvette ist gerettet!

»Wenigstens eine gute Nachricht«, meint Tony. »Kommen Sie, setzen Sie sich, mein Lieber, Sie sind ganz weiß im Gesicht.«

»Ich möchte lieber zu ihr. Hoffentlich wird Sie keine bleibenden Gehirnschäden haben ...«

Um Gottes willen, nein, ein Mehlsack in der Familie reicht! Guillaume läßt sich schwer auf einen der (mit Sicherheit orangefarbenen) Plastikstühle fallen, die unter seiner Last ächzen.

»Können Sie mir ein paar Fragen beantworten?« erkundigt sich Gassin, der die Sache gerne zum Abschluß bringen möchte.

»Ja, wenn Sie darauf bestehen ...«

»Warum sind Sie Hélène Fansten in Benoît Delmares Wohnung gefolgt?«

»Aber ich bin ihr nicht gefolgt! Ich bin Klempner, Inspektor, ich war dort, um ein paar defekte Toiletten zu reparieren. Als ich ankam, sah ich sie aus dem Wagen steigen, sie wirkte sehr nervös, ich grüßte sie und wunderte mich, was sie dort zu suchen hatte, noch dazu, weil sie nicht mit ihrem Wagen, sondern mit einem grauen Honda Civic unterwegs war ...«

»Das ist mein Auto«, erklärt Tony.

»Sie sah aus, als würde sie gleich zu weinen anfangen, sie kam auf mich zugerannt und meinte, ich solle mit ihr kommen, es sei sehr dringend, Paul sei sehr unwohl gewesen, und nun befürchte sie, daß er tot sei ... Im ersten Augenblick dachte ich, daß sie hier Freunde besuchen würde oder so, sie rannte los, ich hinterher, wir nahmen den Aufzug, sie öffnete die Wohnungstür, und schon stolperte ich über Elise in ihrem Rollstuhl. Ich kapierte rein gar nichts, ich ging in die Wohnung, und Hélène schloß hinter uns die Tür. Es war sehr dunkel in dem Zimmer, und auf einmal sah ich Paul und Yvette. Er war offensichtlich tot, denn seine Augen waren weit aufgerissen und sein Körper blutüberströmt. Yvettes Augen waren geschlossen, sie atmete nur noch schwach, und Blut lief ihr aus der Nase und den Ohren ... ich wurde ohnmächtig ... den Rest der Geschichte kennen Sie ja ...«

»Rekapitulieren wir noch einmal«, flüstert Gassin und blättert in seinem Notizblock. »Sagen Sie, Mercier, wie kamen Sie so schnell ohne Auto in Benoît Delmares Wohnung?«

»Zu Fuß, über den Waldweg, der am Golfplatz entlangführt, dann sind es nur zirka dreihundert Meter. Ich stellte mich solange tot, bis ich das Auto wegfahren hörte, dann stand ich auf und rannte los. Mir war aufgefallen, das die Spuren von Elises Rollstuhl zweimal zu sehen waren. Doch Elise war von Hélène in meinem Auto mitgenommen worden. Daraus schloß ich, daß Hélène sich schon einmal des Rollstuhls bedient haben mußte. Doch wen hatte sie damit transportiert? Zweifellos die Person, deren Blutspuren ich im Auto entdeckt hatte.«

Meine Theorie stimmt also! Schade, daß ich ihnen nicht auf die Sprünge helfen konnte!

»Hatten Sie die Schlüssel zu Delmares Wohnung?«

»Ich hatte mir Nachschlüssel machen lassen, als ich die Wohnung strich. Ich sagte mir, wer weiß, schaden kann es nicht! Vielleicht brauchst du sie ja mal ...«

»Na, Sie sind ja wirklich sehr vorausschauend«, meint Gassin und blättert ein paar Seiten um.

»Ich hatte beschlossen, es zu sein, ich wollte nicht noch einmal in eine Falle tappen.«

»Und können Sie mir erklären, warum Sie behauptet haben, Virginie sei bei Delmare, wo sie doch im Kofferraum Ihres Wagens lag?«

»Ich habe geblufft. Ich hab' irgendwas erfunden, was halbwegs plausibel klang. Auf diese Weise wußte ich, wohin Hélène mit Elise fahren würde. Was Hélène nicht wußte, war, daß Virginie sich im Kofferraum des Wagens befand, mit dem sie gerade losgefahren war!«

Deshalb also hat Hélène Virginie nicht bei Benoît gefunden ... Dort saßen nur Paul und Yvette auf dem Sofa ... Mein Gott, was für ein Durcheinander!

»Wie spät ist es?« erkundigt sich Guillaume, dem das Verhör völlig egal ist.

»22 Uhr«, sagt eine rauhe Stimme, die offensichtlich dem Wachposten gehört.

»Also, wenn ich Sie recht verstanden habe, Mercier«, sind Sie so schnell wie möglich in Delmares Wohnung gegangen«, fährt Gassin leicht gereizt fort.

»So ist es. Ich habe den Honda auf dem Parkplatz gesehen, es goß in Strömen und weit und breit war niemand zu sehen. Ich öffnete den Kofferraum, dessen Schlüssel ich bei mir hatte, und nahm Virginie. Ich hatte gerade noch Zeit, mich hinter den Mülltonnen zu verstecken, da stürmte Hélène auch schon aus dem Haus und brauste mit dem Wagen davon ...«

»Was geschah dann?«

»Also, ich wußte noch immer nicht, was ich tun sollte. Ich beschloß, mich in Benoîts Wohnung umzusehen und öffnete behutsam die Tür. Und da sah ich es.«

»Was?«

»Es war sehr dunkel, aber ich konnte erkennen, daß auf dem Sofa regungslose Gestalten saßen. Ich näherte mich ihnen, und als meine Augen sich an das Halbdunkel gewöhnt hatten, erkannte ich Paul, der offensichtlich tot war, und Yvette, die zwar lebte, aber nicht bei Bewußtsein war. Und dann sah ich Elise in ihrem Rollstuhl. Ich setzte Virginie auf das Sofa neben Yvette und beschloß, auf Hélènes Rückkehr zu warten. Diesmal hatte ich sie!«

»Und das Mädchen? Fanden Sie es richtig, das Virginie, Ihre Tochter, all das miterleben würde?«

»Nein, deshalb das Hexobarbital ... Doch sie wachte auf ... ich will das jetzt nicht in allen Einzelheiten erzählen, nur soviel, es gelang mir, sie wieder zu betäuben. Ich versteckte sie hinter dem großen Ledersessel und mich hinter der Tür.«

»Eine richtige Räuberpistole, fehlt nur noch Fantômas ... Und in diesem Augenblick sind Sie, Guillaume, mit Madame Fansten zur Tür hereingekommen?«

»Ja, so ist es«, bestätigte Guillaume. »Ich würde gern einen Kaffee trinken.«

»Merkwürdig, nicht wahr, daß Sie immer dort auftauchen, wo man es nicht erwartet ...? Mal in Marseille, mal am Ufer des Teichs und zufällig müssen Sie ausgerechnet jetzt etwas in dem Haus reparieren, in dem Delmares Wohnung ist! Wer hat Sie angerufen?«

»Mich hat eine Madame Delmare angerufen, die meinte, ich solle sofort kommen, es handele sich um einen Notfall.«

»Machen Sie sich jetzt auch über mich lustig, oder was? Ist das hier eine Verschwörung?«

»Ganz und gar nicht. Und im übrigen wußte ich überhaupt nicht, daß Elises Verlobter Delmare mit Nachnamen hieß.«

»Ich weiß wirklich nicht, warum Madame Fansten wollte, daß Sie auch kommen«, wundert sich Gassin.

»Nun, ich war es, der Guillaume angerufen hat«, mischt sich Tony mit sanfter Stimme ein.

»Sie?« rufen Gassin und Guillaume gleichzeitig.

»Bevor ich in Benoîts Wohnung hinaufging, führte ich zwei Gespräche von einer öffentlichen Telefonzelle aus«, erklärt Tony. »Zuerst habe ich einen Krankenwagen gerufen, denn ich hatte gute Gründe anzunehmen, daß dort oben jemand verletzt war. Dann meldete ich mich bei Jean Guillaume. Ich benötigte einen Zeugen, den man nicht ablehnen würde, denn ich fürchtete, daß Elises Zeugenaussage, nun ja ..., nicht besonders leicht zu verstehen sein würde«, schließt er taktvoll.

»Ich hätte sterben können!« entrüstet sich Guillaume.

»Eigentlich hätte alles problemlos über die Bühne gehen müssen. Ich war bewaffnet und wußte, daß Hélène es nicht war. Ich konnte natürlich Elises Eingreifen nicht vorhersehen.«

Wie idiotisch von mir, also wirklich, wie idiotisch von mir, ihm dieses Messer in den Schenkel zu rammen! Ich hätte ja auch eine Arterie treffen können, dann wäre ich jetzt schuld, wenn wir alle gestorben wären ... Von nun an, Elise Andrioli, hörst du gefälligst auf, dich für Rintintin zu halten.

»Schwester, hätten Sie vielleicht ein Aspirin?« erkundigt sich Gassin.

Bevor sie ihm antworten kann, stürzt jemand mit hastigen Schritten auf uns zu.

»Gibt es etwas Neues?« fragt Gassin mit krächzender Stimme, weil er zuviel geraucht hat.

»Die Leichen der Fanstens sind gerade im Leichenschauhaus eingetroffen. Kein hübscher Anblick ... Haben Sie schon mal Würstchen gesehen, die man zu lange auf dem Grill gelassen hat?« erzählt jemand mit einer höchst eigenartigen Vorstellung von Humor.

»Ersparen Sie uns die Einzelheiten, ich habe Kopfschmerzen. Wann kommen die Ergebnisse der Laboruntersuchung?«

»Morgen früh. Was machen wir mit diesem Dreckskerl, mit Mercier?«

»Ruhig Blut, Mendoza, man beschimpft keine Zeugen. Mercier wird uns begleiten.«

»Warum macht Ihr Kollege Mercier für alles verantwortlich?« will Guillaume wissen.

»Er ist aufgebracht. Mendoza ... he, Mendoza! Er mag es nicht, wenn man ihn für dumm verkauft. Wissen Sie, wieso Mercier über alle Einzelheiten der Ermittlungen auf dem laufenden war? Durch seinen Freund Mendoza.«

»So, jetzt reicht's mir aber, verdammter Mist!« brüllt Mendoza. »Ich geh' einen Kaffee trinken.«

»Sie haben sich jeden Morgen in einer kleinen Bar getroffen und über Sport unterhalten ... was Fußball angeht, dürften Sie mittlerweile ein Experte sein, Mercier, oder?« feixt Gassin.

»Als ich herausgekriegt habe, daß Mendoza Polizist und mit den Ermittlungen beauftragt ist, habe ich alles getan, um ihn kennenzulernen. Das war nicht weiter schwierig. Man mußte ihm nur etwas um den Bart gehen.«

»Lassen Sie ihn das bloß nicht hören«, rät ihm Gassin. »Es ist schon spät, gehen wir.«

Eine Tür öffnet sich.

»Ihre Tochter ist aufgewacht, Monsieur.«

»Was werden Sie ihr sagen?« fragt Guillaume bewegt.

»Ich weiß nicht. Daß ich ihr richtiger Vater bin. Und daß Paul und Hélène bei einem Brand ums Leben gekommen sind.«

»Aber sie wußte, daß es Hélène war, da bin ich mir ganz sicher!« meint Gassin, als er aufsteht.

»Und? Wollen Sie sie anzeigen?«

Er geht auf das Zimmer zu, in dem Virginie liegt und begreifen muß, was geschehen ist. Ich möchte nicht an seiner Stelle sein. Sie wird sicher noch lange behandelt werden müssen. Sie kann das alles nicht ohne Schaden überstanden haben.

Mendoza, der zurückgekommen ist, meint:

»Und sie?«

Bei seinem Tonfall hat man den Eindruck, er spreche von einem Hund, aber er meint mich.

»Ich habe ihren Onkel benachrichtigt. Sie werden hierbleiben, bis er kommt oder uns sagt, was wir in Ihrem Fall tun sollen, Mademoiselle.«

Ja, ja, schon gut. Ob ich hier liege oder woanders, ist mir egal. Ich hab' genug gehört und erlebt, um jahrelang meditieren zu können. Die Tür schließt sich hinter Tony. Eine Krankenschwester will mich in mein Zimmer bringen. Hinter mir piepst das Handy von Inspektor Gassin.

»Ich höre ... Was? Mist, das kann ich mir vorstellen ... Okay. Ciao.«

»Neuigkeiten?« fragt Guillaume, der auf der Stelle kehrt macht.

»Nein, eigentlich nicht, nur ein Telex aus Marseille. Es geht um Max Siccardi ... geboren am 3. Juli 1976, Kind von: René Siccardi, achtundvierzig Jahre und Josette Siccardi, neununddreißig Jahre!«

Bravo, Elise, du hattest also recht!

»Was?« brummt Guillaume, der überhaupt nichts mehr versteht.

»Hélène hatte einen Sohn, der im Familienstammbuch als

Kind ihrer Eltern eingetragen wurde. Man vermutet, daß Hélène von ihrem Vater René schwanger war.«

»Aber das ist ja ungeheuerlich!« ruft Guillaume.

»Wie Sie sagen ... Aber das ist noch nicht alles: Wissen Sie, woran ihr Sohn gestorben ist? Er wurde von zwei Jugendlichen, die unter Drogen standen, in einem Keller zu Tode gequält ... In was für einer Welt leben wir bloß ...?! Wen wundert es da noch, daß sie nach diesem Erlebnis durchgeknallt ist!«

Ich verstehe ihn nur noch undeutlich, als die Krankenschwester mich in einen anderen Korridor schiebt. Ich bin müde. So unsäglich müde. So ...

# EPILOG

Es hört nicht auf zu regnen. Dicke Tropfen prasseln gegen die Fensterscheiben. Ich sitze in meinem schönen weißen Bett. Morgen um acht Uhr wird Professor Combré die alles entscheidende Operation wagen. Mein Onkel hat sich darum gekümmert. Das einzige, was mir zu tun bleibt, ist zu hoffen. Aber selbst wenn die Operation nicht erfolgreich verlaufen sollte, weiß ich, daß es mir von da an nur noch besser gehen kann.

Die Autopsie hat ergeben, daß Paul Fansten den Verletzungen erlegen ist, die von rund zwanzig Messerstichen mit einer feinen Klinge herrühren.

Hélène und er sind letzte Woche beerdigt worden, und zwar auf der Familiengrabstätte, die Paul gekauft hatte, als sein Sohn Renaud bestattet wurde.

Alle fanden es paradox, daß die Frau, die ihn und seinen Sohn getötet hat, neben ihnen beigesetzt wurde, aber vor dem Gesetz waren sie verheiratet, und bis zu jenem Tag lag kein Urteil vor, das besagte, daß Hélène schuldig sei. Außerdem, und das besänftigte die Leute wieder, verringerten sich dadurch die Kosten für die Beerdigung erheblich. Eines dieser lästigen Details, die man gerne vergißt, die einen aber zwingen, sich wieder dem Alltag mit all seinen kleinen Sorgen und großen Freuden (oder war es umgekehrt?) zuzuwenden.

Jean Guillaume hat um Yvettes Hand angehalten, sobald sie ein Auge aufgemacht hatte. Sie nahm seinen Antrag an und schlief sofort wieder ein.

Virginie ist zur Beobachtung auf der Kinderstation. Offensichtlich verhält sie sich ganz und gar normal für ein Kind, das etwas Derartiges durchgemacht hat. Etwas zu normal, nach Meinung des Psychiaters.

»Das ist das erste Mal, daß jemand aus meiner Familie normal ist«, war Tonys Kommentar dazu.

Apropos Tony ... Inspektor Mendoza erwartete ihn, als er nach der Unterredung mit dem Untersuchungsrichter – dank Jean Guillaumes Aussage – als freier Mann das Gerichtsgebäude verließ, um ihm eine Abreibung zu verpassen. Sie prügelten sich auf den Stufen zum Gericht. Es scheint, daß Mendoza aufgeplatzte Lippen und Tony ein schönes Veilchen davongetragen hat.

Er macht Witze darüber, wenn er im Krankenhaus an meinem Bett sitzt und meine Hand drückt.

Seine große Hand auf meiner, meine Finger mit seinen verschränkt.

Aber wohin soll das nur führen, auf was lasse ich mich mit diesem Verrückten da nur ein?

Ich weiß es nicht, aber darüber zerbreche ich mir auch nicht den Kopf. Mein altes Leben rückt in immer weitere Ferne, und damit auch Benoît, dessen Umrisse von Tag zu Tag schwächer werden.

Ich bin am Leben.

Lebendig.

Und morgen früh werde ich wissen, ob die Operation erfolgreich verlaufen ist.

# Tod im Schnee

»Man baut Häuser für Verrückte,
um die, die nicht darin eingesperrt sind
glauben zu machen, sie wären noch bei
Verstande.«

(MONTAIGNE)

# PROLOG

Es regnet. Ein heftiger, dichter Regen, der an die Scheiben prasselt ...

Halt! Nein! Das war in dem Roman, der von den dramatischen Ereignissen in Boissy-les-Colombes berichtet. Die abscheulichen Kindermorde vor zwei Jahren. Das hat damals vielleicht Staub aufgewirbelt! Die Journalisten stürzten sich auf Boissy wie Fliegen auf einen Kuhfladen. Und da das Rätsel durch meine Mithilfe aufgeklärt werden konnte, bin ich interviewt worden und sogar ins Fernsehen gekommen.

Und dann habe ich meine Geschichte an eine Krimiautorin verkauft, die sie unter dem Titel *Im Dunkel der Wälder* herausgebracht hat. Das war ein Trubel!

Heute ist es in der Stadt wieder friedlich geworden. Wir lecken unsere Wunden. Versuchen zu vergessen. Doch sobald ein Kind eine Viertelstunde zu spät nach Hause kommt, bleibt seiner Mutter das Herz stehen.

Was mich an den Roman hat denken lassen, ist der Regen. Ein heftiger Regen ... Stopp.

Ich fahre mit meinem elektrischen Rollstuhl zum Fenster und drücke die Stirn an die kühle Scheibe. Es ist Januar. Wenn es heute Nacht weiter regnet, könnte sich der Regen in Schnee verwandeln. Ich habe Lust, den Geruch von Schnee einzuatmen. Ich freue mich schon darauf, in wenigen Tagen in die Berge zu fahren.

Ich würde gern den Garten sehen. Ich liebe den Anblick von winterlichen Gärten im strömenden Regen.

Aber ich sehe nichts. Wie all jene wissen, die den Roman gelesen haben, wurde ich vor knapp drei Jahren Opfer eines Attentats in Irland und bin seither gelähmt, blind und stumm. Bis vor einem Jahr konnte ich mich nur mit Hilfe meines linken Zeigefingers verständlich machen, was die Dinge natürlich nicht gerade erleichtert hat.

Nach einer letzten Operation habe ich die Beweglichkeit meines ganzen linken Arms wiedererlangt. Nicht aber die Sehkraft, und auch nicht die Sprache.

»Was machen Sie da am Fenster? Sie werden sich noch erkälten!«, ruft Yvette, die hinter mir aufgetaucht ist.

Ich hebe beschwichtigend die Hand.

»Wie Sie wollen! Monsieur Tony hat angerufen«, fügt sie hinzu. »Die Verbindung war schlecht, die See war sehr unruhig. Er lässt Sie grüßen.«

Yvette mag Tony nicht. Sie nennt ihn ganz bewusst »Monsieur«. Aber Tony schert sich nicht darum, ob man ihn mag oder nicht.

Ich stelle ihn mir auf einem gischtumsprühten Deck vor. Das heißt, ich stelle mir einen Mann vor, den ich nur über meinen Tastsinn kenne.

Ich weiß immer noch nicht, wie er aussieht, da ich ihn erst nach dem Unfall kennen gelernt habe.

Eine sonderbare Vorstellung, dass mich eine Menge Leute im Fernsehen gesehen haben, wie ich auf Fragen geantwortet habe, indem ich die Hand hob und senkte, so wie wir als Kinder »Alle Vögel fliegen hoch« gespielt haben.

Elise Andrioli, der Star mit den eisernen Beinen im Trommelfeuer der Journalisten: »Wie haben Sie dieses Rätsel lösen können, wo Sie doch an den Rollstuhl gefesselt sind?« – »Ist eine Serie ›Die eiserne Frau‹ in Vorbereitung?« – »Werden Sie Tony Mercier heiraten?«

Nein, ich habe Tony nicht geheiratet. Ich hatte keine Lust, mich in eine neue Liebesgeschichte zu stürzen, bevor ich mir nicht unserer gegenseitigen Gefühle sicher bin, wie »Die Sprechstunde des Herzens« es mir raten würde. Außerdem hat Tony mich nicht gebeten, seine Frau zu werden. Er hat seinen ersten Beruf – vor dem Alkohol – wieder aufgenommen: Matrose in der Handelsmarine, und er ist die ganze Zeit unterwegs. Seine Tochter Virginie besucht ein Internat in Paris, das darauf spezialisiert ist, Kinder mit schwerem Trauma therapeutisch zu betreuen.

Auch Yvette, meine Gesellschafterin, hat den Klempner Jean Guillaume nicht geheiratet, obwohl die beiden im siebten Himmel sind. »Was hat das für einen Sinn, in unserem Alter noch aufs Standesamt zu gehen? Außerdem liebe ich meine Unabhängigkeit«, hat sie mir anvertraut. Jean, der ein verträglicher Mensch ist und selbst seine kleinen Junggesellen-Gewohnheiten hat, ist mit dem Arrangement völlig einverstanden: Yvette wohnt weiterhin bei mir; sie verbringen all ihre Freizeit zusammen, und Jean schläft ein- oder zweimal die Woche bei uns.

Im Augenblick ist er nicht in der Stadt. Er hat einen Großauftrag in der Bretagne ergattert: Die Wasserleitungen und Sanitäranlagen eines riesigen alten Herrenhauses sollen erneuert werden.

Ah, das Telefon!

»Für Sie!«, ruft Yvette.

Ich steuere den Rollstuhl zum Telefon. Yvette hält mir den Hörer ans Ohr.

»Hallo, Elise. Hier ist B* A*.«

Na, so ein Zufall! Meine Autorin.

»Ich erlaube mir, Sie anzurufen, weil ich Post für Sie erhalten habe. Ich faxe sie Ihnen«, sagt sie.

Ich klopfe mit dem Zeigefinger auf den Hörer, was so viel wie »okay« bedeutet. Zweimal klopfen heißt »nein«.

»Ich hoffe, es geht Ihnen gut. Bis bald, ich bin in Eile. Ich umarme Sie.«

Du kannst mich umarmen mit all dem Geld, das ich dir eingebracht habe ... Wer aber wäre fast bei lebendigem Leib verbrannt, wer hatte schon das Messer an der Kehle? Ich! Du hast nur deinen Stift genommen und hopp ... Her mit dem Zaster!

Das Faxgerät summt. Yvette reißt das Blatt ab und überfliegt es.

»Ich verstehe kein Wort«, murmelt sie.

Ich werde unruhig. Wird sie mir endlich dieses verdammte Fax vorlesen? Wann gibt es endlich Faxe in Blindenschrift. Ich habe sie gelernt und komme schon ganz gut zurecht.

»Ich lese es Ihnen vor.« Das wird aber auch Zeit!

*»Liebes Fräulein Andrioli, Sie können vielleicht die Öffentlichkeit täuschen, aber nicht mich. Sobald ich Sie im Fernsehen gesehen habe, war mir alles klar. Sie sind ein Engel.«*

Donnerwetter! Wie hat er das erraten?

*»Einer von diesen Engeln, die von Gott geschickt werden, damit sie die Legionen des Bösen bekämpfen. Ich erkenne sie immer an ihrem dümmlich selbstzufriedenen Ausdruck.«*

Also, ich muss schon sagen ...

»Verstehen Sie das?«, murmelt Yvette und fährt fort: »*›Ich bin machtlos dagegen: Sobald ich einen Engel sehe, fühle ich, wie sich in meinem Innern alle Dämonen erheben. Sie besteigen und reiten mich, und der gebieterischste unter ihnen heißt Lust. Ich hoffe, Lust wird mich zu Ihnen führen. Hochachtungsvoll, Ihr C.A. Nibal.‹* Da hat sich wohl jemand einen Scherz erlaubt«, meint Yvette und zerknüllt das Blatt.

Ich greife zum Notizblock, den ich immer auf dem Schoß liegen habe, und kritzele hastig: *Bitte B* A* anrufen und fragen, woher dieser Brief kommt.*

»Wie Sie meinen. Aber wenn wir auf alle Spinner reagieren wollten, die Ihnen schreiben ...«

Ich bin vorsichtig. Ich möchte mich lieber vergewissern. Ich möchte nicht zur Zielscheibe der Wahnvorstellungen eines frei herumlaufenden Psychopathen werden.

»Hallo, ja, guten Tag, hier ist Yvette Holzinski. Kann ich mit B* A* sprechen, bitte? Aha, na, da kann man nichts machen ... Danke und auf Wiederhören.«

Yvette legt auf.

»Wir haben sie um fünf Sekunden verpasst. Sie wartete, als sie anrief, gerade auf ihr Taxi. Sie fliegt nach Japan. Auf Lesereise. Gut ... Soll ich uns einen Tee kochen?«

Ich nicke zerstreut. »C.A. Nibal.« Er scheint mir ganz schön gestört zu sein, unser C.A. Nibal.

Schweigend trinken wir unseren Tee. Yvette ist gereizt, weil Jean bei der Dreierwette groß eingestiegen ist und alles verloren hat. Er ist besessen vom Pferdelotto und von allen möglichen Rubbellosen. Er kauft mir immer welche. Ich habe noch nie gewonnen. Doch ein Mal: zehn Franc, die habe ich Virginie geschenkt.

Ich werde sehr aufgeregt bei der Vorstellung, in die Berge zu fahren. Nicht um an den paraolympischen Rollstuhl-Slalom-Wettkämpfen teilzunehmen, ganz gewiss nicht, aber mein Onkel Fernand, der in Nizza lebt, war so nett, mir sein Chalet in Castaing, einem kleinen familiären Wintersportort im Hinterland, anzubieten. Gute Luft, Spazierfahrten im Rollstuhl durch den frischen Schnee ... In zwei Tagen brechen wir auf. Die Männer und Virginie kommen im Februar in den Ferien nach. Ich bin ungeduldig. Yvette hat schon dreimal die Koffer aus- und wieder eingepackt, um sicher zu sein, dass sie nichts vergessen hat. Fäustlinge, Socken, Thermounterwäsche, wir sind bereit für den Annapurna.

Weniger witzig ist dieser verrückte Brief. Yvette hat Recht, es ist sicher nur ein Scherz. Da sich Krimileser immer für besonders schlau halten, hat sich einer von ihnen wohl gedacht: »Wie wär's, wenn ich diesem armen Krüppel mal einen ordentlichen Schreck einjage ... Mal sehen, ob sie wirklich so tough ist.« Ich stelle ihn mir als notorisch Frustrierten vor, einen weißen Seidenschal sorgsam um den Hals gebunden, an den Füßen riesige Treter, wie sie die Pfaffen tragen, um die Schulter eine Umhängetasche voll mit unleserlichen Manuskripten. Ganz hinten in einem Pariser Bistro raucht er gelbe Gitanes mit Maispapier, befummelt seine Fieberbläschen und feixt, während er meine Abenteuer liest, mit überlegener Miene. Aber ich, ich komme im Fernsehen, und er, er kratzt seine Münzen zusammen, um seinen ekelhaften Kaffee zu bezahlen – ein zweiter Aufguss, der wie Spülwasser schmeckt.

## KAPITEL 1

Da bin ich also. Wie eine Königin throne ich am Fuß der Pisten, bis zur Nasenspitze eingemummt. In diesen Dingen ist Verlass auf Yvette; sie hat mich in meinen alten blauen Skianzug gesteckt, dazu in knallrote Moonboots von meinem Onkel, und hat mir eine schwarze Kosakenmütze auf den Kopf gestülpt. Die Ohrklappen aus Schaffell jucken, ich bin schweißgebadet. Die Sonne brennt, doch es kommt nicht in Frage, mich um einen Webfaden zu erleichtern. Yvette passt auf und zieht meine Decke zurecht, sobald sie um einen Millimeter verrutscht. Dabei kommentiert sie die Ereignisse.

»Da hat einer vielleicht einen Sturz gedreht, und er hat den Baum nur um Haaresbreite verfehlt ... Und der andere auf seinem Snowboard, eine echte Gefahr für die Menschheit ... Ein Schluck Tee?«

Verneinendes Handzeichen. Wir sitzen auf der Terrasse des Chalet Canadien, dem strategischen Mittelpunkt des Ortes. Alle Zweibeiner auf Urlaub müssen irgendwann einmal hier vorbei. Ich strecke heimlich die Hand nach meiner Kosakenmütze aus, und sofort ertönt Yvettes schneidende Stimme:

»Kommt nicht in Frage! Die Kälte dringt doch vor allem durch die Ohren ein. Das wäre was, wenn Sie sich hier eine Grippe einfangen würden!«

Ich bekomme keine Grippe, und das Thermometer zeigt fünf Grad plus, das habe ich vorhin im Radio gehört. Aber

Yvette verständlich machen, dass wir nicht in der sibirischen Tundra biwakieren, geht über meine Kräfte. Und mir ist nicht nach Diskussionen zumute.

Die Luft hallt wider vom metallischen Klicken der Skilifte, ich höre Gelächter und Kinderrufe. Ein Baby weint. Seine Mutter versucht es zu überzeugen, dass es keinen Grund zum Weinen gibt. Es geht mir gut. Ich habe den Eindruck, mich mit frischer Luft vollzupumpen. Ich werde braun gebrannt und gesund aussehen. Ich taste nach meiner Tasse und führe sie zum Mund.

»Elise Andrioli! Sie sind Elise Andrioli, nicht wahr?«, ruft eine Frau hinter mir.

Ich zucke zusammen und verschütte den Tee.

»Ich bin Francine Atchouel, vom CLMPAH«, fährt sie fort.

CLMPAH? Was ist das?

»Ihr Onkel hat mir gesagt, dass Sie kommen. Ich habe Sie auf der Stelle erkannt.«

Das dürfte wohl nicht allzu schwierig sein: Ich denke nicht, dass es hier in der Gegend Scharen von hinreißenden jungen Blinden in elektrischen Rollstühlen gibt.

»Entschuldigen Sie, aber Mademoiselle Elise kann Ihnen nicht antworten«, bemerkt Yvette vorwurfsvoll.

»Ich weiß, ich weiß. Monsieur Andrioli hat es mir erklärt. Er ist so nett, Ihr Onkel. Er ist einer unserer wichtigsten Geldgeber.«

Wovon redet sie eigentlich?

»Er hat mir versichert, dass Sie bestimmt gern unser Zentrum besuchen und unsere Heimbewohner kennen lernen möchten. Sie sind ein Vorbild für sie ... Sie müssen Madame Holzinski sein«, fährt sie zu Yvette gewandt fort, »ihre treue Mitarbeiterin.«

»So ist es. Ich hätte nicht gedacht ...«, plustert sich Yvette geschmeichelt auf.

»Aber jeder hat von Ihnen gehört! Ich, zum Beispiel, habe

das Buch allen meinen Freunden ausgeliehen. Was für eine schreckliche Geschichte! Umso schrecklicher, als es sich um eine wahre Geschichte handelt. Sie müssen grauenvolle Augenblicke durchgemacht haben. Oh, entschuldigen Sie, da kommt unser Transporter, ich muss mich beeilen. Hier meine Visitenkarte, rufen Sie an, damit wir einen Termin ausmachen können. Bye, bye!«

»Sie ist weg«, informiert mich Yvette. »Sie steigt in einen grünen Minibus mit gelber Aufschrift, die ich nicht entziffern kann. Sie hat uns ihre Visitenkarte dagelassen ... Mal sehen ... Hier: Francine Atchouel, Direktorin, und unten ›CENTRE LOISIRS MONTAGNE POUR ADULTES HANDICAPES‹ mit einer Telefonnummer.«

Ich beginne zu begreifen. Die gute Frau will mich ihren Schäflein als Beweis dafür vorführen, was man trotz einer Behinderung auf die Beine stellen kann. Und mein Mistkerl von Onkel hat mich natürlich nicht davor gewarnt. Auf alle Fälle ist das völlig idiotisch. Ich kann nicht sprechen und werde keinen Vortrag in der Taubstummensprache halten.

»Sie scheint nett zu sein«, meint Yvette, »aber ein bisschen ... na ja ... überschwänglich. Und dieser Wollpullover mit Rosenblüten, ganz ehrlich, der schmeichelt ihr nicht gerade. Er trägt eher auf, und da sie nicht eben dünn ist ... Was halten Sie von einem Blaubeertörtchen?«

Ablehnende Handbewegung. Wir haben schon jeder zwei Crêpes verputzt, und ich mache nicht genug Gymnastik, um mir hemmungslos den Bauch vollschlagen zu können.

»Na gut, ich hole mir trotzdem eins«, beschließt Yvette und erhebt sich. »Die Bergluft macht hungrig.«

Es gelingt mir schließlich, einen Schluck von dem inzwischen kalten Tee zu trinken. Fröhliche Stimmen junger Leute. Schulterklopfen, Schreie. Auch ich bin früher die Hänge hinuntergebrettert, rot vor Kälte und Vergnügen. Ich spüre noch die Anspannung in meinen Fußgelenken. Die Erschütterungen auf den Buckelpisten, das berauschende Gefühl der Geschwindigkeit. Mit Benoît habe ich Langlauf angefangen – lange Wanderungen durch glitzernden Pulverschnee. Und Snowboard auf den Übungshängen. Im Keller muss immer noch die nagelneue Ausrüstung stehen. Wir hatten sie kurz vor ... vor dem Unfall erstanden. Schluss damit. Es ist wie lebenslänglich, nur dass die Zelle der eigene Körper ist. Halt, stopp, keine negativen Gedanken, ich will doch nicht in aller Öffentlichkeit zu heulen anfangen.

»Elise ...«

Eine Stimme zu meiner Linken, sanft, flüsternd. Noch ein Bekannter, der unvermutet aufkreuzt?

»Elise ...«

Ich hebe die Hand, um kundzutun, dass ich gehört habe.

»Ich habe ein Geschenk für Sie«, fährt die Stimme fast zärtlich fort.

Ein Verehrer? Ich spüre eine Hand die meine berühren, trockene, warme Haut. Meine Finger werden um das Ende eines Plastikbeutels geschlossen.

»Bis später ...«

Ich sitze überrascht da, den Beutel in der Hand.

»Sie hätten doch eines nehmen sollen; das Törtchen sieht köstlich aus!«

Yvette lässt sich in den Sessel sinken.

»Was ist denn das für ein Beutel?«

Ich reiche ihn ihr und kritzele auf meinen Block: *Hast du jemanden mit mir sprechen sehen?*

»Aber ... Wenn jemand mit Ihnen gesprochen hat, dann müssten Sie's doch wissen!«, gibt sie mit vollem Mund zurück. »Nein, ich habe niemanden gesehen, na ja, kein Wunder bei diesem Gewimmel ... Was ist das denn überhaupt? Ein Geschenkpäckchen! Jemand hat Ihnen ein Geschenk gemacht?«

Ich schreibe hastig: *Ja, aber ich weiß nicht, wer. Öffne es.*

Rascheln von Papier.

»Na, so was! Das ist ja völlig verrückt. Ein Steak in Plastikfolie! Was für eine Idee, ein Steak wie ein Geschenk einzuwickeln! Oder überhaupt, ein Steak zu schenken!«

Ein Steak?

Verwirrt erkundige ich mich: *Was für eine Art von Steak?*

»Rotes Fleisch, dick und blutig. Ich hoffe, es ist französisches Fleisch. Wir sollten es vielleicht besser wegwerfen. Oder wir geben es den Hunden. Ich möchte kein Fleisch essen, von dem ich nicht weiß, wer es Ihnen gegeben hat. Ein Steak! Also wirklich, ein starkes Stück ...«

Mein Verstand arbeitet auf Hochtouren. Jemand hat mir ein Steak geschenkt, ohne seinen Namen zu nennen. Er hat sich Yvettes Abwesenheit zu Nutze gemacht, er will also anonym bleiben. Aber was steckt hinter diesem Scherz, wenn es denn einer ist?

Will man mir vielleicht eine Mitteilung überbringen? Ein Rätsel, dessen erstes Element das Steak ist? Ja, die Skiorte sind voll von Spaßvögeln, die den armen, sich langweilenden Behinderten mit Rätseln in 3D die Zeit vertreiben. Bezahlt vom Fremdenverkehrsamt, um für Stimmung zu sorgen. Das ist geglückt, ich langweile mich überhaupt nicht mehr. Ich habe sogar richtig Angst.

»Halt! Hier ist ein Aufkleber!«, ruft Yvette. »Ihr Metzger wünscht Ihnen einen guten Aufenthalt.« Für Werbung greifen die heutzutage wirklich zu allen Mitteln.

Uff, das Geheimnis wäre gelüftet. In zwei Jahren habe ich meine Dosis an Abenteuern gehabt, und alles, was vom Üblichen abweicht, bringt mich leicht aus dem Gleichgewicht, sagt mein Psy, mein Psychotherapeut.

Er ist praktisch, mein Psy: Ich kann ihn überallhin mitnehmen. Ich habe ihn mir eines Tages, als ich wirklich Lust hatte, Schluss zu machen, vor meinem geistigen Auge erschaffen. Ein großer Typ in weißem Kittel mit einem passenden Bart, eine Mischung aus Gott und Weihnachtsmann, in einem riesigen Ledersessel. Er hört mir aufmerksam und wohlwollend zu. Denn mit ihm kann ich sprechen. Die Worte sprudeln aus mir heraus wie früher. Und ich sehe. Ich sehe ihn, ich sehe das Fenster hinter ihm, den blauen Himmel, die Wolken. Und ich kann mich bewegen. Ich schlage die Beine übereinander. Ich ziehe meinen Rock zurecht. Ich bewege die Zehen in meinen Schuhen. Und Psy gibt Antworten und ermutigt mich und redet mir gut zu, nicht zu verzweifeln. Danke, Psy.

Yvette reißt mich aus meinen Tagträumereien und kündigt an, es sei Zeit zum Aufbruch, die Sonne stehe schon tief. In ihren Augen ist es hier nach Sonnenuntergang schlimmer als in Transsilvanien: Alle unvorsichtigen Fußgänger laufen Gefahr, zu erfrieren oder bei lebendigem Leib von Rudeln von Werwölfen verschlungen zu werden. Zum Glück werden wir im Warmen sein, vor dem Kaminfeuer in unserem Chalet.

Das Feuer knistert wohltuend. Ich fühle mich ein wenig benommen. Der Rest des Nachmittags ist wie im Flug vergangen. Kaum habe ich meine Muskelübungen absolviert, sitzen Yvette und ich vor dem Fernseher und machen bei einem Quiz mit. Yvette gewinnt immer. Ich frage mich, wie meine Schrift wohl aussieht, meine neue Schrift müsste ich sagen, da ich mit der linken Hand neu lernen musste zu schreiben, ohne meine Fortschritte sehen zu können.

Stundenlange Übungen. Anfangs schien Yvette ratlos. Und eines Nachmittags rief sie dann plötzlich: »Geschafft! Ich kann lesen! Sie haben Hunger? Pech gehabt, es ist noch nicht so weit.«

Ich muss lächeln. Ich fühle mich wohl.

Nach einer positiven Geschmacksprobe haben wir schließlich das Steak mit Dampfkartoffeln gegessen, begleitet von einem Côtes de Nuit. Jetzt ist Yvette in der Küche beim Spülen. Telefon. Da ich mich neben dem kleinen Tischchen befinde, taste ich nach dem Hörer und hebe ab.

»Mein Engel ...«

Tony! Freude durchströmt mich, aber nur kurz: Es ist nicht Tonys Stimme. Es ist eine süßliche Stimme, eine Stimme, die ich heute Nachmittag schon vernommen habe.

»Mein Engel, hast du's schon probiert? War's gut? Zart und saftig? Wie dein Herz?«

»Wer ist es?«, fragt Yvette.

»Bis bald.«

Er hat aufgelegt. Ich schneide eine Grimasse in Yvettes Richtung, um kundzutun, dass ich nicht weiß, wer am Apparat war.

»Da hat sich wohl jemand verwählt«, versichert sie mir. »Gut, ich will mal das Bett vorbereiten.«

Wir mussten das Schlafzimmer herrichten, damit ich mich problemlos darin aufhalten kann. Das Bett, die Kissen gegen das Wundliegen, die Schüssel, der Galgen, an dem ich mich in eine sitzende Position hochziehen kann ... Ein wahrer Palast für Behinderte.

Wer mag dieser Typ sein? Auf alle Fälle nicht der Metzger, dieser nette dicke Kerl mit der Donnerstimme. Ist es Zufall, dass ich vor wenigen Tagen eine rätselhafte Nachricht, signiert mit »C.A. Nibal«, erhalten habe, der mich mit Engel tituliert, als wäre es eine Beleidigung, und dass ich heute ein Steak geschenkt bekomme, bevor man mich anruft und mich »mein Engel« nennt? Wie groß ist die Wahrscheinlichkeit, dass es sich um einen solchen Zufall handelt? Wenn es kein Zufall ist, bedeutet es, dass Mister C.A. Nibal meiner Spur gefolgt ist. Dass er mich kennt. Dass er von meinem Urlaub hier wusste. Dass er mich beobachtet. Und dass er mit leidenschaftlicher Stimme »mein Engel« zu mir sagt. Seit meinem Unfall werden die Leute nicht müde, mir zu sagen, dass sie mich lieben. Man könnte meinen, dass sie, als ich mich noch bewegen und ausdrücken konnte, Angst vor mir hatten.

Mir behagt dieser Anruf nicht. Ganz und gar nicht.

## KAPITEL 2

Nach dem Frühstück schiebt mich Yvette durch die Hauptstraße, um die tägliche Einkaufszeremonie zu absolvieren. Ich komme mir vor wie eine Kaiserin, die die Parade abnimmt. Wir begeben uns unverzüglich zum Metzger, und Yvette parkt mich vor dem Schaufenster. Ich sehe mich im Geist von Kalbs- und Wildschweinköpfen eingerahmt. Kinder liefern sich mit lautem Geschrei eine Schneeballschlacht. Das ist nett, aber gefährlich, und ich fürchte ... Zack! Da haben wir's schon. Ein Volltreffer ins Gesicht. Wilde Flucht der kleinen Truppe. Schnee, der mir über Wangen und Kinn rinnt. Mit der gesunden Hand wische ich ihn weg.

»Er war's nicht!«, ruft Yvette und übernimmt wieder den Rollstuhl. »Er weiß nichts von dem Steak. Ich hab's Ihnen ja gesagt, wir hätten es nicht essen dürfen. Bei all den wahnsinnigen Rindern ...«

Ich stelle mir Yvette einen Augenblick vor, wie sie im Zickzack springt und misstönend muht.

»Was lachen Sie? Ach, da ist die Dame von gestern, Sie wissen schon. Die von den Behinderten ...«

»Guten Morgen, verehrte Madame Holzinski, guten Morgen, Mademoiselle Andrioli!«, ertönt die Stimme mit dem Pariser Akzent. »Ich hoffe, Sie erweisen uns die Ehre, heute Nachmittag zum Tee zu kommen. Um fünf? Ich zähle auf Sie. Sie würden uns eine große Freude bereiten.«

Yvette wartet auf meine Order. Ich unterdrücke ein Seufzen und kritzele »*Gern*«.

»Ach, Sie können schreiben, das ist ja großartig! Also um Punkt fünf. Der Minibus holt Sie vor dem Fremdenverkehrsamt ab. Bis später!«

Yvette brummt etwas über die Dreistigkeit der Leute und schiebt mich bis zum kleinen Supermarkt. Dort braucht sie eine gute Viertelstunde, und ich kann unterdessen ein Sonnenbad nehmen.

Hecheln zu meiner Linken, dann eine raue Zunge, die meine Hände leckt.

»Tintin, lass das! Er ist noch jung, wissen Sie ... Er darf nicht mit in den Laden. Würde es Ihnen etwas ausmachen, wenn ich ihn hier bei Ihnen lasse?«, fragt eine sehr sanfte weibliche Stimme.

Schweigen. Ich suche meinen Stift, der mir zwischen die Knie gerutscht ist. Die Frau beginnt zu verstehen.

»Oh, entschuldigen Sie, ich hatte nicht gesehen, dass ... ich wollte sagen ... Das macht nichts, ich binde ihn an die Stange. Es ist ein Labrador«, fügt sie hinzu. »Er ist schwarz.«

Warum klingt ihre Stimme so traurig?

Ich hebe die Hand, fühle dichtes Fell, eine feuchte Nase.

Die Frau entfernt sich, der frische Schnee knirscht unter ihren Sohlen. Der Hund legt die Schnauze auf meine Knie und stößt einen langen Seufzer aus. Ja, mein Alter, so ist das. Man hat draußen zu warten und brav zu sein. Ich kraule ihn zwischen den Ohren, er leckt meine Hand. Plötzlich möchte ich einen Hund haben. Und eine Katze. Und einen Papagei, der mich unterhält. Ich muss mit Yvette darüber »sprechen«.

Ach, die Sonne ist verschwunden. Dem Hund sträubt sich das Fell, und er beginnt leise zu knurren. Das musste natürlich mir passieren. Der einzige Labrador im Dorf, der Behinderte attackiert. Ich ziehe langsam die Hand zurück, er beruhigt sich. Die Sonne ist wieder da. Dieses Tier ist vielleicht gegen Wolken allergisch. Ich zögere, ihn erneut zu streicheln, doch er schiebt seine Schnauze beharrlich in meine Hand.

Ganz in der Nähe die Stimme eines alten Mannes:

»Die Welt ist verrückt, sage ich Ihnen.«

»Sie soll einer Sekte angehört haben«, erwidert eine andere zittrige Männerstimme.

»Sie glauben, deswegen wurde sie gekreuzigt? Ein satanisches Opfer?«

»Wahrscheinlich Rauschgiftsüchtige! Wegen den Drogen wissen sie nicht mehr, was sie tun.«

Die beiden alten Männer entfernen sich plappernd. Ich grabe meine Finger ins Fell des Labradors, fest entschlossen, mir durch solch finstere Nachrichten nicht die Laune verderben zu lassen.

»Ich dachte schon, die Schlange nimmt kein Ende! Was machen Sie mit diesem Hund?«

Im selben Augenblick ertönt die traurige Stimme:

»Ich danke Ihnen. Ich hoffe, es hat nicht zu lange gedauert. Komm, Tintin, wir gehen. Auf Wiedersehen.«

Der Hund stößt ein beglücktes »Wuff« aus und entfernt sich. Yvette beugt sich zu mir herab und murmelt:

»Es ist eines von den Mädchen, die in der Discothek arbeiten, eine Blondine mit Haaren bis zur Taille und einem Minirock. Mitten im Winter! Und wie sie sich bewegt, das beschreibe ich Ihnen lieber nicht. In Entrevaux hat es gestern Nacht einen Mord gegeben«, fährt sie ganz aufgeregt fort. »Ich habe eine Zeitung gekauft. Wir wollen uns irgendwo in eine Ecke setzen.«

Entrevaux ist ein kleines Dorf in der Nähe, ein friedlicher Ort, wo ein Mord in der lokalen Presse tagelang für Schlagzeilen sorgt. Ich rufe mir das Gespräch der beiden Alten ins Gedächtnis zurück und mache mich auf das Schlimmste gefasst.

Wir lassen uns am Fuß der Schlepplifte nieder, ich in meinem Rollstuhl, Yvette auf einem Betonmäuerchen. Rascheln von Zeitungspapier, das entfaltet wird.

»Hier auf der Titelseite steht: ›*Die nackte Leiche einer jungen Frau wurde gekreuzigt in einem verlassenen Haus gefunden. Das Opfer, das noch nicht identifiziert werden konnte*‹, sicher eine Obdachlose, ›*ist gekreuzigt worden*‹, gekreuzigt, das muss man sich vorstellen! ›*Und zwar auf einer Sperrholzplatte von 25 mm Dicke mit Schrauben von 70 mm*‹ ... das geht nur mit einem Akkuschraubenzieher, die sieht man ja dauernd in der Werbung ... ›*Erste Untersuchungen haben ergeben, dass der Tod, der zwei oder drei Tage zurückliegt, auf die gewaltsame Zuführung von Chlorwasser zurückgeht.*‹ Mein Gott, wie entsetzlich! Und das alles ganz in der Nähe!«

Mich überkommt eine leichte Übelkeit bei der Vorstellung, wie diese unglückselige Person lebend gekreuzigt und dann vergiftet wurde. Ich bedauere lebhaft, dass Yvette mir diesen Bericht vorgelesen hat. Nicht dass ich die Augen verschließen will vor dem, was rings um mich geschieht, aber ich habe meine Dosis an Verbrechen gehabt. Mit Albträumen und nächtlichen Schweißausbrüchen, und das ein halbes Jahr lang. Yvette fährt unerbittlich fort:

»›*Der Gipfel des Grauens: Der Mörder hat nach dem Tod*‹, Gott sei Dank wenigstens nachher, ›*große Stücke Fleisch aus den Schenkeln des Opfers geschnitten, höchstwahrscheinlich mit einer elektrischen Säge. Berechtigter Aufruhr in Entrevaux ... Gendarmerie in Alarmbereitschaft ... Das seit Jahren verlassene Gebäude wurde immer wieder von Hausbesetzern bewohnt ... Die Ermittler gehen von einem Verbrechen aus, das unter Einfluss von Drogen begangen wurde ...*‹ Ich kann mir schwer einen Drogensüchtigen vorstellen, der Sperrholzplatte, Schrauben und dergleichen kauft ... So einer plant doch einen Mord nicht«, kommentiert Yvette und legt die Zeitung zusammen. »Meiner Meinung nach war das ein Verrückter. Kein Wunder bei dieser Arbeitslosigkeit!«

Daraufhin zieht sie heftig gegen die Regierung und den ganzen Planeten zu Felde. Ich versuche, mich auf die Wärme der Sonne und das Lachen der Kinder zu konzentrieren, doch ich sehe immer wieder diese junge Frau vor mir, die verzweifelt schreit, während sich eine 70-mm-Schraube in ihr Handgelenk bohrt ...

Nein, ich verbiete mir, daran zu denken.

Lieber an den Hund denken. An die Hundeschnauze, das warme Fell. Die Blase vermag das Wasser nicht mehr zu halten ... Das absolute Grauen ... Das Surren der Säge, die das Fleisch zerteilt ... Nein! Ich greife nach dem Stift, habe Mühe, ihn zu halten, trotzdem gelingt es mir zu schreiben: *Ich werde mir einen Hund kaufen.*

»Einen Hund? So ein Tier macht Dreck! Schließlich müssen Sie ja nicht putzen. Das ist meine Meinung dazu ... Natürlich würde Ihnen ein Hund Gesellschaft leisten. So ein süßer kleiner Kerl, den man auf dem Schoß haben kann. Ich könnte ihm ein Mäntelchen stricken für den Winter, wo es bei uns ständig regnet.«

Ich habe sie auf ein anderes Thema gebracht! Yvette ist dabei, alle Hunde der Nachbarschaft aufzuzählen, als ein Schrei ertönt: »Vorsicht!« Auch Yvette schreit auf. Ich mache einen Satz nach vorn, dann ein Aufprall, der Rollstuhl gerät ins Rutschen, kippt, und ich liege am Boden, Kopf nach unten, Hintern in die Luft – eine Stellung, die noch unbequemer als die sitzende ist. Eine zerknirschte Männerstimme:

»Tut mir Leid, ich wollte einem Jungen ausweichen, der gestürzt war und ...«

»Wenn man nicht richtig Snowboard fahren kann, sollte man wenigstens das Tempo drosseln«, schimpft Yvette, die versucht, mich aufzurichten.

»Tut mir wirklich furchtbar Leid. Warten Sie, ich helfe Ihnen.«

Ehe ich mich versehe, befinde ich mich in den Armen eines

Unbekannten, der nach Aftershave riecht. Seine Haare kitzeln mein Gesicht, sie müssen lang sein. Er ist kräftig, er hat nicht mal gestöhnt, als er mich aufgehoben hat. Yvette hat den Rollstuhl wieder aufgestellt. Der Fremde setzt mich behutsam hinein.

»Notizblock und Stift dürften Ihnen gehören.«

Er legt beides auf meinen Schoß.

»Ich bin untröstlich. Darf ich Sie beide, um meine Schandtat wieder gutzumachen, zum Mittagessen einladen?«

Und, zack, noch einer! Mein unwiderstehlicher Charme hat ihn bereits betört! Ich schreibe: *Ja, gern,* bevor Yvette ablehnen kann. Auch wenn ich noch Probleme habe, in der Öffentlichkeit zu essen, wird man bei dieser Gelegenheit wenigstens nicht von dem Mord sprechen. Denke ich mir.

Falsch gedacht, Elise. Nur wenn sie gerade den Mund voll haben, sprechen Yvette und er nicht davon. Mein Karamboleur heißt Yann, er ist Erzieher und hat die Zeitung gelesen. Daher die leidenschaftlichen Kommentare, die ich mit zugeschnürtem Magen anhören muss. Warum interessieren sich die Leute immer nur für das Böse? Warum sprechen sie nicht von der Farbe des Tischtuchs, vom Lied des Stieglitz in der Paarungszeit oder von den Vorzügen des Olivenöls. Wie soll man ein Raclette essen, wenn man so was zu hören bekommt:

»Ich bin sicher, dass er sie bei lebendigem Leibe mit der Säge malträtiert hat. Das ist ein Sadist.«

»Vielleicht haben Sie Recht. Noch etwas Käse, Elise? Wenn Sie wüssten, was ich bei meinem Praktikum in der psychiatrischen Klinik alles gesehen habe ... Sachen, bei denen es Ihnen eiskalt den Rücken runterlaufen würde. Schon diese Kreuzigung deutet darauf hin, dass er nicht ganz richtig im Kopf ist. Ein mystischer Spinner wahrscheinlich. Oder einer aus diesen satanischen Sekten ...«

»Und das Chlorwasser? Mein Gott, wie das brennen muss! Ich schenke Ihnen noch Weißwein nach, Elise«, sagt Yvette.

»Ein Ritual der Reinigung vielleicht«, meint Yann. »Was weiß ich. Tatsache ist, dass ein gefährlicher Krimineller frei herumläuft, irgendwo in der Nähe.«

Genau das, was man braucht, um sich behaglich zu fühlen. Ich leere mein Glas in einem Zug.

»Vielleicht sogar hier«, fährt Yann eifrig fort. »Wo könnte man sich besser verstecken als im Gewimmel eines Skiorts? Anorak, Mütze, Skibrille – da sehen doch alle gleich aus.«

Es weiß aber doch niemand, wie er aussieht, der Mörder. Er braucht sich also gar nicht zu verstecken. Er kann in aller Ruhe sein Leben weiterführen. Wütend und ohne Appetit stochere ich in meinem Salat herum.

»Sind Sie auf Urlaub?«, fragt Yvette.

»Nein, ich arbeite hier. In einem Zentrum für Behinderte.«

Ich glaub, ich träume!

»Im CLMPAH!«, antwortet Yvette sehr schnell.

»Woher wissen Sie das?«

Erklärungen, Lachen. »Na, so ein Zufall aber auch!« Man bestellt den Kaffee bei bester Laune, bis auf Elise, die Spaßverderberin, die von schlimmsten Vorahnungen heimgesucht wird. Wenn ein Verrückter in der Gegend herumspaziert, stehen die Chancen zehn zu eins, dass sein Weg den meinen kreuzen wird ...

Kaffee, Verdauungsschnäpschen, der Raum dröhnt von angeregten Gesprächen, Yvette lässt sich über mein Schicksal aus, erzählt von meinem Unfall, von meinem Buch, von den Ereignissen des letzten Jahres, während ich wie ein Ölgötze dasitze. Es ist nervtötend, die Leute ständig über einen reden zu hören, als wäre man gar nicht da. Fast hätte ich Lust, an der Tischdecke zu ziehen und alles umzuwerfen. Yann scheint das zu verstehen, denn ich fühle plötzlich, wie sich seine Hand auf meine legt.

»Ist es für Sie nicht schwer, Elise, plötzlich eine Berühmtheit zu sein?«

Notizblock: *Ist mir egal. Gehen wir?*

»Oh, oh! Entweder täusche ich mich, oder Sie sind schlecht gelaunt. Aber Sie haben Recht. Hier drinnen zu hocken, wo draußen die Sonne scheint! Ich will versuchen, die Piste runterzukommen, ohne jemanden über den Haufen zu fahren. Die Rechnung, bitte. Nein, nein, kommt nicht in Frage. Ich habe Sie eingeladen.«

Draußen ist Wind aufgekommen. Yann verabschiedet sich mit einem kräftigen Händedruck. Yvette erzählt mir, dass er eine graue Skihose trägt und dazu einen grau-schwarz-orangefarbenen Pullover. Dass er lange blonde Haare hat, die mit einem Stirnband zurückgehalten sind. »Ich hätte ihn niemals für einen Erzieher gehalten, eher für einen Skilehrer«, fügt sie gut gelaunt hinzu. Anscheinend ist es Yann gelungen, meinen Gesellschaftsdrachen zu erobern.

Wir machen uns gemächlich auf den Weg zu unserer gewohnten Terrasse. Yvette vertieft sich sogleich in ihre neueste Illustrierte, während ich mich in mathematische Denkaufgaben stürze. Etwas, das ich unlängst entdeckt habe und das mich beschäftigt. Lange Additionen, Multiplikationen, Dreisatzrechnungen usw. Wenn ich mich allzu sehr langweile, kann ich immer noch meinen Walkman anschalten und Musik oder Radio hören. Das Problem ist nur, dass mich Musik ziemlich kalt lässt. Das Radio übrigens auch. Die Leute reden die ganze Zeit, das ödet mich an. Was ich wirklich gern täte, wäre, ein gutes Buch zu lesen. Aber ich habe schon die ganze letzte Lieferung in Blindenschrift gelesen und warte auf die nächste.

1356 + 2417 = ich kann an nichts anderes denken als an diese arme junge ermordete Frau. 752 x 235, zweihundert mal 700 = 140000 + 30 mal 50 = und an diesen Yann, der aus dem Nichts auftaucht und der ausgerechnet für den CLMPAH arbeitet. Vielleicht liegt es daran, dass ich in meinem Körper gefangen bin, aber ich wittere überall Komplotte. Ich muss zu meiner Entschuldigung sagen, dass seit dem Attentat, bei dem ich in eine lebende Leiche verwandelt wurde, mehrere Mordversuche auf mich verübt worden sind. Das macht misstrauisch ...

Ich muss die Sonne auskosten. Ich muss mich entspannen, versuchen, ein Nickerchen zu machen. 365 Schäfchen springen in 13 Minuten 28 mal über 36 Zäune. Wie oft springt jedes Schaf in 42 Minuten über die Zäune?

Ich werde wachgerüttelt. Ich gähne ausgiebig. Für ein Nickerchen habe ich ganz schön tief geschlafen. Ich bin völlig benebelt.

»Es ist zehn vor fünf«, verkündet Yvette. »Der Minibus ist schon da.«

»Guten Tag, ich bin Hugo!«, ruft die heisere Stimme eines Mannes von etwa Fünfzig. »Kommen Sie, junge Dame, ich helfe Ihnen hinein.«

Der Wagen ist speziell für Behinderte eingerichtet. Ich befinde mich auf einer Art Plattform. Yvette setzt sich nach vorn neben Hugo, der uns mitteilt, dass er der Pfleger des Zentrums ist. Ansonsten gibt es noch eine Pflegerin.

Der Minibus kriecht auf einer kurvenreichen Straße den Berg hinauf.

»Wir fahren zu einem großen Gebäude aus Stein, das hoch über dem Dorf liegt«, erklärt Yvette.

Das große Gebäude aus Stein, wie sie es nennt, stammt aus dem 19. Jahrhundert und thront über dem Ort. Hier nennt man es immer noch »das Sanatorium«, obwohl dieses schon vor über vierzig Jahren geschlossen wurde! In meiner Kindheit war es verwahrlost, und mein Onkel hatte mir strikt verboten, den Fuß hineinzusetzen. Und so hatte ich nichts Besseres zu tun, als durch ein eingeschlagenes Fenster einzusteigen. Ich fand mich in einem riesigen finsteren Saal mit Gewölbe und Parkett wieder, in dem es nach Urin stank. Leere Bierdosen lagen am Boden verstreut. Eine halb aus den Angeln gerissene Tür gab den Blick frei auf einen großen weiß gekachelten Raum mit einem gewaltigen gusseisernen Herd. Der rief Bilder in mir wach von allzu neugierigen Kindern, die von einer lächelnden Menschenfresserin zu Bouillon verarbeitet werden. In einer Ecke lag eine verrenkte nackte Puppe. Ich hatte plötzlich den unwiderstehlichen Drang, Pipi zu machen. Irgendwo schlug eine Tür zu, und ich rannte von Panik ergriffen davon.

Ich bin nie wieder dorthin zurückgekehrt, zumal mir, als ich älter wurde, Castaing immer »verstaubter« vorkam. 1968 zog ich London vor, und wie alle träumte ich von Katmandu.

Der Wagen hält an. Hugo setzt mich am Fuß einer Rampe für Behinderte ab. Er ist bärtig – ich spüre die dichten, struppigen Haare an meiner Hand – und kräftig gebaut, seine Bizeps treten fühlbar hervor. Klappern von Absätzen auf dem Beton. Francine Atchouel eilt auf uns zu.

»Ich freue mich so, dass Sie gekommen sind! Danke, Hugo, ich kümmere mich um alles Weitere. Italienische Architektur Anfang neunzehntes Jahrhundert«, erklärt sie Yvette. »Das Gebäude war ursprünglich eine Kaserne der piemontesischen Truppen, in den zwanziger Jahren wurde es dann zu einem ›Kindersanatorium‹ umfunktioniert, bevor es in den Fünfzigern verfiel.«

»Hat die Stiftung es aufgekauft?«, fragt Yvette.

»Das CLMPAH, ja. Vor vier Jahren. Die Luft hier ist sehr gesund, wissen Sie, und jetzt, im renovierten Zustand, ist es wunderschön.«

Die Räder meines Rollstuhls gleiten über ein Parkett, das angenehm nach Wachs riecht, während Francine Atchouel uns in den großen Salon, »unser Heim«, führt, wo uns die Patienten in totalem Schweigen empfangen.

»Guten Tag allerseits«, posaunt Madame Atchouel. »Das sind Elise und ihre Gesellschaftsdame Yvette.«

Glucksen, Trampeln, Flüstern. Yvette hüstelt nervös.

»Ich stelle sie Ihnen jetzt vor, sie sind ein bisschen schüchtern«, fährt Francine fort. »Das ist Magali. Infantile Psychose«, flüstert sie uns zu.

Ich strecke die Hand ins Leere, ein kleines Lachen und eine Hand, die ungeschickt die meine schüttelt. Dann unkontrolliertes Hinken, und jemand berührt meine Schulter, ohne ein Wort zu sagen.

»Léonard de Quincey«, kündigt Madame Atchouel in feierlichem Ton an. »Léonard ist unser Astronom. Leider motorisch behindert«, raunt sie mir zu.

Léonard entfernt sich.

»Christian«, fährt sie fort.

»Gutn Taaag, Mam'sal!«, ruft eine kräftige Stimme. »Sal Sal Sal in der Küche.«

»Red keinen Unsinn. Christian ist leicht debil, mit einer Neigung zur Echolalie, das ist mechanisches Nachsprechen«, haucht mir Francine zu.

»Laetitia, mein Liebes, komm doch bitte mal her.«

Sonderbares Scharren. Klar, ein Gehgestell, das über den Parkettboden gleitet.

Und so geht das eine gute Viertelstunde weiter. Es sind insgesamt acht Teilnehmer, die einen geistig, die anderen motorisch behindert: Das Zentrum nimmt alle Patienten auf. Jean-Claude, achtundzwanzig, Opfer des Charcot-Syndroms, das zu einer progressiven, unheilbaren Lähmung führt, ist ein Video-Fan, der mit dem Camcorder auf der Schulter lebt. Bernard, fünfundzwanzig, der nie sozialisiert worden ist und bei dem das Ganser-Syndrom, das heißt so genannter Scheinblödsinn, diagnostiziert wurde (was ist denn das?) und OCD (Zwangsneurosen, das weiß ich: Das sind Leute, die sich hundertmal am Tag die Hände waschen und sechshundertmal überprüfen, ob sie den Gashahn zugedreht haben). Emilie, zweiunddreißig, Trisomie, das heißt, dass ein einzelnes

Chromosom in drei statt nur in zwei Kopien vorliegt, was zu Veränderungen des Erscheinungsbilds führt; Clara, dreiundvierzig, Oligophrenie, so nannte man früher die geistige Behinderung. Emilie behauptet, Clara sei verrückt, doch offensichtlich halten sie zusammen wie Pech und Schwefel.

Von all diesen fremden Stimmen wird mir ganz schwindelig; ich verwechsele die Namen und spüre erste Ermüdungserscheinungen, als man endlich Tee serviert. Das ist wiederum nicht ganz einfach, weil wir, unter der Leitung der beiden Pfleger, Hugo und Martine, von den Heimbewohnern bedient werden.

»Sie werden sich fragen, wie wir aussehen«, sagt Hugo in freundlichem Ton zu mir. »Also, Martine ähnelt der Oberschwester in *Einer flog übers Kuckucksnest*«, fährt er lachend fort.

»Und du Captain Haddock, nur mit roten Haaren!«, gibt sie zurück.

Francine Atchouel reicht einen »von unseren Heimbewohnern gebackenen« Kuchen herum und besteht darauf, dass wir ein zweites Mal reichlich davon nehmen.

Yvette fragt Hugo im Flüsterton, was »Oligophrenie« bedeutet.

»Das ist ein anderes Wort für Geistesschwäche oder geistiges Zurückgebliebensein.«

»Früher nannte man sie die ›Unschuldigen‹«, erklärt Martine. »Man unterscheidet zwischen denen, die sprechen und die Grundzüge des Lesens und Schreibens lernen können, denen, die nur sprechen können, und denen, die nicht einmal die Sprache beherrschen«, fügt sie hinzu und brüllt Clara an, die versucht, Emilie ihre Tasse zu entreißen.

»Beim Ganser-Syndrom wiederum«, sagt Hugo, »handelt es sich um Patienten wie Bernard, die systematisch vorbeireden oder -handeln, obwohl sie, das glaubt man zumindest, genau verstehen, was man ihnen sagt.«

»Wie viel wiegt Bernard?«, fragt Yvette noch leiser.

»Hundertzwanzig Kilo bei einem Meter sechzig«, antwortet Hugo.

Ein Fettleibiger also. Sie plaudern munter weiter. Ich höre nur halb zu, bin angespannt, es ist mir unangenehm, unter Fremden zu sein, die mich beäugen und die ich nicht sehen kann. Und – ich weiß, das ist nicht sehr ehrenwert, aber die Gegenwart von »Zurückgebliebenen« löst bei mir stets ein leichtes Unbehagen aus. Das Gefühl, ihren Erwartungen, ihren Wünschen nicht entsprechen zu können. Und eine gewisse Abneigung gegen Körperkontakt, den sie fast immer verlangen. Ich bin kein Fan körperlicher Berührungen außerhalb des Bettes. Benoît hat mir oft meine Kälte vorgeworfen. Wie anders ich heute bin, Benoît! Wie abhängig!

Plötzlich Freudenschreie, als jemand ein joviales »Hallo, zusammen!« ruft. Yann. Er hat ganz offensichtlich bei den Heimbewohnern einen Stein im Brett. Emilie wiederholt verzückt seinen Namen. Magali zerrt vor Begeisterung an meinem Arm. Christian zieht mehrmals kräftig die Nase hoch.

Francine will ihn uns vorstellen, doch Yann erklärt, dass wir uns schon kennen gelernt haben.

Es dauert mindestens eine Viertelstunde, bis das Thema auf den grausamen Mord von Entrevaux kommt. Yann hat brandneue Nachrichten von einem seiner Snowboard-Kumpel, der nebenbei auch noch Adjudant-Chef, also Polizeikommissar der lokalen Gendarmeriebrigade und mit dem Fall betraut ist. Francine hüstelt vernehmbar, und Yann hält inne.

»Hugo, ist es nicht Zeit für die Fernsehserie?«, fragt sie. »Wer sie im Freizeitraum sehen will, kann mit Hugo gehen.«

»Sie lassen sie *Police City Blues* sehen?«, wundert sich Yvette, die das Fernsehprogramm auswendig kennt.

Vage Vorstellung von durchdringenden Schreien, Schusswechseln, Flüchen, Verfolgungsjagden mit quietschenden Reifen, athletischem und/oder verliebtem Keuchen ...

»Es sind Erwachsene!«, erwidert Francine Atchouel.

»Wir sind nicht aus Zucker, wissen Sie!«, ruft Laetitia. »Gut, ich gehe, ich steh auf so was.«

Stühlescharren. Jemand drückt mir einen Kuss auf die Wange.

»Das ist Magali«, erklärt mir Francine. »Sie lässt keine Folge aus. Sie ist versessen aufs Blaulicht.«

Man quetscht mir die Hand.

»Das ist Christian.«

»Tatütata, hiiiii!«

Die anderen gehen ohne Gruß. Ich höre Bernard mit kleinen Schritten schlurfen. »Ich muss mir beide Hände waschen, morgen ist Samstag«, stößt er hervor.

»Ich wäre Ihnen dankbar, Yann, solche Themen in Zukunft vor unseren Patienten zu meiden!«, ruft Francine, kaum dass sie gegangen sind. »Sie wissen doch, wie sensibel sie sind.«

»Sie setzen sie ja schließlich auch vor die Glotze!«, entgegnet Yann trotzig.

»Und weiter? Was hat Ihr Freund von der Gendarmerie gesagt?«, unterbricht Yvette, die vor Neugier platzt.

»Nichts sehr Schönes. Die Nachrichten hatten Recht: Das Mädchen wurde bei lebendigem Leib gekreuzigt und dann gezwungen, einen Liter Chlorwasser zu trinken, wahrscheinlich mit Hilfe eines Trichters.«

Entsetztes Raunen. Ich beiße die Zähne zusammen, um mir die Szene nicht vorstellen zu müssen.

»Und weiter?«, fragt Yvette mit tonloser Stimme.

»Man hat ihr ein gutes Kilo Fleisch aus den Schenkeln geschnitten. Da hätte man ein paar ansehnliche Steaks draus machen können.«

»Yann! Etwas mehr Respekt, bitte!«, ruft Francine empört.

Anscheinend schätzt sie ihren Sporterzieher nicht allzu sehr.

»Nach ersten Ermittlungen ist die Frau um die Dreißig, brünett, langes Haar, blaue Augen, keine besonderen Merkmale«, fährt Yann fort, ohne sich aus der Fassung bringen zu lassen. »Er hat den STRJD kontaktiert – bislang allerdings ohne Erfolg.«

»Den was?«, fragt Francine. »Könnten Sie sich vielleicht etwas klarer ausdrücken?«

»Den Service Technique de Recherche et de Documentation, den polizeilichen Erkennungsdienst«, sagt Yann brav auf. »Philippe steht auf wissenschaftliche Methoden, müssen Sie wissen. Er hat kriminaltechnische Kurse beim CNPPJ und IRCGN absolviert«, fügt er genüsslich hinzu. »Beim Centre National de Perfectionnement de Police Judiciaire und beim Institut de Recherche Criminelle.«

»Donnerwetter!«, staunt Yvette. »Und haben sie etwas gefunden?«

»Nichts. Sie wollen das Foto des Opfers im Fernsehen zeigen.«

»Es ist bestimmt eine Obdachlose, die zufällig in diesem leer stehenden Haus auf einen Sadisten getroffen ist«, meint Yvette bestimmt.

»Ein Sadist, der im Voraus seine kleine Ausrüstung gekauft hat?« Yann schüttelt den Kopf. »Ich denke, er hat sie dorthin gelockt und lange vorher beschlossen, sie zu töten.«

»Oder er hasst alle Frauen und hat sein Opfer wahllos ausgesucht!«, murmelt Francine. »Mein Gott, da kann einem ja richtig Angst werden. Ich hoffe, sie werden ihn bald finden.«

»Das würde mich wundern. Hm, köstlich, der Kuchen. Sie haben noch absolut keine heiße Spur«, erwidert Yann mit einer gewissen Genugtuung. »Er hat mit Sicherheit Handschuhe getragen. Ach, das hätte ich fast vergessen: Sie haben eine Plane gefunden, voll mit Blut von dem armen Mädchen. Wahrscheinlich hat er sie benutzt, um seine Kleider zu schützen.«

»Jetzt hören Sie endlich auf, mir wird noch übel!«, protestiert Francine.

»Wie Sie wollen. Übrigens, hat der Typ mit den Schlitten angerufen?«, fragt Yann.

»Ja, alles ist bereit für morgen zehn Uhr. Yann hat eine Schlittenfahrt für unsere Heimbewohner organisiert. Die Schlitten werden von Huskies gezogen«, erklärt uns Francine.

»Ach, das muss ja herrlich sein!«, schwärmt Yvette.

»Dann kommen Sie doch einfach mit!«, meint Yann.

Die Idee gefällt mir eigentlich. Eine Spazierfahrt an der frischen Luft, fest eingemummelt, dazu das Hecheln der Hunde. Bilder vom Hohen Norden ... Ich drücke Yvettes Hand als Zeichen der Zustimmung.

Ein Treffen wird für den nächsten Morgen ausgemacht, dann gibt Yvette das Zeichen zum Aufbruch.

Im Minibus dreht sich das Gespräch natürlich um die Heimbewohner. Hugo erzählt uns, dass Jean-Claude nur noch wenige Jahre zu leben hat.

»Er hat ein sympathisches Gesicht, aber er ist so mager!«, sagt Yvette mitfühlend. »Der Astronom dagegen ist eigentlich ein hübscher Junge«, fährt sie nach einem kurzen Schweigen fort, bevor sie traurig hinzufügt: »Es ist wirklich zum Gotterbarmen!«

»Ja, unser Léonard, er leidet sehr unter seinem Zustand«, sagt Hugo, »und schämt sich. Eine gequälte Seele. Ich überwache seine Medikamentengabe.«

»Sie haben Angst, er könnte sich umbringen?«, fragt Yvette.

»Man weiß nie. Alle halten ihn für debil, dabei ist er Mathematikdozent. Sie können sich vielleicht vorstellen, wie hart das ist.«

Ja, ich weiß, was das bedeutet. Ich erinnere mich, wie

nach dem Unfall alle glaubten, ich sei nur noch eine lebendige Leiche. Dieses schreckliche Gefühl der Unfähigkeit, sich verständlich zu machen, zu zeigen, dass man versteht. Das erinnert mich daran, dass ich Anfang Februar zu neuen Untersuchungen nach Paris muss. Und dann vielleicht zu einer neuen Operation. Wer weiß? Wenn ich nach jedem Eingriff ein bisschen mehr Eigenständigkeit zurückgewinne, kann ich in zehn Jahren vielleicht *Hänschen klein* spielen.

»Außerdem«, sagt Hugo noch immer zum Thema Léonard, »hat es im Vorbereitungsjahr zur Ecole Polytechnique in seiner Klasse gebrannt. Fünfzehn seiner Kameraden sind dabei umgekommen. Er hat danach unter schrecklichen Depressionen gelitten und war jahrelang in psychiatrischer Behandlung. Madame Atchouel hat uns davon in Kenntnis gesetzt. Man kann besser mit den Patienten arbeiten, wenn man ihre Vorgeschichte kennt.«

Das ist allerdings ein finsterer Hintergrund. Behutsam schaltet Hugo die Gänge. Dröhnende Rapmusik aus einem benachbarten Wagen, mehrfaches Hupen, Bremsen.

»Die Leute haben ein Talent, sich vor fahrende Autos zu werfen!«, kommentiert Hugo.

Und fügt lachend hinzu:

»Na ja, wenn wir unsere kleine Truppe spazieren führen, geht es auch nicht gerade triste zu. Gestern ist uns Magali entwischt, ich habe sie vor dem kleinen Supermarkt wieder gefunden. Und Bernard wäre fast vom Bus überfahren worden. Er wollte die Straße überqueren, um sich die Kuchen in der Vitrine des Bäckers anzusehen.«

»Lassen Sie ihn so viel essen, wie er will?«, fragt Yvette.

»Er sollte eigentlich Diät leben, aber gut ... Bernard hat Integrationsprobleme, er hat lange allein mit seiner Mutter gelebt. Er ist gleichzeitig dumm und durchtrieben, zu folgsam. Genau die sind es, die manchmal durchdrehen und große Dummheiten machen.«

»Und Christian? Er macht mir ein bisschen Angst«, gesteht Yvette. »Er ist ein richtiger Koloss«, erklärt sie mir.

»Christian, das ist ein anderer Fall. Er hat unter der schlechten Behandlung in seiner Kindheit gelitten. Man hat den Eltern das Sorgerecht entzogen. Er ist sehr impulsiv und liebt es, wie ein Kleinkind die Wörter zu wiederholen. Er ist alles andere als dumm, aber unfähig, sich wie ein Erwachsener zu benehmen. Ein Baby von einem Meter fünfundachtzig, gebaut wie ein Rugbyspieler.«

»Sie kommen mir alle ein bisschen vor wie Babys, die man als Erwachsene verkleidet hat«, murmelt Yvette. »Vernachlässigte Babys, die man ihrem Kummer überlassen hat.«

»He! Und wir, die Erzieher, zählen wir etwa gar nicht? Wir sind da, um ihre ohnmächtigen Eltern zu ersetzen.«

»Entschuldigen Sie, ich wollte Ihr Engagement nicht in Frage stellen. Hier bitte rechts!«

Reifenquietschen, leichtes Rutschen des Minibusses auf der glatten Fahrbahn.

Zu Hause stürzt Yvette leise schimpfend zum Fernseher: Ihre Sendung hat bereits begonnen. Ich fahre mit meinem Rollstuhl ans halb geöffnete Fenster. Der Abend ist hereingebrochen, ich höre den Schnee unter den Stiefeln der Passanten knirschen, das Tack-Tack-Tack der Ketten, wenn ein Wagen vorbeifährt. Ich nehme den Geruch des nächtlichen Schnees wahr. Ein leichter Wind hat sich erhoben, er wirbelt ein paar feuchte Flocken durch die Luft, die sich auf die Fensterscheibe, auf meine Nase, meine Wangen, meine Lippen legen, frisch und zart. Yvette beschimpft den Showmaster wegen einer Antwort, mit der sie nicht einverstanden ist. Ich lächele vor mich hin, dann muss ich wieder an die gefolterte junge Frau denken, und mir vergeht das Lächeln. Die gestrige Nacht war ebenso friedlich gewesen wie diese, und doch ist ganz in der Nähe ein Mensch unter grausamen Qualen gestorben.

»Elise ...«

Ich zucke zusammen. Habe ich geträumt, oder hat eben jemand unter dem Fenster meinen Namen geflüstert?

»Elise ...«

Nein, ich träume nicht. Jemand ruft mich. Yann? Mit der gesunden Hand ziehe ich das Fenster ein Stück weiter auf und berühre etwas. Ein Gesicht? Ja, ich glaube, es ist ein Gesicht. Ich strecke den Arm aus, aber ins Leere. Dann schließt sich meine Hand um ein weiches Päckchen.

»Für dich, mon amour«, flüstert die Stimme.

Also wieder!

Schnell, schnell, mein Block: *Wer sind Sie?* Ich halte den Zettel ans Fenster.

Ein kleines unangenehmes Lachen. Eine warme Hand streift die meine. Ich ziehe sie zurück. Dann Schritte, die sich entfernen. Mein mysteriöser Besucher ist fort! Ich steuere mit meinem Rollstuhl auf Yvette zu, die von allem nichts bemerkt hat. Ich befühle das kleine weiche Päckchen und schnuppere daran. Wie erwartet, riecht es nach Fleisch. Der Steakspender hat erneut zugeschlagen!

*Steak*. Oh, mein Gott! *Steak*! Mir ist, als hätte man mir einen Schlag in die Magengrube versetzt. »Ein paar ansehnliche *Steaks* herausgeschnitten ...« Das Päckchen entgleitet meiner Hand und fällt auf den Boden.

»Elise?«, ruft Yvette im Ton des Vorwurfs. »Oh! Was ist denn das? Noch ein Steak? Woher haben Sie das denn wieder?«

Als könnte ich etwas dazu! Meine Hand zittert, während ich schreibe: *Jemand hat es mir durchs Fenster gereicht.*

»Aber das ist doch völlig verrückt!«

Rascheln von Papier, das entfaltet wird.

»Tatsächlich, ein Steak! Schönes rotes Fleisch wie das von gestern. Das ist mir jetzt wirklich ein Rätsel ...«

*Ruf Yann an.*

»Ich weiß nicht, was Yann mit dem Steak zu tun hat. Es ist bestimmt nicht Yann, der sich solche Scherze erlaubt.«

*Ruf Yann an.*

»Schon gut, schon gut«, knurrt Yvette und hebt den Telefonhörer ab.

Sie erklärt ihm mehr schlecht als recht unser kleines Problem, während ich ihr eine Mitteilung zuschiebe.

»Moment bitte, ich muss das hier erst lesen ... Elise möchte wissen, ob Ihr Freund bei der Gendarmerie das Stück Fleisch untersuchen lassen könnte ... Eine Marotte, ich weiß auch nicht, was in sie gefahren ist ... Kein Problem? Das ist wirklich sehr nett von Ihnen. Ich bringe es Ihnen morgen früh vorbei ... In den Kühlschrank, klar ... Guten Abend und noch mal vielen Dank. Wir machen uns lächerlich!«, protestiert Yvette, als sie aufgelegt hat. »Wir hätten das Steak einfach in den Mülleimer werfen sollen und basta!«

Telefonläuten unterbricht sie: Es ist Jean, ihr Freund. Es folgt ein ausführliches Gespräch, bei dem ich angestrengt wegzuhören versuche. Ich kann kaum erwarten, was bei der Untersuchung herauskommt, wenn es bloß nicht das ist, was ich befürchte.

## KAPITEL 3

Seit heute Morgen bin ich fiebrig, ungeduldig, nervös. Yvette hat das Steak bei Yann abgeliefert, der es durch den Postboten an seinen Freund bei der Gendarmerie weitergeschickt hat. Und dann der Aufbruch zum Polarkreis. Der Minibus vom Zentrum hat uns beim Polarkamp abgesetzt.

Die Heimbewohner veranstalten einen Höllenlärm, sind außer sich vor Aufregung über diese Expedition. Auch die Hunde sind kaum zu bändigen. Laetitia, die sich fürchtet, hält meinen Arm umklammert, während Magali kleine spitze Schreie ausstößt. Hugo und Martine müssen zuerst Emilie und Clara daran hindern, die Hände in die Mäuler der Bestien zu stecken, und dann Christian, sich im Schnee zu wälzen. Bernard fragt jeden nach der Uhrzeit und versichert uns, dass Zeit Geld ist. Ich denke noch vage an das verdammte Steak und seinen geheimnisvollen Spender, bin aber zu sehr damit beschäftigt, alles zu registrieren, was rings um mich geschieht, um wirklich in Sorge zu sein.

Jean-Claude hat seinen Camcorder genommen und filmt uns auf Teufel komm raus. Er, der Halbinvalide, möchte Bewegung festhalten. Dabei ruft er immer wieder: »Das habe ich im Kasten!«, als ließe sich Aktion eindosen.

Ich würde mich gern im Film sehen. Wissen, wie ich ausschaue. Mich den Arm heben sehen wie eine automatische Barbiepuppe.

Die Hunde heulen, bellen, knurren, schütteln sich vor Ungeduld. Yann verteilt seine kleine Truppe, bespricht sich mit den Schlittenführern, drei jungen Männern mit stark südfranzösischem Akzent. Ein frischer Wind ist aufgekommen. Yvette hilft mir, den Kragen meines Skianzugs zuzuknöpfen und mir die Mütze aufzusetzen. Hugo hebt mich hoch. Ich nehme seine knotigen Muskeln wahr, seinen Bart, seinen Geruch nach Arzneimitteln. Er setzt mich auf die fellbedeckte Holzbank neben Laetitia. Uns gegenüber hocken Magali und Christian. Yvette klettert als Letzte herauf, sinkt an meine Seite und murmelt: »Das ist nichts mehr für mein Alter.« Hugo setzt sich zu Emilie, Clara und Bernard. Martine steigt mit Jean-Claude und Léonard auf. Yann teilt dicke Decken aus, spart nicht an guten Ratschlägen und Ermunterungen und lässt die Zügel knallen. Die anderen Schlittenführer stoßen ein begeistertes »Ju-hu« aus. Die Schlitten setzen sich in Bewegung, werden schneller. Wir gleiten in den Wald, ich nehme den würzigen Tannengeruch auf.

»Wie schön!«, ruft Yvette. »Man könnte meinen, wir wären in Kanada.«

Der Wind peitscht mir ins Gesicht. Das Geräusch der Holzkufen auf dem Schnee erinnert mich ans Langlaufen früher, ich werde trübsinnig, fange mich wieder, höre Laetitia zu, die bei allem in Verzückung gerät. Seit ihrem Autounfall im Teenager-Alter halb gelähmt, ist sie mit vierundzwanzig das erste Mal in den Bergen. Sie lacht, ein heiteres Lachen, ist einfach glücklich, durch den Schnee zu gleiten.

Ich frage mich, ob sie nicht ständig an die Zeit zurückdenkt, als sie noch ganz normal gehen konnte. Sie war fünfzehn, als der Unfall passierte, hat mir Yvette erzählt. Yvette weiß inzwischen praktisch alles über die Heimbewohner, weil sie sich mit Martine angefreundet hat – die beiden haben sogar schon ihre Rezepte für ein Gratin Dauphinois ausgetauscht! Das Gratin Dauphinois ist eines der wichtigsten

Wettkampfterrains französischer Hausfrauen. Welche Desaster es schon angerichtet hat, das Gratin Dauphinois! Versuchen Sie mal, eines zu machen, wenn Ihre beste Freundin zum Essen kommt. Sie wird ums Verrecken nicht zugeben können, dass es vielleicht besser schmeckt als ihres. Schlimmer noch der Fall, wenn ihr Ehemann, den Mund voll Kartoffeln, herausposaunt: »Schiehst du, Liebling, scho musch ein Gratin Dauphinois schmecken!« Ich persönlich kann umso leichteren Herzens einen solch tragischen Fall weiblicher Zwietracht heraufbeschwören, als Benoît, mein Ex, nie ein Gratin-Fan war. Bei Tony weiß ich nicht so genau. Er legt keinen großen Wert aufs Essen. Und bei meinem Problem, schriftlich Konversation zu pflegen, vermeidet man solche zweitrangigen Themen.

»Der Hund!«

Magali ist ganz aufgeregt. Yvette stimmt ihr zerstreut zu.

»Der Hund! Der Hund! Der Hund! Der Hund!«

»Ja, ja, hier sind viele Hunde«, sagt Yvette. »Jetzt setz dich aber wieder. Sonst fällst du noch vom Schlitten.«

»Der Hund! Großer Hund!«

»Magali, jetzt zappel nicht so herum!«, schimpft Yann und dreht sich um.

»Beruhige dich, Mag. Sieh dir den Schnee an«, sagt Laetitia freundlich.

»Ach, jetzt verstehe ich!«, ruft Yvette. »Sie meint den großen Hund da vorn, den Labrador!«

Labrador? Vielleicht der, mit dem ich gestern Morgen vor dem kleinen Supermarkt Bekanntschaft gemacht habe ... Allerdings dürfte sein Frauchen im Minirock kaum Waldspaziergänge mit ihm machen.

Doch Yvette schüttelt meinen Arm:

»Das ist der Hund von dem Disco-Mädchen. Sie wissen schon, der große schwarze. Das Mädchen ist allerdings nicht zu sehen ...«

Wütendes Bellen.

»Was hat dieser Hund bloß? Er kommt geradewegs auf uns zu gelaufen. O weh, das gibt Ärger mit den ...«

Yvette hat noch nicht zu Ende gesprochen, da fangen schon die Huskies an zu heulen und wild an den Zügeln zu zerren, während der Labrador laut bellend neben uns herläuft.

»Verschwinde!«, schreit Yann. »Verschwinde!«

Peitschen knallen, ich hoffe, es ist nicht gegen den Labrador gerichtet. Ach, ich hab's satt, nicht sehen zu können, nicht fragen zu können, was passiert!

»Hund! Komm!«, ruft Magali.

»Hör auf! Sei still!«, befiehlt Laetitia ihr.

»Wau, wau, wau!«, singt Christian.

»Mir wird schlecht«, stöhnt Jean-Claude hinter uns.

»Wir stürzen noch um«, unkt Yvette und klammert sich an meinen Arm.

Ich nehme tatsächlich eine gewisse Neigung des Schlittens wahr. Und dann fällt mir ein schweres Gewicht auf den Schoß, so dass ich nach Luft ringen muss. Allgemeiner Aufschrei, der Schlitten kippt nicht, dafür leckt mir eine lange raue Zunge quer übers Gesicht, während die Huskies fast durchdrehen.

»Hund!«, sagt Magali höchst zufrieden.

»So ein Idiot, dieser Köter«, schreit Yann und lässt den Schlitten anhalten.

»Vorsicht, Magali, fass ihn nicht am Hals, er könnte gefährlich sein!«, predigt Yvette.

»Braver Hund«, meint Magali. »Er hat mich lieb.«

»Ganz offensichtlich«, seufzt Yann, während der Schwanz des Labradors, der jetzt Magali abschleckt, mir freudig ins Gesicht schlägt.

Der Hund begrüßt nun einen nach dem anderen und springt, vor Begeisterung bellend, mit seinen zwanzig Kilo auf unseren Mägen herum, was für einige Aufregung sorgt.

Dann eine besorgte Stimme:

»Tintin! Tintin! Wo bist du? Komm her! Bei Fuß!«

Ein kräftiges »Wuff«; ein letzter Sprung, und Tintin jagt, begleitet vom empörten Gebell der Huskies, davon.

»Sie sollten ihn an der Leine führen, wir hätten fast einen Unfall gehabt!«, ruft Yann verärgert.

»Tut mir Leid, er läuft sonst nicht weg. Er muss Madame wieder erkannt haben«, fügt die Stimme, näher jetzt, aber noch immer sanft und traurig, hinzu.

»Ist der Hund einer Ihrer Freunde, Elise?«, fragt Yann sarkastisch. Ich erwidere nichts, versteht sich.

»Wir sind uns gestern Morgen vor dem kleinen Supermarkt begegnet«, erklärt Yvette.

»Es tut mir wirklich Leid«, sagt die sanfte, traurige und so feminine Stimme.

»Nicht so tragisch ...«

Aha! Yanns Tonfall hat sich blitzartig geändert. Keine Spur mehr von Verärgerung. Ich schließe daraus messerscharf, dass die Besitzerin der Stimme nicht unangenehm anzusehen ist.

»Ich habe Sie nicht gleich wieder erkannt«, sagt Yann. »Geht's Ihnen gut?«

»Was glauben Sie?«, antwortet das Mädchen, was mich stutzig macht. »Jetzt komm, Tintin«, fährt sie fort. »Wir müssen weiter. Auf Wiedersehen.«

Ende der Episode »wildes Abenteuer«. Anfang der Kommentare. Das Wort »Hund« fällt, bevor es weitergeht, mindestens dreihundertfünfzig Mal.

Wieso hat sie »Was glauben Sie?« gesagt? Soll das heißen, Yann weiß, dass es ihr schlecht geht? Dass es ihr schlecht gehen müsste? Hat sie Krebs? Das wäre eine Erklärung für ihre traurige Stimme.

»Kennen Sie die junge Frau, Yann?«, fragt Yvette.

»Oberflächlich. Sie arbeitet im Moonwalk.«

»Ja, wissen wir«, erwidert Yvette, bevor sie sich in eine Flut von zynischen Kommentaren über Animierdamen und ihren notorischen Mangel an gesundem Menschenverstand stürzt.

Also eine Cousine ihrer Tante, die in einem Freudenhaus im Pigale-Viertel arbeitete ...

Ich versuche, mich auf das Gleiten des Schlittens zu konzentrieren, auf das typische Geräusch, wenn der Schnee von schwer beladenen Ästen fällt. Das ist nicht besonders schwierig, denn prompt bekomme ich eine gewaltige Ladung frischen Schnee mitten auf den Kopf. Yvette schüttelt ihn ab, und Magali prustet vor Lachen. Christian murmelt finster: »Schneemann, Mann, Mann.« Was für eine wundervolle Spazierfahrt!

Aber wie alle guten Dinge hat auch sie ein Ende, und schon sind wir wieder im Ausgangslager. Man lässt die stolzen Trapper aussteigen. Yann hebt mich hoch und setzt mich ohne zu stöhnen in meinen Rollstuhl. Er riecht nach Aftershave, und sein raues Kinn streift meine Wange. Alles andere als unangenehm. Psy hebt mahnend den Zeigefinger und flüstert »Tony«, und ich antworte Psy, dass er nicht dazu da ist, mein Gewissen zu spielen, sondern meinen mir ergebenen Psychoanalytiker.

Wieder hinein in den Minibus und zurück zum Zentrum, um einen wohlverdienten Imbiss einzunehmen. Dabei stelle ich fest, dass sich acht bis zehn Crêpes genauso schnell mit einer Hand verputzen lassen wie mit zweien. Außerdem merke ich, dass ich Spaß habe, ich bin entspannt, habe Lust zu lachen, gebe mich der wohligen Wärme des Kaminfeuers und dem Genuss einer heißen Schokolade hin. Selbst der wortkarge Hugo ist zu Scherzen aufgelegt.

»Die Spazierfahrt an der frischen Luft scheint Ihnen gefallen zu haben«, sagt Francine Atchouel nun wohl schon zum dritten Mal. Selbst hat sie es nicht für ratsam gehalten, ihre Körperfülle auf einem Holzschlitten durchschütteln zu lassen. »Ich hoffe, niemand hat sich erkältet. Noch ein wenig Brombeerkonfitüre, Yvette? Und Sie, meine liebe Elise?«

Nein danke, meine liebe Francine.

»Das Leben ist schön, wenn man zu lieben weiß!«, bemerkt Martine.

»Martine ist eine echte Betschwester«, flüstert mir Yann zu.

Telefonklingeln.

»Für dich, Yann: Kommissar Lorieux!«, ruft Hugo.

Plötzlich höre ich nichts mehr. Nicht das Murmeln, nicht das Lachen, nicht das Besteckklappern, nicht das Knistern des Feuers im Kamin. Ich höre nur Yanns entschlossenen Schritt, der zum Telefon geht.

»Hallo, Philippe? ... Ja, hallo. Also? ... Was? ... Bist du sicher? ... O Scheiße!«

»Yann, ich muss doch bitten!«, tadelt die liebe Francine.

»Aber das ist vollkommen verrückt! Was? ... Ja, natürlich, doch das wird nicht ganz leicht sein, sie ist nämlich stumm ... Okay, wir warten auf euch.«

Ich halte Yvettes Handgelenk umklammert. Die Stumme, das bin ich, also will die Polizei mich sehen, also ... ich höre Yann auf mich zukommen, dann spüre ich seine Haare an meiner Wange.

»Das war mein Kumpel von der Gendarmerie. Er hat das Steak untersuchen lassen. Also ... es ist ...«

»Von wahnsinnigen Rindern!«, ruft Yvette. »Ich hab's doch geahnt.«

»Es ist kein Rindfleisch«, murmelt Yann.

Ich fühle einen großen Crêpeklumpen in meinem Magen.

»Es ist schwer zu glauben, Elise, aber es handelt sich um ...«

»Schweinefleisch? Unmöglich! Ich weiß doch, wie Schweinefleisch schmeckt!«, protestiert Yvette.

Ich fühle Yanns Lippen jetzt dicht an meinem Ohr:

»Es ist ... also es ist ... Menschenfleisch. Die Polizei will Sie verhören. Sie sind in einer Stunde hier.«

*Menschenfleisch.*

Mit ängstlicher Stimme fragt Yvette:

»Was haben Sie gesagt, Yann: Ich hab nicht verstanden ...«

»Die Polizei wird es Ihnen erklären«, sagt Yann und drückt mir dabei die Schulter.

»Worum geht es?«, erkundigt sich Francine.

»Nichts. Nur ein kleines Lebensmittelproblem«, erwidert Yann.

Menschenfleisch.

*Und ich habe davon gegessen. Und Yvette auch.*

Menschenfleisch, mit Sicherheit von der Leiche einer jungen Frau ...

Der Crêpeklumpen steigt auf direktem Weg zum Ausgang, und ehe ich mich versehe, übergebe ich mich ausgiebig über meine Knie.

Chor von Ausrufen unterschiedlichster Art, Kichern und Glucksen der Heimbewohner, man wischt mir den Mund ab, dann die Knie und beteuert: »Es ist nicht schlimm, meine Liebe, überhaupt nicht schlimm, das kann jedem passieren!« Unausgesprochen: vor allem jedem, der anders ist. Yvette überbietet noch:

»So was tut sie normalerweise nie. Es muss an der Schlittenfahrt liegen. Das Geschaukel und Geruckel ist ihr anscheinend nicht bekommen ...«

»Reden Sie keinen Unsinn! Reichen Sie mir lieber eine feuchte Serviette. Tun Sie was!«, befiehlt Yann.

»Kein Grund, sich aufzuregen«, brummt Yvette, fügt sich aber.

Und bald darauf bin ich sauber. Hugo und Martine sind mit den lieben Heimbewohnern ins Freizeitzimmer gegangen, und die liebe Francine bereitet uns einen guten, guten Tee.

Psy raunt mir zu, ich sei blöd, mich zu schämen. Meine

Reaktion sei völlig normal angesichts solcher Umstände. Aber ich fühle mich nicht als normaler Mensch. Ich sehe mich als ein Monster, das ständig beweisen muss, dass es »präsentabel« ist, um von denen akzeptiert zu werden, die »gesund« sind.

Türklingeln.

Hugo geht öffnen und verkündet trocken: »Die Polizei!«

»Die Polizei, hier? Herr Jesus, was ist denn passiert?«, fragt Martine verdutzt.

»Ich weiß nicht. Es scheint mit dem Steak zu tun zu haben«, murmelt Yvette, leicht aus der Fassung gebracht.

»Adjudant-Chef Philippe Lorieux!«, verkündet eine leicht feminine Stimme. »Mademoiselle Andrioli?«

»Jawohl!«, erwidert Yvette, die alles Soldatische schätzt. »Mademoiselle Andrioli kann nicht sprechen, mon Adjudant-Chef.«

»Gut, gut.«

Ich stelle mir einen bartlosen Blondschopf vor, frisch von der Polizeischule, der sich verlegen an der Nase kratzt.

»Ich würde gerne allein mit Mademoiselle Andrioli und ihrer Dolmetscherin sprechen«, verkündet er schließlich mit seiner hohen Stimme.

Yvette schiebt mich in einen kleinen angrenzenden Raum. »Mein Boudoir«, erläutert Francine Atchouel stolz. Ist der Adjudant-Chef ein kleiner Ephebe, der bei reiferen Damen Eindruck macht?

Die Tür schließt sich hinter uns. Der Adjudant-Chef hüstelt. Yvette räuspert sich. Ich bleibe stumm, versteht sich. Er verkündet:

»Einer der Erzieher des CLMPAH hat uns ein Stück rotes Fleisch geschickt, um es untersuchen zu lassen. Selbiges Stück Fleisch hatte er vorher durch Sie erhalten. Daher meine erste Frage: Wie sind Sie in den Besitz des besagten Beweisstücks gekommen?«

»Beweisstück? War das Fleisch vergiftet«, fragt Yvette verwundert.

»Bitte beantworten Sie meine Frage.«

»Nun gut, Mademoiselle Elise saß am Fenster, und als ich aus der Küche zurückkam, hatte sie dieses Päckchen auf dem Schoß.«

Ich taste nach meinem Notizblock und beginne zu schreiben. Dann reiche ich Lorieux den Zettel.

»Also hat die Person, die Ihnen das Päckchen gereicht hat, sich nicht zu erkennen gegeben?«

Ich greife erneut zum Stift. Ich spüre Yvettes Atem dicht über meiner Schulter.

»›*Und er hat sich schon am Vortag manifestiert*‹«, liest der Adjudant-Chef, »›*... mit einem ähnlichen Fleischstück, das wir gegessen haben*‹. O Mist!«

Du sagst es.

Daraufhin öffnet sich die Tür, und Yann fragt, ob alles in Ordnung ist.

»Nachdem davon auszugehen ist, dass die Damen einen Teil des Opfers zu sich genommen haben, kann ich nicht sagen, dass alles in Ordnung ist«, kommentiert der Adjudant-Chef nüchtern.

»Vom Opfer! Welchem Opfer?«, fragt Yvette verwundert.

Lorieux hüstelt.

»Die junge Frau aus Entrevaux. Der Mörder hat gewisse Entnahmen an ihrem Körper vorgenommen ... Und das ›Steak‹, das Yann mir geschickt hat ... Nun ja ... es entspricht ...«

Da haben wir's, ich wusste es doch ...

Ein kräftiger Plumps holt mich aus meinem stummen Wehklagen. Es ist Yvette, die ebenfalls begriffen hat und daraufhin in Ohnmacht gefallen ist. Beflissenheit unter den Männern, man holt Martine herbei, Rum, Pfefferminz ...

Philippe Lorieux hüstelt erneut, bis Ruhe eingekehrt ist,

das heißt, bis Yvette aufgehört hat, »Das-darf-Herrgott-nochmal-nicht-wahr-sein« in ihr Taschentuch zu psalmodieren, und die liebe Francine nicht länger (mit dem Fuß stampfend) »aber-das-ist-ja-entsetzlich-sagen-Sie-alles« stöhnt.

»Ich nehme die anderen mit ins Freizeitzimmer«, sagt Hugo.

»Nehmen Sie, nehmen Sie«, erwidert Francine, »und schließen Sie die Tür, danke. Also Lieutenant ...«

»Adjudant-Chef Lorieux.«

»Wie Sie wollen. Also der Mörder dieser unglückseligen jungen Frau hat, wenn ich das richtig verstanden habe, unseren armen Freundinnen Stücke aus ihrem Körper geschenkt. Das ist ja eine Tragödie! Könnten sie sich vergiftet haben?«

»Das kann ich noch nicht sagen. Wir müssen das Ergebnis der vollständigen Autopsie abwarten. Dann erst wissen wir, ob das Opfer krank war.«

»Wir können uns also zu allem Übel auch noch was eingefangen haben!«, jammert Yvette, am Boden zerstört.

»Aber nein«, meint Yann. »Sie haben es doch gebraten.«

»Grrrhh!«

Der Adjudant-Chef scheint den Dingen nicht mehr ganz Herr zu werden, denn er hebt die Stimme, das heißt, er versucht es:

»Etwas mehr Ruhe, wenn ich bitten darf, lassen Sie uns ordnungsgemäß vorgehen. Zunächst brauche ich Ihre kompletten Personalien. Nachher nehmen wir Ihre Aussagen auf. Schnabel, die Formulare.«

»Ja, Chef!«, entgegnet eine Donnerstimme.

Sobald sich Schnabel niedergelassen hat und bereit ist, unsere Antworten zu notieren, beginnt Lorieux mit seinem Verhör. Es kommt nichts Großartiges dabei heraus: Ein Unbekannter hat mich angesprochen und mir zweimal Fleischstücke, die vom Körper eines Mordopfers stammen, überreicht.

»Muss es der Mörder selbst gewesen sein?«, denkt Yann laut. »Vielleicht war es ja ein harmloser Verrückter, der die Leiche entdeckt hat und sein makaberes Spielchen treibt?«

Ich weiß nicht, warum, aber ich glaube keine Sekunde an diese Möglichkeit. Der Typ hat mich »mon amour« genannt mit der Zärtlichkeit eines Kannibalen für eine appetitliche Frau ...

»... eine gewisse Ähnlichkeit«, sagt Lorieux.

In meine finsteren Gedanken versunken, habe ich nicht zugehört und verstehe nicht, warum Yvette ausruft:

»Aber dann ist sie ja vielleicht in Gefahr!«

Wer? Die liebe Francine? Ich greife zu meinem Notizblock, um die Frage zu stellen.

Schweigen. Schließlich räuspert sich der Adjudant-Chef und verkündet mit seiner Mädchenstimme:

»Ich habe nur gesagt, dass Sie eine gewisse Ähnlichkeit mit dem Opfer haben. Haarfarbe, Augen, Figur ...«

Das reicht. Nicht nötig, eine Zeichnung anzufertigen, ich habe kapiert. Ein verrückter Mörder spaziert, die von Blut roten Hände in Fäustlingen steckend, im Dorf herum und wartet auf den geeigneten Augenblick, um mich ins Jenseits zu befördern. Das erinnert mich an tausend schlechte Filme.

Aber Mörder gehen auch ins Kino.

Ein paar Minuten herrscht angespannte Stille im Raum. Yann geht zu Martine und Hugo. Man hört den Wind heulen. Dann Telefonklingeln. Francine Atchouel hebt ab.

»Wie bitte? Sprechen Sie lauter, ich kann nichts verstehen. Wen möchten Sie sprechen? Wie? Ah, Moment bitte, bleiben Sie dran. Es ist für unsere liebe Elise«, erklärt sie.

»Wer weiß, dass Sie hier sind?«, flüstert Lorieux.

»Hm, eigentlich niemand ...«, antwortet Yvette.

»Gibt es einen zweiten Hörer?«, fragt er.

»Nein, es ist ein neues Gerät, ein schnurloses ...«, erwidert Francine.

»Verdammt noch mal! Worauf wartet ihr noch!«, unterbricht Yann, der zurückgekehrt ist, und hält mir den Hörer ans Ohr.

Eine grässliche Stimme säuselt mir zu:

»Guten Tag, mon amour.«

Gänsehaut. Ich hebe den Arm, zeige auf den Apparat, forme mit Zeigefinger und Daumen einen Kreis.

»Das ist er!«, schließt Lorieux. »Was machen wir?«

»Auf die Taste ›plus‹ drücken«, murmelt Francine schmollend.

Ein Finger streift meinen auf der Suche nach der Taste, die die Lautstärke regelt, während die grässliche Stimme fortfährt:

»Hast du noch Hunger? Möchtest du noch mehr kleine Geschenke?«

Die Stimme füllt jetzt den Raum, in dem sonst kein Laut zu hören ist.

»Ich bin zu allem bereit, um dich zufrieden zu stellen, mon amour. Und du, bist du auch zu allen Opfern für mich bereit?«

Klick. Nach dieser drohenden Frage wird die Verbindung unterbrochen. Man nimmt mir den Hörer ab. Ich stelle fest, dass meine Handfläche feucht ist, und wische sie an der Decke ab.

»Schnabel, gib dem Revier Bescheid! Er ist vielleicht in der Nähe. Wenn wir nur wüssten, von wo er angerufen hat.«

»Sehen Sie auf dem Display nach. Die Nummer des Anrufenden bleibt dreißig Sekunden auf dem Display«, ruft Francine.

»Hätten Sie das nicht eher sagen können!«, brüllt Lorieux.

»Man lässt mich ja nie zu Wort kommen«, protestiert Francine. »Und außerdem gibt es eine Rückruftaste.«

Niemand hört ihr zu, alle drängen sich um das Telefon und knurren wie rangelnde Rugbyspieler.

»0 493 787 779«, schreit Lorieux. »Schnabel, schnell das Revier! Ruf vom Wagen aus an, für den Fall, dass er noch einmal zurückruft!«

Schnabel entfernt sich im Laufschritt. Das Vibrieren des Parketts verrät, dass er nicht gerade mager ist.

»Es schneit«, stellt Francine fest.

Niemand antwortet, bis auf Yvette, die sich nicht verkneifen kann zu bemerken: »Schnee am Morgen bringt Kummer und Sorgen.« Unter diesen Umständen ein wahrlich aufmunterndes Sprüchlein! Yann läuft auf und ab und pfeift dabei verbissen einen Latino-Hit vom vergangenen Sommer. Ich versuche, Ordnung in meinem Kopf zu schaffen. Warum versucht ein sadistischer Mörder, mich in seine Verbrechen einzubeziehen? Woher kennt er mich? Wie kann er wissen, dass ich hier Urlaub mache? Am liebsten würde ich Tony um Hilfe bitten, aber er kann nicht so mir nichts, dir nichts aus dem isländischen Meer herkommen. Und außerdem bin ich nicht in Gefahr, schließlich bietet der Typ mir Geschenke an.

Mach dir nichts vor, Elise, raunt mir Psy zu. Natürlich bist du in Gefahr. Spürst du nicht diesen Schauer auf deiner Haut? Spürst du ihn nicht in seiner widerlich süßen Stimme? Vertrau deiner Intuition und verschwinde aus Castaing.

Und wohin, bitte? Wenn ein Geisteskranker meine Spur verfolgt, will ich ihn doch nicht zu meiner Wohnung führen. Jetzt, wo die Polizei die Dinge in die Hand genommen hat, stehe ich unter ihrem Schutz.

Schnabel kommt ins »Boudoir« gestürzt und ruft:

»Er hat von der Kabine gegenüber dem kleinen Supermarkt angerufen. Keine hundert Meter von hier entfernt. Verstärkung ist unterwegs.«

Ich weiß jetzt schon, dass sie vergeblich kommen. Ein anonymer Skifahrer ruft von einer Telefonzelle aus an und verschwindet anschließend in der Menge – eine verschwommene Gestalt im Schneegestöber.

Eine halbe Stunde lang ergeht man sich in diversen Vermutungen. Die liebe Francine schlägt schließlich vor, dass wir zum Essen bleiben. Yvette nimmt die Einladung an. Lorieux lehnt aus verständlichen Gründen ab, verabschiedet sich und mahnt uns zur Vorsicht.

Ich erkundige mich schriftlich, wie spät es ist. Siebzehn Uhr, antwortet Yann und verlässt das Zimmer. Um fünf Uhr nachmittags findet die Gymnastikstunde für die Heimbewohner statt.

Noch zwei Stunden bis zum Abendessen, in denen ich Francine und Yvette schimpfen höre.

Wenn ich doch auch einfach mit wütendem Schritt aus dem Zimmer gehen, empörte Kommentare abgeben oder das Dämmerlicht absuchen könnte, aber mir bleibt nichts anderes als dasitzen in jenem Dunkel, das mich ständig umgibt.

Vor dem Abendessen, das alle im großen Speisesaal – »unserem Refektorium«, wie Francine sagt – einnehmen, dürfen die Heimbewohner die Regionalnachrichten im Fernsehen anschauen.

In denen natürlich vom Mord in Entrevaux die Rede ist und von den Ermittlungen, die »in vollem Gange« sind.

Laetitia kommt und unterhält sich mit mir:

»Ich höre nicht gern von traurigen Dingen«, verkündet sie und nimmt neben mir Platz. »Ich wünsche mir, dass das Leben immer voll bunter Farben ist ...«

Ich auch, mein Kind. Ich würde mich sogar mit einer einzigen Farbe begnügen.

»Und was ich auf der Welt am liebsten tun würde, ist Ski fahren. Ich weiß, es ist unmöglich. Aber ich träume oft, dass ich auf Skiern stehe. Ich gleite über den Schnee. Ich hab die Olympischen Spiele für Behinderte gesehen und hab meinem Vater gesagt, dass ich gerne trainieren und Sport machen würde. Aber er lässt mich nicht. Er findet es zu gefährlich.«

Sie flüstert mir leise zu:

»Yann, der versteht mich. Er ist dabei, mir ein Spezialgerät zu basteln. Das darf keiner wissen, es ist ein Geheimnis.«

Unser Yann scheint wirklich eine Vorliebe für verzweifelte Frauenherzen zu haben. Und ich weiß nicht einmal, wie er aussieht!

»Warum ist die Polizei hier gewesen?«, fragt sie mich.

Leicht aus der Fassung gebracht, kritzele ich ein vages: *Verwaltungsgründe.*

»Das glaube ich nicht. Dazu waren sie viel zu geschäftig. Und ihr Chef, der hübsche Blonde, der fast wie ein Mädchen aussieht, hatte Schweiß auf der Oberlippe. Das ist ein Zeichen von Nervosität.«

Lorieux ist also von zerbrechlicher Natur. Schlechte Karten für einen Adjudant-Chef!

»Wissen Sie, Elise ... ich darf Sie doch Elise nennen?«

Sie darf, weil sie meine Antwort sowieso nicht abwartet.

»Alle sprechen mit mir, als wäre ich geistig zurückgeblieben. Aber abgesehen davon, dass ich mich nicht so gut bewegen kann, ist mein Gehirn ebenso intakt wie das Ihre und das von Madame Atchouel ...«

Ich hab es nicht so gerne, wenn mein Gehirn mit dem von Madame Atchouel verglichen wird ...

»Wenn Sie mich fragen, ich glaube, die Polizei ist wegen dem Mord in der Stadt hergekommen. Sie glaubt, irgendjemand hier weiß etwas.«

Sie muss mir die Verwunderung vom Gesicht abgelesen haben, denn sie fährt lachend fort:

»Ich bin keine Hellseherin. Ich habe diesen Schnabel, den großen Kräftigen, mit seinem Hauptquartier telefonieren hören.«

Sie neigt sich her zu mir, ich spüre ihren Atem auf meiner Wange.

»Ist es wahr, dass Sie ein Stück vom Fleisch des Opfers gegessen haben?«

Au weh! Jetzt geht's los! Ich schreibe: *Leider ja*. Warum lügen?

Kleines ungläubiges, aufgeregtes Pfeifen.

»Und wie war der Geschmack? Ich meine: Hat es *anders* geschmeckt?«

Ich stelle mir ehrlich die Frage. Kann ich einer jungen neugierigen Seele antworten, dass es köstlich geschmeckt hat? Warum haben unsere Mägen beim Verzehr von Menschenfleisch nicht revoltiert? Ich spüre, wie mir bei der Vorstellung des zarten, schmackhaften Fleisches in meinem Mund wieder übel wird. Laetitia drückt meine Hand.

»Entschuldigung, jetzt sind Sie ganz blass geworden. Aber wissen Sie, das ist so ... so ... Man begegnet eben nicht so oft ...«

Kannibalen. Scheiße, Scheiße und noch mal Scheiße! Ich fühle Wut in mir aufsteigen. Wenn dieser Schweinehund von Nibal – denn ich bin sicher, dass er es war – vor mir stünde, ich würde ...

Ich würde was? Er könnte mich bei lebendigem Leibe verzehren, ohne dass ich eine Chance hätte, mich zu wehren. Er bräuchte mich nicht einmal festbinden. Ich bin durch Bande an diesen Rollstuhl gefesselt, die stärker sind als Eisenketten.

C.A. Nibal. Dieser Brief, den ich erhalten habe. Ich versuche, mich an den genauen Wortlaut zu erinnern. Er nannte mich Engel. Sprach, als müssten wir einen Kampf austragen. Er als Verkörperung des Bösen. Warum aber macht er mir in einem solchen Fall diese grauenhaften Geschenke? Warum nennt er mich »mon amour«? Das alles hat keinen Zusammenhang. Nibal ist ein armer Irrer, der die krankhafte Angewohnheit hat, berühmten Leuten zu schreiben, und der Mörder ist ein anderer Irrer, der die Angewohnheit hat, sich in berühmte Leute zu verlieben. Ich habe immer schon eine Anziehungskraft auf Sonderlinge gehabt. Ich habe nie die Metro nehmen können, ohne begrabscht zu werden.

»Zu Tisch!«, ruft Francine Atchouel und unterbricht den wirren Lauf meiner Gedanken.

Das Essen verläuft in einer turbulenten Atmosphäre. Flüstern, fliegende Brotkügelchen, Kichern, Hustenanfälle, Rülpsen – die Heimbewohner sind überdreht. Magali neben mir gluckst und tätschelt die ganze Zeit meinen Arm. Yvette und Francine gehen ihre Stammbäume durch und entdecken gerade, dass sie eine gemeinsame Großnichte zweiten Grades in Sidney haben. Clara und Emilie streiten sich um ein Haargummi. Jean-Claude hört auf seinem Walkman ein Gespräch zwischen Truffaut und Hitchcock. Laetitia vergleicht die Qualitäten zweier Kosmetikmarken. Ich stochere genervt in meinem Essen herum. Yann versucht, mich zu ermuntern. Zum Glück gibt es kein Fleisch, sondern Raclette, das ich unter normalen Umständen mit Heißhunger verschlinge. Bernard versichert uns, dass: »Wer getrunken hat, wird trinken, wer gegessen hat, wird essen, gibt es noch etwas Wurst?« »Du isst zu viel, Dickerchen«, ruft Yann wohlwollend. Hugo und Martine unterhalten sich im Flüsterton über einen Vortrag über die Begleitung Sterbender. Wirklich heiter! Christian, mir gegenüber, traktiert mich unterm Tisch mit nervösen Fußtritten und ruft in regelmäßigen Abständen »Pa-ta! Pa-ta!« Zum Glück hat das Dessert eine beruhigende Wirkung auf alle, und die Löffel tauchen gierig in die hausgemachte Mousse au Chocolat.

Anschließend wird uns die Köchin, Madame Raymond, vorgestellt, eine rüstige Fünfundsiebzigjährige aus dem Dorf, die einen sonnendurchfluteten Akzent des Südens hat und auch als Putzfrau dient. Ich stelle mir den berühmten südfranzösischen Schauspieler Raimu vor, nur ohne Schnurrbart: Wenn ich mir das Gesicht eines Unbekannten ausmalen muss, schöpfe ich aus dem Vorrat an Bildern, den mein Gehirn vor dem Unfall gespeichert hat. Der ist sicher begrenzt, aber ich habe keine andere Wahl. Ich fertige mir Phantombilder von meiner Umgebung an und verändere sie je nach Klang der Stimme, nach Schritt, Geruch, Hautkontakt.

Starker, schwarzer Kaffee. Nicht genügend gezuckert, aber ich bin zu faul, zum Block zu greifen und »Zucker« zu schreiben. Ich bin müde, traurig und müde, und sehne mich nach meinem Bett.

## KAPITEL 4

Wie spät mag es sein? Ich bin aufgewacht und kann nicht wieder einschlafen. Um mich herum totale Stille. Ich komme mir vor wie in einem Grab. Zum Geburtstag wünsche ich mir einen sprechenden Wecker. Kein Geräusch von draußen. Nicht einmal das Knirschen von Schnee oder vage Gesprächsfetzen. Ich kann die Ohren spitzen, wie ich will, ich höre nichts. Nur das leichte Rauschen des Vorhangs vor dem halb geöffneten Fenster.

Ich muss wieder einschlafen. Ich habe keinesfalls die Absicht, über die grauenhaften Ereignisse der letzten zwei Tage nachzugrübeln. Oder gelähmt im Dunkel zu liegen und mir vorzustellen, wie Mister Nibal mit einem großen Skalpell um mein Bett herumschleicht. Wie er mich feixend betrachtet. Wie er sich über mein Gesicht beugt, die blutigen Lippen ganz dicht über meinen ... Auf keinen Fall! Ich zähle Schäfchen, Haufen von Schäfchen, nein, dicke, dreckige, stinkende Schafe mit großen dummen Augen, mäh, mäh, los, ihr Schafe, jetzt wird gesprungen! Hopp, hopp, ein bisschen Bewegung, nein, hier gibt es keinen Wolf, nein, niemand wird euch in die Beinchen beißen, keine Gefahr, sage ich euch!

Die Katze springt aufs Parkett, bewegt sich auf Samtpfoten ... Die Katze? Welche Katze? Ich muss eingenickt sein. Ich habe von meiner Katze geträumt, die vor vier Jahren gestorben ist. Lebertumor. Nein, wirklich, ich will jetzt nicht anfangen, wegen meiner Katze zu heulen. Meine Nerven sind einfach angekratzt. Muss Yvette bitten, mir Vitamine zu besorgen. Aber das Geräusch? Ich habe eindeutig ein Geräusch gehört. Ein leichter Plumps auf dem Parkett.

Hat Yvette vor dem Schlafengehen nicht das Fenster geschlossen?

Ich halte den Atem an, um besser zu hören. Ein Zischen zu meiner Linken. Ganz leise ... Mein Herz klopft so laut, dass ich nichts anderes mehr höre. Ein Luftzug auf meinem Gesicht, Luftzug oder Atemhauch? Ich hebe abrupt den Arm, versuche, aufs Geratewohl zu schlagen, meine Hand trifft auf etwas, Lärm von zersplitterndem Glas auf dem Parkett, ohrenbetäubend in der Nacht.

»Was ist?«, schreit Yvette im Nachbarzimmer.

Sie steht schwerfällig auf.

»Elise? Ist alles in Ordnung?«

Ein leises verdrießliches Pfeifen. Ich träume nicht, ich höre es. Ein kleines Pfeifen wie von einem Reptil. Knarren des Parketts. Schwall frischer Luft. Er ist fort, der Schweinehund ist fort, ich habe ihn in die Flucht geschlagen!

»Oh, Sie haben Ihr Wasserglas umgestoßen! Es sind überall Splitter am Boden!«

Wer war das? Wer ist mitten in der Nacht in mein Zimmer eingedrungen? Und wozu?

»Sie haben einen Albtraum gehabt. Ich schlafe auch schlecht, wache ständig auf. Wäre es doch schon Morgen! Ich muss vergessen haben, das Fenster zu schließen. Bei diesem Wind schlägt es immer wieder auf und zu. Ach, der arme Kleine!«

Der arme Kleine was?

»Er muss erfroren sein ... Er ist aufs Parkett gefallen, unter den Heizkörper ...«

Wer? Was? Mein Gott, Yvette ...

»Ein kleiner Spatz, ganz zusammengekrümmt.«

Meine Großmutter hat immer gesagt, ein toter Vogel auf einer Hausschwelle sei ein böses Omen. Alles nur alberner ländlicher Aberglaube?

»Gut, ich werfe ihn in den Mülleimer. Und jetzt wollen wir versuchen, noch ein bisschen zu schlafen.«

Yvette entfernt sich.

Ein erfrorener Spatz, der durchs halb geöffnete Fenster geradewegs in mein Zimmer fällt. Kann theoretisch vorkommen. Er hätte sogar auf meinem Kopf landen können. Aber wenn dieser Spatz von meinem geheimnisvollen Besucher stammt, was hat das dann zu bedeuten? Soll ich irgendeine Botschaft darin erkennen. Mir an die Stirn tippen und sagen: »Na klar, ein Spatz, das kann nur bedeuten ...«

Ich zittere. Ich friere. Ich habe Angst. Mir ist übel. Wir sind allein in diesem Chalet, Yvette und ich, eine alte Dame und eine Behinderte. Und ein sadistischer Mörder schleicht durch die Nacht, ganz in der Nähe. Ich ertappe mich bei dem Wunsch, er könnte wirklich in mich verliebt sein, mir nichts Böses wollen. Bei der Doppeldeutigkeit dieses Wunsches wird mir ganz schlecht.

»Es schneit immer noch!«

Yvette schiebt mir die Schüssel unter und kommentiert den Wetterbericht. Nach einer Katzenwäsche werde ich in den Rollstuhl gesetzt und in die Küche geschoben. Rührei, Kaffee, Pampelmusensaft. Nach einem Jahr mit Aufgusstee und Cornflakes – »leicht zu kauen« – habe ich diesen Winter beschlossen, zu fester Nahrung überzugehen, und dieses eine Mal hat mir Yvette gehorcht. Das heißt, sie hat sich sogar selbst dafür entschieden, hat bedenkenlos fünfundsechzig Jahre Marmeladenbutterbrote hinter sich gelassen. Sonntags gibt es sogar Würstchen und Crêpes mit Ahornsirup.

Ich kaue gewissenhaft. Ein unangenehmer Geruch hängt in der Luft. Ich schnuppere.

»Das ist der Spatz. Ich habe ihn in eine Plastiktüte gesteckt, doch der Geruch dringt trotzdem durch. Ich werfe ihn beim Hinausgehen in den Müllcontainer. Ich weiß nicht, ob ich Sie zum Einkaufen mitnehmen soll. Bei dem vielen Schnee bleibt der Rollstuhl noch stecken.«

Ich kritzele rasch: *Ich möchte frische Luft schnappen.*

»Frische Luft schnappen, frische Luft schnappen«, brummt sie. »Wenn Ihr Rollstuhl umkippt und Sie unter zwei Metern Eis und Schnee begraben sind, werden Sie sich bedanken ...«

Wenn Bruce Willis mir zu Hilfe kommt, warum nicht?

*Nur draußen auf der Außentreppe.*

»Sie setzen ja doch Ihren Willen durch. Was nützt es da, lange zu diskutieren?«

Klingeln an der Haustür. Es ist Yann, Geruch nach frischem Schnee, ein kalter Windstoß. Ich höre ihn die Stiefel auf der Fußmatte abklopfen.

»Nicht gerade warm heute. Es soll ein kleiner Sturm im Anzug sein.«

»Und Elise will unbedingt raus«, sagt Yvette pikiert.

»Sie hat nicht ganz Unrecht. Wenn das Wetter wirklich schlechter wird, sollte man die Zeit vorher ausnutzen. Wenn Sie wollen, begleite ich Sie. Ich habe heute Vormittag frei.«

Man zieht mich warm an, verzweifelte Suche nach Portemonnaie, Schlüsseln, Yvettes Brille. So, alles da, es geht los.

Wie im stillschweigenden Einverständnis spielt niemand auf die gestrigen Ereignisse an. Mein Rollstuhl holpert über die Straße, energisch gesteuert von Yann, der mir erläutert, was rechts und links vor sich geht. Eben ist der Schneepflug vorbeigefahren. Der Streuwagen schleicht vor uns her. Ein kleines Mädchen ist auf dem Eis ausgerutscht. Der Skilift hält an, weil ein Jugendlicher an der Gondel hängt. Vor der Tankstelle steht eine endlose Warteschlange: Das Benzin wurde wieder mal rationiert, nachdem Lastwagenfahrer das Depot für den Südosten blockiert haben. Yvette ist schnell zum Bäcker gegangen. Er muss Briefmarken kaufen und ... Schweigen.

Hallo, Yann? Zum Schneemann mutiert? Mir bleibt kaum Zeit, mir diese Frage zu stellen, denn plötzlich spüre ich etwas Warmes und Feuchtes auf meiner Wange. Eine Zunge. Ich wage nicht zu glauben, dass Yann ... Eine Zunge, die mich an der Nase kitzelt, ich fühle Fellhaare und den leider nicht ganz frischen Atem eines Hundes. Klar, mein Freund Tintin. Und Yann wird wohl gerade das Frauchen begrüßen. Bingo, ich nehme eine zarte Note von »L'Air du Temps« wahr.

»Elise, das ist Sonia«, verkündet Yann, so als würde er sagen: »Das ist die Kaiserin von China«. »Sonia Auvare vom Moonwalk.«

»Tintin scheint Sie sehr zu schätzen«, begrüßt mich Sonia mit ihrer sanften, traurigen Stimme.

»Jeder schätzt Elise!«, meint Yann gut gelaunt.

»Wenn du sie gern hast, dann schaff sie weit weg von hier«, raunt Sonia ihm zu.

Ihr vertrauliches Duzen zeigt mir, dass sie sich viel besser kennen, als Yann gestern zugeben wollte.

»Bring sie von hier weg«, beharrt sie. »Du weißt, dass furchtbare Dinge passieren werden.«

»Wovon redest du denn?«

»Von Wahnsinn, von Zerstörung, vom Bösen – davon rede ich.«

Mir läuft ein Schauer über den Rücken. Sie spricht mit einer so gesetzten Stimme. Yann scheint beunruhigt.

»Weißt du etwas?«

»Tintin, wir gehen! «

»Sonia! Warte! Du kannst einem nicht so was vor den Bug knallen und dich dann aus dem Staub machen! Sonia!«

Knirschen von Schritten, die sich entfernen. Ich bleibe allein zurück.

»Na, so was, wo steckt denn Yann?«, ruft Yvette. »Ich mache schnell einen Sprung in den Zeitungsladen«, fügt sie hinzu. »Alles in Ordnung? Ist Ihnen nicht kalt?«

Verneinendes Handzeichen. Wo mag Yann sein?

Ein leichtes Japsen zu meiner Linken. Ich betätige die Steuerung meines Rollstuhls und gleite in Richtung des Geräusches. Die tiefe Stimme von Sonia, dann die eindringliche von Yann. Ich fahre noch ein Stück weiter und bete zum Himmel, dass ich nicht gegen ein Hindernis stoße.

»Lass mich, ich will nichts von dir!«

»Hör zu ...«

»Du weißt, dass nichts die bösen Kräfte aufhalten kann, wenn sie erst einmal entfesselt sind. Und sie sind es, Yann. Sie haben schon einmal zugeschlagen, oder?«

»Aber ...«

»Nein, sei still. Hast du nicht gelernt, dass Worte zu nichts nutze sind?«

»Das ist albern. Vertrau mir, Sonia!«

»Vertrauen ist ein Luxus, den ich mir nicht leisten kann. Lass mich gehen!«

Yanns Stimme wird immer drängender.

»Ich will dich wieder sehen.«

»Vielleicht.«

»Nein. Heute Abend«.

»Heute Abend arbeite ich.«

»Dann eben nach der Arbeit. Wir müssen reden.«

»Lass mich los, du tust mir weh!«

»Einverstanden?«

»Ja. Tintin, wir gehen.«

Ich stoße den allzu lang angehaltenen Atem aus. Yann murmelt etwas Unverständliches. Dann:

»Ach, Sie sind hier! Und Yvette?«

Er wartet meine Antwort nicht ab, packt den Rollstuhl, und wir sind wieder an der Hauptstraße.

Ohne mich für Sherlock Holmes zu halten, glaube ich, aus dem belauschten Gespräch schließen zu können, dass Sonia etwas über den Mord von Entreveaux weiß. Yann hätte sie nicht gehen lassen dürfen. Selbst wenn es sich nur um einen Verdacht handelt, muss sie ihn der Polizei melden ... Wir scheinen uns alle so zu verhalten, als wäre das Geschehene nicht real, als wäre die junge Frau nicht wirklich tot, als hätten Yvette und ich nicht wirklich ein Stück Menschenfleisch gegessen, als liefe der Mörder nicht wirklich frei in Castaing herum. Ist es ein Schockzustand, der uns die Wirklichkeit leugnen lässt? Oder ist es meine Wahrnehmung, die sich wandelt, seitdem ich so in mich selbst zurückgezogen lebe?

»Ich habe Nux Vomica gekauft«, höre ich Yvette verkünden. »Für unseren Magen. Stimmt etwas nicht, Yann? Sie sind ganz blass. Wollen Sie etwas Nux?«

»Nein danke. Wir sind eben Sonia begegnet. Sie schien mir ganz ... verstört.«

»Das Animiermädchen?«

Yann scheint zu zögern, denn Yvette erläutert:

»Die Milchhändlerin hat mir gesagt, sie sei eigentlich ein nettes Mädchen, nur ein bisschen ... wie soll ich sagen, ein bisschen leicht zu haben. Sie soll gelegentlich Geld dafür nehmen. Sie ist die Nichte des alten Mauro, einem Schäfer, der weder lesen noch schreiben kann und niemals seine Alm verlassen hat. Er hat sie großgezogen. Unglaublich – ein hübsches, modisches Mädchen wie sie ... mit Ziegenmilch großgezogen!«

»Sie wissen nach einer Woche so viel über die Dorfbewohner wie ich, dabei lebe ich schon ewig in der Gegend!«, ruft Yann.

»Wollen Sie damit andeuten, dass ich eine unverbesserliche Klatschtante bin?«

»Natürlich nicht! Allerhöchstens eine feinfühlige Psychologin.«

Leicht perplex gibt Yvette das Zeichen zum Aufbruch. Ich fühle, wie sich die Schneeflocken auf meine Wangen, meine Stirn legen, ich muss mit einer feinen weißen Schicht überzogen sein. Statue einer sitzenden Frau, Ende zwanzigstes Jahrhundert.

Sonia scheint sich also zu prostituieren. Steht sie vielleicht in Kontakt zu dem Mörder? Er könnte einer ihrer Kunden sein. Ein Kunde, der sie so terrorisiert, dass sie nichts sagen will. Oder ihr Onkel? Der wilde Schäfer, der ins Dorf herabsteigt, um junge unzüchtige Frauen zu kreuzigen? Großer Gott! Warum hat Yann sie gehen lassen?

Ich wühle unter meiner Decke, ziehe den Notizblock und den daran befestigten Stift hervor und schreibe: *Sonia muss mit Polizei reden!*

»Wie soll ich sie dazu zwingen?«, erwidert Yann finster.

*Kein Film!*

»Das weiß ich! Lorieux hat mir die Fotos der Toten gezeigt. Ich hätte fast auf ihn gekotzt.«

Lorieux ist also kleiner als Yann. Aber wie groß ist Yann? Ach, Elise, das ist doch egal!

Wir kehren schweigend zum Chalet zurück. Yann verabschiedet sich noch vor der Haustür. Dann schleppen sich die Stunden dahin. Wir essen ohne Appetit zu Mittag. Yvette seufzt herzzerreißend. Kaffee. Verdauungsschnäpschen. Fernsehserie. Ich sterbe vor Langeweile! Plötzliches Hupen. Dann die Türglocke.

»Komme schon! Komme schon! Mist, genau mitten im *Traumschiff*!«

»Hallo! Wir wollten Ihnen schnell einen guten Tag wünschen!«

Die liebe Francine! Yvette murmelt ein wenig begeistertes »Guten Tag« und schaltet den Fernseher aus, während Francine in den Salon hereinkommt.

»Ich habe mir erlaubt, unsere liebe Laetitia mitzubringen, die die Gesellschaft unserer lieben Elise sehr schätzt, und Justine, die neu zu uns gekommen ist. Justine Lombard. Das stört Sie doch hoffentlich nicht. Ich konnte die ganze Nacht nicht schlafen nach dieser grässlichen Geschichte. Justine, ich stelle Ihnen Yvette und Elise vor.«

»Guten Tag«, sagt Justine mit einer sinnlichen Stimme à la Marlene Dietrich.

»Laetitia, kannst du Justine bitte zum Sofa führen?«

Justine führen? Ist sie blind? Laetitias Gehgestell gleitet übers Parkett.

»Ich habe die ganze Nacht an Sie gedacht«, versichert Laetitia mir. »So, Justine, wir sind da, Sie können sich setzen. Justine ist blind«, bestätigt sie mir.

Sonderbar, wenn ich mir vorstelle, wie wir uns gegenübersitzen, ohne uns zu sehen. Schweigen, ausgefüllt von Francines Geplapper, die beschlossen hat, Yvette beim Teekochen zu helfen. Laetitia hüstelt. Justine räuspert sich. Meine Finger krallen sich in meinen Wollrock. Wir müssen wie drei Jahrmarktmonster in einem Puppenhaus aussehen. Justine unterbricht plötzlich das Schweigen.

»Ich weiß, dass Sie nicht sprechen können. Laetitia hat es mir erklärt. Es tut mir Leid ...«

Mir auch.

»Angeblich habe ich rotblondes Haar und Sommersprossen, bin ein Meter achtundsechzig groß und wiege achtundfünfzig Kilo. Ich bin zweiundfünfzig Jahre alt. Ich sage Ihnen das, damit Sie sich eine Vorstellung von mir machen können.«

»Justine sieht ein bisschen wie Grace Kelly aus«, erklärt Laetitia.

Grace Kelly mit der Stimme von Marlene Dietrich, Donnerwetter! Gut, dass Tony nicht gekommen ist!

»Laetitia hat mir Ihr Äußeres beschrieben. Ich habe es auf

meine Weise angedeutet. Ich bin blind geboren, müssen Sie wissen.«

Ich greife zu meinem Notizblock: *Wie kann sich Justine die Menschen vorstellen?*

Ich halte den Block in Richtung Laetitia, die Justine die Frage vorliest.

»Ich weiß nicht, das ist schwer zu erklären. Ich spüre die Körpermaße, den Umfang ...«

»Der Tee ist fertig! Ist es nicht reizend, die drei miteinander plaudern zu sehen!«, ruft Francine entzückt.

Yvette schenkt Tee ein und knurrt, wie saukalt es ist. Woraufhin Francine feststellt, dass man vor Hitze fast umkommt. Ich bemühe mich redlich, meine Tasse zum Mund zu führen, ohne etwas zu verschütten. Vergeblich, denn Justine verkündet:

»Laetitia hat mir alles erzählt von der grauenhaften Geschichte.«

Francine hüstelt. Justine fährt fort:

»Als ich das erste Mal ins Zentrum kam, habe ich gleich eine unnormale Spannung gespürt. Die Atmosphäre war voll negativer Schwingungen. Ich hoffe, sie fassen den Mörder bald. Ein Wesen, das zu solcher Gewalt fähig ist, wird nicht innehalten auf seinem Weg.«

Der Meinung bin ich leider auch!

»Ich bin Brigadier Schnabel über den Weg gelaufen«, erzählt Francine. »Leider haben sie noch nichts Neues gefunden!«

»Ein schöner Mann, dieser Schnabel ...«, murmelt Yvette.

Ich übersetze: ein Meter achtzig, zwei Zentner, Schnurrbart, frische Gesichtsfarbe.

»Ich könnte mir vorstellen, dass er eine Schwäche für üppige Frauen hat«, fährt sie träumerisch fort.

»Glauben Sie?«, fragt Francine.

Man plaudert munter weiter, wobei das Thema »Mord«

von nun an geflissentlich vermieden wird. Laetitia plappert über alles und nichts – Filmstars, Top-Models, Klatsch und Tratsch –, sie besitzt die typische Fröhlichkeit der jungen Frauen ihres Alters. Justine meldet sich selten zu Wort, sie erzählt mir nur, dass sie von den Werken lebt, die sie ausstellt. Ich lasse sie wiederholen, was sie gesagt hat. Die liebe Francine mischt sich ein.

»Ja, unsere liebe Justine ist eine Küüünstlerin ...«

Ich stelle mir Spitzendecken vor und geflochtene Schüsseluntersetzer, die auf Wohltätigkeitsbasaren verkauft werden.

»... verschiedenen Galerien in Barcelona, Tokio und Paris ausgestellt ...«

Was? Internationale Galerien für Macramé-Arbeiten?

»... das Rohmaterial der Farbe auf dem Rohmaterial des Untergrunds, der Schock der Form ...«

Donnerwetter! Wenn ich nicht stumm wäre, würde es mir jetzt die Sprache verschlagen. Justine ist Malerin?! Ich frage mich, wie wohl Bilder aussehen mögen, gemalt von einer von Geburt an Blinden, die keine Vorstellung von Farben und ihrer Wirkung haben kann. Und das Schlimmste ist, dass ich es wohl nie wissen werde, da ich selbst nichts sehe. Die Situation hat eine bitter-süße Note, die gut zum Tee passt.

Plötzlich streift Justines Hand mein Haar, und sie sagt:

»Laetitia hat mir erzählt, dass Sie in den Mordfall verwickelt sind ... Sie sollten sich in Acht nehmen. Ich spüre viel Rot um Sie herum.«

Rot? Und wie, meine Liebe, kannst du wissen, dass es Rot und nicht Blau oder Grau ist?

Notizblock, wütend: *Und was ist Rot?*

Laetitia liest Justine meine Frage vor.

»Rot ist für mich der Name für das Leid. Wenn ich die Hände an Ihr Gesicht führe, kann ich Ihre Aura spüren. Sie ist rot. Leid umgibt Sie wie ein Heiligenschein.«

Eine blinde, mystische Malerin! Lieber Psy, darf ich dich

daran erinnern, dass ich zu Beginn der Geschichte einfach nur in die Berge gefahren bin, um mich im Schnee zu erholen, okay? Ich ließe es gerne dabei bewenden. Was, du bist nicht Gott? Nun, das ist bedauerlich. Und die andere, die mir Angst einjagt mit ihrer Leidensaura, die mein schönes mediterranes Gesicht umgibt. Ich kauere mich verdrießlich in meinem Rollstuhl zusammen. Yvette und Francine spielen Rommé – ein Centime pro gewonnener Punkt. Laetitia fängt an, Justine die verschiedenen Heimbewohner zu beschreiben. Ich höre zu, denn mit jedem neuen Detail kann ich dem mentalen Porträt, das ich mir von jedem anfertige, einen weiteren Pinselstrich hinzufügen.

»Sie brauchen keine Angst vor Christian zu haben«, erklärt sie Justine. »Er wirkt wie ein Grobian, aber er ist sehr lieb. Er ist wie eine Dogge, die ständig bellt.«

»Wie alt ist er?«

»So um die Vierzig, denke ich ...«

Und ich hatte ihn mir als Halbwüchsigen vorgestellt!

»Und dann haben wir Bernard«, fährt sie fort. »Er ist sehr dick und sehr ängstlich. Er redet nur in Sprichwörtern, das ist lustig. Dann gibt es noch Emilie und Clara, die beiden sind enge Freundinnen. Emilie ist brünett und hat das typische Gesicht der Drei-Chromosomigen.«

»Ich habe noch nie eines gesehen«, bemerkt Justine mit sanfter Stimme.

»Ach, ja ... Hm, Clara hat kastanienbraunes Haar, sie ist nicht gerade hübsch, sie schielt ein bisschen und hat den Mund immer offen stehen. Magali ist bezaubernd und hat eine prächtige rote Mähne. Wenn man sie so sieht, würde man nie für möglich halten, dass sie die Intelligenz einer Fünfjährigen hat. Erst wenn sie spricht oder wenn sie einen anschaut, bemerkt man es. Es ist ... wie soll ich sagen ... anders. Sie hat immer im Heim gelebt. Ihre Eltern wollten sich nicht um sie kümmern.«

»Wirklich? Ach, wie traurig. Ich bin auch sehr früh in ein Heim gekommen – beim Tod meiner Eltern. Und Sie, Elise?«, fragt mich Justine.

Was soll ich antworten? Dass ich eine glückliche Kindheit gehabt habe, dass mein Studium eine angenehme Zeit war, dass es mir eine Freude war, das Kino zu leiten, und dass ich Benoît leidenschaftlich geliebt habe? Dass ich im Augenblick das Gefühl habe, einen Tunnel zu durchqueren: Ich kritzele: *normal.* Laetitia spielt die Dolmetscherin.

»Es macht Freude, normalen Menschen zu begegnen«, sagt Justine mit einem Lächeln in der Stimme.

Eine originelle Bemerkung einem gelähmten, blinden und stummen Menschen gegenüber. Laetitia fährt fort:

»Jean-Claude ist sympathisch, aber er glaubt immer, alles besser zu wissen. Weil er sich nicht bewegen kann, meint er vielleicht, beweisen zu müssen, dass er trotzdem ein wertvoller Mensch ist.«

Tue ich das auch? Habe ich den Eindruck, dass alle anderen dumm sind, dass ich immer Recht habe? Nein, Elise, du doch nicht! Du bist so bescheiden ...

»Léonard ist motorisch behindert und Mathematikdozent. Er redet nicht viel: Er hat Schwierigkeiten, sich auszudrücken, und außerdem interessiert er sich nicht für unser Geplapper. Seine Leidenschaft gilt der Astronomie, deshalb ist er hier ... Wegen des Himmels. In der Stadt sieht man die Sterne nicht gut.«

»Ich bin wegen der Geräusche hier. Sie sind reiner, deutlicher in den Bergen. Man hört die Rinde der Bäume knacken. Ich komme mir vor, als würde ich mich in einem Palast aus Kristallen bewegen«, erklärt Justine.

Und ich komme mir vor, als steckte ich in einer Verpackung aus Schlamm. Halt, halt, positiv denken! Stellen wir uns vor, ich würde in einer Raumkapsel zwischen den Sternen herumschwirren, die ich nicht mehr sehen kann ...

»Noch ein bisschen Tee, meine Lieben?«

»Er ist köstlich, Ihr Tee, Yvette.«

Na, wenigstens eine, die positiv ist. Immer optimistisch, die gute Madame Atchouel.

»Haben Sie diese Sandplätzchen gemacht?«, fragt sie weiter. »Sie müssten noch einmal welche für unsere Heimbewohner backen, sie sind so knusprig ...«

Knusprig, die Heimbewohner? Sie sind nicht die Einzigen. Mister Nibals Opfer ist auch knusprig. Schlechtes Wortspiel, Elise. Erbärmlich und vulgär.

»Und Martine ... sie hat ein bisschen was von einer Klosterschwester, aber man kann sich auf sie verlassen«, fährt Laetitia unermüdlich fort. »Und Hugo, aufgepasst, der kann Faulpelze nicht vertragen. Ich frage mich, ob sie heimlich ein Paar sind«, meint sie und senkt dabei die Stimme.

Und so vergeht der Nachmittag mit gedämpftem Geplauder und pfeifenden Teekesseln. Als ich mich meines Körpers noch uneingeschränkt bedienen konnte, hasste ich es, eingesperrt zu sein. Schon bei der Vorstellung, stundenlang Tee zu trinken und Kekse zu knabbern, hätte ich die Krätze bekommen. Ich brauchte Bewegung. Frische Luft. Ich hätte mir meine Skier geschnappt, wäre die Pisten hinuntergebrettert ... Hätte Tony mit Schneebällen traktiert. Ich kann mir diese Traumsequenzen mit Tony nur schwer vorstellen, weil ich, als ich ihn kennen lernte, schon an den Rollstuhl gefesselt war und deshalb sein Gesicht und seinen Körper nie gesehen habe. Ich habe mit meinem Tastsinn versucht, mir ein Bild von ihm zu machen. Ich weiß, dass er schlank ist, muskulös wie ein Boxer, ich weiß, dass seine Nase gerade, sein Kinn kantig ist und dass er Geheimratsecken hat. Aber ich habe ihn nie *gesehen.* Und so bin ich in den kleinen Filmen, die ich mir in meinem Kopf vorspiele, oft allein.

Ich werde aus meinen Träumereien gerissen, als Francine plötzlich das Zeichen zum Aufbruch gibt. Sie schüttelt mir die Hand, Justine drückt mir die Schulter, und Laetitia küsst mich rechts und links auf die Wange. Yvette begleitet die drei zur Tür und kommt mit der Post zurück. Es sind mehrere Briefe für mich gekommen. Seitdem meine Abenteuer als Roman veröffentlicht worden sind, erhalte ich regelmäßig Leserpost. Die Leute fragen sich immer, inwieweit meine Autorin die Dinge erfunden hat. Leider Gottes hat sie sich strikt an die traurige Wahrheit gehalten. Wenn sie wüsste, dass ich in diesem Augenblick schon wieder in ein Drama verwickelt bin ... Der Verleger würde sich die Hände reiben. Kein Zynismus, Elise, nicht, wenn Menschen auf dem Spiel stehen. Elise Andrioli, Wortführerin der Detektive im Rollstuhl, ist es sich schuldig, *politically correct* zu sein.

Der Abend schleppt sich dahin. Yvette sieht sich einen Fernsehfilm über Schutzgelderpressung an Schulen an, dann eine Debatte über Gewalt an Schulen im Allgemeinen. Ich höre vage zu. Ist es nicht dieselbe Diskussion wie letztes und vorletztes Jahr? Mit denselben Gästen? Ich werde schläfrig. All diese Worte wie der Wind in den Zweigen ...

## KAPITEL 5

Ich schrecke aus dem Schlaf hoch. Yvette muss mich irgendwann zu Bett gebracht haben. Wie spät mag es sein? Ich höre sie im Nachbarzimmer hantieren. Geht sie schlafen, oder steht sie auf? Meine Tür öffnet sich leise. Ich hebe die Hand, um zu signalisieren, dass ich wach bin.

»Ach, ich habe mich schon gefragt ... Sie sind gestern Abend regelrecht zusammengebrochen! Es ist noch ganz früh, keine fünf Uhr, aber ich kann nicht mehr schlafen. Ich setze Sie in den Rollstuhl, gehe schnell duschen und komme dann zu Ihnen.«

Fünf Uhr. Wie kann man nur so früh aufstehen? Es muss noch stockfinster sein. Aber was ändert das für mich? Yvette verschwindet im Badezimmer. Ich gähne ausgiebig, dehne meinen gesunden Arm, reibe mir die Augen. Danach mache ich verschiedene Kreisbewegungen. Meine Morgengymnastik. Beim Klingeln des Telefons zucke ich innerlich zusammen. Der Anrufbeantworter schaltet sich ein, die Stimme meines Onkels ist zu hören:

»Guten Tag, Sie haben die Nummer des Chalet Montrouge gewählt. Nach dem Signalton können Sie eine Nachricht hinterlassen.«

»Mein Gott, helfen Sie mir, helfen Sie mir, ich flehe Sie an! Er wird mich ... Nein, o nein!«

Das Blut stockt mir in den Adern. Das Mädchen mit der traurigen Stimme. Aber was kann das ...

»Nein! Er kommt! Er kommt! Ich will nicht! Ich flehe Sie an, helfen Sie mir ...«

Ich bin wie erstarrt, ich höre das Wasser in der Dusche laufen, ich höre diese verzweifelte Stimme, und *ich weiß nicht, was ich tun soll.*

»Helfen Sie mir, haben Sie Erbarmen, ich will nicht ...«

Ein Geräusch im Hintergrund. Ein Brummen. Das Brummen einer Bohrmaschine. Schmerzhafte Krämpfe in meinem Bauch. Ich träume, ich will, dass ich träume, will, dass es nicht wahr ist.

Sonia brüllt jetzt, brüllt wie eine Besessene, und das Dröhnen kommt näher. Ich höre eine Tür, die zugeknallt wird, dann Schläge gegen die Tür. Entschlossene und kräftige Schläge. Ich fahre zum Telefon, hebe mit der gesunden Hand ab, aber ich kann nicht sprechen, kann sie nicht fragen, wo sie ist, und Yvette, die nicht kommt, die nichts hört und die ich nicht rufen kann! Ich lasse den Hörer los, fahre wie eine Furie in Richtung Badezimmer, stoße gegen Möbelstücke und lasse endlich den Rollstuhl gegen die Tür donnern, einmal, zweimal, während die Tür am anderen Ende der Leitung plötzlich nachgibt. Ich höre das Holz bersten und wieder die Bohrmaschine aufheulen.

»Sind Sie noch bei Sinnen? Was ist denn in Sie gefahren?«

Gebrüll im Salon, besessenes Flehen. Yvette kommt aus dem Badezimmer, Geruch nach heißem Wasser, nach Seife.

»Was ist los?«

Ich deute mit der Hand zum Telefon, aus dem das Stöhnen, vermischt mit Hilferufen, dringt.

Yvette setzt sich in Bewegung. Platsch, platsch, platsch.

»Hallo? Wer ist am Apparat? Hallo?«

»Zu spät«, murmelt Sonias unendlich traurige Stimme. »Zu ... spät ...«

»Wer ist am Apparat? Wo sind Sie? Wo sind Sie?«

»Der Hund ... habe ihn retten können ...«

»Wo sind Sie? Was ist passiert?«

Stille. Stille, unterbrochen von zwei Atemgeräuschen. Eines pfeifend und mühsam, das andere langsam und tief.

Klicken. Es wurde aufgelegt. Das Besetztzeichen in der Leitung.

»Das klang nach dem Mädchen mit dem Hund! Ich rufe die Polizei an. War vielleicht nur ein Scherz, aber ...«

Ich glaube nicht, dass es ein Scherz war. Ich glaube, dass ich soeben Sonias Tod am anderen Ende der Leitung mitverfolgt habe. Dass sie, hätte sie eine andere Nummer gewählt, vielleicht gerettet worden wäre.

Yvette ruft die Gendarmerie an. Lorieux hat frei, sie wird mit seinem Assistenten Morel verbunden. Sie erklärt stammelnd, was passiert ist. Legt auf.

»Sie fahren zu ihrer Wohnung. Und zur Discothek. Sie haben keine Vermisstenanzeige erhalten. Also ...«

Schwer, jemanden als vermisst zu melden, bevor er vermisst wird.

Das Brummen der Bohrmaschine. Ich höre es in meinem ganzen Körper widerhallen. Ich presse Ober- und Unterkiefer so fest zusammen, dass meine Zähne knirschen. Yvette läuft lamentierend auf und ab.

»Es ist nicht zu glauben! Diese Schreie, diese junge Frau ... Das muss ein Streich sein, das ist nicht möglich, und der Hund, sie hat gesagt, der Hund sei in Sicherheit ... Ich kann einfach nicht glauben ...«

Yann war mit Sonia verabredet. Er wollte sie nachts von der Discothek abholen. Was mag sich abgespielt haben? Yann ... Nein, unmöglich.

So vergeht eine halbe Stunde – ich habe die Stirn an die kalte Fensterscheibe gepresst, Yvette scheuert wie besessen die Fliesen in der Küche.

Telefon.

Yvette hebt vor dem zweiten Klingeln ab.

»Ja ... O nein! Sind Sie sicher? Ja, entschuldigen Sie mich ... Nein, nein, wir rühren uns nicht von der Stelle.«

Klicken. Yvettes Hand auf meiner Schulter.

»Sie haben sie gefunden. Im Keller der Discothek. Sie ... sie ist tot.«

Ich balle die Faust so fest, dass sich die Fingernägel in mein Fleisch bohren.

»Sie kommen gleich«, fügt sie hinzu.

Einen langen Augenblick verharren wir still. Yvette schaltet das Radio an, hört leise die Nachrichten. Flugzeugabsturz in Malaysia: 225 Tote. Ermittlungsverfahren gegen einen Abgeordneten. Erneuter Kurswechsel im Schulwesen; man kehrt zum alten System zurück. Vierter Tag der Blockade des Kraftstoffdepots von Puget-sur-Argens. Benzinknappheit zu befürchten.

Benzin. Leute, die zur Arbeit aufbrechen, die in ihren Wagen steigen, die im selben Augenblick wie wir die Nachrichten hören, die sich eine Zigarette anzünden oder schwören, mit dem Rauchen aufzuhören. Und ein Körper in einem Keller – leblos.

»Aber warum hat sie hier angerufen?«, bricht Yvette plötzlich das Schweigen.

Genau diese Frage stelle ich mir auch gerade. Warum sich die Mühe machen, eine Telefonnummer zu suchen, die zu einer Stummen führt, wenn man einen irren Killer an den Fersen hat? Nein, nein, Elise, du denkst unlogisch. Vielleicht hat sie gar nicht uns, Yvette und mich, sprechen wollen. Vielleicht hat sie eine Nummer gewählt, die sie auswendig kannte. Die Nummer meines Onkels. Ist mein Onkel Stammgast des Moonwalk? Stellen wir uns einmal ehrlich die Frage: War mein Onkel einer von Sonias »Kunden«? Immerhin ist er seit zwanzig Jahren Witwer. Und noch durchaus rüstig. Er ist erst dreiundsechzig, und als ich ihn das letzte Mal gesehen habe, war er, abgesehen von seinem Schmerbauch, mit seinem dichten weißen Haar, seiner großen Statur und seinem Patriziergesicht noch eine attraktive Erscheinung.

Die Ankunft des atemlosen Lorieux reißt mich aus meinen Gedanken. Statt zu grüßen, fragt er gleich:

»Ist Yann hier?«

»Yann?«, wiederholt Yvette. »Hier? Um sechs Uhr in der Früh?«

»Yann war heute Nacht mit Sonia Auvare verabredet, nicht wahr?«

»Wie soll ich das wissen?«, protestiert Yvette.

»Elise, antworten Sie mir.«

Ich hebe die Hand und frage mich, warum Lorieux so erregt ist.

»Wenn er es war, bringe ich ihn um!«

Yvette schluckt.

»Wie bitte?«

»Nichts. Er hätte nicht versuchen dürfen, sie wieder zu sehen.«

»Fühlen Sie sich nicht gut, mon Adjudant-Chef? Soll ich Ihnen einen Kaffee kochen?«

»Sie ist tot!«, schreit er beinahe. »Wenn Sie ihren Körper gesehen hätten, wenn Sie gesehen hätten, was dieses Schwein mit ihr angestellt hat! Überall Blut ... an den Wänden ... an der Decke ... und ihr Bauch ... O mein Gott ... «

»Nun ... beruhigen Sie sich ... Hier, ganz heiß ...«

Ich denke, sie spricht vom Kaffee. Lorieux pustet geräuschvoll. Er beruhigt sich, atmet tief durch.

»Entschuldigen Sie.«

Ich kann es mir nicht verkneifen zu schreiben: *Hatten Sie ein Verhältnis mit Sonia?*, und halte das Blatt in seine Richtung.

»Ja«, antwortet er mit plötzlich matter Stimme. »Wir waren ein Jahr zusammen. Wir wollten heiraten. Es war ein Traum, ein schöner Traum, das ist alles. Sie hat es nicht geschafft, vom Kokain loszukommen. Und um sich den Stoff leisten zu können ... Sie verstehen schon. Vor einem halben Jahr haben wir uns getrennt. Yann wusste, dass ... dass ich sehr an ihr hänge. Ich hätte nicht gedacht, dass er ... ich meine ... dass er ...«

*Dass er sie anmachen wollte?*

»Ja. Dabei hätte ich es ahnen müssen. Yann kann einfach keinem hübschen Mädchen widerstehen. Er ist ein Jäger.«

Der Mörder, den wir suchen, auch. Ich trommele mit den Fingern auf die Armlehne meines Rollstuhls. Ich bin irritiert, mein Magen nicht minder. Yvette trinkt ihren Kaffee. Der Adjudant-Chef auch, ich höre sie schlurfen.

Also hat der Ermittlungsbeamte mit der Ermordeten geschlafen und ist, wie es scheint, noch immer in sie verliebt. Sein bester Freund war am Abend des Mordes mit dem Opfer verabredet und ist dann verschwunden.

»Ich muss mir den Anruf anhören«, stößt er plötzlich hervor.

»Es ist schrecklich«, warnt Yvette.

Er gibt keine Antwort, drückt die Wiedergabetaste, und Sonias panische Stimme erfüllt den Raum. Ich weiß, ich höre eine Tote sprechen, und doch höre ich sie immer und immer wieder sterben.

Er gibt keinen Kommentar ab, aber als der Signalton nach Ende der Nachricht ertönt, lässt er seine Fingergelenke knacken und bringt schließlich mit Mühe hervor:

»Ein digitaler Anrufbeantworter. Also ohne Kassette. Diese Nachricht bitte nicht löschen. Ich lasse sie überspielen.«

»Noch ein Tässchen Kaffee?«, schlägt Yvette kleinlaut vor.

»Sie wurde in einer Toilettenkabine im Keller gefunden«, fährt er fort. »Sie muss versucht haben, sich einzuschließen, die Tür war aufgebrochen.«

Schweigen. Yvette hüstelt.

»Sie lag am Boden, der Hörer dicht neben ihrem Gesicht. Ein Handy«, fügt er mechanisch hinzu.

Genau in diesem Augenblick beginnt das Telefon zu klingeln. Ich zucke zusammen. Yvette eilt zum Apparat.

»Für Sie, mon Adjudant-Chef.«

»Adjudant-Chef Lorieux, ich höre ... Wo? ... Sturzbetrunken?! ... Ja, ich komme ... So in zehn Minuten ...«

Er legt auf.

»Man hat Yann gefunden. Im Schnee, am Fuß des Skihangs. Alkoholkoma. Er ist halb erfroren. Man fährt ihn gerade ins Krankenhaus. Neben ihm lag eine leere Wodkaflasche. Mademoiselle Andrioli, ich brauche ganz schnell eine Aussage von Ihnen. Können Sie auf diesem Papier notieren, was Sie von den Ereignissen dieser Nacht wissen?«

Ich greife zum Stift und schildere meine Begegnung mit Sonia, ihre Verabredung und so weiter ...

Er liest mir meine Aussage noch einmal laut vor und schlägt das Blatt auf seinen Schenkel.

»Sie wusste etwas! Warum hat sie mir nichts davon erzählt? Warum?«

Zehntausend Gründe kommen mir in den Sinn, aber ich wage nicht, sie mitzuteilen. Yvette schweigt, hängt wohl noch am Kaffeetropf. Lorieux lässt mich unterschreiben und geht mit großen Schritten zur Tür hinaus. Yvette seufzt:

»Ich habe ein bisschen Kopfweh. Diese arme Kleine ... Und wenn man bedenkt, dass wir alles mit angehört haben ... Oh, ich glaube, ich ...«

Sie stürzt zur Toilette. Ich bin auch nicht gerade topfit. Die misslichen Ereignisse drängen sich zu sehr, und ich würde gerne aus dem Spiel aussteigen. Yvette kommt zurück, entschuldigt sich. Sie bietet mir ein Glas Mandelmilch an. Ich schlürfe sie genussvoll. Sie ist frisch und lindert das Brennen in der Speiseröhre.

»Wir sollten nach Boissy zurückfahren«, schlägt Yvette plötzlich vor.

Notizblock: *Ich glaube nicht, dass wir das können. Wir sind wichtige Zeugen.*

»Ja und?«, schreit sie. »Das ist mir egal! Sollen sie uns doch zu Hause verhören. Ich rufe Jean an. Wir können hier nicht bleiben mit diesem Verrückten, der frei herumläuft, diesen ermordeten Frauen, dem verliebten Kommissar Lorieux und Yann im Krankenhaus ... Wenn es Ihnen Spaß macht, den Detektiv zu spielen – mir nicht. Nicht wenn echte Menschen sterben.«

Sie eilt ins Wohnzimmer, schaltet das Radio ein: Benzinknappheit. Und wer bringt uns zum Flughafen, falls dieser inzwischen nicht auch bestreikt wird? Jedes Mal, wenn ich reisen will, streikt irgendjemand. Ich meide lange Fahrten im Zug oder Bus, aus Gründen, die meine Blase betreffen. Außerdem können wir uns in Boissy auch nicht sicherer fühlen als hier. Im Zweifelsfall bin ich sogar lieber in der Nähe unserer Polizistenfreunde.

Yvette kommt in die Küche zurück, macht sich verbissen daran, das Geschirr abzutrocknen, wie immer, wenn sie wütend ist.

»Im ganzen Département gibt es kein Benzin mehr. Air Inter hat für übermorgen Streiks angekündigt. Und eine Zugfahrt würde zwölf Stunden bedeuten und dreimal Umsteigen. Im Jahr zweitausend in Frankreich zu reisen ist schlimmer als im Mittelalter!«, explodiert sie plötzlich.

Notizblock: *Aber andererseits – so ganz allein zu Hause ...*

»Ich hatte gehofft, Jean würde unter den gegebenen Umständen heimkommen. Aber nein, Monsieur muss seinen Auftrag zu Ende bringen, egal, ob man uns ermordet! Und als ich angedeutet habe, dass wir ja auch zu ihm in die Bretagne kommen könnten, war ihm das, glaube ich, lästig. Lästig! Das muss man sich vorstellen! Es scheint Schwierigkeiten mit den sanitären Anlagen zu geben, und es ist saukalt ... Aber wir könnten ja ins Hotel gehen ...«

*Und wie sollen wir nach Quimper kommen? Indem wir eine Limousine mit Chauffeur mieten?*

»Komisch, dass Ihnen die Hand noch nicht weh tut ... Sonst heißt es doch immer nur: ›Hunger! Durst! Raus!‹ Aber diesmal nehmen wir uns Zeit und schreiben ausführliche Sätze!«

Notizblock: *Entschuldige. Wir sind wohl beide ein bisschen genervt.*

Zustimmendes Murmeln. Das Geschirr wird in den Schränken verstaut.

»Also gut, so wie es aussieht, sind wir hier festgenagelt. Jean hat versprochen, uns jeden Abend anzurufen ... Männer! ... Es ist einfach kein Verlass auf sie!«

Doch, beim Töten, zum Beispiel, beim Zerstören. Versteckt sich hinter dem primären Sexismus meiner Bemerkung eine Verletzung? Psy betrachtet mich mit seinen großen buschigen Augen. (Ich erhebe Anspruch auf die Urheberschaft von »buschig«.) Zieh Leine, Psy! Du bist auch nur ein Dreckskerl!

Telefon. Das ständige Klingeln geht mir allmählich auf die Nerven. Der Anrufbeantworter schaltet sich ein.

»Hier Adjudant-Chef Lorieux!«

Yvette hebt sofort ab.

Langes Schweigen, unterbrochen von »nicht möglich« und »wirklich?«. Und zum Schluss: »Ich übergebe den Hörer.«

Zum Glück ist das Telefon meines Onkels ein herkömmliches Modell. Yvette hält mir den Hörer ans Ohr.

Lorieux' Stimme ist matt und klingt hohl.

»Ich sagte eben zu Madame Holzinski, dass Sie sich einmal fragen sollten, warum Sonia (er holt tief Luft) ausgerechnet im Chalet Ihres Onkels angerufen hat.«

»Das ist wahr!«, stimmt Yvette zu.

»Sonia hatte mir anvertraut, dass sie einen Paten hat, der ihr ab und zu etwas Geld schenkt. Jemand aus der Gegend, der zusammen mit ihrem Onkel Mauro Chorknabe war. Ein gewisser Fernand. Erst heute Morgen ist es mir wieder eingefallen. Wie heißt Ihr Onkel?«

»Fernand Andrioli«, bestätigt Yvette.

»Genau das hat mir Schnabel versichert. Das war also der Grund ihres Anrufs. Die Nummer ist die erste, die auf ihrem Handy gespeichert war.«

Seine Stimme wird so leise, dass ich Mühe habe, ihn zu verstehen:

»Bei ihrem Fluchtversuch muss sie die erste programmierte Taste gedrückt haben.«

Etwas lauter fährt er fort:

»Haben Sie eine Nummer, unter der ich Monsieur Andrioli erreichen kann? Er ist ihr einziger Pate, nachdem Mauro Auvare vor sechs Monaten verstorben ist.«

Yvette nennt ihm die Handynummer meines Onkels und fügt hinzu, dass er Bauunternehmer ist und sich augenblicklich auf einer Messe in Polen aufhält. Daraufhin legt sie auf und ruft aus:

»Na, so was! Ihr Onkel war Pate von Sonia. Stellen Sie sich das einmal vor!«

Ich stelle es mir vor ... Mein Onkel war Sonias Pate. Sonderbar, dass er mir nie etwas davon erzählt hat. Sonderbar auch, dass jeder irgendwie eine Verbindung zu diesem zweiten Opfer hat, während das erste bis jetzt nicht einmal identifiziert worden ist. Mehr noch, mir kommt es sogar so vor, als würde sich niemand für das anonyme Opfer interessieren. Und wenn es zwei Mörder gäbe? Wenn der Mord an Sonia ein klassischer Mord aus Eifersucht, Hass oder Habgier wäre und ihr Mörder sich die Umstände zu Nutze gemacht hätte, um den Verdacht auf den irren Killer zu lenken ...

Aber was hätte Nibal in dieser Geschichte zu tun? Denk

nach, Elise, streng deine grauen Zellen an, wie Hercule Poirot sagen würde. Nibal ist ein Psychopath, der in mich verliebt ist. Er kreuzigt eine unglückselige Frau und schenkt mir Stücke von seinem Opfer. Jemand ermordet Sonia Auvare mit einer elektrischen Bohrmaschine. Die Brutalität der Morde legt nahe, dass es sich um ein und denselben Täter handelt; der zweite Mörder glaubt sich also über jeden Verdacht erhaben. Ja, das macht Sinn. Aber es sagt mir noch lange nicht, wer Nibal oder wer der andere, sein Nachahmer, ist.

Telefon!

Yvette, gereizt:

»Hallo! Ach, guten Tag, Francine ... Ja, ich weiß ... Wir wurden sogar als Erste informiert, leider ... Ich werde es Ihnen erklären ... Wie? ... Ach, das ist ja schrecklich ... Ja, in Ordnung, bis gleich.«

Sie legt auf.

»Brigadier Schnabel war im Zentrum, um Yanns Terminkalender zu überprüfen. Er war ganz aufgewühlt. Er sagte, es sei unvorstellbar, wie sich dieses Ungeheuer mit seiner Bohrmaschine über die arme Kleine hergemacht hat. Schnabel hat Francine gestanden, dass er sich beinahe übergeben hätte, dabei hat er den Algerienkrieg mitgemacht ...«

Zum Glück verstummt Yvette. Ich würde es wirklich begrüßen, wenn man mich mit Details über Sonias qualvollen Tod verschonte. Ich denke lieber an irgendetwas anderes. An Schnabel, zum Beispiel. Er war 1961, sagen wir, achtzehn Jahre alt. Wir sind im Jahr 2000, also müsste er etwa siebenundfünfzig sein. Von einem blutjungen Offizier Befehle entgegenzunehmen dürfte für ihn nicht ganz einfach sein.

»Francine hat uns eingeladen ...«

Sie unterbricht sich:

»Wo ist mein Portemonnaie?«

*Zum Tee?*

»Woher wissen Sie das? Es wird uns gut tun, ein bisschen

unter die Leute zu kommen. Ich gehe schnell beim Bäcker vorbei. Öffnen Sie niemandem!«

Nein, ich mache auch keinen 1000-Meter-Lauf, darauf kannst du dich verlassen. Geräusch des Türriegels. Dann endlich ein wenig Ruhe. Ich fahre ans Fenster. Schneit es immer noch? Sind Passanten draußen, die mich hier sitzen sehen? Nibal, zum Beispiel. Ich rolle zurück. Yvette hat vergessen, Feuer im Kamin zu machen. Schade, ich höre so gerne das Knistern der Scheite. Mitten im Wohnzimmer sitzend, lausche ich der Stille und gebe mich finsteren Gedanken hin.

Meine Theorie über den zweiten Mörder passt nicht zu dem Gespräch, das Sonia gestern mit Yann geführt hat. Mein Gott, gestern erst! Vielmehr konnte man ihrer Unterhaltung entnehmen, dass sie sich in Gefahr glaubte, und zwar deshalb, weil sie mit einer weiteren Tat des Mörders des ersten Opfers rechnete. Verflixt! Was mag sie gewusst haben? Warum ist sie nicht geflohen, wenn sie Angst hatte? Ihre zitternde Stimme: »Es werden schreckliche Dinge passieren.« Und dann dieser grausame Mord. C.A. Nibal, der Kannibale.

Gebieterisches Klingeln an der Haustür. Yvette wird wieder einmal die Schlüssel vergessen haben! Ich taste mich mit den Fingerspitzen an der Flurwand entlang und nehme Kurs auf die Tür. Ich hebe die Hand, um den Riegel zurückzuschieben. Von draußen kein Laut. Ohne zu wissen, warum, halte ich in meiner Bewegung inne.

Er ist da, er ist da, auf der anderen Seite der Tür, ich bin sicher! Mehrere Sekunden verstreichen. Dann höre ich, wie die Klappe des Briefkastens geöffnet wird und etwas hineinfällt. Schritte, die sich entfernen. Auch wenn ich öffnen würde, wüsste ich nicht, wer es ist. Wenn ich könnte, würde ich »Nehmt den Mann fest!« ins Leere schreien. Entweder wäre es der Briefträger, und man würde mich für verrückt erklären, oder er wäre es, und er würde umkehren und mich niederstechen. Ich öffne nicht. Ich habe Angst.

Meine Hand tastet in den Briefkasten und findet ein kleines eckiges Päckchen. Hoffentlich nicht wieder ein Stück ... Ich zögere, die Verpackung aufzumachen. Nur Mut, Elise. Mehr recht als schlecht reiße ich das Papier auf, entdecke ein kleines Holzdöschen von der Größe einer Zigarettenschachtel. Ich hebe den Deckel, greife hinein. Das Döschen enthält zwei Gegenstände, rund und weich wie Gummibällchen. Anti-Stress-Kugeln? Ich drücke ein wenig, nicht zu fest, um sie nicht zu beschädigen. Schokoladenkugeln? Ich schnuppere, ich rieche nichts – doch, ein leichter Geruch nach Arzneimitteln. Äther, vielleicht. Was könnte das sein?

Plötzlich geht die Tür auf, und Yvette kommt herein, schimpft auf den Schnee, der nicht aufhören will, auf den Bäcker, der zu langsam ist, und alle Mütterchen, die trotz der Wartereihe vor dem Tresen stundenlang schwätzen ...

»Am Ende werden wir noch die Nachrichten versäumen! Gut, dass Sie nicht mitgekommen sind, bei diesem Wetter ... Aaahhhh!«

Bei Yvettes schrillem Schrei stockt mir das Blut in den Adern.

»O mein Gott! Die Augen!«

Was soll mit meinen Augen sein? Ich stelle mir eine riesige haarige Vogelspinne vor, die langsam auf meine Augen zukrabbelt ... Nun rede schon!

»Die Augen ... in Ihrer Hand!«

Wie bitte? *Augen in meiner Hand?* O neeiiin! Die gallertartigen Kugeln! Mir rutscht das Herz bis in die Kniekehlen. Ich öffne die Finger, höre zweimal leise das Geräusch des Aufpralls auf dem Parkett. Das darf nicht wahr sein. Ich muss falsch verstanden haben. Ich will auf Yvette zurollen. Erneuter Aufschrei.

»Halt! Sie fahren noch drüber! Schnell, die Polizei, schnell! Wo haben Sie nur wieder diese Augen her?«

Als hätte ich sie bewusst gesucht, um mir einen derben

Scherz zu erlauben! Ich schreibe: *Briefkasten* mit zitternder Hand und dem Gefühl, in einem surrealistischen Film mitzuwirken.

»Im Briefkasten«, wiederholt Yvette in finsterem Ton. »Der Verrückte weiß, wo wir wohnen. Er wird kommen und uns in Teile zerhacken. Wir dürfen nicht hier bleiben. Hallo, Adjudant-Chef Lorieux bitte, es ist dringend! ... Was soll das heißen, beschäftigt? ... Ich sage Ihnen doch, es ist dringend ... Warum ... Weil bei mir zwei Augen auf dem Parkettboden vom Wohnzimmer liegen, deshalb! ... Nein, ich scherze nicht, junger Mann, und ich bin auch nicht betrunken! Sagen Sie ihm, er soll auf der Stelle zum Chalet Montrouge kommen! Und beeilen Sie sich!«

Sie knallt den Hörer auf die Gabel.

»Sie können von Glück reden, dass Sie das nicht sehen ... Mein Gott, wie soll ich bloß in die Küche kommen? Ich kann nicht über diese ... diese Dinger steigen! Und rühren Sie sich bloß nicht von der Stelle, Elise. Stellen Sie sich vor, Sie würden darüber fahren!«

Ich stelle es mir vor. Das Gummirad des Rollstuhls, das ein blaues Auge platt rollt und platzen lässt wie ein weiches Ei. Hör sofort auf, an so was zu denken, denk lieber an die kleinen Vöglein in den Baumkronen mit ihren kleinen schwarzen Äuglein wie schwarze Kaviareier, zum Bersten prall, nein, lieber an hübsche Schmetterlinge, genau, Schmetterlinge, die zwischen blühenden Büschen flattern. Auge. Menschenauge. Rinderauge im Biologieunterricht. Riesig. Tot. Tot. Tot.

Yvette wühlt nervös in ihrer Einkaufstasche. Knistern von Papiertüten. Ich stelle fest, dass ich mich an die Armlehne meines Rollstuhls klammere wie an einen Rettungsring.

»Sie haben mir vielleicht einen Schreck eingejagt!«

Und ich, bin ich etwa nicht erschrocken?! Allein die Vorstellung, dass ich zwei Augen in der Hand gehalten, dass ich sie befühlt, gedrückt, beinahe in den Mund gesteckt habe!

»Glauben Sie, dass es die Augen der armen Sonia sind?«, fragt Yvette leise.

Leider durchaus denkbar! Und wenn Lorieux das sieht ... Türklingeln. Meine Finger krallen sich in die Armlehne. Yvette schaut durch den Spion und öffnet dann.

»Oh, mon Adjudant-Chef, es ist entsetzlich ... Sehen Sie nur ...«

Zwei Schritte in meine Richtung. Ein Seufzer. Dann ein dumpfer Aufprall.

»Mon Adjudant-Chef! Er ist in Ohnmacht gefallen.«

Yvette gibt ihm kleine rasche Schläge ins Gesicht. Die Tür öffnet sich, kühler Luftzug, dann die kräftige Stimme von Schnabel.

»Der Adjudant-Chef hat mich gebeten herzu ... Was ist los mit ihm?«, fragt er verdutzt.

»Er hat die Augen gesehen«, erklärt Yvette nüchtern.

»Die Augen? Welche Augen?«

»Die da unten am Boden ...«

»Oh! Verdammt! Von wem sind die?«

»Wie soll ich das wissen?«, schimpft Yvette. »Wahrscheinlich von der armen Sonia! Helfen Sie mir, ihn aufs Sofa zu tragen.«

Schnabel gehorcht und murmelt:

»In dreißig Jahren habe ich so was noch nicht gesehen!«

Ein leichtes Stöhnen vom Sofa, dann Lorieux' matte Stimme:

»Sonias Augen ...«

»Ich lasse die Jungs von der Spurensicherung kommen, Chef. Wir haben Glück, sie sind noch beim Mittagessen im Alpe d'Azur.«

»Glück? Hast du das gesehen, Roger? Hast du gesehen, was dieses Schwein getan hat!«, brüllt Lorieux.

»Beruhigen Sie sich, Chef, beruhigen Sie sich! Madame Yvette, hätten Sie vielleicht einen kleinen Schnaps?«

»Wenn ich das Schwein erwische, dann stopfe ich ihm das Maul, und zwar mit seinen eigenen ...«, fährt Lorieux mit hassverzerrter Stimme fort.

»Hier, trinken Sie das, mon Adjudant-Chef. Das ist Wacholderschnaps, ein echter.«

Gluckern. Ich höre, wie Gläser gefüllt werden. Ich für mein Teil hätte auch nichts gegen einen kräftigen Schluck Hochprozentiges einzuwenden, aber mir wird nichts angeboten. Schnabel ruft im Restaurant an, wo die Techniker der Kripo zu Mittag essen. Lorieux geht im Wohnzimmer auf und ab. Yvette kippt ihren Wacholderschnaps runter. Und ich bin allein im Flur mit diesen verdammten Augen und wage nicht, mich vom Fleck zu bewegen aus Angst, ich könnte darüber fahren.

»Schnabel, nimm die Aussage von Madame Holzinski auf«, sagt Lorieux, der sich wieder unter Kontrolle zu haben scheint. »Ich kümmere mich um Mademoiselle Andrioli. Haben Sie Ihren Notizblock? Schreiben Sie, was passiert ist«, befiehlt er.

Seine Stimme klingt härter, angespannt von Zorn und Verzweiflung. Er liest meine kurzen Notizen.

»Dieser Dreckskerl hat das bei Ihnen abgeliefert? Aber was beabsichtigt er damit? Man könnte meinen, er will mit uns spielen.«

Ich denke an die Katzen, die ihre Beute zu ihrem Herrn tragen. Vielleicht spielt er wirklich. Vielleicht will er mir zeigen, wie stark, wie schlau, wie erbarmungslos er ist. Aber warum ausgerechnet mir? Könnte es sein, dass ich ihn kenne? Notizblock: *Er kennt mich vielleicht ... aus der Zeit vor dem Unfall.*

»Möglich. Daran hatte ich noch nicht gedacht. Das würde erklären, warum er Ihnen seine ... seine Jagdtrophäen bringt, dieser Dreckskerl!«

Ich bin noch nie einem Polizisten begegnet, der sich so ausdrückt. Es ist fast wie in einer amerikanischen Krimiserie mit Cops in schwarzen Lederjacken und fuck-durchsetztem Slang.

Türklingeln. Die Männer von der Spurensicherung kommen hereingestürmt, schimpfen, dass man sie nicht hat fertig essen lassen, und fangen dann an, alles Mögliche mit ihrem Pulver zu bestreuen. Ein Blitzlicht knistert. Stimmen:

»Reich mir mal das Plastiksäckchen.«

»Vorsicht, das hier hat am Holz geklebt, also schön sachte ...«

»Hätte nicht gedacht, dass so große Fasern dahinter sind ...«

»Und wie sonst, meinst du, soll das halten?«

»Sekunde, ich nehme eine letzte, so, das wär's.«

Ich schlucke mühsam. Lorieux knirscht mit den Zähnen, im wahrsten Sinne des Wortes. Erneut ein frischer Luftzug.

»Also, Lorieux! Was ist jetzt schon wieder los? Ich habe nicht mal meinen Kaffee trinken können.«

»Sehen Sie selbst, Doktor.«

»O weh! Euer Typ scheint mir einer von der groben Sorte.«

Er muss sich wohl hinabbeugen, ich kann seinen Atem jetzt deutlich hören.

»Mit achtzigprozentiger Sicherheit sind dies die Augen unserer Klientin von heute Morgen – sie wurden ihr aus den Höhlen entfernt. Es ist wirklich abscheulich, so was ansehen zu müssen. Gut, Leute, ihr erledigt das Notwendige. Ich komme später nach.«

»Wir müssen uns ranhalten, wenn wir's noch zum Labor schaffen wollen. Es hört nicht auf zu schneien, und bis heute Abend wird die Straße gesperrt sein. Wir melden uns bei Ihnen, Chef!«, ruft einer Lorieux zu.

Sie stürmen so schnell hinaus, wie sie hereingekommen sind. Eine Fahrstunde bis nach Entrevaux, bis zur Zivilisation. Der Doktor hantiert mit etwas, das sich wie eine Pfeife anhört. Bingo! Süßlicher Geruch nach Amsterdamer breitet sich aus.

»Grässliche Geschichte, euer Fall ... Gibt es schon eine Spur?«

»Nein, eigentlich nicht.«

»Ein Frauen-Killer in unserem ruhigen Département Alpes-Maritimes?«

»Was ist Ihre Meinung?«

»Die Verletzungen lassen keinen eindeutigen Schluss zu, aber mein Eindruck ist, dass wir es mit ein und demselben Täter zu tun haben. Ganz schön abartig, dieser Bursche. Das erinnert mich ...«, beginnt er, fest entschlossen, alle verrückten Fälle aufzuzählen, die er erlebt hat.

»Den hier, den kriege ich, verlassen Sie sich drauf!«, unterbricht ihn Lorieux in seinem unendlichen Zorn.

»Hoffen wir's«, meint der Mediziner und stößt laut vernehmlich seinen Rauch aus. »Auf alle Fälle werden Sie dafür bezahlt. Gut, ich schreibe Ihnen einen vorläufigen Bericht. Der Staatsanwalt wird wohl eine vollständige Autopsie anordnen – in Marseille.«

Lorieux stimmt ihm zu. Der Arzt verabschiedet sich. Schnabel und Yvette gesellen sich zu uns, es riecht nach Wacholderschnaps. Lorieux seufzt gedehnt. Schnabel hüstelt. Yvette schnäuzt sich. Ich kratze mich. Vier traurige, verwirrte Tiere, könnte man meinen.

»Übrigens habe ich Monsieur Andrioli nicht erreicht«, sagt Lorieux plötzlich. »Sein Handy scheint kein Netz zu haben. Sie dürfen hier auf keinen Fall bleiben«, fügt er dezidiert hinzu. »Kann Ihre Freundin Madame Atchouel Sie nicht bei sich unterbringen?«

»Hm, ich weiß nicht ... Daran haben wir noch nicht gedacht ... Ich möchte ihr nicht zur Last fallen«, murmelt Yvette leicht überrumpelt.

»Dann besprechen Sie das mit ihr, und halten Sie mich auf dem Laufenden.«

Er geht, gefolgt von Schnabel. Wir bleiben allein zurück, mit der wenig verlockenden Aussicht auf einen Aufenthalt im CLMPAH.

# KAPITEL 6

Da wären wir also.

Wir sind in zwei kleinen holzverkleideten Mansardenzimmern untergebracht, mit Blick auf die Gipfel, wie Yvette sagt.

Die liebe Francine hat uns noch einmal einen kurzen historischen Abriss gegeben und uns daran erinnert, dass man zu Beginn des letzten Jahrhunderts versucht hatte, Castaing mit seiner inzwischen versiegten Schwefelquelle zu einem Thermalbad zu machen. Damals war man gerade dabei, das Zentrum zu einem Heim für leidende Kinder – Unterernährung, Anämie, Tuberkulose usw. – umzufunktionieren. Man schickte sie in die Berge ins so genannte »Kindersanatorium«. Das Innere der ehemaligen Kaserne wurde krankengerecht umgebaut: Behandlungszimmer, Bade-, Gymnastik- und Freizeiträume. Ein großer, unlängst modernisierter Personenaufzug verbindet die drei Stockwerke des Gebäudes.

Die liebe Francine hat mir einen Plan in Blindenschrift überlassen, und Hugo hat mich herumgeführt, damit ich mich mehr oder weniger allein zurechtfinden kann. Justine, Laetitia und Léonard wohnen auf demselben Flur wie wir. Das ist mir ganz recht so. Die unruhigeren Heimbewohner sind im zweiten Stock gleich bei den Pflegern untergebracht. Jean-Claude hat ein speziell eingerichtetes Zimmer im Erdgeschoss gegenüber dem von Yann.

Ich fahre mit dem Rollstuhl durch mein neues provisorisches Zuhause: Bett, Kommode und ein Schrank, der angenehm nach Lavendel duftet. Das Fenster befindet sich über meinem Kopf; wenn ich den Arm hoch strecke, erreiche ich den Griff. Es klopft. Ich rufe nicht »herein«, aber jemand kommt herein.

»Elise? Sie sind hier?«

Es ist Justine. Ich fahre langsam auf sie zu, bis ich an ihren ausgestreckten Arm stoße.

»Guten Tag! Ich hoffe, ich störe nicht. Ich wollte nur hören, wie es Ihnen geht.«

Ich bleibe stumm, versteht sich, und schreibe auch nicht, weil sie nicht lesen kann. Ich klopfe an meine Radfelge, dreimal kurz und lebhaft.

»Kennen Sie das Morsealphabet?«, fragt sie.

Keine Antwort.

»Ich bring's Ihnen bei, es ist ganz einfach. Dann können wir uns unterhalten.«

Mal was anderes als Handzeichen und Notizblock.

»Ich muss jetzt gehen. Bis heute Abend.«

Sie stößt sich am Türrahmen an und lacht auf. Dann entfernt sie sich über den Flur. Eine Tür wird geschlossen. Sie kennt sich noch nicht gut aus und hat es sicher schwer, sich zurechtzufinden. Ich habe es genau genommen leichter, da ich die meiste Zeit geschoben werde. Wenn auch nicht immer dahin, wohin ich will ...

Ich nutze den ruhigen Augenblick, um zu entspannen. Ich atme tief ein und aus, wohl ein Dutzend Mal, und versuche, den Kopf frei zu bekommen. Ich konzentriere mich auf das Bild einer in Weiß gehüllten Bergspitze, auf die tiefe Stille der Gipfel. Möwen kreisen am leuchtend blauen Himmel und stoßen ihre Schreie aus. Okay, ich weiß, dass es in den Bergen keine Möwen gibt, aber in meiner Meditation eben doch. Schnee und Salz haben dieselbe Leuchtkraft, der Horizont dieselbe Intensität. Weiß, blau. Das Blau einer Iris auf dem

Weiß der Hornhaut. Aus und vorbei ist es mit meiner Meditation! Es klopft, ich zucke zusammen.

Die Tür öffnet sich. Unsichere Schritte. Husten. Ein Männerhusten. Ich umklammere nervös meine Armlehne.

»Will ... kommen ...«, artikuliert eine Stimme schwerfällig und ernst.

Der Mann hält inne, sein Atem pfeift.

»Nach-bar ... Lé-o-nar-d.«

Ah, der berühmte Léonard! Der finstere junge Wissenschaftler, der Sprachstörungen hat. Ich strecke ihm aufs Geratewohl die Hand entgegen. Warme Finger legen sich um meine. Ein kurzer Druck, und schon lässt er mich wieder los. Unbeholfene Schritte, Stille, die Tür, die sich wieder schließt.

Na, das mögen ja vergnügliche Abende unter Freunden werden. Einer, der sieht, aber nicht spricht. Eine, die spricht, aber nicht sieht. Und ich, die ich weder spreche noch sehe. Ich versuche, meine Gedanken wieder aufzunehmen, den Bildern freien Lauf zu lassen: Eine Flut von heftigen, bunten Bildern strömt durch meinen Kopf. Eine Möwe, die in den leeren Augenhöhlen einer am Berghang im Schnee liegenden Leiche pickt. Ein Adjudant-Chef mit langen blonden Locken, der im Mondlicht den Tod anheult. Yann, die Augen hinter schwarzen Brillengläsern verborgen, die Eckzähne rot von Blut. Jetzt aber Schluss, Elise. Jetzt wird nachgedacht.

Zwei Frauen sind getötet worden. Warum? Von wem? Man hat mir zwei Fleischstücke von der ersten geschenkt, dann die Augen der zweiten. Steckt ein Schema dahinter? Eine logische Entwicklung? Lorieux, der die Ermittlungen leitet, war in das zweite Opfer verliebt. Sonia Auvare. Besagte Sonia, mehr oder weniger eine Prostituierte, war das Patenkind meines Onkels. Ihr leiblicher Onkel, ein wilder Hirte, lebte in den Bergen. Sonia behauptete, etwas über den ersten Mord, den an der Unbekannten, zu wissen. Die einzige Verbindung zwischen diesen Elementen ist also Sonia. Wenn ich ein Diagramm zeichnen oder mich dieser magischen Computer bedienen könnte, wie man sie im Kino sieht ... Ich würde alle mir bekannten Daten eingeben, und zack, auf dem Bildschirm würde langsam das Gesicht des Mörders auftauchen, und das Publikum hielte den Atem an.

Und da ich nicht sehen kann, wäre ich die einzige Idiotin, die nicht wüsste, um wen es sich handelt.

Yann ist aus dem Krankenhaus entlassen worden. Wir waren gerade dabei, mit der lieben Francine Tee zu trinken, als er zurückkam. Francine hat ihn eher frostig empfangen, und er hat sich ausgiebig gerechtfertigt. Sonia sei nicht zum Rendezvous erschienen, er habe vergebens gewartet und mit den Fäusten an die Tür getrommelt und dann beschlossen, sich mit dem Wodka, den er im Kofferraum seines Wagens hatte, ausgiebig zu betrinken.

Francine unterbrach ihn mit der höhnischen Frage, ob er immer Wodkavorräte dabei habe, und er antwortete, er habe auf eine Einladung von Sonia gehofft und deshalb nachmittags etwas zu Trinken gekauft. Francine machte »hm, hm«, Yvette machte »hm, hm«, und Yann ging in die Luft. Wenn sie ihn rauswerfen wolle, brauche sie es nur zu sagen, und was er außerhalb seiner Arbeitszeit mache, gehe schließlich niemanden etwas an.

»Sie werden doch zugeben, dass Sie mich in eine peinliche Lage bringen«, gab Francine zurück.

Daraufhin beruhigten sich alle. Yann entschuldigte sich: Es war Zeit für die Gymnastikstunde. Mit steifen Schritten verließ er den Raum.

»Er hätte sich wenigstens rasieren können«, meinte Francine empört.

»Er hat noch ganz blutunterlaufene Augen. Mein Gott, muss der einen Kater haben!«, kommentierte Yvette.

»Ich bin äußerst irritiert. Nicht dass ich damit sagen will,

Yann hätte ... Aber andererseits ... Er hat nicht das geringste Alibi, oder?«

»Sie glauben doch nicht, Yann wäre in der Lage .. «

»Meine liebe Yvette, wenn Sie wüssten, wozu die Menschen in der Lage sind ...«

»Uh, das wissen wir selbst nur allzu gut, nicht wahr, Elise?«

Allerdings. Letztes Jahr konnte ich die Falschheit der menschlichen Seele aus nächster Nähe erleben. Yvette und ich sind in gewisser Weise die Überlebenden eines Expeditionskorps, das durch die brennende Vorhölle des Wahnsinns geschickt wurde. Und wenn ich »brennend« sage, so ist das wörtlich gemeint, da wir fast bei lebendigem Leib verbrannt wären. Nach dem Feuer das Eis. Wird man versuchen, uns, an einer Tanne hängend, gefrieren zu lassen?

Ich weiß, Psy, ich weiß. Die eigenen Gefühle zu leugnen, indem man sich in die Ironie flüchtet, führt zur Selbstzerstörung. Aber ich bin immer schon so gewesen. Eine von der Art, die bei Beerdigungen nervös auflacht, die sich bei unpassender Gelegenheit einen Witz nicht verkneifen kann, die sich hinter einer unüberwindbaren Mauer von Humor verschanzt. Das ist mein System, es hat seine Schwächen, doch ich kenne kein anderes. Aber was macht das heute schon aus, da ich sowieso nicht mehr richtig kommunizieren kann? Ich laufe nicht länger Gefahr, wem auch immer auf den Schlips zu treten.

Francine muss das Radio eingeschaltet haben. Rundfunkwerbung. Da ich nicht die Absicht habe, mit Transtour, nach Singapur zu reisen, meinen Motorroller gegen einen Range Rover zu tauschen oder die neue CD von Doc Persil zu kaufen, höre ich nur mit halbem Ohr zu. Schließlich die Nachrichten..

»... Tornados über Polynesien ... Brüssel: immer noch keine Einigung bei Einfuhrquoten von Bananen ... Mord in Entrevaux: Das Opfer wurde identifiziert. Es handelt sich um die Obdachlose Marion Hennequin, die seit etwa drei Jahren in Digne lebte ...«

Marion Hennequin. Ruhe in Frieden. Marion. Wie groß ist die Wahrscheinlichkeit, dass Marion, Obdachlose in Digne, und Sonia, Animiermädchen in Castaing, sich kennen? Was hat Marion getan, bevor sie auf der Straße lebte? Ich hoffe, dass wir einiges von Lorieux erfahren werden ...

Schritte, Lachen, Grunzen. Die Heimbewohner kehren von ihrer Gymnastikstunde zurück.

»Bin ich kaputt!«, ruft Laetitia lachend. »Yann hat uns halb umgebracht!«

Der Scherz kommt nicht besonders an, und die liebe Francine eilt in die Küche, um die Tee-und-Kuchen-Zubereitung zu überwachen. Ich habe den Eindruck, den ganzen Tag nichts anderes zu tun, als mich vollzustopfen. Wenn das so weiter geht, passe ich bald nicht mehr in meinen Rollstuhl.

Die kleine Magali, die mich ins Herz geschlossen hat, springt mir auf den Schoß und brüllt: »Super, der Sport!« Ich sage »klein«, weil ihre Stimme und ihr kindliches Verhalten mich vergessen lassen, dass sie zweiundzwanzig ist. Ich tätschele ihr den Kopf. Sie fängt an, mir Zöpfe zu flechten. Sie kämmt mich so gern. Das trifft sich gut, denn ich habe es gern, wenn man mir an den Haaren herumfummelt. Ich wollte immer, dass Benoît sie mir bürstet, doch er sagte jedes Mal: »Das ist ein alter Zopf!« Und dann haben wir uns vor Lachen die Bäuche gehalten. Wenn ich daran denke, dass er in Gedanken bei seiner Geliebten war, während er mit mir gescherzt hat! Wenn ich bedenke, dass er tot ist. Die Explosion, die Splitter, die überall herumflogen, die Schreie, die Panik, die Glasspitze, die in seinen Hals drang, sein ungläubiger Blick. Voller Staunen und Entsetzen. Der letzte Blick, den ich gesehen habe, bevor ich erblindet aufwachte. Noch vor Monaten löste die Erinnerung an diese Szene, die mein Leben erschüttert hat, zwangsläufig Weinkrämpfe bei mir aus. Jetzt ist es wie ein Film, dessen Farben verblassen. Ich muss mich anstrengen, um die Einzelheiten präzise zu »sehen«. Um ehrlich zu sein, vermeide ich es lieber.

»... Marion Hennequin, eine Obdachlose ...«, murmelt Yvette gerade.

»Komisch – das sagt mir irgendwas«, meint Yann.

»Komisch ist das nun wirklich nicht«, kritisiert Francine, die soeben hereingeeilt kommt. »Und jetzt ist es Zeit für unseren kleinen Imbiss. Lieber Léonard, würden Sie mir helfen, dieses Tablett zu tragen?«

Knurren. Man stelle sich vor, was für eine Prüfung das sein muss für einen Mann, der seine Bewegungen nicht richtig zu koordinieren weiß. Klirren von Tassen, die aneinander stoßen. Ich drücke ihm den Daumen, dass er nichts verschüttet.

»Gut, Léona'd, gut!«, ermuntert ihn Christian und klatscht in die Hände.

Ein geistig Behinderter, der einen Mathematikdozenten beglückwünscht, weil es ihm gelingt, ein Tablett auf einen Tisch zu stellen. Was mag Léonard dabei empfinden? Was nützt alle Intelligenz der Welt, wenn der Körper nicht gehorchen will? Ich erinnere mich an einen Jungen in Boissy, der oft ins Kino kam. Beim Gehen schlenkerte er seine Glieder wie ein Epileptiker in alle Richtungen und kippte seinen Kopf mal auf die rechte, mal auf die linke Schulter. Um sich seinen Lebensunterhalt zu verdienen, verkaufte er Rosen in Restaurants, in der Metro ... Er konnte nur mit größter Mühe sprechen. Oft wurde er davongejagt wie ein reudiger Hund. Er störte, machte Angst und ein schlechtes Gewissen. Damals konnte ich noch sehen, und eines Tages las ich in einem Bericht zum Thema Obdachlosigkeit ein Interview mit ihm. Er erklärte, dass er wie jeder andere denken und fühlen würde, dass er sich weigere, in einem Heim zu leben, und lieber sein Geld verdiene wie ein »normaler« Mensch.

Seit meinem Unfall muss ich oft an diesen Jungen denken. Ich kann mich glücklich schätzen, mein Auskommen, Yvette, einen Onkel, ein Dach über dem Kopf zu haben. Ich bin frei, unabhängig. Wie würde ich mit meiner Behinderung zurechtkommen, wenn ich in einem Heim eingesperrt wäre, mit diversen lieben Francines? Ach, meine gute Elise, was für trübe Gedanken heute! Ja, ja, lieber Psy, ich weiß, aber die Umstände tragen nicht eben zur Heiterkeit bei.

Telefon am frühen Abend. Lorieux: Der Laborbericht der Gerichtsmedizin bestätigt, dass die Augen, die man mir in den Briefkasten geworfen hat, die von Sonia Auvare sind. Der Mörder hat sie *post mortem* mit einem vor Ort gefundenen Austernmesser herausgeschält. Keine Fingerabdrücke.

Es hat aufgehört zu schneien. Strahlender Sonnenschein über dem Skiort, und mit dem schönen Wetter scheint wieder Frieden eingekehrt zu sein. Keine Anrufe mehr, keine morbiden »Geschenke«, keine verstümmelten Leichen. Ich genieße die Ruhe, pumpe meine Lungen voll mit frischer, trockener Luft. Eine leichte Brise lässt die Zweige der Kiefern rauschen. Ich beginne ganz egoistisch zu hoffen, dass der Killer das Weite gesucht hat.

Ich sitze auf der Terrasse hoch über der Hauptstraße, die Dächer des Dorfes zu meinen Füßen. Die Geräusche dringen gedämpft zu mir herauf. Ein Rabe fliegt krächzend vorbei. Martine hat mich in eine dicke Wolldecke gewickelt, nur meine Nase schaut heraus.

»Wenn Sie sehen könnten, was für schönes Wetter wir haben«, rief sie mir zu, bevor sie sich entfernte. »Ein Geschenk Gottes!«

Durch das halb geöffnete, große Salonfenster hinter mir höre ich die hitzigen Rufe von Yvette und Francine, die sich wieder mal ihrer gemeinsamen Leidenschaft, dem Rommé, hingeben. Sie spielen bis spät in die Nacht hinein. Am nächsten Morgen erahne ich an ihren Stimmen – triumphierend oder gezwungen –, wer gewonnen oder verloren hat. Im Augenblick führt Yvette, und sie gluckst vor Vergnügen.

Yann ist mit den Heimbewohnern, die gut zu Fuß sind, zu einem Spaziergang aufgebrochen. Schneeballschlacht und Rutschpartie garantiert.

Laetitia und Justine sind in der Sauna. Sie haben mich eingeladen mitzukommen, doch ich habe ihr Angebot abgelehnt. Keine Lust, zwischen Holzplanken zu ersticken. Lust auf frische Luft und Sonne. Lust, mir die glitzernden Gipfel vorzustellen, den Flug der Möwen, die Flucht eines Hasen auf den verschneiten Hängen. Wenn ich mich richtig konzentriere, kann ich sie fast sehen.

Schritte. Jemand kommt die Treppe hoch, die auf die Terrasse führt.

Martine? Schatten auf meinem Gesicht. Ich suche meinen Notizblock, um Martine mitzuteilen, dass ich noch ein Weilchen draußen bleiben möchte.

»Warum liebst du mich nicht so sehr, wie ich dich liebe?«

Neeeiin! Bitte nicht! Es ist wie ein Schlag in die Magengrube. Ich verkrampfe mich, mein Herz überschlägt sich. Yvette und Francine sind ganz nahe, hinter dem Vorhang. Sie könnten ihn sehen, wenn sie aufblicken würden. Er wird nichts unternehmen. Nichts. Mein Notizblock!

*Wer sind Sie? Was wollen Sie?*

Ein kleines Lachen, sein kleines unangenehmes Lachen wie von einem missratenen Kind.

»Was ich will? Dich. Wer ich bin? Ich. Du und ich, mein Engel, eine Brücke zwischen Gut und Böse.«

Es ist, als rezitierte er einen auswendig gelernten Text. Es ist unerträglich; ihn so nah zu spüren und nicht zu wissen, was er im Schilde führt. Und wieder sein Flüstern:

»Haben dir meine Geschenke gefallen?«

*Nein.*

Ich höre seinen Atem, während ich schreibe, seinen schnellen Atem auf meiner Wange; er verströmt einen sonderbar scharfen Geruch. Pfeffer!

*Warum haben Sie die Mädchen getötet?*

»Warum scheint die Sonne? Warum wird es dunkel? Du stellst dumme Fragen.«

Seine Stimme wird härter:

»Ich glaube, du bist dumm. Ich glaube, ich habe mich in dir getäuscht. Ich glaube, ich werde eine andere lieben müssen«, verkündet er, fast triumphierend.

Sein Flüstern wird immer hastiger, seine Lippen streifen die meinen, ich nehme seinen schlechten Atem wahr und muss aufstoßen. Seine Finger verkrallen sich in meinem Haar wie die Klauen eines Raubvogels.

»Du kleine Schlampe, du! Glaubst wohl, du könntest dir alles erlauben! Aber du bist nichts, nichts als ein Häufchen Fleisch in einem Rollstuhl. Und Fleisch, das fresse ich!«

Ich fühle, wie mir aus allen Poren eiskalter Schweiß bricht. Wann sieht Yvette endlich von ihren verdammten Rommékarten auf? Wann kommt die trällernde Martine? Mein Herz klopft so laut, als wäre es durch eine Trommel ersetzt worden.

Etwas Kühles an meiner Wange. Ich weiß sofort, was es ist: ein Messer. Damit habe ich schon letztes Jahr Bekanntschaft gemacht. Ich kenne das Gefühl, wenn so was ins Fleisch dringt. Ich kenne den Schmerz. Ich kenne die Angst. Ich kenne den Hass. Den Hass und den Zorn, die in mir aufsteigen und fast die Angst besiegen. Aber ich kann nichts tun. Die Klinge berührt meinen Hals. Sein widerwärtiger Atem lässt mich halb ersticken. Wird er mich töten? Mich an diesem schönen Winternachmittag einfach abstechen?

Mein Rollstuhl setzt sich in Bewegung. Die Klinge bleibt an meiner Halsschlagader. Wohin bringt er mich? Die Angst durchzuckt mich schubweise. Wenn er mich entführt, bin ich ihm gnadenlos ausgeliefert, einem Irren ausgeliefert, der Frauen kreuzigt oder mit einem elektrischen Bohrer traktiert.

Es geht geradeaus vorwärts. Also nicht hin zur Treppe. Nein. Zum Abgrund! Er wird mich von der Terrasse stoßen, ich werde auf die Straße schlagen. Der Rollstuhl bleibt stehen. Der Wind hat aufgefrischt. Die Klinge entfernt sich von meinem Hals.

»Der Sprung des Engels, kennst du den, meine Süße? Du wirst einen großartigen Abgang haben!«

Ich werde sterben. Ich werde in wenigen Sekunden sterben. Einfach so, wenige Meter von Yvette entfernt. Mein Schädel wird auf dem eisbedeckten Asphalt zerschellen. Wegen dieser Kanaille! Ich werfe meinen gesunden Arm nach hinten, versuche ihn zu umklammern, aber er lacht nur höhnisch.

»Ich zähle bis drei, mein Engel. Eins ...«

Nein, nein, das kann nicht wahr sein!

»Zwei ...«

Ich will nicht. Das ist einfach zu banal!

»Dr ...«

Ein dumpfes, tiefes, Furcht erregendes Knurren. Kommt es von ihm? Dann ein Aufprall in meinem Rücken, ein erstickter Schrei. Hat sich Martine von hinten herangepirscht? Ich drücke den Knopf »rückwärts«. Ich stoße auf etwas am Boden, das Knurren nimmt zu, ein Hund, es ist ein Hund! Und dann jault der Hund auf. Hastige Schritte, die sich entfernen. Der Hund bellt und jault.

»Was ist denn hier los?«

Yvette! Endlich!

»Aber das ist ja der Hund von Sonia! Sehen Sie nur, Francine.«

»Na, so was! Was macht der denn hier?«

Er hat mir das Leben gerettet, möchte ich schreien. Braver Tintin.

»Er blutet ja! Er hat eine Wunde an der Seite.«

»Wir müssen den Tierarzt rufen, die Wunde scheint tief zu sein. Bleib ruhig liegen, mein Guter, wir kümmern uns um dich. Ich hole ihm was zu trinken«, sagt Yvette. »Er scheint Durst zu haben.«

Ich bleibe allein mit Tintin zurück. Er legt seine heiße Schnauze auf meinen Schoß, und ich streichele ihm den Kopf. Der Mistkerl hat ihn mit dem Messer verletzt. Hoffentlich hat ihm der Hund einen ordentlichen Biss verpasst.

Yvette kommt zurück, lässt ihn trinken.

»Ist er schon lange da? Sie hätten doch ans Fenster klopfen können.«

So ist es. Wieso habe ich nicht daran gedacht? Ich hätte meinen Angreifer höflich bitten können, sich etwas zu gedulden, bevor er mich den Abgrund hinabstößt! Ich greife zu meinem Block und schreibe in zittrigen Lettern, was passiert ist.

Schreie seitens Yvette, Ruf nach der Polizei. Francine, die informiert wird, stimmt in den Chor der Klageweiber ein. Dann ist die Reihe an Martine, die hundertmal wiederholt, wie Leid es ihr tue, wenn sie gewusst hätte ... Ich bemühe mich, ruhig durchzuatmen, indem ich mir sage, wie herrlich es ist, am Leben zu sein. Justine und Laetitia erscheinen und werden von Francine in Kenntnis gesetzt.

»Oh, meine arme Elise!«, ruft Justine und drückt meine Hand. »Ich hatte Sie ja gewarnt. Ihre Aura ist so gestört ...«

Plötzlich lässt sie meine Hände los, als würden sie brennen.

»Oh! Es ist da, ganz nahe bei Ihnen!«

Wer? Was? Das ist lächerlich!

»Das Böse ... Es umgibt Sie wie ein Leichentuch«, flüstert sie mit eindringlicher Stimme. »Geben Sie Acht, Ihre Seele ist in Gefahr.«

Meine Seele? Um meine Seele mach dir mal keine Sorgen. Mein Körper wäre um Haaresbreite als Pfannkuchen am Straßenrand geendet.

»Was ist passiert? Bitte treten Sie zur Seite.«

Lorieux. Alles schnattert durcheinander, bis er schreit:

»Immer schön einer nach dem anderen, bitte!«

»Hier«, sagt Yvette. »Elise hat alles niedergeschrieben.«

Schweigen. Er scheint zu lesen. Dann ruft er Hugo und tritt mit ihm beiseite, bevor er sich an Yvette und Francine wendet. Hüsteln.

»Wenn ich also recht verstanden habe, hat Madame Martine Pasquali, Pflegerin im Zentrum, Mademoiselle Andrioli auf die Terrasse geschoben, um sie ›ein Sonnenbad nehmen‹ zu lassen. Anschließend hat sie sich in ihr Büro begeben, um verschiedenen ›Papierkram zu erledigen‹. Unterdessen hat eine nicht identifizierte Person Mademoiselle Andrioli angegriffen und versucht, sie von der Terrasse zu stoßen. Der Unbekannte wurde von einem Hund daran gehindert, einem schwarzen Labrador, der als der Hund der verstorbenen Sonia Auvare identifiziert wurde.« Er holt tief Luft. »Besagter Hund wurde an der rechten Seite verletzt. Madame Holzinski und Madame Atchouel sind daraufhin erschienen und haben den verletzten Hund und Mademoiselle Andrioli im Schockzustand vorgefunden.«

Schockzustand, er übertreibt. Ich finde, ich bin ganz schön hart im Nehmen.

Die Ankunft des Tierarztes geht in dem Tumult fast unter. Er muss die Stimme heben, um sich bemerkbar zu machen. Während er Tintin versorgt, wende ich mich an Lorieux und halte ihm einen Zettel von meinem Notizblock hin.

*Kennen Sie Tintin?*

»Natürlich. Ich habe ihn Sonia geschenkt. Sie ging spätnachts nach Hause, und ich dachte mir, so ein Hund ...«

Seine Stimme versagt. Der Tierarzt unterbricht uns: Die Wunde des Hundes sei nicht sehr tief, kein lebenswichtiges inneres Organ sei verletzt. Er nehme ihn mit in die Praxis, um ihn zu nähen. Morgen können wir ihn wieder abholen.

Ihn abholen?

»Das Problem ist, dass die Besitzerin verstorben ist«, erklärt Lorieux, der sich wieder gefasst hat.

»Hierbehalten!«, ertönt Magalis kindliche Stimme.

»Nun, Liebes, ich weiß nicht ...«

»Er hat doch Elise das Leben gerettet!«, ruft Jean-Claude aus.

»Stimmt, er ist ein tapferer Kerl«, bemerkt Yvette in einem Ton, als würde sie sich fragen, was Jean-Guillaume wohl sagt, wenn er sie mit zwanzig Kilo Labrador im Gepäck zurückkommen sieht.

Die liebe Francine lässt sich schließlich erweichen. Emilie stößt ein beglücktes »Hurra« aus, das Clara Angst macht, keiner weiß, warum. Magali ruft: »Nicht weinen! Nicht weinen! Sonst kein Dessert!« Bernard verkündet oberlehrerhaft, er müsse ein Bad nehmen, und guter Hund bald gesund. »Taquouère!«, schreit Christian, bevor er anfängt zu bellen.

Ich spüre Justines Gegenwart an meiner Seite. So wie ich nimmt sie die Szene nur anhand der Geräusche wahr. Aber macht sie sich das gleiche Bild davon? Vielleicht ist es gar nicht Emilie, die weint, sondern Clara. Vielleicht ist es gar nicht Christian, der bellt, sondern Léonard. Vielleicht schiebt Yvette gar nicht meinen Rollstuhl ins Haus und verspricht mir einen Nerven beruhigenden Kräutertee. Vielleicht hat Tintin gar nicht eingegriffen, vielleicht bin ich tot, und mein Geist funktioniert noch eine Zeit lang und produziert vertraute Bilder.

Nein. Der widerliche Geruch des Kräutertees kann nur in die reale Welt gehören.

Tintin ist wieder da. Er folgt mir überallhin. Seine Gegenwart hat etwas sehr Beruhigendes, und ich strecke immer wieder die Hand aus, um sein raues Fell zu spüren. Er wird von allen verwöhnt, von der Köchin bis hin zu den Heimbewohnern, die ihn mit hausgemachtem Kuchen vollstopfen. Die liebe Francine verbringt ihre Zeit damit, in ihre weißen Hände zu klatschen, um wieder Ruhe herzustellen Das macht den Hund aber nur verrückt. Mitten in diesem Tohuwabohu versuche ich zu sehen, wo ich stehe, doch für eine Blinde ist das nicht leicht. Ein erbärmliches Wortspiel, Elise.

Schnabel bestätigt seiner Freundin Yvette, dass Yann mit den Heimbewohnern unterwegs war, als man versuchte, mich in ein Ultraleichtflugzeug zu verwandeln. Auf jeden Fall kenne ich Yann gut genug, um ihn vom Berühren, von der Stimme und vom Geruch her zu erkennen. Der Mann, der mich angegriffen hat, war kleiner als er, hatte einen unangenehmen Mundgeruch und roch überhaupt sonderbar nach Pfeffer ... Lorieux hat mich gefragt, woher ich wissen könne, dass der Mann kleiner sei als Yann. Ich habe ihm erklärt, dass ich automatisch den Kopf zu meinen Gesprächspartnern hebe. Und auf diese Weise könne ich in etwa die Höhe der Mundpartie ermessen. Die Stimme von Nibal komme aus einer Höhe ungefähr zwanzig Zentimeter über meinem Kopf. Lorieux stürzt sich daraufhin in kühne Berechnungen:

»Wollen wir doch mal sehen. Obwohl Sie sich in einer sitzenden Position befinden und Ihre Schädeldecke an der höchsten Stelle bei ... Schnabel, Maßband ... einem Meter dreißig liegt und sich der Mund eines Menschen im Gesicht ... Schnabel! ... im unteren Drittel des Gesichts befindet, muss der Verdächtige also ungefähr einen Meter zweiundsiebzig groß sein.«

»Wie Sie«, bemerkt Francine. »Wer möchte noch Tee?«

Ich beginne, mir die liebe Francine als einen riesigen sprechenden Samowar vorzustellen. Lorieux hat das Angebot, recht barsch, wie ich finde, abgelehnt, ist aufgebrochen, um seinen Bericht zu schreiben, hat uns unter der Obhut von Schnabel zurückgelassen, der wiederum unter Yvettes Obhut steht.

Ein Meter zweiundsiebzig. Yann misst, laut Laetitia, über einen Meter achtzig. Ach, und warum sich darauf versteifen, den armen Yann zu verdächtigen? Er kannte mich nicht, bevor ich hierher kam, und hat mir das Fax nicht am Vortag meiner Abreise schicken können!

Am Vortag meiner Abreise. Ja, natürlich, Nibal hat mich kontaktiert. Er kann sich nicht rein zufällig zur selben Zeit wie ich in Castaing befinden. Also hat er mich entweder verfolgt, oder er wusste von meinem Kommen. Aber von wem? Antwort: Nur mein Onkel war auf dem Laufenden. Neue Theorie: Nibal wohnt in der Gegend. Er ist ein Psychopath, der auf mich fixiert ist. Von meinem Onkel erfährt er beiläufig, dass ich mich hier aufhalten werde. Und er fordert mich heraus, indem er nacheinander eine Obdachlose und das Patenkind meines Onkels tötet.

Daher die Frage: Ist er ein Feind meines Onkels? Man tötet sein Patenkind, man versucht, seine Nichte zu töten ... Ein Bewohner von Castaing, der ihn insgeheim hasst? Aber warum sollte er dann Marion Hennequin umgebracht haben? Um eine falsche Spur zu legen?

Vielleicht bin ich da auf eine wichtige Spur gestoßen.

»Ich habe heute Morgen Ihr Porträt gemalt.«

Ich war so in Gedanken versunken, dass mich Justines Stimme zusammenzucken lässt. Mein Porträt?

»Es ist unglaublich, aber es ist sehr gelungen!«, ruft Laetitia, die sich sogleich verbessert: »Oh, entschuldigen Sie, ich wollte nicht sagen ...«

»Keine Ursache«, unterbricht sie Justine.

Notizblock: *Wie gehen Sie vor?*

»Ich lasse mich von den Farben leiten«, antwortet sie, nachdem Laetitia ihr meine Frage vorgelesen hat. »Von ihrer Textur auf meiner Haut. Ich male mit den Fingern. Deshalb berühre ich die Menschen so oft. Um ihre materielle Beschaffenheit zu erfassen.«

Bei diesen Worten streicht sie über mein Kinn, meine Schläfen, meine Brauen. Ich habe den Eindruck, von einem Rabenflügel berührt zu werden.

»Haben Sie keine Angst«, sagt Justine mit ihrer schönen ernsten Stimme, »ich bin keine Hexe.«

Ich versuche zu lachen, um zu zeigen, dass ich nicht die geringste Angst vor Hexen habe, und Laetitia flüstert mir ins Ohr:

»Müssen Sie mal verschwinden?«

Verneinendes Handzeichen. Wenn man den Gesichtsausdruck aufkeimenden Zutrauens mit dem Bedürfnis, Harn zu lassen, verwechselt, kann es mit meinen Kommunikationskünsten nicht weit her sein.

»Ach, da sind Sie ja, Justine! Ich habe Sie schon gesucht. Ihre Unterrichtsstunde fängt an!«, sagt Yann, der, umgeben von Duft nach Schnee und frisch gewaschenem Haar und Tabak, zu unserer kleinen Gruppe stößt.

»Justine nimmt ihre erste Skistunde!«, erklärt mir Laetitia. »Schauen wir zu?«

Yvette murrt leise vor sich hin, denn sie ist gerade dabei, Francine haushoch zu besiegen. Wegen ihres Gehgestells aber kann Laetitia meinen Rollstuhl nicht schieben.

Schon sind wir im Schnee. Tintin trottet neben mir her und versetzt mir von Zeit zu Zeit einen freundlichen Stubser mit der Schnauze. Yvette dagegen zieht mir mit einer äußerst unfreundlichen Geste die Mütze tief ins Gesicht.

»Eine Skistunde«, murmelt sie. »Das ist doch das Letzte. Die arme Frau wird auf die Nase fallen ...«

»Aber nein, sehen Sie doch!«

Laetitia beugt sich zu mir herab:

»Yann hält sie an der Taille und fährt zusammen mit ihr den Hang hinunter. Um ihr das Gefühl des Gleitens zu vermitteln. Sie können nicht wissen, wie großartig es ist, so zu gleiten!«

Ich sehe mich wieder auf den Rand der Terrasse zugleiten.

»Gefühl, Gefühl! So was schickt sich doch nicht«, knurrt Yvette, die durch Höhenluft, Landleben und Spielleidenschaft im Begriff ist, sich in eine pedantische Anstandsdame zu verwandeln.

Es ist kalt. Schneeflocken tanzen durch die Luft und legen sich auf meine Wangen. Zweige knacken.

»Bis sie wieder auf dem Gipfel sind, haben wir uns vor Kälte schon den Tod geholt«, schimpft Yvette.

»Oh, ein Eichhörnchen!«, ruft Laetitia.

Ich stelle mir einen buschigen Schwanz vor, der unter den Bäumen auf und ab wippt. Tintin bellt unentschlossen. Soll er ihm nachjagen, dem kleinen behaarten Wesen oder nicht? Ich streichele seinen Kopf. Er setzt sich wieder hin.

»Auf geht's«, ruft Yann hoch über unseren Köpfen.

Das Geräusch von gleitenden Skiern. Ich beobachte aufmerksam das Spektakel, das ich nicht sehen kann. Das Lachen von Justine. Ein kehliges, perlendes, sehr feminines Lachen. Justine in den kräftigen Armen von Yann. Schnabel und Yvette, keuchend in einem Stall. Die liebe Francine in schwarzer Lederkluft, die mit der Peitsche die Spiele von Martine und Hugo dirigiert. O weh, drohende Libido-Krise und kein Tony zur Hand!

»So, das war's!«

»Super!«, sagt Laetitia, »ihr seid nicht mal gestürzt.«

»Yann ist ein hervorragender Lehrer«, stimmt Justine zu. »Ich habe fast geglaubt, wirklich Ski zu fahren!«

»Wir sollten uns vielleicht auf den Heimweg machen«, knurrt Yvette, »es fängt an, empfindlich kalt zu werden.«

»Und Sie, Yvette, wollen Sie's nicht mal probieren? Auf den Schlepplift und zack, sind wir auf der schwarzen Piste!«

»Ihre schwarze Piste ist eine Kinderrutschbahn!«

»Aha, Sie können also richtig Ski fahren?«, fragt Yann spöttisch.

»Ein wenig, mein König! Mein Vater war Briefträger.«

Verblüfftes Schweigen.

»Im Jura. Ich habe ihn als Kind begleitet, wenn er die Post austrug. Zu den Bauernhöfen. Nicht mit Allradantrieb, versteht sich ...«

»Donnerwetter! Was für eine Geheimniskrämerin Sie sind!«

Und Lügnerin! Ihr Vater war Postdirektor. Ich kann ihn mir kaum vorstellen, wie er, die Posttasche umgehängt und mit Yvette im Schlepptau, durch die Wälder streift.

»Wie wär's mit einer Demonstration?«, sagt Yann, der nach eigener Auskunft Justine den Arm um die Taille gelegt hat, um sie zu führen.

Laetitia trällert vor sich hin, Tintin schnuppert, ich höre, ohne zuzuhören, angenehm beruhigt durch das Knirschen der Räder im frischen Schnee.

Abend am Kaminfeuer. Ich schlürfe genussvoll den Cognac, den Yann mir nach dem Essen eingeschenkt hat. Laetitia spielt Chopin auf dem elektrischen Klavier. Justine macht ihre Entspannungsübungen auf dem Teppich. Francine und Yvette tragen ein heißes Gefecht aus. Magali, Christian und die anderen sitzen im Freizeitzimmer und sehen sich einen Spielfilm an.

Schritte auf dem Parkett, das sicher gut gewachst ist.

»Einen Cognac, Léonard?«

»Nein. C-o-la.«

»Bedien dich nur.«

Pfeifender Atem, schwankende Körpermaße, Geräusch der Flasche, deren Verschluss aufgeschraubt wird, Klirren von Glas, das am Boden zersplittert.

»Nicht schlimm, das sammeln wir schon wieder auf«, sagt Yann.

Schweigen von Léonard.

»Woher bist du so nass? Bist du draußen gewesen?«, fragt Yann.

»St-er-ne. H-eut A-bend ...«

Pause. Angestrengtes Atmen.

»Mi-z-ar und A-lc-or groß ... groß ...«

»... artig!«, spricht Justine zu Ende. »Die Atmosphäre ist hier so klar!«

Als hätte sie jemals in ihrem Leben einen Stern gesehen! Die Konstellationen lernen, nur um anzugeben!

»Setzen Sie sich neben mich, Léonard«, fährt sie fort und klopft auf die Sofakissen.

Laetitia greift etwas zu kräftig in die Tasten. Yann schenkt mir einen zweiten Cognac ein. Ich höre, wie er sein eigenes Glas in einem Zug leert.

»Mein Gott«, sagt er völlig unvermittelt. »Wenn ich das nur verstehen könnte!«

Und ich erst ...

»Yann, Yann! Sieh dir Rennen an, Fernsehen, schnell!«

Magali kommt aufgeregt herein.

»Es ist die Übertragung des Snowboard-Finales der Herren in La Colmiane«, erklärt Hugo.

»Hmmm«, meint Yann zerstreut.

Er steht auf und entfernt sich schweren Schrittes.

»Lise, komm, Fernsehen, Rennen, komm!«

»Magali! Du weißt doch, dass Elise nicht sehen kann!«, ruft Laetitia zwischen zwei Zweiunddreißigstel-Noten.

»Schade! Dein Freund im Fernsehen.«

Freund? Welcher Freund?

»Dein Freund, der Geschenke macht für dich. Geschenke, Geschenke, schöne Geschenke. Danke.«

Mein Freund, der mir Geschenke macht! Will sie damit sagen, dass ... Nibal? Im Fernsehen? Schnell mein Notizblock: *Bitten Sie Magali, Ihnen meinen Freund im Fernsehen zu zeigen!*

Ich halte das Blatt aufs Geratewohl vor mich hin.

Laetitia, dreh dich doch um, Justine kann nicht lesen!

»Lae-ti-tia ...«, bringt Léonard hervor, »Lae-ti-tia ...«

»Ja?«

Sie scheint das Blatt zu sehen, sie seufzt.

»›Bitten Sie Magali ...‹ O weh, das ist ja nicht zu entziffern!«

Schnell, Herrgott noch mal, schnell!

»›*Ihnen meine Freude*‹? Nein, das kann nicht stimmen ... Ihnen, ah, ›*meinen Freund – im Fernsehen zu zeigen.*‹ Ich verstehe trotzdem nicht richtig ...«

Notizblock: ›*Bitten Sie sie!*‹

»Magali, zeigst du uns den Freund von Elise im Fernsehen?«

»Freund, der Geschenke macht, warum nicht für Magali?«

»Zeigst du ihn mir?«

Schurren des Gehgestells, Kichern von Magali, ich spitze die Ohren.

»Weg! Weg!«

Natürlich. Magali hat sich das Skirennen angesehen – welches Rennen und wo? Ich schreibe die Frage auf und halte mein Gekritzel erneut vor mich hin.

»Was soll dieses Spielchen?«, fragt Yvette, die für eine halbe Sekunde die Augen von ihren sakrosankten Karten hebt.

Zorniges Kritzeln: *Magali hat Nibal im Fernsehen gesehen!* Nur mit Mühe widerstehe ich dem Drang, ihr eine Papierkugel an den Kopf zu werfen.

»Wie? Magali weiß doch gar nicht, wer Nibal ist! Wo sollte sie ihn gesehen haben?«

Gute Frage. Zwangsläufig in meiner Gesellschaft, da sie ihn als den Freund beschreibt, der mir Geschenke macht. Aber wann? Vielleicht habe ich alles nur falsch verstanden!

»Magali, wen hast du im Fernsehen gesehen?«, fragt Yvette.

»Mann. Mann. Freund Lise. Mann von Terrasse.«

»Von der Terrasse?«, wiederholt Yvette, nun schon weniger selbstsicher.

»Mann spielen mit Lise auf der Terrasse. Warum nicht spieen mit Magali? Magali will auch Rollstuhl spielen! Sofort!«

»Hör auf damit!«, unterbricht Francine. »Der Rollstuhl von Elise ist kein Spielzeug, das weißt du genau. Wie ist er, dieser Mann?«

»Weiß nicht. Kann mich nicht erinnern.«

»Magali! Komm sofort zurück!«

Kleine Schreie, die sich entfernen.

»Sie kriegt uns noch einen Anfall«, sagt Martine vorwurfsvoll. »Sie ist sehr sensibel.«

»Sie hat den Mörder gesehen«, schreit Francine. »Ihre blöden Krisen sind mir schnurzegal. Holen Sie sie her!«

»Aber ... Madame Atchouel ...«, protestiert Martine, fassungslos über diesen plötzlichen Ausbruch.

»Francine hat Recht«, meint Yvette. »Dies ist kein Spiel. Schließlich wäre Mademoiselle Andrioli beinahe umgebracht worden! Geben wir Lorieux Bescheid.«

Anruf. Yann kommt zurück, um sich zu erkundigen, was los ist. Laetitia erklärt es ihm.

»Aber war Magali während des Zwischenfalls auf der Terrasse nicht mit den anderen spazieren?«, fragt Justine.

Yann denkt nach.

»Lorieux kommt«, sagt Francine und legt auf.

»Chris-tian ... weg ...«, verkündet Léonard plötzlich.

Yann schlägt die Faust in die Handfläche.

»Genau! Ich musste hinter Christian herrennen, der auf dem Hosenboden den Hang runterrutschte. Magali könnte sich eine Weile unbemerkt entfernt haben. Jetzt erinnere ich mich wieder, dass sie nicht mitkommen wollte. Weil sie, wie sie sagte, Kopfweh hatte.«

»Sie soll den Angriff auf Elise beobachtet und sich dann in aller Ruhe euch wieder angeschlossen haben?«, wundert sich Justine.

»Los, vorwärts«, drängt Martine. »Es wird dich schon niemand fressen.«

Kein besonders geglücktes Bild in diesem Zusammenhang.

»Entschuldigt mich, aber ich habe gehört, was ihr gesagt habt«, fährt sie fort. »Ich glaube, ich habe den Schlüssel zu dem Geheimnis. Beim Verlassen des Büros habe ich Magali vor der Garage stehen sehen und sie zur Gruppe zurückbegleitet, Yann war ganz unten am Hang, um Christian wieder hochzuschleppen. Ich bin gleich zurückgegangen, weil ich mich um Jean-Claude kümmern musste.«

Also scheint Magali nicht zu lügen. In diesem Augenblick Auftritt von Lorieux, gefolgt von Schnabel. Man erklärt ihnen den Stand der Dinge: Magali glaubt, meinen Angreifer bei der Fernsehübertragung des Snowboard-Europacup-Finales der Herren in La Colmiane, einem fünfzig Kilometer entfernten Skiort, gesehen zu haben. Lorieux fragt, wie wir darauf kommen, dass »der Freund von Elise« ausgerechnet Nibal und nicht sonst wer aus dem Dorf ist. Man erklärt ihm die Geschichte von den »Geschenken«. Er schließt daraus (ich übrigens auch), dass Magali beobachtet haben muss, wie der Mann mich vor der Szene auf der Terrasse angesprochen hat. Alles wendet sich jetzt Magali zu, die in Tränen ausbricht und behauptet, Kopfweh zu haben.

»Wenn die jungen Fräuleins weinen, hört die Sonne auf zu scheinen«, sagt Schnabel.

»Nicht wahr«, protestiert Magali. »Sonne hört am Abend auf zu scheinen.«

»Oh, doch. Denn wenn die Fräuleins weinen, weint auch der Himmel, und dann hört die Sonne auf zu scheinen.«

Magali scheint einen Augenblick nachzudenken, während Francine murmelt:

»Als müsste man ihr solchen Blödsinn erzählen!«
»Möchtest du ein Bonbon?«, fragt Schnabel.
»Ein Bonbon mit was?«
»Mit einem Zaubertrank. Er zaubert das Kopfweh weg.«
Geräusch von knisterndem Zellophan.
»Nun, geht es schon besser?«
Ein zögerndes »Ja« von Magali. Schnabel fährt fort:
»Also hast du mich im Fernsehen gesehen?«
»Nicht wahr! Nicht dich! Freund von Lise!«
»Ich bin aber auch ein Freund von Lise«, manövriert er geschickt weiter.
»Bist zu dick! Dein Kopf ist zu hoch!«, schreit Magali. »Du warst nicht im Fernsehen, Lügner!«
»Aber ich habe blondes Haar«, entgegnet Schnabel als perfekter Stratege.
»Schwarz!«, kreischt Magali. »Freund von Lise wie der Hund! Tintin! Tintin!«
Kurzes Kläffen.
Ein dunkelhaariger Mann, kleiner und weniger korpulent als Brigadier Schnabel.
»Schon gut, schon gut. Und was hat er getan, der Freund von Elise? Ist er Ski gefahren?«,
»Pah! Dumm! Hat zugeschaut wie wir!«
Nibal, anonymer Zuschauer des Rennens, erwischt von den Kameras. Ein unglaublicher Glückstreffer! Lorieux hantiert an seinem Funktelefon mit Spezialfrequenz. Alle kommentieren das Ereignis. Magali verlangt ein zweites Zauberbonbon für ihr Bauchweh. Nach einer halben Stunde hektischen Palavers mit seinen Kollegen von La Colmiane und den Organisatoren des Rennens hat Lorieux schließlich eines der Mitglieder des Teams von Télé Monte Carlo an der Strippe, der gerade nach Monaco zurückfahren wollte. Die Aufnahme der Sendung kann nur bei ihm angesehen werden. Lorieux macht für morgen früh neun Uhr einen Termin aus.

»Ich hole Magali morgen um halb sieben ab. Jemand muss sie begleiten.«

»Ich komme mit«, sagt Yann, bevor jemand anderer Zeit hat, zu antworten.

Ich kann mir einfach nicht vorstellen, dass wir morgen das Gesicht von Nibal kennen. Ich, die ich mich seit jeher über die Allgegenwart der Medien aufrege ... Wir sind völlig aus dem Häuschen – die Heimbewohner müssen sich fragen, was in uns gefahren ist ... Schnabel schenkt Magali noch ein Bonbon, dann ziehen sich die Herren Gendarme zurück.

»Champagner!«, ruft Yann.

»Man soll den Tag nicht vor dem Abend ...«, beginnt Yvette.

»Meine liebe Yvette, bis zum wunderbaren Eingreifen von Magali war ich der Hauptverdächtige in dieser Geschichte. Nein, sparen Sie sich Ihren Protest, Lorieux kann mich nicht riechen!«

»Er ist Ihr bester Freund. Sie reden wirklich dummes Zeug.«

»Ich glaubte, er sei mein Freund. Bis mir aufging, dass er die Trennung von Sonia bis heute nicht verdaut hat. Und seitdem ich Interesse an ihr gezeigt habe, hasst er mich regelrecht.«

Ich denke im Stillen, dass Yanns Analyse zutrifft.

»Müssen Sie Ihre schmutzige Wäsche unbedingt vor aller Öffentlichkeit ausbreiten?«, fragt Francine pikiert. »Und was den Champagner betrifft, so haben wir keinen. Tut mir Leid, wir sind ein Pflegeheim und keine Discothek.«

»Und wenn Sie mir die Sterne zeigen, Léonard?«, flötet Justine.

»Der Himmel ist bedeckt«, ruft Laetitia.

»Stimmt gar nicht, der Himmel ist wolkenlos«, meint Martine treuherzig.

»Als würde Justine das etwas ausmachen«, wirft Laetitia ein.

»Die Sterne geben noch andere Vibrationen ab als nur Lichtwellen«, entgegnet Justine, »aber nur geübte Menschen können sie wahrnehmen.«

Laetitia verschlägt es die Sprache.

Ich spüre, dass Léonard an mir vorbeigeht, erkenntlich an seinen unkoordinierten Bewegungen, gefolgt vom Parfüm von Justine.

»Es freut mich für Sie, Elise«, sagt sie im Vorübergehen. »Ich hoffe, man macht diese Kreatur endlich unschädlich.«

Nach ihrem Tonfall zu urteilen, könnte man meinen, wir hätten es mit einem übernatürlichen Wesen, einem Werwolf oder Yeti, zu tun.

Die Tür wird wieder geschlossen.

»Vibrationen der Sterne! Was man nicht alles zu hören bekommt! Manche machen sich ganz schön was vor«, murmelt Laetitia.

Notizblock: *Ist Léonard attraktiv?*

»Na ja ... Wenn man den südlichen Typ bevorzugt – dunkles Haar, hager, durchdringender smaragdgrüner Blick ...«

»Drakula mit Tatterich«, bestätigt Yann.

»Yann! Also wirklich!«, schreit Francine.

»Ja, wirklich.«

»Sie haben mich sehr gut verstanden«, säuselt Francine. »Hugo, wird es nicht Zeit, unsere kleine Schar zu Bett zu bringen? Noch eine letzte Partie, Yvette, oder erlauben es Ihre Finanzen nicht? Unsere liebe Yvette hat heute nämlich eine Pechsträhne«, fügt sie genüsslich hinzu.

»Wie wär's, wenn wir noch ein Gläschen im Dorf trinken würden?«, fragt Laetitia.

»Ich glaube, ich gehe auch schlafen«, erwidert Yann, dessen Laune plötzlich umgeschlagen ist. »Also, gute Nacht.«

»Tolle Stimmung hier!«, bemerkt Laetitia. »Aber Ihnen ist das natürlich egal!«, ruft sie mir zu, bevor sie ebenfalls das Zimmer verlässt.

Ich bleibe willenlos am Kamin sitzen, bis Yvette sich meiner Existenz erinnert. Ich langweile mich nicht, ich habe genug Stoff zum Nachdenken. Und ich warte ungeduldig, was der morgige Tag uns bringt.

## KAPITEL 7

Ich muss ständig gähnen. Bin erst Gott weiß wann eingeschlafen. Und heute Morgen klingelte der Wecker schon um sieben Uhr, damit ich die Abreise von Magali miterleben konnte. Es bedurfte der größten Überredungskunst seitens Schnabel, um sie zu bewegen, in den Kleinbus einzusteigen. Sie glaubte, man wolle sie ins Gefängnis bringen. Die Zauberbonbons kamen erneut zum Einsatz. Inzwischen müssten sie angekommen sein. Ich sehe schon, wie sich die Handschellen um Nibals Handgelenke schließen. Knochige, stark behaarte Handgelenke, bedeckt mit den Kratzspuren seiner Opfer.

Hugo hat mich in den Salon zurückgeschoben, wo wir unser Frühstück einnehmen. Die liebe Francine und Madame Raymond stellen eine Einkaufsliste zusammen. Martine und Hugo kümmern sich um die Morgentoilette der Heimbewohner. Jean-Claude erörtert das Konzept der Erzählstruktur des Filmemachers Abel Ferrara. Léonard ist nicht heruntergekommen, er arbeitet auf seinem Zimmer. Justine, in Hochform, erklärt Laetitia die neuesten Theorien über Quark und Quasar, und Laetitia bittet Yvette, ihr die Butter zu reichen. »Und ich bleibe an den Ufern der Stille liegen, wo das sanfte Plätschern der Wellen meiner Langeweile meine Melancholie einhüllt.« (Elise Andrioli, Nobelpreis für Poesie, 2000)

Der Morgen schleppt sich dahin, bis endlich das Telefon klingelt. Yvette stürzt hin, rempelt Hugo an.

»Hallo? Guten Morgen, mon Adjudant-Chef ... Ja, ich kann Sie gut verstehen ... Wie bitte? ... Ah ... Klar ... Natürlich ... Bis gleich.«

Sie klingt enttäuscht.

»Was hat er gesagt?«, fragt Laetitia begierig.

»Magali hat ihnen einen Mann gezeigt.«

»Einen Mann?«, wiederholen Martine und Hugo wie aus einem Munde.

»Einen Mann in rotem Skianzug.«

»In Skikleidung?«, ruft die liebe Francine, die eben aus der Küche kommt.

»Ein Anzug, wie ihn die Skilehrer von Castaing tragen. Mit schwarzer Kapuzenmütze, Sonnenbrille und Handschuhen.«

»Aber wie hat ihn Magali erkennen können?«, fragt Laetitia.

»Sie hat einen Skilehrer erkannt«, sagt Justine

Mein Notizblock: *Auf jeden Fall war mein Angreifer als Skilehrer gekleidet.*

»Vielleicht ist er ja wirklich Skilehrer«, fügt Yvette hinzu.

Ein Skilehrer aus Castaing, der seelenruhig im Dorf rumspaziert – allen so vertraut, dass ihm niemand Beachtung schenkt. Oder Nibal als Skilehrer verkleidet? Mit Mütze und Sonnenbrille kann jeder irgendjemand sein und umgekehrt. Bravo, Elise, nach der Poesie nun auch noch der Große Preis für moderne Philosophie, verliehen von Professor Binsenweisheit.

Lorieux wird seine Ermittlungen also auf die Skischule konzentrieren. Ich persönlich bezweifele jedoch, dass Sonia oder Marion Hennequin jemals Skiunterricht genommen haben.

Francine versucht, sich alle Skilehrer von Castaing ins Gedächtnis zu rufen, und stellt fest, dass sie sie immer mit reflektierenden Sonnenbrillen, das Haar unter Stirnbändern oder Mützen verborgen, gesehen hat.

»Eigentlich erkennt man sie vor allem an der Stimme«, schließt sie.

»Und wieder Rot«, seufzt Justine. »Sehen Sie, ich hatte Recht, Elise, das Böse ist rot und hinterlässt seine Spur auf dem Weiß wie ein ausgehungertes Tier.«

Ich würde wirklich gern ihre Bilder sehen. Bin gefrustet bei der Vorstellung, für immer blind zu sein. Wie ist das möglich? Warum gerade ich, die ich immer so begierig war, zu sehen und zu beobachten?

Ich muss die Hände zur Faust geballt haben, denn Francine flüstert mir zu:

»Sie müssen die Finger spreizen, um den Stress abzuleiten.«

Genau in diesem Augenblick täte ich nichts lieber, als sie zu spreizen, um sie dir ins Gesicht zu schlagen und dich zum Schweigen zu bringen. Ich habe schon so genug Probleme, da braucht man mir nicht auch noch weise Ratschläge zu erteilen! Macht sich eigentlich einer von euch klar, dass ich ständig einstecke, ohne irgendwas sagen zu können? Wie ein Boxer, der schon am Boden liegt, in einem Hagel von Schlägen.

»Eines verstehe ich nicht«, sagt Laetitia. »Warum sieht er sich das Rennen von La Colmiane im Skianzug an?«

»Es war vielleicht gar nicht Nibal. Magali hat geglaubt, den Freund von Elise zu erkennen«, erwidert Justine im geduldigen, aber gereizten Tonfall der Oberlehrerin.

»Wir sehen tagtäglich Skilehrer im Dorf, doch sie hat noch nie etwas gesagt«, bemerkt Laetitia.

Weil Magali, wie wir alle, einen Menschen als Gesamtbild wahrnimmt – sein Gewicht, seine Größe, seine Haltung – und sie nicht unbedingt seine Züge sehen muss, um zu wissen, wer er ist. Als ich noch nicht blind war, konnte ich jemanden an seinen Schultern, seinen Händen, seiner Art zu gehen erkennen. Bedeutet das, dass es wirklich Nibal sein muss, der in der Fernsehaufzeichnung zu sehen ist? Und wenn er als Skilehrer gekleidet ist, heißt das, dass er wirklich einer ist? Hab allmählich den Eindruck, mich mit meinen Fragen im Kreis zu drehen. Gut, dass nicht ich das Buch über die Morde in Boissy geschrieben habe, die Leser würden vor Langeweile sterben.

Das bringt mich auf den Gedanken, dass meine Autorin beglückt sein müsste, wenn sie wüsste, in welche neuen Mordfälle ich verstrickt bin. Eine schöne Auflage in Aussicht. Die neuen Abenteuer des Kartoffelsacks auf vier Rädern. Man könnte eine ganze Serie ins Auge fassen: *Elise im Kongo, Elise in Serbien, Elise bei den Fundamentalisten, Elise auf dem Mond ...*

Und wenn ich sterbe, verkauft sich das Ganze noch besser: *Die wahre und tragische Geschichte der Elise Andrioli, gefressen vom Kannibalen im Schnee.* Mit einem reißerisch aufgemachten Einband.

Gut, dass niemand weiß, was für grässliche Dinge ich manchmal allein in meiner Ecke denke. Ich komme mir bitter vor wie Salbeitee. Oder wie ein Glas Enzian, wo wir schon in der Gegend sind.

»Madame«, sagt die Köchin Raymond plötzlich. »Pater Clary ist da, mit Butter und Käse.«

»Ich komme.«

Pater Clary? Ein Pfarrer, der Milchprodukte verkauft?

»Sie sollten auch kommen, Yvette«, sagt Francine, »er hat nur reine Bio-Produkte, die er von der Schäferei mitbringt. Alle möglichen Milchprodukte, aber auch Berghonig, Eselsalami ...«

Ein Hirte. Ein Kollege des Onkels der armen Sonia? Ich setze mich mit meinem elektrischen Rollstuhl in Bewegung und folge den Stimmen. Langsam werde ich mit den Örtlichkeiten vertraut und finde mich allein zurecht. Ich gleite ohne größere Schwierigkeiten über die Küchenschwelle. Frischer Luftzug, die Terrassentür muss offen stehen. Sie unterhalten sich. Raue Männerstimme mit starkem regionalem Akzent. Yvette gerät bei allem ins Schwärmen, fest entschlossen, bis ans Ende ihrer Tage Brousse-Käse mit Lavendelhonig zu essen. Wenigstens kommen wir nicht ohne Geschenke nach Hause. Sofern wir denn nach Hause kommen.

Ich höre Pater Clary sagen:

»Und für das arme Fräulein? Kaufen Sie ihr doch einen Crottin mit grünem Pfeffer; der macht sie wieder munter.«

Ich verstehe, dass von mir die Rede ist, und während ich noch darauf warte, mit Ziegenkäse voll gestopft zu werden, greife ich zu meinem Notizblock: *Kennen Sie Mauro?*

»Ah! Und sprechen können Sie auch nicht! Na ja, wenn man bedenkt, was für ein Unsinn die meiste Zeit geredet wird ...« Ich wedele mit meinem Blatt.

»Ach ja, Mauro, der Arme!«, antwortet er einsilbig.

»Er ist vor sechs Monaten verstorben, wenn ich richtig informiert bin«, sagt Yvette.

»Bald sieben. Er war unterwegs in die Aiguilles. Die Schafe sind eine Woche später mit den Hunden zurückgekommen. Aber kein Mauro.«

»Und dann haben Sie die Polizei benachrichtigt?«

»Was, Polizei? Ich bin doch nicht abgestiegen! Ich habe ihn zwei Wochen lang gesucht. Ich kenne die Berge zehnmal besser als die Gendarme.«

»Und ...?«

»Er ist in eine Felsspalte gefallen. Mausetot, der arme Alte. Halb von den Wölfen gefressen.«

»Von Wölfen?«, schreit Yvette.

»Sicher. Die neuen Wölfe, die aus Italien hergekommen sind. Sie haben mir schon ein Dutzend Schafe gerissen, diese Dreckskerle. Als ich ins Dorf runtergestiegen bin, hab ich den Gendarmen Bescheid gegeben und der Hure.«

»Monsieur Clary!«

»Was? ›Monsieur Clary!‹ Eine Hure ist eine Hure. Selbst eine nette Hure, denn sie war nett, die Kleine, Friede ihrer Seele.«

Ich denke, er bekreuzigt sich, während ich weiterschreibe: *Mein Onkel Fernand Andrioli war ihr Pate.*

»Sie sind die Nichte von Fernand? So was aber auch! Na, dieser Schurke! Wir haben Blödsinn getrieben, als wir noch Rotznasen waren. Er ist ein Monsieur geworden, der Fernand. Stimmt, Sie sehen ihm irgendwie ähnlich.«

*Hat Sonia etwas geerbt?*

»Oh, ja. Ich habe ihr den Filzhut des Alten und seinen Stock aus Olivenholz überlassen.«

Das dürfte wohl kein Motiv für einen Mord sein. Nach ein paar Höflichkeitsfloskeln verabschiedet sich Clary: Weitere Kunden erwarten ihn. Ein ganzes Leben entfernt sich mit ihm, ein Leben sonnenverbrannter Almwiesen, der Duft von trockenem Gras, polterndes Geröll über firnbedeckten Hängen. Ach, die Erinnerung an all die Bergwanderungen, an die eisigen Gebirgsbäche, an das Flirren der Luft zum Lied der Zikaden.

Yvette räumt unsere Einkäufe weg. Ich fahre in den Salon und postiere mich vor das große Fenster. Das ist mein bevorzugtes Fleckchen, ich habe den Eindruck, nahe beim Licht zu sein, zu »sehen«, was um mich herum passiert. Es ist ermüdend, das ewige Dunkel. Als lebte man in einem Zimmer mit ständig geschlossenen Fensterläden. Es riecht muffig, nach Krankheit. Ich atme mehrmals tief durch.

»Kuckuck! Sie haben mir eine Kassette geschenkt! Lucky Luke! Schneller als sein Schatten!«

Magali fuchtelt mit etwas vor meiner Nase herum.

»Immer sachte, junges Fräulein«, sagt Schnabel und schiebt sie zur Seite. »Sie ist völlig überdreht«, erklärt er mir.

»McDo!«, schreit Magali. »Viel, viel!«

»Na ja, wir haben unterwegs bei McDonald's angehalten. Die Kleine ist vor Hunger fast umgekommen.«

»Fritten! Drei Fritten für den General!«

»Sie haben uns Ihre Beförderung vorenthalten, Schnabel«, spöttelt Lorieux.

»Sie wird bei Tisch nichts mehr essen«, beschwert sich Francine. »Wo ist Yann?«

»Er brauchte Ruhe und hat sich eine schwarze Piste vorgenommen«, entgegnet Lorieux trocken. »Wir sind übrigens nicht weit gekommen«, fährt er an mich gewandt fort. »Hat Ihnen Yvette alles erklärt?«

Ich hebe die Hand.

»Ich habe einen meiner Männer zur Skischule geschickt, um Namen und Fotos aller Angestellten zu bekommen. Doch ich fürchte, das bringt uns nicht weiter.«

Notizblock: *Wo kann man die Skilehrer-Kluft kaufen?*

»Wenn Sie mich fragen, kann man sie sich leicht selbst zurechtbasteln. Man braucht sich nur in Blau ›Skischule von Castaing‹ auf den Rücken eines roten Skianzugs zu sticken und ein Wappen auf den Ärmel zu kleben.«

Ich kann mir Nibal schlecht beim Sticken vorstellen. Ist er zu einer Stickerin gegangen? Man müsste sich vergewissern. Ich schreibe es.

»Sie haben Recht, das wäre zu überprüfen. Übrigens habe ich vergessen, Ihnen vom Bericht in Sachen Marion Hennequin zu erzählen. Sie ist in Entrevaux aufgewachsen. Neunundzwanzig Jahre alt. Eine geborene Gastaldi. Hochangesehene Bankiersfamilie. Von 1990 bis 1992 war sie mit einem gewissen Hennequin verheiratet. Selbiger Hennequin starb Ende 1992 an einer Überdosis. Er und Marion tranken und fixten ständig. 1993 wurde ihr ihre Stellung als Kassiererin gekündigt. Daraufhin konnte sie ihre Miete nicht mehr zahlen und flog ein halbes Jahr später aus ihrer Wohnung. Sie verließ die Stadt, und ihre Spur verliert sich.«

Und sechs Jahre später wird ihre Leiche in Entrevaux aufgefunden.

Notizblock: *Was sagen ihre Eltern?*

»Sie sind gestorben. Der alte Gastaldi letztes Jahr an der Alzheimer-Krankheit. Madame Gastaldi starb 1997, ohne ihre Tochter noch mal gesehen zu haben. Die Nachbarn sagen, es hätte zur Zeit von Hennequin ständig Streit in der Familie gegeben.«

*Beruf von Hennequin?*

»Informatiker. War arbeitslos, als er Marion geheiratet hat. Hatte schon zwei Entziehungskuren hinter sich. Sie haben sich im Rahmen eines Methadon-Programms kennen gelernt.«

Das ist die Romantik von heute. Ersetzt das Sanatorium unserer Urgroßeltern.

Lorieux verabschiedet sich, gefolgt von Schnabel, der sich bei Yvette für den Kaffee bedankt, und einer kreischenden Magali, die man drinnen zurückhalten muss. Auszug der Ordnungskräfte. Einzug gedanklicher Unordnung: Mein Kopf ist ein Saustall, fehlt nur noch der Urknall. Nachdem ich einen Augenblick mit der Idee gespielt habe, dass diese Komposition mit Sprachsynthesizer die Nummer eins der Hitparade werden könnte, verfalle ich wieder den finsteren Gedanken, die mich seit heute Morgen quälen.

Zwei Frauen sind tot. Ein Mann hat versucht, mich umzubringen. Wer? Warum? Oder für wen? Wird Nibal von jemandem manipuliert? Lorieux sollte sich nach den unlängst aus der Psychiatrischen Klinik Entlassenen erkundigen.

Marion Gastaldi. Sonia Hennequin. Wer waren die Eltern von Sonia? Sicher keine reichen Bankiers. Ich notiere die Frage auf meinem Block. Lorieux unbedingt auch fragen, wer das Geld der Gastaldis erben wird, jetzt, da Marion tot ist.

»Zu Tisch!«, schreit Francine so nah an meinem Ohr, dass ich vor Schreck fast an die Decke fliege.

Und ohne meine Antwort abzuwarten, schiebt sie mich an den großen Esstisch, der sich wahrscheinlich wieder einmal unter dem aufgetischten Essen biegt. Die Heimbewohner kommen in Gruppen mit dem üblichen Lärm herein. Ich sitze heute neben Martine.

Ich taste ein wenig herum, um meinen Teller zu finden, voll mit Würsten und Dampfkartoffeln, während sie das Tischgebet murmelt. Ich fühle mich plötzlich furchtbar ungläubig und bin entsetzt, als sie mir unvermittelt vorschlägt:

»Hätten Sie Lust, Sonntag mit zur Messe zu kommen? Die Predigten des neuen Pfarrers sind wirklich sehr erfrischend.«

Und schon spiele ich die Taubstumme, die sich vollstopft. Sie beharrt nicht darauf. Klappern der Bestecke, Grunzen des Wohlbehagens.

»Wo ist nur unsere liebe Justine?«, fragt Francine.

»Stimmt, sie ist gar nicht runtergekommen«, sagt Martine.

»Und Léonard auch nicht«, stellt Hugo fest. »Ich gehe sie holen.«

»Ich wünsche, dass trotz der dramatischen Vorfälle die Disziplin des Zentrums nicht in Mitleidenschaft gezogen wird«, bemerkt Francine in trockenem Tonfall.

Christian beginnt, lüstern zu stöhnen.

»Christian!«, schreit Martine.

»Haa, haa, haa, Leona', Jutine. Haa, haa, haa! Schmutzig!«

»Schmutzig was?«, fragt Emilie. »Schmutzig ah?«

»Ah, Ah!«, beginnen die anderen zu schreien und schlagen mit ihrem Besteck auf den Tisch.

»Na, na, jetzt aber Ruhe!«, befiehlt Francine. »Oder es gibt kein Dessert.«

Augenblickliches Schweigen auf den Rängen.

»Es ist Christian«, sagt Magali.

»Kein Wort mehr! Martine, bitte prüfen Sie, ob Christian seine Medikamente genommen hat. Ich finde ihn sehr ... unruhig.«

Martine flüstert mir ins Ohr:

»Christian hat Testosteron-Schübe. Ich überrasche ihn oft beim ...Sie wissen schon. Ich habe für ihn gebetet und seine Dosis verdoppelt, aber die Natur ist stärker. Das macht mir Sorgen, denn stellen Sie sich vor, er vergeht sich an den Kleinen. An diesen unschuldigen Seelen.«

Ich stelle es mir vor. Genauso wie ich mir Léonard und Justine zusammen vorstelle. Hugos Rückkehr hindert mich daran, mir noch mehr vorzustellen.

»Und?«, fragt Francine.

Er räuspert sich.

»Sie haben keinen Hunger.«

»Beide nicht?«, wundert sie sich.

»Léonard hat eine Kopfschmerzattacke, und Justine hat Bauchweh. Sie wollen lieber im Bett bleiben.«

»Sie hätten auch vorher was sagen können«, meint Laetitia. »Schließlich sind wir ein Team.«

»So ist es«, stimmt Francine zu. »Noch eine Scheibe Schinken, Liebes?«

Laetitia lehnt ab und bittet, vom Tisch aufstehen zu dürfen. Sie hat ihre Tropfen auf ihrem Zimmer vergessen.

»Ich hole sie dir«, sagt Hugo.

»Nicht nötig, ich komme allein zurecht.«

»Genau! Essen Sie doch, Hugo, es wird noch kalt. Laetitia ist nicht unbeweglich.«

»Ich begleite dich«, sagt Martine.

»Ich weiß, wo mein Zimmer ist«, protestiert Laetitia.

»Ich hab mein *Voici* in meinem Zimmer vergessen und möchte noch ein wenig auf der Terrasse lesen«, erklärt Martine, ohne danach gefragt worden zu sein.

»*So was* kaufen Sie?«, fragt Francine.

»Wegen der Kreuzworträtsel«, erläutert Martine.

»Ist es das letzte Heft?«, will Yvette wissen. »Das mit Richard Gere in Boxershorts?«

Laetitia ist schon draußen. Ich bin sicher, sie begibt sich auf direktem Weg zu Justines oder Léonards Zimmer. Schließlich gelingt es Martine, sich von Yvette zu befreien, und sie eilt ebenfalls zur Tür hinaus. Nach dem Drama – die Posse.

Die folgenden zehn Minuten verstreichen in relativer Ruhe. Dann Türschlagen im oberen Stockwerk, und eine junge Frauenstimme brüllt wütend:

»Wie kannst du nur? Sie könnte deine Mutter sein!«

»Laetitia!«, ermahnt Martine.

Erneutes Türschlagen. Stille. Anscheinend wirkt sich Léonards spastische Lähmung nicht auf all seine Glieder aus. Sehr witzig, Elise, sehr geistreich und sehr geschmackvoll!

Martine kommt zurück. Ich höre sie flüstern, und Francine sagt:

»Ich hab's schon geahnt. Wir sehen später weiter. Keine Panik, jetzt gibt's erst mal das Dessert.«

Ich habe zwei Tassen Kaffee getrunken, schön stark und gezuckert, wie ich ihn mag. Yvette liest die Seiten »Leute von heute« in ihrer Illustrierten und gibt laut ihre Kommentare zu den einzelnen Artikeln ab. Francine tuschelt mit Madame Raymond. Hugo leitet die kreative Stunde: Puzzles und Lernspiele. Martine räumt den Arzneischrank auf. Im oberen Stockwerk scheint alles ruhig. Und ich bin dabei, mir eine finstere Geschichte auszumalen: Der alte Mauro wurde umgebracht, bevor seine Nichte getötet wurde. Der Mörder trägt eine alte Vendetta aus, die sich auch auf die Gastaldis erstreckt. Es ist vielleicht der Sohn eines Bauern, der einst um sein Hab und Gut gebracht wurde, eines Liebenden, der einst von der Angebeteten einen Korb bekam, eines Diebes, der einst erpresst wurde. Wenn aber eine Vendetta mehrere Clans betrifft, kann man davon ausgehen, dass es allgemein bekannt ist und dass auch die Gendarmerie davon Wind bekommen hat. Ich verabschiede mich vorübergehend von meiner Theorie, aber ich habe das Gefühl, dass die dunklen Wurzeln dieser Morde tief im kargen Boden dieser Region stecken.

»Ich glaube, ich mache ein Mittagsschläfchen«, sagt Yvette und legt ihre Illustrierte weg. »Möchten Sie sich auch oben ein wenig ausruhen, Elise?«

Zustimmendes Handzeichen. Aufzug. Es gelingt mir, meinen Rollstuhl ohne Hilfe aus der Kabine zu lenken und den Flur entlang zu fahren. Eine Tür wird geöffnet.

»Sind Sie's, Elise?«, fragt Justine. »Ich hab das Geräusch von Ihrem Rollstuhl gehört.«

»Ja, wir sind es«, antwortet Yvette. »Wir wollen uns einen Moment ausruhen.«

»Kommen Sie doch für fünf Minuten herein«, schlägt Justine vor.

»Nein danke, sehr nett von Ihnen, aber ich bin wirklich müde.«

Ich drehe meinen Rollstuhl und fahre langsam auf Justines Stimme zu.

»Gut, dann verlasse ich Sie«, sagt Yvette. »Ich denke, Sie finden in Ihr Zimmer zurück. Es ist die zweite Tür rechts, wenn Sie auf den Flur kommen.«

Ich gleite noch ein Stück weiter und stoße auf ein Hindernis.

»Das war mein Bein«, sagt Justine. »Ich gehe rückwärts, folgen Sie mir.«

Langsam überqueren wir die Schwelle zu ihrem Zimmer. Sie schließt die Tür hinter uns. Es riecht nach Räucherstäbchen. Justine ergreift meinen Rollstuhl und schiebt mich durchs Zimmer, indem sie laut zählt:

»Eins, zwei, drei, vier. So, jetzt sind Sie genau vor Ihrem Porträt. Auf Augenhöhe, an der Wand.«

Ich hebe den Arm, strecke die Hand aus, berühre die Leinwand. Dicke Farbschichten. Ich lasse die Finger darüber gleiten. Weiße Leinwand. Farbe. Ein langer Strich. Eine Kurve. Ich fühle die feinen Unterschiede der Farbdicke und die abweichenden Richtungen. Horizontal, vertikal ... Ein großer ovaler Fleck mit vertikalen Strichen gemalt. Mein Gesicht?

»Gefällt es Ihnen?«, fragt Justine.

Diese Frau ist unglaublich! Meint sie, ich sehe mit den Fingerkuppen?

»Ich habe Sie in ein violettes Kleid gesteckt.«

Das Bild, das meine Finger entziffern, indem sie den Farbspuren folgen, ist in groben Zügen L-förmig.

»Ich habe Sie natürlich sitzend gemalt, sitzend im interstellaren Raum«, fährt sie verzückt fort.

Ja, großartig. Und die blutrote Aureole des Bösen um den Hals geknotet, nehme ich an. Wie will sie überhaupt wissen, dass sie Violett für mein Kleid genommen hat? Vielleicht hat sie sich geirrt und stattdessen Gelb verwendet. Sonnengelb. Gelb steht Brünetten gut.

»Ich habe angefangen, Léonard zu malen«, sagt sie nach einer Weile. »Er hat vorhin für mich Modell gestanden.«

Modell gestanden, soso, und natürlich nackt.

»Ich bin mit der Hand über sein Gesicht gefahren, über seinen Körper ...«

Sag bloß!

»... um das Wesentliche einzufangen, das meine Finger auf der Leinwand ausdrücken.«

Ich weiß nicht, was deine Finger drücken ...

»Und Laetitia hat uns unterbrochen, jammerschade, ein so zarter, so zerbrechlicher Augenblick.«

Ich reiße mich zusammen, um nicht loszuprusten.

»Dieser Zorn in einem so jungen, so unschuldigen Herzen ... Obwohl sie sehen und sich bewegen kann, kommt es mir manchmal vor, als leide sie mehr als Sie und ich. Sie sollten mit ihr sprechen.«

Genau, mit meinem Computer, der die Stimme der Callas drauf hat.

»Sollten ihr sagen, dass ihre Jugend sie vor aller Eifersucht bewahren müsste. Léonard liebt sie sehr, wissen Sie?«

Okay, aber mit dir, da ...

»Er respektiert sie sehr.«

Na, den Witz habe ich schon tausend Mal gehört! Ein Typ, der ein Mädchen respektiert, der will nichts von ihr, ganz einfach.

»Wussten Sie, dass Léonard den Mann der jungen Toten kannte?«

Den Mann der jungen Toten? Hennequin?

»Sie haben eine Zeit lang zusammen die Schulbank gedrückt, am Gymnasium in Nizza. Ein richtiger Idiot, laut Léonard.«

Halt, vielleicht hat Léonard ja auch Marion gekannt! Ich greife zu meinem Notizblock und schreibe: *Lorieux informieren.* Dann halte ich das Blatt in Justines Richtung ... bis mir einfällt, dass sie nicht lesen kann. Ihre Hand stößt an das Blatt.

»Ach, Sie wollen mir etwas sagen? Moment, ich bringe Ihnen meinen kleinen Sandkasten.«

Einen Augenblick habe ich die idiotische Vorstellung von einem Katzenklo, doch dann stellt mir Justine eine rechteckige Schachtel, gefüllt mit feinem Sand, auf den Schoß.

»Malen Sie Ihre Buchstaben in den Sand, damit ich sie lesen kann.«

Um abzukürzen, schreibe ich: *Gendarm.* Justine tastet die Linie ab.

»Die Gendarme? Glauben Sie wirklich, das könnte die interessieren? Eine Schulkameradschaft, lange bevor Hennequin verheiratet war?«

Ich lösche meine Nachricht aus und schreibe: *Sicher, dass es derselbe H. ist?*

»Ich denke schon. Léonard spricht keine langen Sätze, wissen Sie. Und Hennequin dürfte kein geläufiger Name sein. Und ein Hennequin, der das Fach Informatik wählt ... Wie auch immer – welcher Zusammenhang mit diesen schrecklichen Morden?«

Und wieso hatte Léonard das Bedürfnis, dir das zu erzählen? Er, der solche Mühe hat, sich auszudrücken?

Sie nimmt mir die Sandschachtel wieder weg. Ende des Besuchs. Ich bewege mich in die Richtung, in der ich die Tür vermute. Päng. Ich strecke automatisch die Hand vor. Ein unordentliches Laken. Das Bett. Ich fahre rückwärts. Wieder päng.

»Mein Gott!«, stößt Justine leicht gereizt aus.

Dann etwas versöhnlicher:

»Sie bedienen sich nicht genug Ihres inneren Sonars, Elise. Unser ›Infrarot-Sehvermögen‹, wie ich es nenne. Es erlaubt uns, Formen im Dunkeln wahrzunehmen. Die thermische Dichte. Die festen Körper. Ihr Sonar muss ständig Ihre Umgebung abtasten, und Sie werden sehen, Sie werden sehen!«

Sie führt mich zur Tür, indem sie wieder zählt. Ich bin auf dem Flur. Meine Hand streift die Wand entlang, damit ich mich orientieren kann. Zweite Tür rechts, meine Tür. Ich öffne. Ich muss vergessen haben, das Radio abzustellen. Eine männliche Altstimme singt Haydn.

»Wer ... da?«, sagt das Radio.

Léonard? In meinem Zimmer?

Gestikulierende Dichte, deren thermische Strahlung ich deutlich wahrnehme.

»W-wollen was?«, fragt er mich.

Genau die Frage, die ich ihm auch stellen wollte. Das Gespräch lässt sich schwer an. Notizblock: *Kennen Sie Hennequin?*

»Ja, Sch-Schule.«

*Und seine Frau Marion?*

»Neeeiin. E-Lise ... d-du-schen.«

Ist das die höfliche Art, mir kundzutun, dass ich stinke? Ist der arme Kerl jetzt durchgedreht oder was?

»Raus, bitt-e-schön.«

Was redet er da? Ich hebe die Hand, um zu protestieren, und stoße an einen Bauch. Nackt. Behaart. Ich ziehe die Hand zurück, als hätte ich sie in einen Termitenhaufen gehalten. Der Bauch wiederum hat einen Satz nach hinten getan. Er ist nackt, bei mir! Bilder von einem Léonard, der mich unter der Dusche vergewaltigt und dabei Haydn singt, während ich mit den Haaren an der Stange des Duschvorhangs hänge.

»R-r-aus«, wiederholt Léonard.

Man bittet wohl jemanden, den man bestialisch missbrauchen will, nicht, zu gehen. Und allmählich kommt mir ein gewisser Verdacht. Notizblock: *Wo sind wir?*

»M-ein ... Zim-mer.«

Nun ja, ich habe schon immer rechts und links verwechselt. Ich verliere mich in stummen Entschuldigungen und trete mehr schlecht als recht den Rückzug an. Ich fahre den Flur zurück. Da, endlich meine Tür! Ich öffne, gleite hinein und päng! Päng in zwei Turnschuhe hinein.

Zwei Turnschuhe? Ich hebe besorgt die Hand, betaste das Hindernis und spüre, wie meine Körpertemperatur um mehrere Grade sinkt. Ja, dort in Höhe meines Gesichts baumeln zwei Füße, zwei Beine. Oh, nein! Nein! Ich weiche zurück und stoße an den Türpfosten. Wenn Laetitia bloß nicht ... Oh, mein Gott! Flur. Yvette Bescheid geben, schnell! Ich klopfe an ihre Tür.

»Ich will niemanden sehen!«, schreit eine gereizte Stimme.

Laetitia! Ich klopfe weiter. Und weiter. Zwei Türen öffnen sich.

»Machen Sie diesen Radau?«, fragt Yvette verschlafen.

»Ich will allein bleiben, Elise«, ruft Laetitia.

Notizblock: *In mein Zimmer, schnell!*

Yvette, die aufs Schlimmste gefasst ist, rennt los, gefolgt von Laetitia mit ihrem Gehgestell. Der Schrei, den Yvette ausstößt, bestätigt meine Befürchtungen. Zwei weitere Türen werden geöffnet.

»Was ist los?«, fragt Justine ängstlich.

Nun schreit auch Laetitia auf.

»Laetitia?«, sagt Justine. »Was ist passiert?«

»Magali! Magali!«, stammelt Laetitia mit tonloser Stimme, während Yvette brüllt:

»Helfen Sie mir, stützen Sie sie an den Füßen ab, wir müssen die Leine durchschneiden!«

»Aber ich kann nicht!«, gibt Laetitia zurück. »Ich bin nicht stark genug.«

Yvette packt meinen Rollstuhl und platziert mich unter die Turnschuhe. Mir läuft ein Schauer des Widerwillens über den Rücken, aber ich habe keine Wahl. Ich höre, wie sie einen Schemel heranzieht, hinaufsteigt und ruft:

»Justine, geben Sie irgendjemandem Bescheid, schnell! Léonard, reichen Sie mir die Schere dort!«

Léonard streift mich, Frotteestoff. Laetitia gibt kleine unkontrollierte Töne – zwischen Schluchzern und Schreien – von sich. Die Turnschuhe berühren mein Gesicht, Geruch nach Leder und Erde. Ein Ruck, dann fällt plötzlich eine Masse auf mich und nimmt mir den Atem. Unterstützt von Léonard, dessen Eau de Cologne ich einatme, versuche ich, mit meiner gesunden Hand den Körper zurückzuhalten. Ich fühle Haare, ein Gesicht, meine Hand will zurückweichen, ich zwinge mich, über das Gesicht zu streichen. Weit geöffnete Augen, Wimpern, die an meiner Handfläche kitzeln, es ist wie in einem Albtraum, ich folge dem Nasenrücken, den kalten, weichen Lippen, der heraushängenden feuchten Zunge, plötzliche Übelkeit, meine Finger gleiten weiter hinab, suchen die Halsschlagader, nichts. Yvette außer Atem

»Und?«

Sie ohrfeigt, schüttelt den reglosen Körper. »So atme doch, bitte atme!« Ich rühre mich nicht, bin wie erstarrt, alle Laute und alle Gerüche haben eine außergewöhnliche Schärfe. Magali liegt auf meinem Schoß wie eine große leblose Puppe. Ich weiß, dass sie tot ist. Sie strahlt keine Wärme mehr aus, der Strom des Lebens fließt nicht länger durch ihren Körper. Sie ist nichts mehr als eine Masse von Festteilchen wie der Schemel oder mein Rollstuhl.

Eilige Schritte auf dem Flur.

»Das darf doch nicht wahr sein!«

Hugo stürzt herein, reißt mir den Körper aus den Armen, nimmt eine Herzmassage vor. Rhythmische Kompressionen des Brustkorbs. Laetitia weint jetzt still vor sich hin. Léonard, dicht neben mir, zittert. Vor Kälte? Vor Erschütterung? Auch mir ist kalt.

»Aber wie konnte sie nur?«, stöhnt Yvette. »Wie hat sie auf die Idee kommen können, die Wäscheleine zu nehmen und sie um den Deckenbalken zu legen? Wahrscheinlich hat sie so was in diesen satanischen Filmen gesehen! Mein Cousin zweiten Grades ist so gestorben – hat gespielt, sich an einem Heizungsrohr zu erhängen.«

Notizblock: *Wo war der Schemel?*

»Er lag umgekippt am Boden«, antwortet Yvette. »Nun, Hugo?«

»Ich glaube, es ist zu spät«, erwidert er, außer Atem. »Mein Gott! Wo bleibt nur die Ambulanz?«

Getrampel auf dem Flur.

»Dort hinein, bitte«, sagt Francine.

Eine tiefe Stimme:

»Wir wollten gerade ein gebrochenes Bein abholen. Zur Seite, zur Seite, bitte. Oh, Scheiße! Komm, schnell auf die Bahre damit! Eins, zwei, drei, hopp. Aus dem Weg bitte!«

»Glauben Sie ...?«, fragt Yvette.

»Ich glaube gar nichts, gute Frau. Das wird Ihnen der Arzt sagen. Jetzt aber – ehrlich gesagt ...«

Erneutes Trampeln auf dem Flur. Das Martinshorn, das sich entfernt. Hugo hat sie begleitet.

»Sie ist tot, nicht wahr?«, fragt Laetitia schniefend.

»Ich denke schon«, sagt Yvette.

»Aber was hatte Magali in Ihrem Zimmer zu suchen?«, fragt Francine.

Die Frage stelle ich mir auch. Francine geht hinaus, um Martine auszufragen, und meint im Vorbeigehen:

»Und wenn Sie sich anziehen würden, Léonard?«

Yvette legt mir die Hand auf die Schulter. Ich lege meine Hand auf die ihre. Magali war zweiundzwanzig. Ich glaube, sie war rothaarig. Ich spüre noch, wie meine Finger ihr Gesicht berühren. Ihre Lider, die nicht mehr blinzeln. Ich glaube keine Sekunde, dass sie Selbstmord begangen hat. Auch nicht im Spiel. Was sollte das für ein Spiel sein? Und in meinem Zimmer? Das ergibt keinen Sinn. Ich bin bedrückt, habe Mühe zu atmen.

»Wir wollen nicht hier bleiben«, sagt Yvette und schiebt mich zum Fahrstuhl. Wir gehen alle nach unten. Francine bietet uns Tee an, ich hätte Lust, ihr die Teekanne ins Gesicht zu schleudern. Yvette ist so frei, die Cognacflasche zu öffnen, und schenkt uns beiden, ohne zu fragen, ein Glas ein. Der Alkohol löst ein wenig den Knoten in meinem Magen. Schritte auf dem Flur. Ich erkenne den Gang von Lorieux, das Klappern seiner Absätze.

»Die Gendarme«, kündigt Justine im selben Augenblick an.

»Meine Damen«, sagt Lorieux.

»Ist sie ...?«, fragt Yvette.

»Tot. Seit über einer halben Stunde. War nichts mehr zu machen. Madame Atchouel, wären Sie so freundlich, dem Brigadier Schnabel alle nötigen Auskünfte über ihre Person zu geben? Und dann die Familie zu informieren?«

»Ich habe alles in meinem Büro. Wenn Sie mir folgen wollen, Brigadier?«

»Was hat Magali ganz allein im Zimmer von Madame Andrioli gemacht?«, will Lorieux wissen.

Ich denke, alle Augen sind jetzt auf Hugo gerichtet, denn er murmelt:

»Ich ... ich weiß nicht. Wir hatten unsere kreative Stunde, und Magali hatte immer Spaß daran, am Puzzle-Legen, Ausschneiden und ...«

»Und Sie haben ihre Abwesenheit nicht bemerkt?«, unterbricht ihn Lorieux mit frostiger Stimme.

»Alle waren beschäftigt, alle waren ruhig, und ich bin nur kurz in die Küche gegangen, um das Endergebnis des Match anzuhören, fünf Minuten, nicht länger ...«

»Welches Match?«, will Lorieux wissen.

»Tennis. Finale der Damen.«

Magali erkennt meinen Angreifer bei einem Snowboardrennen und stirbt bei einem Tennismatch. Ich weiß nicht, warum, aber ich finde das noch erbärmlicher.

»Und als Sie zurückkamen?«, fragt Lorieux, wobei er sich mit dem Notizheft an den Schenkel schlägt.

»Ich habe Justine auf dem Flur rufen hören, habe nachgesehen und ...«, murmelt Hugo niedergeschlagen.

Er muss mindestens zehn Minuten fort gewesen sein, damit Magali überhaupt in mein Zimmer kommen konnte, die Wäscheleine am Balken befestigen und ...

»Ich will den genauen Zeitplan aller anwesenden Personen haben, Minute für Minute, vom Frühstück bis jetzt!«, wettert Lorieux. »Brigadier Mercanti nimmt Ihre Aussagen auf. Ich will auch den Zeitplan der Kranken ...«

»Der Heimbewohner«, verbessert Martine automatisch.

»Wenn Sie wollen. Und jetzt zu uns beiden!«, sagt er und legt mir die Hand auf den Arm. »Man könnte meinen, Sie ziehen den Tod an wie der Honig die Fliegen!«

Notizblock: *Dumm und gemein.*

»Sie haben Recht. Entschuldigen Sie, aber das Ganze geht mir allmählich an die Substanz. Diese Kleine jetzt ... Und es war immerhin in Ihrem Zimmer!«

Er verstummt und beginnt, über Gott weiß was nachzugrübeln. So verharren wir eine Weile schweigend. Ich sitze da und lausche den Verhören von Brigadier Mercanti, einem Neuankömmling, dessen gesetzte Stimme auf einen generalstabsmäßig vorgehenden, distanzierten Menschen schließen lässt.

Zum angenommenen Tatzeitpunkt, das heißt kurz nach dem Mittagessen, machte Yvette ihre Siesta. Laetitia schmollte auf ihrem Zimmer. Martine unterhielt sich mit Francine. Léonard machte sich fertig zum Duschen. Justine zeigte mir ihr Zimmer. Hugo hörte die letzten Minuten vom Tennismatch in der Küche. Und die Heimbewohner? Jean-Claude hatte sich hingelegt und sah fern, aber was die anderen betrifft, weiß niemand Bescheid. Es gibt eine Lücke von fünfzehn Minuten. Sie sagten, sie hätten den Raum nicht verlassen. Hat jemand Magali herausgehen sehen? Nein, niemand. »Magali nicht raus!«, ruft Christian, der wohl Angst hat, dass sie Ärger bekommt.

»Aber während Hugo draußen war?«, beharrt Brigadier Mercanti.

»Hugo nicht raus!«, schreit Christian. »Du raus!«

Der Brigadier seufzt. Christian bellt.

Der restliche Nachmittag verläuft düster. Gegen fünf Uhr taucht Yann auf, das Snowboard unterm Arm, umweht von frischer Luft und ratlos angesichts unserer finsteren Mienen. Er wird informiert und gefragt, wo er war. Er flucht wie ein Droschkenkutscher, haspelt eine ganze Liste von Pisten herunter, nennt die Namen der Freunde, denen er am Gipfel begegnet ist. Aber um zwei Uhr, nein, er kann nicht sagen, wo er da gerade war. Auf dem Tête de Chien wahrscheinlich.

Er hat nicht die ganze Zeit seine Uhr im Auge, die übrigens von seinem Handschuh verdeckt wird. Mercanti notiert kommentarlos.

Nach seinem Verhör lässt sich Hugo neben mich aufs Sofa sinken und bietet mir einen Cognac an. Ich lehne ab. Ich will einen klaren Kopf behalten. Ich bin wie ein Soldat in einem Kriegsfilm, mitten in einem Bombenhagel. Einen Fuß vor den anderen setzen, um jeden Preis versuchen, es zu schaffen. Ich weiß, dass es Johnny erwischt hat, dass Frank beide Beine zerfetzt worden sind. Dass der Leutnant sterben wird, weiß ich auch, das schmerzt mich, doch ich muss weiter. In Richtung Sicherheit. In diesem Fall – zur Wahrheit.

Gleiten des Gehgestells.

»Ihre Eltern schicken ihren Anwalt vorbei, um die Formalitäten erledigen zu lassen«, sagt Laetitia. »Sie haben ein Hotel in Fort-de-France, und es ist Hochsaison. Sie haben wirklich keine Zeit, sich um die Leiche ihrer Tochter zu kümmern!«

»Als ihr klar wurde, dass sich ihre Tochter nicht normal entwickeln würde, hat Magalis Mutter sie nicht mehr sehen wollen«, erklärt mir Yann. »Eine ablehnende Reaktion, die zwar relativ selten, aber doch nicht so selten ist, wie man sich vorstellt. Martine würde Ihnen sagen, dass diese Art von Mutter den Eindruck hat, ein Monster geboren zu haben, und dass der Anblick des Kindes ein ständiges und unerträgliches Schuldgefühl in ihr auslöst. Es ist besser, das Kind in ein Heim zu geben, denn es kommt nicht selten zu Kindsmorden, die als Unfälle getarnt sind. Oder zu wirklichen Unfällen.«

Und ist Magalis Tod ein wirklicher Unfall?

Notizblock: *Woher hat sie die Wäscheleine?*

»Gute Frage«, meint die kalte Stimme von Brigadier Mercanti. »Diese Dinge für den Haushalt sind gewöhnlich im Vorratsraum untergebracht, der immer abgeschlossen ist. Alle Mitarbeiter haben einen Schlüssel an ihrem Bund.«

*Hat ein Stück von der Leine gefehlt?*

»Laut Madame Raymond nicht«, antwortet er. »Und die Rolle, die sie in Reserve hat, ist unberührt.«

*Handelt es sich um die gleiche Marke?*

Gedehnter Seufzer.

»Ja. Es ist eine Marke, die der Supermarkt um die Ecke führt. Wenn Sie mich jetzt entschuldigen wollen ...«

*Was für ein Mensch ist dieser Mercanti?*

»Sorte toter Fisch«, antwortet Yvette. »Ganz beige mit blassblauen Augen. Wie ein Roboter, als Gendarm verkleidet.«

Ich kehre zu meinen fieberhaft arbeitenden Gedanken zurück. Wenn kein Stück Leine fehlt, muss Magali es irgendwo gefunden haben. Ich sehe sie nicht im kleinen Supermarkt eine Leine kaufen! Also hat man sie ihr besorgt. Daraus zu schließen, dass man sie ihr um den Hals gelegt hat ... Aber sie hätte geschrien, sich gewehrt, sie war eher kräftig! Es sei denn, man hätte ihr eingeredet, dass es ein Spiel ist. »Kletter auf den Schemel, du wirst sehen ...« Nicht sehr überzeugend. Ich stelle fest, dass ich fröstele. Ich lege die gesunde Hand auf den Heizkörper: Er ist brennend heiß.

»Yann«, sagt Justine, »wären Sie so nett, mich nach draußen zu begleiten? Ich möchte etwas frische Luft schnappen.

Yann brummt ein wenig überzeugendes »Ja, natürlich« und erhebt sich. Ächzen des Sofas.

»Wenn Sie sie sehen könnten!«, raunt mir Laetitia zu. »Immer dieses Gehabe, einfach lächerlich! Madame Atchouel meint, sie müsste vielleicht eher gehen, eine Ausstellung in Berlin, glaube ich. Na, umso besser. Soll sie doch ihre Schinken nehmen und uns in Ruhe lassen!«

*Ich dachte, mein Porträt sei gelungen.*

»Gut, stimmt schon, ihre Bilder haben eine gewisse Ausstrahlung, eine Kraft, was weiß ich, doch das ändert nichts daran, dass sie eine ... eine ... eine echte Nutte ist!«

Ich übersetze: eine außergewöhnlich verführerische Frau. Die mich in ihr Zimmer gelockt hat, und zwar genau in dem Augenblick, als Magali ... Ein hieb- und stichfestes Alibi. *Idem* für Léonard, bei dem ich *de manu* feststellen konnte, dass er zur fatalen Stunde im Adamskostüm war. Sie könnten jetzt sagen, dass er mich nicht gebeten hat, mich in der Tür zu irren. Demnach konnte er mein Erscheinen nicht vorausahnen. Also sang er wirklich, während er sich auszog.

Singen? Mist, das hatte ich vergessen. Er hat gesungen! Und vollkommen richtig. Eine schöne männliche Tenorstimme, von der ich glaubte, sie sei aus dem Radio gekommen. Ist es möglich, dass jemand, der stottert, ohne Schwierigkeiten singt? Jemand, der den Mann des ersten Opfers gekannt hat?

*Bitte Lorieux rufen.*

Laetitia kommt meiner Bitte nach. Lorieux erscheint.

»Es ist zu heiß hier. Sie wollten mich sehen ... ähm sprechen ... ähm informieren?«

*Léonard de Quincey hat den Mann von Hennequin gekannt.*

»Ja, ich weiß. Sie waren Klassenkameraden. Wegen seiner Behinderung und seiner Bestnoten hatte de Quincey nur wenig Freunde auf der Schule.«

*Kannte Hennequin Sonia?*

»Ich sehe nicht ...«

Ich auch nicht. Aber man muss die unterirdischen Verzweigungen ans Licht bringen. Irgendwo gibt es eine Verbindung zwischen all diesen Menschen. Irgendetwas in ihrer Vergangenheit, vielleicht. Doch das ist nur eine Intuition, zu kompliziert, um schriftlich erklärt zu werden.

»Kannten sich Marion und Sonia?«, denkt Lorieux laut. »Das wäre zu überprüfen.«

Er entfernt sich, und ich höre ihn nach Léonard rufen.

»Es wird dunkel«, sagt Yvette.

Das Dunkel ist das kälteste aller Gräber.

## KAPITEL 8

Die Sonne scheint. Ich spüre sie auf meinen Wangen. Wir haben uns an der Talstation niedergelassen, Tintin zu unseren Füßen. Ich habe Yvette schriftlich mitgeteilt, dass ich frische Luft schnappen und der erstickenden Atmosphäre des Zentrums entkommen wolle. Deshalb Blaubeertörtchen-Orgie – freudlos hinuntergeschlungen.

Der Arzt hat Magalis Leichnam nach Nizza bringen lassen. Von dort aus wird sie zu ihren Eltern auf Martinique überführt. Die gerichtsmedizinischen Untersuchungen haben bestätigt, dass der Tod durch Ersticken erfolgt ist. Ich bin immer sicherer, dass es sich um einen Mord handelt. Magali hat Nibal vielleicht wirklich im Fernsehen wieder erkannt. Als Vergeltungsmaßnahme, Warnung oder Botschaft hat er sie daraufhin ermordet und in meinem Zimmer erhängt.

»Ich gehe schnell mal verschwinden«, verkündet Yvette.

Alle Lehrer der Skischule und das gesamte übrige Personal sind verhört worden. Nur drei Personen hatten weder für die Nacht, als Sonia umgebracht wurde, noch für die Zeit, als ich angegriffen wurde, ein Alibi: zwei Skilehrer – Hervé Payot und Véronique Gans – und ein Materialbetreuer, Kevin Destreille. Was den Mord an Marion angeht, so sind die Dinge noch nicht ganz klar: Destreille behauptet, in einer Disco in Nizza gewesen zu sein und das Ende der Nacht in seinem

Wagen verbracht zu haben, bevor er zurückfuhr, um mittags seine Arbeit aufzunehmen. Payot versichert, bis drei Uhr morgens mit Urlaubern auf der Durchreise gepokert zu haben. Gans wiederum lag im Bett eines schönen Unbekannten namens Sammy, den sie in einer Disco kennen gelernt und nie mehr wieder gesehen hat. Payot und Destreille haben die richtige Größe, um Nibal sein zu können, Gans ist aus dem Rennen. Denn Nibal hat mit mir gesprochen, und ich bin zu siebzig Prozent sicher, dass er ein Mann ist.

»Natürlich gab es keine Seife! Aber zum Glück hatte ich noch ein Erfrischungstüchlein dabei«, ruft Yvette, die gerade zurückkommt.

Und wenn du dich irrst, Elise? Wenn Nibal eine Frau ist? Er hat immer nur im Flüsterton zu mir gesprochen. Und ein wattierter Skianzug, getragen von einer sportlich schlanken und muskulösen Frau hätte Magali täuschen können. Also – Véronique Gans ist um die Dreißig, demnach etwa im gleichen Alter wie Sonia Auvare und Marion Hennequin. Freundinnen von ihr? Aber warum sollte sie sich mit einer Brutalität auf diese beiden jungen Frauen stürzen, die typisch männlich ist? Okay, Psy, dieser Bemerkung fehlt jede Objektivität. Aber ich falle dir auf den Wecker, weil du mir nicht hilfst, weil ich Kummer habe, weil ich Angst habe, weil ich die Nase voll habe! Ich will wieder die Elise von früher sein! Ich kann nicht mehr!

»Elise!«

Yann.

»Sie dürfen niemandem etwas sagen, aber ich bin abgehauen.«

»Was erzählen Sie da!«, meint Yvette lachend. »Möchten Sie einen Kaffee?«

»Ein Gläschen Suze, danke«, erwidert Yann, der offenbar in Hochform ist. »Wissen Sie, ich habe viel nachgedacht. Niemand konnte wissen, dass Hugo in die Küche gehen würde, um sich das Match anzuhören. Also konnte auch niemand voraussehen, dass Magali in ihr Zimmer gehen würde. Demnach muss jemand sie beobachtet haben, jemand, der vor Ort war«, schließt er finster.

»Aber das ist doch unmöglich!«, ruft Yvette aus.

Yanns Überlegung stimmt. Niemand konnte wissen, dass Magali in mein Zimmer gehen würde. Also war der Mörder da, bereit, jederzeit zuzuschlagen.

Diese Schlussfolgerung ist nicht eben beruhigend.

»Andererseits«, sagt Yvette, »gibt es keinen Beweis dafür, dass es sich nicht um einen Unfall oder um Selbstmord handelt.«

»Irgendjemand hat ihr ja wohl die Wäscheleine besorgt!«, entgegnet Yann.

»Was machen Sie für ein Aufhebens um diese Wäscheleine!«, ruft Yvette. »Sie hat Gott weiß wo ein Stück stibitzen können. Neulich ist Christian mit einem alten Auspuffrohr angekommen und hat behauptet, es sei seine Trompete. Vielleicht hat Magali die Wäscheleine mit einem Springseil verwechselt. Sie wissen doch, dass sie wie ein kleines Mädchen war.«

»Ich muss gehen«, seufzt Yann, »sonst bekommt die gute Mutter Atchouel noch einen Anfall.«

»Francine geht alles, was das Zentrum betrifft, sehr zu Herzen«, erwidert Yvette pikiert.

»Sie ist vor allem um den Ruf ihres Heims besorgt. Leute, die sich ihrer Nächsten entledigen, indem sie sie in solche Einrichtungen stecken, möchten sich auf keinen Fall den Vorwurf anhören müssen, sie dorthin zu schicken, um sie umbringen zu lassen.«

Diese Bemerkung kann ich nicht durchgehen lassen.

Notizblock: *Glauben Sie vielleicht, jeder hat das nötige Kleingeld und die Zeit, sich rund um die Uhr um einen Behinderten zu kümmern?*

»Was für ein langer Vortrag! Verzeihen Sie, aber ich bin auch ein bisschen gereizt. Und wie Sie bemerkt haben dürften, ist das Verhältnis zwischen Atchouel und mir nicht gerade herzlich. Ich bin froh, wenn mein Vertrag ausläuft. So, jetzt muss ich aber wirklich los!«, beschließt er und steht auf.

Tintin schüttelt sich mit einem kurzen Kläffen. Anscheinend hat er genug vom Teetrinken. Notizblock: *Wie wär's mit einem kleinen Spaziergang?*

Yvette erhebt sich seufzend. Wir kommen nur langsam vorwärts auf die Hauptstraße, die in Sonnenlicht getaucht ist. Es gibt also zwei Möglichkeiten: Entweder hat sich jemand heimlich ins Zentrum geschlichen, um Magali bei erstbester Gelegenheit zu töten, oder der Mörder ist einer der Heimbewohner – Patient oder Angestellter. Was ist leichter, als eine Geistesgestörtheit vorzutäuschen? Nicht für Magali und Jean-Claude, versteht sich. Aber wer sagt mir, dass Justine wirklich blind ist? Dass Léonard wirklich behindert ist? Léonard, der Tenor. Nackt in seinem Zimmer bereit zum Duschen. Um das letzte rote Haar von Magali zu beseitigen?

Aber wie ist es möglich, dass der Hund nicht den Mörder seiner Herrin erkennt, wenn er tatsächlich im Zentrum lebt?

Der Pfeffer! Der Geruch nach Pfeffer! Um seinen Geruchssinn zu täuschen!

Wenn es so ist, würde das die These bestätigen, dass er einer von uns ist.

Rekapitulieren wir.

Vor meiner Abreise in den Urlaub erhalte ich einen Drohbrief, unterschrieben mit C.A. Nibal.

Kurz nach meiner Ankunft wird Marion Hennequin, neunundzwanzig Jahre, von einem sadistischen Mörder umgebracht.

Am selben Tag mache ich Bekanntschaft mit Sonia Auvare, Barmädchen und Gelegenheitsprostituierte, die meinen Onkel zum Paten hat.

Unmittelbar danach lerne ich Yann, Erzieher in einem Behindertenzentrum, kennen.

Man schenkt mir ein Steak, das aus dem Schenkel von Marion geschnitten ist. Ich esse es.

Dann wird mir ein zweites Steak geschenkt. Wir lassen es analysieren.

Kurz darauf wird Sonia ermordet.

Yann war mit ihr verabredet.

Der Kommissar, der mit den Ermittlungen betraut ist, war ein Geliebter von Sonia.

Nein, nein, so geht das nicht. Ich muss ein Diagramm anfertigen, sonst komme ich nicht weiter. Auf der einen Seite Marion, auf der anderen Sonia und alle Verbindungen. Ich muss versuchen, es in meinem Kopf zu zeichnen.

»Ich hole mir schnell die Zeitung.«

Okay. Wo war ich stehen geblieben? Ach, es gibt einfach zu viele Fragen, zu viele Tatsachen, die man einander gegenüberstellen müsste. Alles verschwimmt. Die beiden Opfer zum Beispiel wurden verstümmelt. Aber nicht auf die gleiche Weise. Ergibt das einen Sinn? Man schenkt mir ein Stück vom Schenkel. Damit ich gehen kann? Zwei Augen. Damit ich sehen kann? Halt, Elise, jetzt geht allmählich die Fantasie mit dir durch. Der Mörder ist schließlich keine einfache Seele, der dir mit originellen, aber plumpen Mitteln zu helfen versucht. Er wollte dich von der Terrasse stürzen! Damit ich fliegen kann vielleicht?

»Sie schreiben von Ihnen!«

Unmöglich, nachzudenken, bei diesem ewigen Geplapper neben mir. Wie?

»Eine kleine Pressenotiz zum Tod von Magali: ›Tragischer Tod im CLMPAH. Magali Delgado, eine der jungen Heimbewohnerinnen, findet als Folge eines Unfalls den Tod im Zimmer von Elise Andrioli. Elise Andrioli ist jene mutige junge Behinderte, die, obgleich an den Rollstuhl gefesselt, vor zwei

Jahren maßgeblich zur Klärung der grausamen Kindermorde in Boissy-les-Colombes beigetragen hat.‹ Kein Wort über mich. Nicht einmal, um zu erwähnen, dass man mir beim Versuch, Ihnen zu helfen, den Schädel halb gespalten hat.«

Da haben wir's, in fünf Minuten wird sie behaupten, alles sei meine Schuld! Ich bin es, die die Leute drängt, ihre Mitmenschen umzubringen und zu verstümmeln. Was, Psy? Wenn das wirklich so wäre? Wenn ich tatsächlich böse Kräfte ausstrahlen würde, diese blutige Aura, von der Justine spricht, Justine, die Seherin mit den geschlossenen Augen? Danke, Psy, das beruhigt mich. Von jetzt an hältst du die Klappe, wenn du nicht ausdrücklich gefragt wirst.

Wir setzen noch eine Weile schweigend den Weg fort, als Tintin plötzlich ein dumpfes Knurren von sich gibt. Ich ziehe an seinem Halsband, doch er hört nicht auf, ist wie erstarrt.

»Was hat er nur?«, wundert sich Yvette. »Er muss eine Katze gesehen haben.«

Ein sehr viel größeres Raubtier als eine Katze, würde ich sagen. Notizblock: *Wo sind wir?*

»In der Nähe der Skischule.«

*Was gibt es zu sehen?*

»Na ja ... Eine Familie. Zwei Skilehrer. Ein Mann, der einparkt. Ein Gendarm, der den Verkehr regelt. Kinder, die von der Skischule ...«

*Wohin sieht Tintin?*

»Zum Parkplatz.«

*Viele Leute?*

»Ziemlich.«

Egal. Ich lasse den Hund von der Leine. Doch er rennt nicht davon. Er kauert sich an mich. Er hat Angst.

*Yvette, Nibal muss in der Nähe sein.*

»Weil Tintin eine Katze gesehen hat?«

*Er hat keine Angst vor Katzen, er hat Angst vor demjenigen, der ihm den Messerstich versetzt hat.*

Ich schreibe so schnell, dass mein Stift das Papier einreißt. Yvette liest über meine Schulter hinweg.

»Glauben Sie?! Mein Gott, da ist ein Mann, der Sie anstarrt. Ein Alter mit hinterlistigen Augen. Nein, er hat auf seine Frau gewartet. Und die beiden Skilehrer«, flüstert sie mir zu. »Ich gehe ein bisschen näher ran.«

Sie entfernt sich. Kurz darauf knurrt Tintin nicht mehr. Nibal ist verschwunden. Frustriert trommele ich mit den Fingern auf meine Armlehne und warte, dass Yvette zurückkommt.

»Ihr Name ist auf ihr Abzeichen gestickt: Nicolas und Véronique.«

Schon sonderbar. Ausgerechnet die beiden verdächtigen Skilehrer!

»Ich habe sie gefragt, was eine Stunde bei ihnen kostet, und dabei Tintin beobachtet: Er hat nicht reagiert.«

Stimmt. Wenn er Yvette in Gefahr geglaubt hätte, wäre er bei aller Angst auf die beiden losgegangen.

»Sind Sie Elise Andrioli?«, fragt mich plötzlich eine weibliche junge selbstsichere Stimme.

»Was wollen Sie?«, greift Yvette ein.

»Man spricht von Ihnen in der Zeitung«, fährt die junge Frau fort und übergeht die Frage. »Ihretwegen hatten wir die Bullen im Haus!«

»Das ist Mademoiselle Gans«, erklärt mir Yvette. »Die Skilehrerin.«

Mademoiselle Gans beugt sich zu mir herab:

»Wenn ich jetzt meine Arbeit verliere ...«

Ich bleibe ganz cool. Notizblock: *Tut mir Leid, dass man mich umbringen wollte!*

»Es ist vielleicht nicht Ihre Schuld, aber die Mongoloide, die Selbstmord begangen hat, hat den Bullen erzählt, dass Ihr Angreifer ein Skilehrer war.«

*Ist das etwa meine Schuld?*

»Jetzt aber mal sachte! Schließlich werden wir inzwischen vom ganzen Dorf schief angeguckt. Und die Bullen haben uns zig Fragen zu unserem Zeitplan vom Tag des Mordes an Sonia und an der Pennerin gestellt. Sie sitzen gemütlich in Ihrem Rollstuhl, Ihnen kann das natürlich nichts anhaben.«

Was für eine nette junge Frau! Temperamentvoll, kontaktfreudig, einfach reizend.

Yvette knurrt ein bedrohliches »Jetzt reicht's aber!« Ich fürchte, Véronique Gans fängt sich in kürzester Zeit einen Schlag auf den Schädel von Yvettes Handtasche ein. Und Yvettes Handtasche dürfte leicht drei Kilo wiegen.

Notizblock: *Wenn Sie sich nichts vorzuwerfen haben, kann Ihnen auch nichts passieren.*

»Wirklich sehr lustig! Sie Mumie, Sie!«

Päng. Handtasche.

»Es reicht, habe ich gesagt!«

»Die spinnt doch wohl, die alte Ziege! Massakrieren soll man die!«

Grrrr.

Dumpf, guttural, sehr eindrucksvoll.

»Verschwinden Sie, oder ich lasse den Hund los!«, schreit Yvette.

»Sie kriegen noch Ihr Fett ab! Ich werde mich beschweren. Und alles, was ich Ihnen wünsche, ist, dass der Typ Sie erwischt!«

Raunen der begeisterten Schaulustigen um uns herum. Yvette packt meinen Rollstuhl und schiebt mich ruckartig an.

»Diese Gans ist völlig verrückt! Wenn man bedenkt, dass manche Leute so einer ihre Kinder anvertrauen!«

Verrückt, ich weiß nicht. Wohl eher verrückt vor Angst. Vielleicht hatte sie schon einmal mit der Polizei zu tun. Das würde die Heftigkeit ihrer Reaktion erklären.

»Entschuldigen Sie, aber Véronique ist im Moment einfach mit den Nerven fertig«, erklärt uns eine männliche Stimme mit sonnendurchflutetem Akzent. »Ich bin Hervé Payot und auch Skilehrer. Einer von denen, die kein stichhaltiges Alibi haben«, fügt er mit Bitterkeit hinzu. »Wissen Sie, in einem kleinen Wintersportort wie diesem spricht sich alles schnell herum. Der kleinste Verdacht in Sachen Lebenswandel, und Sie verlieren Ihre Kunden. Und da können Sie sich ja vorstellen, was bei einem Mord los ist!«

*Tut mir Leid!*

»Das glaube ich Ihnen. Und Véronique weiß natürlich auch, dass es nicht Ihre Schuld ist. Aber es ist nicht leicht für sie. Sie ist gerade erst wieder auf die Beine gekommen, deshalb ...«

»Wovon reden Sie?«, fragt Yvette.

»Sie hätten sie vor zwei Jahren sehen müssen«, flüstert uns Payot zu. »Sie hätten sie nicht wieder erkannt. Klapperdürr, die Augen einer Irren ... Zum Glück ist sie auf der Straße ohnmächtig geworden. Sie wurde sofort in eine geschlossene Anstalt eingewiesen, das hat sie gerettet.«

»Drogen?«

»Ich sollte eigentlich nicht mit Ihnen darüber sprechen, aber das macht die Sache verständlicher ... Sie hat wirklich einiges durchgemacht – hat dann wieder mit dem Sport angefangen, sich einer eisernen Disziplin unterworfen, und jetzt hat sie endlich eine Arbeit gefunden. Sie rührt nicht mal mehr eine Zigarette an, und dann kreuzt die Polizei auf, das ist hart, verstehen Sie?«

»Aber noch lange kein Grund, vulgär zu werden«, beharrt Yvette.

»Sie müssen verstehen«, sagt Payot. »Sie hat die Hölle hinter sich.«

Und ich, ich stecke mittendrin, drei Jahre dauert das Inferno jetzt schon an, und ich denke, mir stehen noch zwanzig oder dreißig Jahre bevor. Aber das kann natürlich die sanfte Véronique nicht trösten.

»Die Geschichte ist völlig absurd«, meint Payot, der ganz offensichtlich das Bedürfnis hat zu reden. »Als wäre einer von uns ein Mörder! Als hätte einer von uns Sonia umbringen können! Sie war so hübsch und so ... so ... Kurzum, es gibt nicht den geringsten Grund, sie umzubringen!«

»Haben Sie sie gut gekannt?«, fragt Yvette in bedeutungsvollem Tonfall.

»Ein einziges Mal, zu Beginn der Saison«, antwortet er ohne Umschweife. »Aber posaunen Sie es bitte nicht aus, ja! Vor allem weil dieser Adjudant-Chef total in sie verknallt war, das weiß hier jeder. Véronique ist übrigens auch nicht auf dem Laufenden«, fügt er fast im Flüsterton hinzu. »Ich habe die Sache lieber für mich behalten, wie Sie verstehen werden. Außerdem mochte sie Sonia nicht, weil Sonia sie während ihrer Kur gesehen hat. Sie hatte immer Angst, sie könnte darüber sprechen. Als wäre das Sonias Art gewesen ...«

*Hat Sonia auch eine Entziehungskur gemacht?*

»Nein, sie hat eine Freundin besucht, und wie's der Teufel will, trifft sie auf Véro. Sie hätten Véros Gesicht sehen sollen, als sie es mir erzählt hat!«

Rede weiter, reizender junger Mann, der du so schwatzhaft bist!

*Wen hat Sonia denn besucht?*

»Keine Ahnung. Aber das ist nicht wichtig. Was wichtig ist ...«

»Nicolas!«

»Mist, das ist Véro! Ich muss gehen, bis dann!«

»Der redet ja wie ein Wasserfall«, ruft Yvette. »Ich dachte schon, der hört gar nicht mehr auf. O weh, wenn Sie sehen könnten, wie sie ihn zusammenstaucht.«

Nein, ich sehe nicht. Ich bin vielmehr damit beschäftigt, mir das, was Monsieur Payot gesagt hat, noch einmal zu vergegenwärtigen. Sonia hat also vor zwei Jahren eine Freundin besucht, die gerade auf Entziehungskur war. Marion Hennequin vielleicht? Wie könnte man das herausbekommen? Über Lorieux. Er kann das Register der Klinik durchforsten. Ich habe den Eindruck, dass sich endlich etwas bewegt und dass die Bedrohung schwindet.

Aber selbst wenn ich herausfinde, was die Opfer miteinander verbindet, weiß ich noch lange nicht, was ich in der Sache für eine Rolle spiele.

Wieder im CLMPAH. Düstere Stimmung. Das tragische Verschwinden Magalis hat die Heimbewohner tief erschüttert. Für einige, wie Emilie, ist der Tod zu abstrakt, und die Unfähigkeit, eine endgültige Abwesenheit zu begreifen, führt zu einem Verhalten der Erwartung und der Niedergeschlagenheit. Für andere, wie für Jean-Claude, verweist Magalis Ableben auf die eigene Krankheit, die Bote eines scheinbar unausweichlichen Endes ist.

Und Magalis Schwung und Fröhlichkeit fehlen uns einfach. Laetitia wirft sich die ganze Zeit vor, nichts gehört zu haben, obwohl sie im Nachbarzimmer war. »Ich habe das Radio voll aufgedreht und Techno gehört«, hat sie mir erklärt. Mag sein, aber die Wände sind dünn, und wenn Magali geschrien oder sich zur Wehr gesetzt hätte, so hätte Laetitia es trotz der Musik hören müssen. Das bestärkt mich in meiner Vermutung, dass Magali nichts geahnt hat und keine Angst vor der Person hatte, die sie überredet hat, auf mein Zimmer zu gehen.

Es sei denn, sie hat sich aus eigenen Stücken hinaufbegeben, und jemand ist ihr gefolgt. Doch was sollte sie in meinem Zimmer gewollt haben? Mich sehen?

Du drehst dich im Kreis, Elise, wie ein Hamster im Käfig und beißt dir dabei die Zähne an deinen Theorien aus, die so starr sind wie die eisernen Gitterstäbe des Käfigs. Anders sehen. Anders denken. Wenn ich den Mord als theoretische Aufgabenstellung betrachte, muss ich diese entschlüsseln, denn in der Antwort befindet sich die Lösung. Verborgen hinter einer schwer verständlichen Formulierung.

»Ich habe Léonards Porträt fertig gemalt. Ich möchte von dir hören, was du darüber denkst, Laetitia. Und von Ihnen natürlich auch, Elise.«

Ich tauche langsam aus meinen Überlegungen auf. Das Parfüm von Justine, das nach Moschus duftet. Laetitia, die einen Artikel über die alternative Rockszene liest, raschelt nervös mit dem Papier.

»Ich habe keine Ahnung von Malerei«, faucht sie.

»Aber ich suche doch nicht die Meinung eines professionellen Kritikers. Ich möchte nur deine Meinung zu meinem Werk hören. Von Mensch zu Mensch.«

Ein Punkt für Justine. Laetitia seufzt: »Okay.« Ich werde zum Aufzug geschoben.

Zimmer von Justine. Es ist schon jemand da. Aufgespürte thermische Präsenz.

»Sie sind gekommen, um sich dein Porträt anzusehen, Léo.«

»Gut'n Tag.«

Laetitias schmale Finger pressen schmerzhaft meine Schulter. Léonard hantiert klappernd mit Geschirr. Wenn das kein Beweis ist! Seht nur, ich habe das wilde Tier domestiziert!

»Würdest du bitte das Bild umdrehen?«

Sie sagt nicht »Liebling«, aber es klingt so als ob.

»Das wär's also«, verkündet Justine, die sich immer so verhält, als könnte sie normal sehen.

»Mein Gott«, murmelt Laetitia. »Welche ... welche Gewalttätigkeit. All dieses Schwarz und dieses Grün ... so düster!«

»Die Tiefe des interstellaren Raums, die unter der Schädeldecke unseres Léo brodelt!«, ruft Justine theatralisch aus.

»G-grün mei-ne Au-gen«, stammelt Léonard, vermutlich an mich gerichtet.

»Aber sie sind so kalt, so undurchsichtig!«, ruft Laetitia. »Wie zwei Steine am Grund eines Teiches.«

»Léonard ist gefüllt mit Eis«, sagt Justine. »Eis, das knackt, sich bewegt und durch das sich die Frühlingsblumen zu bohren versuchen.«

»Ich weiß nicht, ganz ehrlich, ich finde das Bild beunruhigend.«

»Alles, was nicht der Norm entspricht, ist beunruhigend, findest du nicht? Du, ich, Léonard, Elise, wir sind Monster. Ah, der Tee, danke. Schenk auch Elise eine Tasse ein.«

Der astronomische Zirkushund stellt eine Tasse auf meine Knie. Ich schließe die Finger um das glühend heiße Porzellan und ziehe unwillkürlich die Hand zurück. Die Tasse zerspringt am Boden.

»Was ist passiert?«, fragt Justine. »Ist die Tasse heruntergefallen? Macht nichts. Im Regal steht eine Rolle Küchenpapier. Bevor ich abreise, würde ich gerne noch dein Porträt malen, Laetitia.«

»Wann fahren Sie?«

»Nächsten Samstag voraussichtlich. Francine kümmert sich um meine Flugtickets. Hugo fährt mich nach Nizza, zum Flughafen. Ich fliege nach Berlin zu einer prä-passeistischen Ausstellung.«

»Was – prä-passeistisch?«, wiederholt Laetitia.

»Ja, der Postmodernismus hat ausgedient. Man muss antizipieren. Die Rückkehr der Tradition, die Reaktion. Wir befinden uns am Übergang von der unmittelbaren Vergangenheit zur nahen Zukunft.«

Ich stelle mir Justine als Oberkommissarin vor, mit Brigaden von Unterkommissaren unter Einfluss von Euphorika: »Jetzt erklären Sie mir aber bitte: Haben Sie ihn getötet, um ihn seines Erlebten zu berauben, oder haben Sie gelebt, um ihn seines Todes zu berauben?«

»Oh«, ruft Laetitia, »der *PsyGot'yK*!«

Wovon redet sie?

»Sie kennen die Zeitschrift?«, fragt Justine erstaunt.

»Nein, aber das klingt lustig.«

»Lustig, ich weiß nicht. Aber interessant. Es ist ein Kunstmagazin, das sich mit den Zusammenhängen von Persönlichkeitsstörung und Kreativität beschäftigt. Ich habe für dieses Magazin eine oder zwei Ausstellungen gemacht und mehrere Artikel zum Thema Experimentalkunst verfasst.«

Persönlichkeitsstörungen. Der Ausdruck beschwört Bilder von einem kannibalischen Nibal herauf.

»Wie spät ist es übrigens?«, fragt Justine unvermittelt.

»Sechs Uhr«, erwidert Laetitia.

»Ah, ich muss kurz mal telefonieren«, entschuldigt sie sich. »Mein Handy müsste hier irgendwo liegen.«

»Hier ist es. Wir gehen dann. Bis später.«

Wir verlassen das Zimmer. Léonard folgt uns.

»Pass auf, Léonard«, sagt Laetitia. »Justine versucht, dir deine Seele zu stehlen.«

»Ha-be-kei-ne«, antwortet Léonard seelenruhig.

Hinkend macht er sich auf den Weg in sein Zimmer. Wir fahren mit dem Aufzug nach unten.

»Wenn Sie das gesehen hätten«, raunt Laetitia mir auf dem Weg in den Salon zu. »Mir ist es eiskalt über den Rücken gelaufen. Schwarze Gesichtszüge, die die Leinwand in alle Richtungen durchschneiden, und diese mineralgrünen Flecken, als hätte man die Tür zu etwas Bösem geöffnet.«

Notizblock: *Und mein Porträt?*

»Das ist sanfter. Sie sitzen in einem blauen Himmel, mit dem gelben Kleid wie eine große Sonnenblume. Und Ihr Haar flattert im Wind. Wie Ophelia in einem Bild von van Gogh.«

Ophelia, die im blauen Himmel der Alpen ertrinkt.

*Werden Sie für sie Modell stehen?*

»Ich weiß nicht. Ich glaube, ich käme mir albern vor, für jemanden Modell zu stehen, der mich nicht sehen kann. Ihr ganzer Medium-Zirkus geht mir auf die Nerven. Auf der anderen Seite reizt es mich, zu sehen, was sie aus mir macht«, fährt sie verträumt fort. »Ich könnte mir vorstellen, dass sie mich in Kackbraun steckt, mit etwas dreckigem Weiß für die Augen.«

Die Mädchen haben Humor ...

»Entschuldigen Sie mich, Elise«, flüstert sie mir plötzlich aufgeregt zu. »Léonard ist da, er macht mir ein Zeichen.«

Und schon lässt man die Oma in ihrem Rollstuhl zurück und schlurft im Eiltempo mit dem Gehgestell zu dem Monster mit den grünen Augen. Ich komme mir vor wie eine kleine Krabbe in einem Korb voller Krebse. Die Ankunft von Lorieux ist wie ein Schwall frischer Luft. Ich halte ihm das Blatt Papier hin, auf dem ich die Fragen notiert habe, die mich beschäftigen. Er liest sie laut vor. Dann räuspert er sich.

»Gut. Was Punkt eins betrifft, kann ich Ihnen jetzt schon antworten: Gastaldi verfügte allein über das Familienvermögen. Seine Frau hat eine gute Partie gemacht, als sie den Erben der Privatbank heiratete. Ihre Ersparnisse – es handelt sich um zwei Millionen Franc – gehen ganz normal an ihre Nachkommen. Da ihr einziges Kind, also Marion, gestorben ist, sucht der Notar jetzt nach eventuellen noch lebenden Verwandten, die das Erbe antreten könnten.

Was Punkt zwei betrifft, werde ich überprüfen lassen, ob Frau Hennequin zur gleichen Zeit wie Véronique Gans in der Klinik war. Sie glauben an eine mögliche Verbindung über die Drogen? Eine Abrechnung vielleicht?«

Ich glaube gar nichts. Ich werfe meine Fragen wie Köder aus und frage mich, was anbeißen wird.

»Auch Sonia hat vor einigen Jahren eine Entziehungskur gemacht«, fährt Lorieux fort und lässt seine Fingergelenke knacken. »Sonia, Marion Hennequin, Véronique Gans ...«

*Und Yann, sein Praktikum in der Psychiatrischen Klinik?*

»Sie wollen andeuten, dass ... Hat er sie bei seinem Aufenthalt in der Klinik kennen gelernt?«, fragt er sich mit leiser Stimme. »Ich muss gehen, muss noch mehrere Dinge überprüfen.«

Und schon ist er fort. Die Namen wirbeln in meinem Kopf umher. Sonia, Marion, Véronique. Sind Drogen das Bindeglied? Und Yann? Oder Drogen und Yann? Ist Yann Dealer? Stellen wir uns einmal vor, dass Sonia und Marion ihre Lieferanten betrogen und dass die ihre Hinrichtung in Auftrag gegeben haben. Dass Nibal nur ein Auftragskiller ist. Okay, aber was habe ich mit der ganzen Sache zu tun? Soll ich nur die Spuren verwischen? Und Véronique Gans – ist sie in Gefahr? Mein Kopf ist gespickt mit Fragezeichen. War ich mir je über die Bedeutung dieses verdammten Zeichens im Klaren? Wenn man es augenblicklich aus der Sprache streichen würde, könnte ich nicht mehr denken. Stellen wir uns einen Krimi ohne Fragezeichen vor: keine Fragen mehr, keine Antworten. Ohne Fragezeichen wären meine Gedanken wie ein spiegelglattes Meer. Unbewegt. Wie ich.

Am ersten Tag unseres Aufenthalts hier ist Yann über mich gestolpert, und zwar im wahrsten Sinne des Wortes. Zufällige Begegnung? (Und noch ein »?«. Mit mir wären die Fabrikanten von »?« Milliardäre. Um gerecht zu sein, will ich versuchen, »!« zu setzen.) Und wenn Yann diese Begegnung bewusst herbeigeführt hätte!!! (Gleich drei auf einen Schlag.)

Und noch schlimmer: Wenn man die ».« streichen würde Wie bei den lateinischen Inschriften. Wie konnten diese Typen ohne Zeichensetzung überhaupt klar denken? Mein Gott, ich drehe durch. Kurzschluss im Gehirn: Feuer! Elise brennt! Elise ist verkohlt. Elise, das ist *église* ohne g. Eine Kirche, ein Tempel der Idiotie. Ich weiß, Psy, ich soll mich nicht immer so abwerten. Wenn ich mich nicht liebe, wer wird es dann tun?

»Arme Irre«, versichert mir Psy mit seiner süßlichen Stimme.

Was?!

»Arme kleine Irre, du wirst leiden!«

Verdammt! Er ist da!

Nibal ist da, draußen, vor dem Fenster, schnell, schaut hinaus, rührt euch, ich fahre hektisch mit meinem Rollstuhl zurück, stoße an den Tisch, au, etwas hat mir die Schulter durchbohrt, etwas, das brennt, wie wenn man in einen Nagel tritt, und wieder, diesmal in den Bauch, den Arm heben, mein Herz schützen, ahhh, ins Handgelenk, was kann das nur sein ... aaahh, meine Wange, oh, das tut wirklich weh, etwas Hartes hat sich in meine Wange gebohrt bis ins Zahnfleisch, wie ein Skalpell, zurück, zurück, ein verdammtes Möbelstück versperrt mir den Weg. Etwas Flüssiges läuft mir über die Lippen.

»Finden Sie nicht, dass es hier nach Blut riecht?«

Justine!

»Nach Blut?«, fragt Yvette.

Meine Augen! Meine Augen verdecken, für den Fall ...

»Alles in Ordnung, Elise? O nein! Nein!«

Eilige Schritte. Diesmal mein Arm, bis auf den Knochen, das vibriert richtig. Ich will die Zähne zusammenbeißen, doch ich höre mich in meinem Kopf aufheulen.

»Das Fenster! Weg vom Fenster, Justine!«

»Wo ist das Fenster?«, fragt Justine.

»Ach, Liebes! Sie Ärmste!«, jammert Yvette und schiebt mich in Sicherheit.

Sie zieht an den Dingern, die mir im Fleisch stecken. Schmerzhafter Ruck, tief und brennend.

»Hugo! Martine!«

»Scheiße! Aber was ist denn ...«, ruft Hugo.

»Jemand hat Elise mit kleinen Pfeilen angegriffen!«, schreit Yvette. »Durchs Fenster!«

Getrappel.

»Martine, wir brauchen Verbandszeug und Alkohol«, fährt

Yvette mit veränderter Stimme fort. »Es geht, es scheint mir nicht zu tief zu sein.«

Vielleicht, aber es tut verdammt weh. Vor allem die Wange. Im ganzen Mund der herbe Geschmack von Blut. Ich wische ihn mehr schlecht als recht ab. Yvette befiehlt mir, still zu halten.

Hugo kommt hereingestürmt und sagt, er habe niemanden gesehen. Das Gegenteil hätte mich überrascht. Man tupft mich mit Alkohol ab, entfernt das Blut, das aus allen Wunden geronnen ist. Justine stellt Fragen, auf die niemand antwortet, ich bin im Schockzustand. Das weiß ich, weil ich zittere, ohne irgendwas zu spüren. Leere. Eine falsche grauenhafte Ruhe. Ich habe den Eindruck, durch eine Watteschicht vom Rest der Welt getrennt zu sein. Die Stille in der Stille. Sie sprechen, laufen hin und her. Elise Andrioli, Zielscheibe für einen irischen Pub! Welche Ironie des Schicksals nach der irischen Bombe, die mein Leben zunichte gemacht hat. Oder fast.

»Lorieux ist in Digne. Er kann nicht vor heute Abend da sein. Sie schicken Mercanti her«, kündigt Francine an.

Mercanti trifft kurz darauf ein und stellt präzise und sachdienliche Fragen. Er sagt, der Arzt würde kommen und mich untersuchen, um ein medizinisches Attest auszustellen. »Damit sind Sie mindestens zwei Wochen lahm gelegt ...«, beginnt er, stockt und fügt ein erbärmliches »Äääähm« hinzu. Er fährt rasch fort und fragt, warum der Hund nicht eingegriffen habe.

»Er war mit Laetitia und Léonard draußen«, antwortet Yvette.

»Monsieur de Quincey, Mademoiselle Castelli, haben Sie nichts gesehen?«

»Wir waren unten bei der Garage. Von dort aus kann man das Fenster nicht sehen«, erklärt Laetitia. »Wir haben Tintin Stöckchen geworfen.«

Auch das konnte Nibal nicht voraussehen. Es sei denn, er überwacht das Haus. Und späht uns vielleicht ständig aus, mit einem Fernglas im Wald versteckt. Ich mache eine Faust, doch das belebt nur den Schmerz im Handgelenk.

Der Arzt erscheint, knurrt, dass er völlig überlastet sei.

»Na, sehen wir uns das mal an ... Mein Gott, Sie Arme! Aber es ist nicht allzu schlimm, ich gebe Ihnen eine Tetanusspritze, für alle Fälle, reichen Sie mir meine Tasche, danke, und eine Spritze für Ihr Zahnfleisch, damit es sich nicht entzündet, der Mund, das ist immer unangenehm, Pfeile auf eine Behinderte schießen, in welcher Welt leben wir eigentlich! Wahrscheinlich halbwüchsige Stadtgören, so, das wär's, ich muss weiter, entschuldigen Sie mich, bezahlen können Sie in meiner Praxis.«

# KAPITEL 9

Ich liege in meinem Bett, das Anti-Wundkissen zwischen den Knien, der Rücken von einem Polster gestützt, einen Kühlbeutel ums Handgelenk gewickelt, eine kalte Kompresse auf der Wange. Es muss schon spät sein. Kein Laut ist von draußen zu hören. Kein Vogelgezwitscher. Kein Hupen in der Ferne. Nichts. Ein leichter Wind in den Zweigen. Heftige Schneefälle sind für morgen angesagt. Durch die dünne Wand höre ich Yvette im Nachbarzimmer schnarchen. Ich habe geträumt, dass Magali barfuß im Schnee lief und weinte, weil ihr kalt war und sie das große weiße Nachthemd, das Francine Atchouel ihr hinhielt, nicht anziehen wollte. Ihr rotes Haar schimmerte im Dunkeln und Laetitia gab ihr Schnee zu essen und sagte, es sei ein Zaubertrank, sie aber wehrte sich, sie erstickte, sie spuckte den Schnee wieder aus, sie quoll über von Schnee, sie ertrank im Schnee, und ich wachte auf, während ihre Augen entsetzt in den Höhlen rollten.

Ich schwitze. Zu heiß: Diese Decke wiegt Tonnen. Fühle mich wie lebendig begraben. Wie habe ich *Der Fall des Hauses Usher* mit Vergnügen lesen können? Oh, sich hinsetzen, nur die Decke zurückschieben und sich setzen. Sich vorbeugen, um ein Buch zur Hand zu nehmen. Lesen. Oh, lesen! Die Seiten umblättern. Den Geruch des Papiers einatmen. Schnell lesen, gleichgültig, weil man denkt, dass man so viel lesen kann, wie man will, wann man will. Lesen.

Was hat Magali gedacht, als ihre Füße vergebens Halt suchten und als sie keine Luft mehr bekam? Was hat sie gespürt? Die Stille der Nacht macht dich depressiv, Elise. Besser, du stellst dich in deinem sonnenblumengelben Kleid vor, wie du am blauen Himmel über den Bergen schwebst.

War nie besonders begeistert von diesem Bild *Die Sonnenblumen.* Sonnenblume. Ich höre Justine noch sagen: »Ich habe Sie in ein violettes Kleid gesteckt. Wie ein Gewitterhimmel.« Seit dem Unfall ist mein auditives Gedächtnis so zuverlässig wie ein Tonbandgerät. Laetitia muss sich getäuscht haben. Oder Justine hat gelogen. Oder es ist Laetitia. Muss Yvette morgen bitten, sich das Bild anzusehen. Yvette ist der einzige zuverlässige Scanner, über den ich verfüge.

Geht diese Nacht denn nie zu Ende? Ich bin nicht müde. Mir tun der Arm und der Mund weh. Ich möchte mich auf die Seite legen. Den Mond am Himmel betrachten. Haben wir Vollmond? Hugo hat dreimal überprüft, ob die Fensterläden verriegelt sind. Unmöglich, mit einer Leiter bei mir einzusteigen. Und Tintin schläft auf dem Flur.

Schritte unten. Das Bild der nackten und zitternden Magali taucht ungewollt auf, ich schiebe es beiseite. Schritte. Ich bin mir ganz sicher. Ist Tintin entwischt, um in den Mülleimern zu wühlen? Nein, unmöglich, alles ist doppelt abgeschlossen. Ein wildes Tier, das etwas zu fressen sucht? Es ist kein Tier. Typisches Geräusch von Stiefeln, die im Schnee knirschen. Ein Mensch, der herumschleicht. Hugo, der seine nächtliche Runde dreht? Ja, natürlich. Er geht langsam mit gleichmäßigem Schritt. Klar, was bin ich blöd, immer gleich in Panik zu geraten?

Ich weiß sehr wohl, dass es nicht Hugo ist. Ich verspüre einen Druck auf der Blase. Mit der gesunden Hand taste ich nach der Schüssel, schiebe sie mir mehr schlecht als recht unter.

Jemand pfeift *Marinella.* Unmöglich, Harn zu lassen, alles

ist blockiert. Ich habe nicht geträumt. Ich habe die ersten leise gepfiffenen Takte genau wieder erkannt. Es muss also doch Hugo sein. Ein Mörder wird nicht so dämlich sein, *Marinella* pfeifend unter unseren Fenstern herumzuschleichen. »Marinella, ich hab deine Beine mit deinen Armen verwechselt, und als ich meinen Irrtum sah ...« Herr Gott, Elise, was ist nur los mit dir? Vielleicht hat man mich ohne mein Wissen unter Drogen gesetzt. Die Spritze des Arztes? Oder etwas im Essen. Der Kräutertee. Ein Tumor im Gehirn. Asbest in den Rädern des Rollstuhls. Wird der da draußen wieder anfangen zu pfeifen? Ich höre nichts mehr. Auch keine Schritte. Manchmal merkt man nicht, dass man schläft. Vielleicht habe ich für ein paar Sekunden die Augen geschlossen und mir alles nur vorgestellt. Das wird sich morgen zeigen. Jetzt ist alles still. Mir behagt diese Stille nicht.

Ekeliger Geschmack im Mund, Verlangen nach einem starken Kaffee. Ich habe wirklich schlecht geschlafen. Ich habe Yvette gefragt, ob heute Nacht jemand etwas gehört hat. »Ich habe um eins eine Runde gedreht«, hat Hugo gesagt, »aber nichts gesehen.« Also war es Hugo in der modernen Version von: Hört Ihr Herrn und lasst Euch sagen, uns're Uhr hat zwölf geschlagen ...

»Es schneit«, sagt Laetitia seufzend. »Und es soll die nächsten drei Tage schneien.«

»Jedes Ding zu seiner Zeit!«, ruft Martine in diesem ewig positiven Tonfall aus, der mir allmählich auf die Nerven geht.

»Wir bauen einen Schneemann!«, beschließt Yann. »Madame Raymond, wir brauchen eine Karotte, zwei Kartoffeln und eine Tomate. Emilie, geh mit Madame Raymond in die Küche. Christian, du hilfst Emilie. Und Tintin, du hilfst Christian.«

Allgemeines Gelächter. Tapp, tapp, tapp von Tintins Pfoten, der den dreien hechelnd folgt.

»Und ich, was mache ich?«, fragt Jean-Claude, der von einem Tier-Dokumentarfilm zu einem Geographie-Dokumentarfilm zappt.

»Nun, du bist unser Schneemann, wir rollen dich im Schnee.«

Jean-Claude gibt ein Glucksen von sich. Laetitia hat sich erkältet, sie will nicht mit nach draußen, Francine schlägt heißen Holundersaft mit Honig vor, Yvette Thymiantee, Madame Raymond Eiermilch. Laetitia sagt, nein danke, sie habe ihre Medikamente.

»Ich habe meinem Vater geschrieben«, sagt sie und lässt sich aufs Sofa fallen. »Ich will nicht länger hier bleiben. Ich möchte nach Amerika. In Florida gibt es ein Heim, wo man mit Delfinen schwimmen kann. Ich schwimme gut mit den Armen. Papa wird zetern, weil es sehr teuer ist, aber er macht immer, was ich will. Seit dem Unfall hat er ein furchtbar schlechtes Gewissen. Er ist zu schnell gefahren. Es ist seine Schuld, dass ich behindert bin. Seither bekomme ich immer alles, was ich will.«

Und deshalb verstehst du nicht, dass Justine dir Léonard wegschnappt, weil sie scharf auf ihn ist. Scharf. Scharf und bitter ist noch immer der Geschmack in meinem Mund. Meine Hand legt sich automatisch auf meine Wange, die saumäßig wehtut. Ich taste mit der Zunge über mein Zahnfleisch, das geschwollen ist.

»Du siehst aus, als hättest du ein hartes Ei in der Backe«, sagt Laetitia lachend. »Ein rotes Ei, rot vom Jod.«

Sie kichert erneut. Die fröhliche Einfalt der Jugend. Geräusch von eiligen Schritten.

»Ich habe Neuigkeiten!«

Lorieux schnappt sich meinen Rollstuhl und schiebt mich zur Seite.

»Marion Hennequin war zur selben Zeit wie Véronique Gans in der Klinik! Und der Mann an der Aufnahme hat Sonia auf den Fotos erkannt. ›Ein reizendes Mädchen, das regelmäßig ihre Cousine besucht hat.‹ Und besagte Cousine war keine andere als Marion. Sie kannten sich!«

In seiner Erregung rüttelt er an meinem Rollstuhl.

»Sie hat mir gesagt, sie ginge wegen ihrer Therapiestunden in die Klinik. In Wirklichkeit hat sie Marion Hennequin besucht! Aber warum?!«

Ich glaube, ich kann ihn Nägel kauen hören.

»Und noch etwas anderes: Genau zu dieser Zeit hat Yann sein Praktikum in der Psychiatrie gemacht. Heute Morgen ist mir wieder eingefallen, dass Sonia mir einmal gesagt hat, sie hätte ihn dort gesehen, hätte sich aber versteckt, weil sie nicht wollte, dass er sie entdeckt.«

Und ich kann mich erinnern, dass Yann einmal gesagt hat, der Name Marion Hennequin sei ihm nicht unbekannt.

»Wir kommen vom Fleck, wir kommen endlich vom Fleck! Ich kriege den Dreckskerl!«, versichert mir Lorieux.

Rachelust schwingt in seiner Stimme mit. Und der heimliche Wunsch, es könne Yann sein. Ich bin sicher, dass er sich fragt, ob Yann Sonia in der Klinik kennen gelernt hat und ob die beiden bereits ein Verhältnis hatten, als er noch mit ihr zusammen war. Der Dämon der Eifersucht hat die schärfsten Krallen und die spitzesten Fangzähne. Ich weiß davon ein Lied zu singen, denn dieser Dämon hat mich vor gar nicht langer Zeit arg gebeutelt, als ich erfuhr, dass Benoît ...

Man gedenkt eines Toten in Liebe, man flüchtet sich in eine idyllische Vergangenheit, um dann zu entdecken, dass einen der Saukerl seit zwei Jahren betrogen hat! So was wünsche ich Lorieux nicht.

»Das Register mit den Aufnahmen und Entlassungen von damals ist auf EDV umgestellt worden, aber das Mädchen, das sich darum kümmert, ist erst morgen wieder da. Wir werden versuchen, die Patienten wieder zu finden. Und das Personal genau unter die Lupe nehmen.«

Notizblock. Wegen meiner Verletzungen tut mir das Schreiben verdammt weh. Ich beschränke mich auf das Wesentliche:

*Und wenn Sonia – Marion wirklich Cousinen waren?*

»Genau diese Frage habe ich dem Notar gestellt. Ganz offensichtlich gibt es keine verwandtschaftliche Beziehung zwischen den Gastaldis und den Auvares. Es könnten allerhöchstens Cousinen um mehrere Ecken sein.«

*Mein Onkel könnte es wissen.*

»Ich habe noch einmal versucht, ihn telefonisch zu erreichen«, seufzt er. »Diesmal habe ich immerhin auf die Mailbox seines Handys sprechen können. Ich habe ihn gebeten, mich zurückzurufen.«

Gut. Dann bleibt uns nichts anderes als abzuwarten.

»Der kleine Supermarkt verkauft Wurfpfeilspiele«, fährt er fort. »Doch diese Woche wurde keines verkauft. Nachdem ich darauf bestanden habe, hat der Geschäftsführer den Lagerbestand geprüft: Es fehlt ein Spiel.«

Nibal spaziert also im Dorf herum, langweilt sich ein bisschen, sieht die Pfeilspiele: »Na, wie wär's, wenn ich auf die gute alte Andrioli zielen würde?«

»Ach, hier seid ihr!«

Die männliche Stimme von Yann über meinem Kopf.

»Hallo, Philippe. Ich wollte Elise fragen, ob sie frische Luft schnappen will.«

Philippe Lorieux schlägt sich mit seinem Notizbuch auf den Handballen.

»Hast du eine Minute Zeit, Yann?«

»Meine Schäfchen warten auf mich ...«

»Nur eine Minute. Erinnerst du dich noch an dein Praktikum in der Psychiatrie?«

»Klar.«

»Bist du dabei auch mit den Drogenabhängigen in Kontakt gekommen?«

»Du denkst an Sonia. Ich kann mich nicht erinnern, sie dort gesehen zu haben.«

»Du hast nicht auf meine Frage geantwortet.«

»Natürlich hatte ich auch Kontakt mit denen. Sie hatten ihre Gruppentherapie-Sitzungen im Fernsehzimmer der psychiatrischen Abteilung. Warum fragst du mich das? Verdammt! Jetzt kommt's mir. Marion Hennequin! Dort hab ich sie gesehen!«

Erneutes Knallen des Notizbuchs.

»Fällt dir noch mehr dazu ein?«

»Moment, lass mich überlegen.«

Längeres Schweigen. Dann:

»Jetzt erinnere ich mich. Sie war irgendwie anders als die anderen Patienten. Kühl, reserviert, sehr helle Haut, dunkles Haar, wie eine Figur auf einem Gemälde aus der Romantik. Die Kameliendame, die, umgeben von Rauschgiftsüchtigen, an Schwindsucht stirbt. Und obwohl sie eine Pennerin war, hatte sie irgendwie Klasse. Sie weigerte sich, teilzunehmen. Blieb in ihrer Ecke. Stieß jeden weg, der ihr helfen wollte.«

Mädchen aus guter Familie bis zum bitteren Ende.

Notizblock: *Lorieux hat gesagt, ich sähe ihr irgendwie ähnlich.*

Er scheint einen Augenblick nachzudenken, dann:

»Tatsächlich, jetzt, wo Sie's sagen. Aber seit Sie hier sind, sind Sie so braun geworden, dass Sie nicht mehr krank aussehen.«

Sehr galant, Yann.

»Also wenn Sie mich fragen, sehen Sie eher Sonia ähnlich«, fährt er fort. »Sonderbar, aber ich finde, dass Sonia Marion ähnelte. Glaubst du, das könnte wichtig sein, Philippe?«

»Weichen wir nicht vom Thema ab. Hat Marion Besuch empfangen?«, fragt Lorieux in beiläufigem Tonfall.

»Keine Ahnung. Doch ... einmal habe ich sie im Gespräch mit einer Besucherin gesehen. Ein Mädchen. Ich habe sie nur von hinten gesehen, im Vorübergehen auf dem Flur. Moment ... warte mal! Könnte Sonia das Mädchen gewesen sein?«

Sehr geistesgegenwärtig, unser Yann heute.

»Ich darf dir darauf keine Antwort geben«, sagt Lorieux.

»Komm, hör auf, du erzählst jedem von den Ermittlungen!«

»Elise ist nicht jeder. Sie ist ein potenzielles Opfer ... äääähm, entschuldigen Sie, ich wollte sagen ...«

Ich hebe die Hand, im Sinne von »Schwamm drüber«.

»Und ich ein potenzieller Täter! Das wolltest du doch sagen?«, fragt Yann leicht aggressiv.

»Du bist ein Zeuge, das ist alles.«

»Aber ich habe nichts gesehen!«

»Du hast Marion Hennequin gesehen.«

»Reiner Zufall!«

»Niemand sonst, den du aus deinem Praktikum identifizieren kannst?«

»Das ist nicht der Club Med.«

»Okay, falls du dich an irgendetwas anderes erinnern solltest ... Bis später.«

»Was stellt der sich überhaupt vor?«, murmelt Yann, als Lorieux sich entfernt. »Dass ich Marion und Sonia aufs Kreuz gelegt habe?! Dass ich sie umgebracht habe, weil sie mich fallen lassen wollten? Wenn ich bedenke, was wir früher für verrückte Spritztouren gemacht haben, er und ich, und dass er jetzt diese beschissene Uniform trägt!«

Notizblock. Ich frage: *Seit wann Freunde?* Und komme mir dabei vor, als würde ich in einem *Tarzan*-Film mitspielen.

»Wir waren zusammen auf dem Gymnasium. Danach haben wir uns aus den Augen verloren, waren aber wieder viel zusammen, als ich hier Arbeit gefunden habe.«

*Er noch mit Sonia?*

»Nein. Ich wusste nicht einmal, dass er mit ihr zusammen

gewesen war. Hat mir kein Sterbenswörtchen davon gesagt. Ich habe es erst von Payot, einem der Skilehrer, erfahren. Er hat mir erzählt, Lorieux sei völlig down gewesen wegen des Barmädchens vom Moonwalk. Eine Leidenschaft, über die sich das ganze Dorf die Mäuler zerrissen hat. Der Gendarm und die Hure. Ganz schön komisch, wenn man bedenkt, dass sie Marion gekannt hat und dass beide in derselben Woche ermordet wurden. Aber ich kann da keinen Zusammenhang mit Ihnen sehen. Außer der Ähnlichkeit. Gut, der Hund passt auf Sie auf, aber ich muss jetzt wirklich zurück. Soll ich Sie mitnehmen?«

Ablehnendes Handzeichen. Ich habe keine Lust, mich zu bewegen. Berichtigung: Ich habe keine Lust, dass man mich bewegt. Ich habe Angst, bei der geringsten Erschütterung des Rollstuhls in zig Teile zu zerfallen. Mein Arm schmerzt, meine Wange spannt, mein Brustbein brennt. »Auch im Magen kein Behagen ...« Elise als reisender Komiker. Ach, das hätte mir gefallen, in Straußenfedern gehüllt im Alcazar von Marseille über die Bühne zu schreiten.

Ich fahre aufs Geratewohl Achten in dem großen Salon.

»Ihr Onkel ist am Telefon!«, ruft mir Yvette atemlos zu.

Sie muss auf die Lautsprechertaste gedrückt haben, denn ich höre die Stimme meines Onkels, überdeckt von Rauschen.

»Wo sind Sie?«, fragt Yvette. »Seit einer Woche versuchen wir, Sie zu erreichen!«

»Ich war in Krakau, jetzt bin ich in Italien, in Carrara, wegen einer Marmorlieferung. Auch ich habe mehrmals versucht, Sie zu erreichen, bin aber immer nur auf den Anrufbeantworter gestoßen.«

Mist, niemand hat ihm gesagt, dass wir nicht mehr im Chalet sind.

»Wie geht's Elise?«, fragt er.

»Hm ... gut ... das heißt ...«

»Die Gendarmerie hat mich angerufen, der kleine Lorieux. Das hörte sich ja ziemlich ernst an.«

Yvette verliert sich in vagen Erklärungen, ich kritzele auf meinen Block: *Sag ihm alles!* Sie stößt einen gedehnten Seufzer aus und legt nur widerwillig los. Mein Onkel hört schweigend zu, bis sie auf Sonias Tod zu sprechen kommt.

»Ich weiß Bescheid«, sagt er leise. »Haben die Ermittlungen schon etwas gebracht?«

»Leider nein!«, schreit Yvette, weil die Verbindung immer schlechter wird.

»Ich kann nichts mehr verstehen!«, krächzt er, während ich trotz der Schmerzen im Handgelenk rasch die Fragen kritzele, die Yvette ihm stellen soll.

Eine Folge von »Hallos«, dann wird die Verbindung wieder besser.

»Ich werde die Polizei anrufen«, sagt mein Onkel. »Und ich komme so schnell wie möglich.«

Warte! Hier! Ich halte Yvette das Blatt hin.

»*Haben Sie Sonia oft gesehen?* Elise stellt Ihnen diese Frage.«

»Sie hat mich manchmal angerufen, wenn ich übers Wochenende da war. Sie hat sich sehr einsam gefühlt«, fügt er mit tonloser Stimme hinzu.

»Ich lese Ihnen weitere Fragen von Elise vor: *Wussten Sie, dass sie Drogen nahm?*«

»Natürlich! Jeder wusste das. Ich war es, der sie zu der Entziehungskur ermuntert hat.«

*Kannten Sie Marion Hennequin?*

Kurzes Schweigen. Dann fährt mein Onkel mit einer Stimme fort, die mir etwas zu lässig klingt:

»Nein, überhaupt nicht. Sollte ich?«

»Wie soll ich das wissen!«, protestiert Yvette.

»Hören Sie, ich hab's eilig, die Lieferanten erwarten mich! Ich rufe morgen wieder an. Keine Dummheiten, Elise!«

Damit legt er auf.

»Er hat aus Italien angerufen! Das wird ihn ein Vermögen gekostet haben!«, sagt Yvette missbilligend.

Wütend zerknülle ich das Blatt mit den unbeantworteten Fragen. Dabei bricht der Schorf auf meinem Handgelenk auf.

»Jetzt haben Sie's doch tatsächlich fertig gebracht, dass Sie wieder bluten. Mein Gott, mit vier Jahren waren Sie wirklich weniger anstrengend!«

Da habe ich ja auch noch an den Weihnachtsmann geglaubt.

Yvette holt Alkohol und Watte. Ich würde meine gesunde Hand dafür ins Feuer legen, dass mein Onkel mehr weiß, als er sagt. Yvette kommt zurück und tupft relativ behutsam meine Wunde ab. »Diesmal ist Francine dran!«, flüstert sie mir zu, bevor sie zum Kartentisch im Nebenzimmer eilt. Wer hätte gedacht, dass Yvette noch mal spielsüchtig wird? Bald wird man mich vor ihren Augen erstechen können, ohne dass sie ihr Karo-Ass loslässt.

»Elise, sind Sie da?«

Nein, ich wedele gerade die Pisten runter.

»Elise, wenn Sie da sind, dann klopfen Sie auf die Felge Ihres Rollstuhls.« Es ist Justine.

Von weiß Gott welchem Teufel geritten, gebe ich einfach keine Antwort. Ich halte die Luft an. Zum Glück übertönt Madame Raymonds Staubsauger meine Atemgeräusche. Jetzt ist es an mir, Justine im Zimmer zu lokalisieren.

»Ist niemand da?«

Wenn ich ein Uhrzeiger bin, der auf zwölf steht, dann steht sie auf drei, zu meiner Rechten.

»Es ist nicht der richtige Augenblick für Scherze!«, fügt sie mit angespannter Stimme hinzu.

Ich bin durchaus ihrer Meinung, doch ich habe gerade richtig Lust, gemein zu sein. Meine einzige Befürchtung ist, dass jemand, den keiner von uns beiden sehen kann, uns von der

Türschwelle aus beobachtet. Entlarvt, die nette Elise! Ich könnte immer noch so tun, als hätte ich geschlafen.

Justine hat sich bewegt, sie ist gegen etwas gestoßen. An den großen Couchtisch.

»Ach, ist mir doch egal!«

Sie wartet noch einen Augenblick. Brummen des Staubsaugers auf dem Flur. Dann tüt-tüt-tüt. Das Telefon. Sie hat sich die Tastatur eingeprägt, so wie ich, und wählt eine Nummer.

»Hallo? Ja, ich bin's. Ich kann nicht lange sprechen ... Nein, ich bin noch nicht sicher, das ist nicht so einfach! ... Okay, morgen um vier.«

Sie legt auf.

Geht ganz nahe an mir vorbei, ich rieche ihr Parfüm und kauere mich in meinem Rollstuhl zusammen, um mit der Wand zu verschmelzen.

»Ich weiß, dass jemand da ist!«, ruft sie plötzlich.

Mein Herz macht einen Satz von drei Metern. Sie kommt näher, ich spüre schon, wie sich ihre Krallen in mein Fleisch bohren, als sie einen kleinen Schmerzensschrei ausstößt. Der runde Beistelltisch mit der Marmorplatte. Den kriegt jeder mal zu spüren. Leise schimpfend tritt sie den Rückzug an.

»Oh, Madame Lombard! Haben Sie sich wehgetan?«

Madame Raymond, welch glückliche Vorsehung.

»Nicht so schlimm, ich habe mich nur an einem Möbel gestoßen«, antwortet Justine gleichgültig.

»Kommen Sie, reichen Sie mir den Arm, ich führe Sie.«

Die Stimmen entfernen sich, und ich fahre, so schnell ich kann, zum Telefon, suche tastend nach dem Hörer, fange ihn auf, bevor er hinunterfallen kann. Die Taste Rückruf. Bei meinem Apparat ist es die rechts unten. Die Nummer, die sie angerufen hat, müsste jetzt auf dem Display sein. Aber das nützt mir natürlich nichts. Ich wende den Rollstuhl, schalte den Turbo an und düse in Richtung Salon. Erster Versuch missglückt: Ich pralle gegen die Wand. Zweiter Versuch ein Treffer! Ich fahre jemanden über den Haufen.

»Au! Vorsicht!«

Hugo. Ich halte ihm den Hörer hin, wie die Bettlerin ihre Almosenschale.

»Wollen Sie jemanden anrufen?«

Ich fuchtele mit dem Hörer unter seiner Nase herum. Schnell! Sonst verschwindet die Nummer. Er nimmt ihn, liest automatisch: »0 609 182 633.« Ich notiere.

»Okay, ich wähle sie Ihnen ... Geht leider niemand dran, es ist nur der Anrufbeantworter. Wollen Sie eine Nachricht hinterlassen?«

Ich strecke die Hand aus, um ihm zu sagen, dass ich mithören will. Er hält mir den Apparat ans Ohr. Eine elektronische Stimme wiederholt, dass die gewählte Nummer zurzeit nicht erreichbar ist, dass ich aber eine Nachricht hinterlassen kann. Ich reiche ihm den Hörer zurück.

»Wir versuchen es ein anderes Mal«, sagt Hugo. »Jetzt entschuldigen Sie mich bitte. Ich muss die Hydrotherapie für Jean-Claude vorbereiten.« Er entfernt sich mit dem Apparat. Ich fahre weiter geradeaus, den Stimmen von Yvette und Francine entgegen, die sich erbittert um ein paar Punkte streiten. Vielleicht messe ich dem Anruf zu viel Bedeutung bei. Aber warum war es Justine so wichtig zu wissen, ob jemand im Raum ist? Und warum hat sie, wenn sie ungestört telefonieren wollte, nicht mit ihrem Handy in ihrem Zimmer angerufen? Weil sie nicht will, dass man sie anhand der Anruferliste ihres Gesprächspartners ermitteln kann? Apropos Justine, ich habe ganz vergessen, Yvette zu bitten, sich das Bild anzusehen. Ich schreibe es auf und fahre zum Spieltisch.

»Tut mir Leid, meine liebe Yvette, aber Sie haben zweimal gezogen«, sagt gerade die liebe Francine.

»Bestimmt nicht, sehen Sie doch, ich habe nur sechs Karten.«

»Aber ich bin sicher, dass ... Ja, Elise?«

Ich reiche ihr meine Notiz.

»Das ist sicher für Sie«, meint Francine und gibt Yvette das Blatt.

»0 609 182 633«, liest Yvette.

Verflixt, ich habe den falschen Zettel erwischt.

»Sie wollen Ihren Onkel anrufen?«, fährt sie fort.

Ich falle aus allen Wolken! Justine hat meinen Onkel angerufen! Aber, aber ... Was hat das zu bedeuten?!

»Glauben Sie nicht, dass wir ihn schon genug gestört haben?«, fährt Yvette fort. »Wir rufen ihn morgen an. So, ich bin dran!«

»Ah, nein, da irren Sie sich!«, protestiert Francine.

»Aber ich weiß genau, dass ich dran bin«, schimpft Yvette.

Ich fahre langsam zurück. Justine und mein Onkel. Sonia und mein Onkel. Was ist hier los? Wer sind diese Leute? Spielen hier alle Theater? Schauspieler, die bezahlt werden, um mich in die Irre zu führen? Ich weiß, Psy, die Paranoia lauert, aber ... mein Onkel und Justine!

Und wenn auch Lorieux mit von der Partie wäre? Wenn alles nur ein Spiel wäre? Wer beweist mir, dass die Verbrechen tatsächlich stattgefunden haben? Nein, im Spiel schießt man nicht mit Pfeilen auf Menschen. Und die erste Lokalzeitung, in der die Rede von dem Mord in Entrevaux war, hat mir Yvette vorgelesen. Yvette kann nicht zu dem Komplott gehören.

Beruhig dich. Tief durchatmen. Du darfst dich nicht verwirren lassen. Du hast Magalis kalten, leblosen Körper in den Armen gehalten. Man hat dich verletzt. Yvette hat menschliche Augen in deinen Händen gesehen. Entweder lügt Yvette, oder alles ist wahr. Bei der Vorstellung, Yvette könnte lügen, rinnt mir kalter Schweiß über den Rücken. Sie ist die einzige Hilfe, um mich in der Welt zu bewegen. Aber was ist denn nur los? Ich brauche so sehr feste, greifbare Bezugspunkte, und nun dreht sich alles im Kreis und zerrinnt mir unter den Fingern.

Ein kalter Luftzug auf meinen Händen. Ich folge ihm bis zum Fenster und presse meine Stirn an die kühle, leicht geöffnete Scheibe, ich atme die frische Luft ein. Von der Lichtung dringen die aufgeregten Rufe der Heimbewohner und das freudige Bellen des Hundes zu mir herauf.

»Emilie, leihst du mir deine Nase für den Schneemann?«, fragt Yann.

»Nein! Nein! Die Karotte nehmen«, schreit Emilie.

»Ah gut. Jean-Claude, reich mir doch bitte mal Emilies Nase.«

»Nein! Nein!«

Ich kann ein Lächeln nicht unterdrücken. Ein Vogel lässt sich ganz in der Nähe nieder und trällert einige fröhliche Töne. Ihm sind die Blutbäder dieser Welt gleichgültig, außer während der Jagdzeit. Offenbar muss der Mensch seine Aggressionen gegen die gesamte Natur richten, um sich seiner Existenz zu vergewissern.

»I-ch b-bin m-müde.«

Léonard. Ganz in der Nähe. Direkt unter dem Fenster. Ich lausche.

»Ich bin auch müde. Alle sind müde!«

Laetitia. Sie spricht mit leiser, drängender Stimme. Ich höre fast ihr Herz schlagen.

»I-Ich ...«

»Ja?«, ermutigt ihn Laetitia.

»N-Nicht m-möglich. Z-zu sch-schlecht.«

»So darfst du nicht reden. Man muss weitermachen. Man darf sich nicht durch ihre widerliche Normalität beeindrucken lassen!«

Justine hatte also Recht, als sie behauptete, Laetitia schäme sich wegen ihres Zustands, den sie nicht akzeptiere.

»O-Oft m-möchte i-ich d-der S-S-Sache ein E-Ende m-machen!«

»Du hast kein Recht, das zu sagen. Wir sind alle bei dir!«

Beide atmen sie heftig. Bewegungen, Scharren der Füße.

»Oh, Léonard!«, stammelt sie noch.

Ich stelle mir vor, wie sie sich an ihn schmiegt, wie Léonards ungeschickter Arm sie zu umfangen versucht.

»Ach, die Verliebten beim Turteln?«, ruft Madame Raymonds Stimme mit dem kräftigen südlichen Akzent. »Passt auf, dass ihr euch nicht in Tauben verwandelt!«

Sie geht weiter und lacht für sich allein.

»Bis gleich!«, sagt Laetitia, der sicher die Schamröte ins Gesicht gestiegen ist.

Léonard stimmt mit einem Brummen zu. Schritte. Ich beuge mich vor, so weit ich kann. Zehn Sekunden Stille. Ein Streichholz wird angerissen. Tabakgeruch. Ich wusste nicht, dass Léonard raucht. Vielleicht ist es auch Hugo oder Martine. Na, ich glaube, ich kann das Fenster schließen.

*Marinella!* Jemand pfeift *Marinella.* Genau unter mir. Es ist die Person, die raucht.

»Passen Sie auf, dass Sie sich nicht erkälten«, sagt Hugo, der durch den Raum geht.

Hugo. Also steht er nicht unter dem Fenster. Folglich war es auch nicht Hugo, der neulich nachts gepfiffen hat. Léonard? Er, der nicht einmal drei Worte an einem Stück sprechen kann, singt und pfeift? Ich habe eine Idee. Ich nehme die Decke, die auf meinen Knien liegt, rolle sie, so gut ich kann, zu einer Kugel zusammen und lasse sie aus dem bis zum Boden reichenden Fenster fallen.

»Was soll das«, brummt Lorieux. »Ach, Sie sind es, Elise? Sie haben Ihre Decke herunterfallen lassen! Ich bringe sie Ihnen rauf.«

Verdammt! Was musste er ausgerechnet jetzt dort entlang gehen? Gerade in dem Augenblick, als ich hätte Léonard enttarnen können. Verärgert fahre ich ein Stück zurück und warte.

»Hier ist sie. Ich frage mich, wie sie von Ihren Knien rutschen konnte. Apropos Fenster ... ich möchte gerne einen kleinen Versuch machen. Gestatten Sie?«

Eine reine Formfrage, denn schon werde ich ins Esszimmer geschoben.

»Mal sehen ... Madame Holzinski bitte.«

»Ja?«, fragt Yvette ungnädig.

»Wo genau stand Mademoiselle Andriolis Rollstuhl, als sie mit den Pfeilen angegriffen wurde?«

»Ungefähr hier«, sagt Yvette, erhebt sich und fährt meinen Rollstuhl an die entsprechende Stelle.

»Schnabel, notieren Sie. Einen Meter vom Fenster und zwei Meter fünfzig von dem Tisch, an dem Sie, Mesdames, wenn ich recht verstehe, Karten spielten.«

»Aähm, ja, in der Tat.«

»Der Rollstuhl stand nicht direkt vor dem Fenster, sondern leicht nach rechts versetzt. Die Wunden hingegen befinden sich auf der Vorderseite des Körpers, und die Pfeilspitzen haben sich gerade in das Fleisch gebohrt und nicht schräg, wie mir der Arzt versichert hat.«

»Und?«, fragt Francine verblüfft.

»Und das heißt, dass der Schütze Mademoiselle Andrioli gegenüberstand.«

»Und?«, fragt Yvette.

»Sehen Sie selbst. Ich begebe mich auf die Terrasse, Schnabel, folgen Sie mir, und Sie können feststellen, wenn mein Geschoss geradewegs auf das Ziel fliegen soll, muss ich auf dem linken Teil der Terrasse stehen, in schräger Linie zum Ziel.«

»Und?«, fragen Yvette und Francine im Chor.

»Zorro ist da-a-a!«, schmettert Yann schelmisch. »Wozu soll denn dieses Spiel gut sein?«

»Dazu, einen Mörder zu entlarven«, antwortet Lorieux kalt. »Ich fahre fort. Wenn man davon ausgeht, dass unser Mann zwangsläufig hier gestanden haben muss, um Elise so zu treffen, dann ...«

Gefolgt von den anderen kehrt er zurück ins Haus.

»Dann muss ihn derjenige, der hier saß, ebenso zwangsläufig gesehen haben. Wer war auf diesem Platz?«

»Äähm ... ich, glaube ich«, meint Francine zögerlich, »aber ...«

»Denken Sie genau nach!«

»Ich habe nicht aufgepasst. Wir haben Karten gespielt, alles war ruhig.«

»Sie haben vielleicht jemanden gesehen, der Ihnen vertraut ist, so vertraut, dass Sie nicht einmal darauf geachtet haben, aber Ihr Gehirn hat die Information sicherlich gespeichert!«

Francine überlegt einen Augenblick lang angestrengt. Lorieux hat Recht. Hier läuft jeder herum, wie er Lust hat, es ist schwer, sich genau an die Anwesenheit dieser oder jener Person an einer bestimmten Stelle zu erinnern. Francine hat durchaus eine vertraute Gestalt sehen können, ohne dass es ihr bewusst geworden wäre.

»Ich kann es Ihnen nicht sagen, tut mir Leid, aber ich erinnere mich nicht, aus dem Fenster gesehen zu haben.«

»Die Sonne!«, ruft Yvette aus. »Sie haben sich beklagt, weil die Sonne Sie geblendet hat! Erinnern Sie sich, ich lag mit dreihundert zu einhundertzwanzig in Führung ... Sie haben den Vorhang ein Stück weit zugezogen.«

Das wird ja immer besser! Ich glaubte, den Bergen gegenüberzusitzen, dabei hatte ich ein Stück Tüll vor der Nase, und Nibal konnte in aller Ruhe näher kommen.

Lorieux klopft, wie immer, wenn er nervös ist, mit dem Fuß. Tapp, tapp, tapp, die Schuhspitze schlägt schnell in kurzen Abständen auf das Parkett. Schnabel räuspert sich. Das Klopfen hört auf.

»Gut«, fährt Lorieux fort. »Wo sind Laetitia Castelli und Léonard de Quincey?«

»Wir sind hier«, erklärt Laetitia außer Atem.

»Sie haben ausgesagt, dass Sie unten am Hang, in der Nähe der Garage waren und die Terrasse von dort aus nicht sehen konnten. Stimmt das?«

»Ich nehme an, Sie sprechen von dem Angriff auf Elise?«

»Nein, vom Martinimarkt.«

»Sehr witzig. Ja, ich war mit Léonard und dem Hund in der Nähe der Garage.«

»Ich dachte, Sie hätten Schwierigkeiten, sich fortzubewegen?«

»Ich benutze meine Gehhilfe oder meine Krücken. Es dauert natürlich länger als bei Ihnen, aber daran bin ich gewöhnt. Ich will nicht mein Leben lang eingesperrt sein.«

»Fallen Sie nicht hin? Bei dem Schnee ...«

»Doch, das kommt vor. Oder ich bleibe stecken. Neulich musste ich warten, bis Hugo kam und mich hochhob, der Schnee war zu tief.«

»Unter dem dicken weißen Mantel, wo sich die Erde verbirgt, um ohne Zorn zu ruhen, weit entfernt von unserem Geschrei ...«

»Ah, Madame Lombard!«, seufzt Lorieux. »Ich glaube, Sie werden uns bald verlassen?«

»Nächsten Samstag, wenn nichts dazwischenkommt. Was ist denn los? Gibt es etwas Neues?«

»Da wir nie zweimal im selben Wasser baden, kann man stets sagen, dass es etwas Neues gibt, nicht wahr?«, entgegnet Lorieux kurz angebunden.

Allgemeine Verwunderung. Ich glaube, wir sind alle sehr müde und nervös. Justine bittet um ein Glas Wasser, Laetitia fragt, ob sie sich setzen darf, Francine, ob sie in die Küche gehen kann, um Madame Raymond zu sagen, sie solle bald das Essen servieren.

»Sie sind nicht in Polizeigewahrsam«, erregt sich Lorieux. »Und wenn Sie mich fragen, dann können Sie sich auch alle zum Teufel sch ...«

»Ich traue meinen Ohren nicht!«, ruft Francine entrüstet aus. »Diesen Vorfall werde ich Ihrem Vorgesetzten melden!«

»Umso besser! Alles, was ich will, ist, dass man mich von dem Fall entbindet. Ich habe die Schnauze voll von diesem Irrenhaus!«

Langes pikiertes Schweigen, umso mehr, als die Heimbewohner zurück sind. Dann die liebe Francine:

»Gut. Ich denke, die Herren von der Gendarmerie werden uns entschuldigen, es ist Zeit, zu Tisch zu gehen.«

»Gendarmerie«, schreit Christian, »Gendarmerie, pfui-pfui, i-iii!«

»Pfui-pfui, i-i-iii«, wiederholen drei enthusiastische Stimmen im Chor.

»Hören Sie, ich habe mich hinreißen lassen«, sagt Lorieux.

»Ganz und gar nicht«, erwidert Laetitia, »Sie haben nicht ein Mal ›Gruselkabinett‹ gesagt.«

»Das ist kein Fall wie die anderen, Sonia ...«

Seine Stimme zittert. Es ist schlimmer als in einer *Reality Show.*

»Pfui-pfui, i-i-iii!«

Tintin fällt mit Gebell in den Chor ein.

»Schluss jetzt! Hugo, unternehmen Sie etwas!«

»Möchte jemand einen Portwein?«, fragt Yvette in besänftigendem Ton.

»Ich glaube nicht, dass Alkohol geraten ist, die Herren sind im Dienst und haben es eilig«, zischt Francine außer sich.

»Ich würde gerne ein Gläschen Schnaps trinken«, erklärt Lorieux.

»Sag mir, was du von dem hältst, das ist der vom alten Clary«, sagt Yann und entkorkt die Flasche.

»Biologischer Schnaps?«, erkundigt sich Justine.

»Absolut. Wollen Sie probieren?«

»Ich nehme an, da ich volljährig bin, habe auch ich Anrecht auf ein Gläschen«, lässt sich Laetitia vernehmen.

»Aber sicher doch, alle können probieren.«

»Probierenprobierenpfuiprobierenpfuiprobieren.«

»Sogar Elise!«

Ich habe das Gefühl, mich in einem Delirium zu befinden.

Vielleicht sind sie wirklich alle verrückt? Aber wenn ich es recht überlege, verhält man sich leicht so eigenartig, ich meine eigenartig im Vergleich zu den *sitcoms*.

Wir trinken unseren Schnaps, die Zungen schnalzen. Nur Francine hat abgelehnt. Ich vermute, sie hat die Hand auf der Türklinke und wartet darauf, dass die unhöflichen Uniformierten endlich verschwinden. Was soll aus uns werden, wenn unser Untersuchungsbeamter durchdreht. Wird man Mercanti an seine Stelle setzen? Oder einen Typen aus Nizza? Einen behaarten Kommissar Maigret, der nach Knoblauch und Pastis stinkt? Schade, ich mag ihn gerne, unseren kleinen Gendarm. Ich stelle ihn mir immer wie einen tapferen Däumling vor, der verbissen den Kieselsteinen folgt, fest entschlossen, den Menschenfresser und seine Hydra zu töten. Ich sehe ihn sogar mit einem großen, spitzen Hut wie in meinem Bilderbuch. Eine Kappe mit Glöckchen, ah, nein, das war Eulenspiegel, er war nett, Eulenspiegel. Furchtbar, das Ende, wenn man jung ist. Da gibt es kein Pardon.

»Auf Wiedersehen, danke für Ihren Besuch.«

Muss ich gehen? Warum will denn der Rollstuhl nicht fahren?

»Hören Sie auf, gegen die Wand zu fahren, das macht mich verrückt!«

Das ist Yann. Der die Frauen angräbt. Der sie ins Grab bringt? Ganz ruhig, Elise. Mir ist schwindlig. Yann hat mir zweimal nachgeschenkt, anständig volle Gläser. Er hätte Barmann werden sollen, der gute Yann.

Telefonklingeln. Durchdringend.

»Hallo«, ruft Yvette, die mir ganz den Eindruck macht, als habe auch sie ein Gläschen zu viel gekippt. »Ja ... ja, er ist da, hick, der Arme, oje, ich habe Schluckauf, ich gebe Sie, hick, weiter ... Adjudant-Chef, das ist für Sie, es ist der Onkel von Eli-hick ...«

Lorieux muss das Telefon genommen und sich entfernt haben, ich höre zwar seine Stimme, kann aber die Worte nicht verstehen. Meinen blöden Onkel fragen, warum Justine ihn angerufen hat! Wo ist mein Notizblock. Mist, verloren. Unmöglich. Ah nein, unter der Decke. Stift. Und jetzt zu Lorieux.

»Aber Elise! Sie fahren alle an! Wohin wollen Sie denn?«

Du kannst mich mal, meine liebe Francine. Vorwärts, du dummer Rollstuhl.

Yvette, die von einem Schluckauf geschüttelt wird, tönt:

»Wollen Sie, hick, Pipi machen?«

»Woow!«, brüllt Christian.

Ich wedele mit meinem Notizblock, um zu verneinen. Mein Block, auf dem Lorieux' Name steht. Vielleicht wird jemand daran denken, ihm das Blatt zu geben? Offenbar nicht. Okay, dann fahre ich eben auf Geratewohl.

»Aber so hören Sie doch auf! Was ist denn mit ihr los?«

»Sie hat zu viel getrunken«, sagt Yvette, die treulose Seele, »Sie dürfen ihr nicht so viel, hick, Alkohol geben, Yann, das verträgt sich nicht mit ihren Medikamenten. Kommen Sie.«

Sie schiebt mich in eine Ecke. Ich schüttle meinen Block, als hätte ich Parkinson.

»Wollen Sie, hick, schreiben? Ihr Stift ist hier«, sagt Yvette und zieht an dem Band, das ich um den Hals trage.

Sieht sie denn nicht, dass ich schon geschrieben habe? Mein Arm schnellt so plötzlich hoch, dass er ihr mitten ins Gesicht schlägt, genau auf die Nase.

»Aua! Ach, dieser verflixte Notizblock, den schmeiße ich noch aus dem Fenster! Sie hätten mir fast die Nase eingeschlagen! Ach, aber offenbar ist dadurch mein Schluckauf vorbei. Ich würde die Methode zwar nicht weiterempfehlen, aber ... So, dürfte ich nun erfahren, warum Sie diesen Notizblock wie eine Verrückte schütteln? Zeigen Sie mal ... ich verstehe nicht, es steht nichts drauf. Sie sind wirklich beschwipst!«

Yvette lässt mich allein. Dabei bin ich ganz sicher, geschrieben zu haben: *Meinen Onkel fragen, ob er Justine kennt.* Verflixt! Das heißt, dass jemand das Blatt vom Block gerissen hat.

Ich versuche, einen klaren Kopf zu bekommen. Konzentration. Ich muss mir ein geistiges Schutzschild gegen die hinterhältigen Attacken des Alkohols schaffen. Woran muss ich denken? Ah, ja! Das Blatt. Wer hat das Blatt weggenommen? Die logischste Antwort wäre: Justine. Aber dazu müsste sie es gelesen haben. Und auch sehen können. Wenn sie aber sehen kann, hätte sie mich heute Morgen entdeckt, als sie im Salon telefonieren wollte. Also ist es nicht Justine. Und wenn es nicht Justine ist, dann ist es ihr Bruder, das heißt ein Komplize. Jemand, der die an Lorieux gerichtete Nachricht gelesen hat und Justine schützen wollte. Aber was mag der Sinn der Sache sein? Diese Frage kann ich mir noch lange stellen. Außer ich sterbe in den nächsten fünf Minuten mit Schnaps vergiftet. Lach nur, Elise, lach nur, im Augenblick gibt es wirklich keinen Grund! Brennt mein Magen nicht eigenartig? Und dieses Stechen im Hals. Das Schlucken tut mir weh. Yvette, bist du da? Ich habe das Gefühl, man hat mir etwas angetan. Huhu, ist mein Gesicht mit Pusteln übersät und rot gefleckt? Meine Zunge schwillt an, ich bin ganz sicher.

»Na, Elise, geht's besser?«

Hervorragend, mein lieber Yann, ich bin nur ein klein wenig mit Blausäure vergiftet worden.

»Gehört das Ihnen?«, fährt er fort. *»Lorieux, bitte fragen Sie meinen Onkel, ob er Justine kennt.«*

Stille im Raum.

»Es lag verknittert am Boden, ist wohl jemand draufgetreten.«

»Gib es mir!«, befiehlt Lorieux.

»Ihren Onkel?«, fragt Justine in die Stille. »Aber meine Ärmste, ich weiß nicht mal, dass Sie einen Onkel haben.«

»Sie bestreiten also, Fernand Andrioli zu kennen?«, fragt Lorieux in offiziellem Tonfall.

»Fernand? Natürlich kenne ich Fernand! Er hat mir schließlich das CLMPAH empfohlen.«

Schau mal an!

»Fernand Andrioli ist Elises Onkel«, erklärt ihr Lorieux.

»Ah, sehr erfreut«, antwortet sie mechanisch.

»Ich habe Ihnen einige Fragen zu stellen, Madame Lombard«, sagt Lorieux. »Würden Sie bitte hierher kommen?«

»Gerne, geben Sie mir die Hand, Brigadier.«

Schnabel führt sie zu Lorieux, der in meiner Nähe steht. »Wenn Sie sich bitte ins andere Zimmer zurückziehen würden, meine Damen und Herren. Schnabel, begleiten Sie die Herrschaften.«

Sie entfernen sich. Mich lassen sie stehen. Ich versuche, mich in eine Standvase zu verwandeln. Lorieux räuspert sich.

»Dürfte ich Sie bitten, mir die Natur Ihrer Beziehung zu Monsieur Andrioli zu erläutern, Madame?«

»Nun, genau gesagt entspringt sie der Natur, Herr Kommissar.«

»Mit anderen Worten, Sie haben ein Verhältnis?«

»Hu, was für ein ordinäres Wort! In erster Linie ist er ein Freund und manchmal ein wenig mehr. Wissen Sie, wir kennen uns seit zehn Jahren.«

Und er hat mir nie von ihr erzählt!

»Ich habe ihn auf einer meiner Italienreisen getroffen. Ich

war bei Freunden in Urlaub, er war auf dem Weg zum Marmorsteinbruch, und mein Wagen hat den seinen gerammt.«

Lorieux braust auf:

»Ihr Wagen? Fahren Sie etwa?«

»Weil ich einen Wagen habe, sitze ich noch lange nicht am Steuer. Mein Chauffeur lenkte den Wagen.«

»Egal. Erzählen Sie weiter. Ihre Beziehung zu Monsieur Andrioli?«

»Ausgezeichnet.«

Lorieux seufzt.

»Zuerst hat er losgebrüllt«, fährt Justine fort, »dann hat er gemerkt, dass ich ...«

»Dass Sie blind sind?«

»Dass ich Französin bin, und er hat sich beruhigt. Am selben Abend hat er mich zum Essen eingeladen, und so sind wir Freunde geworden. Ich treffe ihn von Zeit zu Zeit, er kommt zu meinen Vernissagen, und so weiter.«

»Er hat Ihnen nie von seiner Nichte erzählt?«

»Er hat mir einmal gesagt, er habe eine Nichte. Er spricht wenig über seine Familie. Er ist ein sehr zurückhaltender Mann, der viel unterwegs ist und nie Fragen stellt.«

Man könnte meinen, sie beschriebe einen Spion oder einen gedungenen Mörder. Mein Onkel Fernand hat immer einen guten Witz auf Lager. Sollte er ein Doppelleben führen?

Lorieux schweigt eine Weile.

»Wenn Sie mich nicht mehr brauchen ...«, sagt Justine.

»Bitte sehr. Schnabel!«

»Beunruhigt es Sie nicht, dass ich heute Morgen Ihre Anwesenheit nicht gespürt habe?«, zischt mir Justine kalt zu. »Vielleicht fangen Sie ja an, sich zu demineralisieren.«

Rede du nur, Verräterin, Onkel-Diebin! Und noch dazu betrügst du ihn mit Léonard!

Sie entfernt sich an Schnabels Arm, Klappern ihrer hohen Absätze, Stampfen von Quadratlatschen.

Lorieux hüstelt nachdenklich und klopft mit dem Fuß.

»Diese Welt des CLMPAH hat etwas Verderbtes«, platzt er plötzlich heraus. »Zu viele Zufälle. Zu viele Leute, die sich kennen. Wie ein Familientreffen. Und diese sinnlosen Morde! Und Sie mittendrin. Der Richter wird langsam ungeduldig. Morgen fährt er in Urlaub, und wenn er nächste Woche zurückkommt, will er sicher Ergebnisse. Man wird sich wieder über die Gendarme lustig machen, Tölpel mit Käppi. Man wird sagen, die Untersuchung müsste einem richtigen Superpolizisten übertragen werden, einem Navarro oder Air Max. Aber das alles bringt mir Sonia nicht zurück.«

Seine Stimme beginnt zu zittern. Hoffentlich fängt er nicht an zu weinen, Männer, die weinen, das ist furchtbar, das schnürt mir die Kehle zu.

Etwas Feuchtes tropft auf meine Hand. Natürlich, er weint! Ich spüre, wie meine eigenen Augen feucht werden, während er verstohlen schnieft. Ich drücke die Daumen, dass niemand hereinkommt und ihn weinen sieht, das wäre ein schlechtes Bild. Seine Hand legt sich auf meine Schulter und presst sie mehrmals kurz und heftig.

»Ich bin unfähig«, stammelt er. »Ich bin nicht mal in der Lage, die Frauen zu verstehen, geschweige denn diesen Fall!«

Verdammt noch mal, der Idiot wird mich auch zum Heulen bringen!

»Ich weiß nicht einmal, warum ich Gendarm geworden bin. Ehre, Vaterland, Gerechtigkeit, wenn Sie wüssten, wie egal mir das heute ist! Die Welt ist schmutzig, die Leute sind widerlich, das Leben ist trübselig, und in diese Geschichte soll ich Ordnung bringen? Die Menschen vor ihrem eigenen Dreck schützen? Sie gegen ihre Boshaftigkeit, Habgier und Dummheit verteidigen? Sollen sie doch krepieren, wenn sie sich bei zweihundert Stundenkilometern am Lenkrad festklammern, sollen sie doch die Stoppschilder überfahren, die Motorradfahrer anfahren, ihre Alte verprügeln, Pestizide fressen, sollen sie doch weiterhin Selbstmord begehen, aber ohne mich!«

»Alles in Ordnung?«, fragt Schnabel aus der Ferne.

»Ja, ich komme!«, ruft Lorieux zurück. »Es tut mir gut, mit Ihnen zu sprechen, Elise.«

Und er geht und lässt mich zurück, belastet mit allem, was er ausgekotzt hat. Elise, der seelische Mülleimer.

Seelenzustände, zu großer Kummer? Ladet nur alles bei Elise ab, die ist wie ein Koffer, man macht den Deckel zu und geht erleichtert davon. Und in meinem Inneren steigt der Pegel an Traurigkeit, Schmerz und Leid an wie die schwarze Flutwelle, die uns eines Tages überspülen wird. Sie sollten mich in die Abteilungen für unheilbar Kranke bringen, mich zwischen den Betten umherschieben, ich würde die Bekenntnisse der Kranken anhören, den Todeskampf, und ich wäre viel besser als jeder Priester, denn ein Priester redet. Mein Vorteil ist, dass ich immer den Mund halte.

Und Fernand, der seit zehn Jahren mit dieser Frau schläft und uns nie voneinander erzählt hat, Fernand, der davon ausgehen musste, dass wir uns hier treffen würden. Was hat das zu bedeuten? Oh, vielleicht ersticke ich an meiner stetigen Suche nach einem Sinn, den es in dieser verrückten Welt gar nicht gibt. Offenbar hat mich Lorieux mit seinem Pessimismus angesteckt.

»Na, was hat sie gesagt, Ihre Justine?«

Yvette steht plötzlich neben mir. Ich greife zum Stift.

»Seit zehn Jahren!«, ruft sie aus, als sie fertig gelesen hat. »Na, sagen Sie mal, was für ein Geheimniskrämer, Ihr Onkel! Man könnte ihn für einen Heiligen halten, und dabei hat er es faustdick hinter den Ohren! Wer weiß, ob nicht er und diese Sonia ...«, fährt sie in einem Zug fort, dann unterbricht sie sich: »Na ja, er ist großjährig und geimpft, wie man so schön sagt, und noch recht rüstig.«

*Sonia war sein Patenkind.*

»Das behauptet er. Wenn man bedenkt, wie viele gut erhaltene Alte mit Nichten, Cousinen und Patenkindern durch die Gegend ziehen!«

Stimmt, das hat er uns erzählt, und weder der alte Mauro noch Sonia konnten das Gegenteil behaupten. Das irritierende Bild eines Onkels mit Perücke, umgeben von käuflichen Damen, taucht vor meinem geistigen Auge auf.

Yvette schiebt mich auf die Terrasse, die warmen Sonnenstrahlen tun mir gut. Tintin folgt uns und knabbert an meinen Schuhen. Ich versuche, mich an Justines Worte zu erinnern. »Nein, nein, das ist nicht so einfach ...« Das lässt auf ein Rendezvous oder ebenso gut auf einen Plan schließen. Auf eine vorausgeplante Handlung. Und in der momentanen Lage auch auf einen Komplott. Ich hoffe inständig, dass mein Onkel nichts mit alldem zu tun hat. Ich habe meinen Onkel gern. Er hat mich auf den Schoß genommen, ich saß mit in seinem Boot, durch ihn habe ich gute Weine kennen gelernt. In einem Boot sitzen. Der Ausdruck bekommt plötzlich einen doppelten Sinn.

»Ich habe mit Jean telefoniert«, sagt gerade Yvette. »Bei dem Sturm neulich nachts ist ein Teil der Dachrinne abgerissen. Er hat die Nacht auf dem Dach verbracht, patschnass, und versucht, die Dachpfannen festzuhalten und dabei nicht runterzufallen. Ich habe es nicht gewagt, ihn zum Kommen zu drängen. Er lässt Sie ganz herzlich grüßen und sagt, Sie sollen auf sich aufpassen, wenn Sie wollen, dass die Fortsetzung Ihrer Abenteuer geschrieben wird.«

Da bin ich ganz einer Meinung mit dem guten Jean. Mein Wunsch wäre es auch, eine Serienheldin zu werden, eine von denen, die nie stirbt. Aber im Augenblick habe ich gut zehn Wunden am Körper, und das ist nicht gerade Anlass zu einem Wahnsinnsoptimismus.

Notizblock: *Du musst nicht hier bleiben. Francine kann sich um mich kümmern.*

»Als würde ich Sie im Stich lassen! Und der arme kleine Lorieux, dem muss man schließlich auch unter die Arme greifen, nicht wahr? Immerhin hat man seine Verlobte ermordet!«

*Seine Exverlobte.*

»Gefühle erlöschen nicht zu einem bestimmten Datum«, entgegnet Yvette würdevoll.

## KAPITEL 10

Um vier Uhr! »Also bis morgen um vier Uhr«, das hat Justine am Telefon gesagt. Und morgen ist heute. Mein Onkel trifft sich heute mit ihr. Aber er hat uns nicht gesagt, dass er kommt – ist es vielleicht nur eine Verabredung am Telefon? Ich muss Yvette sagen, sie soll Justine überwachen. Wenn sie ihr leise nachschleicht, wird Justine nichts merken.

Kann Yvette leise schleichen?

»Guten Appetit«, ruft Francine im heiteren Ton einer Frühstückswerbung.

Um mich herum eifriges Kauen. Ich habe keinen besonderen Hunger. Ich habe wieder von Magali geträumt und bin mit einem zentnerschweren Gewicht auf dem Magen aufgewacht. Es ist eigenartig, von jemandem zu träumen, den man nie gesehen hat. Ich wusste, dass es Magali war, aber sie hatte die Züge von Botticellis Venus, nur voller Sommersprossen, das Haar fiel bis auf den Boden, und ihre Fesseln verfingen sich darin, sodass sie stolperte. Ich wich jedes Mal zurück, wenn sie sich mir näherte, aus Angst, sie könnte mich berühren, weil ich wusste, dass sie tot war, dass ihre Augen zwei leere schwarze Höhlen waren. Richtig, ich saß gar nicht in meinem Rollstuhl, ich ging. Ahh! Das Gefühl zu gehen – es war so stark und echt, dass ich glaubte, ich müsste nur aufstehen und ...

Und nichts.

Ein metallisches Klicken, das ist Jean-Claude mit seiner Apparatur, mit der er aufrecht stehen und sich ein wenig von der Stelle bewegen kann. In letzter Zeit haben wir ihn nicht oft gesehen: Er hatte starke Schmerzen und ist in seinem Zimmer geblieben.

»Aufnahme, bitte lächeln!«, ruft er.

»Bist du es nicht mal leid, das Auge ständig an der Linse zu haben?«, fragt Laetitia.

»Ich bin ein Zeitzeuge. Wie ist der Stand der Untersuchung?«

»Unter-unter-unterwäsche!«

»Schluss jetzt, Christian!«, unterbricht ihn Martine.

»Die Ordnungskräfte scheinen etwas überfordert«, meint Francine spöttisch. »Ich befürchte, der Adjudant-Chef« – dabei betont sie das »Chef« – Wird demnächst von einem etwas kompetenteren Kollegen abgelöst werden.«

»Columbo vielleicht?«, spöttelt Yann.

»Eigenartig«, entgegnet Francine unbeeindruckt, »ich kann mich gar nicht erinnern, Sie wegen Ihrer Geistesblitze eingestellt zu haben. Wie steht es mit dem geplanten Ausflug auf den Motorschlitten?«

»Darum kümmere ich mich nachher.«

»Ich habe heute Nacht alle Zeitungen gelesen«, fährt Jean-Claude fort. »Wenn dieser Nibal Elise wirklich töten wollte, hätte er es schon längst getan. Wild wie uns zu jagen ist nicht schwer.«

»Jean-Claude! Über so etwas spricht man nicht bei Tisch«, protestiert Francine.

»Besser am Tisch als auf dem Friedhof!« Yann kann sich die Bemerkung nicht verkneifen.

»Jean-Claude hat Recht«, meint Laetitia plötzlich.

»Schließlich versteckt sich Elise nicht. Dieser Nibal würde nur ein Gewehr mit Zielfernrohr oder so was brauchen.«

Eine unangenehme Vorstellung, dass Nibal sich in einem

Winkel versteckt halten und sich sagen könnte: Na, das ist ja mal eine tolle Idee!

»Was hat er also vor?«, fragt Yann und zerbröselt sein Brot zwischen den Fingern. Ich höre das Knacken der Kruste.

»Uns Angst machen?«, mutmaßt Francine.

»Uns manipulieren«, sagte Jean-Claude. »Er will unsere Aufmerksamkeit ablenken, während er sich irgendwelche Gräueltaten ausdenkt. So wie es die Taschenspieler machen.«

»Man kann aber auch nicht sagen, dass er nur so getan hat, als wolle er Elise verletzen«, gibt Yann zu bedenken.

»Ja, aber nichts Ernsthaftes«, entgegnet Jean-Claude, dem man schließlich nicht ein Dutzend Pfeile ins Fell gejagt hat.

»Und wovon will er uns ablenken?«, erkundigt sich Yann. »Die Gräueltaten vollbringt er sowieso.«

»Trotzdem«, beharrt Jean-Claude, »irgendjemand bedroht Elise auf übertriebene Weise, tötet zwei Frauen auf grausamste Art, und dann nichts mehr. Sendepause. Wenn es sich um einen Psychopathen handelt, wird er es wieder tun. Warum sollte er sonst durch seine Provokationen gegenüber Elise auf sich aufmerksam machen?«

»Du meinst, es ist jemand, der einen Psychopathen spielt?«, erkundigt sich Yann interessiert.

»Hmmm«, stimmt Jean-Claude mit vollem Mund zu, »drum macht er ja dieses ganze Theater, die Briefe, die Steaks und so weiter. Letztlich verfolgt er ein ganz bestimmtes Ziel.«

»Elise zu Carpaccio zu verarbeiten?« Diese höhnische Bemerkung bringt Yann empörte Proteste der anderen ein.

Er drückt kräftig meine Schulter, um sich seinen geschmacklosen Scherz verzeihen zu lassen, der mich vielleicht tatsächlich zum Lachen gebracht hätte, ginge es nicht um mich. Yann riecht leicht, doch unbestreitbar nach Enzianschnaps.

»Ich glaube, es handelt sich wirklich um einen Verrückten«, sagt Yvette. »Wenn ich an diese Augen denke, die Elise in der Hand hatte ... Ein Mann, der dazu fähig ist, eine Frau in Stücke zu zerteilen, ist sicher kein Witzbold.«

»Sadistisch heißt nicht zwangsläufig verrückt«, meint Jean-Claude. »Wir werden ja sehen, ob er wieder zuschlägt.«

In diesem Augenblick müsste Lorieux hereinkommen und sagen: »Er hat wieder zugeschlagen!« Ich rechne damit, seinen schnellen, nervösen Gang, gefolgt von Schnabels schwerem Schritt, zu hören, und ich frage mich, ob ich Halluzinationen habe, als sich tatsächlich die Eingangstür öffnet und zwei Männer eilig durch den Gang schreiten.

»Ist Véronique Gans hier?«, fragt Lorieux, und seine Stimme klingt noch schriller und höher als gewöhnlich.

»Véronique wer?«, fragt Francine.

»Eine Skilehrerin«, erklärt Yann und fährt dann an Lorieux gewandt fort: »Warum sollte Véronique hier sein?«

»Ich war gerade in der Skischule, um ihr ein paar zusätzliche Fragen zu stellen. Kevin Destreille hat uns gesagt, sie wäre ins CLMPAH gegangen, um dort jemandem etwas Wichtiges mitzuteilen.«

Ich stelle mir vor, wie argwöhnische Blicke ausgetauscht werden.

»Es hat sie also niemand gesehen?«, fährt Lorieux fort.

Alle anderen sind ebenso stumm wie ich. Das Geräusch der sich öffnenden Fenstertür.

»G-Guten Tag.«

»Ah, Monsieur de Quincey! Ich suche Véronique Gans.«

»K-k-kenne ich nicht.«

Scharren eines Stuhls, Klirren eines umkippenden Glases, Léonard setzt sich.

»Vielleicht ist sie gekommen, um Madame Lombard zu besuchen?«, meint Lorieux.

»Wer fragt nach mir?«

Quietschen der Aufzugtüren, die sich hinter Justine schließen.

»Sie haben nicht zufällig Véronique Gans getroffen?«, erkundigt sich Lorieux zum vierten Mal.

»Ich kenne niemanden dieses Namens«, antwortet Justine mit heiserer Stimme. »Und ob ich sie vielleicht getroffen habe ...«

Sie lässt ihren Satz unvollendet und bewegt sich, in eine Duftwolke aus Veilchenparfüm und Pfefferminzinhalation gehüllt, an mir vorbei.

»Ich habe vielleicht einen Schnupfen!«, meint sie, während sie Platz nimmt.

»Schnabel, geh rauf und sieh oben nach!«, ordnet Lorieux an.

»Haben Sie einen Durchsuchungsbefehl?«, kreischt Francine sofort.

»Wozu bitte?«, entgegnet Lorieux sanft. »Wir suchen jemanden, der gesagt hat, er wolle hierher. Ich nehme an, Sie haben nichts dagegen, wenn wir nachsehen, ob sie sich nicht in den Gängen verlaufen hat.«

»Oder in den Zimmern herumschnüffelt«, meint Yvette trocken.

Ich kneife sie in ihren prallen Arm, um sie zum Schweigen zu bringen.

»Oh, Sie können mich ruhig kneifen! Diese Person ist zu allem fähig – ungehobelt wie sie ist!«

»Wie ich sehe, kennen zumindest Sie die Dame!«, sagt Lorieux.

Über unseren Köpfen dröhnen Schnabels Schritte. Man hört, wie die Türen unsanft geöffnet und geschlossen werden.

»Es ist mir nicht recht, dass Ihr Gendarm einfach so durch die Privatzimmer meiner lieben Heimbewohner läuft«, erklärt Francine.

»Aber was sucht er denn eigentlich?«, fragt Justine zwischen zwei Hustenanfällen.

»Er bringt überall Mikrofone an«, antwortet Yann.

Laetitia kichert. Flüssigkeit gluckert, es riecht nach Suze. Yann schnalzt zufrieden mit der Zunge. Im Nebenzimmer holt Hugo die Knetmasse heraus und gibt den lieben Heimbewohnern Anweisungen. Lachen, leise Schreie, die einen Gegensatz zu unserem Schweigen bilden, und Schnabels Schritte, die durch das Haus hallen.

»Sehr schön, Clara, sehr schön, sie ist hübsch, deine Dame. Nein, Bernard, das kann man nicht essen, das weißt du doch! Und du, Christian? Was hast du Schönes gemacht? Einen Dackel? Aber der hat ja keine Beine!«

Schritte im Treppenhaus.

»Ich habe nichts gefunden, Chef«, sagt Schnabel außer Atem.

»Gut. Tut mir Leid, Sie beim Frühstück gestört zu haben. Wenn Véronique Gans hier auftaucht, geben Sie mir bitte Bescheid.«

Notizblock: *Warum suchen Sie sie?*

»Ihr Alibi ist nicht überzeugend«, flüstert mir Lorieux zu.

»Stören wir Sie vielleicht?«, fragt Francine in eisigem Ton.

»Nicht mehr als sonst auch«, meint Lorieux, ehe er vorsichtig die Tür hinter sich schließt.

»Ein richtiges Backpfeifengesicht, dieser Kerl!«, ruft Francine aus.

»Philippe hat sich immer sehr ernst genommen«, erklärt Yann. »Gut, darauf brauche ich noch einen Schluck.«

»Finden Sie nicht, dass der Adjudant-Chef nach Enzianschnaps roch?«, fragt Justine.

»Er scheint mir an einem beruflichen Abgrund zu stehen«, höhnt Francine. »Möchte noch jemand Tee? Elise, einen Toast?«

Ich winke ab. Warum hat Véronique Gans behauptet, sie würde hierher kommen? Warum hätte sie das sagen sollen, wenn es nicht stimmte? Mir wäre es lieber gewesen, wenn Schnabel sie beim Schnüffeln in meinen Sachen überrascht hätte. Zerstreut lausche ich dem Stimmengewirr um mich herum.

»Und du, Clara, zeig mal. Aber nein, meine Kleine! Du musst den Kopf auf die Schultern des Männchens setzen und nicht daneben! Und du, Christian, versuch zur Abwechslung mal etwas anderes zu machen als Bananen und Orangen.«

»Ich habe meinen Walkman oben vergessen«, sagt Laetitia.

»Ich glaube, ich werde meine Staffelei auf der Terrasse aufbauen, bei dem schönen Sonnenschein«, gurrt Justine.

»Der Typ mit den Motorschlitten ruft mich in einer Stunde zurück. Das Picknick muss vorbereitet werden«, brummt Yann mit schwerer Zunge.

»Aber nein, Clara, ich habe es dir doch schon gesagt, der Kopf gehört auf die Schultern. Du hältst deinen Kopf doch auch nicht unter dem Arm, oder?«

»Also, ich gehe hoch«, meint Laetitia.

Das Gehgestell. Quietschen der sich öffnenden Aufzugtüren. Und ein Schrei, der mir das Blut in den Adern gefrieren lässt. Ein Schrei, der nicht mehr aufhört. Jemand rempelt mich im Vorbeilaufen an, ein Stuhl fällt um, Justine fragt: »Was ist los?« Francine und Yvette fangen auch an zu schreien. Ich umklammere fieberhaft mein Plaid, die Aufzugtüren öffnen und schließen sich, öffnen und schließen sich, Laetitia schluchzt, Yanns tiefe Stimme am Telefon:

»Verständigen Sie auf der Stelle Lorieux! Er soll sofort wieder zum CLMPAH kommen!«

»Was ist los? Kann mir nicht irgendjemand antworten?«

Gedränge und immer noch diese Türen, die sich öffnen und schließen.

»Hugo, mach die Tür zum Freizeitraum zu!«, ruft Yann.

Verärgertes Geschrei.

»Nichts anrühren!«, brüllt Yann.

»Aber ...«

»Und blockiert endlich diese scheiß Aufzugtüren!«

»Yann!«

»Verdammt noch mal, Atchouel! Sehen Sie denn nicht, dass wir es hier mit einem Mord zu tun haben?! Dass jemand dieses Mädchen umgebracht hat, während Sie wieder mal Ihren verfluchten Tee servierten?!«

Umgebracht. Mädchen. Véronique Gans. Im Aufzug. O Gott!

»Wen hat man umgebracht? Léonard! Léonard, wo bist du?«, kreischt Justine.

»Bin hier. S-S-Ski-l-lehrerin tot. E-E-Ent ...«

»Was willst du sagen? Beruhige dich, atme. So, ganz tief. Was ist passiert?«, fragt Justine und ringt nach Luft.

»E-e-Ent ...«

»Entkleidet? Ist sie vergewaltigt worden?«

»H-H-H- ...«

Die unsinnige Idee, dass er Hunger hat, geht mir durch den Kopf.

»E-e-ent-ha-ha-hau-ptet«, stößt Léonard schließlich hervor.

»Wie grauenvoll!«, ruft Justine. »Ich habe es ja gesagt, dass das Böse da ist, Elise, ganz nahe! All dieses Rot! All dieses Rot!«

Véronique Gans wurde im Aufzug enthauptet. Die Letzte, die den Aufzug benutzt hat, bist du, meine Liebe. Du mit deinem verflixten Blutrot.

»Oh, mein Liebes, mein Liebes«, stammelt Yvette und umarmt mich. »Wie gut, dass Sie das nicht sehen können! Sie liegt im hinteren Teil der Kabine, den Kopf zwischen ihren Füßen. Man hat ihr den Kopf abgeschlagen! Die weit aufgerissenen Augen starren uns an, und das Blut fließt noch!«

*Shining* von Stanley Kubrick. Bleib im Hier und Jetzt, Elise, konzentrier dich. Véronique ist tatsächlich zum CLMPAH gekommen, um sich mit jemandem zu treffen. Jemandem, der sie im Aufzug umgebracht hat, ohne irgendwelchen Lärm zu machen. Im selben Aufzug, in dem Justine zum Frühstück heruntergefahren ist. Hat sie nicht die thermische Gegenwart eines Körpers gespürt? Den Geruch des Bluts? Hat sie vergessen, ihren Sensorendetektor anzuschließen? Flüchtige Vision einer Justine mit verzerrtem Gesicht und wirrem Haar, die mit dem Geschick eines Holzfällers das Hackbeil schwingt. Richtig, und die Tatwaffe?

Neben mir murmelt Yvette ihr stetiges »warum« und »wieso«, das ohne Antwort bleibt. Francine Atchouel verlangt zwei Aspirin und bietet auch allen anderen welches an. Laetitia hat man auf das Sofa gesetzt, Yvette gibt ihr ein Stück Zucker und wischt ihr mit einem feuchten Handtuch die Stirn ab. Madame Raymond ist aus ihrer Küche gekommen und wäre beinahe ohnmächtig geworden. Sie hat sich an meinem Rollstuhl festgeklammert und gejammert: Ogottogottogott!« Ausnahmsweise bin ich glücklich, nichts zu sehen. Zu weit entfernt zu sein, um den Tod zu riechen. Nicht diesen steifen Körper mit der eisigen Haut zu berühren, zu leben und der Toten gegenüber keine Zuneigung gehegt zu haben, die mir jetzt unendliches Leid aufbürden würde. Nur das Mitleid, das man jedem Toten schuldet, jedem von uns, der aus der menschlichen Gemeinschaft gerissen wird, um in die Vorhölle zurückzukehren.

Schritte, Befehle, mehrere Männer. Lorieux, Schnabel, Mercanti und andere. Mercanti versammelt uns in einer Ecke des Zimmers. Anweisungen von Lorieux an die Männer von der Spurensicherung, die sich ihre Kommentare zuraunen. Vier Gewaltverbrechen innerhalb so kurzer Zeit, und das in dieser friedlichen Gegend, das ist ein Schock. Ich nähere mich mit meinem Rollstuhl, um besser zuhören zu können, und nutze die Gelegenheit, dass Mercanti Yvette in ein angeregtes Gespräch verwickelt hat.

»Ich will, dass jeder Quadratzentimeter abgesucht wird. Ah, Doktor, tut mir Leid, wir brauchen Sie schon wieder.«

»Das sehe ich! Mein Gott, diese Sache muss endlich aufgeklärt werden. Wer ist das Mädchen?«

»Véronique Gans, eine der Skilehrerinnen.«

»Ah, ja, jetzt erkenne ich sie, mein Enkel hat seinen Skikurs bei ihr gemacht. Was für ein Gemetzel! Erst die kleine Auvare und jetzt das ... so was habe ich in meiner dreißigjährigen Laufbahn noch nicht gesehen! Normalerweise geht es um gebrochene Beine, höchstens mal ein Genickbruch oder einen Autounfall, das ist auch kein schöner Anblick, aber das hier ist abscheulich! Können Sie die Lampe etwas näher hinhalten? Danke.«

»Wie lange ist sie tot?«

»Der Körper ist noch warm. Eine halbe Stunde? Höchstens eine Stunde. Sehen Sie die Wundränder?«

»Ja, sehr unregelmäßig.«

»Genau. Und dasselbe Bild auf der anderen Seite. Das gibt mir zu denken. Haben Sie die Tatwaffe gefunden?«

»Nein, noch nicht.«

Der Doktor arbeitet schweigend. Ich werde angerempelt, eine junge Stimme stöhnt: »Mir ist schlecht ...« Jemand erbricht sich direkt neben mir.

»Verflixt, Morel! Pass doch auf!«, weist ihn Mercanti zurecht.

»Tut mir Leid, Brigadier«, entschuldigt sich Morel.

»Ich würde auf ein Gerät mit doppelter Schneide tippen, so was wie eine Heckenschere«, erklärt der Doktor

»Wie bitte?«, fragt Lorieux.

»Das Fleisch wurde geschnitten, also würde ich auf eine Heckenschere oder einen Bolzenschneider tippen, ein großes Modell, mit dem man Vorhängeschlösser oder Eisenstangen schneidet.«

»Schwer, so was unter der Kleidung zu verbergen.«

»Nicht schwieriger als eine Säge. Und unter einem Skianorak ...«

Immer dieselbe Leier. Eine Fliege summt ganz in der Nähe.

»Verscheucht sie, damit sie sich nicht auf das Opfer setzt, das ist widerlich!«, ruft Morel.

»Sie tut nur ihre Arbeit«, antwortet der Doktor. »In achtundvierzig Stunden ist der Körper sowieso von Maden durchsetzt.«

»Glauben Sie wirklich, dass jemand gleichzeitig mit dem Opfer in den Aufzug gestiegen ist, einen Bolzenschneider unter seinem Anorak hervorgezogen, die beiden Schneidearme um den Hals des Opfers gelegt und zugedrückt hat, bis sich der Kopf vom Körper löste?«, fragt Lorieux ungläubig.

»Sie werden ja sehen, was das Labor dazu sagt.«

»Und sie hätte nicht geschrien?«

»Vielleicht hat man sie vorher niedergeschlagen. Auch das werden wir dem Laborbericht entnehmen.«

Schritte.

»Anscheinend weiß niemand etwas, niemand hat etwas gehört, wie immer«, sagt Mercanti leise.

»Auf alle Fälle hat sie sich ins Haus geschmuggelt, entweder wurde sie dort erwartet, oder jemand ist ihr dorthin gefolgt. Nach Madame Lombard hat niemand mehr den Aufzug benutzt?«

»Den Aussagen zufolge, nein. Schnabel ist über die Treppe gegangen, um sich zu überzeugen, dass sich Véronique Gans nicht dort versteckt hatte.«

»Und dabei war sie hier, in der Aufzugkabine! Um wie viel Uhr genau ist Madame Lombard heruntergefahren?«

»Der Pfleger sagt, um neun Uhr sechzehn, er habe in dem Moment auf die Uhr gesehen«, erklärt Mercanti.

»Sieht er jedes Mal auf die Uhr, wenn die Aufzugtür aufgeht?«, brummt Lorieux. »Und wer ist vor ihr heruntergefahren?«

»Clara Rinaldi, Emilie Domengue und Christian Leroy zusammen mit der Pflegerin um acht Uhr vierzig. Madame Holzinski, Mademoiselle Andrioli und Mademoiselle Castelli um etwa acht Uhr fünfundvierzig.«

»Und de Quincey?«

»Er ist früher heruntergefahren, schon um acht Uhr fünfzehn.«

»Aber er war nicht beim Frühstück?«, fragt Lorieux, so als würde er feststellen: Aber er hatte Blut an den Händen.

»Er ist spazieren gegangen«, antwortet Mercanti, »er hatte keinen Hunger. Ein Magenproblem.«

»Ah? Ganz bestimmt«, brummelt Lorieux.

»Hmhm ... Entschuldigen Sie, Chef, aber ...«

Er flüstert ihm etwas zu. Dann wird mein Stuhl zu den anderen geschoben. Mist! Wozu dieser Diensteifer? Jetzt kann ich nichts mehr hören. Und außerdem quatschen alle durcheinander. Ich versuche, mich zu konzentrieren. Der Mörder hatte zwischen dem Zeitpunkt, als wir den Aufzug genommen haben und als Justine dann zusammen mit der Leiche von Véronique Gans heruntergefahren kam, eine halbe Stunde Zeit. Hat während des Frühstücks jemand den Tisch verlassen? Wie könnte ich das herausfinden? Und Léonard? Sonderbar, dass er gerade während dieser Zeit abwesend war. Andere Frage: Warum hat Véronique Gans den Aufzug genommen? War sie in den oberen Etagen verabredet?

Ein Bolzenschneider! Ich wage kaum, mir vorzustellen, wie ein menschlicher Hals zwischen den scharfen Klingen eines Bolzenschneiders aussieht. Welchen Durchmesser hat ein Hals? Mal sehen, ungefähr die Spanne zwischen Daumen und Zeigefinger, etwas weniger vielleicht. Zwanzig Zentimeter also. Das ist ja gar nicht so dick. Sie ist sicherlich vorher niedergeschlagen worden. Außer ... Kann man schreien, wenn sich zwei Stahlklingen in den Hals drücken?

»Alles in Ordnung, Elise?«, fragt mich Laetitia. »Das war wirklich furchtbar«, fährt sie fort, ohne eine Antwort abzuwarten. »Sie haben sie gerade in einen Plastiksack gelegt.

Gleich bringen sie sie weg. Ich werde mich nie mehr trauen, mit diesem Aufzug zu fahren, ich will Madame Atchouel bitten, mir ein Zimmer im Erdgeschoss zu geben. Yvette ist schlecht geworden, Madame Raymond hat sie Essig einatmen lassen. Und immer wieder haben sie gefragt, wer um wie viel Uhr mit dem Aufzug gefahren ist und was wir seit sieben Uhr heute Morgen gemacht haben. Gott sei Dank sind wir alle drei zusammen runtergefahren. Können Sie sich Justine vorstellen, wie sie in dem Aufzug steht, ohne zu wissen, dass ein enthaupteter Körper hinter ihr ist? Und vielleicht sogar der Mörder!«, fügt sie hinzu.

Die Vorstellung eines blutverschmierten Mannes, der mit irrem Blick hinter Justine hockt, jagt mir kalte Schauer über den Rücken. Nein, der Aufzug ist im Erdgeschoss geblieben, also hätte man ihn herauskommen sehen müssen. Nun überleg doch mal, Elise. Es hat auch niemand gesehen, wie Véronique den Aufzug betreten hat. Also ist sie hinaufgefahren oder -gegangen, ehe wir alle zum Frühstück nach unten gekommen sind. Notizblock, Bleistift, Überlegungen.

Der Aufzug kommt in der Eingangshalle an, von der aus man durch einen Rundbogen den Salon und das Esszimmer erreicht. Von beiden Zimmern aus können also die »Sehenden« die Aufzugtüren beobachten und somit auch die Personen, die ihn benutzen.

Das Frühstück wird von 8.45 Uhr bis 9.15 Uhr eingenommen, zuvor kleiden sich die Heimbewohner mit Hugos und Martines Hilfe an. Yann und Jean-Claude bewohnen die Zimmer hinter dem Freizeitraum und der Küche im Erdgeschoss, von denen aus man den Aufzug nicht sehen kann. Angenommen, Véronique wäre gegen acht Uhr dreißig gekommen. Sie wartet ab, bis sich niemand im Salon befindet und steigt dann in den Aufzug, um zu ihrer geheimnisvollen Verabredung zu gelangen.

Was macht sie bis acht Uhr fünfzig, dem Zeitpunkt, als wir

den Aufzug benutzten und sich ihre Leiche definitiv noch nicht darin befindet?

Sie ist in einem der Zimmer. Oder man hat sie niedergeschlagen, bevor man sie in den Aufzug bringt, die Türen blockiert und sie umbringt. Dann entfernt sich der Mörder über die Treppe, die in einen dunklen Winkel der Halle mündet, von wo aus man durch eine kleine, stets geöffnete Seitentür den Salon erreicht, und mit uns wartet, bis man die Leiche entdeckt. Ein Pokerspiel, denn man muss sicher sein, dass niemand in sein Zimmer hinauf will, um etwas zu holen, und dass Justine nicht vor neun Uhr fünfzehn herunterkommt, das ist zu Madame Atchouels großem Ärger ihre übliche Zeit. Das heißt, der Mörder muss Justines Gewohnheiten kennen.

Und wo war unser guter Léonard während des Frühstücks? Spazieren.

Man schiebt Véroniques Leichnam in den Krankenwagen, der langsam anfährt.

Eine schwarze Kutsche rast durch das verschneite Trans-silvanien auf die dunklen Türme eines gotischen Schlosses zu. Der bleiche Körper einer unglückseligen jungen Frau wird in seinem Sarg durchgerüttelt. Diese Szenerie ist weniger poetisch, der Sarg ist aus Plastik, die schwarze Kutsche ein weißroter Krankenwagen, der Tatütata macht, der Fahrer ein müder, überdrüssiger Mann. Die einzige Konstante ist der Verbrecher: eine Kreatur, die töten muss, um zu überleben. Im ersten Fall, um zu verhindern, dass sein Körper zerfällt, im zweiten, um zu verhindern, dass sein Geist implodiert. Siehst du, Psy, bald werde ich deinen Platz einnehmen, und du wirst dich auf die Couch legen und dein Leben erzählen: Wie oft am Tag du in der Nase bohrst, ob das das Verlangen nach deiner Mutter symbolisiert und all das.

»Sie durchsuchen das ganze Haus«, teilt mir Laetitia mit und reißt mich aus meinen verworrenen Gedanken. »Wir dürfen den Salon nicht verlassen.«

»Die Finsternis umfängt uns mit ihren langen, eisigen Fingern«, verkündet Justine mit prophetisch-näselnder Stimme. »Ich habe es Ihnen ja gesagt, all dies Rot, all dieser unterdrückte, geballte Hass, der sein Unwesen treibt ...«

»Ihr Gesicht war ganz weiß«, fügt Laetitia hinzu, »wie aus Wachs, und sie hat mich angesehen. Wenn ich nur daran denke ... Entschuldigt mich.«

Schnarren des Gehgestells.

»Das Gesicht des Todes ist immer von eisiger Blässe«, fährt Justine nach einem kräftigen Niesen fort. »Wenn ein Wesen sein Leben aushaucht, sinkt die Temperatur, und die Atmosphäre wird eisig.«

Genau! Das kannst du ja mal den Leuten erzählen, die in den Tropen krepieren, in Gestank und Fliegensummen.

»Madame Lombard, das haben wir in der Tasche des Opfers gefunden«, sagt Mercanti in schulmeisterlichem Ton.

»Das? Was?«, fragt Justine.

»Fassen Sie es an«, entgegnet der Brigadier.

Kurzes Schweigen: Mercanti riecht nach billigem Rasierwasser und Erdbeer-Kaubonbons.

»Fühlt sich an wie ein Zigarettenetui ...«, meint Justine schließlich.

»Tasten Sie den Deckel ab, und sagen Sie mir, welche Initialen eingraviert sind.«

»Ein F und ein A«, buchstabiert sie mit unsicherer Stimme.

»Besitzen Sie ein ähnliches Etui?«

»Ja, Fernand hat es mir geschenkt«, antwortet Justine schnell, »aber ...«

Ein kleiner Stich der Wut und kindlicher Eifersucht in meiner Brust.

»Wie ist das möglich?«, ruft sie aus.

»Offenbar hat Véronique Gans es Ihnen entwendet. Ist Ihnen der Verlust aufgefallen?«

»Nein, ich habe vor sechs Monaten aufgehört zu rauchen.«

»Wenn Sie erlauben ... ich muss es im Augenblick behalten. Danke, das ist alles.«

Nein, das ist nicht alles! Wenn Véronique das Zigarettenetui geklaut hat, dann war sie in Justines Zimmer! Und Justine ist erst um neun Uhr fünfzehn heruntergekommen. Sie hätte merken müssen, dass jemand ihr Zimmer durchwühlt!

»Ich habe Ihnen doch gesagt, dass die klaut, Drogenabhängige klauen immer«, meint Yvette.

»Dieses Mädchen war drogenabhängig?«, erkundigt sich Justine.

»Ja, wie Marion Hennequin und Sonia Auvare. Das scheint in der Gegend Mode zu sein. Alle rauschgiftsüchtig!«

»Und ermordet«, sagt Jean-Claude, dessen Metallkorsett klirrt, als er zu uns kommt. »Ich glaube, wenn ich mich bewegen könnte, hätte ich Besseres zu tun, als meinesgleichen umzubringen.«

Den Nachrichten zufolge scheint die Hälfte der Menschheit nicht deine Auffassung zu teilen, Jean-Claude. Neben mir schenkt sich jemand etwas zu trinken ein. Schon wieder Yann? Das ist mindestens sein sechstes Glas und es ist noch nicht einmal Mittag. Justine schnäuzt sich und inhaliert lautstark etwas, das nach Menthol und Pinienharz riecht.

»Gehe ich recht in der Annahme, dass Sonia und Marion sich kannten?«, fragt sie.

Gehe ich recht in der Annahme! Nein, also wirklich! Wer redet denn heutzutage noch so geschwollen?!

»Sie kannten sich alle«, entgegnet Yvette. »Ich kann Ihnen sagen, lauter Verrückte in diesem Dorf!«

»Die Zeiten sind verrückt«, verkündet Lorieux finster, der hereingekommen ist, ohne dass ich ihn gehört hätte.

Mercanti seufzt genervt.

»Sagen Sie, Madame Lombard«, fährt er düster fort, »haben Sie heute Morgen niemanden Ihr Zimmer betreten hören?«

Na endlich!

»Ich habe keinen Besuch bekommen«, antwortet Justine.

»Niemand hat die Tür geöffnet, und Sie haben auch nichts Verdächtiges gehört? Sie haben doch ein so feines Gehör ...«

»Nichts, außer es wäre jemand hereingekommen, während ich unter der Dusche war ... wenn das Wasser rauscht ... ich drehe den Hahn immer ganz auf, es ist wie ein Wasserfall, der die Schatten der ...«

»Danke, Madame Lombard«, unterbricht er sie. »Haben Sie das notiert, Mercanti?«

»Er hat sich wieder gefasst«, flüstert mir Yvette zu.

»Wo ist Schnabel?«, erkundigt sich Lorieux.

»Chef!«, schreit Schnabel im selben Augenblick. »Chef!«

Stiefelgepolter und Keuchen.

»Kommen Sie schnell!«

»Was ist denn nun wieder?«, fragt Francine.

»Im Zimmer des großen Schwachsinnigen, kommen Sie«, beharrt Schnabel.

Sie entfernen sich im Laufschritt. Yvette will ihnen folgen, doch ein Gendarm verstellt ihr den Weg.

»Tut mir Leid, Madame«, sagt Morels junge Stimme, »aber hier darf niemand raus, so lautet die Anweisung.«

»Wen hat man denn diesmal abgemurkst?«, fragt Yann mit belegter Stimme.

»Darauf kann ich Ihnen leider nicht antworten, Monsieur. Bitte warten Sie hier.«

»Bitte warten Sie hier«, äfft ihn Yann, der allmählich betrunken ist, nach und fügt hinzu: »Ich habe die Schnauze voll von diesem Affentheater.«

»Wie bitte? Ich habe mich wohl verhört.«

»Genau, von diesem Affentheater! Sie sollten lieber den Mörder schnappen, statt uns auf die Nerven zu gehen.«

»Ich rate Ihnen, sich zu beruhigen, Monsieur. Ich rate Ihnen ernsthaft, sich zu mäßigen.«

»Und ich rate dir, dich zum Teufel zu scheren!«

»Ihre Papiere!«, bellt Morel.

»Ich pinkele gleich in dein Käppi!«

»Was?!«

Morel ruft seine Kollegen zu Hilfe. Geräusche körperlicher Auseinandersetzungen, Proteste von Yvette, Francine und Laetitia, Flüche von Yann.

»Ein solches Spektakel abzuziehen, wo doch gerade eine Frau gestorben ist«, wendet sich Jean-Claude an mich. »Ich finde das furchtbar. Haben die denn keinerlei Respekt vor den Toten?«

»Sie wissen doch, dass der moderne Mensch sich der Vorstellung des Todes verweigert«, bemerkt Justine ruhig, ganz so, als würden sich nicht direkt neben uns Leute prügeln.

»Ich verweigere mich ebenfalls der Vorstellung meines eigenen Todes«, entgegnet Jean-Claude im gleichen Ton. »Doch das hindert mich nicht daran, anderen Menschen gegenüber Mitgefühl zu empfinden.«

Während sie ihr philosophisches Gespräch fortsetzen, landet ein Käppi auf meinem Schoß und dann Yann mit seinem vollen Gewicht: Herrgott noch mal! Muss das sein? Genau auf meine Verletzungen: Man richtet ihn auf, ich bekomme einen Stoß mit dem Ellenbogen in den Magen, wildes Gerenne, Tintin knurrt, Laetitia schreit »aua«, ich höre, wie jemand stolpert und sich dann in meinem Haar festkrallt. »Sind Sie es, Elise?« Nein, der Goldfisch. »Sie machen mir Angst.« Zieh nicht so fest, verdammt noch mal! Dumpfe Schläge. Das Klicken von Handschellen.

»Was ist denn hier los?«, brüllt Lorieux.

»Ruhe!«

»Dieser Mann hat uns beleidigt und tätlich angegriffen!« , erklärt Morel.

»Darum werden wir uns später kümmern«, erwidert Lorieux. »Madame Atchouel, wo sind Ihre Kranken?«

»Mit ihrem Pfleger im Freizeitraum, falls Sie es nicht bemerkt haben sollten.«

»Vielen Dank für Ihre Unterstützung. Morel, hören Sie auf, aus der Nase zu bluten, und folgen Sie mir.«

»Arschlöcher«, brüllt Yann. »Nehmt mir augenblicklich die Handschellen ab!«

»Halt die Schnauze, Yann. Ich habe die Nase voll von deinen dummen Späßen.«

»Du Flasche, dazu hast du kein Recht. Ich bin ein freier Bürger!«

»Bringt den freien Bürger zum Ausnüchtern in den Mannschaftswagen.«

»Schon um elf Uhr morgens betrunken! Was ist das nur für eine Welt?«, seufzt Francine, die die Trunkenheit ihres Erziehers offenbar mehr schockiert als die enthauptete junge Frau in ihrem Aufzug.

»Ich verstehe, warum Sonia dich mit sämtlichen Skilehrern betrogen hat!«, brüllt Yann noch.

Totenstille. Jemand räuspert sich. Yann wird nach draußen gezerrt. Die Eingangstür fällt ins Schloss.

»Das wundert mich nicht weiter«, flüstert mir Yvette zu. »Die war wirklich von der leichten Sorte, diese Dame.«

Mit einer Handbewegung wehre ich Yvettes Klatsch ab wie einen lästigen Fliegenschwarm. Was mich mehr interessiert als Yanns trunkene Hirngespinste, ist, was Schnabel gefunden hat.

Die Tür zum Freizeitraum öffnet sich, und Hugo ruft mit empörter Stimme:

»Aber das ist doch lächerlich! Er würde sonst was erzählen, um sich interessant zu machen!«

»Madame Atchouel«, verkündet Lorieux, »ich bin verpflichtet, diese Person mit aufs Revier zu nehmen. Ich wäre Ihnen dankbar, wenn Sie seine Familie verständigen würden.«

»Was soll denn der arme Christian getan haben?«, empört sich Yvette. »Sehen Sie denn nicht, dass er ein unschuldiges Wesen ist?«

»Ein unschuldiges Wesen, in dessen Zimmer wir die Tatwaffe gefunden haben«, antwortet Schnabel.

»Schnabel! Kein Wort!«, befiehlt Lorieux.

»Aber Christian würde keiner Fliege etwas zu Leide tun!«, ruft Francine aus. »Keiner unserer lieben Heimbewohner ist gefährlich!«

»Das können Sie ja Véronique Gans erzählen«, entgegnet Lorieux. »Los, wir nehmen ihn mit!«

»Véronique, fick, fick«, beginnt Christian zu singen.

»Solche Kerle sind manchmal von unbeherrschbaren Trieben besessen«, erklärt Lorieux, »haben Sie nie das Buch *Von Mäusen und Menschen* gelesen?«

»... Fick, fick, fick deine Mutter ...«

»Der scheint mir aber eher lüstern«, wirft Mercanti mit der Stimme eines Moralapostels ein.

Lorieux wendet sich an Christian:

»Komm, alter Junge, wir müssen dir einige Fragen stellen. Mercanti, sagen Sie den Jungs oben, sie sollen alles genau durchsuchen.«

»Ich begleite Sie«, meint Martine. »Er bekommt Panik, wenn er plötzlich allein mit Ihnen ist, außerdem bin ich die Einzige, die ihn versteht.«

»Bislang ist das, was er sagt, ja nicht zu schwer zu begreifen, was, Chef?«, höhnt Morel.

»Das reicht, Morel. Holen Sie den Mannschaftswagen?«

»Ich erinnere daran, dass ich um acht Uhr vierzig mit ihm zusammen den Aufzug genommen habe, das habe ich in meiner Aussage angegeben«, erklärt Martine. »Ich kann mir also nicht vorstellen, wie er jemanden getötet haben soll, wenn sich um acht Uhr vierzig keine Leiche im Aufzug befand. Es ist gemein, sich auf eine hilflose Seele zu stürzen.«

»Er hätte ja auch während des Frühstücks wieder nach oben gehen können. Offenbar ist die Überwachung nicht gerade die starke Seite des Zentrums«, höhnt Lorieux.

»Wissen Sie«, fährt Martine fort, »der arme Junge hat die Angewohnheit, alles, was er findet, aufzusammeln.«

»Und es unter seiner Matratze zu verstecken?«

»Manchmal ja, das hängt davon ab. Er erfindet andere Funktionen für die Dinge als die, die wir ihnen zuordnen.«

»Das Problem ist nicht so sehr, herauszufinden, warum er das Beweisstück versteckt hat, sondern wie er es in seinen Besitz gebracht hat.«

»Sie meinen also, dass diese ungezügelte Kraft dem leblosen Körper der Skilehrerin gegenüberstand?«, fragt Justine.

Lorieux versteht schneller als ich, dass sie mit »ungezügelte Kraft« die »gewissenlose Bestie« meint.

»Es gibt drei Hypothesen, Madame Lombard«, antwortet er in einem Ton, der trockener ist als die Wüste Gobi. »a) Er befand sich tatsächlich neben der Leiche und hat das Beweisstück gestohlen; b) er ist der Mörder und wollte den Gegenstand, mit dem er seiner blinden Wut freien Lauf gelassen hat, verschwinden lassen; c) man hat die Mordwaffe in seinem Zimmer verborgen. Sie werden also verstehen, warum ich ihn verhören muss.«

»Chef, Chef, man hat uns die Reifen aufgestochen!«

»Soll das ein Witz sein, Morel?«

»Alle vier, Chef, das ist unglaublich ...«

»Wo ist Yann?«

»Der Säufer? Im Wagen. Er singt unanständige Lieder.«

»Sind Sie sicher, dass er nicht raus konnte?«

»Nein, er ist am Trenngitter angekettet.«

»Ungeachtet der Tatsache, dass ich wirklich die Schnauze voll habe«, brüllt Lorieux plötzlich los, »werden Sie Verstärkung anfordern und mir die ganze Bande aufs Revier fahren lassen! Schluss mit den Späßen!«

»Hahaha, sie hat zuviel ge-la!«

»Wer hat zuviel gelacht, Christian?«, fragt Martine.

»Mädchen. Rot. Rotkehlchen. Hopp, weg.«

»Weg? Wohin? In den Aufzug?«

»Blödsinn. Weg in den Himmel. Mit Magali.«

»Woher weiß er, dass jemand tot ist?«, fragt Jean-Claude, ehe Lorieux etwas sagen kann.

»C'ara«, beginnt Christian zu wimmern, »C'ara.«

»Er meint Clara«, erklärt uns Martine. »Clara hat etwas gesehen? Sag uns, was sie gesehen hat.«

»Nichts sehen, nichts neh-men.«

»Er ist sehr aufgeregt.«

»Wo ist diese Clara?«, fragt Lorieux.

»Nebenan«, sagt Hugo, »und wenn ich jetzt darüber nachdenke, hat sie sich heute Morgen tatsächlich sehr eigenartig verhalten.«

»Was meinen Sie damit?«, seufzt Lorieux.

»Wir haben mit Knetmasse gearbeitet, und sie hat hartnäckig den Kopf ihres Männchens daneben gelegt.«

»Daneben?«

»Ja, das heißt vor seine Füße.«

Eilige Schritte, die sich entfernen. Offenbar folgen ihm alle. Ich bleibe allein mit Justine und Jean-Claude zurück.

# KAPITEL 11

Die Untersuchung scheint mir nicht gerade nach allen Regeln der Kunst geführt zu werden«, gibt Jean-Claude nach kurzem Schweigen zu bedenken. »Die Gendarme wirken äußerst nervös, das Personal des Zentrums ist überfordert, unser guter Yann ist total ausgerastet, und die Heimbewohner sind mehr als erschüttert.«

»Hilfe von außen würde uns wirklich gut tun«, pflichtet Justine bei.

Keine Sorge, höhne ich insgeheim, der gute Onkel kommt um sechzehn Uhr, vielleicht ist er ja von Scotland Yard beauftragt und löst den ganzen Fall im Handumdrehen.

»Ich habe von Anfang an gespürt, dass da etwas nicht stimmt«, meint Justine zwischen zwei Hustenanfällen. »Verstreute Materie, kein Zusammenhang, ständige Explosionen, wir befinden uns im Epizentrum eines spirituellen Tiefs von großem Ausmaß, und Kopflosigkeit führt zu nichts anderem als zur Beschleunigung des Prozesses.«

Okay, aber es ist schwierig, die Ruhe zu bewahren, wenn ein verborgener Mörder eine junge Frau nach der anderen massakriert! Laute Stimmen und schrilles Weinen dringen aus dem Nebenzimmer herüber.

»Das dürfte Clara sein«, sagt Justine schniefend. »Wo habe ich nur meinen Wick-Stift?«

Ja natürlich! Darum hat sie im Aufzug nichts gerochen!

Sie hat sich ihren Wick-Stift in die Nase geschoben. Eine perfekte Entschuldigung.

Jemand kommt zu uns gelaufen, gefolgt vom kläffenden Tintin.

»Elise!«, ruft Yvette außer Atem. »Clara hat beobachtet, wie Nibal Véronique Gans getötet hat!«

»Unglaublich!«, ruft Jean-Claude. »Ich mache meine Kamera fertig und nehme Sie auf, Yvette.«

Tintin bellt immer lauter, scheint begeistert von dem Chaos.

»Sei still!«, ruft Yvette. »Hugo hat sich erinnert, dass sie gegen neun Uhr gebeten hat, auf die Toilette gehen zu dürfen. Aber in Wirklichkeit wollte sie auf ihr Zimmer, um heimlich Bonbons zu essen. Emilie hat uns erzählt, dass sie dort Bonbons versteckt. Da hat Clara angefangen zu weinen und alles gestanden. Sie wollte den Aufzug nehmen, aber er war blockiert. Also ist sie zu Fuß in den zweiten Stock gegangen und hat dort wieder auf den Knopf gedrückt. Die Türen sind aufgegangen, und sie hat es gesehen! Sie hat es gesehen!«

»Was hat sie gesehen?«, fragt Justine nervös.

»Die Leiche der Unglücklichen am Boden und den Mörder mit dem Kopf in der Hand! Wie der Kopf von Johannes dem Täufer. Er hat ihr sein verzerrtes Gesicht zugewandt, den Finger auf den Mund gelegt und Pst! gemacht. Dann hat er mit einer riesigen Schere in ihre Richtung geklappert! Sie hat sich vor Schreck in die Hose gemacht, ist, so schnell sie konnte, heruntergelaufen und hat niemandem etwas gesagt. Jetzt hat sie eine Nervenkrise, Martine wird ihr eine Spritze geben.«

»Aber wie sah der Mörder aus?«, fragt Justine mit erstickter Stimme.

»Wie ein Vampir!«, flüstert Yvette. »Bleich, in einen schwarzen Umhang gehüllt, mit spitzen Zähnen voller Blut und hervorquellenden Augen!«

»Das ist lächerlich«, erwidert Jean-Claude zweifelnd (er hat die Zeitschrift *Tales from the Crypte* abonniert).

»Sie hat sich an dieser Version festgebissen«, meint Yvette mit unfreiwilligem Humor.

»C.A. Nibal, der Kannibale«, murmelt Justine. »Sie haben einen besonders grausamen und mächtigen Dämon mitgebracht, Elise.«

Natürlich, es ist meine Spezialität, Dämonen anzuschleppen, dem Antichrist die Schuhe zu putzen und die Apokalypse vorzubereiten ...

»Glauben Sie wirklich, dass es sich um ein übernatürliches Wesen handelt?«, erkundigt sich Jean-Claude.

»Was wissen wir schon vom Universum?«, entgegnet Justine, ehe sie kräftig niest.

»Pfff! Wir wissen, dass es keine Vampire gibt«, meint Yvette.

»Können Sie das bei Elises Kopf beschwören?«, fragt Justine perfide.

Yvette schweigt.

»Das würde alles erklären«, sagt Jean-Claude.

Ich weiß zwar nicht, inwiefern, aber gut. Was mich interessiert, ist, dass Clara den Mörder gegen neun Uhr bei der Tat beobachtet hat, sagen wir um neun Uhr fünf. Während Lorieux uns verhörte. Um neun Uhr zwanzig ist Schnabel zu Fuß nach oben gegangen, um das Haus zu durchsuchen. Die Einzige, die den Aufzug benutzt hat, ist Justine, um neun Uhr fünfzehn. Der Mörder hat den Aufzug nicht in der Eingangshalle verlassen, das heißt, er hat die Treppe benutzt, um aus dem zweiten Stock ins Erdgeschoss zu gelangen. Er hätte also Schnabel treffen müssen. Außer er hätte sich in einem der Zimmer versteckt. Nein, Schnabel hat ja niemanden gefunden. Wo ist er also abgeblieben? Er kann sich ja nicht in Luft aufgelöst haben!

Außer es wäre Justine gewesen. Diese Vorstellung lässt mich nicht los. Justine, die ihre Verkleidung und die Tatwaffe in Christians Zimmer im zweiten Stock ablegt, ehe sie sich in aller Ruhe um neun Uhr fünfzehn zu uns gesellt. Also bitte, Elise, sagt mir Psy und streicht über seinen Bart, nur weil Justine mit deinem lieben Onkel schläft, muss sie noch lange keine sadistische Mörderin sein!

Stimmengewirr. Lorieux' Altstimme übertönt die anderen:

»Nun, Morel? Wie steht es mit der Verstärkung?«

»Das Problem ist, dass Gendreau und Pollin an der Nationalstraße zur Verkehrskontrolle eingeteilt sind, sie machen noch den Strafzettel für den farbigen Verkehrssünder fertig, den sie gerade in der Mangel haben, dann kommen sie.«

»Ein Vampir«, knurrt Lorieux. »Wo hat dieser Scheißkerl seine Verkleidung versteckt?«

»Sie sollten sich vor unseren lieben Heimbewohnern mäßigen! Immerhin sind Sie ein Vertreter der nationalen Streitkräfte!«

»Hahaha«, höhnt Lorieux. »Und Sie sollten Ihre lieben Heimbewohner daran hindern, so herumzuquaken! Die gehen mir langsam auf die Nerven!«

»Sie sind völlig durcheinander und haben ja wohl auch allen Grund dazu, nicht wahr?«, protestiert Francine mit ausgefahrenen Krallen. »Und woran liegt das wohl, wenn nicht an Ihrer Unfähigkeit?«

»Das ist eine Beleidigung, Chef!«

»Lass mich in Ruhe, Morel. Mercanti, durchsucht noch einmal das ganze Haus.«

»Sollen wir nach einer Gummimaske und einem Umhang wie in *Scream* suchen«, meint Morel, der sich offenbar im amerikanischen Film auskennt.

»Genau. Wie geht es der Zeugin?«

»Sie beruhigt sich«, sagt Martine. »Aber ich glaube, Sie sollten noch ein wenig warten, ehe Sie sie zum Verhör mitnehmen.«

»Und was sollen wir mit Leroy anfangen, Chef?«, fragt Morel eifrig.

»Das werden wir sehen. Er wird nicht abhauen.«

Leises Getuschel zwischen Lorieux und Mercanti.

Laetitia und Léonard gesellen sich zu uns, ein Duo unsicherer Schritte. Austausch von Kommentaren, ungläubige und schockierte Ausrufe. Ich komme mir vor wie in einer Voliere.

Wer hat die Reifen des Lieferwagens zerstochen? Die Frage durchzuckt mich wie eine Rakete. Ich bin plötzlich der Überzeugung, die Antwort, so nebensächlich sie auch scheint, würde alle Rätsel lösen.

Öffnen der Eingangstür, Geruch von nassem Stoff, ein Gendarm verkündet, laut Wetterbericht würde sich das Unwetter noch verschlimmern, die Straße – sie ist kurvig und führt über tiefe Schluchten – werde vorsichtshalber gesperrt.

»Welches Unwetter?«, fragt Lorieux.

»Na ... seit dem Morgengrauen schneit es wieder, Adjudant-Chef. Die Straße nach Isola ist bereits unpassierbar.«

»Das ist mir doch egal.«

»Nun ... Gendreau und Pollin haben gerade angerufen, sie sitzen unten fest, müssen den Verkehr auf der Nationalstraße regeln. Viele Touristen kommen nicht weiter. Deshalb werden wir keine Verstärkung bekommen, und es wird schwierig werden, mit den Zeugen zur Gendarmerie zu fahren.«

»Und der Wagen von der Spurensicherung?«

»Na ... die sind schon zu viert, Chef.«

»Ich glaube, das Zentrum verfügt über einen Minibus, nicht wahr?«

»Das ist richtig«, erwidert Hugo dienstfertig. »Er steht in der Garage.«

Lorieux lässt sich die Schlüssel von einer äußerst widerwilligen Francine aushändigen und befiehlt Morel, den Wagen zu holen. Morel läuft im Eilschritt hinaus. Ich frage mich, wie er wohl aussieht. Ich stelle ihn mir als großen Tölpel mit abstehenden Ohren vor. Er erinnert mich an einen Pudel, der sich als Schäferhund auszugeben versucht. Schnabel ist die Dogge, solide und ernsthaft. Mercanti könnte ich mir gut als Pitbull vorstellen. Und Lorieux? Lorieux ist klein, schwarzweiß gefleckt mit einer spitzen Schnauze und großen Ohren, er hat flinke Augen und eine feuchte Nase. Wie das alte Plattenlabel »His master's voice«.

Die Vorstellung, dass ein Schneesturm bevorsteht, gefällt mir. Das Schauspiel der entfesselten Natur hat etwas Faszinierendes, etwas Grandioses. Na ja ... wenn es nicht gerade um die menschliche Natur geht.

»Ich habe nicht einmal gemerkt, dass es schneit«, sagt Laetitia gerade. »Bei allem, was passiert ist ...«

»Ich bin ganz durcheinander«, sagt Yvette, »ich werde einen Kräutertee machen. Möchte noch jemand welchen?«

»Adjudant-Chef, Adjudant-Chef, Sie werden es nicht für möglich halten!«

»Was denn nun schon wieder?«, knurrt Lorieux.

»Alle vier Reifen! Mit Nägeln!«

»Verdammte Sch ...«, flucht Lorieux.

Dann fasst er sich wieder:

»Das macht nichts. Wir können ebenso gut hier unser provisorisches Hauptquartier aufschlagen. Ich erkläre dieses Zimmer für beschlagnahmt.«

»Dazu brauchen Sie eine Vollmacht!«, keift Francine. »Es kommt nicht in Frage, dass ich ein Dutzend Gendarme, die nach nassem Hund stinken, in meinem Salon beherberge!«

»Im Krieg sind alle Mittel erlaubt«, entgegnet Lorieux. »Wir werden die Sache später regeln. Im Fall eines Kapitalverbrechens ist der Vertreter des Gesetzes, und der bin ich, verpflichtet, alle nötigen Maßnahmen zu ergreifen, um die Störung der öffentlichen Ordnung zu stoppen, und man kann davon ausgehen, dass ein Mord und das willentliche Zerstechen von Reifen eine Störung der öffentlichen Ordnung darstellen. Morel, ich will, dass drei Männer um das Haus herum

Wachposten beziehen, niemand darf herein, niemand darf hinaus.«

»Und die Jungs von der Spurensicherung?«

»Die bleiben hier. Wir könnten sie noch brauchen.«

»Die werden sauer sein«, meint Morel. »Außerdem sieht der Kommandant Überstunden nicht gerne ...«

»Das ist mir scheißegal! Es geht um Morde, Morel, Morde im Plural, und nicht darum, Briefmarken zu verkaufen!«

»Na ja, wir bekommen kaum ein Zulage für Überstunden«, brummt Morel, so als wolle er sagen, »wenn ich das gewusst hätte, wäre ich nicht gekommen.«

»Yann erfriert ja da draußen in Ihrem Wagen!«, meint Yvette.

»Dann wird er wenigstens wieder nüchtern«, erwidert Lorieux trocken. »Mercanti, rufen Sie alle im Esszimmer zusammen. Wie spät ist es?«

»Zwölf Uhr zwanzig.«

»Schnabel, sagen Sie der Köchin, sie soll uns etwas zu essen machen.«

»Nur zu, plündern Sie nur meine Vorräte wie die Barbaren!«, empört sich Francine.

»Es wird Ihnen bezahlt.«

»Das möchte ich auch hoffen! Madame Raymond!«

Eilige Schritte in Richtung Küche. Ein unbestimmter Überdruss steigt in mir auf. Ständig dieses Gefühl, Schauspieler in einem Theaterstück zu sein, ohne es zu wissen. Aber vielleicht sind wir ja genau das. Wir spielen in einem von Nibal geschriebenen Stück und führen uns auf wie die Hampelmänner, während er sich ins Fäustchen lacht.

Beim Essen herrscht eine eigenartige Stimmung. Die Untersuchungsbeamten auf der einen Seite, die Heimbewohner auf der anderen, Yvette und ich in der Mitte. Die beiden feindlichen Lager vermeiden es, miteinander zu sprechen. Yvette ist ständig damit beschäftigt, Salz und Senf von einer Seite zur anderen zu reichen. Lorieux hat Yann ein Sandwich bringen lassen, aber der hat es dem Kommissar ins Gesicht geworfen.

»Du hättest es ihn vom Boden fressen lassen sollen«, bemerkt Mercanti kalt.

In außergewöhnlichen Situationen erwachen die wahren Instinkte. Mercanti ist nicht nur ein gut dressierter Pitbull, sondern darüber hinaus ein Pitbull im schwarzen Ledermantel.

Nach einem eiligen Mahl machen sich die Gendarme erneut an die Arbeit, wie Ameisen, die ein wichtiges, aber nicht erkennbares Ziel verfolgen, und die um die liebe Francine gescharten Heimbewohner tun so, als würden sie sich unterhalten, ohne sich um die Ameisen zu kümmern. Von Zeit zu Zeit schiebt jemand meinen Rollstuhl zur Seite und sagt »Pardon«. Ich befinde mich vielleicht auf einer strategisch äußerst wichtigen Linie.

Emilie umschleicht mich, fragt, ob ich einen bestimmten Typen kenne, dessen Namen ich nie gehört habe, und erzählt mir ganze Folgen einer Fernsehserie. Ich begreife, dass es sich um »Notaufnahme« handelt, als sie mir zum zehnten Mal ins Ohr brüllt: »Stetoschcope! Schnell! Schnell! Auf die Intensivstation! Machen Sie mir eine anständige Infusion fertig!«, während sie meinen Rollstuhl in vollem Tempo hin und her schiebt. Plötzlich, sie ist gerade dabei, eine »schwierige Amputation der Maus« durchzuführen, ruft sie: »Hier stinkt's!«, lässt den Rollstuhl los und rennt weg.

Ich muss zugeben, dass sie Recht hat. Geleitet von meinem Geruchssinn, nähere ich mich langsam dem Gestank. Ich strecke die Hand aus: vor mir nichts als Leere. Zu meiner Linken: eine Metallwand. Der Aufzug, offene Türen. Hat denn niemand daran gedacht, ihn zu reinigen? Ich will mich rückwärts bewegen, doch ich komme nicht mehr dazu. Mein Rollstuhl wird ohne weitere Umstände in die andere Richtung geschoben.

»Es ist verboten, hierher zu kommen. Gehen Sie zurück zu den anderen«, schimpft Morel verärgert.

Ich entferne mich und zeige ihm heimlich den Stinkefinger.

»Was?! Was?!«

Ich bin entlarvt! Schnell, mein Notizblock: *Pipi.*

»Pipi?«, liest er ungläubig.

Ich bestätige: *Ich muss aufs Klo. Helfen Sie mir.*

Ein unfehlbares Mittel, um lästige Menschen in die Flucht zu schlagen: Sie verziehen sich auf der Stelle. Von meinem Gehör geleitet, steuere ich auf die Gruppe zu.

Bernard kommt zu mir und drückt mir ein Buch in die Hand. Er liebt es über alles, wenn man ihm Jugendromane vorliest, vor allem *Fantômette.* Ich gebe es ihm zurück. Ich brauche ihm gar nicht erst aufzuschreiben, dass ich nicht sehen kann, denn er kann nicht lesen. Man könnte meinen, hier kämen alle Schwierigkeiten menschlicher Kommunikation zusammen! Schließlich zieht er mit seinem Buch ab und murmelt: »Eile mit Weile, Fantômette gewinnt sowieso immer!« Umso besser für sie. Elise gewinnt auch immer, stimmt's, Psy? Ich nähere mich Yvette.

*Wie spät ist es?*

»Drei Uhr«, antwortet sie zerstreut. »Sie sagten, die Ente mit Orangensauce ...«

*Wo ist Justine?*

»Justine, Elise fragt nach Ihnen.«

Was für eine verdammte Pute!

»Wo sind Sie, Elise?«, erkundigt sich Justine.

»Da ist sie«, antwortet Laetitia, »am Fenster.«

Offenbar befinde ich mich stets in der Nähe dieses verflixten Fensters, ganz so wie die Motten vom Licht angezogen werden: Eine Eigenheit kurzlebiger Wesen? Justine tritt zu mir.

»Ich wollte auch mit Ihnen sprechen«, erklärt sie leise. »Ich brauche Sie.«

Sie schweigt kurz, so als warte sie auf meine Antwort, dann fährt sie fort:

»Ich benötige einen Vektor, um mit den übernatürlichen Kräften in Kontakt zu treten.«

Ich glaube, dass sie mir bald auf die Nerven gehen wird.

»In gewisser Weise eine Steckdose zum Himmel. Eine unbewegliche, energiegeladene Masse, die kräftige Ströme leiten kann.«

Will sie mich mit Stromschlägen töten?

»Durch Sie kann ich mit den Wesen des Jenseits in Verbindung treten und Antworten bekommen. Ihr beschädigtes Gehirn ist durchlässiger für die Wellen.«

Mein »beschädigtes Gehirn«! Ich tue so, als würde ich versehentlich den falschen Knopf drücken, und rolle ihr genüsslich über den Fuß.

»Aua! Sie können wirklich ...«

Sie unterbricht sich, ein Hustenanfall.

»Laetitia und Léonard sind bereit, mitzumachen. Während Madame Raymond ihr Mittagsschläfchen hält, werden wir uns in der Küche niederlassen.«

Schon ergreift sie meinen Rollstuhl und fährt mich ungefragt in Richtung Küche. Nach einigen unbedeutenden Zusammenstößen erreichen wir die Küche, die schön warm ist: Es duftet nach Braten, Rosmarin, Knoblauch und Schokoladencreme. Die Küche der Menschenfresserin. Yvette hat mir erzählt, sie sei nach dem alten Vorbild renoviert worden, schwarz-weiße Fliesen, ein Herd mit sechs Kochstellen und der riesige Kamin aus dem 19. Jahrhundert, der noch funktionstüchtig ist. Vielleicht war die Panik, die mich einst in diesen Gemäuern überkam, ein Vorzeichen. Vielleicht hatte ich eine Ahnung von den bösen Ereignissen, die hier stattfinden sollten.

Jemand klopft mit den Fingerspitzen auf den langen Holztisch in der Mitte des Raums.

»Hör auf damit, Léo«, sagt Justine. »Ist Laetitia da?«

»Hier bin ich, ganz am Ende, neben Léonard.«

Vorsichtig schiebt Justine den Rollstuhl am Tisch entlang, dreht ihn um, nimmt meine gesunde Hand und legt sie auf die Platte. Die rechte bleibt auf meinen Knien, wo Yvette sie heute Morgen hingelegt hat.

»So.«

Sie tritt zurück, ein Stuhl wird gerückt, sie setzt sich.

»Sollen wir nicht die Fensterläden zumachen?«, fragt Laetitia.

»Nein, die Elemente sollen uns ruhig mit ihrem Zorn durchdringen. Lassen wir den weißen Mantel des Schnees den Zorn und das Blut aufsaugen.«

Rückblick, dreißig Jahre früher, eine spiritistische Sitzung in der Schule. Ich fand das total lächerlich. Ich seufze. Niemand achtet weiter darauf.

»Fangen wir an! Laetitia, geben Sie Léonard die Hand. Léonard, deine Hand. Elise, geben Sie mir die Ihre.«

Unwillig hebe ich die Hand und taste. Ihre trockenen warmen Finger umklammern kräftig die meinen.

»Und jetzt konzentrieren wir uns«, befiehlt sie.

Wir schweigen einige Sekunden, Justine atmet tief und murmelt in langsamem Rhythmus ein paar Sätze in einer Sprache, die ich nicht erkenne. Eine süße Benommenheit erfüllt mich, die Ruhe der Küche, die wohltuende Wärme, der angenehme Duft nach vertrauter Nahrung, das Geräusch des fallenden Schnees ... Schnee ... fällt ... was steckt hinter dem Geheimnis der Reifen?

»O Kräfte der Unterwelt, o umherirrende Seelen, kommt zu uns!«

Ich schrecke auf, denn ich war im Begriff einzunicken.

Justine wiederholt ihren Anruf, ich unterdrücke ein Gähnen.

»Tooot«, murmelt eine Kinderstimme.

Was?

»Habt ihr gehört?«, ruft Laetitia mit einem Anflug von Panik.

»Psst!«, befiehlt Justine. »Ja, wir haben es gehört. Komm, ich habe keine Angst, offenbar uns deine Nachricht!«

Plötzlich wird mir bewusst, dass es nicht mehr warm ist. Es ist kalt. Und das Zimmer riecht nicht mehr nach Küchendüften, sondern nach verwelkten Blumen.

Ich habe Angst.

»Tooot«, wiederholt das dünne, angespannte Stimmchen ... »Tooot. Alle tooot!«

Was geht hier vor sich? Laetitia drückt meine kranke Hand, als wolle sie sie zerquetschen. Léonard rutscht auf seinem Stuhl hin und her.

»Tot? Wer wird ›tot‹ sein?«, fragt Justine leise.

»Aaalle!«

»O mein Gott«, stammelt Laetitia.

»Ruhe!«, befiehlt Justine erneut. »Geist, von wem sprichst du?«

Der Geist antwortet nicht. Im Zimmer herrscht eine gewisse Spannung. Justine presst meine Finger.

»Geist, ich befehle dir zu antworten.«

Ein Lachen. Ein dreckiges, lüsternes Lachen. Etwas streift mein Gesicht, ein Flügel oder ein Spinnenbein, doch da ich nicht schreien kann, begnüge ich mich damit, kräftig zu schlucken. Es riecht noch nach etwas anderem im Raum. Ein unangenehmer Geruch nach verdorbenem Ei. Nach Schwefel. Schwefel in Verbindung mit dämonischen Kräften.

Nein! Ich verstehe in dem Augenblick, als Justine ihre Frage erneut stellt und das Kind mit einem abartigen Kichern »aaalle« wiederholt.

Ich drücke den Rückwärtsgang meines Rollstuhls und mache einen Satz nach hinten, Laetitia lässt mich los, ich halte noch immer Justine fest, die zu schreien anfängt, meine Hand umschließt die ihre, eine Reihe ohrenbetäubender Explosionen, stechender Rauch, Laetitias Schreie, und ohne Justine loszulassen, fahre ich weiter zurück. Das Fenster, ich stoße gegen die Scheibe, der Rauch wird dichter, ein wilder Kampf spielt sich in unserer Nähe ab, Justine stolpert, ich reiße sie mit meinem gesunden Arm hoch, Laetitia schreit weiter, wieder ein Stück vorfahren, Schwung nehmen und mit voller Kraft zurück, schnell!

Durch den Aufprall zerspringt das Glas, eine Explosion, so laut wie ein Kanonenschuss, kalte Luft, warme Luft, ich fliege! Ein wilder Wirbel, ich falle nach hinten, höre Justine über mir schreien, ich hänge in der Luft, der Rollstuhl, wo ist mein Rollstuhl? Ich falle, lande im Schnee, ein Körper fällt auf mich, ein stechender Schmerz in meinem verletzten Arm, meiner Wange, ich spüre die Wunden wieder aufbrechen, ich schmecke Blut, ich rieche Feuer, Schreie, ein dumpfer Aufprall, der Geruch von verbranntem Fleisch, Laetitias schrille Schreie, hechelnder Atem, das Knistern der Flammen. Endlich heult die Sirene des Feuermelders auf.

»Meine Haare, meine Haare«, wimmert Laetitia.

Justine stützt sich auf mich, um aufzustehen, und ich kann nicht schreien. Ich höre jemanden, der durch den Schnee tappt.

»Laetitia?«, ruft eine brüchige, kaum vernehmbare Stimme.

»Meine schönen Haare ...«

Wildes Schneegestöber, die eisigen Flocken stechen wie Nadeln. Ein eigenartiges Geräusch: Klack klack klack. Plötzlich wird mir bewusst, dass ich mit den Zähnen klappere. Wilder Aufruhr im Haus, gedämpfte, doch durchaus verständliche Worte dringen zu uns. »Hierher mit dem Feuerlöscher!« »Verdammt, vor lauter Rauch sieht man nichts!« Yvette schreit mehrmals hintereinander meinen Namen, Justine versucht zu antworten, das gibt ein lächerliches »Wir sind hier«, das nicht lauter ist als ein Mäusepiepsen. Ich friere fürchterlich. Fühle mich wie eine Schiffbrüchige in der Antarktis, die das Schiff nicht erreichen kann, auf dem eine dramatische Sendung übertragen wird.

»In Ordnung, wir haben die Situation im Griff.«

Ich erkenne Mercantis Stimme.

»Chef, Chef, da ist einer von den Debilen, da auf dem Gang.«

Morel.

»De Quincey! De Quincey! Hören Sie mich? Was ist passiert?«

Das war Lorieux.

»Bbbom-bei«, stößt Léonard schließlich hervor.

»Ist jemand verletzt? Wer hat die Bombe geworfen?«

»V-verm-mummter ...«

»Er ist ohnmächtig geworden!«, stellt Morel fest.

Justine versucht noch immer erfolglos, zu rufen, Laetitia wiederholt unablässig »meine Haare«. Ich presse meinen gesunden Arm an mich und warte darauf, dass man uns findet. Warmes, klebriges Blut sickert zwischen meine Finger, auch mein Mund ist voller Blut – ekelhaft! Ich spucke aus, wische mir den Mund mit kaltem Schnee ab, meine Finger schmerzen, die Kälte verbrennt mir die Wangen.

»Chef, sehen Sie mal!«, schreit Morel. »Eine Schachtel mit Schwefel, die ist sicher explodiert, hat sich selbst entzündet, es ist unheimlich gefährlich, solche Sachen in einer Küche aufzubewahren!«

»Durch den Druck der Explosion ist das Fenster zersprungen, das hat wahrscheinlich einen starken Luftzug gegeben«, meint Mercanti.

Zwei Sekunden später:

»O verflucht, sie sind da unten!«

»Wer?«, fragt Lorieux.

Dann:

»O nein, ich glaube, ich träume! Holt sie schnell rein. Wir kommen!«, schreit er uns zu.

Niemand antwortet ihm.

»Mein Liebling, mein Liebling, wo bist du?«, ruft plötzlich eine kräftige Stimme.

Der liebe Onkel! Endlich! Das Scharren von Füßen, Gerempel, mehrere Männer hasten keuchend durch den Schnee.

»Lassen Sie mich vorbei! Justine, wo bist du? Alles in Ordnung?«

Mein Herz setzt aus. Blutige Tränen.

»Und du, Elise? Alles in Ordnung, mein Kleines? Aber was ist passiert? Oje, ihr seid ja nicht gerade in guter Verfassung! Und das Mädchen da, man muss sich um sie kümmern, ihr Kopf ist ganz kahl!«

»Zur Seite bitte, Sie stören!«

Ich werde aus meinem Schneehaufen gezogen, hoch gehoben, Wolldecke, kräftige Arme, die mich ins Haus tragen. Leere, innere Leere, ein Schock, mein Onkel und Justine, die sich umarmen, Sauerei, ich habe ihr das Leben gerettet, deiner Justine. Man bringt Laetitia nach oben, ihr Haar ist verbrannt, glücklicherweise hat der Sturz in den frischen Schnee die Flammen gelöscht, Léonard hat sie hinuntergestoßen. Er hat versucht, den Kampf mit dem Vermummten, der sich im Kamin versteckt hatte, aufzunehmen, doch es ist ihm nicht gelungen, so ist er aus dem Zimmer gekrochen, während der andere floh. Auf welchem Weg floh er? Lorieux schüttelt den verstörten Léonard, der noch mehr Mühe hat, sich auszudrücken, als normalerweise.

»Auf welchem Weg ist er geflohen?«, brüllt er.

»Sie sehen doch, dass der Junge unter Schock steht«, sagt mein Onkel.

»Ihnen hätte ich ohnehin einige Fragen zu stellen«, faucht ein wenig liebenswürdiger Lorieux. »Mercanti, bring den Herren in den Freizeitraum, ich komme gleich.«

»Ich lasse diese Damen nicht allein«, erklärt mein Onkel mit fester Stimme. »Nicht, solange sie nicht die ärztliche Versorgung bekommen haben, die sie brauchen.«

»Der Krankenwagen kommt nicht durch, eine Schneelawine ist abgegangen«, schreit Schnabel, dessen Funktelefon ich rauschen höre.

Wie der Blitz fragt Lorieux meinen Onkel

»Wie sind Sie denn eigentlich hierher gekommen?«

»Ich habe mich von einem Hubschrauber der Bergwacht absetzen lassen, der Pilot ist ein alter Freund von mir.«

»Unser Helikopter«, wettert Morel. »Chef, er hat unseren Helikopter entführt.«

»Er musste ein Kind holen, das sich am Kopf verletzt hat und dringend nach Nizza gebracht werden musste. Schädelbruch«, erklärt mein Onkel unbeeindruckt. »Gut, und wenn wir uns nun um unsere Verletzten kümmern würden?«

»Ich glaube, mir fehlt nichts«, sagt Justine.

»Und du, Elise, alles in Ordnung?«

Super, lieber Onkel, und dieses ganze Rot, mit dem ich von Kopf bis Fuß verschmiert bin, das ist wohl Erdbeermarmelade, was?

»Sie sehen doch, dass sie verletzt ist«, ruft Yvette, die herangestürzt kommt.

»Ah, Yvette!«

»Mein Beileid wegen Ihrem Patenkind«, erklärt Yvette, die – selbst mitten in einem Bombenangriff – stets sehr auf die Form bedacht ist.

»Danke, es fällt mir schwer, darüber zu sprechen«, murmelt mein Onkel leise, und ich erkenne seine Abscheu, über persönliche Gefühle zu sprechen. »Freut mich, Sie zu sehen«, fährt er fort. »Sie haben sich kein bisschen verändert.«

»Sie aber sehr wohl. Sie haben abgenommen?«

»Ich habe eine Diät gemacht, um wieder in Form zu kommen.«

Blablabla, blablabla, und ich blute, und kein Mensch kümmert sich darum, Gott sei Dank sind Hugo und Martine pflichtbewusst. Martine sagt, sie würde sich um Laetitia kümmern. Die Verbrennungen seien oberflächlich, mit etwas Brandsalbe müsste es gehen. Sie flüstert ihr nette Worte zu und bringt sie ins Krankenzimmer. Laetitia weint: »Ich bin kahl, das ist furchtbar.« Yvette, nach der Francine mit lauter Stimme ruft, eilt davon. Hugo überzeugt sich, dass Léonard nichts Ernsthaftes fehlt. Er hat nur einige Prellungen und Zerrungen bei seinem Kampf mit dem vermummten Angreifer davongetragen.

»Mit den medizinischen Mitteln, die wir hier haben, kommen wir schon klar«, versichert er mir. »Ich werde Ihre Verbände erneuern, Elise.«

Das wird auch Zeit! Er betupft meine Wunden mit einem Zeug, das furchtbar brennt, lässt mich den Mund mit etwas spülen, das noch schlimmer brennt, dann Gaze und Heftpflaster, und schon ist die Mumie auf Rädern wieder hergestellt. Er lässt mich allein, um sich um Léonard zu kümmern. Eine Zunge leckt kräftig über meine Hand, das ist Tintin, der völlig durcheinander ist durch die Aufregung und den Rauch. Ich tätschele ihm den Kopf, er will auf meine Knie springen, aber wo sitze ich denn? Tintin springt auf meinen Schoß und schmiegt sich an mich.

»Du hast also Sonias Hund adoptiert?«, fragt mich mein Onkel gerührt.

Ah, er erinnert sich also an meine Existenz. »Ich bringe euch Wasser, nach einem solchen Schock muss man trinken«, fügt er hinzu. »Setz dich, Justine.«

Sie nimmt neben mir Platz. Tintin windet sich, damit er gestreichelt wird.

»Ach, das ist der Hund? Ich dachte, es wäre Ihre alte Decke. Tut mir Leid«, fügt sie hinzu, »ich dachte nicht, dass ...«

Wie!? Du hast in deiner Kristallkugel, die dir als Hirn

dient, nicht gesehen, dass Nibal auftauchen und eine Bombe werfen würde? Und was hatte er in der Küche zu suchen? Er konnte sich nicht seit dem Morgen dort versteckt halten, sonst hätte Madame Raymond ihn gesehen. Außer Madame Raymond wäre Nibal. Ich habe Kopfschmerzen. Und wenn Lorieux Magalis Großvater wäre? Und die liebe Francine ein heroinsüchtiger Transvestit? Ich bin für alles offen, nur zu!

Mein Onkel Fernand kommt mit zwei Gläsern lauwarmem Wasser zurück. Ich trinke gierig. Er tätschelt mir den Kopf, als wäre ich Tintin, schade, dass ich nicht mit dem Schwanz wedeln kann! Ich spüre den Cordsamt seiner Hose an meinem Arm. Plötzlich ist es, als würde ich ihn sehen, mit seinen immer gleichen Cordsamthosen, im Sommer ein Popelinhemd, im Winter ein Rollkragenpullover. Mit ihm tauchen die Düfte der Kindheit auf, das Gelächter der Familie.

»Ihr könnt nicht hier bleiben«, sagt er, »das ist zu gefährlich. Gleich morgen bringe ich euch nach Nizza. Drei Morde, und einer davon heute früh! Und jetzt diese Bombe!«

Justine hustet zum Steinerweichen. Ich habe weder Notizblock noch Stift. Na wunderbar!

»Wie geht es Léonard?«, fährt mein Onkel fort, der von überschäumender Energie scheint.

Léonard macht: »Hm.«

»In Hochform, der Held«, antwortet Hugo an seiner Stelle. »Morgen ist er wie neugeboren.«

»Wenn Elise nicht die Scheibe zerschlagen hätte, wären wir vielleicht alle tot«, bemerkt Justine.

Manchmal habe ich sie richtig gerne.

»Elise war schon immer hart gesotten«, trumpft mein Onkel auf, offenbar ohne sich seiner ungewollten Anspielung bewusst zu sein.

»Monsieur Andrioli, tut mir Leid, dieses traute Familientreffen zu stören, aber wenn Sie bitte mitkommen wollen«, unterbricht ihn Lorieux.

»Bis gleich, Mädels, und seid brav!«

Tintin springt auf den Boden und folgt ihm. Während sich die Tür schließt, höre ich die Stimme meines Onkels:

»Und wen vernehmen Sie zuerst, den Hund oder mich?«

»Er ist sehr beunruhigt, er spielt immer den Idioten, wenn er Angst hat«, sagt Justine.

Danke, das weiß ich selbst. Schritte nähern sich.

»Lae-ti ...«

»Es geht ihr gut. Sie hat sich hingelegt«, sagt Martine. »Und das solltest du auch tun.«

Léonard knurrt etwas Unverständliches.

»Im Salon herrscht Panik«, fährt Martine fort. »Clara hat sich unter dem Tisch versteckt, Emilie hat sich auf der Toilette eingeschlossen, Bernard frisst sein Buch, und Christian springt auf dem Sofa herum. Ich habe nicht genug Kraft, um ihn herunterzuholen.«

»Ich komme«, meint Hugo seufzend.

»Und Francine hat ihre Lieblingsteekanne fallen lassen.«

»Welch ein Drama!«, brummt Hugo und entfernt sich, gefolgt von Léonard und Martine.

Wieder sind Justine und ich allein. Gendarme eilen vorbei und sprechen in ihre Walkie-Talkies. Die Männer von der Spurensicherung scheinen von den Ereignissen überfordert und fangen an, sich anzubrüllen. Alles riecht nach Rauch. Vermischt mit dem Geruch nach Schnee, erinnert es an ein romantisches Kaminfeuer. Ich habe die Rolle des Holzscheits übernommen.

»Wissen Sie, dass der Weihnachtsmann im Grunde ein sehr alter skandinavischer Dämon ist? Darum ist er auch rot gekleidet«, erklärt Justine unvermittelt.

Es muss die Müdigkeit sein, aber ich bekomme plötzlich einen hysterischen Lachanfall. Ich höre mich albern wiehern, ohne aufhören zu können, und je mehr mich Justine fragt, ob alles in Ordnung ist, desto heftiger schüttelt mich der Krampf.

Der Weihnachtsmann, der sich im Kamin abseilt, ein Messer zwischen den Zähnen. Ein kommunistischer Dämon, der Weihnachtsmann, der aus Sibirien kommt, oh! Ich habe Bauchschmerzen vor Lachen.

*Kamin.* Der Kamin! Der riesige Kamin in der Küche! Das war sein Fluchtweg! Nibal! Ich ergreife Justines Arm und schüttele ihn, Papier und Bleistift, schnell!

»Fernand!«, plärrt Justine unsicher.

Dann, da ich ihren Arm weiter schüttele: »Fernand!«, diesmal wesentlich bestimmter.

»Was ist denn nun wieder«, erkundigt sich Lorieux durch die angelehnte Tür.

»Lassen Sie mich durch«, protestiert mein Onkel und drängt sich an ihm vorbei. »Ich bin da, es ist alles gut!«

»Nein, eigentlich nicht, Elise scheint sehr ... hm .. sehr müde«, murmelt Justine.

Ich lasse sie los, hebe den Arm und vollführe angestrengt die Geste des Schreibens. Lorieux versteht in Sekundenschnelle und reicht mir sein Notizbuch und seinen Stift, na endlich!

*Der Kaminabzug.*

»Mein Gott!«, ruft er aus. »Morel, nehmen Sie zwei Männer, und untersuchen Sie den Kamin. Und ob jemand auf dem Dach war!«

»Auf dem Dach? Aber das ist bei diesem Schnee furchtbar rutschig.«

»Mir egal. Ich will wissen, ob man durch den Kamin in der Küche hinauskommt und ob Spuren auf dem Dach sind! Und zwar schnell!«

»Sehr schlau, Elise«, beglückwünscht mich mein Onkel. »Sie war schon immer gut im Rätselraten«, fügt er hinzu und strickt weiter an meiner Legende. »In der Mickymaus-Zeitung hat sie immer alle Spiele gelöst.«

Ich habe den Eindruck, Mercanti kichern zu hören. Sonst

hocken wir alle da wie Fremde im Wartezimmer eines Zahnarztes. Die eigenartige Stimmung, die im belagerten CLMPAH herrscht, hat offenbar auf meinen Onkel abgefärbt. Einer nach dem anderen hüstelt. Jemand knackt mit den Fingergelenken. Mercanti knallt die Hacken gegeneinander. Justine trällert »Schneeflöckchen, Weißröckchen ...«, mein Onkel pfeift *La Madelon.* Ohne es zu merken, fällt Mercanti ein. Einige Noten, einen Takt, dann zwei. Dann fängt auch Lorieux an. Und als Morel zurückkommt, findet er zwei Blinde auf dem Sofa und drei Männer, die ihnen eigentlich Unterstützung und Trost spenden sollen, doch stattdessen im Canon pfeifen »vient nous servir à boire ...«

»Hm ... Entschuldigung, Chef.«

»Ah, Morel! Das wurde auch Zeit!«

»Dupuy ist vom Dach gefallen, Chef.«

»Scheiße!«

»Ja, Chef, aber da eine dicke Schicht Schnee darauf liegt, der recht rutschig ist ...«

»Ist er verletzt?«

»Nein, Chef, er ist in der mit gefrorenem Wasser gefüllten Zisterne gelandet.«

»Dann ist ja alles in Ordnung.«

»Nein, Chef, denn wir haben eine Weile gebraucht, um ihn rauszufischen, und jetzt ist er ganz blau angelaufen und klappert mit den Zähnen, als hätte er ein Paar Kastagnetten im Mund.«

»Sagen Sie den Frauen, sie sollen ihm heißen Kräutertee zu trinken geben und ihn mit einer Decke ans Feuer setzen, die Füße sollen sie in eine Schüssel mit lauwarmem Wasser stellen.«

»Welche Frauen, Chef?«

»Die alten, Morel. Herrgott noch mal, Sie sehen doch, dass die anderen verhindert sind!«

Morel verabschiedet sich.

»Halt!«

Knirschen der Absätze.

»Gibt es Fußspuren auf dem verdammten Dach?«

»Ja, Chef, in der Nähe des Schornsteins. Dort ist vor kurzem jemand entlanggelaufen, sie führen zur Dachrinne, und als Dupuy sich vorgebeugt hat, um besser zu sehen ...«

»Gut, Sie können gehen.«

Morel verlässt das Zimmer im Laufschritt.

»Meine Nichte hatte also Recht«, triumphiert der Onkel. »Der Typ ist über diesen Weg ins Haus eingedrungen und auch wieder verschwunden, nachdem er die arme Véronique Gans getötet hat.«

»Sie kannten Véronique Gans?«

»Na, Sie gehen ja gleich hoch wie eine Eins! Ja, ich kannte Véronique Gans. Wie alle hier. Kein sonderlich sympathisches Mädchen. Sie hat sich wegen Payot mit Sonia gestritten.«

»Payot?«, wiederholt Lorieux.

»Ja, der Skilehrer. Sonia gefiel ihm, und das gefiel Véronique nicht. Aber das hat nichts mit unserem Fall zu tun. Wir waren beim Schornstein.«

Ich kann Lorieux fast mit den Zähnen knirschen hören, als er antwortet:

»Genau.«

»Nur«, fährt mein Onkel nachdenklich fort, »er kann nicht heute Morgen durch den Kamin gekommen sein, während Madame Raymond das Frühstück machte. Sie hätte ihn gesehen. Er muss also gekommen sein, bevor sie ihre Arbeit begann. Um wie viel Uhr fängt sie an?«

»Mercanti, um wie viel Uhr tritt die Köchin ihren Dienst an?«

»Sieben Uhr dreißig, Adjudant-Chef.«

»Wo hat er sich fast eineinhalb Stunden lang verborgen?«, fragt mein Onkel.

»Er hat sich im Treppenhaus verstecken können, das benutzt niemand«, antwortet Mercanti.

Oder in einem der Zimmer. In Léonards Zimmer, denn der war spazieren, oder in Justines, die auch nicht gehört hat, als Véronique hereinkam, um ihr das Zigarettenetui zu stehlen. Übrigens eine merkwürdige Idee, so was zu klauen! Aber hat jemand nachgesehen, ob etwas anderes fehlt? Ich wedele mit dem Finger, Lorieux reicht mir wieder sein Notizbuch, und ich schreibe meine Frage auf.

»Hat jemand nachgesehen, ob Véronique Gans Justine außer dem Zigarettenetui noch etwas anderes gestohlen hat?«, liest mein Onkel vor. »Welches Zigarettenetui? Du rauchst doch gar nicht.«

»Das Etui, das Sie ihr geschenkt haben«, sagt Lorieux sofort.

»Aha!«, meint mein Onkel.

»Ehrlich gesagt habe ich bei all dieser Aufregung nicht daran gedacht, nachzusehen, ob noch etwas anderes verschwunden ist«, erklärt Justine. »Begleitest du mich, Fernie?«

Fernie! So was Albernes habe ich ja noch nie gehört! »Fernie Branca«?! Warum nicht gleich Féfé? Dabei ist hinlänglich bekannt, dass die Abkürzung von Fernand Nanou ist, so zumindest hat meine Tante ihn immer genannt.

Fernie und seine Süße verlassen, gefolgt von Tintin, den Raum. Ich stoße meinen Finger in das Lederkissen, als wolle ich ein Loch hineinbohren, und stelle mir dabei nicht vor, es wäre Justines Auge. Die Augen dienen dieser Lügnerin ohnehin zu nichts. Warum Lügnerin? Ah ja, das Zigarettenetui! Mein Onkel schien aus allen Wolken zu fallen. Achtung, Elise, eine wichtige Schlussfolgerung in Sicht: Wenn mein Onkel ihr das Etui nicht geschenkt hat, kann Véronique Gans es ihr nicht gestohlen haben. Aber man hat es bei ihr gefunden. Genauer gesagt hatte sie ein Zigarettenetui bei sich, das die Initialen meines Onkels trug.

»Möchten Sie noch ein Glas Wasser?«, fragt Lorieux mich liebenswürdig.

Jetzt habe ich den Faden verloren. Ich winke mit der Hand ab.

»Also, dann lasse ich Sie einen Augenblick allein. Versuchen Sie, sich auszuruhen.«

Okay, ciao! Wo war ich stehen geblieben? Ach ja. a) Wenn Véronique Justine das Etui nicht gestohlen hat, warum hat diese dann so getan, als würde sie es kennen?, b) gehörte das Etui meinem Onkel?, c) warum war es an jenem Morgen, als Véronique Gans ins CLMPAH kam, um sich mit jemandem zu treffen, dem sie »etwas Wichtiges« erzählen wollte, in ihrem Besitz?, d) hat man es meinem Onkel gestohlen? In diesem Fall kommen wir zurück zu Punkt a, e) hat mein Onkel Véronique Gans ein Zigarettenetui aus massivem Silber geschenkt?, f) muss ich das ganze Alphabet herunterleiern, ohne eine Antwort zu finden?

Ich muss mich mit dem guten Onkel unter vier Augen austauschen.

Ich würde gerne meinen Rollstuhl zurückbekommen, um mich wenigstens fortbewegen zu können. Komme mir vor wie eine alte, vergessene Lumpenpuppe. Gendarme kommen und gehen, ohne mir ein Wort zu sagen. Hallo, ich bin da, ich lebe! Vielleicht bin ich unsichtbar geworden? Ein Phantom? Wenn ich an diesen Dreckskerl von Nibal denke, der den Geist spielt ... Aber warum? Warum?! Es gibt doch sicher einen Grund für diesen ganzen Mist. Man bringt nicht jemanden um, um sich zu amüsieren. Man wirft nicht aus Spaß eine Bombe. Wollte er uns wirklich töten? Oder will er uns, wie Jean-Claude behauptet, nur irreführen?

Warum folgt Tintin immer meinem Onkel?

Ich versuche, mich auf dem Sofa umzusetzen. Ich befehle meinen verdammten Beinen, zur Seite zu rutschen. Verlorene Liebesmüh. Ah, ich habe eine Idee: Ich umklammere mit meinem gesunden Arm die Sofalehne und versuche, mich durch Muskelkraft hochzuziehen. Bums! Ich falle völlig verdreht auf das Kissen. Ich frage mich, wie ich wohl aussehen mag, halb auf dem Bauch und mit verdrehten Beinen. Doch außer mir scheint das niemanden zu interessieren.

## KAPITEL 12

Wie lange vegetiere ich schon so auf dem Sofa dahin? Nibal hat inzwischen vielleicht alle umgebracht. Keine Scherze mit so was, Elise. »Nibal.« Wer ist Nibal? Was ist Nibal? Ein Konzept. Eine Abstraktion. Die Verkörperung des Bösen. Man vermag sich nicht einmal mehr ein Wesen aus Fleisch und Blut vorzustellen, man sagt »Nibal«, wie man Buhmann sagen würde. Ich verstehe nicht, welchen Zweck dieses Theater in der Küche hatte. Jean-Claude hat Recht: Wenn der Kerl uns alle umbringen wollte, wäre es ihm ein Leichtes. Also was?

Ah, endlich kommt jemand! Es lässt sich jemand neben mich auf das Sofa sinken, direkt neben meine kranke Hand. Doch man richtet mich nicht wieder auf. Langsamer Atem. Tabakgeruch. Tonys Gitanes. Ich ertappe mich bei dem Wunschtraum, Tony sei überraschend gekommen.

»Eines müssen Sie begreifen«, flüstert mir eine Stimme zu, die ich nicht kenne und nicht als männlich oder weiblich identifizieren kann, »eines müssen Sie begreifen: Das Leben ist ein großer Haufen Scheiße!«

Dann erhebt sich der Gitanes-Raucher. Schritte entfernen sich in Richtung Tür. Halt, warten Sie! Die Tür schließt sich. Und ich liege weiter mit der Nase im Kissen da. Ich habe keine Ahnung, wer mit mir gesprochen hat. Und ich könnte nicht gerade behaupten, dass mich seine Fröhlichkeit aufgebaut hätte. Wie lautet der Spruch noch genau? »Das Leben ist ein großer Haufen Scheiße, in dem man eines Tages versinkt.« Da scheint ja doch jemand moralisch ganz schön fertig zu sein. So, ich habe die Nase voll davon, hier festzuhängen. Ich trommele mit den Fingern gegen die Wand. Wieder öffnet sich die Tür.

»Was machen Sie denn da für Spielchen? Man sieht ja Ihre Unterhose!«, ruft Yvette.

Also eigentlich spiele ich den Vogel Strauß auf dem Sofa. Yvette richtet mich auf.

»Der erfrorene Gendarm taut langsam auf«, erzählt sie. »Man hat ihm die nassen Sachen ausgezogen und ihm einen von Yanns Schlafanzügen gegeben. Apropos Yann, angesichts der Kälte hat sich Lorieux einverstanden erklärt, ihn hereinzuholen. Sie haben ihn am Heizkörper im Esszimmer angekettet, ein komisches Gefühl, ihn so zu sehen. Sie haben auch Ihren Rollstuhl wieder heraufgebracht. Er ist in Ordnung. Soll ich Sie reinsetzen?«

Ich öffne und schließe meine Finger, um zu bejahen. Das ist eines der vielen Zeichen, die Yvette und ich ausgemacht haben.

»Ich hole jemanden.«

Mein unbekannter Besucher hatte also eine traumhafte Aussicht auf meine Unterhose. Offenbar hat ihn das nicht sonderlich beeindruckt. Zumindest hoffe ich, dass es nicht dieser Einblick war, der ihn zu seiner Lebensweisheit inspiriert hat!

Yvette kommt mit Morel zurück, der mich in meinen geliebten Rollstuhl setzt. Liebevoll betaste ich die Armlehnen, die Räder. Oh, mein guter Rollstuhl, welch ein Glück, dich wieder zu haben, mit deinen hübschen kleinen Knöpfen und deinem Geruch nach Krankenhaus und Stahl. Du bist das feurige Ross, mit dem ich durch die Welt tänzeln kann, Elise, das *lonesome cowgirl,* kann zu neuen Abenteuern aufbrechen!

Ich nutze die Gelegenheit, um Morel gegen das Schienbein zu fahren, der nichts zu sagen wagt. Je älter ich werde, desto mehr bin ich zu Scherzen aufgelegt. Wartet nur, bis ich auch noch Alzheimer bekomme, das wird lustig!

Yvette schiebt mich ins Esszimmer. Im Freizeitraum läuft im Fernsehen ein Zeichentrickfilm. Ich höre Clara lachen.

»Madame Raymond und Francine nehmen die Schäden in Augenschein«, informiert mich Yvette. »Geht es Ihnen besser, Brigadier?«

Eine männliche Stimme brummt:

»Muss ja.«

»Ich mache Ihnen noch einen Grog.«

Ich würde auch gerne einen Grog trinken, bin halb erfroren. Ich hebe die Hand, doch Yvette sieht mich offenbar nicht. Brigadier Dupuy schnieft und niest alle paar Sekunden. Im Kamin knistert das Feuer. Ich rücke näher. Gute Wärme, beruhigender Geruch. Yvette kommt mit dem Grog zurück und eilt geschäftig wieder hinaus. Neidisch sauge ich den Duft des warmen Rums ein.

»Ah, da bist du! Wir haben dich gesucht!«

Mein Onkel.

»Offenbar fehlt nichts in Justines Zimmer.«

Natürlich: Es wäre ja auch schwierig, zu behaupten, Véronique habe etwas gestohlen, nachdem die Gendarme die Leiche untersucht und nichts gefunden haben.

»Ich habe dein Porträt gesehen: Wunderbar! Und auch das von Léonard ist sehr eindrucksvoll. Und die Fotos sind nett, wer hat denn die aufgenommen?«

»Welche Fotos?«, fragt Justine.

»Was heißt ›welche Fotos‹? Natürlich die, die du über dein Bett geheftet hast.«

»Ich habe keine Fotos an die Wand geheftet.«

»Ah, dann vielleicht Yvette oder Madame Atchouel. Man sieht Elise in ihrem Rollstuhl auf der Terrasse und hinter der

Gardine am Esszimmerfenster ... sehr künstlerisch. Und auch ein rothaariges Mädchen, das mit einem Springseil spielt.«

»Was erzählst du da?«

»Die Bildeinstellung ist gelungen. Das rothaarige Mädchen kenne ich nicht, sie ist etwa zwanzig und hat wundervolles Haar. Aber einen eigenartigen Blick ...«

»Magali ...«, stößt Justine hervor. »Ein Foto von Magali über meinem Bett?«

»Ja, das sage ich doch, und auch von Elise. Sehr klare Aufnahmen, sicherlich mit einem Zoom gemacht.«

Ein Foto von mir auf der Terrasse. Ein Foto von mir am Fenster. Er hat mich fotografiert, ehe er mich angegriffen hat. Und er hat die Bilder bei Justine aufgehängt, obwohl er wusste, dass sie nichts sieht. Aber Léonard? Stift.

*Hat Léonard die Fotografien gesehen?*

»Woher soll ich das wissen!«, knurrt mein Onkel gereizt.

»Was hat sie geschrieben?«, fragt Justine.

*Léonard fragen.*

»Warum denn?«, erkundigt sich mein Onkel verwundert.

»Worüber sprecht ihr?«

»Oh, warte doch zwei Minuten, Justie, bitte.«

Justie! Justie und Fernie fahren Boot«, wie der Film *Celine et Julie vont en bateau.*

»Elise will, dass ich Léonard frage, ob er die verdammten Fotos gesehen hat«, erklärt er seufzend.

»Sei bitte nicht ordinär, Fernie, das passt nicht zu dir. Ich nehme an, wenn Léonard sie gesehen hätte, hätte er etwas, gesagt.«

»Bittet er dich auch um Erlaubnis, ehe er pinkeln geht?«, höhnt mein Onkel.

»Fernie!«

»Aber warum regt ihr beide euch eigentlich so über die Fotos auf?«

»Wir müssen herausfinden, wer sie gemacht hat«, antwortet Justine. »Fernie, bitte sei so nett, hol die Fotos und ruf den Adjudant-Chef.«

»Du bist ja total verrückt!«

»Nein, ich bin nicht verrückt. Elise hat mich sehr gut verstanden. Tu bitte, was ich dir sage. Das rothaarige Mädchen ist sicherlich Magali, die sich angeblich mit einer Wäscheleine umgebracht hat. Und du sagst, auf dem Foto wäre sie mit einem Springseil zu sehen.«

»Verflixt. Ich habe Springseil gesagt, aber sie hält eine Plastikschnur vor sich, also denke ich ...«

Mein Onkel eilt davon. Ich huste, Justine hustet, der Gendarm hustet.

»Ich habe Ihr Gespräch mit angehört«, sagt er, »man könnte sich tatsächlich fragen, wer die Fotos aufgenommen hat, wenn Sie verstehen, was ich meine.«

Offenbar bemühen sich heutzutage nicht einmal die Gendarme um eine korrekte Ausdrucksweise!

Schniefen, niesen, er fährt fort:

»Hier herrscht eine widerwärtige Stimmung, etwas stimmt hier nicht. Ich komme aus der Auvergne, und solche Sachen spüre ich. Hier braucht man keine Polizisten, sondern Exorzisten. Zur Zeit des Sanatoriums sind in diesem Haus Kinder gestorben, das bringt immer Unglück.«

Ich denke an die kleine nackte Puppe, die in dem damals leer stehenden Zentrum herumlag, und an mein Gefühl, von einer Menschenfresserin beobachtet zu werden.

»Die Schwingungen ...«, seufzt Justine, »die Schwingungen, die über uns schweben, sind äußerst verhängnisvoll. Wir strahlen zu viel Zorn, zu viel Bitterkeit aus.«

»Als ich oben auf dem Dach war und diese Spuren gesehen habe, die ins Nichts führen ...«

Er senkt die Stimme:

»Ich habe mich vorgebeugt und ein weißes Gesicht ohne

Augen gesehen und diesen schwarzen Umhang, der im Wind flatterte, mein Herz ist fast stehen geblieben! Und dieser Idiot von Morel, der anfängt zu brüllen, ich bin erschrocken und rumsbums!«

Er schweigt eine Weile ... um über Morels Blödheit nachzudenken?

»Als sie mich aus der Zisterne gezogen haben, habe ich nach oben geschaut, aber nichts mehr gesehen! Nada!«

»Haben Sie mit Ihrem Chef darüber geredet?«, erkundigt sich Justine.

»Ja, er glaubt, das sei die Verkleidung des Mörders. Aber ich bin nicht sicher, dass es eine Verkleidung ist. Vielleicht ist dieser Kerl der kalte Nachtwind, der Gestalt angenommen hat. Vielleicht kann man ihn nicht fangen.«

Hallo, der Club der Mystiker hat Zuwachs bekommen.

»Wissen Sie«, erklärt der Brigadier, »als ich in das eisige, schwarze Wasser gefallen bin, hatte ich das Gefühl, in einen Tunnel einzutauchen, an dessen Ende es ein Licht gab.«

»Vielleicht sind Sie ohnmächtig geworden«, meint Justine, »und haben eine vitale Kraft gesehen.«

»Vielleicht, aber ich bin sicher, dass auf dem Grund etwas ist, und wer weiß, vielleicht bin ich ja nicht zufällig dorthin gefallen.«

»Sie meinen, der Mörder hat etwas in der Zisterne versteckt?«, erkundigt sich Justine.

»Hier sind die Fotos«, tönt mein Onkel, der ins Zimmer gestürmt kommt. »Wo ist denn der kleine Lorieux?«

»Ich rate Ihnen, nicht so vom Chef zu sprechen«, ruft ihm Schnabel zu, der im Laufschritt vorbeieilt. »Er wirkt wie ein Kind, aber glauben Sie mir, er hat Kräfte! Er ist Champion im Kickboxen.«

Wie schade, dass Kickboxen nichts gegen den mit einem Bolzenschneider bewaffneten Nachtwind auszurichten vermag!

»Sie suchen mich?«, fragt Lorieux in diesem Augenblick.

»Ich habe diese Fotos in Justines Zimmer gefunden, und sie hat darauf bestanden, dass ich sie Ihnen zeige« erklärt mein Onkel.

»Ich wusste nicht, dass diese Fotos über meinem Bett hingen, ich wusste nichts von ihrer Existenz«, versichert Justine.

»Zeigen Sie mal: Elise, wieder Elise, Magali mit, o nein! Sie ist in Ihrem Zimmer, Elise, ich erkenne die Tapete, und sie hält eine Wäscheleine in der Hand; sie hat nicht gemerkt, dass man sie fotografiert hat, sie sieht zum Fenster hinaus.«

»Vielleicht beobachtet sie jemanden«, schlägt mein Onkel vor.

»Hatten Sie sich mit ihr in Ihrem Zimmer verabredet?«, will Justine wissen.

Ich winke mit der Hand ab.

»Was hat Elise geantwortet?«, fragt Justine ins Leere.

»Jemand könnte Magali gesagt haben, Elise erwarte sie in ihrem Zimmer«, murmelt Lorieux.

»Warum hätte sie eine Wäscheleine mitbringen sollen?«, gibt mein Onkel zu bedenken.

»Der Kerl hätte ihr sonst was erzählen können.«

Bleistift. *Magali hat Nibal im Fernsehen erkannt, und sie glaubte, er wäre ein Freund von mir.*

»Ja, das macht Sinn. Er überredet sie, nach oben zu gehen, fotografiert sie und tötet sie«, schließ Lorieux finster. »So wie er Elise fotografiert hat, ehe er sie angegriffen hat. Dort auf der Terrasse in der Sonne; und da am Fenster. So ein Verrückter. Was die Verkleidung angeht, hatte ich Recht. Dupuy hat sie gesehen, sie hing an der Dachrinne.«

»Er hat uns gesagt, Sie hätten die Verkleidung nicht an sich nehmen können.«

»Sie war ja nicht mehr da!«, protestiert Dupuy.

»Wahrscheinlich vom Wind weggeweht. Wir werden sie später in einem Baum oder anderswo finden.«

*Warum hat er den Bolzenschneider nicht mitgenommen?*

»Gute Frage, Elise. Will jemand Elise antworten?«

»Wie lautet die Frage?«, erkundigt sich Justine.

Lorieux liest sie ihr vor.

»Er wollte, dass man ihn in Christians Zimmer findet«, meint sie.

Aus welchem Grund? Und da ist noch etwas anderes, was mir zu schaffen macht: Nachdem er Véronique getötet hatte, konnte er nicht in seiner Vampirkleidung durch den Schornstein entkommen, und zwar aus dem einfachen Grund, weil wir alle unten waren und Madame Raymond am Herd stand. Also hat er die Verkleidung später aufs Dach gebracht. Das heißt, die eigentliche Frage lautet: Warum hat er sie nicht mit dem Bolzenschneider in Christians Zimmer gelassen?

Langsam entsteht eine Idee. Er tötet Véronique, versteckt die Tatwaffe, verbirgt Umhang und Maske unter seinem Pullover und mischt sich in unsere kleine Gruppe, und er fällt nicht auf, weil er einer von uns ist. Yann, Hugo oder Léonard zum Beispiel.

All diese Indizien, die herumschießen wie die Wagen beim Autoscooter – ich muss aufhören zu denken, wenigstens für zehn Minuten. Zwei Minuten. Eine Minute, eine Minute geistige Ruhe.

Ich kann nicht mehr, ich ersticke, ich muss denken!

Na, wo sind sie denn nun schon wieder alle hin? Sie haben mich mit dem angetrunkenen Mann aus der Auvergne allein gelassen.

»Sie Ärmste«, sagt gerade der Visionär mit Käppi, »das ist sicher nicht immer einfach für Sie! Mein Vater war Magnetiseur. Er hätte Ihnen vielleicht helfen können.«

Warum nicht, falls er einen Bann gegen irische Bomben kannte? Aber im Augenblick ist mein kleines Unglück sekundär. Das wichtigste ist, diesem Massaker ein Ende zu machen.

Hör auf, dich für Gott zu halten, sagt Psy, der mir langsam ernsthaft auf den Wecker fällt. Ich halte mich nicht für Gott, antworte ich ihm. Übrigens bereitet Gott den Massakern nie ein Ende. Psy brummelt und streicht über seinen Bart.

Ihrem Mutterinstinkt treu, bringt Yvette einen letzten Schluck Rum, den Dupuy gierig schlürft. Ich lecke mir schweigend die Lippen.

»Ah, das tut gut!«, meint Dupuy. »Das erinnert mich an den alten Mauro.«

»Sie kannten Mauro?«

»Das kann man wohl behaupten! Vor drei Monaten haben wir noch zusammen Schnaps getrunken! Wissen Sie«, fährt er mit gesenkter Stimme fort, »Mauro hat mir bezüglich der Auvare-Tochter ein Geheimnis anvertraut.«

Ich spitze die Ohren wie ein Jagdhund, fahre mit meinem Stuhl näher heran, berühre ein behaartes Bein und eine nasse Wolldecke.

»He, Dupuy, wenn du die Rumvorräte des Hauses geleert hast, könntest du uns dann, falls es dir nichts ausmacht, vielleicht helfen?«

Schnabels strenge Stimme knallt wie ein Peitschenhieb. Dupuy entschuldigt sich, erhebt sich mühsam und niesend, brummt etwas Unverständliches und verschwindet, um seine Uniform zu holen, die Yvette getrocknet und gebügelt hat. Ich bleibe zurück, schnuppere das Rumaroma, das über seinem Platz schwebt, und lecke mir fast die Schnurrhaare wie eine Katze, der ein Vogel entkommen ist.

Jemand tritt zu mir, ein furchtbar saurer Geruch: Mercanti stößt ein leises, sarkastisches Lachen aus:

»Sie erinnern mich an eine Spinne, die mitten in ihrem Netz hockt«, sagt er. »Sie spinnen Ihre Fäden stetig fort, Sie stellen Ihre Fallen auf, und was den anderen zustößt, ist Ihnen vollkommen gleichgültig.«

Na, das verschlägt mir doch den Atem! Mit welchem Recht

sagt er so was? Was soll ich denn seiner Meinung nach tun? Schreien? Das kann ich nicht. In alle Richtungen rennen und mir die Haare raufen? Das kann ich nicht. Vierundzwanzig Stunden weinen? Das könnte ich zwar, aber das entspricht nicht meinem Charakter. Die Leidenschaft für die Zukunft wird bei mir immer über den Schmerz des Augenblicks siegen.

»Aber das ist nicht wichtig«, fährt er fort und legt seine eisige Hand auf meinen Nacken, »ich mag kleine hartnäckige Wesen lieber, es macht mehr Spaß, sie in die Knie zu zwingen.«

Was kommt nach »Atem verschlagen«?

»Bei dieser Kälte wirkt Ihre Bluse sehr aufreizend«, säuselt er mir noch zu. »Das könnte schlechte Menschen auf abwegige Gedanken bringen.«

Meine Bluse. Ich spüre, dass meine Brustwarzen vor Kälte hart sind, verdammt, verdammt. Ich betaste die Knöpfe, und natürlich ist einer offen, ungeschickt mache ich mich daran, ihn zu schließen, er legt seine Hand auf die meine und nutzt die Gelegenheit, um mich unsittlich zu berühren.

»Ich werde Ihnen helfen, so, so das ist ein braves Mädchen mit artig zugeknöpfter Bluse.«

Schmeißt den Kerl raus, oder mir wird übel. Gott sei Dank ruft Yann aus dem anderen Zimmer.

»Verdammt noch mal! Ich krepiere vor Durst, gebt mir was zu trinken!«

»Die Arbeit ruft, bis gleich, mein Püppchen!«

Er geht, nicht ohne zuvor mit seinen kalten Fingern über meinen Mund gestrichen zu haben. Bei diesem Typen läuft mir ein eiskalter Schauer über den Rücken. Im anderen Zimmer Stimmen, die ich nicht verstehen kann. Ich hoffe, er wird Yann nicht verprügeln. Tintin beginnt dumpf zu knurren, und Yann befiehlt ihm Ruhe. Mercantis Schritte entfernen sich eilig.

Ich fahre vor bis zur Tür und taste nach der Klinke, ich drücke sie herunter: nichts. Ich bin eingeschlossen. Panik überkommt mich. Ich schlage gegen den Rahmen. Niemand kommt. Ich schlage wieder.

»Warum, zum Teufel, wollen Sie in den Schrank?«, fragt mich plötzlich Yvette mit gereizter Stimme.

Ich habe all meine Orientierungspunkte verloren, ich bin völlig durcheinander, ich muss mich beruhigen. Also lasse ich mich zurück zum Kamin bringen, mir einen Wollpullover überstreifen und höre mir Yvettes Ängste an: Es ist schon seit einer Weile dunkel, die Gendarme werden einen Biwak aufbauen und Wache halten. Man könnte glauben, sich in einem Kriegsfilm zu befinden.

»Ihr Onkel und Justine sind nach draußen gegangen«, fährt Yvette unermüdlich fort, ein Strom von Worten ergießt sich über mich. »Die Polizei sucht das ganze Grundstück ab, um die Verkleidung des Mörders zu finden. Die Männer von der Spurensicherung haben die gesamte Küche mit ihrem weißen Puder bestreut, jetzt müssen wir alles sauber machen. Die Heimbewohner sind mit Hugo und Martine im Freizeitraum, auch Laetitia – Lorieux wollte nicht, dass sie allein in ihrem Zimmer bleibt. Sie hat einen großen Verband um den Kopf, wie ein Turban, damit sieht sie aus wie ein Hindu!«

Ich frage mich, was wohl Mauros Geheimnis in Bezug auf Sonia war. War sie vielleicht seine Tochter? Oder ein Kind, das man ihm anvertraut hatte?

»Vorhin habe ich mir gesagt, wir hätten besser daran getan, in die Nordalpen zu fahren, aber wenn ich all diese Lawinen sehe«, fährt Yvette fort, »wir wären vielleicht unter einer Schneelawine begraben worden oder bei einem Feuer in einem Tunnel verbrannt ... Eigentlich sind wir hier genauso gut aufgehoben. Zumindest wissen wir, dass wir in Gefahr sind, während all diese armen Menschen überrascht wurden, völlig unerwartet, das muss furchtbar gewesen sein.«

Na, wenn das nicht positives Denken ist!

»Ich lasse Sie jetzt allein, ich will Madame Raymond helfen. Sie hat auch keine besondere Lust, allein in ihrer Küche zu bleiben«, fügt sie mit gedämpfter Stimme hinzu.

Yvette geht hinaus, Francine kommt herein. Ein neuer Schwall von Worten.

»Ich kann nicht mehr«, stöhnt sie und lässt sich auf das Sofa fallen, das kräftig quietscht. »Was für ein furchtbarer Tag. Ich hätte mir denken können, dass sich alles zum Schlechten wendet, nachdem Yvette gestern gewonnen hat. Ich bin völlig erledigt. Und all diese angeheiterten Husaren in meinem Haus! Gott sei Dank können Sie das nicht sehen, es ist zum Wahnsinnigwerden. Noch eine Weile, und sie sperren uns mit einer Wasserration und einer Scheibe trockenem Brot pro Person in den Keller. Wenn ich bedenke, dass sie den armen Christian verdächtigt haben! Und sogar Clara! Warum dann nicht auch gleich mich? Sie täten besser daran, sich um Yann zu kümmern. Das sage ich schon von Anfang an. Nun, ich hoffe, dass Ihr Onkel sie zur Vernunft bringen wird. Möchten Sie Tee? Ich habe Wasser aufgesetzt. Ich sage immer, man darf sich nicht unterkriegen lassen.«

Abgang der Tee-Trägerin. Ich frage mich, wer jetzt wohl auftauchen wird.

»Die Reifen wurden mit einem Akkuschraubbohrer aufgestochen.«

Aha, Lorieux.

»Wir haben ihn gerade gefunden. Können Sie sich vorstellen, wo? In der Zisterne. Dupuy hat sich erinnert, auf dem Grund etwas glitzern gesehen zu haben. Wir haben eine Stunde gebraucht, um ihn mit einer improvisierten Angel herauszuholen. Ich bin sicher, dass mit diesem Gerät Marion Hennequin gekreuzigt wurde. Was meinen Sie? Warum wurde es hier versteckt? Weil sein Besitzer hier wohnt. Alle Spuren führen zu diesem verfluchten Zentrum. Der Schlüssel zu dem

Geheimnis liegt hier, in diesen Mauern. Morgen verhafte ich alle. Ab in Polizeigewahrsam nach Entrevaux. Ich lasse mich ablösen und übertrage das Baby meinem Nachfolger. Dann mache ich zwei Wochen Urlaub auf den Balearen.«

Er erhebt sich und geht. Wie spät mag es sein? Ich habe keinen Hunger, aber das hat nichts zu bedeuten: Im Augenblick bin ich eher appetitlos. Im Nebenzimmer bellt Tintin, dann ist Yanns Stimme zu vernehmen:

»Ist niemand da?«

Vom Klang seiner Stimme geleitet, fahre ich zu ihm.

»Elise! Es freut mich wirklich, Sie zu sehen.«

Ich nähere mich, bis ich in Reichweite bin, und strecke meine Hand aus, er ergreift sie und drückt sie mit der seinen, die in Handschellen steckt.

»Sie sind lieb. Ich werde Anzeige wegen der Brutalität der Beamten erstatten. Sie haben nicht das Recht, mich zu schlagen und angekettet zu halten. Finde ich sehr witzig, dass man ihnen die Reifen aufgestochen hat, während ich wie ein Stück Vieh im Inneren ihres blöden Mannschaftswagens angekettet war. Und die Bombe, habe ich die vielleicht auch geworfen? Sie haben keinerlei Grund mehr, mich so zu behandeln.«

»Hier ist aber jemand, der ganz anderer Meinung ist«, sagt Lorieux, der zurückgekommen ist, ohne dass ich ihn gehört hätte.

»Payot!«, ruft Yann, »was machst du denn hier?«

»Er ist auf Skiern gekommen, er hat Véroniques Tagebuch in ihrem Wäschekorb gefunden.«

»Du Dreckskerl!«, brüllt Payot plötzlich los, als könne er sich nicht länger beherrschen. »Du hast dich schön über mich lustig gemacht!«

»Ich verstehe nicht ...«, protestiert Yann nicht eben überzeugend.

»Ich weiß alles, hörst du! Wie oft, wann und wie! Sie hat alles aufgeschrieben!«

»Hör mal, Hervé, nun dramatisiere die Dinge doch nicht!«

»Ich dramatisiere nichts, du hast Véronique hinter meinem Rücken angemacht! Du hast Sonia verführt, und sie ist tot, nun ist die Reihe an Véro!«

»Was haben Sie da gerade über Sonia gesagt?«, erkundigt sich Lorieux mit Grabesstimme.

»Unsinn«, ruft Yann dazwischen. »Nichts als Unsinn.«

»Unsinn? Sag doch gleich, dass Véronique eine Lügnerin war!«

»Eine Lügnerin und eine Fixerin!«, ruft Yann verächtlich aus.

»Was? Haben Sie das gehört?! Vorsicht, ich weiß Bescheid!«

Während sie sich anbrüllen, greife ich zu meinem Stift.

*Schreibt Véronique über ihren Aufenthalt im Krankenhaus?*

»Ja, sie schreibt darüber«, brüllt Payot, nachdem Lorieux ihm die Frage vorgelesen hat, »dort hat sie sogar dieses Miststück kennen gelernt, Miststück verdammtes! Sie schreibt über Sonia, die oft ihre Cousine Marion Hennequin besuchen kam, und glauben Sie etwa, dieser Drecksack kannte Marion nicht? Hast du die auch aufs Kreuz gelegt?«

»Ich habe den Eindruck, dass ihr alle ein Problem mit eurem Ego habt«, meint Yann.

»Du hättest es verdient, dass ich dich zusammenschlage!«, schreit Payot.

»Was ist denn hier los?«, fragt mein Onkel. »Man hört Sie ja bis in den Freizeitraum.«

»Hervé Payot ist ein Freund von Véronique Gans«, sagt Lorieux, als würde das alles erklären.

»Véronique war eine ungestüme junge Dame«, antwortet mein Onkel.

»Ich dachte, die hätten Sie kaum gekannt«, wundert sich Lorieux.

»Ich habe sie getroffen, als ich Sonia während ihrer Kur besuchte. Véronique kam noch zur Psychotherapie.«

Ach, und ich dachte, es wäre umgekehrt gewesen.

»Und Sie haben auch Marion Hennequin gekannt?«, fragt Lorieux mitten in das plötzliche angespannte Schweigen.

»Ja, ich kannte Marion«, sagt mein Onkel mit gebrochener Stimme. »Die arme Kleine, das ist alles so absurd!«

»Was ist absurd?«, fragt Lorieux unvermittelt. »Dass Sie sie umgebracht haben?«

»Umgebracht? Was glauben Sie denn? Dass ich meine eigene Tochter ermorden würde«, brüllt mein Onkel.

Sonia! Das war also das Geheimnis!

»Aber Sie haben doch keine Kinder!«, stellt Yvette fest, die gerade hereingekommen ist.

»Was wissen Sie denn«, ruft er aufgebracht. »Meine Frau war steril, und ich, ich war ein Schürzenjäger«, brummt mein Onkel. »Schönen Frauen konnte ich nie widerstehen – entschuldige bitte, Justie, da kam es eben manchmal ... zu Folgen.«

»Manchmal?«, hakt Lorieux nach.

»Es gab noch keine Pille wie heute!«, verteidigt sich mein Onkel. »Und Präservative, also das war nicht mein Ding ...«

»Fernie! Und wenn du das alles unter vier Augen mit dem Adjudant-Chef diskutieren würdest?«, schlägt Justine vor.

»Du hast Recht.«

»Scheiße, wo es gerade mal spannend war!«, ruft Yann.

»Dreckskerl!«, wiederholt Payot. »Du wirst weniger zu lachen haben, wenn ich erst mit dem Adjudant-Chef gesprochen habe!«

»Ruhe!«, befiehlt Lorieux. »Morel, machen Sie den Beschuldigten los, geben Sie ihm zu trinken und bewachen Sie ihn. Payot, kommen Sie mit, ich habe Ihnen einige Fragen zu stellen.«

Eine Tür schlägt zu.

## KAPITEL 13

Wer hätte das vermutet!«, meint Francine, nachdem wieder Ruhe eingekehrt ist. »Ein so korrekter Mann ...«

»Männer denken nur an das eine«, erklärt Yvette. »Ich meine ... mein Jean natürlich nicht ...«

»Wie schade für Sie!«, ruft Yann aus. »Meine Hände sind total eingeschlafen. Würde mir freundlicherweise jemand ein Glas Wasser geben.«

Ich höre ihnen zerstreut zu. Mein Onkel ist Sonias Vater, okay, aber wer ist die Mutter? Justine? Nein, Justine hätte keinen Grund gehabt, ihr Kind auszusetzen, sie ist allein stehend und kümmert sich wenig um das Gerede der Leute. Also eine verheiratete Frau.

»Ich frage mich, wann wir bei all dieser Aufregung zum Essen kommen werden«, jammert Francine. »Ich würde gerne schon mal den Heimbewohnern etwas servieren lassen.«

»Sie müssen auf die Anordnungen des Chefs warten«, entgegnet Morel.

»Seien Sie nicht albern, mein Junge. Ich werde doch nicht seine Erlaubnis einholen, um meinen Gästen etwas zu essen zu geben!«

»Soweit ich weiß, sind Sie alle in Polizeigewahrsam! Also ab jetzt, Schnauze!«

»Schnauze?«, wiederholt Francine entsetzt. »Was hat das zu bedeuten?«

»Dass Sie den Mund halten sollen«, erklärt Yann.

»Das ist ja die Höhe! Ich werde mich doch nicht von einem kleinen Dorfpolizisten einschüchtern lassen!«, empört sie sich aufgebracht. »Attacke auf die Küche, alle Mann mir nach!«

Sie läuft zur Küche, gefolgt von einem von dem plötzlichen Aufstand begeisterten Yann, von Yvette und von den Heimbewohnern, die beglückt über diese Aktivität scheinen, während Morel um Hilfe ruft. Mercanti und Schnabel kommen angerannt.

»Wenn du uns noch einmal wegen eines solchen Unsinns störst, mein Kleiner, dann kannst du auf deine Handelsschule zurückgehen, das schwöre ich dir!«, bellt Schnabel, nachdem er ihn angehört hat. »Und pack deine Knarre weg, das ist kein Spielzeug!«

»Heutzutage finde man kein anständiges Personal mehr«, wirft Mercanti ein. »Alles in Ordnung, Elise?«

Ich halte die geballte Faust auf den Knien. Seine Finger, die nach Scheuerpulver riechen, heben mein Kinn an.

»Sie sehen müde aus. Soll ich Sie ins Bett bringen?«

Lieber würde ich sterben. Ich bewege den Kopf, um Mercanti loszuwerden, doch er verstärkt den Druck seiner Finger.

»Der Chef wartet auf uns«, ruft ihm Schnabel zu. »Beeil dich!«

Offensichtlich voller Bedauern lässt er mich los und murmelt zu leise, als dass Schnabel ihn hören könnte: »Okay, fettes Schwein, wir gehen.« Dieser Typ macht mich wahnsinnig. Ich werde Yvette fragen, ob ich bei ihr schlafen kann.

Während die Aufständischen einen freudigen Tumult in der Küche veranstalten, läuft Morel brummend auf und ab. Schade, dass ich keinen Gummiball habe, den ich ihm zuwerfen könnte, das würde ihn beschäftigen.

Etwas plagt mich. Etwas, woran ich mich erinnern müsste.

Satzfetzen. Lorieux, der von Marion sprach. Oder war es Yann? Nein, ganz zu Anfang der Untersuchung, Lorieux: Ich sagte nur, dass Sie eine gewisse Ähnlichkeit mit dem Opfer haben. Die Haarfarbe, die Augen, die Größe ... Und Yann: Ich finde eigentlich, dass Sie eher Sonia ähnlich sehen. Übrigens komisch, denn eigentlich ähnelte Sonia auch Marion ... Woher rührt diese Ähnlichkeit zwischen Sonia und Marion? Zwischen Sonia, Marion und mir. Sonia ist die Tochter meines Onkels. Meines Onkels und ... Aber ja! Eilig greife ich zu meinem Stift.

Schritte, zwei Personen kommen herein. Morel stürzt auf sie zu und ruft: »Chef, Chef!« Lorieux hört ihm fünf Sekunden zu und schickt ihn nach draußen, um nach dem Rechten zu sehen. Glücklich, eine Aufgabe zu haben, geht Morel.

»Elise, wir sind recht gut vorangekommen«, sagt Lorieux. »Payot erwartet mich in Madame Atchouels Büro, also fasse ich mich kurz. Ihr Onkel hat etliche Tatsachen zugegeben ...«

Ehe er den Satz aussprechen kann, wedele ich stolz mit meinem Notizblock:

*Sonia war Marions Schwester.*

»Woher weißt du das?«, fragt mein Onkel verblüfft.

»Woher weiß sie was?«, will Justine misstrauisch wissen.

Er antwortet ihr nicht. Ich kritzele im Eiltempo:

*Schlussfolgerung. Sonia ähnelt Marion, weil sie dieselbe Mutter haben, aber Sonia ähnelt auch mir, und ich ähnele dir, also ...*

»Dieses Mädchen erstaunt mich immer wieder!«, ruft mein Onkel. »Ja, es stimmt, ich hatte eine Affäre mit Marcelle, ehm ... ich meine mit Madame Gastaldi, es war kurz vor ihrer Hochzeit. Tatsächlich war sie schon mit Marion schwanger. Die Sache ist unbemerkt verlaufen, aber dann hatte ihr Mann schlimme Probleme mit der Prostata, und unglücklicherweise ist sie wieder schwanger geworden, diesmal mit Sonia, er konnte es nicht gewesen sein, und sie wollte nicht abtreiben ...«

»Was?!«, ruft Justine. »Was erzählst du uns da, Fernie?!«

»Die Welt war nicht wie heute. Justine, erinnere dich doch«, erklärt mein Onkel. »Marcelle war eine ehrbare Frau in einer Kleinstadt, und sie war mit einem reichen und mächtigen Mann verheiratet, okay? Also fuhr Marcelle zu einer Thermalkur und setzte das Baby aus. Ich ... es war trotzdem meine Tochter, ich habe die Vaterschaft anerkannt und sie dem alten Mauro anvertraut. Erledigt.«

»Erledigt!«, wiederholt Justine, »aber Fernie ...«

»Nein, nicht erledigt«, sagt Lorieux mit seiner hohen Stimme. »Reden Sie weiter.«

»All das war vor fast dreißig Jahren. Zwischen deiner Tante und mir standen die Dinge nicht so gut, Elise. Ich ... ehm ... ich hatte Beziehungen mit nicht wenigen Frauen ...«

Nicht so gut? Ich erinnere mich aber an ein harmonisches Paar, das immer einer Meinung war. »Hugette hat Glück«, sagte Mama, »Fernand behandelt sie wie eine kleine Königin.« Eine kleine Königin, die betrogen wurde bis ins Mark, meine arme Mama. Plötzliche Vorstellung, dass Mama und Fernand vielleicht ohne Papas Wissen ... dass ich ... Mein Herz schlägt zum Zerspringen, nein, hör auf mit dem Theater, Elise, ständig dieser Wunsch, eine Heldin zu sein – lächerlich!

Fernand fährt fort:

»Die Sache ist etwas kompliziert. Kurz, vor etwa zehn Jahren habe ich Justine getroffen, ich war Witwer und ruhiger geworden, wir haben uns gut verstanden und sind enge Freunde geworden. Letztes Jahr hat sie in Begleitung einer Gruppe von Menschen mit eingeschränkter Autonomie eine Reise nach Venedig gemacht, und bei ihrer Rückkehr erzählte sie mir, es gebe Gerüchte, ich sei der Gründer des CLMPAH und ich hätte einen Sohn, der dort lebt.«

Ich hebe den Arm, doch mein Onkel drückt ihn nach unten.

»Ich komme gleich darauf zu sprechen. Ja, ich bin der Begründer des CLMPAH, ja, ich wollte anonym bleiben, und du wirst gleich verstehen, warum, Elise. Eines Tages habe ich einen Brief bekommen. Einen sehr einfachen Brief, der mir mitteilte, ich hätte einen Sohn. Die Mutter, die damals sehr jung war, hat versucht, das Baby selbst abzutreiben, unter Bedingungen, die man sich kaum vorstellen kann. Man hat ihn retten können, aber er war behindert. Ein Hirnschaden; ich habe nie genau herausgefunden, was, sie wollte mich nicht wieder sehen oder mir den Namen des Kindes sagen. Für mich war das eine plötzliche Bewusstwerdung, ich bekam Angst vor mir selbst und beschloss, meinen Fehler wieder gutzumachen, soweit dies möglich war.«

Mir ist ganz schwindlig. All diese Kinder, die aus dem Nichts auftauchen, wie Kaninchen aus dem Hut eines Zauberers, mein Onkel als gequälter Erzeuger. Hunderte von Cousins und Cousinen mit meinen schwarzen Haaren, meiner klassischen Nase. Macht sich da jemand über mich lustig?

»Und heute höre ich, dieser Sohn befinde sich hier!«

»Hm«, macht Lorieux, offenbar beeindruckt von dieser finsteren Familiensaga, »entschuldigen Sie mich, ich muss zu Payot.«

»Wo war ich?«, fragt sich mein Onkel laut (und ich kann die Frage durchaus verstehen). »Ah ja«, fährt er fort, »beim CLMPAH. Madame Atchouel hält mich nur für einen großzügigen Gönner, und es ist mir lieber, wenn es dabei bleibt. Ich möchte im Hintergrund bleiben, verstehst du?«

Ja, du hast dich schon genug in den Vordergrund gedrängt ... Elise!, tönt Psy. Mea culpa. Aber der Junge? Ich habe zu der Frage schon eine Idee.

»Wie viele Kinder hast du eigentlich?«, fragt Justine mit schriller Stimme.

»Ehm ... Ich weiß nicht. Hör zu, Justie, ich wollte dich nie mit meinen Familienangelegenheiten belästigen ...«

»Ich muss zugeben, sie sind nicht ohne!«, explodiert sie. »Das klingt wie ein billiger Fortsetzungsroman ... all diese Geheimnisse!«

»Es gibt keinen Grund mehr, sie zu wahren, jetzt, da meine arme kleine Sonia nicht mehr lebt«, sagt mein Onkel voller Überdruss.

Ich stelle ihn mir vor, wie er dasitzt, den Kopf zwischen den Händen, voll trübsinniger Gedanken. Justine trommelt nervös auf den kleinen runden Marmortisch, scheint weit entfernt von der Zen-Entspannung. Geschäftige Schritte eilen vorbei. Das Surren von Jean-Claudes Kamera. Er lässt sich sicher nichts entgehen. Klar, das ist mal was anderes als Tierfilme. Obwohl ... hier wie anderswo, überall herrscht das Gesetz des Dschungels. Menschliche Wesen sind keine Tiere, Elise, bemerkt Psy tadelnd. Ja, aber das ist schade, denn die anderen Säugetiere bringen sich nicht gegenseitig um!

Jemand rempelt mich an, ohne sich zu entschuldigen, ganz so, als wäre ich ein Möbelstück.

»Dir ist etwas runtergefallen, Elise«, sagt plötzlich mein Onkel.

Ich taste auf meinem Schoß, ah ja, mein Notizblock ist nicht mehr da. Ich höre, wie er sich bückt, um ihn aufzuheben.

Was macht er? Ah, er liest sicher meine Notizen. Er räuspert sich. Er scheint zu verstehen, welch einen Albtraum wir durchleben.

»Ah!«, ruft er aus, »aber dann ...«

Er unterbricht sich plötzlich, Morel ist hereingekommen, ich erkenne ihn an seinem jugendlichen Schritt.

»Was denn, Fernie?«, erkundigt sich Justine.

»Nichts, nichts«, brummt mein Onkel.

»Wegen mir brauchen Sie sich nicht zurückzuhalten«, meint Morel. »Offenbar zähle ich nicht! Ich bin nur ein Hilfspolizist, aber das ist mir auch egal!«

»Das Problem hier sind all diese negativen Energien«, raunt mir Justine zu, »die verhindern, dass man durch die Schatten sehen kann. Du solltest etwas essen, Fernie«, bemerkt sie laut, »und bring ein Sandwich für Elise mit.«

Mein Onkel entfernt sich und brummt: »Was für eine Geschichte, was für eine Geschichte!«, gefolgt von Morel, der ihm Fragen über den Beruf des Unternehmers stellt. Justine legt ihre Hand auf meinen Arm.

»Ich verstehe jetzt, warum er wollte, dass ich herausfinde, wer sein Sohn ist. Als er erfahren hat, dass die Gastaldi-Tochter ermordet worden war, muss er schockiert gewesen sein, aber als er gehört hat, dass Sonia ebenfalls ... der Zufall ist zu groß! Zwei Schwestern in derselben Gegend! Und sein Sohn hier!«

Hat er Angst, man könnte auch ihn töten? Oder ... die Antwort kommt mir plötzlich wie eine Erleuchtung: Wer profitiert von den Verbrechen? Der letzte Überlebende, wer auch immer das sein mag. Ihm gehören die zwei Millionen Francs der Gastaldi über Marion, über ihre Schwester Sonia, also ...

»Es ist furchtbar«, meint plötzlich Justine, »aber ich überlege mir gerade, dass Marion die einzige Erbin der Gastaldi war, sie hatte keine Familie mehr außer Sonia, und Sonia hatte keine Familie, nur ihren Halbbruder, von dem Fernand gesprochen hat. Ich hoffe, er ist nicht ...«

Sie lässt den Satz unvollendet.

Ich beende ihn an ihrer Stelle in meinem Kopf: der Mörder.

Aber wenn es wirklich Léonard ist, über den wir sprechen, und wenn er wirklich behindert ist, wie hätte er die Verbrechen begehen sollen? Marion wurde in Digne ermordet, Sonia im Keller einer Discothek. Ich schreibe die Fragen schnell auf, Mist, stimmt, sie kann ja nicht lesen. So hocke ich da, mein Papier in den Händen, und durchdenke tausend Fragen.

Nichts hält stand.

Ich finde, mein Onkel trauert recht wenig angesichts des Mordes an den beiden Mädchen, die sich als seine Töchter herausgestellt haben!

Kurz kommt mir die Idee, er könnte lügen, aber ich sehe wirklich nicht, aus welchem Grund man so etwas erfinden sollte. Justine atmet schwer. Sicher nicht einfach, diese Neuigkeiten zu verdauen.

Ich fühle mich merkwürdig, als hätte man mir Drogen verabreicht. Das ist mir schon einmal passiert, in Boissy, als mich der Kindermörder entführt hat. Derselbe eklige Geschmack im Mund und der Eindruck, dass alles verschwimmt.

Etwas stimmt nicht. *Nichts* stimmt.

»Es ist, als schiene die Sonne«, sagt plötzlich Justine.

Stimmt. Ich spüre warme Strahlen auf meinen Schultern. Also ist der Sturm vorbei?

Aber um sieben oder acht Uhr abends scheint die Sonne nicht.

»Ich frage mich, was Fernie macht. Wo sind sie alle geblieben?«

Der Eindruck, ein Kichern zu hören. Justine hat es offenbar auch gehört, denn sie fährt herum.

»Ist da jemand?«

Wie immer keine Antwort. Ich ergreife ihren Arm und klopfe auf ihre sprechende Uhr. Muss daran denken, Yvette zu sagen, sie soll mir auch so eine kaufen.

»Was wollten Sie vorhin wissen?«

Sie drückt auf den kleinen Knopf, und die Uhr krächzt: »Zwanzig Uhr, zwei Minuten und vier Sekunden«.

»Mein Gott! Schon!«, ruft Justine aus.

Um zwanzig Uhr scheint die Sonne nicht, wach auf, Justine. Die Polizisten haben die Scheinwerfer eingeschaltet. Sie suchen sicherlich nach Nibals Verkleidung. Aber Scheinwerfer, die ins Innere des Hauses gerichtet sind?

»Warten Sie hier, ich werde nachsehen, was Fernand macht«, fährt sie fort.

Du träumst wohl, ich warte doch nicht allein hier! Ich klammere mich an ihren Arm, und sie ist gezwungen, mich mitzuziehen.

»So lassen Sie mich doch los! Ich kann Sie nicht ziehen, das ist lächerlich. Ich brauche meine beiden Hände, um mich zurechtzufinden.«

Erneutes Kichern.

Also jetzt habe ich wirklich Angst.

Justine versucht sich zu befreien, ich verstärke meinen Griff. Habe den Eindruck, dass sich meine Hand wie eine Adlerklaue um den Schenkel eines Lamms schließt.

»Fernand!«, brüllt sie und läuft einfach los.

Mein Rollstuhl rumpelt hinterher, ich stoße an tausend Hindernisse, Justine auch, »Fernand, Fernand!«, kein Fernand, Justine nimmt die Kurve ein wenig eng, der Rollstuhl schwankt, ich lasse sie los, und er schießt wie ein Pfeil vor, mitten ins Dekor.

Päng, etwas fällt auf mich, etwas glühend Heißes, eine Lampe, jemand brüllt: »Achtung!«, man schiebt mich zurück, das Geräusch splitternden Glases. »Sie machen wirklich nur Unsinn!«, sagt Mercanti und tastet mit seinen schmutzigen Fingern über meine Brust, ich höre mich innerlich »Onkel Fernand!« schreien, das Bild, wie Mercanti Marion und Sonia vergewaltigt und tötet, wird plötzlich furchtbar realistisch.

Seine Liebkosungen werden drängender, ich bin machtlos, der Mund ist zum Schweigen geöffnet, er wird mich missbrauchen, jetzt, während sich die anderen in der Küche den Bauch vollschlagen und die Gendarme draußen beschäftigt sind. Es gelingt mir, meine gesunde Hand frei zu bekommen, ich hebe sie, Mittel- und Zeigefinger sind angespannt, blitzartig finde ich sein Gesicht, packe die Nase und drücke sie zusammen.

Er knurrt »Miststück«, ich habe seine Augen als Ziel, lasse die Nase los, und meine steifen Finger schießen in die Augenhöhlen. Ich spüre etwas Weiches, er heult auf, ergreift mein Handgelenk und dreht es heftig um, nein, das ist doch verrückt, Schritte, zwei Männer, schnell. »Stopp!«, brüllt plötzlich Schnabel. »Bist du verrückt geworden oder was?« Ich denke mit aller Kraft an »Pannen«: Schnabel drückt aus Versehen auf den Abzug seiner Pistole und jagt diesem Dreckskerl von Mercanti zwei Kugeln ins Knie. Welch süßer Traum!

»Ich sollte dir eins in die Fresse geben!«, fügt Schnabel in der nun wieder eingekehrten Stille hinzu.

»Was machen wir?«, murmelt der Gendarm, der ihn begleitet.

»Schnabel! Fazzi!«, ruft plötzlich Dupuy von draußen. »Kommt her! Schnell!«

»Oh, Sie bluten wieder«, stellt plötzlich Francine fest. »Ich werde Martine Bescheid sagen.«

»Was gibt es?«, fragt Martine, als habe sie nur darauf gewartet.

Francines Antwort höre ich nicht, denn ich vernehme ein Geräusch, das ich gut kenne. Das Surren von Jean-Claudes Kamera. Warum erlaubt ihm die Polizei zu filmen? Etwas zeichnet sich in meinem vernebelten Hirn ab, etwas, das ich weiß, ohne es zu wissen. Ich lasse mich von Martine verarzten, ohne zu reagieren, bin ganz damit beschäftigt, im Geist meine Gehirnmasse auszupressen, bis die Wahrheit hervorspritzt.

*Krrrrr*! Ich schrecke auf, Martine ebenfalls.

»Das Licht?«, ruft Francine.

»Alle Sicherungen sind durchgebrannt!«, erklärt Yann aus der Ferne.

»Sicher wegen des Sturms!«, schreit Lorieux aus einem der Nebenzimmer. »Hee, ihr da draußen, gibt es im Dorf Licht?«

»Nichts mehr, Chef!«, brüllt Morel.

Ich höre draußen Schnabel schimpfen:

»Na los, Eugene, wo ist er denn, der verdammte Umhang?«

»Wieder davongeflogen.«

»Schnabel, haben wir Batterielampen im Wagen?«, fragt Lorieux, der in den Salon tritt.

»Ich sehe nach«, antwortet Schnabel vom Fenster her.

»Was machen wir?«, fragt Martine leise, ohne dass ich weiß, mit wem sie spricht.

»Im Augenblick hören wir auf«, entgegnet Mercanti im selben Ton.

»So ein Mist«, meint Francine.

Diese Bemerkung passt so gar nicht zu Francine. Ich wünsche mir plötzlich sehr, in der Nähe von Yvette, meinem Onkel und sogar Justine zu sein. Ich glaube, ich verliere den Verstand. Ich höre Stimmen, ich stelle mir absurde Dialoge vor, ich werde langsam verrückt.

Geschäftiges Rumoren im Dunkeln, vereinzelte »Au«-Schreie. Diejenigen, die sehen können, geraten ohne Licht leicht in Panik. Ich hingegen habe einen ständigen Kurzschluss, für mich ändert dieser hier nichts.

»Was soll ich mit den anderen machen?«, fragt Martine.

»Im Augenblick nichts«, erwidert Mercanti. »Dieses Miststück hätte mir beinahe das Auge ausgestochen«, fügt er mit laut vernehmbarer Stimme hinzu.

Auditive Halluzinationen. Ich umklammere die Armlehnen meines Rollstuhls. Der zumindest scheint real.

»Wir waren ja sowieso fast fertig«, meint Mercanti. »Den Rest erledigen wir morgen.«

Jemand ergreift meinen Rollstuhl und schiebt ihn vorwärts. Wenn das Mercanti ist ...

»Was für eine verrückte Geschichte«, flüstert mir der Gitanes-Raucher zu und schiebt mich an die Wand.

»Hier ist eine Taschenlampe, Chef!«, ruft Schnabel. »Ich

habe das Funktelefon ausprobiert«, erklärt er laut und deutlich, »es ist mir gelungen, die Kaserne zu erreichen. Die Straße ist für Spezialfahrzeuge wieder passierbar, und sie schicken uns Verstärkung, die noch heute Nacht ankommt.«

Auf seine Worte folgt Schweigen. Tapp, tapp tapp, Lorieux' Schritt.

»Okay, ruf die Männer zusammen, sie sollen essen, dann organisieren wir Wachen. Mercanti, sag Madame Raymond, sie soll ihnen etwas machen.«

»Im Dunkeln?«, fragt Mercanti unverschämt.

»Sie hat eine Sturmlampe und Kerzen, das müsste reichen.«

»In Ordnung«, murrt Mercanti und entfernt sich.

Na, Gott sei Dank!

»Ich komme gleich zurück«, meint Lorieux und wendet sich ab.

Das Klicken eines Feuerzeugs, ein tiefer Zug, es riecht nach Gitanes, der Mann neben mir raucht.

»Was sollen wir jetzt tun?«, fragt er, ohne dass ich weiß, mit wem er spricht.

»Das Nötige«, erwidert Martine und schließt das Doppelfenster. »Mach diese Krebsschleuder aus, du bietest ein perfektes Ziel.«

»Ein Ziel für wen?«, wundert sich mein Nachbar.

»Hast du vergessen, dass hier ein Psychopath frei herumläuft?«

»Er greift nur Frauen an«, meint der Raucher lässig.

»Gott allein kennt die Zukunft!«

»Verstanden«, brummt der Mann verdrießlich.

Wenigstens einer, der nicht geschockt scheint. Und Martine duzt ihn! Warum kommen mein Onkel und Justine nicht zurück?

Und was treibt Jean-Claude? Ich habe zwar seine Kamera, aber nicht ein Wort von ihm gehört.

»Ah, das Licht geht wieder«, ruft Martine erfreut aus. »Halleluja!«

Eine Serie von Explosionen. Draußen. Wie ein knatternder Auspuff. Aber ein Auspuff schreit nicht. Habe ich wirklich jemanden schreien hören? Das Heulen des Windes erstickt jeden Laut. Bin ich die Einzige, die Schreie gehört hat?

»Alles in Ordnung«, ruft Mercanti und öffnet kurz die Tür. »Schnabel versucht, den Mannschaftswagen zu starten.«

Oh, der falsche Ton in seiner Stimme! Ich bin sicher, er lügt. Draußen ist etwas passiert, etwas Schlimmes. Habe ich Schüsse gehört? Aber warum sollte Mercanti in diesem Fall lügen?.. Außer ... O mein Gott! ... Wenn er es ist, wenn er Nibal ist und sie alle umgebracht hat?! Mein Stift, schnell.

*Ist Mercanti in Ordnung?,* liest der Raucher über meine Schulter hinweg.

Verflixt!

»Natürlich ist er in Ordnung«, antwortet er. »Wir kennen ihn seit vier Jahren. Mercanti ist in Ordnung, auf den kann man sich verlassen.«

Nein, ihr täuscht euch, er ist ein Lüstling und ein Lügner. Aber wie soll ich das beweisen? Ich schreibe: *Mercanti hat mich unsittlich berührt,* und höre schon die Kommentare: Die fantasiert ja, die Mumie! Die hat wohl nicht gesehen, wie sie aussieht?!, und andere huldvolle Sprüche unter unserem Macho-Himmel.

Die Tür ist aufgeflogen, ein eisiger Luftzug und einige Schneeflocken treiben bis zu mir herüber.

»Alles in Ordnung«, sagt Mercanti mit ruhiger Stimme, die ganz anders klingt, als wenn er mit mir spricht.

»Und Léonard?«

»Er ist in seinem Zimmer.«

Sie verdächtigen also Léonard.

»Um wie viel Uhr soll die Verstärkung eintreffen?«, will Mercanti wissen.

»In der Nacht, vielleicht in drei, vier Stunden, ich denke, bei dem Schnee und Glatteis müssen sie im Schritttempo fahren.«

Beratungen mit leiser Stimme. So sehr ich auch lausche, ich verstehe nichts. Mein Nachbar reckt sich, die Gelenke knacken, dann verkündet er laut:

»Und wenn wir jetzt essen würden? Später haben wir keine Zeit mehr.«

Sie gehen an mir vorbei, Richtung Küche. Ich lausche aufmerksam, doch ich kann im Zimmer niemanden mehr hören. Offenbar bin ich allein. Ich drücke auf den Knopf, mein Rollstuhl fährt langsam vorwärts, an der Wand entlang, sobald ich auf ein Hindernis treffe, halte ich an. Wenn man einer Wand folgt, kommt man zwangsläufig irgendwann zur Tür. Dann auf den Gang. Und von dort zur Eingangstür.

Meine Schultern sind verkrampft in Erwartung der Hand, die sich auf sie legen, und der hasserfüllten Stimme, die mich verhöhnen wird. Doch ich rolle ohne Schwierigkeiten den Gang entlang. Noch ein Meter, fünfzig Zentimeter, ich strecke die Hand aus, um die Tür zu öffnen, doch das ist nicht nötig, sie ist nur angelehnt und klappert im unregelmäßigen Luftzug. Ich drücke sie auf, fahre an den Rand der Rampe für Rollstuhlfahrer, der Schnee schlägt mir ins Gesicht, peitscht meine Haut mit wirbelnden, dichten Flocken, doch tut mir die Kälte gut nach der erstickenden Atmosphäre im Haus.

Am Fuß der Rampe zögere ich. Ich höre nichts außer dem Heulen des Windes im Wald. Mein Rollstuhl gleitet problemlos über die frische Schneedecke, die immer dicker wird. Ich weiß nicht, wohin, und so fahre ich geradeaus. Wo sind die Männer, die Wache halten? Plötzlich verspüre ich den heftigen Drang zu urinieren, und ich bekomme Gänsehaut. Ich kenne dieses Gefühl. Das ist Angst, richtige Angst. Angst, weiter ins Dunkle zu fahren und zu wissen, dass dort ein Monster lauert.

Aaah! Jemand hat mich berührt! Eine große nasse Hand. Ich stoße einen stummen Schrei aus. Die Hand gleitet kraftlos über meinen Hals, meine Schulter – Mercanti? –, entfernt sich, eine schwere hechelnde Masse fällt zu Boden und blockiert meinen Rollstuhl.

Ich strecke den Arm aus, so weit ich kann. Meine Finger streifen einen rauen, feuchten Stoff mit Knöpfen. Eine Jacke. Keine Panik, ganz ruhig. Eine Jacke, die den Oberkörper eines Mannes bedeckt. Eine Jacke mit einem Loch, ich betaste die zerfetzten Ränder des Stoffs. Geruch nach Kupfer, o mein Gott! Blut spritzt mir ins Gesicht, ohne dass ich es verhindern könnte. Ich spüre, dass ich mir in die Hose mache, mich nicht beherrschen können werde, warmer Urin an meinen Schenkeln. Endlich gelingt es mir, rückwärts zu fahren!

Nein, ich muss wissen, ob der Mann noch lebt. Ich fahre wieder ein Stück vor, versuche, mich ihm schräg zu nähern. Mein Herz schlägt so heftig, dass es schmerzt, los, ihr Finger, nur Mut, die Jacke, ein kräftiger Oberkörper, ein fleischiges Kinn, ein Schnäuzer, hart wie ein nasses Hundefell: Schnabel!

Ich berühre seine Lippen. Kein Atem. Nicht der geringste Hauch. Man hat Schnabel erschossen! Er ist gerade gestorben, hier, vor meinen unnützen Augen. Dümmlich schiebe ich die Finger in den Mund, aus dem kein Atem mehr kommt, berühre die Zähne, die Zunge, das absurde Gefühl, er würde mich beißen, schnell die Finger zurückziehen, aber er beißt ebenso wenig wie er atmet.

Rückwärtsgang! Lorieux Bescheid sagen! Ich fahre zurück, wende meinen Rollstuhl, fahre langsam vorwärts, jetzt erkenne ich den Geruch nach Metall und Benzin: der Mannschaftswagen. Und den Geruch nach Blut. Ich lasse die Hand an den Rädern entlang gleiten. Und sie sind da, unter meinen Fingern. Körper. Alle auf einem Haufen. Mindestens fünf oder sechs. Lorieux' Brigade.

O nein! Sie können doch nicht alle tot sein! Und bin ich allein mit ihnen, oder beobachtet mich jemand, ist der Lauf einer Pistole auf meinen Kopf gerichtet? Gänsehaut. Schnell zurück ins Zentrum. Verdammt, ich hab den falschen Knopf gedrückt, und mein Rollstuhl macht einen Satz nach vorn, au, ich stoße gegen ein neues Hindernis, das hochfedert, auf meinen Knien landet und an sie gelehnt liegen bleibt.

Meine Hand tastet nach vorn. Ich ziehe sie abrupt zurück, als hätte ich in ein Wespennest gegriffen. Haare! Was an meinen leblosen Knien lehnt, ist ein Kopf.

Voller Abscheu hebe ich ihn an, um ihn zur Seite zu legen, und er sagt:

»Erbarmen! ... wollte nur Arbeit ... finden!«

Morel! Morel lebt!

Ich halte ihn an den Haaren fest wie einen abgeschlagenen Kopf, sein Körper wird von Krämpfen geschüttelt, die ich bis in meine Hand spüre, ich weiß nicht, was ich machen soll, soll ich ihn loslassen, was soll ich tun?

» ... hätte an der Handelsschule bleiben sollen«, sagt Morel noch.

Dann ein Schluchzer: »Mama!«

Er spuckt auf meine Knie, Feuchtigkeit durchdringt die Decke, ich spüre Tränen über meine Wangen rinnen, Tränen der Angst, der Verzweiflung, des Mitleids? Ich weiß es nicht, ich weiß, dass er sterben wird, jemand muss mir helfen, doch ich kann keine Hilfe rufen und ihn auch nicht liegen lassen. Ihn liegen lassen? Hilfe holen? »Mama!«, wiederholt Morel, dann schweigt er, wird schlaff und sinkt nach hinten, ein Aufprall gegen Metall, sicherlich gegen den Polizeiwagen.

Ich habe den Eindruck, der Schnee fiele in mein Inneres, würde mich ganz ausfüllen und hart werden, gefährlich hart. Der Geruch nach frischem Blut und Tod vermischt sich mit dem frischen Geruch des Schnees. Ich spüre nichts außer dem unendlichen Zorn, der mich erfüllt.

Gerade hat jemand diese Männer getötet. Mercanti?

»Sie sind wirklich zu neugierig«, sagt eine liebenswürdige Stimme, so als würde sie auf meine Frage antworten.

Aber es ist nicht Mercanti. Es ist Dupuy. Der gute Mann aus der Auvergne. Ein metallischer Gegenstand wird an meinen Kopf gedrückt. Der Lauf einer automatischen Pistole?

»Das ist keine übernatürliche Waffe«, flüstert er mir ins Ohr, ehe er höhnt: »Na, hat dir unsere kleine Unterhaltung vorhin gefallen?«

Die Vorstellung, dass Dupuy Nibal ist und sich genüsslich über mich lustig gemacht hat, bringt mich noch mehr in Rage. Natürlich hat er die Bohrmaschine gefunden, er hat sie ja schließlich selbst in der Zisterne versteckt! Und wie er sich amüsiert haben muss, als er von der Verkleidung auf dem Dach sprach! Plötzlich durchzuckt mich ein Satz wie ein Stromschlag: »Noch vor drei Monaten haben wir zusammen Schnaps getrunken ...« Vor drei Monaten war der alte Mauro bereits tot. Ich bin wirklich zu blöd!

»Das Geheimnis des alten Mauro«, säuselt er, »weißt du, was das ist? Er war ein alter Lustmolch! Dieses alte Schwein trieb es mit den Zicklein. Weißt du«, fügt er hinzu, »eigentlich bist du wie ein Zicklein, du scheinst verschreckt, und außerdem kannst du dich nicht wehren ...«

Er wedelt mit dem Lauf seiner Waffe unter meiner Nase herum, lässt ihn über meinen Mund gleiten, nur zu, amüsier dich nur. Ungesehen balle ich frustriert die Faust neben dem Rad meines Rollstuhls, ich möchte ihn schlagen! Meine Hand trifft auf etwas: Leder unter meinen Fingern. Leder. Nasser Stoff. Ein Körper.

Er zwingt mich, die Lippen zu öffnen und schiebt mir den Lauf seiner Waffe zwischen meine Zähne. Welches Gefühl mag das sein, wenn einem aus nächster Nähe eine Kugel in den Mund gejagt wird? Eine Kugel, die sich durch den Gaumen gräbt, das Gehirn explodieren lässt, merkt man das noch? Ich spüre das kalte Metall an meinen Lippen. »Leck!«, sagt er, »leck«, oder ich drücke ab. Dreckskerl, Dreckskerl!

Meine Hand betastet den Körper, der neben meinem Rollstuhl liegt, Leder, ein Gürtel, ich lecke das eisige Metall, meine Finger tasten über den Gürtel, Zentimeter für Zentimeter, da! – der Griff einer Waffe, kräftig und stark, schließt euch ganz sanft um ihn, ihr lieben Finger, zieht ihn aus seinem Halfter, so. »So, du bist sehr brav!«, sagt Dupuy. Los, Zeigefinger, krümm dich um den Abzug, ja, so.

Das Ratschen eines Reißverschlusses. »Weißt du was? Ich glaube, du wirst mir zeigen, was du kannst!« O ja, du wirst sehen, was ich kann. Er nimmt seine Waffe weg, hält es scheinbar nicht für nötig, sie noch weiter auf mich zu richten; ich höre, wie er sie wegsteckt, er atmet schnell und heftig, packt meinen Nacken, seine Finger schieben sich ohne Zärtlichkeit in mein Haar, er zieht mich an sich, warmes Fleisch, das nach Wollfett riecht, an meinen Lippen, ich lasse die Hand am Rollstuhl entlang hochgleiten, winkele den Ellenbogen ab, kaltes Metall berührt seine warmen, entblößten Hoden, er zuckt zusammen, zu spät, Brigadier!

Ein eigenartiges Gefühl in dem Bruchteil der Sekunde, wenn man die Tat ausführt. Sie ist schon der Vergangenheit.

Er brüllt. Wie Sonia auf dem Anrufbeantworter, wie Marion in dem besetzten Haus. Der Pulvergeruch ist erstickend. Auf seine Schreie hin wird sicherlich jemand kommen. Ich höre sie, ohne dass sie irgendetwas in mir auslösen würden, ich hoffe, er wird sterben. Ich wusste nicht, dass ich so grausam bin. Ich wusste nicht, dass ich den Schreien des Leidens gegenüber taub sein könnte. Er bricht wimmernd zusammen, vielleicht schießt er auf mich. Ich fahre zwei Meter rückwärts, wende den Rollstuhl: Zurück zum Haus, ehe er vielleicht wieder zu Kräften kommt.

»Aber ... aber was ...«, stammelt jemand von der Schwelle her. »Was hat das zu bedeuten?«

Lorieux.

Ich höre ihn laufen, zu den übereinander liegenden Körpern eilen. Einige Sekunden vergehen. Dupuy brüllt weiter.

»Aber sie sind alle tot!«, sagt Lorieux fassungslos, »außer Dupuy ...«

»Herr im Himmel!«, schreit jemand ganz in unserer Nähe.

Mercanti.

Er läuft an mir vorbei und brüllt:

»Sie hat den Verstand verloren!«

O nein! Meinen Stift, schnell. Ich lege die Waffe auf meine Knie, um schreiben zu können.

*Dupuy ist Nibal!*

Lorieux räuspert sich.

»Geben Sie mir die Waffe, sonst verletzen Sie noch jemanden«, sagt er, während er sie mir abnimmt.

*Er hat mich angegriffen! Er hat sie alle getötet!*

Ich weiß nicht, ob er es gelesen hat, denn er murmelt:

»Schnabel, der kleine Morel und die anderen, mein Gott, das ist doch nicht möglich!«

Er wird doch wohl nicht glauben ... Wie hätte ich es tun können?

Der erste blinde Champion im Zielschießen!

Ich höre, wie Mercanti Dupuy aufzumuntern versucht:

»Halt durch, wir werden dich verarzten, es wird wieder gut.«

»Ich werde krepieren«, antwortet Dupuy, »dieses Miststück hat mich umgebracht!«

»Aber was ist denn bloß in Sie gefahren?«, fragt Lorieux. »Was ist in Sie gefahren?«

Sieht er denn nicht die Leichengrube vor seinen Augen?! Ich drücke derart fest mit dem Stift auf, dass das Papier reißt.

*Dupuy hat Ihre Männer umgebracht! ER IST NIBAL!*

»Wir müssen Martine holen«, ruft Mercanti. »Er ist dabei zu verbluten!«

Lorieux läuft davon und lässt mich im Schnee sitzen, wo ich Dupuy sterben höre. Aufruhr hinter mir. Man rempelt mich an. Martines bestürzte Stimme:

»Wir müssen die Arterie abbinden!«

Laetitias Stimme von drinnen:

»Nun?«

»Nun, Elise hat auf Dupuy geschossen!«, antwortet Mercanti trübsinnig.

»Ist er schwer verletzt?«

»Es ist aus.«

Dupuy schreit nicht mehr. Einige Sekunden Stille. Dann Martine:

»Er ist zu seinem Schöpfer zurückgekehrt ...«

Ich habe soeben einen Mann getötet. Es ist das erste Mal, dass ich einen Menschen töte. Ich müsste am Boden zerstört sein. Vielleicht verringert das mangelnde Sehvermögen die Sensibilität. Hätte ich ihn sterben sehen, so wäre mir vielleicht zum Erbrechen oder zum Weinen gewesen. Doch so fühle ich mich kalt und trocken wie Berggestein.

Das Geräusch eines Körpers, der über den Boden geschleift und auf andere Körper geworfen wird. Der Geruch von Gitanes. Der Raucher kommt auf der Außentreppe näher, ich höre das Knistern seiner Zigarette. Andere Schritte, Martines Stimme:

»Der arme Dupuy, er war so fröhlich!«

Und die anderen Typen, die dort am Boden liegen, waren die vielleicht nicht fröhlich?! Bist du total bescheuert oder was?!

»Aber warum schien er Ihnen verdächtig?«, fährt sie fort.

»Verdächtig, dächtig, trächtig!«

»Ach, sei ruhig, Christian!«, ruft sie.

Den hatte ich gar nicht kommen hören. Warum mir Dupuy verdächtig schien? Nun, sagen wir, dass ein Haufen Leichen am Boden lagen und ein bewaffneter Dupuy mich bedrohte, also schien er mir auf Grund einer unerklärlichen geistigen Verwirrung verdächtig!

»Pass auf sie auf«, fügt Martine hinzu, ohne eine Antwort abzuwarten, »ich muss wieder rein.«

Auf mich aufpassen? Das ist doch der Gipfel! Also bleibe ich, vor Empörung kochend, in Gesellschaft von dem Raucher und Christian zurück, glücklicherweise einigermaßen geschützt unter dem Vordach aus Drahtglas.

Komisch, dass sonst niemand gekommen ist, um nachzusehen, was passiert ist. Lorieux hat den Heimbewohnern sicherlich untersagt hinauszugehen. Sie sind schon traumatisiert genug. Christian ist ihm wohl entwischt. Er ist recht ruhig, das wundert mich. Ein Streichholz wird angerissen, Nikotingeruch. Jemand pfeift den ersten Takt von *Marinella.*

»Marinella, ich hab deine Beine mit deinen Armen verwechselt, und als ich meinen Irrtum sah ...«

»Da lag mein Mund an deinem Schaamhaaar!«, ruft Christian.

Der Pfeifer fährt fort, dann plärrt Christian: »Mariella, du stinkst aus dem Hals, du stinkst nach Tabak!«, dann pfeift der andere wieder, dann erfüllt mich eine Kälte, die noch eisiger ist als die reale Kälte.

Wenn Christian singt, pfeift niemand. Wenn jemand pfeift, singt Christian nicht. Bin ich allein mit ihm? Ist er der Gitanes-Raucher, der sich vollkommen normal ausdrückt?

»Wussten Sie, dass Morel mit Vornamen Franz hieß?«, fragt mich der Raucher.

»Franz kann's!«, bellt Christian.

»Wussten Sie, dass der zweite Vorname von Francine Thérèse ist?«

» Thérèse bohrt mit dem Finger in der Nase!«, plärrt Christian.

»Und wussten Sie, dass ich Ihnen den Spitznamen ›Nachtmütze‹ gegeben habe?«, sagt er mit noch leiserer Stimme.

»Nacht, Nacht, keiner wacht«, sagen die an mein Ohr gepressten Lippen.

Wenn ich nur die Augen schließen könnte. In meinem Kopf nichts mehr sehen, nichts mehr hören, nichts mehr verstehen. Vor meinem inneren Auge nicht mehr den aufgekratzten Christian sehen, der sich über mich beugt, nicht mehr hören, wie er mir sagt: »Da habe ich Sie schön reingelegt, was?«, nicht mehr verstehen, dass ich nichts verstanden habe.

Christian! Nicht Léonard! Christian!

Aber was hat Dupuy damit zu tun?

Soll ich Ihnen etwas vorlesen?«, schlägt Christian vor.

Die Worte brauchen einige Zeit, bis sie zu meinem Gehör vorgedrungen sind. Er hat schon stockend zu lesen begonnen.

»›Anmerkungen des Autors: Kann Nibal Yvette foltern, ohne die Gefühle des Lesers zu sehr zu verletzen? Vorsicht vor Ablehnung von Übertreibungen. Keine lächerlichen Figuren!‹«

Was?!

Er fährt schon fort:

»›Aber es muss ein Mittel gefunden werden, um Elise weniger langweilig zu machen. Ein Liebhaber? Soll sie mit Nibal schlafen?‹ Hahaha, Elise und Nibal«, hechelt er.

Ich spüre, wie mein Mund trocken wird. Das Rascheln von Seiten, die eilig umgeblättert werden. Er liest weiter:

»›Kapitel 2: Elise trifft ein trauriges junges Mädchen, das etwas weiß ... Kapitel 4: Yvette und die Leiterin spielen Karten. Elise schlummert auf der Terrasse ... Kapitel 8: Elise betritt das Zimmer und findet die junge Behinderte, die sich erhängt hat ...‹ Na, wie gefällt Ihnen das, Elise?«

Elise sitzt mit offenem Mund und hängenden Armen da, den Blick ins Leere gerichtet. In die Leere vor meinen Augen, in meinem Kopf.

Also war alles schon geschrieben?

## KAPITEL 14

So, wir gehen rein«, beschließt Christian.

Er schiebt mich ins Haus.

Wie konnte all das geplant sein? Die absurde, aber beängstigende Vorstellung, tatsächlich nur die Protagonistin eines Buchs zu sein, schießt mir durch den Kopf. Existiere ich vielleicht gar nicht? Aber nein, wie könnte ich dann Empfindungen haben? Na eben, ich habe ja auch keine, außer dass ich mich fühle wie ein Wackelpudding im Rollstuhl, weich und ohne Geschmack.

Drinnen wird diskutiert. Als wir eintreten, verstummt das Gespräch. Jemand läuft mit so schwerem Schritt auf mich zu, dass das Parkett bebt.

»Elise«, ruft mein Onkel, »wo warst du?«

»Sie hat den Brigadier Dupuy abgeknallt«, erklärt Mercanti.

Mein Onkel lacht. Ja, er LACHT.

»Das ist ja nun etwas übertrieben«, meint er gut gelaunt.

Ist er betrunken?

»Ich sage Ihnen doch, dass Ihr Miststück von Nichte ...«

»Ich lasse nicht zu ...«, knurrt Fernand.

»... soeben Alphonse getötet hat«, beharrt Mercanti.

»Was?! Aber wie ist das denn möglich? War das keine Schreckschusspistole?«, wundert sich mein Onkel mit zitternder Stimme.

Der Wackelpudding dringt in meine Ohren und breitet sich in meinem Gehirn aus. Die verklebten Synapsen sind nicht mehr für die Gedanken durchlässig. Ich möchte mir die Haare raufen und brüllen: Ich kapiere kein Wort!

»In Filmen wird keine scharfe Munition verwendet«, regt sich mein Onkel auf. »Das ist doch ein Witz!«

Klar, ein Film, es gibt sogar einen Haufen Statisten, die draußen im Schnee auf ihre Bezahlung warten ... Ein Film. Das Wort dringt langsam in meine Panik vor, bahnt sich einen Weg durch die Verwirrung, dicht gefolgt von dem Begriff »Statisten« und vom Surren von Jean-Claudes Kamera.

Statisten?! Diese Dreckskerle haben einen Film gedreht? Sie haben sich über mich lustig gemacht?! Wie in eben jenem Streifen, in dem der Held nicht weiß, dass er gefilmt wird? Mein Gefühl, in einem Theaterstück mitzuspielen, hat mich also nicht getäuscht?! Aber ja, die Anmerkungen, die Christian gelesen hat! Ein Drehbuch! Zorn und Erleichterung vermischen sich, fast muss ich lachen.

»Wer hat Ihnen denn von einem Film erzählt?«, fragt gerade Mercanti meinen Onkel.

»Na Elise«, entgegnet dieser verärgert. »In der Nachricht, die auf den Boden gefallen war.«

?!

Ich höre, wie er in seinen Taschen wühlt. Er fährt fort:

»Ich muss gestehen, bei meiner Ankunft war ich wirklich verzweifelt wegen Sonia und furchtbar beunruhigt. Überall Polizei, Morde, Bomben, Verletzte. Ein richtiges Szenario! Sehr bemerkenswert übrigens. Ich habe sogar dem Adjudant-Chef mein Leben erzählt!«

Ich hänge an seinen Lippen wie eine Alpinistin an einem zerfaserten Seil.

»Da haben Sie mich ja schön reingelegt«, sagt er voller Bewunderung. »Eigentlich fand ich es sogar eher grausam, mich glauben zu machen, mein Patenkind sei tot! Ich war also vollkommen durcheinander, bis ich Elises Nachricht gefunden habe, warten Sie: *Lieber Onkel, mach dir keine Sorgen, das ist nur ein Film! In Wirklichkeit ist alles in Ordnung. Aber das ist top-secret, sprich mit niemandem darüber, nicht einmal mit Justine, bitte tu so, als wäre nichts, und sei so natürlich wie möglich. Ich erkläre dir alles später, ich rechne auf dich, Elise.*«

Aber das habe ich nicht geschrieben!, brülle ich innerlich.

»Ich fand das etwas merkwürdig, aber ich war sehr erleichtert! Elise war schon immer eine Geheimniskrämerin, also habe ich mir gesagt, dass ich durchaus ein paar Stunden warten kann, bis Sie mit dem Drehen dieses Teils fertig sind, um genauere Erklärungen zu bekommen.«

Laetitia kichert.

Ihr Ausruf: »Ich war sicher, dass es funktionieren würde!«, schreckt mich auf.

»Später, als ich Bescheid wusste, habe ich wohl bemerkt, dass alles inszeniert war: Der Adjudant-Chef, der wie ein Mädchen aussieht, die kopflosen Gendarme, diese Explosionsszene im Schnee mit Léonard, der so geschminkt aussah, Yvette, die aufgescheucht hin und her rannte, Madame Atchouel, die deklamierte wie im Theater, kurz ... Ich habe mir gesagt, dass alle schlecht spielen, und hätte am liebsten gelacht.«

»Nun, mein lieber Monsieur Andrioli, es handelt sich nicht um einen Film im eigentlichen Sinne ...«, setzt Yann an.

Yann! *Du auch*!

»Eher um eine Dokumentation«, fährt Laetitia fort.

»Ein Doku-Drama«, erläutert Francine.

Ich bohre meine Fingernägel tief in mein Fleisch, das tut mir gut.

»Sehen Sie, die Ausgangsidee war der Wunsch, eine Fortsetzung für Elises Abenteuer zu finden.«

»Das habe ich ja verstanden!«, ruft mein Onkel aus. »Bitte

schön, junger Mann, so verkalkt bin ich nun auch wieder nicht!«

»Ja, aber eine echte Fortsetzung«, wirft Yann ein, »damit es einen zweiten Band der Abenteuer Ihrer Nichte gibt.«

»Sehr schön, das ist eine gute Idee.«

»Wir sind uns also alle einig«, bekräftigt Francine. »Worum geht es denn eigentlich im ersten Band?«, fragt sie in schulmeisterlichem Ton.

»Ehm ... um Kindermorde in Boissy, darum, wie Elise die Untersuchung führt, und so weiter«, brummt mein Onkel.

»Und haben Sie nicht den Eindruck, dass der Erfolg auf der Tatsache beruht, dass es sich nicht um einen Krimi, sondern um tatsächlich Erlebtes handelt?«

»Ehm ... Sicherlich.«

»Sie werden also begreifen, dass wir uns für denselben *modus operandi* entschieden haben. Das heißt a) um einen Bestseller nach einer wahren Geschichte zu schreiben, muss der Held – oder die Heldin – diese zunächst erlebt haben. Sie sind doch immer noch meiner Meinung, Monsieur Andrioli?«

»Ehm ... ja«, murmelt mein Onkel mit unsicherer Stimme.

»Nun gut. b) das ist genau das, was wir organisiert haben, mein lieber Monsieur Andrioli!«, verkündet Francine triumphierend. »Eigentlich hat alles angefangen, als B*A* diese E-Mail an ihren Verleger geschickt hat«, erklärt sie.

Wo sind Justine und Yvette? Nun kommt schon, tretet vor, lacht mit den anderen.

»Sie hat sich in der Adresse geirrt, und es ist zu uns, das heißt zum *PsyGot'yK* gekommen.«

»Wohin?«, fragt mein Onkel.

»Zum *PsyGot'yK*. Die Zeitschrift für die totale Kunst. Eine Art Anerkennung der poly-expressionellen Kunst. Der Psycho-Kunst, die die alten Konzepte und veralteten Auffassungen umstößt und ihre Wurzeln in der synaptischen Übertragung des Unterbewusstseins jedes Einzelnen hat.«

Voller Bitterkeit sage ich mir, dass Justine die Chefredakteurin sein muss ... Übrigens erinnere ich mich, dass Laetitia eine Ausgabe in ihrem Zimmer gefunden hat. Mein Misstrauen ihr gegenüber war also berechtigt.

»B*A* hatte einen Vortrag bei einem von uns organisierten Kolloquium gehalten, wir fanden uns sympathisch, und ich habe ihr meine Adresse gegeben«, erklärt Francine. »Daher der Übertragungsfehler. Der Flügelschlag des Schmetterlings, der den Orkan auslöste.«

»Welchen Orkan?«, fragt Christian. »Davon war nicht die Rede.«

»Das ist eine Metapher«, erklärt Yann. »Unterbrich Francine nicht, die Sache ist ohnehin schon kompliziert genug.«

Christian knurrt: »Schwierig, schwierig, ich bin gierig.«

Das ist also die Nachricht, die B*A* an ihren Verleger schrieb: *»Lieber R*R*, es tut mir Leid, Sie belästigen zu müssen, ich weiß, dass ich mit der Abgabe von Elise 2,* Tod im Schnee *in Verzug bin, aber ich hatte viele Probleme und muss hohe Raten für das Haus zahlen, das ich in Cannes gekauft habe. Ich wäre Ihnen also unendlich dankbar, wenn Sie mir eine großzügige Vorauszahlung gewähren könnten, damit ich wieder flüssig bin. Machen Sie sich bitte keine Sorgen, ich komme gut voran und denke, dass ich in zwei Monaten fertig sein werde ... Anbei finden Sie den Entwurf für den neuen Roman.«*

»Mit anderen Worten, sie saß auf dem Trockenen«, höhnt Francine. »Eine Schreibblockade. Normal: Das erste Buch beruhte auf einer wahren Geschichte. Und Elise war keine erfundene Person, sondern ein Persönlichkeit, die sich selbst gehört. Verstehen Sie mich?«

»Ja sicher«, sagt mein Onkel, der ganz offensichtlich im Dunkeln tappt. »Was ist denn das für eine Sache mit dem Entwurf?«

»Eine Inhaltsangabe, wenn Ihnen das lieber ist.«

Ich denke nicht, dass ihm das lieber ist, aber er macht »hmhm«, und Francine beginnt loszusprudeln, als würde sie sich seit Monaten nur mit Mühe zurückhalten, was vermutlich tatsächlich der Fall ist:

»Ich lese sie Ihnen vor.«

»Was lesen Sie mir vor?«, fragt mein Onkel völlig verwirrt.

»Die Inhaltsangabe von B*A*.«

»Aber die haben Sie doch schon gelesen.«

»Nein, ich meine den Basistext, der die Ereignisse bestimmt hat und uns zum Hier und Jetzt geführt hat.«

Mein Onkel fragt nichts mehr.

»Also, ich lese«, wiederholt Francine mit fester Stimme.

»›*Es ist Winter. Elise wird zum Wintersport in die Alpes-Maritimes nach Castaing zu ihrem Onkel fahren.*‹«

Natürlich, das hatte Yvette ihr ja erzählt.

»›*In Castaing wird sie in einem Zentrum für erwachsene Behinderte wohnen*‹, das«, so erklärt sie uns, »kommt daher, dass ich Leiterin des CLMPAH bin und sich dieses – ein amüsantes Detail – im Geburtsdorf von Elises Onkel befindet! Stellen Sie sich vor, bei einem Autor macht es da natürlich gleich klick. Das beweist nur, dass man durch die Realität inspiriert wird«, murmelt sie träumerisch, ehe sie fortfährt: »›*Elise schließt Freundschaft mit den Heimbewohnern. Wenig später geschehen furchtbare Morde, die C.A. Nibal zugeschrieben werden.*‹«

»Ich fand das recht dürftig als Ausgangsmaterial«, wirft Mercanti verächtlich ein.

»Vielleicht, aber immerhin war es eine Grundlage«, entgegnet Francine. »Es folgte eine eher wirre Entwicklung des Stoffs, den wir im wahrsten Sinne des Wortes zum Leben erweckt haben. Jetzt bleibt uns nur noch das Ende zu schreiben und einen Haufen Geld zu machen!«, schließt sie.

»Aber dazu benötigen wir eine solide Geschichte!«, sagt Yann.

»Etwas Überzeugendes«, bestätigt Laetitia.

»Eine wahre Geschichte, die Elise tatsächlich erleben und in ihren kleinen Notizen dokumentieren würde. Und damit sie sie wirklich erleben konnte, durfte B*A* nichts erfahren!«, schreit Francine, als wäre mein Onkel taub oder verkalkt.

»Na, dann sind wir uns doch einig«, antwortet dieser.

»Ich glaube, Sie haben nicht recht verstanden«, belehrt ihn Mercanti. »In einem Film gibt es richtige Schauspieler. Wir hingegen haben uns entschlossen, einen Roman mit Laiendarstellern zu verfilmen, damit es authentischer wirkt, verstehen Sie?«

»Laiendarsteller?«, wiederholt mein Onkel.

»Es geht um den Triumph der Fiktion über die leblose Materie der Realität!«, ruft Laetitia aus. »Wir haben, im literarischen Sinn gesprochen, Romanhelden geschaffen. Wir schreiben das Leben live.«

»Wessen Leben?«, fragt mein Onkel.

»Das Leben aller Beteiligten! Wissen Sie, was ein *snuff movie* ist?«, ereifert sich Yann. »Das ist ein Film, in dem die Leute tatsächlich getötet werden. So was ist Milliarden wert. Und wir wollten ein *snuff book* machen.«

»Das ist widerwärtig«, sagt mein Onkel. »Wer sind Sie«, fügt er plötzlich hinzu.

»Das sagen wir doch gerade: die Personen aus dem Roman«, erklärt Martine.

»Ich meine: Sie sind doch Schauspieler, nicht wahr«, beharrt mein Onkel mit plötzlich tonloser Stimme.

»Si, Signor«, entgegnet Francine. »Wir sind Schauspieler der Comedia Della Vita. Artisten mit einem großen A wie Abenteuer, Amore, Action.«

»Abmurksen«, plärrt Christian stolz.

»Was ich Ihnen zu erklären versuche, Monsieur Andrioli«, sagt Francine mit übertriebener Intonation, »ist, dass wir eine *reality show* inszeniert haben. Mit Elise, Ihrer eigenen Person, Yvette, Justine und den lieben Heimbewohnern, die sich selbst spielen.«

»Ja, das ist okay. Aber was ist denn das für eine Sache mit dem ...«

»*Snuff movie*«, wiederholt Christian, »schnief, schnief, schnief, hatschi.«

»Wie ich Ihnen bereits erklärt habe«, fährt Francine pikiert fort, »haben wir den Entschluss gefasst, der einfallslosen Autorin auf die Sprünge zu helfen ... Christian, halt zwei Sekunden die Klappe, bitte ...« – »Bi, bi, bin nur ein Dichter, und was ich treibe, ich schreibe ...«, schmettert Christian mit Bassstimme.

»Ha, ha, sehr witzig. Ich sagte also, dass wir eine Leitlinie suchten, um Elise in den Kampf gegen den mysteriösen C.A. Nibal zu schicken.«

»Aber wer ist C.A. Nibal?«, fragt mein Onkel.

»Der von B*A* erfundene Mörder. Aber ein Mörder genügt nicht, man braucht auch eine Geschichte. Schscht, unterbrechen Sie mich nicht, hören Sie zu! Durch einen glücklichen Zufall hörte Léonard eines Tages, als er zu seiner Behandlung nach Nizza fuhr, wie sich im Krankenhaus eine Drogenabhängige unter dem Namen Marion Hennequin vorstellt. Der Name ist selten genug, sodass er sich fragt, ob es sich um eine Verwandte seines ehemaligen Mitschülers handelt. Er fängt ein Gespräch an, und es stellt sich heraus, dass sie in der Tat die Witwe von Hennequin ist. Sie freunden sich an, und Léonard stellt ihr Yann vor, den Sekretär für den Südost-Sektor unserer Vereinigung. Natürlich erliegt Marion Yanns Charme. Und ein weiterer Zufall, sie bekommt zur selben Zeit Besuch von unserer bezaubernden kleinen Sonia, die ihr erklärt, dass sie Schwestern sind. Der alte Mauro hat sein Geheimnis gelüftet.«

»Somit hatten wir unsere Intrige. Ein blutrünstiger Killer

ermordet Marion, dann ihre Halbschwester Sonia, doch das ist nicht etwa das Werk eines Wahnsinnigen, sondern das des Halbbruders, der es auf das Erbe abgesehen hat! Ein Halbbruder, der im CLMPAH lebt und die Morde unter der Identität von C.A. Nibal begeht. Kapieren Sie endlich, mein Bester?«, fragt sie meinen Onkel grob.

Also hatte ich das ... *Szenario* sehr wohl erraten. Bittere Befriedigung.

Fernands ungläubige Stimme erhebt sich in dem selbstgefälligen Schweigen:

»Aber Sie haben doch nicht ... Sonia ... Marion ... Sind sie ... oder sind sie nicht ...?«

Hilflos lässt er den Satz unvollendet.

»Lesen Sie denn keine Zeitung?«, fragt Martine.

»Ich war in Polen! Von dort bin ich direkt nach Italien gefahren, wo ich die Nachrichten auf meinem Handy erhielt.«

»Und die liebe Justine? Hat sie Ihnen nichts erzählt?«

»Aber ja! Ich bin fast verrückt geworden vor Sorge«, protestiert Fernand heftig, »doch durch Elises Nachricht habe ich verstanden, dass ich in die Dreharbeiten zu einem Film geraten bin, über die auch Justine nicht Bescheid wusste.«

Mir wird kalt und heiß. Die Erinnerungen überschlagen sich: Ja, er ist angekommen, nachdem man den Leichnam von Véronique Gans abtransportiert hatte. Er hat in der Tat nichts gesehen. Nicht einmal die Explosion in der Küche.

»Sie wollen mir doch wohl nicht sagen, dass Sie sie getötet haben?«, brüllt er plötzlich.

»Natürlich haben wir sie getötet!«, ruft Christian.

»Und wir werden Sie auch töten und die Filmaufnahmen von Ihrer Erlösung ans Fernsehen verkaufen«, wirft plötzlich Martine ein. »Um die in den Nachrichten zeigen zu können, werden sie Milliarden zahlen.«

»Denn nichts ist gestellt, das ist das Tolle an der Sache«, begeistert sich Laetitia. »Ich bin wirklich behindert.«

»Und ich wirklich verrückt«, erklärt Christian.

Gelächter. Und wo sind die anderen Heimbewohner? Emilie, Clara, Léonard, Jean-Claude, Bernard ... tot? Und die Männer von der Spurensicherung? Haben sie alle umgebracht?

»Sie haben mir erzählt, Elise sollte live ein Rätsel lösen, und wir würden alle viel Geld verdienen«, stammelt mein Onkel hilflos.

»Aber wir werden ja auch viel Geld verdienen«, brüllt Christian. »Geld, Geld, Geld regiert die Welt!«

»Man soll den Tag nicht vor dem Abend loben«, wirft Mercanti ein. »Noch haben wir keinen Schluss gefunden.«

»Darüber haben wir doch schon hundertmal geredet!«, fährt ihn Francine an. »Hört zu: ›Elise *entdeckt, dass Léonard Fernands Sohn ist, das heißt der Halbbruder von Sonia und Marion, und dass er sie umgebracht hat, um an das Gastaldi-Erbe zu kommen!*‹«

»Und er ermordet Elise, ehe er flieht«, erklärt Martine.

»Ihr habt vergessen, dass dieser Idiot von Léonard von der Sache nichts mehr wissen will«, beharrt Mercanti.

Léonard verweigert sich ihrem widerwärtigen Spiel? Ein Hoffnungsschimmer.

»Das ist egal. Wir können ihn trotzdem gebrauchen«, antwortet Yann mit kalter Stimme.

»Wer sind Sie?«, wiederholt mein Onkel wie ein trunkener Papagei. »Wer sind Sie? Sagen Sie mir, dass das alles ein Witz ist, he, das ist doch ein Witz, nicht wahr?!«

»Stimmt, wir haben uns noch gar nicht vorgestellt«, ruft Laetitia und klatscht in die Hände. »Mach, Yann!«

»Na gut, Mesdames, Messieurs«, beginnt Yann mit Donnerstimme zu deklamieren, »Sie haben soeben der Aufführung von *Tod im Schnee* beigewohnt. Als sie selbst sahen Sie unseren internationalen Star auf Rädern: Elise Andrioli!« Beifall.

»In der Rolle der Francine Atchouel: Thérèse, die literarische Leiterin der PsyGot'yK. Ah, Thérèse, unsere Muse und Inspiration! Nebenbei auch Leiterin des CLMPAH, dank ihrer Spezialausbildung als Erzieherin für geistig stark Zurückgebliebene. Im Verborgenen führt Thérèse Forschungen über Schnitzarbeiten an lebendigem Werkstoff durch.«

Schnitzarbeiten an lebendigem Werkstoff ... O nein!

»... und als Theaterfreundin hat sie das Konzept für ›Kleine erlebte Stücke‹ entwickelt, wie sie sie nennt, das heißt, es handelt sich um Stücke, in denen alles tatsächlich passiert, nach dem Beispiel des antiken Dramas im alten Rom, wo die Gefangenen tatsächlich gefoltert wurden.«

Ich brauche einige Sekunden, um den Sinn zu begreifen.

»In ihrer Erstlingsrolle: Laetitia!«

Gelächter.

»Vor fünfzehn Jahren hatte Laetitia ihre erste Rolle in *Hélène et les Garçons* bekommen, als der Alkoholismus eines unwürdigen Vaters, der betrunken am Steuer saß, sie zwang, ihre Träume aufzugeben. Doch Laetitia hat einen gerechten Ausgleich gefunden: Sie hat sich des Bremssystems im Wagen des abscheulichen Vaters angenommen, der daraufhin im wahrsten Sinne des Wortes mit der Natur verschmolz. Danach verbrachte sie vier Jahre in einer Depersonalisationszelle, ehe sie sich zu uns gesellen konnte.«

Eine rachsüchtige, ehemalige und künftige Heldin des *sitcom*. Vier Jahre in einer geschlossenen Anstalt, bis sie die Rolle des normalen jungen Mädchens beherrschte und geheilt schien. Ich höre noch ihre fröhliche Stimme, als sie von ihrem Vater sprach. Von ihrem Vater, den sie getötet hat.

»In der Rolle des Dupuy«, fährt Yann mit einem Anflug von Trauer fort, »sahen Sie unseren guten Gégène, der es verstanden hat, sich als Obdachloser zum Poeten zu machen, indem er seine Seelenergüsse mit einer Glasscherbe in die Haut seinesgleichen ritzte.«

»Möge er in Frieden ruhen!«, säuselt Martine mit ihrer Betschwester-Stimme.

Ich erinnere mich, wie ich mich über die wenig militärische Ausdrucksweise bei besagtem Gégène wunderte. Ohne daraus eine Schlussfolgerung zu ziehen, die unser Leben hätte retten können. »Elise, du bist wirklich der letzte Idiot!«, brülle ich mir in meinem von Migräne gequälten Kopf zu.

»In der Rolle des verrückten Wissenschaftlers: Léonard!«, plärrt Yann. »Ein Vorreiter der Massenaktionen, die die amerikanischen Schüler erst wesentlich später entdeckten. Léonard ist ein Spezialist für die Umwandlung von Stoffen in Energie durch Verbrennung. Er verhalf fünfzehn Mitschülern dazu, die Gesamtheit ihrer körperlichen Energie freizusetzen, indem er im letzten Jahr des Polytechnikums sein Klassenzimmer in Brand setzte. Ein kühner wissenschaftlicher Akt, der ihm zehn Jahre giftige Strahlungen der Gruppentherapie einbrachte.«

Plötzlich fällt mir ein, wie Hugo uns erzählte, Léonards Klassenzimmer habe gebrannt. Was er nicht wusste, war, dass er das Feuer selbst gelegt hatte.

»In der Rolle der hingebungsvollen Krankenschwester haben wir eine Abgesandte des Himmels«, fährt Yann fort, der offenkundig Vergnügen an seiner düsteren Litanei findet. »Martine wischte in einem Sterbehaus den Alten den Hintern ab, als Gott zu ihr sprach. Jetzt steht sie in direkter Verbindung mit Ihm, wenn sie Ausschau nach Seelen in Gefahr hält, die sie dieser niederen Welt entzieht, um sie der sicheren Obhut unseres Heiligen Vaters anzuvertrauen. Sie hat in verschiedenen Krankenhäusern gearbeitet, ehe sie in einem Heim für autistische Kinder Francine kennen lernte.«

Eine ausgerastete Krankenschwester, die ihre Patienten umbringt.

»In der Rolle des Christian: ein Opfer des Normalitäts-Totalitarismus. Christian hat sein Leben in Heimen verbracht, weil seine Mutter eine rauschgiftsüchtige Hure war. Auf Grund seiner traurigen Erfahrung schrieb er einen Roman, den die Konformisten ablehnten; also wandte sich Christian mit einem gewissen Erfolg dem Problem der weiblichen Erlösung zu. Und schließlich«, fährt er fort, »in der Rolle des Mercanti ein großer Künstler, der DJ KaO, unser Spezialist für Akustik. Ein Virtuose auf dem Gebiet der elektronischen und direkten Musik, jedoch zu innovativ, um bei dem idiotischen Publikum die ihm gebührende Beachtung zu finden. Er setzt unablässig seine Forschungen fort und arbeitet heute über die Frequenzen und Töne, die bei körperlicher Zerrung, vor allem von Kindern, ausgestoßen werden.«

Körperliche Zerrung. Mir wird übel.

Christian imitiert einen Trommelwirbel, alle applaudieren.

Gefährliche Psychopathen, die sich in ihren »künstlerischen« Ambitionen frustriert fühlen. Sie haben sich über eine Zeitschrift für Kunst getroffen, die einen subversiven Anspruch erhebt und deren Konzept sie übernommen haben, um ihre perversen Instinkte zu befriedigen.

Und wir haben, ohne es zu wissen, der Aufführung ihres großen Werks beigewohnt: *Elise und der Tod im Schnee.*

Ein Werk, dessen Schluss noch nicht geschrieben ist.

Und das kein Happy End haben wird.

Und Yann? Wer ist er? Und wie sind Mercanti und Dupuy zur Polizei gekommen? Merkwürdig, mein Stift und mein Notizblock liegen noch auf meinem Schoß. Meine Finger zittern so sehr, dass ich einen Augenblick lang Angst habe, nicht mehr schreiben zu können.

»He, unsere geliebte Elise will eingreifen! Mal sehen ... *Yann*? Und dann: *Wie Mercanti und Dupuy zur Polizei?* Mercanti wird es Ihnen erklären, während wir noch einige Details besprechen.«

Getuschel. Ich höre, wie Gegenstände herumgeschoben

und Türen zugeschlagen werden: Mercanti kommt ganz nah zu mir. Erdbeerkaugummi.

»Mein kleiner, kleiner Liebling«, säuselt er mir zu, ohne meinen Widerwillen zu bemerken. »Ich bin der richtige Mercanti. Es gibt ja auch Pädophile unter den Priestern, warum also keine Mörder unter den Polizisten? Hauptsache, man bleibt an der Oberfläche *clean*! Was den richtigen Gendarm Dupuy angeht, so liegt er mit durchschnittener Kehle in einer Schlucht. Dank Léonards Hilfe, der sich in den Polizeicomputer eingeklinkt hat, wussten wir, dass er zu der Einheit kommen sollte, bei der ich war – es war mir kürzlich auf den Wunsch unserer lieben Francine hin gelungen, mich mittels einer gefälschten Urkunde hierher versetzen zu lassen. Gégène hat eine Panne in einer Haarnadelkurve vorgetäuscht. Sein künftiges Alter Ego hielt an, um ihm zu helfen. Ich sprang hinter einem Felsen hervor und hielt ihn in Schach, dann schnitzten wir ihm ein Lächeln, das ihn nie mehr verlassen wird.«

Ich höre angewidert zu und frage mich, wer soeben hinkend hereingekommen ist und jetzt direkt neben mir so schwer atmet. Justine? Nein, ich bin sicher, es ist ein Mann.

»Francine, gibst du mir den neuen Notizblock?«, fragt Yann.

Man legt ihn auf meinen Schoß.

»Wir werden uns schließlich nicht die Ratschläge eines Profis entgehen lassen«, höhnt er.

Ich schüttele meinen Stift wie ein Messdiener seine Glocke. Noch einmal und noch einmal, Zeit gewinnen.

*Nibal: Verkleidung abwechselnd von allen Mitgliedern der Gruppe getragen?*

»Nein, nun denken Sie doch mal nach«, sagt Francine.

Hätten alle diese Verkleidung getragen, hätte Magali nicht eine bestimmte Person erkennen können. Also hat eine einzige Person fast die ganze Zeit über die Rolle übernommen.

Also war es auch niemand aus dem Zentrum, denn Magali hätte seinen Namen gewusst, also ist es jemand von außerhalb, das heißt, Dupuy oder Mercanti, denn Magali hat sie nie im Zentrum gesehen, da sie bei der Ankunft der Gendarme bereits tot war. Auf Grund der Stimme und der Größe von Nibal würde ich sagen: Mercanti.

*Mercanti.*

»Gewonnen! Sie sind wirklich begabt.«

»Wo ist Justine?«, fragt plötzlich mein Onkel verwirrt.

»Dort, wo sie hingehört«, antwortet ihm Yann mit einer Stimme, die keinen Widerspruch duldet. »So, jetzt aber an die Arbeit: Wie soll die Geschichte enden?«

»Wir können uns ja an den vorgesehenen Schluss halten: Léonard bringt alle um«, schlägt Christian vor.

»Pah«, macht Mercanti, »das ist banal! Was schlägt denn B*A* vor?«

»Na, nicht viel. *›Ein Heimbewohner sieht den Mörder im Fernsehen ...‹«*

»Die Scherereien, die uns das eingebracht hat!«, ruft Laetitia aus. »Wir hätten das Kapitel auslassen sollen, das war beschissen: Ein Kind sieht den Mörder im Fernsehen und erkennt ihn, aber eigentlich erkennt sie ihn nicht, denn er trägt eine Kapuzenmütze! Na, ein toller Höhepunkt!«

»Noch dazu bin ich vor Hitze halb umgekommen unter dieser Kapuzenmütze!«, brummt Mercanti.

*»›Elise bekommt eine Ladung Pfeile ab ...‹«,* fährt Yann fort.

»Magali wollte nicht mit auf die Terrasse kommen, wo sie sehen sollte, wie du Elise hinunterstößt, ich habe sie regelrecht mitschleifen müssen!«, ruft Martine aus. »Im ersten Band wird Elise schon mit einer Nadel gestochen. Das ist nicht gerade sehr einfallsreich.«

»Ist dir nie aufgefallen, dass Krimiautoren in jedem Buch dieselben Elemente verwenden, nur leicht abgewandelt?«, fragt, Laetitia. »Die haben sie wirklich nicht mehr alle. Zwangsneurotiker.«

Bei ihrer Unterhaltung bekomme ich Gänsehaut. Weil ich ihre Gefangene bin, natürlich, aber auch, weil sie logisch denken in ihrem Delirium. Es sind keine Geisteskranken, sondern Menschen mit einer total pervertierten Psyche, die uns als Versuchskaninchen und als eine gute Unterhaltung sehen. Vielleicht verabscheuen sie uns sogar? Sie sind nicht unmoralisch, sie sind amoralisch. Nicht verrückter als die führenden Männer des Dritten Reichs. Auf ihre Art Anhänger der Eugenik, und wir sind ihnen ausgeliefert, und sie erfreuen sich an der Vorstellung, uns so langsam wie möglich umzubringen. Der absolute Albtraum: mit Haut und Haar diesen bewaffneten Sadisten ausgeliefert zu sein, die sich noch dazu als verkannte Künstler fühlen.

Wieder mein Stift. Jede Sekunde, die vergeht, ist eine Sekunde Leben mehr, eine Sekunde Aufschub vor dem Schmerz. Was soll ich fragen? Ah, ja!

*Elise isst Menschenfleisch?*

»Ah, das war die gute Idee unserer lieben Francine«, erklärt Yann heiter.

»Eine Abwechslung zum Tee«, bestätigt Francine.

»Es gab auch diesen Teil, wo Elises Rollstuhl auf einer Feuerwerksgarbe davonfliegt!«, ruft Christian. »Das war schön!«

»Das war dumm!«, entgegnet Francine. »Wir haben sie durch die Explosion in der Küche ersetzt.«

»Dumm, dumm, bumm, bumm, ich bumse dich.«

»Christian!«, ruft Martine automatisch.

Ich frage mich, ob ich nicht lieber mit einer Feuerwerksgarbe unter dem Hintern in die Luft geflogen wäre, als ihren Experimenten ausgeliefert zu sein wie eine Laborratte. Ich denke an Pawlow, seine Arbeit mit Tieren und die Versuchsneurose. Widerwärtig. Rationalisierte Folter. Jetzt sitze ich in dem Käfig.

»Warum haben wir sie nicht mit Nibal schlafen lassen?«, fragt Christian weiter.

»Das wollte ich ja gerade tun, aber Schnabel hat uns gestört«, erklärt Mercanti und jagt mir damit nachträglich einen Schauer über den Rücken.

»In zwei Stunden sind die Bullen da, uns bleibt nicht mehr viel Zeit, wir müssen uns endlich entscheiden!«, drängt Yann nervös.

»Und Elises Fingerabdrücke auf der Waffe?«, fragt Martine.

»Abgewischt«, entgegnet Laetitia.

»Hören Sie auf mit diesem albernen Spiel«, ruft mein Onkel plötzlich mit dem gezwungenen Optimismus eines zum Tode Verurteilten, der sich davon zu überzeugen versucht, dass er träumt.

»Gehen Sie nach draußen und sehen Sie nach, ob das ein Spiel ist! Mercanti, bring ihn raus!«

Trotz der Proteste meines Onkels, der mir plötzlich sehr alt vorkommt, zerrt ihn Mercanti aus dem Zimmer. Ich schreibe:

*Wo ist Yvette?*

»Gut gekühlt in der Zisterne«, höhnt Yann. »Nein, keine Sorge, sie ist bei den anderen, wir haben ihr noch kein Haar gekrümmt«, erklärt er und betont dabei das »noch«.

*Was werden Sie mit uns machen?*

»Das haben wir doch gesagt, Sie werden eines würdigen Todes sterben! Ebenso grandios wie in Waco! Zwei Dutzend Leichen verkohlen beim Brand des Zentrums, während Léonard Sie vor dem letzten Angriff der Elitetruppe vor der laufenden Kamera ermordet«, ruft Francine enthusiastisch aus. »Eine exklusive Großaufnahme für das PsyGot'yK, ein Buch, ein Film, der Verkauf der Live-Aufnahmen von der ganzen Geschichte. Ist Ihnen bewusst, dass wir im Begriff sind, ein Stück Geschichte zu schreiben? Und zwar ein wichtiges Stück.«

Draußen ertönen Schreie und Flüche, ich verkrampfe mich und warte auf den Schuss, die Tür fliegt auf, Aufschlag eines Körpers auf den Parkettboden.

»Der Idiot hat versucht zu türmen. Ich musste ihn niederschlagen«, erklärt Mercanti und spricht sicherlich von meinem Onkel.

»Du hast ganz schön zugeschlagen. Er blutet sauber«, stellt Christian fest.

»Die Alten bluten leicht«, sagt Mercanti. »Außerdem stinkt ihr Blut. Nicht wie das der Kinder. Das der Kinder ist wie Engelspipi.«

»Dieser Drecksack von Lorieux kann ja dem Onkel eine Kugel in den Kopf jagen«, fährt Christian fort. »Elise in Tränen aufgelöst und alles ... verdammt, das wäre stark!«

Lorieux! Den hatte ich ganz vergessen. Gehört er auch zu der Bande?

»Die Glaubwürdigkeit darf nicht aufs Spiel gesetzt werden«, gibt gerade Laetitia zu bedenken. »Warum sollte Lorieux Elises Onkel abknallen?«

Christian murmelt ein schmollendes »weiß nicht«. Ich stoße einen unvernehmbaren Seufzer aus. Schreibschule für Psychopathen. Unser Leben hängt von einer Zeile ihres Drehbuchs ab. Eine Welle des Hasses überspült Angst und Zorn und ergibt eine Mischung, die einen herben, widerwärtigen Geschmack hat und mir das Gefühl gibt, jeden Augenblick zu implodieren.

»Warum machen wir es nicht einfach so, wie es vorgesehen war?«, fragt Christian.

»Ich finde das langweilig«, meint Mercanti. »Es gibt keine Überraschung. Und Elise hat fast nichts getan. Eine schöne Heldin!«

»Na, wir können doch die Passage beibehalten, als sie die Leichen der Gendarme findet. Sie erkennt, dass Léonard der Schuldige ist«, schlägt Christian vor.

»Warum?«, unterbricht ihn Martine.

»Was weiß ich denn! Weil er der Sohn ihres Onkels ist.«

»Und woher weiß sie das?«, beharrt Martine mit zuckersüßer Stimme.

»Verdammt noch mal! Weil sie die Heldin ist, wozu soll sie denn sonst gut sein?!«, erregt sich Christian.

Zehn Sekunden lang zerbrechen sich alle den Kopf.

Den Notizblock. *Ich errate es, weil ich es wirklich erraten habe. Siehe meine Notizen. Schlussfolgerungen.*

»Na also! Sie errät es, weil sie es wirklich erraten hat!«, stimmt Yann gereizt zu.

»Aber was hat sie denn geraten, wo es doch nichts zu raten gibt?«, plärrt Christian.

»Sie hat das geraten, was sie raten sollte«, erklärt Francine. »Unsere liebe Elise ist wirklich ein großer Detektiv.«

»Na gut, sie hat es geraten und ruft die Bullen an ...«

»Sie – kann – nicht – spre-chen!«, artikuliert Laetitia.

»Ach ja, das hatte ich vergessen«, brummt Christian. »Man muss sagen, dass sie es uns nicht leicht macht. Außerdem ist sie nicht gerade sexy. Warum haben wir nicht Pamela Anderson genommen?«

»Wir wollen jetzt nicht wieder damit anfangen!«, unterbricht ihn Yann. »Es ist nun einmal so, dass wir über Francine den Onkel von Elise kannten und nicht den von Pamela Anderson.«

»Ein so charmanter Mann, Monsieur Andrioli«, flötet Francine. »Wer möchte noch etwas Tee?«

»Wir haben nicht mehr viel Zeit«, wirft Yann ein, den die wechselhaften Launen seiner Killertruppe aufzuregen scheinen.

»Ich habe eine Idee«, ruft Martine, »absolut genial: Letztlich ist Elise der Mörder!«

»Ah ja?«, fragt Christian. »Und wie bringt sie die Leute um? Etwa indem sie sie mit ihrem Rollstuhl überfährt?«

»Nein, sie hat jemanden angeheuert, sie setzt einen professionellen Killer ein, um neue Abenteuer zu erleben und damit viel Geld zu verdienen.«

»Und wer ist der professionelle Killer?«, erkundigt sich Yann interessiert.

»Léonard! Damit sind wir wieder auf unserer alten Linie.«

»Bisher hat mir niemand erklären können, wie Léonard jemanden umbringen kann«, brummt Mercanti. »Ich meine, er ist ja nicht sehr beweglich ...«

»Menschen mit eingeschränkter Bewegungsfähigkeit sind ebenso in der Lage, ihren Nächsten umzubringen, wie jeder andere«, antwortet Laetitia wütend.

»Eigentlich ist deine Idee Scheiße!«, erklärt Christian Martine.

»Ich erlaube dir nicht ...«

»Ich sage, Lorieux ist der Mörder!«, fährt er fort.

»Ja, das ist schön! Das ist subversiv! Das Gesetz gegen die Ordnung!«, stimmt Francine zu und klatscht in die Hände.

»Und Elise knallt Lorieux ab!«, brüllt Yann enthusiastisch.

»Aber wer knallt Elise ab? Wir dürfen keine Zeugen übrig lassen«, erinnert Francine missmutig.

»Und wenn es der Onkel wäre?«, schlägt Mercanti vor.

»Zu alt!«, meint Laetitia. »Lorieux ist wenigstens ein bisschen sexy.«

»Wir müssen methodisch vorgehen«, ruft Francine. »Ohne Methode kommen wir nie weiter. Die Sprache beeinflusst die Form, und die Form enthüllt die Sprache. Wir brauchen ein ästhetisches Credo!«

Kurzes Schweigen. Der Eindruck, ihre krankhaften Gedanken durch das Zimmer wirbeln zu hören. *Brainstorming* im eigentlichen Sinne des Wortes. Ach so, aber wenn Francine in der Psychiatrie war, wie kann sie dann ein Behandlungszentrum leiten? Ich kritzele *Francine nicht Psychiatrie?* auf meinen Notizblock.

»Unsere gute Elise erkundigt sich nach dem geistigen Gesundheitszustand unserer lieben Francine!«, verkündet Yann.

Eine Hand legt sich unter mein Kinn und hebt es hoch. Eine Hand, die nach Desinfektionsmittel riecht. Lippen, die kalt und feucht sind wie eine Schnecke, streifen meine Wange. Durch den Geruch des Kaugummis dringt ein säuerlicher Atem, der mich fast erstickt. Vor Abscheu bekomme ich Gänsehaut.

»Das ist eine lange Geschichte. Fast hätte Francine das Los einer geschlossenen Anstalt gezogen«, säuselt er mir, den Mund an mein Ohr gepresst, zu, »aber sie wurde gerade noch rechtzeitig gerettet.«

Ich versuche, den Kopf abzuwenden, doch sein Griff verstärkt sich, und seine Zungenspitze leckt mein Ohr: ein Gefühl, als versuche ein fetter Wurm einzudringen.

»Es war in einem Zentrum für Mehlsack-Kinder. Der Direktor, ein wahrer Jasager, hat sich wegen einiger Überschreitungen aufgeregt und wollte sie bei den Behörden anzeigen. Doch noch ehe er dazu kam, hatte der arme Kerl einen Unfall. Überdosis. Weißt du, mein kleiner Engel, die meisten Ärzte sind drogenabhängig ... Francine, die spürte, dass sie eine Mission hatte, hat den Job aufgegeben und die Zeitschrift gegründet. Sie ist ein wenig unser aller Heilige Mutter«, fügt er hinzu, während seine Zunge über meine Wangen, meine Augen, meine verzweifelt zusammengekniffenen Lippen gleitet.

Ich weigere mich hartnäckig, unter seinen Berührungen zu zittern, und schreibe: *Mein Onkel?*

»Oh, das wirst du nie erraten, mein Zuckerpüppchen! Justine hat ihn Francine bei einer Vernissage vorgestellt. Er suchte jemanden für die Leitung des Zentrums. Sie verfügte über alle nötigen Referenzen. Da siehst du mal, wie klein die Welt ist«, fügte er ironisch hinzu, während er versucht, seine Schlangenzunge in meinen Mund zu schieben.

»Wir könnten doch, während wir nach einem Schluss suchen, die toten Gendarme in den Mannschaftswagen legen, damit man auf den ersten Blick nichts merkt?«, schlägt plötzlich Laetitia vor. »Das wäre witzig: Die Polizei kommt: ›Nichts Verdächtiges, Kommissar!‹, dann macht plötzlich einer die Wagentür auf: Frankensteins Horrorkabinett!«

»Ja, eine kleine Inszenierung wäre nicht schlecht«, stimmt Martine zu, »das lässt uns Zeit zum Überlegen.«

Tumult, Türenschlagen, Gelächter, Geschrei.

»Bis gleich, mein kleiner Liebling«, sagt Mercanti, während er sich aufrichtet, und das Versprechen, das in seiner Stimme schwingt, bohrt sich wie ein Skalpell in verletztes Fleisch.

Zu meinen Füßen liegt mein Onkel, der schwer atmet. Doch da ist noch jemand anderes in meiner Nähe, jemand, der noch nichts gesagt hat und jetzt zum Sprechen ansetzt:

»Ich habe es zu spät begriffen.«

Lorieux.

»Als ich den Scheinwerfer am Boden sah und Martine mit Jean-Claudes Kamera auf der Schulter, hatte ich irgendwie ein ungutes Gefühl ... Und als Schnabel von FVU gesprochen hat, war ich mir sicher, dass wir in der Falle saßen.«

*FVU?*

»Funk-Verbindung-unterbrochen. Ein Code, um mitzuteilen, dass das Funkgerät zerstört wurde. Das heißt, dass er keinen Kontakt aufnehmen konnte. Die Verstärkung wird nicht kommen, Elise.«

Ich verdaue die Nachricht (schweigend).

»Ich habe mir gedacht, dass ich nicht den Verdacht dessen oder derer erregen dürfte, die im Verborgenen die Fäden ziehen. Ich habe versucht, mich normal zu geben. Als ich herauskam und Sie blutbespritzt und mit einer Waffe in der Hand sah und all meine Männer ermordet waren, ging in meinem Kopf alles durcheinander. Ich kehrte ins Haus zurück, um

Hilfe zu holen, und lief direkt in die Mündung von Schnabels Maschinengewehr, das auf meine Brust gerichtet war. ›Es funktioniert gut‹, hat mir Laetitia gesagt, ›und es macht hübsche Löcher, ich habe es gerade an Hervé Payot ausprobiert.‹

Da wurde mir plötzlich alles klar, all die Fäden, die immer wieder im CLMPAH zusammenliefen. Dieses Gefühl, manipuliert zu werden und mit Leuten zu sprechen, die einen auswendig gelernten Text aufsagten, diese allzu großen Zufälle ... Das Leben verläuft nie wie ein Roman, mit vorprogrammierten Höhepunkten und Anmerkungen des Autors.«

Ja, ich hatte das gleiche Gefühl, aber ich habe ihm nicht vertraut. Und dafür werden wir jetzt alle bezahlen. Lorieux fährt mit monotoner Stimme fort:

»Alle anderen haben sie in den Keller gesperrt. Mir haben sie die Hände mit meinen eigenen Handschellen auf dem Rücken gefesselt.«

*Und Hugo?*

»Ich denke, er ist tot.«

Sein Tonfall lässt mich vermuten, dass er es sicher weiß, es mir aber nicht sagen will. Als könnte sich mein Entsetzen noch steigern!

»Sie haben mir ein Exemplar von ihrem Schmierlappen gezeigt, PsyGot'yK, Magazin für Totale Kunst. Wie Justines Werke, nur verrückter. Übrigens gibt es eine Beschreibung von einer ihrer Ausstellungen an exponierter Stelle. Nach dem, was mir Payot erzählt hat«, erklärt er und wechselt damit unvermittelt das Thema, »erpresste Véronique jemanden. Darum ist sie heute Morgen hergekommen. Heute Morgen! Mein Gott! Es kommt mir vor, als läge es hundert Jahre zurück. Payot meinte, es hinge mit ihrem Aufenthalt in der psychiatrischen Klinik zusammen, in die man sie nach einem Anfall von Verfolgungswahn zwangseingewiesen hat.«

Der Aufenthalt in der psychiatrischen Klinik, wo sich alle getroffen haben: Marion, Sonia, Véronique, Yann. Die drei

Mädchen sind tot. Und Yann ist ganz offensichtlich wahnsinnig. Er war sicherlich nicht als Pfleger dort, sondern als *Patient.* Doktor Jekyll und Mister Yann, der Verführer mit den zwei Gesichtern. Schizophrenie. Nein, eher eine Paranoia-Psychose: Selbstüberschätzung, Autoritätsanspruch, Verfolgungswahn und Verfolgerallüren ... Okay, Psy, das ist Kauderwelsch, und ich habe keine Zeit zu verlieren, um seine Symptome zu analysieren!

Aber wie hat er Lorieux täuschen können?

*Yann krank?*

»Ich wusste es nicht. Er hat mir erzählt, er würde seine Ausbildung zum Erzieher fortsetzen und müsste oft Praktika in der psychiatrischen Klinik machen. Dass er selbst der Kranke ist, hat er mir nicht gesagt!«, erklärt er bitter.

Getrappel, Rufe, kalter Luftzug – sie sind zurück.

Eine Horde von Psychopathen in Freiheit, die über das Parkett dieses verdammten Zentrums trampelt, als wäre sie die Inkarnation meiner kindlichen Ängste.

»Mut!«, flüstert mir Lorieux zu.

Ja, den werden wir brauchen.

»Wie niedlich, die beiden!«, ruft Laetitia aus.

Ekelhafte kleine Göre.

»Christians Vorschlag wurde einstimmig angenommen«, erklärt mir Yann, und sein langes Haar mit dem trügerischen Duft nach Shampoo streift mein Gesicht. »Lorieux ist unser Mörder, und Sie legen ihn um, ehe Sie in den Flammen verbrennen.«

Dialog. Sie müssen Zeit verlieren. Mein Notizblock.

*Schon wieder Flammen! Das kam bereits im ersten Band vor*, liest Yann.

»Sie hat Recht«, bemerkt Martine. »Das sieht so aus, als hätten wir abgeschrieben. Außerdem gibt es einen Krimi von Cornwell, da geht es auch um Feuer.«

»Und wenn sie sich umbringen würde, als sie feststellt,

dass alle tot sind? Vor der Kamera mit einem Schild um den Hals: ›Die Welt besteht nur aus Widerwärtigkeiten‹«, schlägt Mercanti vor.

»Wiwiwi Wirrwarr!«, brüllt Christian.

»Ich hab's!«, ruft Laetitia. »Sie ertrinkt im Schnee!«

»Sie ertrinkt im Schnee?«, wiederholt Francine. »Ja, das ist sehr romantisch. Mit all den Leichen um sie herum steckt sie halb versunken im Schnee, mit erhobenen Armen, die um Hilfe rufen, eine Art *Titanic* der Alpen. Das gefällt mir.«

Mein Traum, in dem Magali sich erstickte, indem sie Schnee aß. Magali.

*Magali?*

»Oh, das war ich«, sagt Martine. »Während ich angeblich den Arzneischrank aufräumte, habe ich gesehen, wie Hugo in die Küche ging, um sich das Match anzusehen. Ich habe Magali gesagt, sie solle schnell mit in Ihr Zimmer kommen, wir wollten Ihnen eine Überraschung bereiten. Sie war so glücklich bei der Vorstellung, dank der magischen Leine bald Jesus zu sehen!«

»Und Véronique?«, fragt Lorieux hasserfüllt.

»Ach, unser schöner Adjudant-Chef hat die Sprache wiedergefunden«, höhnt Francine.

»Véronique, das war ich!«, sagt Christian. »Darum haben Sie auch den Bolzenschneider unter meinem Bett gefunden. Ein genialer Zug, nicht wahr? Die Tatwaffe beim Mörder! Verdammt, das Weib war gut! Ich habe sie vorher ausgiebig genossen, das kann ich euch sagen!«

»Und Marion Hennequin?«

»Das waren wir alle zusammen«, informiert Yann. »Dieses Miststück war weniger anmaßend als im Krankenhaus. Wir haben uns gut amüsiert. Aber sie hat nicht lange durchgehalten. Nicht wie Sonia.«

»Sonia, das warst du auch?«, fragt Lorieux und versucht, seiner Stimme einen festen Klang zu verleihen.

»O ja! Du hattest Recht, mich zu verdächtigen. Das Hündchen mit dem Käppi hätte sich auf seinen siebten Sinn verlassen sollen!«

Plötzlich fällt mir ein Gespräch ein, das ich jetzt in einem neuen, düsteren Licht sehe. Sonias traurige Stimme, an Yann gerichtet: »Du weißt, dass furchtbare Dinge passieren werden.« – »Wovon redest du denn?« – »Von Wahnsinn, von Zerstörung, vom Bösen – davon rede ich.« – »Weißt du etwas?« Und dann später: »Du weißt, dass nichts die bösen Kräfte aufhalten kann, wenn sie erst einmal entfesselt sind. Und sie sind es, Yann. Sie haben schon einmal zugeschlagen, oder?« – »Aber ...« – »Nein, sei still. Hast du nicht gelernt, dass Worte zu nichts nutze sind?« – »Das ist albern. Vertrau mir, Sonia!« – »Vertrauen ist ein Luxus, den ich mir nicht leisten kann. Lass mich gehen!«

Sonia wusste es. Sie wusste, dass er wahnsinnig war. Sie verdächtigte ihn, Marion getötet zu haben, das wollte sie sagen, aber sie hatte zu viel Angst!

»Ich habe mich die ganze Nacht über betrunken, damit man mich im Vollrausch findet«, erklärt Yann Lorieux. »Aber das hat mich nicht daran gehindert, gute Arbeit zu leisten. Ich habe an dich gedacht, siehst du, und das hat mich stimuliert.«

Ein unterdrücktes Schluchzen. Sicherlich Lorieux.

»Nun seht ihn euch an, diesen Idioten, er heult!«, spottet Christian.

Sie werden uns foltern. Uns foltern und uns langsam töten, ihre abartigen Fantasien in unser empfindliches Fleisch ritzen. Wir müssen Zeit gewinnen!

*Warum ist Sonia nicht geflohen?*

»Sie war am Ende«, erklärt Yann hämisch. »Durch und durch drogensüchtig. Ich beschaffte ihr alles, was sie wollte, und sie hatte keinerlei Willenskraft mehr, außerdem war sie krank. Sie wusste, dass sie bald sterben würde.«

»Du lügst!«, schreit Lorieux.

»Wenn es wirklich einen Punkt gibt, in dem mir das Lügen nichts bringt, dann diesen. Sie wollte nicht als Haut und Knochen im Krankenhaus enden. Sie wusste, dass das Ende bevorstand, und sie liebte mich. Warum also sollte nicht ich die Rolle des barmherzigen Todes übernehmen?«

»Du Dreckstück! Du hast sie zu Tode gequält, ist das dein Erbarmen?«

»Kennst du die Geschichte vom Skorpion und von der Kröte?«, fragt ihn Yann.

Vage Erinnerung an einen Skorpion, der einer Kröte schwört, er würde sie nicht stechen, sie dann tötet und sich entschuldigt mit dem Satz: Das ist meine Natur, wie hast du glauben können, sie würde sich nicht durchsetzen?

»Gut ...«, beginnt Mercanti und lässt seine Finger knacken.

Schnell!

*Der Hund? Yann nicht erkannt?*

»Ah, eine gute Frage, Elise!«, ruft Yann aus. »Da sieht man, dass wir es mit einem Profi zu tun haben! Als ich an diesem Abend in die Discothek ging, trug ich ausnahmsweise den Skilehreranzug, die Kapuzenmütze und die Handschuhe von Nibal. Der Hund hat meinen Geruch nicht wahrgenommen. Und dieses kleine Miststück von Sonia hat ihn hinausgelassen, ehe ich mich um ihn kümmern konnte. Darum hat er auch Mercanti in der Verkleidung von Nibal auf der Terrasse angegriffen. Er hat Nibals Silhouette erkannt.«

Eine andere Frage.

*PsyGot'yK?*

»Das ist eine Abkürzung von Psychotiker, dieser alberne Name, mit dem man uns tituliert, und von Gotik im Sinne des Schreckensromans des achtzehnten Jahrhunderts«, erklärt mir Francine affektiert.

Mein Onkel scheint wieder zu Bewusstsein zu kommen, er bewegt sich, richtet sich auf und murmelt einige unverständliche Worte.

»Schnauze, Alter!«, brüllt Christian.

Nichts mehr. Er muss wieder zugeschlagen haben. Hoffentlich hält sein Herz durch.

»Gut, kommen wir zurück zu unseren Schäfchen«, sagt Mercanti.

»Määäh, määäh, määäh ...«

»Schnauze, Christian!«, zischt Laetitia.

»Selbst Schnauze!«

»Die Zeit drängt«, erinnert Yann zum hundertsten Mal. »Erste Frage: Was machen wir mit den Nebencharakteren?«

»Wir werden sie nach und nach eliminieren. Kümmern wir uns zuerst um die Hauptpersonen«, schlägt Martine vor.

»Bleiben wir bei dem Plan, die Männer von der Spurensicherung mit ihrem Material aufzubauen, so als wären sie bei der Arbeit?«, fragt Laetitia.

»Ja, das war gut!«, stimmt Christian zu.

»Und die anderen?«, erkundigt sich Francine.

»Ich mag die Debilen«, erklärt Mercanti. »Sie sind wie Kinder, wenn sie sterben, blicken einen ihre Augen vorwurfsvoll an.«

Wie ich es bedauere, nicht dir eine Ladung Blei in den Wanst geknallt zu haben.

»Man muss sie prügeln, richtig prügeln!«, schreit Christian, »schon allein dadurch können wir die Videoaufnahmen verkaufen und eine Menge Geld verdienen!«

»Das Geld ist nicht unsere alleinige Motivation«, ruft Francine. »Unser Ziel ist es, eine neue, bisher unbekannte Ausdrucksform zu entwickeln.«

»Da könnt ihr euch ganz auf mich verlassen«, bemerkt Mercanti hämisch. »Habt ihr gehört?«, fragt er plötzlich.

Kleine Schreie, leise Schritte. Ich erkenne Claras hohe Stimme.

»Scheint so, als würden einige der jungen Damen einen kleinen Streifzug machen!«, fährt Mercanti fort.

Metallisches Klicken, Schritte, die sich entfernen.

Ich gebe mich der Illusion hin, die beiden Mädchen könnten fliehen, ihnen entkommen, durch die Wälder laufen, der Freiheit und dem Leben entgegen.

Christian schmettert *Plaisir d'amour*. Mercanti kommt zurück und ruft:

»Seht nur, wen ich im Freizeitraum gefunden habe!«

Ich höre Emilie mit ihrem zarten Stimmchen protestieren und Carla fragen, wo Hugo ist.

»Bei Magali im Himmel«, säuselt Martine. »Aber das ist nicht schlimm, du wirst bald bei ihm sein, mein Liebes.«

»Ich will auch in den Himmel«, ruft Emilie. »Als Erste!«

»Wenn es dir Freude macht, mein Schätzchen!«, sagt Mercanti. »Aber vorher musst du lieb sein, mein Engelchen, sehr lieb. Du wirst lieb sein, nicht wahr?«

Er fährt in seinem schleimigen Ton fort, das Rascheln von Kleidern, Proteste von Emilie, Kichern von Clara.

»Findet ihr es normal, dass sich dieses kleine Dreckstück von Emilie so anstellt?«, fragt Mercanti plötzlich.

»Als würde sich der Ton den Händen seines Töpfers widersetzen!«

»Meine Güte, wenn du sie missbrauchen musst, dann tu es, aber beeil dich!«, knurrt Yann.

»Ich will auch!«, schreit Christian.

»Würde es euch etwas ausmachen, das nebenan zu machen?«, fragt Francine pikiert.

»Ah, die Frauen«, brummt Mercanti. »Komm mit, Dicker, warum solltest du nichts davon haben?«

Er zieht ihn mit. Scharren von Schuhen auf dem Parkettboden.

»Los, vorwärts!«

»Ich finde das kindisch, diese ganze körperliche Erregung!«, sagt Martine zu mir.

»Dumme Pute«, brüllt Mercanti im anderen Zimmer.

Und fast gleichzeitig fängt Emilie an zu schreien. Richtige Schreie, wie in den schlimmsten Albträumen. Immer schriller. Ich versuche, nichts zu hören. Ich stopfe meine Faust so fest in den Mund, dass ich fast ersticke und beiße hinein. Francine hüstelt. Laetitia blättert in einer Zeitschrift. Jetzt stößt Emilie nur noch einen langen, nicht enden wollenden Klagelaut aus, die gleichförmige Klage eines Wesens, dessen Leiden bald vorüber sein wird.

Ein Schuss. Der Klagelaut bricht ab.

Martine beginnt zu singen: »Herr gib Frieden dieser Seele, nimm sie auf zum ew'gen Licht ...« Heftiges Verlangen, ihren Kopf mit den Rädern meines Rollstuhls zu zerquetschen.

»Mit schlechtem Material kommt man nicht weit«, stellt Yann fest, der den Raum betritt. »Voran, du Arschloch! Dieser Idiot hat versucht, Mercanti mit Handschellen zu erschlagen, ein wahrer Held, unser kleiner Kommissar!«, erklärt er.

Lorieux' Jacke streift meine Wange, Hiebe, er schwankt, fällt halb auf mich, Geruch nach Erbrochenem, Geruch nach Menthol – das ist Yann –, ein Hagel von Schlägen saust auf Lorieux nieder, der keinen Ton von sich gibt, sein Kopf knallt gegen meine Räder und bringt den ganzen Rollstuhl zum Wackeln. Ich höre die Knochen in seinem Gesicht splittern.

»Er ist ohnmächtig, der Drecksack«, brummt schließlich Yann, der jetzt nach Schweiß riecht, nach saurem Schweiß

»Wo ist meine kleine Clara?«, fragt Martine.

»Nebenan. Sie schüttelt die Hand ihrer Freundin und versucht, sie aufzurichten«, erklärt Christian hämisch.

»Gut! Vielleicht seid ihr ja jetzt mit euren Spielchen fertig«, sagt Francine. »Ich war der Meinung, wir wollten etwas tun, was in die Geschichte der Kunst eingeht! Eine arme Debile zu vergewaltigen und zu töten, findet ihr das etwa sehr bedeutsam? Erbärmliche Vorstadt-Subkultur. Holt lieber endlich die Hauptpersonen, damit wir weiterkommen! In Vierergruppen«, fügt sie hinzu.

Die Männer stimmen ihr zu und gehen hinaus.

O mein Gott, gibt mir mein Augenlicht, meine Beweglichkeit und eine Knarre, nur für eine Sekunde, dann bitte ich dich nie wieder um etwas, das schwöre ich!

Natürlich bekomme ich keine Antwort.

Plötzlich bohrt sich Francines schrille Stimme in mein Ohr:

»So, ich habe unsere Erklärung fertig. Das Manifest der PsyGot'yK! Hört zu, Mädchen: ›Wir, die PsyGot'yK, erklären der Normalität, der Rationalität und einer Gesellschaft, die die Gleichschaltung durch Normen anstrebt, den Krieg. Wir fordern das Recht auf Andersartigkeit und – von allen moralischen Skrupeln befreit – Verfügung über andere Völker im Namen der überlegenen Rasse, deren Vertreter wir sind. Es lebe der Mord! Es lebe das Verbrechen! Es lebe die Freiheit!‹«

»Du hast vergessen ›zum Ruhm unseres Himmlischen Vaters, dem wir es verdanken, über der niederen Herde zu stehen‹«, säuselt Martine.

»Ich dachte, wir könnten es vor der Kamera verlesen, im Hintergrund ein Gendarm, der bei lebendigem Leib verbrannt wird.«

»Autodafé – Die Verbrennung der Ketzer – für die Ordnung ... Nicht schlecht«, pflichtet Laetitia bei und skandiert: »Lorieux auf den Scheiterhaufen!«

Stimmengewirr im Flur, die anderen kommen. Ich lausche so angespannt, um mir nichts von dem entgehen zu lassen, was passiert, dass ich das Gefühl habe, meine Ohren hätten die dreifache Größe. Jedes Geräusch hat seine Bedeutung. Mein Leben, unser Leben hängt vielleicht von einer winzigen Kleinigkeit ab, die ich höre. Die ersten vier »Hauptpersonen« treten ein.

»Gut Ding will Weile haben«, sagt Bernard und: »Die Elster ist diebisch.«

»Gott sei Dank ist Ihnen nichts passiert«, ruft Yvette aus, ehe sie aufschreit, als sie – wie ich vermute – im Nebenzimmer Emilies Körper entdeckt und Clara, die daneben hockt und kleine, unartikulierte Laute ausstößt.

Madame Raymond tut es ihr gleich:

»Die arme Kleine, die arme Kleine!«

Klatschen von zwei kräftigen Ohrfeigen: Yvette weint leise, Madame Raymond unterdrückt ein Schluchzen und stammelt:

»Aber Madame Francine ...«

»Es gibt keine Madame Francine mehr, du dummes Stück!«, brüllt Christian. »Wir werden dich als Braten in deinen verdammten Ofen schieben!«

»Christian, sscht! Bitte sei nicht so ordinär!«, weist ihn Francine zurecht. »Unsere Kleinen sind schon traumatisiert genug.«

Justine ruft: »Fernand? Fernand?«, und Mercanti äfft sie höhnisch nach. Ich höre, wie Justine stolpert, dann einen Schrei, einen durchdringenden Schrei.

»Blut, das ist Blut! Am Boden liegt ein blutüberströmter Mann!«

»Fernie, Fernie«, winselt Mercanti.

»Fernie! Nein!«

»Hör auf zu plärren, oder ich mache ihn kalt!«, herrscht sie Mercanti an. »Ich hasse diese Nervenkrisen.«

Justine bleibt bei meinem Onkel und spricht mit leiser Stimme auf ihn ein.

»Warum ist unser Bruder Léonard nicht bei uns?«, fragt plötzlich Martine, und ihre Stimme klingt, als hätte sie den Mund voller Hostien.

»Gute Frage. Ich werde mal nachsehen«, meint Mercanti.

»Sie haben uns mit einem Maschinengewehr bedroht und uns gezwungen, in den Keller zu gehen. Jean-Claude haben sie sein Korsett weggenommen und die Männer von der Spurensicherung in leere Fässer gesperrt«, flüstert mir Yvette zu. »Und Hugo ist tot. Sie haben ihn im Treppenhaus aufgehängt!«, fügt sie mit einem Anflug von Hysterie hinzu. Einatmen. Ganz ruhig. Stift:

*Tintin?*

»Er ist im Vorratsraum. Sie haben ihn geschlagen, und seine Wunde ist wieder aufgeplatzt. Aber warum tun sie das?«, fragt sie mit zittriger Stimme. »Francine, Yann, die kleine Laetitia, so nette Menschen, und plötzlich könnte man sie für Monster halten. Vorhin hat uns Ihr Onkel eine verrückte Geschichte erzählt, angeblich sind sie Schauspieler, aber Schauspieler töten keine Menschen!«

»Außer es sind ›Schautöter‹!«, schreit Christian, der ihre Worte gehört hat und sich über seinen Witz amüsiert. »Schautöter«, wiederholt er. »Kommen Sie her, meine gute Yvette, ich werde es Ihnen erklären.«

Er zieht sie mit, nach jedem Satz höre ich Yvette aufschreien und Christians dreckiges Lachen. Um uns herum zanken sich die anderen.

Ich höre, wie mir das Herz im Hals schlägt. In schnellem Rhythmus. Ich habe das eigenartige und unklare Gefühl, nach einer Vollnarkose das Bewusstsein wieder zu erlangen.

»Elise?«

Justine.

»Was haben sie mit Fernand gemacht?«

Wie soll ich dir das erklären?

»Wer sind all diese Leute?«, fragt sie. »Von ihnen geht das Böse aus. Ich erkenne ihre Stimmen, aber nicht ihre Seelen. Ich habe sie reden hören, sie wollen uns töten, aber warum? Handelt es sich um Dämonen, die der Hölle entkommen sind?«

In gewisser Weise.

Mein Notizblock: *PsyGot'yK.*

Yvette, die zu uns zurückgekehrt ist, liest es ihr vor.

»PsyGot'yK!«, ruft sie aus. »Aber ich habe Ausstellungen mit ihnen gemacht! So reizende Menschen! Bei der Vernissage wurden Gurken mit Rhabarbersoße gereicht!«

Sie wird sich anscheinend bewusst, dass das kein wirklich unfehlbares Kriterium zur Beurteilung seiner Mitmenschen ist, denn sie schweigt eine Weile, ehe sie mit leiser Stimme fortfährt:

»Fernand hat mir vorhin, ehe sie ihn mitgenommen haben, die Wahrheit gestanden. Ein Film, von dem wir nichts wussten. Er hat es Ihrer Nachricht entnommen. Wissen Sie, er spielt so gerne Komödie.«

Ja, außer dass er glaubte, in einer Komödie zu spielen, während das Leben mit ihm spielte.

»Aber das ist keine Komödie, nicht wahr?«, fragt Justine.

In gewisser Weise doch, eine grausame Komödie, bei der wir die Rolle der Dummen übernommen haben.

Alle Ereignisse seit meiner Ankunft in Castaing passieren Revue. Ich höre jeden Satz, sehe jede Geste im neuen Licht des Komplotts. All die Ungereimtheiten, die emotionslos heruntergeleierten Sätze, der Eindruck, dass niemand wirklich trauerte. Die Tatsachen setzen sich zusammen wie Teile eines Baukastensystems, die sie in Wirklichkeit sind. Plötzlich stoße ich auf einen Punkt, der unklar bleibt.

*Zigarettenetui?*, liest Yvette.

»Ah«, erklärt Justine, »das gehört Fernie. Ich habe nicht verstanden, wie es in den Besitz dieser Véronique kam, und ich hatte Angst, dass man eine Verbindung zwischen ihm und dem Opfer herstellt. Also habe ich gesagt, man hätte es mir gestohlen.«

»Und wie kam es in ihren Besitz?«, fragt Yvette

*Vielleicht hat Fernand es Sonia gegeben und Sonia Véronique?*, kritzele ich und denke daran, wie sehr ich mir zu diesem Punkt umsonst den Kopf zerbrochen habe.

Yvette liest es Justine vor, die zustimmt.

»Das klingt plausibel, aber in dem Moment habe ich nichts mehr verstanden.«

Na, dann wären wir ja schon zwei.

Plötzlich Schritte. Zwei Männer. Einer mit festem Tritt, einer, der ständig zu stolpern scheint. Léonard.

»L-lass m-mich!«

»Wo warst du, Léo?«, fragt Martine zuckersüß.

»M-m-müde«, murmelt Léonard.

»Der arme Kleine!«, schimpft Christian. »Glaubst du etwa, wir wären nicht müde, mit all diesen dummen Gänsen, die ohne Unterlass schnattern?«

»Von wem sprichst du?«, fragt Laetitia in eisigem Ton.

»Streiten wir uns nicht!«, greift Yann ein. »Léonard ist da, und das ist das Wichtigste. Wir wollen seine Rückkehr feiern«, fügt er boshaft hinzu.

Mercanti kichert hämisch.

»Hast du Emilie gesehen, Léonard?«, fragt er. »Es ist noch etwas von ihr übrig. Wenn du Lust hast ...«

»Ich dachte nicht an Emilie. Leichen interessieren Männer der Tat nicht«, wirft Yann ein. »Nein, ich dachte an unsere liebe Justine.«

»Sie sind verrückt!«, schreit Yvette.

»Du alte Nachteule, halt die Schnauze«, brüllt Christian. »Ja, die Blinde und der Paralytiker, das ist spritzig!«

»Lassen Sie mich los«, schreit Justine. »Sie tun mir weh.«

Ich wende den Kopf in Richtung der jeweiligen Geräusche. Schritte, Keuchen, Stühle- und Möbelrücken.

»Wenn sich eine von den Weibern rührt, jage ich ihr eine Kugel in den Kopf!«, kreischt Christian.

»Na, gefällt sie dir, deine Tussi?«, fragt Laetitia Léonard. »Gefällt sie dir nackt, da werden schöne Erinnerungen wach, was?«

»Man muss sie dort bestrafen, wo sie gesündigt hat«, erklärt Martine.

»Genau!«, pflichtet Yann bei. »Reich mir den Schürhaken, den glühenden.«

»Oh, aber Sie sind ja verrückt!«, ruft Madame Raymond aus.

Eine schallende Ohrfeige und ein Kopf, der heftig gegen die Wand schlägt.

»Los, Léo, mach! Verpass ihr eine harte, heiße Ladung!«, grunzt Christian.

Laetitia kichert.

»Léonard? Léonard?«, stammelt Justine. »Léonard, was ist los?«

»Nimm den Schürhaken, verdammt noch mal!«, befiehlt Yann.

»N-nein«, stottert plötzlich Léonard. »N-nein!«

»Was? Du willst nicht?«, fragt Yann drohend.

»G-genug Sch-Schlechtes!«, stößt Léonard mühsam hervor. »W-will n-nicht mehr.«

Ich erinnere mich plötzlich an seine Betonung, als er Laetitia sagte, *zu schlecht*.

»Léonard?«, ruft Justine noch einmal verzweifelt.

»Nun sieh mal einer diese alte Ziege an!«, ruft Laetitia.

»D-du D-Dreck-st-stück!«, bringt Léonard mühsam hervor.

»Schwächling!«, antwortet Laetitia.

»Weißt du, welches Los Verräter erwartet?«, fragt Yann mit der Emphase eines schlechten Schauspielers in einem B-Movie.

Sie amüsieren sich! Sie spielen dauernd irgendwelche Gefühle vor und haben keinerlei echte Emotionen. Oder genauer gesagt, gar keine Emotionen, ausgenommen, es geht um ihr geliebtes Ego.

»Fass dich wieder, Léonard«, säuselt Martine, die ich mir nur noch als Küchenschabe im Nonnengewand vorstellen kann.

»I-Ihr k-könnt mich m-mal!«, sagt Léonard würdevoll. »I-ich b-bin ein f-f-freier M-Mensch!«

»Frei zu sterben wie ein Idiot!«, entgegnet Yann, dessen Stimme jetzt schrill klingt.

Er scheint die Infragestellung seiner mörderischen Dogmen nicht zu ertragen.

»Änderung des Drehbuchs!«, erklärt er plötzlich. »Elise hält Léonard für Nibal und tötet ihn!«

Er richtet den Lauf seiner Waffe gegen meine Schläfe, während man mich zwingt, die Hand zu öffnen und meine Finger um einen geriffelten Pistolenkolben schließt. Was hat Yann gesagt? Ich spüre, wie das Blut aus meinem Kopf weicht. Sie wollen doch wohl nicht, dass ich ...

»Léonard steht genau vor dir, mein Zuckerpüppchen, du kannst ihn gar nicht verfehlen«, flüstert mir Mercanti zu, dessen säuerlicher Atem jetzt den Geruch des Kaugummis überdeckt. »Wenn du ihn sehen würdest, wie ein Heiliger, der bereit ist, zum Märtyrer zu werden!«

»Gott weist die Halbherzigen zurück«, sagt Martine voller Überzeugung.

Ich öffne die Finger, die Pistole fällt auf den Parkettboden.

Ohrfeige. So heftig, dass ich nur noch ein schrilles Pfeifen höre. Dann plötzlich Yanns Stimme, die mir dröhnend erscheint:

»Mercanti, wenn sie das noch einmal macht, kümmerst du dich um die liebe Yvette. Spezialbehandlung mit Bohrmaschinen-Massage.«

Man packt erneut meine Hand, wieder schließen sie meine Finger um den Metallkolben. Man legt meinen Zeigefinger um den Abzug. Diesen Zeigefinger, den ich durch stundenlange Krankengymnastik wieder beweglich gemacht habe, ohne zu ahnen, dass er vom Instrument der Befreiung zum Instrument des Todes werden würde. Und wenn ich es geahnt hätte, wäre nicht doch mein Lebenswille stärker gewesen?

Ich habe drei Möglichkeiten:

1) Ich ziele in Yanns Richtung. Was würde das ändern? Ob ich ihn treffe oder nicht, es wäre das Signal zum großen Massaker.

2) Die Waffe auf mich selbst richten.

3) Abdrücken. Würde das Yvette retten? Ich glaube nicht.

Drei Möglichkeiten, und nicht vier. Ich halte es nicht für sinnvoll, auf Yann oder einen von den anderen zu schießen. Ich habe nicht den Mut, mich selbst zu töten. Ich bin unfähig, den Abzug zu drücken.

Vollkommene Verzweiflung.

»So schießen Sie doch, Elise. Léonard wird ungeduldig. Er hat es eilig, zu seinem Schöpfer zurückzukehren«, sagt Martine liebenswürdig zu mir.

Jemand beginnt zu singen. Eine männliche Altstimme.

»*Lascia ch'io pianga.*«

»Ein wahres Wunder!«, ruft Martine aus. »Gott hat ihm seine Stimme zurückgegeben! Oh! Was für ein schöner Engel er sein wird!«

»Wartet, das muss gefilmt werden«, sagt Laetitia.

Das Surren von Jean-Claudes Kamera.

Mir ist übel.

»›Tod von Léonard‹, die Einzige!«, verkündet Laetitia.

Justine murmelt etwas in einer geheimnisvollen Sprache. Madame Raymond schnieft unablässig. Meine Hand zittert so stark, dass ich Mühe habe, die Waffe zu halten. Mir ist übel.

»Was soll ich machen? Soll ich mir die Alte vornehmen?«, fragt Mercanti begierig.

»Los!«

Yvette wimmert. Ein echtes Wimmern vor entsetztem Schmerz. Ich weiß nicht, was der Schweinehund mit ihr macht, aber ich weiß, dass es ihr wehtut. Ich will sie nicht so wimmern hören. Auditive Rückblende zu dem Massaker an Emilie. Ich KANN das nicht hören.

Gesang erfüllt Stille, die nach Blut und Angst stinkt. Die Stimme wechselt mit Leichtigkeit von Höhen zu Tiefen, wird kristallklar, Wasser des Lebens, sprudelnde Quelle, engelsgleicher Atem.

Die Übelkeit in mir verstärkt sich.

Würgen, Erbrechen, warme, klebrige Flüssigkeit rinnt über mein Kinn auf meine Hände ...

»Verdammt, das Miststück kotzt!«, schreit Christian.

Schreien von Yvette.

Echtes Schreien.

Schreien. Schreien. Schreien.

Mein Finger spannt sich um den Abzug.

Explosion.

Die Stimme bricht, gurgelt, schweigt.

Das Geräusch eines zu Boden fallenden Körpers wie im Zeitlupentempo.

»Genau ins Zentrum«, ruft Yann und schlägt mir auf die Schulter.

Man reißt mir die Waffe aus der Hand, ehe ich noch daran denken kann, wild um mich zu schießen. Nervöses Zucken meiner Augen, meiner Wangen, meiner Brust, ich fühle, wie mich eine Schockwelle ergreift, mich schüttelt wie ein Spielzeug, ich ringe nach Luft, versuche zu atmen, Schleim, zu Hilfe ...

Ich habe Léonard getötet.

Meine Hand wischt über meinen Mund, die Nase, der Ärmel an meinen besudelten Lippen, grässlicher Geschmack. Große Kälte im Inneren. Die Fähigkeit zu denken kommt zurück, unbeschadet, unbeteiligt, objektiv.

Ich, die ich keiner Fliege etwas zu Leide tun kann, habe freiwillig den Abzug einer Waffe betätigt, um Yvette zu schützen, soeben habe ich den zweiten Menschen innerhalb von zwei Stunden getötet.

Dupuy, das war legale Notwehr. Dies ist Mord.

In diesem Augenblick weiß ich, dass ich zur Spezies der Überlebenden gehöre, derer, die zu allem bereit sind, um zu überleben. Dass auch ich zu den räuberischen Wesen gehöre. Ja, mein Lebenswillen wird immer überwiegen.

Yann reißt mich aus meiner verblüfften Konfusion:

»So, wir gehen, alle Mann raus!«

## KAPITEL 15

Jemand schiebt meinen Rollstuhl. Es ist Yvette, sie weint, und ihre heißen Tränen tropfen auf meine kalten Hände. Ich würde auch gerne weinen. Mich so des Eises entledigen, das schleichend Adern und Lunge erfüllt.

»Es tut mir so Leid«, sagt sie schniefend, »aber er hat angefangen, meinen Schenkel mit einem Betonbohrer zu bearbeiten. Es tut mir so Leid um den armen Jungen, ich wollte nicht schreien ... Aber es war nicht möglich ... Er schob die Bohrmaschine langsam auf meinen Körper zu und ...«

Ich bin die Schuldige. Ich habe abgedrückt.

Ich höre Justine, die noch immer nackt ist, mit den Zähnen klappern.

»Nehmen Sie meine Jacke«, sagt Yvette. »Sie sind kleiner als ich, also wird sie Sie in etwa bedecken.«

Bernard geht neben mir. Er ringt heftig nach Atem, sein Fettleibigkeitsemphysem verschlimmert sich durch den Stress. Wie ein Mantra wiederholt er: »Nachts wird geschlafen. Schokolade ist nicht gut für die Zähne.«

»Wie bescheuert du doch bist, mein armer Bernard«, säuselt ihm Francine zu. »Ich verstehe gut, warum dich keiner haben will.«

»Ich muss mir die Hände waschen, eine Familie ist fürs Leben!«

»Nun halt schon die Klappe!«, fährt ihn Martine an. »Wenn

ich bedenke, dass ich mich die ganze Zeit über um diesen Fettsack kümmern musste! Hoffentlich nimmt Gott ihn bald wieder zu sich!«

»Gott liebt die einfachen Gemüter«, höhnt Mercanti.

»Gott hat sie gerne bei sich im Himmel, wie ein Vater seine wilden Kinder um sich versammelt«, entgegnet sie salbungsvoll.

Mercanti kichert. »Ungläubiger«, zischt Martine. »Wenn es ein Leben nach dem Tod gibt, hoffe ich, dass ich zugegen sein werde, wenn du verschlafen bei Petrus ankommst, damit ich sehen kann, wie du in den Abgrund gestoßen wirst.«

Für einen Augenblick quält mich die Vorstellung, dass die Grausamen Gottes Lieblinge sind und ich in der Hölle landen könnte.

Der Beweis: Dort bin ich ja bereits.

Sie schieben uns in die kalte Nacht hinaus und schlagen uns, weil wir nicht schnell genug sind. Hiebe mit dem Revolverkolben, Fußtritte. Man gewöhnt sich an die Schläge. Ob es eine schöne Nacht zum Sterben ist? Der Sturm hat sich gelegt. Vielleicht gibt es ja Sterne.

Das Gespräch dreht sich darum, wie man unsere Körper im Schnee gruppieren sollte. Sollen sie nackt sein? Soll man uns erfrieren lassen oder uns töten und dann im Schnee vergraben wie unter einer Lawine?

»Aber das Haus in Flammen, das wäre doch besser gewesen«, beklagt sich Christian.

»Wir haben dir doch gesagt, das gab es schon!«, ruft Laetitia. »Du bist ja wirklich zurückgeblieben!«

»Sag das nie wieder! Hörst du?«

»Du bist zurückgeblieben!«

»Miststück! Dir werde ich das Maul mit deiner Gehhilfe stopfen!«

»Stopp!«, brüllt Yann.

Doch niemand hört auf ihn.

Bernard geht neben mir und murmelt unzusammenhängende Wörter. Schnell, meinen Notizblock.

*Verschwindet, sie werden uns töten,* liest Yvette mit halblauter Stimme. »Ich lasse Sie nicht allein!«

»Ich muss mir die Hände waschen«, sagt Bernard, »wenn der Tank leer ist, muss man ihn wieder voll machen.«

*Bernard muss gehen,* liest sie mit angespannter Stimme. »Ja, du musst gehen, schnell, schnell! Direkt ins Dorf! Lauf!«

»Ich bin schmutzig«, sagt Bernard, »ich bin so schmutzig, dass ich unbedingt ins Badezimmer gehen muss. Eine Minute hat sechzig Sekunden.«

Er geht! Er geht! Lieber Gott, mach, dass sie ihn nicht sehen!

Jemand stößt mich an, betastet meine Knie.

»Ah, Sie sind es«, sagt Justine. »Die Heerscharen der Finsternis haben sich gesammelt, sie knurren wie Wachhunde. Die ganze Gegend wird vom Übel überflutet werden!«

»Wir wollen beten«, sagt Yvette. »Unser Vater, der du bist im Himmel ...«

Unseren täglichen Horror gib uns heute ...

»Geheiligt werde dein Name, dein Reich komme ...«

Das Reich des Teufels, darauf steuern wir geradewegs zu. Justine stimmt in Yvettes Gebet ein, dann auch Madame Raymond, deren Akzent mir nicht mehr so ulkig erscheint wie zuvor, als sie jetzt betet »Vergib uns unsere Schuld, wie auch wir vergeben unseren Schuldigern«.

Ich höre Laetitia kichern.

»Wirklich wie blökende Schafe!«

Martine begeistert sich:

»In den schwierigen Momenten des Lebens nähern wir uns unserem Schöpfer.«

»Wo ist der Dicke?«, fragt plötzlich Christian.

Ich drücke auf den Knopf, und der Rollstuhl macht einen Satz nach vorn.

»He, ganz ruhig!«, schreit er. »Beinahe hätte sie mich umgefahren!«, und wiederholt dann: »Wo ist der Dicke?«

Wieder ein Satz nach vorn. Ich bekomme einen heftigen Schlag mitten ins Gesicht und spüre, wie meine Nase blutet. Tränen schießen mir in die Augen.

»Ganz ruhig, haben wir gesagt!«, schreit Yann.

»Warte nur, ich werde sie beruhigen«, säuselt Mercanti und hebt mich hoch. Ich versuche, mich zu wehren, aber vergeblich. Er wirft mich in den Schnee und legt sich mit hämischem Gelächter auf mich, hoffentlich ist Bernard weit weg, Blut läuft mir aus der Nase in den Mund, ich werde ersticken, ich ... Ich höre Justine, Yvette und Madame Raymond schreien, Mercanti grunzt über mir, ich bin nicht da, in meinem Kopf bin ich weit weg, Schüsse fallen, bei jedem Knall möchte ich mich erbrechen, ich kann mich nur noch über ihre Schreie freuen, ihre erbärmlichen Schreie des Grauens, die aber bedeuten, dass sie noch leben. »Hü, hü!«, schreit Christian, sie scheinen sich damit zu amüsieren, sie durch den Schnee zu jagen, kurzer Schmerz irgendwo in meinem Inneren, ich wende den Kopf ab, um Mercantis stinkendem Atem zu entkommen, Mercanti erhebt sich mit einem befriedigten Glucksen, fragt: »Na, glücklich?«, und wirft mich in meinen Rollstuhl. Mir ist alles egal!

Mein Notizblock. Nicht wanken. Nie wanken.

*Was ist der Grund für all diese,* ich schniefe, wische mir wütend die Nase ab, *diese Morde? Ich dachte, Léonard tötet, um sich in den Besitz des Erbes zu bringen. Letztlich ist er nur eine armer Irrer.*

Ich strecke das Blatt aus. Christian liest es stockend vor.

»He, die beleidigt uns!«

»Absolut nicht, sie hat völlig Recht«, sagt Martine. »Wozu soll dieses Massaker gut sein?«

»Na, wenn er doch ein Mörder ist, ist es normal, dass er mordet!«, ruft Christian.

»Aber doch nicht irgendjemanden, du Schwachkopf!«, schreit Laetitia.

Klatschen einer Ohrfeige, die ein Rind umgehauen hätte. Laetitia stößt einen schrillen Schrei aus. Es folgt ein Schuss. Nur ein einziger. Trocken. Lange hallt er in dem kleinen Innenhof wider. Der inzwischen schon vertraute Geruch nach verbranntem Pulver! Ein Schmerzensschrei von Christian, der sich zu einem Crescendo steigert wie eine Sirene.

»Du bist wohl verrückt geworden«, tobt Yann. »Hast du gesehen, was du angestellt hast? Christian! Christian! Aber sie hat ihm das Knie zertrümmert!«

»Ich habe Schmerzen!«, jammert Christian. »Aah, ich habe Schmerzen!«

»Nun beruhigt euch mal!«, sagt Francine im Ton einer Oberlehrerin. »Beruhigt euch! Christian, hör bitte auf zu schreien! Wie du sicher festgestellt hast, ändert das Schreien nichts an den Schmerzen.«

»Ich werde ihm beibringen, eine Dame zu schlagen.«

»Miststück!«, plärrt Christian.

»Jetzt ist aber Schluss!«, ruft Martine aus.

Direkt neben mir Yvette, Justine, Madame Raymond, zitternd, verschreckt, ich ergreife Justines Hand, Yvette flüstert mir zu: »Ich hoffe, sie werden sich gegenseitig umbringen.« Mit etwas Glück schon. Aber für uns ist der Moment gekommen, das unsere zu versuchen. Ich fahre ein kleines Stückchen vor. Gott sei Dank versteht Yvette meine Absicht und dreht mich in die richtige Richtung. Wir bewegen uns Zentimeter für Zentimeter voran und schleppen eine schniefende Justine mit, die sich ruhig verhält.

Die PsyGot'yK streiten sich weiter und diskutieren mit Vehemenz ihre psycho-künstlerischen Theorien, während Christian jault wie ein verwundetes Tier.

»Die grundlegende Frage ist das Ziel!«, brüllt Yann. »Das verdammte Ziel!«

»Die Logik ist der Imperialismus der Norm!«, schreit Francine zurück. »Es lebe die freie Kunst! Nieder mit dem Diktat der Vernunft!«

»Ihr seid wirklich Amateure«, klagt Mercanti, »armselige Amateure! Nicht mit Theorien macht man Kunst, sondern mit den Eingeweiden!«

»Ein poly-expressionelles Werk, das ist das Ziel!«, skandiert Laetitia.

Eine Weile geht es so weiter. Plötzliche Erinnerung an die Uni: ›Eine abartige Natur findet allzu oft im Kontakt mit Übeltätern eben die Hilfe und Herausforderung, die ihr Betätigungsfeld erweitert und durch die sie sich in ihrer Unerfahrenheit begeistern lässt.‹

Francine geht auf und ab und deklamiert Satzfetzen:

»Unsere lieben Heimbewohner ... noch etwas Tee ... gutes Fleisch ist so teuer, meine Liebe, dass man es nicht übertreiben sollte ...«

Yann fragt sie, ob sie den Verstand verloren hat.

»Ich vergegenwärtige mir meinen Text für die Bullen«, entgegnet sie

»Aber wir werden nicht auf die Bullen warten!«

»Sprich für dich! Ich weiß nicht, was ich tue. Schließlich habe ich keine Vorstrafen, und ich habe nicht die geringste Lust, mit einer Bande von Normalisten zu fliehen.«

Während sie ihre Hirngespinste austauschen, bewegen wir uns noch immer langsam vorwärts. Die Rollstuhlrampe, Yvette hat uns zum Haus geführt. Nein! Wir hätten in den Wald fliehen müssen, in den Schnee, in den Schutz der Bäume und der Dunkelheit. Was macht sie bloß? Sie fummelt am Mauerwerk herum, ein metallisches Quietschen, der Briefkasten? Sie nimmt meinen Stift, schlägt damit gegen etwas. Knistern einer elektrischen Leitung, wütende Ausrufe:

»Die Sicherung ist schon wieder rausgesprungen!«

»Es ist stockfinster!«

»Die Wolken verdecken den Mond, wir müssen etwas warten.«

»Vorsicht, ballert nicht blindlings los!«

»Lasst mich nicht allein hier!«

»Ich habe den Hauptschalter kaputtgemacht«, flüstert mir Yvette zu. »So, jetzt hören Sie gut zu: Gleich nebenan führt das Gelände abschüssig in den Wald. Justine, setzen Sie sich auf Elises Schoß, Madame Raymond wird Sie schieben.«

Und sie? Kommt nicht in Frage, dass sie sich opfert, ich ...

»Ich werde den Adjudant-Chef und Ihren Onkel holen«, fügt sie hinzu. »Wir können sie nicht hinter den feindlichen Linien zurücklassen.«

Yvette in einem Kriegsfilm! Wären die Umstände nicht so tragisch, müsste ich lachen.

Sie schiebt den Rollstuhl in Richtung Abhang, Justine setzt sich auf meinen Schoß, ein kalter, zähneklappernder Körper. Madame Raymond lässt unablässig das »Gegrüßet seist du, Maria« auf das »Credo« folgen, ein hartnäckiges Summen, das an eine Fliege erinnert, die immer wieder gegen die Fensterscheibe stößt.

»Fernand, wir müssen Fernand rausholen«, stammelt Justine.

»Darum kümmere ich mich«, sagt Yvette. »Los, Madame Raymond, schieben Sie!«

Heftiges Rütteln. Ich drücke sofort auf den Fahrknopf, und schon geht es bergab.

»He! Stopp dahinten!«, ruft Yann. »Ich habe gesehen, wie sich etwas im Dunkeln bewegt«, sagt er zu seinen Gefolgsleuten.

»Wo sind die Geiseln?«, fragt Martine.

»Verdammt, sie sind abgehauen!«, ruft Laetitia. »Und das alles nur wegen des Affentheaters von Christian!«

»Ich möchte dich mal an meiner Stelle sehen, du halbe Portion«, knurrt Christian.

»Weißt du was? Ich werde filmen, wie du krepierst«, faucht sie zurück.

»Natürlich, wenn man die Personen nicht unter Kontrolle hat, wird man wohl kaum ein Buch schreiben können«, bemerkt Martine pikiert. »Wenn Gott es bei der Schöpfung genauso gehandhabt hätte ...«

Ihre Stimmen entfernen sich.

Der Abhang wird steiler, Justine klammert sich an meinem Hals fest, erstickt mich halb, der Rollstuhl rumpelt, das erinnert mich an andere Schwindel erregende Abfahrten, an andere Stürze und andere Ängste, von denen ich gehofft hatte, sie nie wieder durchleben zu müssen. Der Rollstuhl schwankt, kippt beinahe um, findet das Gleichgewicht wieder, stößt gegen ein Hindernis, und wir landen kopfüber in einem Haufen frischen Schnee von gut einem Meter Höhe.

»Elise! Elise!«, flüstert Justine.

Ich rudere mit dem Arm, damit mein Kopf nicht im Schnee versinkt. Ich habe wirklich keine Lust, in ihrer *Titanic des Alpes* mitzuspielen, ich halte mich an etwas Hartem, Knotigem fest, ein Zweig, Tannennadeln pieksen mich, Justine ist in meiner Nähe, sie klammert sich an meine Schulter, ich höre sie tasten, nach einem Zweig greifen, so hocken wir keuchend da, halb eingesunken, mit klappernden Zähnen, und lauschen in die Nacht.

Das Rad meines Rollstuhls quietscht. Wo ist er? Ich recke mich, stoße an Metall und Leder, den Arm heben, das Rad anhalten, meine Finger geraten in die Speichen. Manchmal ist es gut, wenn man nicht schreien kann. Es gelingt mir, sie herauszuziehen, das Rad quietscht nicht mehr.

»Ich sage euch doch, sie sind abgehauen«, brüllt Yann. »Kann nicht jemand das Licht wieder anmachen?«

»Der Hauptschalter ist durchgebrannt«, ruft Martine ihm zu. »Unmöglich, den Strom wieder anzuschalten. Wir müssen die Taschenlampen der Polizisten nehmen.«

»Wir werden alle geschnappt werden«, prophezeit Francine düster. »Möchten Sie etwas Tee, Herr Kommissar?«

»Segne mich, o Herr, denn ich habe gesündigt ...«

»Madame Raymond! Wir sind hier«, flüstert Justine. »Kommen Sie schnell zu uns!«

»Ich bin bis zu den Ohren im Schnee versunken, mein armes Mädchen. Ich bleibe hier, bei diesem Baum.«

Laetitias klare Stimme dringt deutlich vernehmbar zu uns herüber:

»Wir müssen sie abknallen. Wir dürfen auf keinen Fall Zeugen hinterlassen.«

»Mein Gott, und wir waren so nah am Ziel«, schimpft Yann. »Das erste *Live*-Buch!«

»Allein schon mit den Fotos hätten wir Elises Fanclub zum Explodieren gebracht«, bemerkt Christian, von Stöhnen unterbrochen.

»Wir hätten den Prix Goncourt erhalten«, prahlt Francine.

»Amateure«, knurrt Mercanti.

»Wo ist Lorieux?«, fragt plötzlich Yann.

»Drin, mit Andrioli«, antwortet Martine.

»Ich gehe hin, gib mir ein volles Magazin.«

Justine und ich lauschen auf jedes Geräusch, den geringsten Ton, die Zeit scheint in dieser Minute, da Yann ins Haus geht, um Lorieux und meinen Onkel zu erschießen, stehen zu bleiben. Hat Yvette sie befreien können? Die Sekunden ziehen sich ewig hin, und ich bemerke plötzlich, dass ich den Daumen drücke, und Justine murmelt unaufhörlich: »Bitte, bitte, bitte.«

»Sie sind nicht mehr da«, brüllt Yann. »Nehmt die Taschenlampen, wir müssen sie finden! Auf alles schießen, was sich bewegt!«

Keuchen zu meiner Linken. Mehrere Personen stapfen mit schwerem Schritt heran, Zweige knacken. Justine presst ihre Nägel in mein Handgelenk. Vor Angst zieht sich meine Haut derart zusammen, dass ich das Gefühl habe, ersticken zu müssen.

»Seid ihr da?«

Yvette! Durch die Erleichterung entspannt sich meine Haut, sodass ich glaube, sie müsste reißen.

»Fernand?«, murmelt Justine.

»Er ist noch nicht wieder zu Bewusstsein gekommen. Ich hatte etwas Mühe, ihn auf die Schultern unseres Adjudant-Chef zu hieven, seine Hände stecken ja in Handschellen, und ich habe den Schlüssel nicht gefunden!«, keucht Yvette.

»Fernand?«, wiederholt Justine und tastet um sich.

»Da ... am Baum ...«, sagt Lorieux unsicher. »Kiefer gebrochen ... Kann nicht ...«

»Überanstrengen Sie sich nicht, mon Adjudant-Chef!«, befiehlt Yvette mit klappernden Zähnen.

Die Kälte. Ich hatte ganz vergessen, dass ich friere. Justine zittert wie ein Generator. Wir müssen einen eigenartigen Anblick bieten, zerzaust, unter den Bäumen verborgen, neben uns ein Mann mit Handschellen und zerfetzter Uniform, und ein anderer, der ohnmächtig zu unseren Füßen liegt.

»Wo ist Madame Raymond?«, fragt Yvette.

»Ich bin hier. Halte mich an einem Zweig fest und bewege mich nicht, da ich sonst im Schnee versinke.«

»Sie haben Taschenlampen!«, ruft Yvette. »Sie werden uns finden. Wir müssen ins Dorf hinab.«

»Wir können Fernand nicht zurücklassen«, wendet Justine ein.

»Seien Sie still!«, stößt Lorieux zwischen den Zähnen hervor.

Wie viele sind uns auf den Fersen? Laetitia ist zwangsläufig oben geblieben. Christian ist außer Gefecht. Bleiben Yann, Martine, Francine und Mercanti.

»Sie bilden mit ihren Taschenlampen Kreise«, flüstert mir Yvette zu.

Plötzlich erklingt Martines Stimme ganz in unserer Nähe.

»Weit können sie nicht sein, vor allem mit Elise«, sagt sie zu einem Unsichtbaren.

Ich halte den Atem an. Sie ist wirklich direkt neben uns. Knacken von Zweigen und Reisig, das Knirschen des Schnees unter ihren Stiefeln. Mein Herz klopft zu laut. Sie wird es hören. Sie ist groß und stark. Kann Lorieux sie trotz seiner gefesselten Hände außer Gefecht setzen?

»Yvette!«, flüstert Lorieux. »Werfen Sie ... Stein ... nach rechts .. kräftig!«

Yvette tastet suchend, dann höre ich zu unserer Rechten den hellen Aufprall eines Steins auf einen Baumstamm, eine Maschinengewehrsalve, gefolgt von einem Aufschrei der Überraschung und des Schmerzes.

»Was ist los?«, fragt Francine und enthüllt uns damit ihren Standort links oberhalb von uns.

»Beinahe hätte mir das Ding die Hand abgerissen«, ruft Martine. »Ich habe zehn Meter rechts von mir ein Geräusch gehört!«

»Verdammt noch mal, jetzt hört doch auf, so rumzubrüllen«, befiehlt Mercanti. »Sonst können sie sofort orten, wo wir sind.«

»Ihr seid wirklich nicht zu überhören«, ruft Laetitia vom Innenhof herunter. »Ich sehe im Polizeiwagen nach, ob es Leuchtraketen gibt.«

Wie habe ich sie nur nett finden können?

Man hört ihre Schritte, Jäger bei der Treibjagd auf Großwild.

Jemand kommt näher. Schnelle, entschlossene Schritte. Knacken im Gebüsch, heftiger Atem, die Wärme eines Lichtkegels streift meine Haut, ich versuche, mich in eine Wurzel zu verwandeln, neben mir bewegt sich etwas, ich hoffe, dass Yvette und Lorieux geflohen sind. Ein Gefühl, wie ein Tier in der Falle zu sitzen, und ich weiß nicht, wer da auf mich zukommt, ich weiß nicht, ob eine Waffe auf meinen Kopf gerichtet ist, ich weiß nicht, ob ein Schuss losgehen wird, ob ich meine letzte Sekunde erlebe. Ich sitze machtlos im Dunkeln, nur das Gefühl des Lichtscheins auf meiner Haut.

»Hallo, mein Herzblatt!«, ruft Mercanti aus.

Er beugt sich über mich, lauwarmer Atem, der Lauf seiner Waffe streift meine Schläfe.

»Na, zufrieden, den lieben Onkel Mercanti wieder zu sehen?«, sagt er noch.

Nun mach schon, los, drück ab, damit die Sache endlich ein Ende hat!

Pffff.

Geräusch eines Ballons, aus dem die Luft entweicht, etwas Hartes fällt auf meinen Kopf, die Pistole! Ich höre Mercanti knurren, dumpfe Laute, als würde man in einen Sandsack schlagen, ein lautes Klatschen, und er ist still.

»Der Adjudant-Chef hat ihn mit einem Fußtritt in die Brust zu Boden geworfen und durch Stöße mit dem Kopf k.o. geschlagen«, murmelt Yvette voller Bewunderung. »Wenn Sie das gesehen hätten, als er mit der Fußspitze zutrat! Man hätte meinen können, er würde ihm das Brustbein brechen!«

»Handschellen ... anbinden ...«, sagt Lorieux.

»Sofort!«

Yvette fesselt Mercanti mit seinen eigenen Handschellen an den Baum, und wir warten wieder.

»Ich habe seine Waffe. Wenn er sich bewegt, schlage ich ihm den Schädel mit dem Kolben ein.«

Ich hoffe, er wird sich bewegen.

Ich höre Martine, die, durch unseren Steinwurf in die Irre geleitet, noch immer zu unserer Rechten herumstapft. Das sind keine kampferprobten Guerilleros. Ich kann mir kaum vorstellen, wie Francine auf ihren hohen Absätzen hier herumstöckelt. Yann ist gefährlicher. Er ist bergerfahren und sportlich.

Ein Schuss!

Ich habe den Eindruck, die Kugel ist haarscharf an mir vorbeigezischt.

Zugleich ertönt nahe, viel zu nahe, Martines Stimme: »Nichts passiert. Ich bin nur ausgerutscht. Der Schuss ist allein losgegangen.« Und jemand, der etwas weiter oberhalb zu meiner Linken einen tiefen Seufzer ausstößt.

»Madame Raymond?«, flüstert Yvette.

»Ja, ich dachte, ich wäre tot«, entgegnet sie überrascht.

Dann nichts mehr. Das Geräusch von brechenden Zweigen, so als würde jemand fallen. Oben ruft Laetitia:

»Ich habe die Leuchtraketen gefunden!«

»Wir dürfen das Dorf nicht auf uns aufmerksam machen«, ruft Yann zurück.

»Aber das wäre ein schönes Finale, eine Schießerei unter einem Feuerwerk«, entgegnet Laetitia, deren Stimme durch den Wind verzerrt klingt.

»Das stimmt«, pflichtet Francine bei, die den Erddamm über uns entlangläuft, »das wäre grandios!«

»Ihr Idioten«, schimpft Christian, »das würde nur die Bullen zu uns führen, das ist alles!«

»Wie schade, dass es nicht genug Licht zum Filmen gibt«, beklagt sich Laetitia.

Wegen des grollenden Donners verstehe ich Yanns Antwort nicht. In der Nähe geht ein Blitz herunter.

»Das Gewitter fängt an!«, ruft Martine mit einer Stimme, die vermuten lässt, dass sie Angst vor Gewitter hat.

Donner. Blitze. Die verdammten Blitze werden die Leuchtraketen ersetzen! Und der Lärm übertönt alles: Man hört nichts mehr. Es schneit wieder.

»Ich spüre meine Glieder nicht mehr«, sagt Justine. »Ich glaube, ich werde ein wenig schlafen.«

»Nein! Nein! Sie dürfen nicht schlafen! Reiben Sie Ihre Glieder«, sagt Yvette.

Auch ich spüre meine Extremitäten nicht mehr. Stimmt, der Schlaf ist verlockend. Ausruhen wie der Onkel ...

Ich muss einige Sekunden eingenickt sein. Alles ist ruhig. Sind unsere Henker verschwunden? Ist alles zu Ende?

»Hallo, liebe Leute!«

Yann! Ich hebe den Kopf so schnell, dass ich mich heftig an einem Zweig stoße. Der Schmerz weckt mich vollends.

Er hat sich von hinten angeschlichen. Er hat uns entdeckt und einen Bogen gemacht. Ich spüre seinen Atem in meinem Nacken. Der Schnee knirscht unter seinen Moonboots.

»Lassen Sie die Waffe los, die Sie so ungeschickt halten, Yvette, sonst sehe ich mich gezwungen, eine Kugel in Elises Kopf zu jagen, was ihrem Sprachvermögen nicht eben förderlich sein dürfte«, kichert er.

Das dumpfe Geräusch eines Gegenstands, der in den Schnee fällt. Unsere letzte Chance ist vertan.

»Aber sie sind ja alle beisammen, meine lieben kleinen Figuren!«, spottet er. »Die unverzagte Gesellschaftsdame, der erschossene Onkel, Dornröschen mit den toten Augen, und, last but not least, Ben-Hurett mit ihrem Wagen. Ah, ich vergaß ... der wackere Ritter. Aber er sieht gar nicht gut aus, unser wackerer Ritter. Du tust mir wirklich Leid, Philippe«, fährt er genüsslich fort. »Und ich dachte, ich würde dir eine Freude machen, indem ich dich von dieser ekelhaften Sonia befreie. Sie hat dich mit allen betrogen. Eines Tages hast du mir selbst gesagt: ›Am liebsten würde ich sie umbringen‹, aber da du schwach bist, konntest du deinen Wunsch nicht in die Tat umzusetzen. Das unterscheidet dich von uns. Wir sprechen durch Taten. Unsere Worte sind Gesten. Wir schreiben *mit* der Haut und *in* die Haut. Aber es ist ja sowieso sinnlos, das versteht niemand.«

Der Schlagbolzen wird gespannt.

»Wen soll ich als Erstes abknallen?«

»Sie sind ein Mistkerl!«, ruft Yvette.

»Oh, die alte Schachtel macht mir wirklich Angst!«

»Ihre Seele stinkt«, fährt ihn Justine an.

»Und die maskierte Gurke ist heute ja total entfesselt! Aber Schluss jetzt mit den Scherzen. Ah, ich habe vergessen, Ihnen zu erzählen ... Ich habe einen tollen Schluss gefunden. Elise löst das Rätsel ... Lorieux ist tatsächlich der verrückte Mörder, und sie legt ihn um. Und sie bleibt am Leben. Ist das nicht schön? Dann können wir sie noch einmal benutzen. Ihr werdet jetzt sagen: ›Aber sie wird euch verraten!‹ O nein! Denn ehe er stirbt, hackt ihr Lorieux beide Hände ab. Ein richtiger Dreckskerl! Und wie sollte uns also unsere gute Elise, stumm und ohne ihre beiden Händchen, verraten? Und noch dazu bekommt sie, da ja Yvette tot ist, eine neue Gesellschaftsdame. Unheimlich nett und sehr, sehr elegant.«

»Möchten Sie etwas Tee? Kochend heiß oder eiskalt?« Francine.

»Wir beide werden uns gut amüsieren«, fügt sie in ihrem affektierten Ton hinzu. »Jahrelang! Gut, aber um auf unsere aktuellen Fragen zurückzukommen, mein lieber Yann, so scheint es mir an der Zeit, den Leiden unserer Helden ein Ende zu bereiten. Und zwar in der Reihenfolge Andrioli, Justine, Yvette und zum Schluss den schönen Lorieux«, schließt sie mit süßlicher Stimme.

»Und Mercanti? Was machen wir mit dem?«, fragt Yann zweifelnd.

»Er versucht, den lieben Onkel zu vergewaltigen, und die liebe Justine jagt ihm eine Ladung Blei in den Bauch!«, schlägt Francine sarkastisch vor.

Laetitias Stimme übertönt das Grollen des Donners.

»Was treibt ihr da?«, ruft sie.

»Wir kommen!«, brüllt Yann zurück. »Wir haben sie gefunden.«

»Und wie wollt ihr fliehen?«, bringt Lorieux trotz seines gebrochenen Kiefers hervor.

»Was? Oh, kein Problem, die Motorschlitten, erinnerst du dich? Wir fahren bis Seille, und dort besorgen wir uns einen Wagen mit Allradantrieb.«

Fällt ihnen denn nicht auf, dass die Verstärkung zu lange braucht, um einzutreffen?

»Hallo, hallo, hier die Erde!«, jault plötzlich ein Megaphon. »Tango-Charlie, antworten Sie!«

Laetitia, stets zu Scherzen aufgelegt.

»Der Wind könnte den Schall in Dorf tragen«, schimpft Yann. »Geh und sag ihr, sie soll damit aufhören.«

»Geh doch selbst, ich bin müde!«, protestiert Francine.

Martines Stimme irgendwo im Wald, nah und doch fern.

»Huuhu, wo seid ihr? Man sieht ja nicht die Hand vor Augen!«

Das ist der Augenblick, um etwas zu unternehmen, doch so sehr ich mir auch den Kopf zerbreche und obwohl mein Leben davon abhängt, mir will nichts einfallen. Und schon gar nicht etwas, das ich umsetzen könnte. Ich weiß nicht einmal, welche Waffen sie in der Hand haben und auf wen sie gerichtet sind. Vermutlich auf Yvette und Lorieux.

Jemand nähert sich. Eine korpulente Person, deren schwerer Schritt den Schnee von den Zweigen fallen lässt. Offenbar bin ich die Einzige, die ihn hört, denn Yann und Francine setzen ihr Gespräch fort. Hoffnung auf ein Polizeikommando im Drillichanzug mit gezückten Waffen.

»Im Badezimmer ist kein Licht. Wer einmal getrunken hat, wird wieder trinken.«

O nein! Bernard!

»Böser Junge«, fügt er hinzu. »Du bekommst keinen Nachtisch.«

»He, was soll denn das?«

Yanns angespannte Stimme.

»Das ist ein Maschinengewehr, das der blöde Fettsack an dein rechtes Ohr hält«, erklärt Francine leise.

»Yanns Hände sind voller Blut, er muss sie waschen«, sagt Bernard in belehrendem Ton. »Zu Weihnachten gibt es Stollen.«

»Na klar, aber nimm das verdammte Gewehr runter, das ist gefährlich!«, ruft ihm Yann zu.

»Ich will, dass das Licht wieder angeht«, protestiert Bernard. »Ich mag die Dunkelheit nicht. Warum gehen wir nicht ins Kino?«

»Alles, was du willst, nicht wahr, meine liebe Francine?«

»Aber natürlich! Bernard, mein Liebling, gib der lieben Tante Francine das Gewehr, dann gehen wir alle ins Kino!«

»Blöder Fettsack! Blöder Fettsack«, brüllt Bernard und ahmt ihre Stimme nach. »Der Polizeiruf ist 110!«

»Martine!«, ruft Francine und versucht, sich cool zu geben. »Wir haben ein kleines Problem mit Bernard!«

»Mit Bernard gibt es nie Probleme«, schreit dieser. »Bernard ist nicht blöd!«

»Natürlich nicht«, entgegnet Francine.

»Bernard«, sagt plötzlich Justine mit ruhiger, fester Stimme. »Weißt du, dass Yann sagt, du wärest dick, und alle Dicken stinken?«

»Miststück«, ruft ihr Yann zu.

»Keine Bewegung«, befiehlt ihm Bernard. »Ich bin das Zuckerkätzchen meiner Mama! Soll ich dir den Mund waschen, Yann?«, fragt er.

»Sie lügt«, versichert Yann. »Los, leg das Gewehr hin!«

»Bernard«, sagt Yvette, »und wenn wir uns alle ausziehen würden, um uns im Schnee zu waschen? Sag ihnen, sie sollen ihre Waffen hinlegen.«

»Jaa!«, ruft Bernard begeistert. »Alle nackt im Schnee! Zieht euch aus! Blutwurst mit Äpfeln schmeckt besser.«

»Nein, aber hast du den Verstand verloren?«, schreit Yann zurück. »Siehst du denn nicht, dass es schneit? Was hast du nur im Kopf, Dickerchen. Los, leg das Gewehr hin!«

Yann hat in seinem autoritären Ton gesprochen, im Ton des Bandenführers, er setzt alles auf eine Karte.

Bernard zögert. Er ist immer so gehorsam Aber jetzt muss er das unbestimmte Gefühl von Macht spüren und dass die anderen Angst vor ihm haben. Angst vor dem Dicken, der stinkt und über den Yann sich so oft lustig gemacht hat, wenn auch voller Zuneigung ...

Ein Zweig knackt. Jemand schleicht sich an. Ein Wolke des süßlichen Parfüms der Mutter Oberin der Debilen, Martine. Ich frage mich gerade, wie ich Bernard warnen soll, als sie mit durchdringender Stimme ruft:

»Bern ...«

»Ahhh«, schreit Bernard, und ich höre ihn förmlich zusammenschrecken.

Ein ohrenbetäubender Schuss.

Ein verwunderter Schmerzensschrei.

Ungläubiges Lachen von Bernard.

»Hast du das gesehen, Yann? Peng! Peng! In den Filmen wird nur gespielt.«

»Martine?«, fragt Francine mit zögernder Stimme. »Martine?«

Keine Antwort.

»Du wirst sehen, dieser blöde Fettsack hat sie getroffen«, flucht Yann. »Aber das gibt's doch gar nicht. Das ist ja langsam der reinste Albtraum!«

»Ich wusste sowieso, dass die Sache ein schlechtes Ende nimmt«, entgegnet Francine pikiert. »Es will ja niemand über den tieferen Sinn unseres künstlerischen Engagements nachdenken. Ihr seid nichts anderes als Kleinbürger des Verbrechens!«

»Ich glaube, ich habe vergessen, den Wasserhahn abzudrehen«, sagt Bernard. »Und zwei und zwei sind noch immer vier.«

»Ich komme mit«, sagt Yvette, »dann kann ich dir helfen.«

»Gut, komm mit. Dann waschen wir uns beide.«

Yvette geht vor mir entlang, ihre eisige Hand streift ermutigend die meine. Ja, geht, bringt euch in Sicherheit.

»Können wir auch mitkommen?«, fragt Yann.

»Nein. Wer seinen Hund tötet, verdächtigt ihn der Tollwut, Helden brauchen viel Mut.«

»Und ich?«, fragt Francine hoffnungsvoll.

»Du«, faucht Bernard zurück, »du wirst dir deinen schmutzigen Mund mit Schnee waschen! Und zwar sofort!«

»Es kommt nicht in Frage, dass ...«

»Sofort! Ich will Vanilleeis zum Nachtisch!«

Plötzlich übertönt der Donner die Stimmen. Lightshow der Blitze. Freudenschreie von Bernard: »Das Feuerwerk! Das Feuerwerk!« Dann eine große Explosion. Als wieder Stille eingekehrt ist, riecht es ganz in der Nähe verbrannt. Der Blitz muss in einen nur wenige Meter entfernten Baum eingeschlagen haben. Ich habe Ohrensausen und nehme die Geräusche nur gedämpft wahr. Irgendwo auf der anderen Seite der Watteschicht, die mich umgibt:

»Gott ist nicht zufrieden! Gott ist nicht zufrieden mit euch!«, tönt Justine mit der Stimme eines Mediums.

»Gott ist nicht zufrieden mit Bernard?«, fragt eine kleine, ängstliche Stimme.

»Gott ist nicht zufrieden mit Yann und Francine!«, schreit Justine. »Gott will, dass du sie tötest!«

»Miststück!«, brüllt Yann.

Ein Schlagbolzen klickt. Keine Munition mehr. Aber bei wessen Waffen? Justine rückt ganz dicht zu mir, während Yann, sicherlich an Francine gewandt, brüllt: »Gib mir die Knarre da, die Knarre von Mercanti!«

»Du siehst ja, dass Gott gewählt hat«, ruft Justine. »Schieß, Bernard, schieß! Peng! Peng!«

»Peng!«, wiederholt Bernard und drückt den Abzug. »Peng! Peng! Peng!«

Schüsse, Schreie, Schüsse von beiden Seiten, man könnte sich auf einem Schlachtfeld glauben, die Kugeln pfeifen einem um die Ohren, Menschen, die sich die Seele aus dem Leib brüllen, sich zu einer ohrenbetäubenden Kakophonie vereinen. Mit einer Art Neugier warte ich auf den Moment, dass sich ein Geschoss in mein Fleisch bohren wird ... Ich habe den Eindruck, schon so lange auf den Tod zu warten, dass selbst die Angst verflogen ist. Mein Herz ist erfroren.

O verdammt! Verdammt! Verdammt, das tut weh! Da, in der Schulter, ich spüre das Loch, ich spüre es, ich kann den Finger hineinschieben. Oh, mir wird ganz übel, ich bin sicher, die Kugel hat die Schulter durchschlagen, ein rundes Loch in meinem Fleisch, ich kann es kaum glauben, außer dass es so wehtut und ...

Kein Geräusch mehr. Das Grollen des Gewitters entfernt sich. Pulvergeruch, der mich ganz benommen macht. Wimmern. Das Gefühl, Watte in den Ohren zu haben, ich schlucke, um sie frei zu bekommen, doch erfolglos. Jemand spricht in die Watte.

»Aachen auußen Schneeeee?«

Plötzlich zerreißt die Watte, und ich höre:

»Was machen wir draußen im Schnee?«

Die zögerliche Stimme meines Onkels in dem betäubenden Schweigen.

»Justine? Oh, mein Gott, Justine! Aber was ist denn passiert? Lorieux! Wachen Sie auf, alter Junge! Aber das ist ja ein wahres Massengrab! Heee! Zu Hilfe!«

Eine entfernte Stimme:

»Zum Teufel mit dir, alter Drecksack!«

Laetitia. Christian und sie sitzen da oben fest. Sind völlig fertig. Tonton wird sie umlegen und ...

Aber ich habe wohl Wahnvorstellungen. Wir sind nicht in einem Videofilm! Der Schmerz kommt zurück, eine glühende Woge, die mich überspült, und gleichzeitig werden die Töne klarer, ich höre, wie mein Onkel Justine schüttelt und ihren Namen wiederholt, dann läuft er zu Yvette.

Yvette.

»Es geht schon«, stammelt sie, und ich beginne vor Glück zu weinen, »es geht schon, Monsieur Fernand, kümmern Sie sich lieber um die anderen.«

»Aber sie sind tot!«, brüllt mein Onkel. »Madame Raymond liegt auf dem Bauch im Schnee, Yann hat kein Gesicht mehr, Madame Atchouel hängen die Gedärme aus dem Bauch, Lorieux ist bewusstlos, der andere Gendarme hat nur noch die Hälfte seines Schädels, und der dicke Junge ...«

»Gegen Küchenschaben braucht man ein Insektenvernichtungsmittel ...«

»Er lebt!«, ruft mein Onkel erleichtert aus. »Mein Junge, bist du verletzt? Beweg die Glieder.«

»Kann nicht«, sagt Bernard. »Irgendwie komisch, mein Bein. Zur Hochzeit trinkt man Wein.«

»Zeig mal ... O verdammt! Bewege dich nicht, bewege dich nicht! Wie kann er nur so ruhig bleiben?«, fragt er uns.

»Er hat fast kein Schmerzempfinden«, sagt Yvette. »Man weiß nicht, warum.«

Ich höre, wie mein Onkel sich schnell bewegt, sich neben mich kniet.

»Yvette«, ruft er angstvoll. »Justine hat die Augen weit geöffnet, aber sie zuckt nicht mit der Wimper und ...«

»Sie ist blind!«, flüstert Yvette. »Es ist normal, dass ihr Blick starr ins Leere gerichtet ist! Prüfen Sie ihren Puls an der Halsschlagader.«

»Ich spüre ihn! Nur schwach, aber ich spüre ihn! Mein Gott, ich muss Hilfe holen.«

»Oben vor dem Haus sind die beiden anderen. Laetitia und Christian. Sie werden Sie töten.«

»Ach tatsächlich?«, sagt mein Onkel. »Das werden wir ja sehen. Ich nehme die Waffen von denen da.«

»Ich glaube, sie sind leer. Sie haben geschossen, bis keine Munition mehr drin war.«

»Die Armee des Bösen ist in die Flucht geschlagen«, sagt Bernard voller Befriedigung. »Aber mein Bein tut weh.«

»Darum werden wir uns gleich kümmern. Du bleibst bei Elise.«

Ein Stöhnen. Das Stöhnen einer Frau.

»Ich habe Durst, ich möchte etwas Tee«, murmelt Francine.

»O verdammt, sie lebt!«, stammelt mein Onkel. »Aber das ist doch unmöglich ... in diesem Zustand ...«

»Stopfen Sie ihr Schnee in den Mund«, sagt Yvette.

»Sie sind aber nett zu diesem Luder!«

»Sie wird sterben, Monsieur Andrioli, warum soll man sie also noch leiden lassen?«

»Ich werde nicht sterben«, sagt Francine, »ich werde nicht sterben, helfen Sie mir, alles wieder hineinzuschieben!«

Ihre Stimme entgleist zu einem schrillen Kreischen. Ich stelle mir vor, wie sie mit beiden Händen ihre Eingeweide hält.

»Ich werde nicht sterben ...«

»Doch, du wirst sterben!«, versichert ihr Bernard. »Und du kommst in die Hölle! Im Frühling schmilzt das Eis.«

»Es lebe die Befreiung von Zwängen«, brüllt plötzlich Francine mit überraschender Kraft. »Es lebe das Centre de Liberté Mentale Pour Adultes Halucinés!«

CLMPAH!

Beim letzten Wort erstickt ihre Stimme. Schweigen.

»Es ist vorbei«, stellt mein Onkel trocken fest. »Wenn ich daran denke, dass ich ihr vertraut habe! Ihren Kaschmirmantel braucht sie nicht mehr«, fügt er hinzu. »Ich wickle Justine darin ein, dann gehe ich.«

»Wohin gehen Sie?«

»Hilfe holen. Geben Sie mir Yanns Anorak, den lege ich

Elise um die Schultern. Und Sie nehmen meine Jacke. Ah, ich habe vielleicht Kopfschmerzen! So, ich will noch den Rollstuhl aufrichten, hopp!«

Er hebt mich ächzend hoch, setzt mich irgendwie in den Rollstuhl und deckt mich mit dem feuchten Anorak zu.

Yvette kontrolliert Justines Atem.

»Sie hat eine böse Wunde am Kopf«, sagt sie, »und eine an der Schulter. Ich werde sie mit Schnee einreiben, um die Blutung zu stoppen. Wenn Sie das gesehen hätten – wie in einem Western! Alle haben sie gleichzeitig geschossen, und das Schlimmste ist, dass sie glücklich schienen. Bernard ebenso wie Yann und Francine. Sie lächelten. Die Kugeln drangen in ihren Körper ein, und sie lächelten. Selbst Mercanti hat bei dem Getöse kurz die Augen geöffnet und mir ein schönes Lächeln geschenkt, während sein halber Schädel weggerissen wurde. Das werde ich nie jemandem erzählen, aber es ist mir kalt über den Rücken gelaufen, als wären es keine Menschen, wenn Sie verstehen ...«

Vielleicht waren es ja auch keine. Das werden wir nie erfahren.

»Der Adjudant-Chef sieht nicht gerade gut aus«, bemerkt mein Onkel.

»Yann hat auf ihn geschossen. In die Beine, in den Rücken ... Ich glaube, wenn nicht bald Hilfe kommt ...«

Sie beendet den Satz nicht.

»Und sein Bein ist total zerfetzt ... Wir müssen die Arterie abbinden«, sagt mein Onkel leise.

Ich begreife, dass er von Bernard spricht.

»Ich habe einen Erste-Hilfe-Kurs gemacht. Ich werde mich um ihn kümmern.«

»Aber Sie sind selbst verletzt!«

»Kleinigkeiten, nichts Schlimmes. Nur der Daumen ist gebrochen, der linke«, fügt sie hinzu. »Ich glaube, den habe ich mir schon 1956 beim Pilzesammeln gebrochen.«

»Sie sehen aus, als wären Sie auf eine Mine gesprungen«, beharrt mein Onkel.

»Unsere Familie ist hart im Nehmen. Diesmal bin ich besser weggekommen als beim letzten Mal!«

Ja, beim letzten Mal hatte sie einen Schädelbruch.

Die wohltuende Wärme des Anoraks erfüllt meinen Körper und lässt den Schmerz in meiner Schulter erneut aufflammen. Meine Fingerspitzen brennen, als stünden sie in Flammen. Aber ich zittere nicht mehr so heftig. Ich stelle mir vor, wie die beiden anderen da oben sich darauf vorbereiten, uns mit einer Ladung Blei zu empfangen. O Wunder, mein Notizblock ist noch in meine Decke gerollt, und der Stift hängt noch immer an seinem Band um meinen Hals.

*Pass auf, sie erwarten dich. Yann hat von Motorschlitten gesprochen. Nimm einen und hol Hilfe.*

Ich strecke mein Blatt vor. Yvette nimmt es und liest.

»Elise hat Recht. Christian ist verletzt, Laetitia kann nicht fliehen. Es ist besser, wenn Sie Hilfe holen.«

»Wo sind die Motorschlitten?«

»In der Nähe der Garage, etwa dreißig Meter entfernt. Sie müssen den Hügel hinaufgehen und dann links. Vorsicht, ein Stück des Weges sind Sie ungedeckt.«

»Wir haben keine andere Wahl«, sagt mein Onkel.

Er küsst mich auf den Kopf, dann beugt er sich zu Justine hinab und verabschiedet sich von Yvette.

»Mut!«, ruft er uns zu und fügt dann hinzu: »Ich muss dich um Verzeihung bitten, Elise.«

Ich habe den Satz noch nicht ganz gehört, da ist er schon verschwunden.

Wieder warten mit zusammengekrampftem Magen und klopfendem Herzen. Yvette kümmert sich um Bernard, der »Kling Glöckchen kling« singt.

Ich zähle langsam bis zwanzig.

Eine Gewehrsalve. Stille. Eine weitere Salve. Stille.

Stille.

Dann Laetitias Freudenschrei. Triumphierend. Barbarisch.

Das ist doch nicht möglich.

Nicht möglich.

»Warum hat Yann eine Maske aufgesetzt?«, fragt Bernard. »Ich glaube, morgen wird das Wetter schön. Könnte ich ein Bein aus Plastik bekommen? Ich mag Mamas Beine.«

Niemand antwortet ihm. Er beginnt zu wimmern. Ich lausche verzweifelt in die Stille. Yvette legt die Hand auf meine Schulter. Ihr unregelmäßiger Atem verrät ein unterdrücktes Schluchzen.

»Ich werde nachsehen«, sagt sie mit bebender Stimme.

*Nein, zu gefährlich.*

»Wenn er verletzt ist, muss doch jemand Hilfe holen. Sonst werden wir alle sterben.«

»Du bist nicht meine Mutter!«, schreit Bernard. »Jesus ist für unsere Sünden gestorben.«

»Ich gehe«, sagt Yvette noch.

Schon ist sie unterwegs.

Ich weiß, dass mein Onkel tot ist. Ich weiß es so sicher, als hätte man es mir in die Haut geritzt.

Ich weine nicht. Ich habe keine Tränen mehr. Ich bin leer. Völlig leer.

Ich warte auf die Gewehrsalve, die Yvette töten wird. Yvette mit ihrem gebrochenen Daumen, die sich im Zickzack durch die Bäume schleicht. Das ist lächerlich.

Die Gewehrsalve. Knattern. Vertraut. Das Herz, das einen Schlag lang aussetzt. Eine neue Salve, länger.

»Morgen wird das Wetter schön«, sagt Bernard. »Die Wassertemperatur muss beim Duschen neununddreißig Grad betragen.«

Das Heulen eines Motors.

Das Heulen eines Motors.

Danke! Danke!

Der Motorschlitten entfernt sich. Wie lange wird sie bis ins Dorf brauchen, um mit Hilfe zurückzukommen? Eine Viertelstunde? Eine halbe Stunde?

Das Gewitter ist weitergezogen ins Nachbartal. Ich zähle die Sekunden, ich bringe alles durcheinander, ich bin so müde. Bisweilen nicke ich ein, das darf ich nicht ...

Ein flüchtiges Rascheln.

Habe ich mir das nur eingebildet? Ich lausche so intensiv, dass meine Ohren wehtun.

Nichts. Wahrscheinlich eine Folge der Angst.

»Warum versteckt sie sich hinter dem Baum?«, fragt plötzlich Bernard.

Ein letztes Herzrasen vor dem Schlaganfall. Dann:

»Hallo, ihr Idioten!«, ruft Laetitia.

Unmöglich. Wie hat sie hier herunter kommen können?

»Erinnern Sie sich an den Apparat, den mir Yann gebastelt hat?«, fragt sie, als hätte sie meine Gedanken gehört. »Der Schlitten mit den Skiern dran? Also, der funktioniert superklasse! Man kann ihn sogar mit einer Hand lenken und mit der anderen die Knarre halten. Scheiße!«, schreit sie plötzlich. »Yann! Die Atchouel! Mercanti!«

Sie fasst sich wieder:

»Was ist passiert? Ich habe jede Menge Schüsse gehört ...«

Ich fange an zu schreiben, irgendwas:

*Yann hat sie alle umgebracht ...*

»Dieser Dreckskerl«, faucht sie. »Immer von Gruppensinn quatschen und gemeinsam sind wir stark und ›jeder von uns ist ein Teil des Schicksalssterns‹, da sieht man's ja!«

*Yvette ist unterwegs, um Hilfe zu holen.*

»Was soll mir das ausmachen? Ich habe niemanden getötet. Oder ... in einem Anfall von Wahnsinn. Ich habe es vergessen. Ich habe vier Jahre in der psychiatrischen Klinik verbracht. Meine Akte ist soo dick! Ein Haufen Sachen, die ich mache und gleich wieder vergesse. Nicht weil ich böse, sondern weil ich verrückt bin. Ist es vielleicht verboten, verrückt zu sein?«

*Es ist verboten, arme Unschuldige zu töten.*

»Unschuld ist ein veraltetes Konzept«, fährt sie mich an. »Ein Konzept der Schwachen. Unschuld kann ich mir jeden Morgen zum Frühstück reinhauen. Die Kunst ist nie unschuldig. Kunst ist Schuld im reinsten Zustand.«

*Worin besteht Ihre Schuld?*

»Darin, zu leiden«, antwortet sie traurig. »Wäre es mir egal gewesen, dass mein Vater mich nicht liebte, hätte ich ihn nicht getötet. Ich bin zu sensibel«, schließt sie. »Nicht wie Sie. Ich wusste, dass wir gut daran getan haben, Sie als Heldin auszuwählen«, fügt sie hinzu. »Sie sind nicht klein zu kriegen! Was ist Ihr letzter Wunsch?«

*Überleben.*

Laetitia stößt ein kleines Lachen aus, dem es an Heiterkeit mangelt.

»Na los, stellen Sie mir Ihre Fragen, wenn Sie welche haben. Sie wissen schon, die letzte Unterhaltung zwischen der Bösen und der Guten, ehe die Böse schießt.«

Sie hat Lust zu reden. Sie ist frustriert, nicht die Hauptrolle gespielt zu haben. Sie weiß, dass ihre große Stunde gekommen ist und dass sie kurz sein wird.

*Warum ist Véronique ins CLMPAH gekommen?*

»Um Yann zu erpressen, das hat Payot ganz richtig erraten. Sie hatte ihn als einen der Patienten der psychiatrischen Abteilung erkannt, einen der Besten im Psychodrama-Workshop. Sie wusste, dass er kein Erzieher sein konnte.«

*Wie haben Sie sich alle getroffen?*

»Über die Zeitschrift. Eines Tages gab es ein Kolloquium zu dem Thema ›Krimi und Kunst‹. Dort haben wir uns alle getroffen. Wirklich spannend. Wir sind schnell Freunde geworden. Und im Laufe dieses Kolloquiums haben wir von Ihnen erfahren. B*A* leitete eine Diskussion mit dem Titel

›Der weibliche Körper und das Selbstgefühl bei traumatischen Zuständen‹. Natürlich kam das Gespräch auf Sie. Das hat uns fasziniert. Ihr Körper drückt jene Gefangenschaft aus, die unseren Seelen auferlegt ist. Als der Text versehentlich als E-Mail bei der Zeitschift landete, haben wir darin mehr als einen Zufall gesehen. ›Das Wort Behinderung fängt mit derselben Silbe an wie Befähigung‹, hat uns Yann gesagt. Wir wollten eine Gruppe bilden, die in der Lage sein sollte, den Lauf der Dinge zu verändern. Und sie sollten unser Symbol sein. Eine gesunde Seele in einem kranken Körper. Den Wechselfällen des Lebens ausgesetzt. Wir wollten Ihr Leben schreiben, Sie zum Weltstar machen! Damit wären wir alle zum Filmfestival nach Cannes gekommen!«

Ihre erbärmliche Spinnerei geht mir auf die Nerven. Aber wie können so gefährliche Menschen nur so grotesk sein? Und wie konnte dieses mittelmäßige Mädchen nur meinen Onkel töten, ohne dabei mehr Emotionen an den Tag zu legen, als wenn sie eine Küchenschabe zertritt?! Ist die Flüchtigkeit das Vorspiel zur moralischen Empfindungslosigkeit?

»Das Lustigste war, dass es während des Kolloquiums eine Ausstellung von Justines Werken gab. Ihre Studien über die ›Klangvolle Dissonanz der Seelen‹. Als sie hier auftauchte, habe ich einen richtigen Schock bekommen! Gott sei Dank konnte sie uns ja nicht erkennen.«

Leider! Sonst wäre ihr teuflisches Spiel entlarvt und viele Leben wären gerettet worden.

Sie hustet. Sadistische Mörder husten, niesen, lachen und weinen. Ich finde das obszön, diese Menschlichkeit ihres Körpers, die sie als Unseresgleichen erscheinen lässt. Sicher, wir sind alle ein Sack Haut, gefüllt mit Fleisch und Knochen und mit denselben Öffnungen versehen, unter der Herrschaft des Gehirns, jenes Rechenzentrums, dank dessen wir denken können. Aber das ihre ist von einem Virus infiziert, der ihnen den Befehl gibt, zu zerstören, unerbittlich.

Wenn ich daran denke, dass du dich auf deinem Bett suhltest und Technomusik hörtest, während Martine nebenan Magali aufhängte. Magali, die man gezwungen hatte, Nibal zu sehen. Mein Stift zerfetzt das feuchte Papier, ich schreibe, was mir gerade in den Sinn kommt.

*Küche?*

»Eine blöde Idee von Martine mit ihrem Sinn für das Spiritistische.«

*Mercanti-Nibal im Kamin?*

»Hm. Dieser Idiot hätte uns beinahe verbrennen lassen. Er hatte seinen Sprengstoff falsch dosiert. Ich wollte mich selbst darum kümmern, aber Sie wissen ja, wie das mit diesen Machos der alten Schule ist. Gott sei Dank haben Sie das Fenster eingeschlagen! Bezüglich Nibal muss ich Ihnen etwas gestehen: Es gibt ihn nicht, aber ...«

»Es gibt ihn, ich hab ihn getroffen«, unterbricht sie Bernard.

»Du verwechselst ihn mit Gott, mein Liebling«, erklärt ihm Laetitia spöttisch.

»Gott habe ich auch getroffen!«, versichert Bernard.

»Genau«, höhnt Laetitia. »Was ich Ihnen sagen wollte, ist, dass Nibal, auch wenn es ihn nicht gibt – Schnauze, Bernard! –, ersonnen wurde, und zwar nicht von uns.«

*Ich weiß: Manuskript B*A*.*

»Nicht nur. Ihre verehrte Autorin hatte dieselbe Idee wie wir: Sie wollte eine neue Geschichte ins Rollen bringen. Wir haben beim Abendessen nach dem Kolloquium darüber gesprochen. Wir waren alle ein bisschen angeheitert, und sie hat uns gesagt, dass sie daran denke, Ihnen einen virtuellen Feind zu schaffen, um Ihre Reaktion darauf zu sehen.«

Und genau das hat sie getan! Sie hat mir ein erfundenes Fax geschickt.

»Sie muss überrascht gewesen sein, dieses Unschuldslamm, als sie gehört hat, dass ihr fiktiver Nibal sich daranmachte, Leute umzubringen!«, fügt Laetitia lachend hinzu.

Bernard brummt in seiner Ecke:

»Mama ist eine Heilige! Die Heiligen tragen ihren Busen in einem Büstenhalter.«

»Deine Mutter ist tot«, ruft ihm Laetitia zu. »Sie war total bekloppt! Vierzehn Jahre lang hat sie dich nicht aus dem Haus gelassen! Ihr müsst ja ein schönes Paar gewesen sein!«

»Mein Vater ist *unternehmend!«*, schreit Bernard. »Und die *Unternehmenden bauen* Häuser für ihre debilen Kinder.«

»Was willst du damit sagen, Bernard«, fragt Laetitia mit plötzlich bebender Stimme.

Gelächter zu meiner Rechten. Ein schmerzliches Gelächter, das in Husten endet.

»Es war Bernard, nicht Léonard«, stößt schließlich Justine hervor. »Wer zuhört, begreift!«

»Ach nein, kein dummes Geschwafel! Erklären Sie sich«, befiehlt Laetitia.

»Bernard, er ist Fernies Sohn«, flüstert Justine, und ihre eisige Hand streift mein Knie. »Es ist mir gerade gekommen, wie eine Erleuchtung. Er wird das Vermögen der Gastaldi erben!«

Bernard ist der Sohn meines Onkels. *Bernard ist mein Cousin!* Bekanntschaft mit einem schwarzen Loch. Auf der anderen Seite brodelt die Erde, eine kleine, bunte Boulekugel, die durch den Raum zum Großen Schwein fliegt. Elise Andrioli will auf der Erde reiten, die Mähne flattert im Wind, kleine Funken glühen im Gehirn. Aber das schwarze Loch will mich nicht, Rückkehr ins Hier und Jetzt, in den schmutzigen Schlamm der Zeit, in dem die Wirklichkeit versinkt, Rückkehr zum Albtraum, der sich zur Logik erhebt.

Elise, reiß dich zusammen. Hör zu, wie Laetitia schimpft: »Aber das ist doch nur ein Roman!«, und Justine skandiert:

»Die Wirklichkeit lässt sich nicht so leicht formen, meine Kleine. Ihr habt geglaubt, es würde ausreichen, Elise auf die Bühne eures kleinen Theaters zu setzen und sie mit anderen

Personen zu konfrontieren, damit die Geschichte entsteht, die ihr wolltet. Falsch! Die Geschichte, das ist wie die Musik, auch sie wird durch die Stille geschrieben ... durch die Lügen, die Auslassungen ...«

»Schnauze!«

»Ihr wolltet aus Elise eine reale Person machen«, fährt Justine hartnäckig fort, »doch ihr habt vergessen, dass eine Person zunächst ihrem Autor gehört. Ich bin sicher, es wird Ihnen eine große Freude sein, ihre neuen Abenteuer in Ihrer Gummizelle zu lesen«, fügt sie boshaft hinzu.

Es dauert einige Sekunden, bis Laetitia verstanden hat, dann schreit sie:

»Das ist völlig albern! Wir haben alles getan!«

»Ja, zu viel!«, ruft Justine. »Ihr seid über das Ziel hinausgeschossen!«

»B*A* kommt auch in den Knast!«, ruft Laetitia verzweifelt.

»Und warum? Sie wird von dem Unheil profitieren, das ihr angerichtet habt. Unrecht erworbenes Gut gedeiht nicht gut, aber zu Recht erworbenes Übel sehr wohl«, erklärt Laetitia belehrend.

»Ich werde euch töten, auf der Stelle, abknallen wie zwei Hündinnen, dann kann niemand mehr von Elises Abenteuern profitieren«, knurrt Laetitia. »Und dem Sohn von dem alten Drecksack werde ich das Hirn wegblasen, er ...«

»Ich rate Ihnen, diesem Jungen kein Haar zu krümmen«, ruft eine Frauenstimme hinter den Bäumen.

Yvette! Sie hat es geschafft!

»Aber was ...?«, stammelt Laetitia fassungslos.

»Hier spricht Capitaine Bertrand«, tönt, durch ein Megaphon verstärkt, eine harte Männerstimme. »Sie sind umstellt! Ergeben Sie sich!«

Die Verstärkung! Endlich!

»Ich bin bewaffnet, und ich habe Geiseln«, brüllt Laetitia.

»Sie haben drei Sekunden, um Ihre Waffe niederzulegen!«, ruft Capitaine Bertrand zurück. »Sie befinden sich im Visier von vier Scharfschützen. Und ich kann Ihnen sagen, dass ich nicht bester Laune bin. Eins!«

So wird aber im Film nicht verhandelt. Ich hoffe, er weiß, was er tut.

»Ich verlange einen Helikopter, oder ich bringe sie um!«, schreit Laetitia, vor Wut und Verzweiflung zitternd.

»Ich heiße Marc«, ruft eine andere, ebenso harte Stimme. »Ich habe Ihr rechtes Auge im Visier. Wir haben gerade die Leichen unserer Kameraden entdeckt«, fügt er hinzu, »und wir sind wirklich nicht zu Späßen aufgelegt. Im Grunde hoffen wir nur, dass Sie sich nicht ergeben werden, damit wir das Recht haben, abzudrücken.«

»Zwei!«

»Zeit ist Geld«, sagt Bernard.

Wird sie gehorchen oder schießen? Auf wen zielt sie? Auf Justine? Auf Bernard? Auf mich? Habe ich das Recht, zu hoffen, dass sie auf einen der beiden anderen zielt? Ist es abgrundtief schlecht, mit aller Kraft zu wünschen, dass nicht mein Kopf explodieren wird?

»Drei ...«

»Gut, ich ergebe mich«, schreit Laetitia wie in einem Western.

Vor Erleichterung bekomme ich Schluckauf.

»Dann heben Sie die Hände«, ruft Capitaine Bertrand. »Höher!«

»Dreckskerle«, knurrt Laetitia. »Ihr könnt mich alle mal.« Und dann beginnt sie zu wimmern: »Sie haben mich gezwungen, ich wollte nicht, ich wusste nicht, was ich tat ...«, während unsere kleine Lichtung plötzlich von einem Dutzend von Männern mit harten Stimmen bevölkert ist.

Die Sirene eines Krankenwagens ganz in der Nähe, ohrenbetäubend, Schreie, Zwischenrufe, Schritte im Hof weiter oben, Männerstimmen, Christians Protestrufe: »Sie hat auf mich geschossen!«, schrilles Kreischen von Clara, besessenes Gebell, das Knistern von Blitzlichtern, ein Helikopter, der sich nähert, Yvette fällt mir um den Hals. Ich umklammere ihre kalte Hand, als wollte ich sie zerbrechen.

»Elise, ist alles in Ordnung?«, fragt mich eine Stimme, die ich kenne. Die Stimme, die mir Fragen stellt, wissen will, was ich fühle, die mir Gefühle gibt und Empfindungen, die Stimme, die zu meiner Stimme wird, die Stimme meiner Autorin.

»Als der Herausgeber mich angerufen und mir gesagt hat, es wären Morde passiert, zu denen sich ein gewisser Nibal bekannt habe«, schreit sie, um sich trotz des Lärms verständlich zu machen, »bin ich mit dem ersten Flugzeug zurückgekommen.«

Normal, eine Autorin muss ihre Heldin retten.

»Jemand hat sich meines Manuskripts bedient!«, fährt sie fort. »Ich habe mich mit der Kriminalpolizei in Verbindung gesetzt, und wir waren gerade im Dorf angekommen, als Yvette bei den Gendarmen auftauchte!«

Ich bin so müde, Klirren, laufende Motoren, uuaah! etwas Schweres, Haariges landet auf meinem Schoß, ich drücke es an mich, rieche den guten, warmen Geruch eines lebendigen Hundes. »Der Hund ist verletzt«, sagt jemand, Bernard weint, Krankenträger bringen Justine weg, die plötzlich fragt:

»Wo ist Fernand? Sagt ihm, dass es mir gut geht!«

Niemand antwortet ihr.

»Sagt ihm, dass es mir gut geht«, wiederholt Justine, »er muss sich zu Tode geängstigt haben.«

Dieser Satz öffnet die Ventile, die Staudämme brechen, und Ströme von wütenden Tränen stürzen über meine Wangen, sie kommen so tief aus meinem Inneren, dass ich das Gefühl habe, man würde mich wenden wie einen Handschuh und ausleeren. Ein Gendarm spricht mit mir, ich mache zwischen zwei Schluchzern »hmhm«, ich höre, dass man herauszufinden versucht, ob Lorieux tot ist, Sauerstoffmaske, er wird im Laufschritt weggebracht, ich weine und weine, habe den Eindruck, in Salzwasser zu schwimmen.

Yvette versucht mich zu trösten, indem sie mich hier und da tätschelt, ich weine weiter, Tintins Schnauze liegt auf meinen Knien. Die Gendarme behandeln Laetitia ein wenig grob, sie stößt kleine schrille Schreie aus, man hebt meinen Rollstuhl hoch, nein, man hebt mich aus dem Rollstuhl, Krankenhausgeruch, behandschuhte Hände machen sich an mir zu schaffen, Gaze, Verbände, einen Augenblick lang das Atemgerät, so, es geht schon wieder, man legt mich hin, man redet mit mir, eine Nadel in den Arm, ich bin nicht krank.

# EPILOG

Der Adjudant-Chef Lorieux wurde posthum mit der Ehrenmedaille der nationalen Gendarmerie ausgezeichnet. Er starb, ohne das Bewusstsein noch einmal zu erlangen. Er hat also nicht erfahren, wie die Geschichte ausging. Ich wünsche ihm von Herzen, dass er seine geliebte Sonia in einer Konstellation wieder finden wird, in der sie beide in alle Ewigkeit Sternenstaub schnupfen können.

Heute Morgen wird er mit militärischen Ehren beigesetzt. Wir, das heißt Yvette, Justine und ich, sind bei der Trauerfeier anwesend, wir tragen dieselben dunklen Kostüme wie gestern bei der Beerdigung meines Onkels Fernand.

Eine schöne Beerdigung. Der Schnee knirschte unter den Füßen, die Sonnenstrahlen streichelten uns sanft, und viele Dorfbewohner waren anwesend. Der alte Clary war mit seiner Herde gekommen, und auf dem Weg zu dem kleinen Friedhof begleitete uns das Läuten der Glöckchen, das Blöken der Lämmer und das Hecheln von Tintin.

B*A* war ebenfalls anwesend, ebenso wie Bernard, Jean-Claude, Clara und eine Erzieherin von der Fürsorge. Clara weinte ohne Unterlass. Seit Emilies Tod weigert sie sich zu sprechen und sitzt stundenlang reglos da. Jean-Claude hat sich in einen Kurs für Videoschnitt eingeschrieben. Er bricht in acht Tagen nach Bordeaux auf.

»Bernard sitzt auch im Rollstuhl«, rief Bernard, als wir uns trafen, »Und Gips braucht man nicht nur zum Häuserbauen.«

Mein *Cousin* Bernard.

Man wird Gentests vornehmen, um eine Verwandtschaft zwischen Marion und Sonia, meinem Onkel und Bernard nachzuweisen oder auszuschließen.

Vor dem Sarg meines Onkels hat uns B*A* ihr Beileid ausgesprochen.

»Die Menschen, die man liebt, sterben nie«, hat Justine gesagt.

»Dann müssen Sie ihn von ganzem Herzen lieben«, hat meine Autorin geantwortet.

Um dann hinzuzufügen:

»Wenn Sie sich wieder gut genug fühlen, schicken Sie mir Ihre Aufzeichnungen, Elise.«

»Sie wollen daraus doch wohl keinen Roman machen?«, empörte sich Yvette. »Aus einem Drama, das zwanzig Menschenleben gefordert hat! Das wäre wirklich unwürdig!«

Zwanzig?! Ich rechne schnell nach: Marion, Sonia, Magali, Véronique, Hugo, Payot, Emilie, Madame Raymond, Francine, Martine, Yann, Léonard, mein Onkel, Lorieux und die sechs Gendarme. Zwanzig brutal ausgelöschte Menschenleben.

»Ich bin nichts anderes als der Schreiber des menschlichen Wahnsinns«, hat ihr B*A* im zuckersüßen Ton der Krimiautoren geantwortet. »Ich werde wegen des Vertrags bei Ihnen vorbeikommen, Elise. Wissen Sie, mit dem Geld können wir das Werk Ihres Onkels fortsetzen, das CLMPAH und all das. Ich bin sicher, Justine würde eine hervorragende Leiterin abgeben.«

Vorsicht mit dem glühend heißen Tee auf den Knien!

Es ist schrecklich, aber ich habe immer noch die Kraft zu lachen. Das muss ein genetischer Defekt sein. Gott sei Dank weiß niemand davon.

Wir haben uns alle die Hand gedrückt wie Verschwörer oder Überlebende eines Schiffbruchs. Dann hat Bernard mich auf beide Wangen geküsst und gesagt:

»Es tut mir Leid, aber ich will dich nicht heiraten. Nicht weil du nicht normal bist«, hat er hinzugefügt, »sondern weil ich Vanilleeis vorziehe.«

Dann sind alle gegangen, und wir sind zurückgeblieben wie die drei Grazien – Tintin an meine Knie geschmiegt –, festgehalten von einem Sonntagsmaler.

Der Kreis hat sich geschlossen. Ich habe tatsächlich die von meiner Autorin erdachten Abenteuer durchlebt. Ich bin eine Romanfigur geworden. Vielleicht fühle ich mich deshalb so anders. Anders als richtige Menschen. Anders als Sie. Als Sie, die Sie laufen, tanzen, singen, schreien, das Licht ausschalten und Ihr Buch beiseite legen. Anders als SPie, die Sie Akteure in einer funktionierenden Welt sind.

Vielleicht macht mich mein Zustand, der die Starre des Todes und die Beweglichkeit des lebendigen Gedankens vereint, zu einem Übergang, einer Nachricht, einer Brücke zwischen Realem und Imaginärem. Zu einer Fläche, auf die Sie Ihre Fantasien projizieren können (Elise, *Philosophische Gedanken,* Band 28).

Vielleicht verbringen wir unser ganzes Leben damit, unsere Toten zu begraben? Stetig wieder unsere Ängste und unseren Kummer zu übertünchen.

Der Klang der Hörner erhebt sich in den kristallklaren Himmel der Alpen. Die Fahne wird gehisst, Säbelklirren, und zum Schluss ein einziger reiner Ton, der sich wie eine Seifenblase in die Lüfte erhebt, um auf der Suche nach der Zukunft durch den endlosen Raum zu segeln.